Extradrucke der Anderen Bibliothek

№ 444

DAS WEIHNACHTS BUCH

DAS WEIHNACHTSBUCH

Zusammengestellt von
Heinz Rölleke

INHALTSVERZEICHNIS

Vorwort
Ursprung und Geschichte des Weihnachtsfestes

»Factum est autem in diebus illis, exiit edictum a Caesare Augusto« – »Es begab sich aber zu der Zeit, dass ein Gebot von dem Kaiser Augustus ausging.«

Das wohl zu den berühmtesten Sätzen aus dem Neuen Testament zählende Zitat klingt seit 2000 Jahren durch die Zeiten. Ihm und seinen mannigfachen Einflüssen auf Künste aller Art nachzugehen, ihre Blumen zu lesen und zu einem in seiner Art einmaligen Strauß zu versammeln, dürfte ein lohnendes Unterfangen sein, dem sich das vorliegende Buch verpflichtet fühlt.

Von der Geburt Jesu in Bethlehem berichten die Evangelien (Matthäus 1.18–2.12; Lukas 2.1–22). Das Fest Nativitas Domini wurde erstmals im Jahr 336 am 25. Dezember (24 Jahre nach dem Mailänder Toleranzedikt) in Rom begangen. Es wurde während der Sedisvakanz (7. Oktober 336 bis 6. Februar 337) zwischen den Päpsten Markus und Julius I. wohl auf den Kalendertag gelegt, weil große Teile der Bevölkerung an diesem Datum noch immer das 274 n. Chr. von Kaiser Aurelianus eingeführte Fest des Sol Invictus (die Juden in diesen Tagen immer noch ihr seit 165 v. Chr. Chanukkafest) feierten: Zur Zeit der Wintersonnenwende wird Christus als die nun wieder aufgehende, mehr und mehr Licht spendende wahre Sonne und nicht weiter der heidnische Gott »Sol« verehrt. Papst Julius I. hat das Fest approbiert und für den 25. Dezember in den liturgischen Kalender aufgenommen. Während der heidnische Brauch der

Sol-Feier fast unvermerkt in einem christlichen Fest auf- und unterging, hielt man seit entsprechenden Ausdeutungen durch Augustinus und Lactantius Jahrhunderte hindurch einige im Jahr 40 v. Chr. entstandene Verse des römischen Dichters Vergil für eine durch Gott erleuchtete Prophezeiung der bevorstehenden Geburt Jesu, weil hier scheinbar von einer Jungfrauengeburt eines Kindes die Rede ist, das als Spross seines himmlischen Vaters über eine neue Erde herrschen wird (IV. Ekloge: »Sicelides Musae«); eine gewisse Übereinstimmung mit dem Lukas-Evangelium (1.32–33) über die Verkündigung des Gotteskindes an die Jungfrau Maria ist nicht zu übersehen: »Er wird ein Sohn des Höchsten genannt werden und seines Königreichs wird kein Ende sein.« Das ganze Mittelalter hindurch wurde Vergil als d e r abendländische Dichter gefeiert und verehrt, dessen Werke neben dem Sol-Ritus als zweite Brücke aus dem heidnischen ins christliche Rom angesehen werden kann.

In der Folge schmückte man das Fest der Geburt des Erlösers weiter aus und machte es zunehmend populärer: 352 wurde die Basilika Maria Maggiore in Rom erbaut, in der bis heute die Reliquien der Krippe des Christkindes verehrt werden; am 25. Dezember 1223 stellte der Heilige Franz von Assisi in Greccio, einem kargen Bergdorf im winterkalten Umbrien, die erste Weihnachtskrippe mit lebendigen Akteuren vor, darunter Ochs und Esel nach dem Prophetenwort: »Ein Ochse kennt seinen Herrn und ein Esel die Krippe seines Herrn« (Jesaja 1.3). Das war der Ursprung einer über Jahrhunderte gepflegten und weiterentwickelten eindrucksvollen Vorstellungswelt des weihnachtlichen Geschehens und seiner Akteure. Goethe hat das Problem in den größeren Zusammenhang der künstlerischen Vergegenwärtigung mythischer und religiöser Themen gestellt, als er am 25. Januar 1827 seinem Adlatus Eckermann erklärte, »daß man sich leicht im Vagen verlieren könne, wenn man nicht durch die scharf umrissenen christlich kirchlichen Figuren und Vorstellungen eine wohltätig beschränkte Form und Festigkeit gegeben hätte.« Das neugeborene Kind in der Krippe, seine Mutter Maria, der Heilige Joseph, die herbeigeeilten Hirten, die Engel der Verkündigung und Ochs und Esel sowie oft auch die Heiligen Drei Könige mit ihrem Gefolge und ihren Geschenken sind die unendlich oft in der Malerei, in der Literatur und in der Musik ins Bild gesetzten Protagonisten, die auf die Dauer zu bestimmten »scharf umrissenen« und allbekannten Typen wurden.

Krippendarstellungen wanderten aus den Kirchen in die Privathäuser, bis der Weihnachtsbaum sie allmählich mehr an den Rand oder gar ganz verdrängte. Ungefähr parallel dazu traten in volkstümlichen Feiern des gesamten Weihnachtsfestkreises in der Folge immer mehr die Kinder in den Vordergrund. Ihnen wurde zunächst am Nikolaustag (6. Dezember) oder am Fest der Dreikönige (6. Januar) beschert, bis Martin Luther 1535 den Heiligen Nikolaus als Gabenbringer durch das neugeborene Christuskind ersetzte. Dem Kind in der Krippe beließ er in seinen wunderbaren Liedern zum Fest natürlich dessen göttliche Würde. Später setzte sich Luthers Idee durch, die Kinder an der Freude der Erwachsenen über die gnadenbringende Ankunft des Erlösers auf ihre Weise teilhaben zu lassen, indem sie die weihnachtlichen Gaben und Geschenke dem Kind in der Krippe zuschrieben. Seit Luther findet die Kinderbescherung – zunächst im deutschsprachigen Raum – nicht mehr am Nikolaus- oder Dreikönigstag, sondern nur noch am Weihnachtsfest statt. Indes wurden die beiden frühchristlichen Heiligen Martin und Nikolaus – in deren Legenden die Gaben-Wunder, mit denen sie die Menschen beschenkten und retteten, eine große Rolle spielen – nur etwas in den Hintergrund gedrängt. Die Reformation konnte sie nicht wie die anderen Heiligen gänzlich abschaffen; dazu waren sie im Lauf eines Jahrtausends zu populär geworden sowie das mit ihnen verbundene vielgestaltige Brauchtum zu fest verwurzelt. Also

Pro Sacro Die Ascensionis Dni
in die ascensionis
Ascendit

minus in syna in sancto ascendens
in al tum captiuam dux
captiui tatem
Ascendit de us in iu bilacio ne domi nus in uo ce tu be al le
lu ia
Psallite domi no qui ascendit super ce los celo rum ad o rientem
Exaudi domine uocem meam
qua clamaui ad te
tibi dixit cor meum quesiui
uultum tu um uultum tuum domine requiram ne a
uertas faciem tuam a me

platzierte man sie in etwas veränderter Funktion und Auffassung nun als Gestalten im volksbräuchlich erweiterten Weihnachtsfestkreis und gestattete ihnen, den Kindern schon Wochen vor dem Fest diverse Bescherungen zu bieten. Grundsätzlich führte Luthers Neubestimmung jedoch ungewollt und auf die Dauer unumkehrbar zu einer radikalen Änderung in der Auffassung des Weihnachtsfestes und dem daraus folgenden Brauchtum.

Die Rolle des himmlischen Gabenbringers fiel endgültig dem neugeborenen Jesuskind zu. Dieses beschenkt die Kinder, damit sie auf ihre Weise an der weihnachtlichen Freude der Erwachsenen über die Gnadengaben Gottes teilhaben können. Es ist in diesem Zusammenhang auffällig, dass in den früheren figürlichen oder bildkünstlerischen Darstellungen des weihnachtlichen Geschehens Kinder gar keine oder nur eine dekorative Rolle spielen.

Während sich in der Liturgie nichts Wesentliches änderte, wurde Weihnachten zu d e m Kinderfest im Jahresablauf – zunächst in familiären, dann in öffentlichen Kreisen. Der Mythos vom Welterlöser in Gestalt eines hilflosen Kindes (mit dem man bis zu Rousseaus säkularisierter Hinwendung zum Kind und dessen ernstzunehmenden Lebensformen traditionell nichts Rechtes anzufangen gewusst hatte) wurde immer stärker auf die Kinder als Empfänger dieser Heilsgeschichte fokussiert. Während sie in früheren Krippendarstellungen so gut wie gar nicht vorkommen, erscheinen sie nun immer zahlreicher als Besucher im Stall zu Bethlehem; Weihnachtslieder thematisieren nunmehr die kindliche Auffassung der Geschehnisse (»Ihr Kinderlein, kommet«), und auch in den neueren Dichtungen auf das Weihnachtsgeschehen drängen Kinder unübersehbar in den Vordergrund oder spielen ganz und gar die Hauptrollen (wie in Adalbert Stifters berühmtester Novelle »Bergkristall«).

Der Dichter Achim von Arnim – wie einst Luther ein großer Kinderfreund – formulierte 1808 in seiner Bearbeitung eines alten

Textes für die romantische Liedersammlung »Des Knaben Wunderhorn« die Verse

»Weihnachten, ach Weihnachten,
Du warst der Kinder Trost,
Die noch im Schlafe lachten.«

Damit traf er den Nerv der Zeit, indem er den Erwachsenen ihre neue Rolle beim Weihnachtsfest zuwies: ganz besonders intensive nostalgische Erinnerungen an die eigene Kindheit. Kronzeuge ist Goethe, der die Verse sofort ein wenig abgewandelt zu zitieren pflegte:

»Weihnachten ach Weihnachten,
du warst der Kinder Freude,
die noch im Traume lachten.«

Für den grundsätzlichen Wandel im Verhalten der Erwachsenen gebenüber Weihnachten spricht die Platzierung der Verse im »Wunderhorn« selbst und nicht etwa im Anhang »Kinderlieder«, wo man sie eigentlich erwartet hätte. In weiteren Strophen seines Gedichts »Hans Sachsens Tod«, aus dem Arnim die Verse übernommen hatte, beschreibt er noch einmal die neue Situation, wie sich Erwachsene bei der Weihnachtsfeier einbringen sollten:

»Zur Kirch bin ich gegangen,
Vergangen
War mir Verzweiflung schnell,
Es bleibt zurück
Ein sinnend Glück,
Und in den Traum ein tiefer Blick,
Wie in der Kinder Aug entzückt.«

Eine ähnliche Entwicklung lässt sich auch bei der Produktion neuer Weihnachtslieder beobachten: Erwachsene erinnern sich an ihre kindlichen Erlebnissse und Gefühle in der Weihnachtszeit. Dafür sind weltweit verbreitete Lieder wie etwa »Jingle bells« (USA um 1850) oder »I'm dreaming of a white Christmas« (USA 1947) beredte Zeugnisse.

Neudichtungen weihnachtlicher Lieder, die in die kirchlichen oder/und häuslichen Festfeiern Eingang fanden, entstanden in nennenswerter Fülle zuletzt in der ersten Hälfte des 19. Jahrhunderts. Sie wurden teilweise weltbekannt und bilden immer noch das eiserne Repertoire weihnachtlichen Musizierens (man denke etwa an »O du fröhliche«, 1815, oder an »Stille Nacht, Heilige Nacht«, 1818). Modernere Lieder kamen jeweils – wenn überhaupt – nur kurz in Gebrauch; die meisten wurden schnell wieder vergessen. Weihnachten war und ist eben in vielfacher Hinsicht das am stärksten traditionell geprägte Fest.

Nostalgisch gepflegte Traditionen beziehen sich weniger auf Entstehung, Geschichte und Bedeutung der Weihnacht als auf die jüngere Entwicklung seit dem 19. Jahrhundert. Dafür sind die mehr als zehn »Stille-Nacht«-Museen allein in Österreich (wo das Lied erstmals in der Nähe von Salzburg gesungen wurde) ein ebenso beredter Beweis wie die Bezeichnung der mittelalterlichen Stadt Rothenburg ob der Tauber als »Weihnachtshauptstadt Deutschlands«, wo der weltberühmte Weihnachtsmarkt seine ganzjährige Fortsetzung in Museen und Geschäften findet, die auf weihnachtliche Devotionalien spezialisiert sind und an die 200 hauptberufliche Mitarbeiter beschäftigen. Zahllose Touristenströme aus aller Welt erhalten eine eindrucksvoll-nachhaltige, wenn auch zuweilen etwas fragwürdige Vorstellung von typisch deutschen Weihnachtsbräuchen.

Die Verlagerung des unübersehbar immer mehr materialisierten Festgedankens weg vom frommen Gedenken und von der Weihnachtsfeier der Erwachsenen hin zur Bescherung vor allem der Kinder ist anscheinend unumkehrbar und lässt sich allenthalben nachweisen. So ist es nur zu verständlich, dass ältere Texte nicht mehr sinngemäß, sondern nach modernem Missverständnis aufgefasst und tradiert werden. Viele Kinder pflegen ihren Vorstellungen und Erfahrungen von und mit Weihnachten in bezeichnender Umsingung Ausdruck zu geben: Aus der »gnadenbringenden« wurde so eine »gabenbringende« Weihnachtszeit.

Die gewaltige Figur des Redemptor mundi in Kindsgestalt im Menschwerdungsmythos verlor im säkularen Bereich allmählich immer mehr von ihrer Würde und wich schließlich fast gänzlich einer Auffassung, die sich bedenklich dem Kitsch näherte. Sie wurde im Zuge dieser Umbrüche auf die Gestalt des herzigen Christkindchens »mit rotgefrorenem Näschen« reduziert, das braven Kindern die Weihnachtsgeschenke in einem großen Sack heranschleppt. Fast jeder kennt noch heute das überaus populäre Gedicht von Anna Ritter (1855-1921) »Denkt euch, ich habe das Christkind gesehen« – von dort wanderte der Gabensack inzwischen zum schlittenfahrenden, letztlich weder mythologisch noch historisch legitimierten Weihnachtsmann.

Der seit Anfang des 17. Jahrhunderts belegte Nürnberger Christkindlesmarkt (mit derzeit jährlich zwei Millionen Besuchern) wird stets von einer ursprünglich das Christkind allegorisierenden Gestalt eröffnet, die man in neueren Zeiten – durch eine junge Nürnberger Schauspielelevin dargestellt – zumeist als Allegorie eines hübschen weiblichen Engels im Backfischalter fehlinterpretiert, was dem alten Text des dem Christkind in den Mund gelegten Prologs widerspricht, der sich mit einem Appell an die Erwachsenen wendet, sich an die Weihnachtsfeste ihrer Kindheit zu erinnern:

»Ihr Herrn und Fraun,
die ihr einst Kinder wart
seid es heute wieder,
freut euch in ihrer Art.
Das Christkind lädt ein.«

Die zum Fest vorherrschende nostalgisch geprägte Erinnerung der Erwachsenen an Ereignisse und Stimmungen in ihrer Kinderzeit wird unter anderem auch durch viele literarische Zeugnisse offenkundig.

Dafür nur zwei Beispiele: 1932 erschien Thornton Wilders erfolgreichstes Bühnenstück »The long Christmas Dinner« (1961 als Oper von Paul Hindemith uraufgeführt). Familiäre Weihnachtsfeiern einer x-beliebigen Großfamilie zwischen 1840 und 1930 werden in chronologischer Folge vorgestellt. Die für die USA typischen, lange tradierten Bräuche und Zeremonien erscheinen immer mehr ausgehöhlt und überlebt, sodass man von Jahr zu Jahr weiter in einen gedankenlosen Trott verfällt, dem sich die jüngsten Generationen entziehen. Feststehende, aber allmählich verblassende und ihres Sinnes verlustig gehende Traditionen sind nur noch ein nostalgisches Thema, während Berichte über neuerliche Familienschicksale einen immer breiter werdenden Raum einnehmen und schließlich mit »Christmas« so gut wie nichts mehr zu tun haben.

1952 erregte Heinrich Böll mit seinen Kurzgeschichten (darunter besonders »Nicht nur zur Weihnachtszeit«) zum ersten Mal großes Aufsehen. Es ist für den Umgang mit dem Weihnachtsfest im Deutschland der Nachkriegszeit bezeichnend, dass Böll gerade ihn als Stoff für seine erste satirische Erzählung wählte. Am 2. Februar soll wie in jedem Jahr der Tannenbaum abgeschmückt und entfernt werden (mit dem Fest Mariae Lichtmess endet der kirchliche Weihnachtsfestkreis). Diesmal aber weigert sich die schon etwas betagtere Kölner Katholikin gegen den alten Brauch; ihr hysterisches Schreien kann nur durch eine Tannenbaumtherapie gestillt werden: Man feiert zwei Jahre hindurch ununterbrochen Weihnachten mit obligatorischem Besuch des Pfarrers, der sich später erschöpft durch einen Kaplan ablösen lässt. Die Familie leidet schwer an der immerwährenden Feier »nicht nur zur Weihnachtszeit« und gerät auf verschiedene Abwege. Man hat Bölls Satire als Gleichnis des sich total veräußerlichenden Kulturbetriebs gedeutet, der sich besonders im völlig sinnentleerten Umgang mit den weihnachtlichen Symbolen zeigt. Selbst die katholischen Priester machen gute Miene zu diesem üblen Spiel, in dem die Feier der Menschwerdung Gottes keinen Platz mehr hat. Die Bedeutung vieler schöner und tiefsin-

niger Bräuche ist vergessen. Sie werden zum Teil noch gedankenlos und weit außerhalb ihres Platzes im Festkalender nachgespielt und erreichen in ihrer durch eine halbverrückte Tante erzwungenen Fortsetzung einen traurig-grotesken Höhepunkt. Die Familie und der Freundeskreis spielen nur eine Weile mit sich steigerndem Widerwillen die immerwährende Weihnachtsfeier mit, tragen auf Dauer aber psychische Schäden davon und kündigen schließlich die vorgespielte Gemeinschaft unterm immer brennenden Tannenbaum auf – auch ein Beleg für die jüngst häufiger zu beobachtende Tendenz, dass ausgerechnet beim traulichsten aller Familienfeste viele Konflikte aufbrechen und streitig ausgetragen werden, damit die weihnachtliche Engelsverheißung »Friede den Menschen auf Erden« ins genaue Gegenteil verkehrend.

Der Aufweis, wie gedanken- und letztlich traditionslos man gerade mit den weihnachtlichen Symbolen umgeht, hat Loriot 1976 mit einem schnell populär gewordenen Schlagwort auf die Spitze getrieben. Nicht nur der immer sichtbarer werdende Verlust inzwischen weitgehend bedeutungslos gewordener (und teilweise umweltschädigender) weihnachtlicher Requisiten wird beklagt, sondern sogar noch deren nicht mehr vorhandene Fülle: »Früher war mehr Lametta« – der immer wiederholte Seufzer des Großvaters Hoppenstedt kann die Entwicklung nicht mehr umkehren; daran ändert auch der Vortrag des geschrumpften Weihnachtsliedrepertoires des Enkels Didi nichts: »Zicke zacke Hühnerkacke«, mit dem ein nicht mehr zu übertreffender Tiefstpunkt des Gesanges unterm Tannenbaum erreicht ist. Das kann man nur noch satirisch kommentieren.

Das Weihnachtsfest in der Literatur

Sagen und Erzählungen von den Rauhnächten und den sie bestimmenden Figuren (nach deren schreckenerregendem Aussehen benannt: »rauh« = wild; »Rauch« = Fell, weist auf die Be- oder Verkleidungen) kann man in gewisser Weise als Vorläufer christlich geprägter weihnachtlicher Literatur ansehen, wie ja auch das heidnische Julfest selbst erst relativ spät seinen Platz für Weihnachten endgültig geräumt hat.

In auffallendem Gegensatz zu anderen europäischen Sprachen stehen die deutschen und skandinavischen Festbezeichnungen »Weihnachten« und »Jul«. Im französischen »Noël« wie im italienischen »Natale« oder im iberischen »Navidad« und »Natal« (alle nach dem lateinischen »natalis«) ist der Bezug zur Geburt (Christi) gegeben, im englischen »Christmas« ist die Christ- oder Weihnachtsmesse präsent; dagegen halten die dänische, schwedische und norwegische Sprache am heidnischen »Jul« fest, während die deutsche Bezeichnung »Weihnacht(en)«, die erstmals im 12. Jahrhundert in der heutigen Bedeutung belegt ist, auf die mittelhochdeutsche Wendung »ze den wihen nahten« (an den geweihten, heiligen Nächten) zurückgeht. Für die Germanen galt als Tagesbeginn die Mitternachtsstunde; für sie war »nahte« auch die Bezeichnung für Tage, wie man heute noch am englischen »fortnight« (vierzehn Tage) erkennen kann.

Als Weihnachtszeit galten zunächst die beiden Feiertage von der Vigil bis zum Ende des eigentlichen Festtags (24. und 25. Dezember). In altkirchlicher Zeit konnte indes die Pluralform »Weihnachten« auch auf zwölf Feiertage zwischen dem 24. Dezember und dem 6. Januar verweisen, von denen sechs die letzten des alten und wiederum sechs die ersten des neuen Jahres sind (man war rück- und vorausblickend »zwischen den Jahren«, wie man noch heute sagt). Damit kam aber nicht nur das alte kirchliche Fest der Heiligen Drei Könige (als Ende der Weihnachtstage) erneut ins Spiel, sondern auch die immer noch lebendige Erinnerung an die Rauhnächte oder das Jul-Fest der vorchristlichen Mythologie: Genau in diesem Zeitraum führten nach dem Volksglauben der Gott Wotan und Frau Holle (auch Perchta) ihre Wilde Jagd durch die Lande. Teilweise war man des Glaubens, dass diese sich aus den Toten des vergehenden Jahres zusammensetzte. Der Zug führte unter den Teich der Frau Holle, die dort am Hohen Meißner als Totengöttin herrschte. Frau Holle war aber zugleich die Göttin der Fruchtbarkeit und des mit der Wintersonnenwende neu erwachenden Lebens in der Natur (nach altem Kinderglauben holte der Storch die Neugeborenen zudem aus dem Frau-Holle-Teich). Andere schrieben der germanischen Totengöttin auch den Schneefall zu, dessen Ursprung man also in der winterlichen Unterwelt vermutete, womit eine Verbindung zu den Wintervorstellungen der antiken Mythologie (u.a. Persephone-Mythos) gegeben scheint.

Wie in Rom das Weihnachtsfest den Sol-Kult ablöste, so traten im deutschsprachigen Bereich die zwölf »wihen nahte« an die Stelle der heidnischen Rauhnächte. Das mag die Pluralform des Wortes »Weihnachten« beeinflusst oder zumindest begünstigt haben. Ganz unbezweifelbar leben heidnische Bräuche in »Jul« als Benennung des Weihnachtsfestes im Dänischen, Schwedischen und Norwegischen weiter: Das heidnische Julfest war, ähnlich wie die Rauhnächte, auf die Zeit um die Wintersonnenwende datiert und bezeichnete wohl auch Fest- und Trinkgelage. Es wurde noch lange nach der Christianisierung Skandinaviens gefeiert. Im 10. Jahrhundert hatte der norwegische König Håkon I. angeordnet, dass Jul- und Christfest nebeneinander am 25. Dezember feierlich begangen werden sollten und durften.

Vom Datum und von den Bezeichnungen »Weihnachten« und »Julfest« her lässt sich also eine gewisse Vermischung des christlichen Weihnachtsfestes mit älteren heidnischen Vorstellungen vermuten. Ähnliches ist noch spätestens seit dem 18. Jahrhundert in den skandinavischen Gebräuchen am Lucia-Tag (13. Dezember) zu beobachten, an dem Mädchen in weißem Gewand und mit einem Kerzenkranz auf dem Kopf die Bringerin des neuen Lichtes feiern: Die ins 4. Jahrhundert datierte Legende der frühchristlichen Jungfrau und Märtyrerin Lucia, die Dante wegen ihres Namens als heilige Trägerin des himmlischen Lichts feierte, wurde synkretistisch mit den vorchristlichen Bräuchen am kürzesten Tag des Jahres (nach Zählung des alten Kalenders eben der 13. Dezember) verbunden. Auf den nordfriesischen Inseln folgte erst im 19. Jahrhundert auf den noch heidnisch geprägten »Kenkenbuum« der Weihnachtsbaum mit christlichen, aber auch vom Vorgänger entlehnten, zum Teil noch heute begegnenden Symbolen.

Wie lange und wie selbstverständlich diese Mythologien (wenn auch die älteren nur noch als Schwundform) nebeneinander existierten, erweisen viele abergläubische Vorstellungen vom und neben dem Weihnachtsfest bis heute. Wie man sich etwa in den durch das Gespensterunwesen als gefährlich geltenden Rauhnächten zu schützen versuchte, ist noch zu Beginn des 18. Jahrhunderts vielfach belegt: »Die zwölff naecht zwischen Weihenacht vnd Heyligen drey Künig tag ist kein hauß das nit all tag weiroch rauch in yr herberg mache / für alle teüfel gespenst vnd zauberey« (im Blick auf diese Räucherungen, wie sie später mit Weihrauch vorgenommen wurden, bezeichnet man die »Freien Nächte« auch als »Rauchnächte«). Dass neben dieser Auffassung der Rauhnächte eine Interpretatio Christiana Raum gewann und sich allmählich ganz durchsetzte, dafür ist Shakespeare ein klassischer Zeuge. Zu Beginn seines um 1600 entstandenen »Hamlet« heißt es von »des Hahnes Krähen«:

> Sie sagen, immer, wenn die Jahrszeit naht,
> Wo man des Heilands Ankunft feiert, singe
> Die ganze Nacht durch dieser frühe Vogel;
> Dann darf kein Geist umhergehn, sagen sie,
> Die Nächte sind gesund, dann trifft kein Stern,
> Kein Kobold schweift, noch können Hexen zaubern:
> So gnadenvoll und heilig ist die Zeit.

Das früher in »der Jahrszeit« herrschende Spukwesen ist durch »des Heilands Ankunft« während der Weihnachtstage zum Schweigen gebracht. Bei Shakespeare ist die Vorstellung also genau umgekehrt: Während in heidnischer Zeit in den Rauhnächten alle schadenstiftenden Geister los waren, sind seit der Christianisierung gerade diese Nächte geheiligt, frei vom Koboldsunwesen und frei von Zauber- und Hexereien. Später finden sich solche Spuren der Vorstellung von den schadenstiftenden Geistern der Rauhnächte nur noch sehr versteckt. Theodor Fontane hat 1880 das Zugunglück auf der »Brücke am Tay« vom 28. Dezember 1879 als Ballade gestaltet. Hier sind es die aus Shakespeares »Macbeth« bekannten Hexen, die in der Zeit der Rauhnächte, genau drei Tage nach dem christlichen Weihnachtsfest, tödliches Unglück bringen: Die Eltern des Lokführers preisen die neue Verkehrstechnik und bereiten diesem eine nachträgliche Bescherung vor (»was noch am Baume von Lichtern ist, zünd' alles an wie zum heiligen Christ«, sagt der Vater zur Mutter). Aber anders als bei Shakespeare schützt die heilige Weihnachtszeit nicht vor den dämonischen Geistern der Rauhnächte: Geheimnisvoller Hexenspuk und christliches Weihnachtsfest stehen nebeneinander, Ersterer zeigt sich allerdings am Ende der Ballade (und damit auch in der nacherzählten Katastrophe am Tay) als wirkmächtiger, ohne dass dies dem Personal der Ballade bewusst würde.

In der kirchlichen Liturgie wie im Brauchtum wurde der sogenannte Weihnachtsfestkreis immer mehr ausgedehnt: Als Endpunkt galt nun der 2. Februar, das Fest der Darstellung Jesu im Tempel 40 Tage nach Weihnachten gemäß jüdischem Brauch. Der Beginn der vorweihnachtlichen Buß- und Fastenzeit wurde am 1. Adventssonntag begangen. In Parallele zu den 40 nachweihnachtlichen Tagen und zur Dauer der vorösterlichen Fastenzeit sowie in Nachahmung der 40 Tage, die Jesus vor seinem öffentlichen Wirken in der Wüste gefastet hatte (Mt 4.1 f., Lk 4.1 f.), legte man eine sechswöchige Weihnachtsfastenzeit fest, die an der Vigil des Martinsfestes (10. November) begann; an diesem Tag erhielten die Dienstleute ihren Jahreslohn und feierten den bis heute üblichen Martinsschmaus (dass dabei auch einmal zu Ende des 12. Jahrhunderts der berühmte Minnesänger Walther von der Vogelweide beteiligt war, ist historisch bezeugt). Später wurden die Kinder am Martins- und am Nikolaustag beschenkt (beide frühchristlichen Heiligen waren Bischöfe und beider Legenden erzählen von ihren Gaben, die sie auf wunderbare Weise den Menschen zukommen ließen). In Gegenden, in denen man das Geburtsfest Christi am 6. Januar feierte, gab es vor diesem Datum ebenfalls eine sechswöchige Fastenzeit, mit dem ersten Adventssonntag oder dem 25. November beginnend, wie es noch die Redensart »Sankt Kathrein stellt's Tanzen ein« bezeugt (der 1518 entstandene Weihnachtsaltar der Korbacher Nikolaikirche bildet als einzige Heilige, die nicht zum eigentlichen Festkreis gehört, wegen dieses Datums ihres Namenstages die Heilige Katharina ab).

Die vorliegende Auswahl

Die hier versammelten Texte, Lieder, Gedichte und Geschichten haben direkt oder im weiteren Sinn mit dem Thema ›Weihnachten‹ zu tun. Sie folgen weitgehend der Chronologie ihrer Entstehung. Damit ergibt sich auch ein Eindruck von den Wandlungen der Auffassung und des Umgangs mit dem weihnachtlichen Geschehen und den auf dieses zurückgehenden Bräuchen. Es wird ein Bogen von Spuren der germanischen Rauhnächte und der vorchristlichen römischen Tradition bis ins 20. Jahrhundert geschlagen. Dabei finden sich gleichermaßen Texte zu den Ereignissen der Heiligen Nacht in Bethlehem nach der Vorgabe der Evangelien wie zu den im christlichen Kirchenjahr voraufgehenden und folgenden Festtagen zwischen dem 10. November und dem 2. Februar. Sie berichten über Sitten und Gebräuche, vor allem von Wundern und den nach dem Volksglauben Gaben schenkenden Gestalten, aber auch von heiteren und traurigen Begebenheiten, die sich an den Weihnachtsfeiertagen oder in deren Aura zugetragen haben.

Alle literarischen Gattungen dabei zu berücksichtigen ist nicht möglich; so bleiben zum Beispiel Texte der spätmittelalterlichen Krippen-, Dreikönigs- oder Nikolausspiele unberücksichtigt. Hier sind Lieder und Gedichte, Erzählungen, Sagen sowie Textpassagen aus Novellen oder Romanen, Briefen oder Tagebüchern vertreten. Die zunehmend gebrauchte irreführende Gattungsbezeichnung »Weihnachtsmärchen« betrifft keine genuinen Volksmärchen, in denen Weihnachten irgendwie ein Thema wäre, vielmehr werden für diese missverständliche Klassifizierung Texte reklamiert, die zur Zeit der Festtage, ob mit oder ohne Bezug auf Weihnachten, mit Vorliebe erzählt, vorgelesen und auf der Bühne gespielt werden.

Gibt es tatsächlich keine ›Weihnachtsmärchen‹? Basiles »Pentamerone« (1634), Perraults »Contes de ma mère loye« (1697) oder Grimms »Kinder- und Hausmärchen« (1812) – um nur die berühmtesten, einflussreichsten und gattungsbestimmenden Märchensammlungen Europas zu nennen – geben in Sachen ›Weihnachtsmärchen‹ nichts, wirklich gar nichts her. Von ›echten‹ Wundern – die entscheidende Voraussetzung, einen Text der Gattung »Märchen« zuordnen zu können – wird nach Durchsetzung monotheistischer Weltanschauungen ausschließlich in Legenden erzählt; denn Wunder können letztlich nur dem allmächtigen Gott oder seinen Heiligen zugeschrieben werden und haben in der Welt der Märchen keinen Platz, da diese der Christenlehre nicht entspricht.

In den Dutzenden Büchern, die fast jährlich mit dem anscheinend verkaufsfördernden Titel »Weihnachtsmärchen« auf den Markt kommen, wird eine gewisse Hilflosigkeit der Anthologisten spürbar, die in Grimms Märchen immer erneut und vergeblich einen Text zum Thema ihres Buches suchen. Man nimmt dann oft als ›Ersatz‹ den Vexiertext »Der goldene Schlüssel« auf, weil darin zweimal das Wort »Schnee« vorkommt, dazu ein Kästchen, von dessen offenbar wertvollen Schätzen man allerdings nichts erfährt.

Die vorliegende Sammlung wird trotzdem mit Märchen und Sagen eröffnet, und zwar aus dem »Frau Holle«-Kreis. Das ist durch Übernahme einiger Elemente der Vorstellung von den in vorchristlicher Zeit gefeierten Rauhnächten in die Überlieferung der christlichen Weihnachtsgeschichten oder durch ihr Weiterleben nach der Zeit der Christianisierung gerechtfertigt. Im gleichen Sinn stellt die im Mittelalter als göttliche Offenbarung gewertete Prophezeiung des vorchristlichen Dichters Vergil eine Brücke zwischen den urtümlichen und den christlichen Mythen und Glaubenssätzen dar. Dass die Aktivitäten der Frau Holle genau in die Zeit zwischen Heiligem Abend und Dreikönigsfest fallen, verbindet diesen Mythos auf seine Weise mit dem christlichen Festkalender. Auch die in mancher Hinsicht mit Frau Holle verwandte italienische Hexe Befana treibt bis heute ihr Wesen in der Nacht vom 5. auf den 6. Januar – genau am Ende des engeren weihnachtlichen Festkreises. Wie Frau Holle – oder auf andere Weise die bei den Slawen populäre Hexe Baba-Jaga – spendet sie Lohn und Strafe in der Zeit der alten Rauhnächte, eine Rolle, die dann dem Heiligen Nikolaus oder dem Christkind übertragen wurde.

Nicht nur die Nationalsozialisten in Deutschland, sondern zuvor schon die Faschisten Italiens wollten denn auch die weihnachtlichen Traditionen unter Umgehung des Christentums wieder an heidnische Bräuche anschließen: So wurde in Italien 1928 verordnet, statt des Dreikönigsfestes sei die »Befana fascista« zu feiern; in Deutschland galt die Parole der Regermanisierung des »Festes der Volksgemeinschaft unterm Lichterbaum« mit konsequenter Ausschaltung christlicher Glaubensvorstellungen und Bräuche zugunsten verschwiemelter Vorstellungen (»Hohe Nacht der klaren Sterne ...«), was allerdings nicht viel fruchtete und heute vergessen ist. Die beabsichtigte Entchristlichung einiger Festgedanken hat allerdings auch außerhalb totalitärer Ideologien und Anweisungen rasant zugenommen. Christkind oder Nikolaus sind in vielen Teilen der Welt durch den Weihnachtsmann, Väterchen Frost oder andere Phantasiefiguren verdrängt worden, sodass die heiligen Gestalten in immer weiteren Kreisen in Vergessenheit zu fallen scheinen.

Literatur zum Weihnachtsfestkreis schöpfte man zunächst aus Worten der Propheten des Alten und vor allem aus den Berichten der Evangelisten des Neuen Testaments. Die Bibel wurde schon früh in einzelne germanische Sprachen übertragen, so etwa im 4. Jahrhundert ins Gotische. Im frühen Mittelalter war »daz buoch« (so nannte man sie selbstverständlich, die alles dominierende Heilige Schrift) Grundlage für mehr oder weniger freie Nachdichtungen und Auslegungen wie etwa im altsächsischen »Heliand« oder wie im »Tatian« und in Otfrieds »Christ« in althochdeutscher Sprache. In diesen frühen deutschsprachigen Zeugnissen wird die Geburtsszene in nüchterner Diktion, völlig unsentimental, ohne spürbare Empathie für die handelnden Figuren wie für den Rezipienten erzählt. Außerhalb der kirchlich bestimmten Literatur über das biblische Geschehen der Geburt Christi und der sie umgebenden Begebenheiten begegnet sie im Altdeutschen erst ab dem 12. Jahrhundert; in der althochdeutschen Zeit (von 800 bis 1100) war das Weihnachtsgeschehen eher ein Randthema in der Belehrungsliteratur für Laien oder in anspruchsvoller Prosa für Theologen geblieben. Erst mit der klösterlichen Bewegung um Petrus Damiani (1007 bis 1072) entwickelt sich ein Einfühlen in die biblischen Personen und Geschehnisse. Hier und in der Folge (Melker Marienlied aus dem Jahr 1140 – Maria als Königin –; die »Driu liet von der maget« des Priesters Wernher von 1172 – Kindheit Jesu von der Geburt bis zur Rückkehr aus Ägypten) rückt die Gestalt der Mutter Maria erstmals mehr in den Mittelpunkt, wobei Apokryphen herangezogen werden, um ›Leerstellen‹ der Evangelien auszufüllen. Der Beginn deutschsprachiger Lyrik (Wort und Ton sind hier stets untrennbar verbunden) entwickelt sich parallel zur nun verstärkt aufkommenden Marienverehrung und zur Kreierung volkssprachiger Kirchenlieder, die häufig das weihnachtliche Geschehen zum Thema haben. Natürlich gewannen sie nur langsam ihren Platz neben den altüberkommenen lateinischsprachigen Hymnen oder gregorianischen Chorälen (wie die bis heute berühmten und im liturgischen Gebrauch gebliebenen »Hodie nobis caelorum rex de virgine nasci« oder »O magnum Mysterium«).

Ein großer Impuls für die wachsende Präsenz weihnachtlicher Themen in deutschsprachigen Predigten und Liedern geht von der frühen Mystik, vor allem Taulers, Seuses und ihrer Kreise, aus. Man vertieft sich meditierend in die biblischen Geheimnisse und ihre Bedeutung für die menschliche Seele. So gibt es etwa Betrachtungen über eine dreifache Geburt des Erlösers: aus Gott dem Vater vor aller Zeit, im Stall zu Bethlehem durch die Jungfrau Maria und als Wiedergeburt im Herzen des gläubigen Christen, wie es der berühmteste Barockmystiker Angelus Silesius noch im 17. Jahrhundert auf den Punkt gebracht hat (»Ach könnte nur dein Herz zu einer Krippe werden, Gott würde noch einmal ein Kind auf dieser Erden«).

Ungefähr zeitgleich mit der Entstehung der frühen mittelhochdeutschen Lyrik sind erstmals deutschsprachige Kirchenlieder überliefert, die man später zwar chronologisch unzutreffend, aber doch nicht ohne Grund dem Kreis um Johannes Tauler (Mitte des 14. Jahrhunderts) und seiner Schüler zuschrieb, die in ihren lehrhaften Predigten und Schriften hundert Jahre nach der Verbildlichung der Geburt Christi durch Franz von Assisi erstmals die gemütvolle Betrachtung der biblischen Geschehnisse unters Volk brachten.

Die ersten Weihnachtslieder sind allerdings schon lange vor Tauler im 12. Jahrhundert entstanden und gesungen worden. Sie sind von jeder historischen Sicht wie vor allem von jeglicher Weihnachtsidyllik weit entfernt. Eine fragmentarische Aufzeichnung des wohl ältesten deutschsprachigen Weihnachtsliedes stammt aus dem Jahr 1300: »Syt willekomen, heire kirst« (Seid willkommen, Herr Christus). Die vollständige Fassung des Textes (»Nun sei uns willkommen, Herre Christ ...«) wurde nach einer niederländischen Handschrift übersetzt und besonders am Niederrhein populär. Das deutschsprachige Lied hatte seinen liturgischen Platz im Anschluss an das Evangelium der lateinischen Messe vom Weihnachtsvortag.

Die wenigen Zeilen sind Ausdruck der mittelalterlichen Vorstellung, dass sich die biblischen Geschehnisse immer wieder im Hier und Jetzt, also in der Gegenwart der Singenden (»Nun«) ereignen, wie es ja auch die frühen Geistlichen Spiele bezeugen, die etwa die Weihnachtsgeschichte in dem aktuellen Aufführungsort und in der Gegenwart situieren, parallel zum Verständnis der Messfeier, in der immer erneut die Erlösung vergegenwärtigt (und nicht nur erinnert) wird.

Diese Art der Vergegenwärtigung der biblischen und vor allem auch der weihnachtlichen Geschehnisse in Liturgie, Geistlichem Spiel, Bildender Kunst, Prosa und Lyrik – das heißt, alles im zeitgenössischen Ambiente vorzustellen – ist bis zur Zeit der Aufklärung und dem Beginn des Historischen Denkens dominant; seitdem versuchte man, in Erzählungen und Bildern die geschichtlichen Vorgaben im Geist der früheren Geschehnisse realistisch wiederzugeben. Was über die Epochenschwellen gleich bleibt, sind die Vorliebe für bestimmte Motive und Symbole und deren Ausdeutung.

Auch die frühen Weihnachtslieder sind Verkündigung im Volksgesang. Viele gehen zunächst noch von lateinischsprachigen Vorlagen aus, indem sie lateinische und deutsche Verse oder Strophen im Wechsel bieten. Zu den ältesten und berühmtesten zählen zwei Weihnachtslieder »In dulci jubilo, nun singet und seid froh« sowie »Quem pastores laudavere, den die Hirten lobten sehre.« Bezeichnenderweise nach dem Anfang des Letzteren erhielt eine ganze literarische Gattung die Bezeichnung »Quempaslieder«. Sie wurden jahrhundertelang in weihnachtlichen Gottesdiensten, Christmetten, Christvespern (oft als einzige deutschsprachige Texte) gesungen und kamen von dort ins allgemeine weihnachtliche Brauchtum. Anfang des 17. Jahrhunderts markieren Editionen von Michael Praetorius den Höhepunkt in der Geschichte der Quempaslieder, an die im 20. Jahrhundert noch einmal erfolgreich angeknüpft wurde.

Man kann wohl ohne Übertreibung sagen: Deutsche Weihnachtslieder innerhalb und außerhalb der Kirchen gehören zu den ältesten und nach wie vor beliebtesten Vertretern der Gattung Geistliches Lied. Sie sind teilweise in aller Welt verbreitet und bilden noch heute einen Kernbestand des ansonsten im Schwinden begriffenen häuslichen Singens (dass in jüngerer Zeit im Allgemeinen und zur Weihnachtszeit im Besonderen immer weniger gesungen wird, hat natürlich auch viel mit den modernen Medien seit der Schallplatte oder dem Radio zu tun: Man lässt singen).

Ein ungeheurer Impuls für das Genre ging zu Beginn der Neuzeit vom protestantischen Liedgesang aus. Luthers 1535 entstandenes berühmtestes Weihnachtslied »Vom Himmel hoch, da komm ich her, ich bring euch gute neue Maer« ist der Zenit dieser neuen Blüte. Es wurde wie die meisten populären Weihnachtslieder alsbald konfessionsübergreifend gesungen.

Dass Luther das Lied zunächst zum Privatgebrauch für seine Kinder dichtete, zeugt einerseits dafür, dass inzwischen kirchliches und häusliches Festritual nebeneinander bestanden, und deutet andererseits auf einen grundsätzlichen Wandel im Blick auf die Liedrezeption voraus (die dann in der Biedermeierzeit mit Liedern wie »Ihr Kinderlein, kommet«, »Alle Jahre wieder« oder »Morgen, Kinder, wird's was geben« endgültig einen neuen Akzent setzt). Auch Textaussagen selbst veränderten sich im Sinn der neuen Lehre – für die meisten Liedersänger wohl unmerklich, für die Reformatoren aber wichtig. Luther geht von der Verkündigung der Engel nach dem Lukasevangelium aus, beruft dem biblischen Text entsprechend die Hirten, die Krippe und die Windeln; eine »Jungfrau auserkoren« wird indes nur am Rande, in einem einzigen von 60 Versen, erwähnt. Aus der Volksfrömmigkeit übernimmt Luther immerhin die Präsenz von »Rind und Esel« an der Krippe und den vorreformatorischen Brauch des weihnachtlichen Kindelwiegens (»Eia, Susani«). Die subtile Zurückdrängung der so sehr populären Marienverehrung zeigt sich etwa in der protestantischen Neufassung des wohl im 15. Jahrhundert entstandenen Weihnachtslieds »Es ist ein Ros' entsprungen«. Nach der Prophezeiung des Propheten Jesaia (Kap. 11.1) ist aus der »Wurzel Jesse«, einem Vorfahren Jesu (dem Vater Davids), ein Reis entsprungen: »Maria ists, die Reine, die uns das Blümlein bracht« – Maria ist das Reis (Ros'), aus der das »Blümlein« Jesus hervorgegangen ist. Daraus wurde in der evangelischen Fassung: »Das Röslein, das ich meine ... hat uns gebracht alleine, Marie die reine Magd« – Maria aus dem Stamm »Jesse« ist nun die »Wurzel zart«, aus der in Umdeutung des Wortes »Reis« die Rose Christus hervorgegangen ist. Entsprechend ist die zweite Strophe unterschieden:

Das Röslein, das ich meine, davon Isaias sagt: Maria ist's, die Reine, die uns das Blümlein bracht.	Das Röslein, das ich meine, davon Jesaja sagt, hat uns gebracht alleine Marie, die reine Magd.

In der Romantik wird die Weihnachtsgeschichte in Gedichten und Liedern ganz eng ans menschliche Gefühl herangeführt. Von da an verbreiten bestimmte Requisiten und Motive (zum Beispiel der Weihnachtsbaum, der zum ersten Mal in einem Lied nach 1824 erwähnt wird: »O Tannenbaum, wie grün sind deine Blätter«) weihnachtliche Stimmungen, wie sie die meisten der heute noch bekannten Texte erzeugen (wollen). In eins damit wandeln sich die weihnachtlichen Themen, die ihren Schwerpunkt nun mehr und mehr vom Zentrum der biblischen Verkündigung wegrücken: Der Glanz der Engelerscheinung, die Ärmlichkeit des Geburtsortes, die Herbergssuche bei Hartherzigen, die freundliche Zuwendung der Hirten, die Dunkelheit und Kälte einer Winternacht im Stall, die von einem Kometen inmitten leuchtender Sterne erhellt, vom Atem der

Tiere und durch das vom allmählich mehr beachteten Joseph entzündete Feuer erwärmt wird. Besonders den Kindern wird nun der Gnaden spendende Erlöser nahegebracht, indem das Christuskind ihnen die Weihnachtsgaben beschert.

Weihnachtsgeschichten gibt es in früheren Zeiten wenige. Erst seit dem 19. Jahrhundert nimmt ihre Zahl rapide zu. Sie erzählen nur selten direkt von den biblischen Geschehnissen, sondern zunächst von bemerkenswerten Ereignissen in der Weihnachtszeit, später dann vom Umgang der Menschen mit der weihnachtlichen Offenbarung, ihren Gefühlen, Festen und Bräuchen in dieser besonderen Zeit. Dabei registrieren die Erzähler genau, wie sich die Feier des Weihnachtsfestes mehr und mehr zu einer familiären Angelegenheit entwickelt, in der die Kinder zunächst eine große, dann fast die alleinige Aufmerksamkeit gewinnen. Die beinahe inflationäre Entstehung entsprechender Texte verdeutlicht das unübersehbar: Zahllose Lieder, etwa »Ihr Kinderlein, kommet«, »Morgen, Kinder, wird's was geben«, Eichendorffs und Storms Weihnachtsgedichte sind dafür ebenso Zeugen wie die Menge der Erzählungen, die um kindliche Erlebnisse in der Weihnachtszeit zentriert sind, wie Stifters »Bergkristall« oder Erinnerungen an häusliche Weihnachtsbräuche, über die Goethe und andere Dichter andeutend, Thomas Mann in den »Buddenbrooks« ausführlich berichten. Jüngst hat man den scheinbar naiven Ton des früheren Umgangs mit den Gestalten und Geschehnissen des Weihnachtsfestkreises wieder aufzunehmen gesucht. Man situierte die Geschichten, wie im Mittelalter selbstverständlich, realistisch in der Gegenwart und in der Heimat des Erzählers; so verfuhr zum Beispiel mit großem Erfolg der flämische Dichter Felix Timmermans in der Zeit nach dem Ersten Weltkrieg. Ihm folgen noch manche Kinder- und Jugendbuchautoren.

Daneben stehen Vergegenwärtigungen des biblischen Geschehens in wohlwollender milder Ironie. In jüngster Zeit erscheinen häufiger kritische Texte, die zuweilen im Jargon der Jugendsprache satirisch oder ironisch (wie seinerzeit schon Heinrich Heine) den säkularisierten Umgang mit dem weihnachtlichen Fest schildern.

Es ist eine gewaltige Fülle von Literatur aller Art zum Thema Weihnachten. Alle Zusammenstellungen können nur einen kleinen Ausschnitt bieten. Vielleicht ist der hier angebotene Gang durch die Literaturgeschichte ein Wegweiser zu den originellen poetischen Schätzen in allen Epochen, in denen sich das überzeitliche Thema jeweils eigenartig ausgeprägt hat.

Gliederung der Texte

Die orthographisch nicht modernisierten, vereinheitlichten Texte sind in der Gestalt der ausgewählten Vorlagen wiedergegeben.

Den Beginn machen einige vorchristliche Zeugnisse. Sodann sind die Texte nach sechs Themen des Weihnachtsfestkreises in der Folge des Kirchenjahrs gegliedert. Sie bieten ältere deutschsprachige Zeugnisse zum Thema, die in der Zeit vom Mittelalter bis zur Barockzeit (12. bis 17. Jahrhundert) entstanden sind, ergänzt durch einige Gedichte und Lieder aus neuerer Zeit. In einem umfassenderen dritten Teil sind Geschichten zur Weihnacht in lockerer chronologischer Folge (nach den Geburtsdaten der Verfasser) zusammengestellt, die in erster Linie zum (Vor-)Lesen gedacht sind.

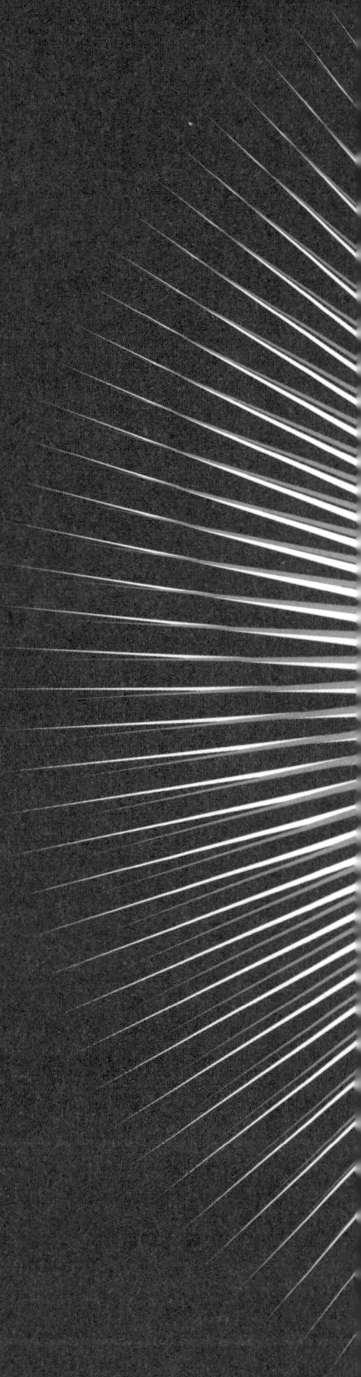

Vorstufen
zur Weihnacht

VORCHRISTLICHE ZEIT

›Rauhnacht-Abenteuer‹

Vorstufen zur Weihnacht

Einzelne Vorausdeutungen des römischen Staatsdichters Vergil (70-19 v. Chr.) auf die Ankunft eines Erlöserknaben hat man als Parallele zur Prophezeiung der Weihnacht gedeutet, die im Mittelalter gläubig rezipiert wurde und Vergil den Ehrentitel »Vater des (christlichen) Abendlandes« einbrachte.

Jesaja, der erste der großen Propheten, dessen Worte im Alten Testament überliefert sind, wirkte in der zweiten Hälfte des 8. vorchristlichen Jahrhunderts. Die christliche Bibelauslegung hat schon früh und bis heute einige seiner Prophezeiungen auf Empfängnis und Geburt des Erlösers Jesus Christus bezogen.

»Vorstufen« wird man ansonsten nur mit Vorbehalt anführen können. Die kalendarischen Übereinstimmungen zwischen dem eigentlichen Weihnachtsfest und den sogenannten – durch die wihen nachten verdrängten – Rauhnächten (24. Dezember bis 6. Januar) lassen einige Übereinstimmungen und einige Gegensätze erkennen. Zeugnisse zu den vorweihnachtlichen Rauhnächten sind nicht schriftlich überliefert, jedoch in einigen Sagen und Märchen mehr oder weniger deutlich bruchstückhaft erhalten.In der Hochliteratur spielt Shakespeare auf solche Kongruenzen und Gegensätze an: Während in vorchristlicher Zeit das Walten der Gespenster und bösen Geister in den zwölf Nächten ihre stärksten und gefährlichsten Auftritte hatten, wird im »Hamlet« betont, dass inzwischen gerade die Nächte seit der Geburt Christi »gnadenvoll und heilig« seien.

Einigen prägenden Figuren der vorchristlichen Rauhnächte ist bezeichnenderweise im Lauf der mündlichen Tradition ein typisches Doppelgesicht zu eigen. Frau Holle etwa ist eine Gottheit, die zu gleichen Teilen belohnt und bestraft und sowohl für die Verstorbenen eines Jahres wie auch für die Neugeburten zuständig war.

Neben anderen Gestalten ist etwa der Wode dem Personal der Rauhnächte zuzurechnen. In Theodor Storms »Schimmelreiter« kann man ihn noch umrisshaft erkennen. Wie sich Rauhnachts- und Weihnachtsvorstellungen vermischen, zeigt zum Beispiel die Erzählung von Heinrich Noë.

Im Aberglauben und in einigen Bräuchen haben sich Erinnerungen an die Rauhnächte – meist unerkannt – über tausend Jahre

erhalten. Noch lange fand in der »Zeit der Zwölften« eine Ausräucherung (»Rauchnächte«) des Hauses statt, die später die Geistlichkeit übernahm – aber auch dann noch schrieb man der Räucherung die Kraft zu, Hexen und Dämonen aus dem Haus zu vertreiben oder es vor deren Angriffen zu schützen. Ähnlichen Zwecken dienten die Lärm- und Maskenumzüge, die böse Geister abwehren sollten. Man sollte in diesen Tagen nicht waschen und schon ja nicht die Wäsche im Freien aufhängen – dann besteht Gefahr, dass sie vom Wilden Heer zerfetzt wird. Ebenso soll man nicht dreschen. Häusliche Arbeiten dürfen nicht unvollendet bleiben, vor allem Spinnrocken und Wickel müssen vollständig abgesponnen sein, sonst setzt es Strafen (ursprünglich durch Frau Holle oder Perchta).

FRAU HOLLE

BRÜDER GRIMM

Eine Witwe hatte zwei Töchter, davon war die eine schön und fleißig, die andere häßlich und faul. Sie hatte aber die häßliche und faule, weil sie ihre rechte Tochter war, viel lieber, und die andere mußte alle Arbeit tun und der Aschenputtel im Hause sein. Das arme Mädchen mußte sich täglich auf die große Straße bei einem Brunnen setzen und mußte so viel spinnen, daß ihm das Blut aus den Fingern sprang. Nun trug es sich zu, daß die Spule einmal ganz blutig war, da bückte es sich damit in den Brunnen und wollte sie abwaschen; sie sprang ihm aber aus der Hand und fiel hinab. Es weinte, lief zur Stiefmutter und erzählte ihr das Unglück. Sie schalt es aber so heftig und war so unbarmherzig, daß sie sprach: »Hast du die Spule hinunterfallen lassen, so hol sie auch wieder herauf.« Da ging das Mädchen zu dem Brunnen zurück und wußte nicht, was es anfangen sollte; und in seiner Herzensangst sprang es in den Brunnen hinein, um die Spule zu holen. Es verlor die Besinnung, und als es erwachte und wieder zu sich selber kam, war es auf einer schönen Wiese, wo die Sonne schien und vieltausend Blumen standen. Auf dieser Wiese ging es fort und kam zu einem Backofen, der war voller Brot; das Brot aber rief: »Ach, zieh mich raus, zieh mich raus, sonst verbrenn ich: ich bin schon längst ausgebacken.« Da trat es herzu und holte mit dem Brotschieber alles nacheinander heraus. Danach ging es weiter und kam zu einem Baum, der hing voll Äpfel, und rief ihm zu: »Ach, schüttel mich, schüttel mich, wir Äpfel sind alle miteinander reif.« Da schüttelte es den Baum, daß die Äpfel fielen, als regneten sie, und schüttelte, bis keiner mehr oben war; und als es alle in einen Haufen zusammengelegt hatte, ging es wieder weiter. Endlich kam es zu einem kleinen Haus, daraus guckte eine alte Frau, weil sie aber so große Zähne hatte, ward ihm angst, und es wollte fortlaufen. Die alte Frau aber rief ihm nach: »Was fürchtest du dich, liebes Kind? Bleib bei mir, wenn du alle Arbeit im Hause ordentlich tun willst, so soll dir's gut gehn. Du mußt nur achtgeben, daß du mein Bett gut machst und es fleißig aufschüttelst, daß die Federn fliegen, dann schneit es in der Welt; ich bin die Frau Holle.« Weil die Alte ihm so gut zusprach, so faßte sich das Mädchen ein Herz, willigte ein und begab sich in ihren Dienst. Es besorgte auch alles nach ihrer Zufriedenheit und schüttelte ihr das Bett immer gewaltig, auf daß die Federn wie Schneeflocken umherflogen; dafür hatte es auch ein gut Leben bei ihr, kein böses Wort und alle Tage Gesottenes und Gebratenes. Nun war es eine Zeitlang bei der Frau Holle, da ward es traurig und wußte anfangs selbst nicht, was ihm fehlte, endlich merkte es, daß es Heimweh war; ob es ihm hier gleich vieltausendmal besser ging als zu Haus, so hatte es doch ein Verlangen dahin. Endlich sagte es zu ihr: »Ich habe den Jammer nach Haus kriegt, und wenn es mir auch noch so gut hier unten geht, so kann ich doch nicht länger bleiben, ich muß wieder hinauf zu den Meinigen.« Die Frau Holle sagte: »Es gefällt mir, daß du wieder nach Haus verlangst, und weil du mir so treu gedient hast, so will ich dich selbst wieder hinaufbringen.« Sie nahm es darauf bei der Hand und führte es vor ein großes Tor. Das Tor ward aufgetan, und wie das Mädchen gerade darunterstand, fiel ein gewaltiger Goldregen, und alles Gold blieb an ihm hängen, so daß es über und über davon bedeckt war. »Das sollst du haben, weil du so fleißig gewesen bist«, sprach die Frau Holle und gab ihm auch die Spule wieder, die ihm in den Brunnen gefallen war. Darauf ward das Tor verschlossen, und das Mädchen befand sich oben auf der

Welt, nicht weit von seiner Mutter Haus; und als es in den Hof kam, saß der Hahn auf dem Brunnen und rief: »Kikeriki, unsere goldene Jungfrau ist wieder hie.« Da ging es hinein zu seiner Mutter, und weil es so mit Gold bedeckt ankam, ward es von ihr und der Schwester gut aufgenommen. Das Mädchen erzählte alles, was ihm begegnet war, und als die Mutter hörte, wie es zu dem großen Reichtum gekommen war, wollte sie der andern, häßlichen und faulen Tochter gerne dasselbe Glück verschaffen. Sie mußte sich an den Brunnen setzen und spinnen; und damit ihre Spule blutig ward, stach sie sich in die Finger und stieß sich die Hand in die Dornhecke. Dann warf sie die Spule in den Brunnen und sprang selber hinein. Sie kam, wie die andere, auf die schöne Wiese und ging auf demselben Pfade weiter. Als sie zu dem Backofen gelangte, schrie das Brot wieder: »Ach, zieh mich raus, zieh mich raus, sonst verbrenn ich, ich bin schon längst ausgebacken.« Die Faule aber antwortete: »Da hätt ich Lust, mich schmutzig zu machen«, und ging fort. Bald kam sie zu dem Apfelbaum, der rief: »Ach, schüttel mich, schüttel mich, wir Äpfel sind alle miteinander reif.« Sie antwortete aber: »Du kommst mir recht, es könnte mir einer auf den Kopf fallen«, und ging damit weiter. Als sie vor der Frau Holle Haus kam, fürchtete sie sich nicht, weil sie von ihren großen Zähnen schon gehört hatte, und verdingte sich gleich zu ihr. Am ersten Tag tat sie sich Gewalt an, war fleißig und folgte der Frau Holle, wenn sie ihr etwas sagte, denn sie dachte an das viele Gold, das sie ihr schenken würde; am zweiten Tag aber fing sie schon an zu faulenzen, am dritten noch mehr, da wollte sie morgens gar nicht aufstehen. Sie machte auch der Frau Holle das Bett nicht, wie sich's gebührte, und schüttelte es nicht, daß die Federn aufflogen. Das ward die Frau Holle bald müde und sagte ihr den Dienst auf. Die Faule war das wohl zufrieden und meinte, nun würde der Goldregen kommen; die Frau Holle führte sie auch zu dem Tor, als sie aber darunterstand, ward statt des Goldes ein

großer Kessel voll Pech ausgeschüttet. »Das ist zur Belohnung deiner Dienste«, sagte die Frau Holle und schloß das Tor zu. Da kam die Faule heim, aber sie war ganz mit Pech bedeckt, und der Hahn auf dem Brunnen, als er sie sah, rief: »Kikeriki, unsere schmutzige Jungfrau ist wieder hie.« Das Pech aber blieb fest an ihr hängen und wollte, solange sie lebte, nicht abgehen.

FRAU HOLLEN TEICH

BRÜDER GRIMM

Auf dem hessischen Gebirg Meißner weisen mancherlei Dinge schon mit ihren bloßen Namen das Altertum aus, wie die Teufelslöcher, der Schlachtrasen und sonderlich der Frau Hollen Teich. Dieser, an der Ecke einer Moorwiese gelegen, hat gegenwärtig nur vierzig bis fünfzig Fuß Durchmesser; die ganze Wiese ist mit einem halb untergegangenen Steindamm eingefasst, und nicht selten sind auf ihr Pferde versunken.

Von dieser Holle erzählt das Volk vielerlei, Gutes und Böses. Weiber, die zu ihr in den Brunnen steigen, macht sie gesund und fruchtbar; die neugeborenen Kinder stammen aus ihrem Brunnen, und sie trägt sie daraus hervor. Blumen, Obst, Kuchen, das sie unten im Teiche hat und was in ihrem unvergleichlichen Garten wächst, teilt sie denen aus, die ihr begegnen und zu gefallen wissen. Sie ist sehr ordentlich und hält auf guten Haushalt; wann es bei den Menschen schneit, klopft sie ihre Betten aus, davon die Flocken in der Luft fliegen. Faule Spinnerinnen straft sie, indem sie ihnen den Rocken besudelt, das Garn wirrt oder den Flachs anzündet; Jungfrauen hingegen, die fleißig abspannen, schenkt sie Spindeln und spinnt selber für sie über Nacht, dass die Spulen des Morgens voll sind. Faulenzerinnen zieht sie die Bettdecken ab und legt sie nackend aufs Steinpflaster; Fleißige, die schon frühmorgens Wasser zur Küche tragen in reingescheuerten Eimern, finden Silbergroschen darin. Gern zieht sie Kinder in ihren Teich, die guten macht sie zu Glückskindern, die bösen zu Wechselbälgen. Jährlich geht sie im Land um und verleiht den Äckern Fruchtbarkeit, aber auch erschreckt sie die Leute, wenn sie durch den Wald fährt, an der Spitze des wütenden Heers. Bald zeigt sie sich als eine schöne weiße Frau in oder auf der Mitte des Teiches, bald ist sie unsichtbar, und man hört bloß aus der Tiefe ein Glockengeläut und finsteres Rauschen.

FRAU HOLLA UND DER TREUE ECKART

BRÜDER GRIMM

In Thüringen liegt ein Dorf namens Schwarza, da zog Weihnachten Frau Holla vorüber und vorn im Haufen ging der treue Eckart und warnte die begegneten Leute aus dem Wege zu weichen, dass ihnen kein Leid widerfahre. Ein Paar Bauerknaben hatten gerade Bier in der Schenke geholt, das sie nach Haus tragen wollten, als der Zug erschien, dem sie zusahen. Die Gespenster nahmen aber die ganze breite Straße ein, da wichen die Dorfjungen mit ihren Kannen abseits in eine Ecke; bald nahten sich unterschiedene Weiber aus der Rotte, nahmen die Kannen und tranken. Die Knaben schwiegen aus Furcht stille, wussten doch nicht, wie sie ihnen zu Haus tun sollten, wenn sie mit leeren Krügen kommen würden. Endlich trat der treue Eckart herbei und sagte: »Das riet euch Gott, dass ihr kein Wörtchen gesprochen habt, sonst wären euch eure Hälse umgedreht worden; gehet nun flugs heim und sagt keinem Menschen etwas von der Geschichte, so werden eure Kannen immer voll Bier sein und wird ihnen nie gebrechen.« Dieses taten die Knaben und es war so, die Kannen wurden niemals leer, und drei Tage nahmen sie das Wort in Acht. Endlich aber konnten sie's nicht länger bergen, sondern erzählten aus Vorwitz ihren Eltern den Verlauf der Sache, da war es aus und die Krüglein versiegten.

FRAU HOLLA ZIEHT UMHER

BRÜDER GRIMM

In der Weihnacht fängt Frau Holla an herumzuziehen, da legen die Mägde ihren Spinnrocken aufs Neue an, winden viel Werk oder Flachs darum und lassen ihn über Nacht stehen. Sieht das nun Frau Holla, so freut sie sich und sagt:

so manches Haar,
so manches gutes Jahr.

Diesen Umgang hält sie bis zum großen Neujahr, d.h. den Heiligen drei Königstag, wo sie wieder umkehren muss nach ihrem

Horselberg; trifft sie dann unterwegens Flachs auf dem Rocken, zürnt sie und spricht:

so manches Haar,
so manches böses Jahr.

Daher reißen Feier-Abends vorher alle Mägde sorgfältig von ihren Rocken ab, was sie nicht abgesponnen haben, damit nichts dran bleibe und ihnen übel ausschlage. Noch besser ist's aber, wenn es ihnen gelingt, alles angelegte Werk vorher im Abspinnen herunter zu bringen.

DER WODE

KARL VIKTOR MÜLLENHOFF

Den Wode haben viele Leute in den Zwölften und namentlich am Weihnachtsabend ziehen sehen. Er reitet ein großes weißes Ross, ein Jäger zu Fuß und vierundzwanzig wilde Hunde folgen ihm. Wo er durchzieht, da stürzen die Zäune krachens zusammen und der Weg ebnet sich ihm; gegen Morgen aber richten sie sich wieder auf. Einige behaupten, dass sein Pferd nur drei Beine habe. Er reitet stets gewisse Wege an den Türen der Häuser vorbei und so schnell, dass seine Hunde ihm nicht immer folgen können; man hört sie keuchen und heulen. Bisweilen ist einer von ihnen liegen geblieben. So fand man einmal einen von ihnen in einem Hause, einen andern auf dem Feuerherde, wo er liegen blieb, ständig heulend und schnaufend, bis in der folgenden Weihnachtsnacht der Wode ihn wieder mitnahm. Man darf in der Weihnachtsnacht keine Wäsche draußen lassen, denn die Hunde zerreißen sie. Man darf auch nicht backen, denn sonst wird eine wilde Jagd daraus. Alle müssen still zu Hause sein; lässt man die Tür auf, so zieht der Wode hindurch und seine Hunde verzehren alles, was im Hause ist, sonderlich den Brotteig, wenn gebacken wird.

Einst war der Wode auch in das Haus eines armen Bauern geraten, und die Hunde hatten alles aufgezehrt. Der Arme jammerte und fragte den Wode, was er für den Schaden bekäme, den er ihm angerichtet. Der Wode antwortete, dass er es bezahlen wolle. Bald nachher kam er mit einem toten Hunde angeschleppt und sagte dem Bauern, er solle den in den Schornstein werfen. Als der Bauer das getan, zersprang der Balg, und es fielen viele blanke Goldstücke heraus.

(gekürzt)

RAUH-NACHT-ABENTEUER

HEINRICH NOE

Am heiligen Christabend saß der Bauer in seiner Stube und unterhielt sich mit den Knechten über Dinge, welche an den Winterabenden gern besprochen werden, über Geister und Hexen, Teufel und Gespenster. Dabei war auch die Rede von Begegnungen, welche man zur Nachtzeit mit Unbekannten haben könne und wie gefährlich es mitunter sei, sich mit Gestalten einzulassen, welche plötzlich irgendwo auf rätselhafte Weise auftauchen. Insbesondere ging die Rede davon, wie bedenklich es sei, in der Heiligen Nacht auf die Jagd zu gehen. Denn in dieser Nacht, in welcher Milch und Honig fließt und auch die Tiere reden können, liegt eine Weihe über allem Geschaffenen, welche eine Verletzung des Lebendigen zum Frevel macht. Wer dergleichen aber dennoch unternahm, der ist schlecht weggekommen oder hat gar über seinem Tun das Leben verloren.

Der Bauer stopfte sich eine frische Pfeife und zündete sie an. Dann nahm er einen Schluck Schnaps, der für das Gesinde auf dem Tisch stand, und begann folgendermaßen: »Ihr wisst ja doch alle, dass die Leute, die sich mit den Hexen einlassen wollen, sich zuerst einen Stuhl verschaffen müssen, der aus neunerlei Gattungen von

Nadelholz zusammengesetzt ist. Auch habt ihr schon davon gehört, dass dieser Stuhl gemacht werden muss, während am Sonnenwendtag die Feierabendglocke geläutet wird. Und wie rachsüchtig die Hexen sind, davon habt ihr gehört?«

Anstatt einer Antwort lachte ihm der Knecht ins Gesicht. Etwas barsch entgegnete der Bauer: »Mir sind schon viele untergekommen, die auch getan haben, als wenn sie nichts glaubten und sich vor nichts fürchteten. Wenn aber Gespenstergeschichten erzählt wurden, so haben sie sich doch kaum getraut, die Füße unter der Bank zu halten. Große und baumstarke Burschen habe ich schon gesehen, mit denen es so beschaffen war!«

Diese offene Anspielung stachelte den Knecht auf. Rasch erhob er sich von der Bank und rief dem Bauern zu: »So stell mich halt auf die Probe! Da müsste sich doch mein Vater noch im Grabe umdrehen, wenn ich nicht mehr Schneid hätte, als du mir zumutest.«

»Es gilt«, sagte der Bauer, »du kriegst von mir die beste Kuh im Stall, wenn du heute Nacht das tust, was ich dir sage. Aber ich bitte mir aus, dass es heute Nacht geschieht, heimkommen kannst du, wann du magst. Ich sag dir's noch einmal, du kannst dir die Kuh aussuchen, wie du willst, wenn du mir von der Voralpe den Milchseiher heute Nacht herabbringst.«

»Gut, Bauer, ich hol dir deinen Milchseiher«, sagte der Knecht. Darauf wurde nicht viel mehr gesprochen.

Ganz unverzagt schritt der Knecht in die winterliche Nacht hinaus, durch welche aus verschiedenen Höfen Lichter glänzten, denn selbst der Ärmste ehrt diesen Festabend wenigstens durch eine Talgkerze.

Nicht gerade schnell, aber gleichmäßigen Schrittes, wie es bei Gebirgsleuten der Brauch ist, schritt er gegen den Berg hinan und hatte in kurzer Zeit eine ziemliche Höhe erreicht. Da begegnete ihm plötzlich ein Mann, der als Jäger gekleidet war, ihn begrüßte und mit offenbarer Neugier fragte, wohin er denn heute Abend noch gehe. Der Knecht hielt es nicht für notwendig, ihm den eigentlichen Zweck seines Nachtwandelns auseinanderzusetzen, sondern sagte kurzweg, er müsse noch auf die Alpe gehen.

Der Jäger bat ihn um einen Gefallen. In einer am Bergwald liegenden Hütte solle er die geschichteten Wildhäute wenden; der Lohn dafür läge hinter der Tür. Der Knecht versprach, das zu besorgen, und setzte seinen Weg fort. Er selbst stieg bergauf, der Jäger aber wandte sich dem Tal zu. Während der Knecht so im Schnee weiterschritt, kam ihm das Abenteuer nach und nach überaus seltsam vor. Er war in der Gegend aufgewachsen, kannte alle Wege und Stege auf den Bergen, vermochte sich aber nicht an eine Hütte zu erinnern, die an der Stelle stehen sollte, welche der Fremde beschrieben hatte.

Die Nacht war ziemlich kalt, und in der Schnee-Einsamkeit der Berge wurde kein Laut vernehmbar als die Tritte seiner Füße, unter welchen der Schnee kreischte. Die Wälder ragten als weiße Mauern am Gesichtskreis, die Sterne flimmerten in vielfarbigem Licht.

Er war bereits ungefähr drei Stunden auf dem Weg, als er den Rand des Waldes erreichte. Hier nun steigerte er seine Aufmerksamkeit, um die Hütte und den Baum vor ihr nicht zu übersehen. Da stand richtig alles, wie es ihm beschrieben worden war. Er wendete die Rehdecken und suchte dann nach dem versprochenen Lohn, fand aber nichts als einen Haufen Tannenzapfen, deren einen er einsteckte, um ihn den Kindern des Bauern mitzubringen. Er verschloss die Hütte, hängte den Schlüssel an den Baum und ging weiter.

Endlich sah er die Almhütte vor sich. Diese war beleuchtet und bewohnt, welch Ersteres durch die obere Tür zu erkennen war, die geöffnet stand – etwa eine halbe Mannshöhe über dem Boden, wie man es im Sommer an den Sennhütten sieht, aus welchen durch diese Öffnung der Rauch herausgelassen wird. Unerschrocken und keineswegs durch die Unerhörtheit dieses Schauspiels einer in der Weihnachtsnacht beleuchteten Alphütte zurückgeschreckt, wollte der Bursche eben die untere Tür öffnen, als ihm die Sennerin wie eine Wildkatze entgegensprang.

Sie grinste ihn an und fragte in höhnischem Tone: »Hast du die Kuh schon?«

»Ja, wenn ich den Milchseiher herunterbringe, dann habe ich die Kuh«, entgegnete der Bursche ruhig.

Darauf packte die Sennerin den Knecht und warf ihn in einem Nu den Abhang hinunter, auf welchem die Hütte stand. Es verging eine Weile, bis er sich aufraffen und den Schnee aus den Augen reiben konnte. Aber einmal ist keinmal, und so machte er sich noch einmal auf den Weg zur grimmigen Sennerin. Wenige Augenblicke, nachdem er sich den Schnee von den Kleidern abgeschüttelt hatte, begann der vorige Auftritt von neuem. Die Sennerin tat die nämliche Frage, der Bursche gab die nämliche Antwort und flog auch richtig wieder gerade so über die Berglehne hinab. Aller guten Dinge sind drei, dachte er bei sich, klopfte den Schnee von seinem Wams und versuchte es zum dritten Male.

Diesmal aber kam es anders. Die Nachtsennerin war zahm geworden und übergab ihm den Milchseiher ohne Weiteres, ja bedankte sich noch bei ihm, zog ihn ans Feuer und erzählte ihm ihre Geschichte. Aus dieser aber war Folgendes zu entnehmen: Sie befand sich dermalen als Gespenst in der Sennhütte, und zwar als ein solches, welches dorthin seit dem Tod des lebendigen Körpers zur Pein und Strafe gebannt worden war. Während ihrer Lebzeit hatte sie ihre Arbeit als Sennerin sehr liederlich verrichtet und mit der Milch und anderem Erzeugnis der Alpe gewissenlos und verschwenderisch gewirtschaftet. Sie vernachlässigte das Vieh, beeinträchtigte den Eigentümer und beherbergte ihre Liebhaber. Für diese Verbrechen wurde sie nach ihrem Tode in eine Nachtsennerin verwandelt, das heißt in ein Gespenst, welches sich während der Winterzeit auf der Alpe aufhalten und alle Dienste verrichten muss, welche früher schon hätten geleistet werden sollen. Nunmehr aber war sie durch den Burschen erlöst.

Nach dieser Aufklärung verschwand die unheimliche Gestalt. Die Hüttentür, die soeben noch offen gewesen war und das Feuer des Herdes auf den Schnee hatte hinausleuchten lassen, war mit einem Male gesperrt, das Feuer selbst erloschen, und überhaupt schaute die Alphütte so aus wie jede andere während der Winterszeit. Der Knecht kehrte nach Hause zurück, lieferte das Milchsieb ab und berichtete beim Frühstück von seinen Erlebnissen. Kein Mensch kannte die Hütte, in welcher die Wildhäute gelegen sein sollten. Als der Knecht aber zur Bestätigung den Tannenzapfen hervorziehen wollte, den er mitgenommen hatte, da fand es sich, dass es ein Zapfen von Gold war. Eine Viertelstunde später waren weder Bauer noch Knechte mehr im Hause, sondern alle miteinander fortgegangen, um die Hütte mit dem goldenen Schatz zu finden. Der Wind hatte die Spuren ihres Vorgängers im Schnee noch nicht verweht. Andere Spuren aber wurden nicht angetroffen trotz aller Fragen, mit denen sie den Gewinner der Kuh bestürmten. Man fand weder die Fußstapfen des fremden Jägers noch die Hütte.

(gekürzt)

DER PROPHET JESAIA

(AUS DEN KAPITELN 45, 7, 9 UND 11)

Tauet, ihr Himmel, von oben, und die Wolken regnen Gerechtigkeit. Die Erde tue sich auf und bringe Heil, und Gerechtigkeit wachse mir zu. Ich, der Herr, schaffe es.

Darum so wird euch der Herr selbst ein Zeichen geben: Siehe, eine Jungfrau ist schwanger und wird einen Sohn gebären, der wird heißen Immanuel ... Denn uns ist ein Kind geboren, ein Sohn ist uns gegeben. Und die Herrschaft ist auf seiner Schulter; und er heißt Wunderbar, Rat, Kraft, Held, Ewig-Vater, Friedefürst; auf dass seine Herrschaft groß werde und des Friedens kein Ende auf dem Stuhl Davids und in seinem Königreich, dass er's zurichte und stärke mit Gericht und Gerechtigkeit von nun an bis in Ewigkeit.

Und es wird eine Rute aufgehen von dem Stamm Isaias und ein Zweig aus seiner Wurzel Frucht bringen, auf welchem wird ruhen der Geist des Herrn, der Geist der Weisheit und des Verstandes, der Geist des Rates und der Stärke, der Geist der Erkenntnis und der Furcht des Herrn.

»SICELIDES MUSAE«

VERGIL (4. EKLOGE)

Schon ist das Ende der Zeit nach dem Lied von Cumae gekommen.
Und großartig beginnen den Lauf ganz neue Geschlechter.
Schon kehrt wieder die Jungfrau, und Saturns Regierung:
Schon steigen neue Geburten aus des Himmels Höhen.
Sei dem werdenden Knaben, mit dem das Eiserne Zeitalter schließt

Und auf dem ganzen Erdkreis sich die Goldene Zeit erhebt,

Sei nur, keusche Mondgöttin, ihm hold.

...

Erhebe dich, kleiner Knabe, und erkenne am Lächeln deine Mutter:

Lange haben sie bedrückt zehn schwere Monate.

Erhebe dich, kleiner Knabe.

Der Weihnachtsfestkreis

I. Sankt Martin

›Martin, lieber Herre‹

Der Heilige Martin (um 336 im heutigen Ungarn geboren) war zuletzt Bischof von Tours und wurde am 11. November 397 beigesetzt. Man hatte ihn schon zuvor wegen seines mönchischen Lebenswandels in Frömmigkeit und Armut geliebt und verehrt, auch weil er sein Amt im Dienst der Kirche und zum Wohl der Gläubigen arbeitsam und makellos führte. Er war der erste Bischof, der sich seelsorgerisch und in vieler Hinsicht hilfreich um die außerhalb der Städte lebenden sogenannten Pagani (Dorfbewohner, Bauern, Landleute) kümmerte. Sie hatten ihren Namen bezeichnenderweise nach Bekehrung und Taufe beibehalten, denn so bezeichnete man im alten Rom die Heiden. Um sie hatte sich das frühe Christentum kaum gekümmert. In der Regel wurden ihnen im Lauf ihres Lebens lediglich die Sakramente gespendet, weiter spielten sie im kirchlichen Leben keine Rolle. Dass Martin sein Hirtenamt auch in ihren Dienst stellte, war einigermaßen revolutionär und machte ihn in weitesten Kreisen populär und wirkte vorbildlich bis in die Gründerzeiten der Bettelorden (Franziskaner, Dominikaner) im frühen 13. Jahrhundert. Deren Mitglieder pflegten eine systematische und intensive Seelsorge in allen Bevölkerungskreisen. Bis heute rechnet man ihm hoch an, dass der ranghohe römische Soldat schon vor seiner Taufe als Kriegsdienstverweigerer auftrat.

Nach der Beisetzung in einer Kapelle der Kathedrale von Tours, wo sich sein Grab noch heute befindet und wo seine Reliquien – vor allem der nach der Legende mit einem Bettler geteilte Mantel – erhalten sind, entwickelte sich ein großes Wallfahrtswesen zu dem früh als fränkisches Nationalheiligtum gefeierten Ort. Nach dem Aufbewahrungsort des Mantels (lateinisch capella) haben noch heute die Kapellen ihren Namen; die Amtsbezeichnung Kaplan ist ihrerseits von Kapelle abgeleitet.

Aus alldem wird erkennbar, warum Martin zum ersten in der Gesamtkirche verehrten Heiligen wurde. Mit einem Dekret setzte Papst Martin (!) im Jahr 650 den Festtag auf den 11. November.

Dieser Tag wurde schon in vorchristlicher Zeit im alten Rom als Erntedankfest gefeiert. Der auch als gefühlter Winteranfang gewertete Termin galt seit jeher als Abschied vom alten und Beginn des neuen Wirtschaftsjahrs. Die an diesem Kalendertag üblichen Bräuche wurden zu einem großen Teil in die weltliche Feier des Martinstages übernommen, was zur Ausweitung der Heiligenlegende beitrug. An diesem Tag erhielten die Dienstleute ihren Jahreslohn. Es gab einen üppigen Martinsschmaus mit frisch geschlachteten Gänsen und neuem Wein (Martin galt als entscheidender Förderer des Qualitätsweinanbaus an der Loire). Auch die Kinder sollten sich zu Ehre des Heiligen gütlich tun, sie wurden mit Gebäck, Äpfeln und Nüssen beschenkt, Gaben, die man alsbald dem Heiligen zuschrieb. So wurde St. Martin neben St. Nikolaus zum vorweihnachtlichen Gabenspender. Die Kinder dankten ihm mit Fackelumzügen, wie sie bis zum heutigen Tag üblich und nach wie vor äußerst populär sind. Die mittelalterlichen Legenden verwoben die Ursprünge des Martinsbrauchtums mit der Lebensgeschichte des Heiligen. Die Geistlichen und erst recht die Laien machten bei ihrem Umgang mit den seit dem 12. Jahrhundert in Massen entstandenen Heiligenlegenden keinen Unterschied zwischen historischen Tatsachen und legendären Wundern – und das ist zum Teil auch in der Neuzeit so geblieben.

Die Hauptquelle für die Darstellung von Heiligenviten ist für das ganze Mittelalter und großteils weiter durch die Jahrhunderte bis in die Gegenwart die berühmte und sozusagen weltweit verbreitete »Legenda aurea« des Jacobus de Voragine. Deren einzelne Abschnitte müssen daher als ergiebigste Quelle für die liturgische Einrichtung großer Festtage sowie Kenntnisse über Leben, Werk und Wunder eines Heiligen herangezogen werden – so bildet auch für die sechs Hauptkapitel im vorliegenden Buch Voragines Darstellung des Weihnachtsfestkreises in der Abfolge des Kirchenjahrs den Rahmen, und die Auszüge aus dem Legendenbuch die unverzichtbaren Zentren.

Die »Legenda aurea« war und ist weithin stilbildend für die volksliterarische Gattung ›Legende‹ geworden, wie Jahrhunderte später die Grimm'schen »Kinder- und Hausmärchen« allenthalben als vorbildliche Muster für die Gattung ›Volksmärchen‹ rezipiert wurden.

Die an die zweihundert Traktate zu den Kirchenfesten und vor allem zu den Tagesheiligen umfassende Sammlung wurde von dem genuesischen Dominikaner Jacobus de Voragine (1228–1298; seit 1292 Erzbischof von Genua) um 1264 verfasst und sofort in kirchlichen wie in Laienkreisen als d a s Geistliche Volksbuch des europäischen Mittelalters vornehmlich als erbauliche Lektüre für jeden Tag des Heiligenkalenders rezipiert. Schon 1470 erschien die Sammlung auch unter den ersten gedruckten Büchern. Ihr Einfluss auf die Volksfrömmigkeit wie auf die Kunst ist gar nicht zu unterschätzen; die traditionellen Attribute der Heiligen wurden ebenfalls häufig aus der »Legenda aurea« abgeleitet.

Auch um den schon lange hochverehrten Sankt Martin rankten sich durch die »Legenda« eindrucksvolle Wundermotive, wie zum Beispiel die Mantelteilung mit dem Bettler, in dessen Gestalt ihm Christus erschienen war, oder Martins aus Demut gewähltes Versteck unter den Gänsen, die ihn dann doch verrieten. Die Mantelteilung wurde alsbald im Brauchtum szenisch vorgestellt, und die Gänse müssen ihren Verrat in jedem Jahr groteskerweise Anfang

November mit dem Tod büßen, obwohl sie durch ihr Geschnatter zweifellos nach Gottes Willen die Bischofsweihe und die Heiligkeit Sankt Martins befördert hatten. Hier zeigt sich, wie sich der vorchristliche Brauch des Gänseschmauses mit der Feier des Heiligen verband. Diese Tradition blieb bis in unsere Tage so lebendig wie die Martinsumzüge mit Fackeln und das Gabenheischen der Kinder. Wie die Tage vor dem großen Osterfasten durch ausgelassene Schmausereien ausgezeichnet waren, die dann durch das strenge 40-tägige Fasten abgelöst wurden, so richtete man auch nach dem ausgiebigst gefeierten Martinsfest ein ähnlich langes Martins- oder Weihnachtsfasten vom 12. November bis zum 24. Dezember ein. Jedenfalls wurde die üppige Feier des Heiligen immer ausgedehnter und schloss auch reichlichsten Genuss von »Märteswein« ein, was oft zum berüchtigten »Märtesgrimmen« (mal de Martin) führte – wogegen dann wieder der Heilige als Schutzpatron der Trinker angerufen wurde. Dessen ungeheurer Popularität konnte auch die Reformation nichts anhaben: Man ließ sich den Brauch der Fackelumzüge nicht nehmen – dabei übertrug man in protestantischen Gebieten die Verehrung des Heiligen auf den vom Himmel herabschauenden Reformator Martin Luther:

Martin war ein frommer Mann,
zündet viele Lichter an,
dass er droben sehen kann,
was er unten hat getan.

Die vielen volksläufigen Lieder zum Martinsfest haben die Erfindung von Kirchenliedern zu Ehren des Heiligen erkennbar behindert. Um 1400 erstmals belegt und das bekannteste dieser Schlemmerlieder ist der Kanon »Martin, lieber Herre, nun lasst uns fröhlich sein«.

ST. MARTIN

VORAGINE: LEGENDA AUREA

Martinus ist zu Pannonien geboren von der Stadt Sabaria, doch ward er erzogen zu Pavia in Italien. Sein Vater war der Ritterschaft Meister, mit dem kämpfte er unter den Kaisern Julianus und Constantinus, doch nicht von eigenem Willen, denn er war von seiner Jugend auf voll göttlicher Gnaden. Da er zwölf Jahre alt war, lief er wider der Eltern Willen in der Christen Gesellschaft und ließ sich den Glauben lehren; und wäre darnach auch in die Wüste gegangen, wenn nicht die Schwachheit seines Leibes dem hätte widerstanden. Nun hatten die Kaiser das Gebot gegeben, daß die Söhne der alten Ritter für ihre Väter sollten kriegen; also geschah, daß Sanct Martinus seines Alters im fünfzehnten Jahr mußte Ritterschaft an sich nehmen. Er ritt nicht mehr denn mit einem Knecht, demselben diente er mehr, denn ihm der Knecht diente, und zog ihm oft seine Schuh ab und putzte sie. Es geschah an einem Wintertag, daß er ritt durch das Tor von Amiens, da begegnete ihm ein Bettler, der war nackt und hatte noch von niemandem ein Almosen empfangen. Da verstund Martinus, daß von ihm dem Armen sollte Hilfe kommen; und zog sein Schwert und schnitt den Mantel, der ihm allein noch übrig war, in zwei Teile, und gab die eine Hälfte dem Armen, und tat selber das andere Teil wieder um. Des Nachts darnach sah er Christum für ihn kommen, der war gekleidet mit dem Stücke seines Mantels, das er dem Armen hatte gegeben. Und der Herr sprach zu den Engeln, die um ihn stunden, »Martinus, der noch nicht getauft ist, hat mich mit diesem Kleide gekleidet«.

Davon ward aber der Heilige nicht hoffärtig, sondern er erkannte Gottes Güte; und ließ sich taufen, da er seines Alters war achtzehn Jahre. Doch blieb er auf seines Meisters Bitten noch zwei Jahre lang bei der Ritterschaft. **Martinus** aber wollte fürder nicht kämpfen, und wollte des Geldes nicht empfahen, sondern sprach zu dem Kaiser: »Ich bin ein Ritter Christi, darum ziemt mir nicht zu kämpfen.« Da sprach Julianus voll Unmuts, er ließe den Dienst nicht um seines Glaubens willen, sondern aus Furcht vor dem drohenden Kriege. Da antwortete ihm **Martinus** mit unverzagtem Sinn: »Mißt man dies meiner Feigheit zu und nicht meinem Glauben, so will ich mich morgenden Tages bloß von Waffen vor das Heer stellen, und mit dem Kreuz allein statt Schild und Helm beschirmt im Namen Christi unversehrt durch die Scharen der Feinde brechen.« Also ward geboten sein zu hüten, daß er ohne Waffen, als er sich hatte vermessen, werde den Barbaren entgegengestellt. Doch des anderen Tages sandten die Feinde Boten und gaben sich und alles ihr Gut in des Kaisers Hand. Und ist nicht zu zweifeln, daß dieser unblutige Sieg um der Verdienste des Heiligen willen verliehen ward.

Martinus beeindruckte durch sein frommes Büßerleben und seine vielen Wundertaten das Volk so tief, daß es ihn zum Nachfolger des Bischofs von Tours erwählte. In seiner Bescheidenheit und aus Angst vor der hohen Verantwortung, so erzählt die Legende, wollte er dieser Würde entgehen und versteckte sich in einem Gänsestall. Die Gänse aber schnatterten so laut und aufgeregt, daß Martin doch entdeckt wurde. Daraus ist der Brauch der Martinsgans entstanden: Als »Strafe« werden daher an seinem Gedenktag Gänse verspeist.

Auf Drängen der Bevölkerung wurde Martin schließlich am 4. Juli 372 in Tours zum Bischof geweiht. Martin fügte sich in sein Amt und übte dieses unbekümmert um Lob und Tadel aus. Seinem einfachen Mönchsleben treu bleibend, lebte er als Bischof in einem Kloster an der Loire, in dem christliche Missionare ausgebildet wurden.

Kinder ziehen zum Gedenken an den heiligen Martin mit Laternen durch den Ort.

Martin, lieber Herre

Seit dem Jahr 1400 belegter Kanon

Martin, lieber Herre,
nun lasst uns fröhlich sein
heint zu deinen Ehren
und durch den Willen dein!
Die Gäns sollst du uns mehren
und auch den kühlen Wein,
gesotten und gebraten sie müsssen alle sein.

II. Nikolaus

»Sankt Niklas werde kommen«

Nikolaus (von Myra) war und ist einer der schon früh gefeierten populärsten, zuweilen – vor allem in den orthodoxen Kirchen – auch hochrangigsten Heiligen. Die Nachrichten über ihn sind von so vielen Legenden bestimmt, dass man die Daten seiner tatsächlichen Existenz im Lauf der Jahre weitgehend vergessen hat. Es ist zu vermuten, dass er Ende des 3. Jahrhunderts in Myra (damals Bischofssitz, heute türkisch Demre) geboren ist und als 19-Jähriger bereits zum Priester und wenig später zum Bischof geweiht wurde. Angeblich gehörte er vorübergehend auch zu den Opfern der Christenverfolgung unter Kaiser Galerius im Jahr 310. Am bedeutsamen Konzil von Nicäa soll er im Jahr 325 teilgenommen und dort den Arianus, den Begründer der arianischen Sekte, geohrfeigt haben. Warum sein Fest schon immer am 6. Dezember gefeiert wird, ist bezeichnenderweise nicht geklärt: Einerseits soll es das Datum seines Todes (in welchem Jahr?) gewesen sein, andererseits kam schon früh die Meinung auf, Nikolaus habe an der Zerstörung eines heidnischen Diana-Tempels teilgenommen; als Dianas Geburtstag galt der 6. Dezember. Seine hochverehrten Reliquien wurden aus der Grabesstätte der Nikolaus-Kirche in Demre 1087 geraubt und ins süditalienische Bari überführt, wo dieses Ereignis bis heute in großartigen Prozessionen Anfang Mai gefeiert wird.

Unter den ihm zugeschriebenen, fast unzähligen Wundertaten findet sich auch der geradezu groteske Bericht von der Totenerweckung dreier ermordeter und vom Mörder in Salzfässern eingepökelter Knaben. In der »Legenda aurea« werden als früheste seiner

Wunder die Mitgiftspende für gefährdete Mädchen, das Kornwunder, durch das eine Hungersnot abgewendet wurde, und die Abwendung eines Sturms auf dem Meer nach Christi Vorbild erwähnt. Vor allem die beiden ersten Legenden prädestinierten ihn zum Gabenspender, als der er bis heute in den Weihnachtsbräuchen auftritt. Er dürfte der Heilige mit den meisten Patronaten sein; um nur einige anzuführen: Schutzpatron der Kinder, der Mädchen, der Schüler,

Richter (er war zeitweise der Schutzheilige, der gegen Diebstahl angerufen wurde, und Patron der Diebe) sowie der Gefangenen, der Feuerwehrleute, der Apotheker, Bauern, Müller, Bäcker, Metzger (!), Weber, Steinmetze, Bierbrauer, Weinhändler, der Händler, der Pilger und Reisenden sowie aller Berufe, die mit Flüssen und Seefahrten zu tun hatten (Schiffer, Fährleute, Matrosen, Flößer); ganz besonders aber wurde er als Patron der Kaufleute angerufen.

Davon geben die frühen Benennungen zahlloser Kirchen (bis hin zu den Neusiedlungen vom 12. bis zum 15. Jahrhundert) ebenso reichlich Zeugnis wie die Nikolaikirchen, die sich in fast jeder Hansestadt finden (man zählt zwischen dem 12. und dem 16. Jahrhundert nicht weniger als 2200 dem Heiligen geweihte Kirchenbauten). Bis heute blieb er der hochverehrte Schutzpatron Russlands. Gegenwärtig ist Sankt Nikolaus im Wesentlichen durch das vorweihnachtliche Brauchtum bekannt, obwohl sein Wirkungskreis durch die Reformatoren deutlich eingeschränkt wurde: Luther suspendierte ihn im Zuge seiner Kritik an der Heiligenverehrung als Gabenspender für die Kinder und setzte an seine Stelle das Christkind. Die eigentliche Kinderbescherung wurde vom 6. auf den 25. Dezember verlegt.

Dennoch blieben die Bräuche um den Nikolaustag größtenteils erhalten, oder sie wurden im Lauf der Zeit auch wieder eingeführt. Aus deren Menge kann hier nur an die am weitesten verbreitete Vorstellung von der Einkehr des Heiligen in die Häuser, in denen Kinder leben, erinnert werden. Wenn der heilige Mann nicht persönlich einkehrte, so kam er nach kindlicher Vorstellung unsichtbar in der Nacht. Um seiner Gaben habhaft zu werden, hing man (als Ersatz für den Sack) seine Socken an die Schlafzimmertür, wahlweise konnte man auch seine Schuhe über Nacht vor die Tür stellen. Darin fanden sich dann am Nikolausmorgen die guten Gaben. Wenn er persönlich auftrat, hatten ihn zumeist schon Tage vorher geheimnisvolle Ankündigungen wie Klopfen oder Windessausen angekündigt. Er erschien dann zur Abendzeit im bischöflichen Ornat oder in einer mit weißen Laken verhüllten Gestalt eines alten Mannes mit Hut, in dem man einen entfernten Nachfahren des alten Gottes Wotan vermutet hat. Er kam ins Haus, um die Kinder zu verhören, deren gute Taten zu belohnen oder die bösen zu strafen. Für Letzteres wurde alsbald ein Begleiter zuständig, der unter vielen Namen auftrat und als Knecht Ruprecht besonders populär war. 1889 veröffentlichte Theodor Storm sein berühmtes Gedicht »Knecht Ruprecht«, in dem dieser ähnlich wie Thomas Mann in den »Buddenbrooks« – wie in manchen protestantischen Gegenden wohl üblich, weil man die Heiligen als solche nicht mehr wahrnahm – beider Rollen spielt. Überdies wird auch der Wechsel vom früheren Gabenbringer (Nikolaus/Ruprecht) auf die Weihnachtsbescherung durch das Christkind angedeutet:

> Von drauß' vom Walde komm ich her;
> Ich muss euch sagen, es weihnachtet sehr!
> [...]
> Und droben aus dem Himmelstor
> Sah mit großen Augen das Christkind hervor.
> [...]
> Und morgen flieg' ich hinab zur Erden,
> Denn es soll wieder Weihnachten werden!

Das himmlische Kind fragt nach Rute und Säcklein, die für die bösen und die guten Kinder als Strafe und Belohnung bestimmt sind. Der sprichwörtlich gewordene »Rumpelsack« des Nikolaus überwiegt bei der Bescherung, und

> Äpfel, Nuss und Mandelkern
> Fressen fromme Kinder gern.

Storm hatte zuvor ein »Zwiegespräch« zwischen Vater und Ruprecht am Vorabend des Nikolaustages gedichtet, in dem dieser verkündet:

So nehmet denn Christkindleins Gaben
morgen sollt ihr was besseres haben.
Dann kommt mit seinem Kerzenschein
Christkindlein selber zu euch herein.

Im kirchlichen Raum entstanden erstaunlich wenige Lieder zum Nikolausfest. Unter den zahlreichen Kinderliedern wurde ein früh überliefertes, seltsames Gespräch zwischen Vater, Kind und St. Niklas in »Des Knaben Wunderhorn« (1808) veröffentlicht, das einige der Ingredienzien des Brauchtums enthält: Besondere Verehrung des Heiligen in Moskau (auch noch zu der Zeit, als man allenthalben Zeitung las), Examinierung der Kinder über ihre guten und weniger guten Taten, Sack und Rute, um zu lohnen und zu strafen. Wenn der Heilige nicht in bischöflichen Gewändern dargestellt ist, sondern – vor allem bei der Bescherung der Kinder – in einem unfeierlichen Phantasiegewand mit markanten Stiefeln, Pelz und roter Mütze, so dürfte diese Kleidung auch ein wenig den zum Teil etwas rustikalen Wundertaten des Nikolaus zu verdanken sein. Die Gewandung wurde teilweise für den modernen, ebenfalls gabenbringenden Weihnachtsmann übernommen.

VON SANKT NIKOLAUS

VORAGINE: LEGENDA AUREA

Da war ein Nachbar, edel von Geburt und arm an Gut, der hatte drei Töchter, die wollte er in seiner Not in die offene Sünde der Welt stoßen, daß er von dem Preis ihrer Schande leben möchte. Als das Sanct Nicolaus hörte, entsetzte er sich über die Sünde; und ging hin und band einen Klumpen Goldes in ein Tuch und warf ihn des Nachts heimlich dem Armen durch ein Fenster in sein Haus und ging heimlich wieder fort. Da es Morgen ward, fand der Mann das Gold, dankte Gott und richtete davon der ältesten Tochter Hochzeit aus. Nicht lange darnach tat Sanct Nicolaus dasselbige zum andern Mal. Als der arme Mann wiederum das viele Gold fand, lobte er Gott von Herzen und setzte sich vor, hinfort zu wachen, daß er den Diener Gottes fände, der ihm in seiner Armut so zu Hilfe käme.

Darnach kürzlich warf Nicolaus Goldes zweimal so viel in das Haus denn zuvor; da erwachte der Mann von dem Falle des Goldes und eilte dem Heiligen nach und rief: »Steh stille und laß mich dein Antlitz schauen«, und holte ihn ein und erkannte, daß es Sanct Nicolaus war; und fiel vor ihm nieder und wollte ihm seine Füße küssen. Das wehrte ihm Nicolaus und gebot ihm, daß er diese Tat nicht sollte offenbar machen, solange er lebte.

Nun war zu der Zeit der Bischof von Myra gestorben; da kamen viel Bischöfe zusammen, daß sie einen andern an seiner Statt wählten. Unter ihnen war einer von großer Gewalt und Ansehen, an des

Urteil stund das Auserwählen der Andern. Der ermahnte sie allesamt, daß sie in Fasten und Gebet verharren sollten; aber des Nachts kam eine Stimme zu ihm, die sprach: »Du sollst zur Mettenzeit die Tür der Kirche behüten, und der erste Mensch, der zu der Kirche kommt, des Name auch Nicolaus ist, den sollst du zum Bischof weihen.« Das tat er den andern kund und hieß sie mit Andacht im Gebet verharren, er selbst blieb an der Kirchentür und wartete. Nun fügte es Gott, daß zur Mettenzeit Sanct Nicolaus zuerst zu der Kirche gegangen kam vor allen andern. Da hielt ihn der Bischof an und sprach: »Wie heißest du?« Nicolaus neigte voll heiliger Einfalt sein Haupt und antwortete: »Ich bin genannt Nicolaus, ein Diener eurer Heiligkeit.« Da führten sie ihn in die Kirche und setzten ihn, ob er sich gleich sträubte, auf den Bischofsstuhl.

Es geschah, daß Leute auf dem Meer fuhren, die kamen in große Not. Da riefen sie Sanct Nicolaus an und sprachen: »Nicolae, du Knecht Gottes, wenn das wahr ist, was wir von dir haben gehört, so lass uns deine Hilfe erfahren.« Zustund erschien ihnen einer, der ihm gleich sah, und sprach: »Ihr rufet mir, hier bin ich.« Und fing an und half ihnen an den Segeln und Stricken und anderem Schiffsgerät; alsbald war das Meer gestillt. Da sie nun zu Lande kamen, gingen sie zu seiner Kirche: und ob sie ihn gleich nie zuvor gesehen hatten, so brauchte ihn doch niemand ihnen zu weisen, und erkannten ihn alsbald. Sie dankten Gott und ihm für ihre Rettung. Er aber sprach: »Nicht ich, sondern euer Glaube und Gottes Gnade haben euch geholfen.«

Darnach ward ein großer Hunger in dem Lande, da Sanct Nicolaus Bischof war, und war keine Nahrung mehr weit und breit. Auf dieselbe Zeit ward Sanct Nicolaus gesagt, daß Schiffe mit Weizen wohl geladen in den Hafen eingelaufen wären. Da ging er hin und bat die Schiffleute, daß sie aus jeglichem Schiff nur hundert Maß Weizen wollten geben, die Hungernden zu retten. Antworteten die

Schiffleute: »Vater, das trauen wir uns nicht zu tun, denn das Korn ist zu Alexandria gemessen, und also müssen wir es überantworten in die Scheuern des Kaisers.« Da sprach Sanct Nicolaus: »Tut, was ich euch sage, und ich schwöre euch bei der Kraft Gottes, daß ihr keine Minderung haben werdet an eurem Korn gegen des Kaisers Kornmesser.« Die Schiffleute erfüllten sein Gebot; und da sie vor die Diener des Kaisers kamen, hatten sie so viel Maß Kornes, als sie zu Alexandria eingenommen hatten. Da sagten sie das Wunder öffentlich und priesen den Herrn in seinem Knecht. Unterdes teilte Sanct Nicolaus das Korn unter das Volk nach eines jeden Bedürfnis, und von diesem wenigen Korn ward das ganze Land zwei Jahre gespeiset, und blieb noch genug zur Aussaat übrig.

ST. NIKLAS

»DES KNABEN WUNDERHORN«
NACH EINEM UM 1700
AUFGEZEICHNETEN VOLKSLIED

Vater.

»Es wird aus den Zeitungen vernommen
daß der heilige St. Nikolaus werde kommen
aus Moskau, wo er gehalten wert
und als ein Heil'ger wird geehrt
Er ist bereits schon auf der Fahrt
zu besuchen die Schuljugend zart
zu sehn, was die kleinen Mägdlein und Knaben
in diesem Jahr gelernet haben
im Beten, Schreiben, Singen und Lesen
und ob sie sind hübsch fromm gewesen

Er hat auch in seinem Sack verschlossen
schöne Puppen, aus Zucker gegossen:
Den Kindern, welche hübsch fromm wären
will er solch schöne Sachen verehren.«

Kind.

»Ich bitte dich, St. Niklas, sehr
in meinem Hause auch einkehr'
Bring Bücher, Kleider und auch Schuh
und noch viel schöne gute Sachen dazu

So will ich lernen wohl
und fromm sein, wie ich soll.«

St. Niklas.

»Gott grüß euch, lieben Kinderlein
Ihr sollt Vater und Mutter gehorsam sein
So soll euch was Schönes bescheret sein
Wenn ihr aber das nicht tut
so bring ich euch den Stecken und die Rut'.«

III. Advent

»Nun sei uns willkommen«

Mit der Adventszeit beginnt seit Ende des 4. Jahrhunderts das Kirchenjahr, das im 16. Jahrhundert von Papst Pius V. verbindlich festgelegt wurde. Die Bezeichnung ist von lateinisch »adventus« (Ankunft) abgeleitet und meint die Zeit der Vorbereitung auf Weihnachten, das Fest der Geburt Christi des Erlösers. Sie beginnt mit dem Vortag des ersten Adventssonntags und endet am Heiligen Abend (24. Dezember). Da der Beginn der vorweihnachtlichen Fastenzeit wechselt, kann diese zwischen 22 und 28 Tagen umfassen. Im Mittelpunkt der Liturgie stehen die vier Adventssonntage, in denen Christi apokalyptische Wiederkunft, Johannes der Täufer als der ›Vorläufer des Erlösers‹ und Jesu Mutter Maria thematisiert sind. Die kirchlichen Gewänder sind violett als Farbe der Buße. Nur der dritte Sonntag »Gaudete« (freut euch) wird in der aufgehellten Farbe Rosa gefeiert (daher ist an manchen Adventskränzen die dritte der vier Kerzen rosafarben). In der alten Kirche werden an den anderen Tagen die »Rorate«-Messen bei Sonnenaufgang im Kerzenschein gefeiert. Stets im Advent werden ferner am 4. Dezember der Barbaratag (mit dem Brauch, Zweige zu schneiden, die dann am Weihnachtstag erblühen), am 6. Dezember der Nikolaustag, am 8. Dezember Mariae Empfängnis (40 Wochen vor Mariae Geburt am 8. September) begangen.

Die Jahreszeit ist durch eine ungewöhnliche Fülle altkirchlicher Hymnen und seit dem Hochmittelalter in den Landessprachen verfasster Lieder gekennzeichnet. Kinderlieder zum Advent entstanden erst im 19. Jahrhundert.

1839 ließ Hinrich Wichern in seinem Hamburger »Rauhen Haus« den ersten Adventskranz bauen. Seit 1860 verwendet man zum Kreis gebundene Tannenzweige als Symbol für (ewiges) Leben; daran wird an jedem Sonntag eine Kerze als Symbol für das sich immer stärker ankündigende Licht Christi entzündet. In dieser Form ist der Kranz bis heute in Kirchen und Wohnhäusern der bekannteste Aventsschmuck geblieben.

Der Adventskalender entstand 1902 in München: Kinder dürfen an jedem Tag ein weiteres Türchen öffnen, hinter dem advent- und weihnachtliche Symbole, aber auch von den Kindern erwartete Gaben abgebildet sind (diese werden neuerlich schon materialisiert in die Kalender einmontiert). Der wachsenden Kommerzialisierung der Advents- und Weihnachtszeit versuchen die Kirchen bislang vergeblich gegenzusteuern und sie hinsichtlich ihrer immer weiter ausgedehnten Dauer in Grenzen zu halten – die Säkularisation fast aller christlichen Feste und Festzeiten scheint unaufhaltsam fortzuschreiten.

Die »Legenda aurea« bestimmte auch zu dieser Festzeit lange die Rezeption; im 19. Jahrhundert vermehrten die Visionen der stigmatisierten Nonne Anna Katherina Emmerick, die der Dichter Clemens Brentano aufzeichnete, die volksläufigen Vorstellungen von den Ereignissen vor der Geburt Christi, wie sie auch sonst ›Lücken‹ in den biblischen Berichten und bei Voragine ausfüllten.

Im reichen Liederschatz zum Advent findet erstmals Maria, die Mutter Jesu, breitere Beachtung, nachdem zunächst ausschließlich die Ankunft des Erlösers besungen wurde. Dabei schöpft das tiefsinnige Lied »Uns kommt ein Schiff« den Großteil der vorweihnachtlichen Allegorien aus. Beherrschend für die adventlichen Lieder und Choräle wurden alsdann die Dichtungen Paul Gerhardts in verschiedensten Vertonungen vor allem durch Johann Sebastian Bach. Die neueren Dichter hielten sich zum Thema Advent auffallend zurück.

GOTT, HEILGER SCHÖPFER

THOMAS MÜNTZER 1523 NACH DEM LIED
»CREATOR ALME SIDERUM«

Gott, heilger Schöpfer aller Stern,
erleucht uns, die wir sind so fern,
daß wir erkennen Jesus Christ,
der für uns Mensch geworden ist.

Denn es ging dir zu Herzen sehr,
da wir gefangen waren schwer
und sollten gar des Todes sein;
drum nahm er auf sich Schuld und Pein.

Da sich die Welt zum Abend wandt,
der Bräut'gam Christus ward gesandt.
Aus seiner Mutter Kämmerlein
ging er hervor als klarer Schein.

Gezeigt hat er sein groß Gewalt,
daß es in aller Welt erschallt,
sich beugen müssen alle Knie
im Himmel und auf Erden hie.

Wir bitten dich, o heilger Christ,
der du zukünftig Richter bist,
lehr uns zuvor dein' Willen tun
und an dem Glauben nehmen zu.

Lob, Preis sei, Vater, deiner Kraft
und deinem Sohn, der all Ding schafft,
dem heilgen Tröster auch zugleich
so hier wie dort im Himmelreich.

Amen.

O HEILAND, REISS DIE HIMMEL AUF

FRIEDRICH VON SPEE, 1623

O Heiland, reiß die Himmel auf,
herab, herab vom Himmel lauf,
reiß ab vom Himmel Tor und Tür,
reiß ab, wo Schloß und Riegel für.

O Gott, ein' Tau vom Himmel gieß,
im Tau herab, o Heiland, fließ.
Ihr Wolken, brecht und regnet aus
den König über Jakobs Haus.

O Erd, schlag aus, schlag aus, o Erd,
daß Berg und Tal grün alles werd.
O Erd, herfür dies Blümlein bring,
o Heiland, aus der Erden spring.

Wo bleibst du, Trost der ganzen Welt,
darauf sie all ihr Hoffnung stellt?
O komm, ach komm vom höchsten Saal,
komm, tröst uns hier im Jammertal.

O klare Sonn, du schöner Stern,
dich wollten wir anschauen gern;
o Sonn, geh auf, ohn deinen Schein
in Finsternis wir alle sein.

Hier leiden wir die größte Not,
vor Augen steht der ewig Tod.
Ach komm, führ uns mit starker Hand
vom Elend zu dem Vaterland.

TAUET, HIMMEL, DEN GERECHTEN

MICHAEL DENIS, 1774

›Tauet, Himmel, den Gerechten!
Wolken, regnet ihn herab‹,
rief das Volk in bangen Nächten,
dem Gott die Verheißung gab,
einst den Mittler selbst zu sehen
und zum Himmel einzugehen,
|: denn verschlossen war das Tor,
bis der Heiland trat hervor :|

Voll Erbarmen hört das Flehen
Gott auf hohem Himmelsthron.
Alles Fleisch soll nunmehr sehen
Gottes Heil durch Gottes Sohn
Eilend schwebt der Engel nieder,
mit der Antwort kehrt er wieder:
|: ›Sieh, ich bin des Herren Magd,
mir gescheh, wie du gesagt.‹ :|

Und das Wort ist Fleisch geworden
in Maria keusch und rein.
Offen stehn des Himmels Pforten,
Gott will unser Bruder sein.
Und Elisabeth voll Freude
grüßt die Hochgebenedeite:
|: selbst Johannes, den sie trägt,
wird vom Geiste froh erregt. :|

ES FLOG EIN TÄUBLEIN WEISSE

CORNERS GESANGBUCH, 1631

Es flog ein Täublein weiße vom Himmel herab
im engelischen Kleide zu einer Jungfrau zart:
»Gegrüßet seist du, wunderschöne Maid,
dein Seel ist hochgezieret, gesegnet ist dein Leib.«
Kyrieleison.

»Gegrüßet seist, ein Königin, der Herr ist mit dir,
du wirst ein Kindlein gebären, das sollst du glauben mir.«
Sie antwort' ihm, dem himmelischen Bot:
»Ich hab mein Keusch versprochen dem allmächtigen Gott.«
Kyrieleison.

»Hast du dein Keusch versprochen dem allmächtigen Gott,
so wird er zu dir kommen wohl durch sein göttlich Wort.
Er kommt zu dir so gar ohn arge List,
ein Jungfrau wirst du bleiben immer und ewiglich.«
Kyrieleison.

»Gescheh mir nach deinem Worte und nach dem Willen Gotts,
so geb ich meinen Willen, weil ich gebären soll.«
Sie schloß wohl auf ihres Herzens Fensterlein,
wohl zu derselben Stunde der Heilig Geist ging ein.
Kyrieleison.

Da wohntens beieinander, Maria und Jesus Christ
bis auf den Weihnachtsmorgen, da er geboren ist,
der wahre Gottessohn der Menschheit sich annahm,
des sagen wir arme Sünder ihm ewig Lob und Dank.
Kyrieleison.

EVANGELIUM

LUKAS (1,26-42)

Es ward der Engel Gabriel gesandt von Gott in eine Stadt in Galiläa, die heißt Nazareth, zu einer Jungfrau, die vertraut war einem Manne mit Namen Joseph, vom Hause David; und die Jungfrau hieß Maria. Und der Engel kam zu ihr hinein und sprach: Gegrüßet seist du, Holdselige! Der Herr ist mit dir, du Gebenedeite unter den Weibern! [...] Siehe, du wirst schwanger werden und einen Sohn gebären, des Namen sollst du Jesus heißen. Der wird groß sein und ein Sohn des Höchsten genannt werden [...]. Da sprach Maria zu dem Engel: Wie soll das zugehen, sintemal ich von keinem Manne weiß? Der Engel antwortete und sprach zu ihr: Der heilige Geist wird über dich kommen, und die Kraft des Höchsten wird dich überschatten; darum wird auch das Heilige, das von dir geboren wird, Gottes Sohn genannt werden. [...] Maria aber sprach: Siehe, ich bin des Herrn Magd; mir geschehe, wie du gesagt hast. Und der Engel schied von ihr. Maria aber stand auf in den Tagen und ging auf das Gebirge eilends zu der Stadt Juda's und kam in das Haus des Zacharias und grüßte Elisabeth. [...] Und Elisabeth ward des heiligen Geistes voll und rief laut und sprach: Gebenedeit bist du unter den Weibern und gebenedeit ist die Frucht deines Leibes!

VON DER VERKÜNDIGUNG DES HERRN

VORAGINE: LEGENDA AUREA

Dies Fest heißt die Verkündigung des Herrn, weil an diesem Tage vom Engel die Ankunft des Sohnes Gottes ins Fleisch verkündet ward. [...] Der Engel sprach: »Sei gegrüßet du voller Gnaden.« [...] So ist Maria allein gesegnet unter den Frauen. Sie ist Jungfrau und fruchtbar, sie empfängt in Heiligkeit und gebiert ohne Schmerzen. [...] Da nun Maria hörte den Gruß des Engels, war sie verwirrt ob seiner Rede und gedachte bei sich: »Was Grußes ist dies?« Da gab ihr der Engel einen Trost und sprach: »Maria, fürchte dich nicht, denn du hast Gnade gefunden vor dem Herrn.« [...] Da sprach Maria zu dem Engel: »Wie soll das geschehn, sintemal ich von keinem Manne weiß, noch Willen habe einen zu erkennen?« [...] Da antwortete der Engel und sprach: »Der heilige Geist wird über dich kommen, von dem sollst du schwanger werden.« Davon spricht man »empfangen vom heiligen Geiste.« [...] Da hub Maria ihre Hände und ihre Augen auf gen Himmel und sprach: »Siehe ich bin des Herrn Magd, mir geschehe nach deinem Worte.« [...] Davon so empfing sie zustund in ihrem Leib den wahren Gott und wahren Menschen, der in den ersten Tagen seiner Empfängnis so vollkommen war an Weisheit und Gewalt als im dreißigsten Jahre seines Lebens. Und Maria stund auf und ging in das Gebirge und kam zu Elisabeth. Und es begab sich, da Elisabeth Marien Gruß hörte, hüpfte das Kind Johannes in ihrem Leibe. [...]

Es war ein edwler reicher Ritter, der wollte sich der Welt abtun [...] doch war sein Sinn und Vernunft so gar hart, daß er mit allem seinem Fleiß nicht mehr behalten mochte denn die zwei Worte »Ave Maria«. Die aber behielt er mit so großer Andacht, daß er ohn Unterlaß, wo er ging und stand, die Worte für sich sprach. Es geschah, daß der Ritter starb und auf dem Kirchhof bei den anderen Mönchen begraben ward; sieh da wuchs eine schöne Lilie auf seinem Grab, und war auf jeglichem Blatt der Lilie mit goldenen Buchstaben geschrieben »Ave Maria«. Zu dem großen Wunder kamen die Mönche gelaufen und gruben das Grab auf; da sahen sie, daß die Wurzel der Lilie aus dem Munde des Ritters ging. Daran erkannten sie, mit welcher Andacht er die zwei Worte hatte gesprochen, da der Herr ein solches Wunder an ihm hatte erzeigt.

MARIA DURCH EIN DORNWALD GING

UM 1600, 1850 ERSTMALS GEDRUCKT

Maria durch ein Dornwald ging,
Kyrie eleison.
Maria durch ein Dornwald ging,
der hat in sieben Jahrn kein Laub getragen.
Jesus und Maria.

Was trug Maria unter ihrem Herzen?
Kyrie eleison.
Ein kleines Kindlein ohne Schmerzen,
das trug Maria unter ihrem Herzen.
Jesus und Maria.

Da haben die Dornen Rosen getragen,
Kyrie eleison.
Als das Kindlein durch den Wald getragen,
da haben die Dornen Rosen getragen.
Jesus und Maria

NUN SEI UNS WILLKOMMEN

AACHENER FRAGMENT, 14. JAHRHUNDERT

Syt willekomen, heirre kirst,
want du unser alre here bis.

Erfurter Handschrift um 1394

Sys willekomen heirre kerst,
want du onser alre heirre bis,
sys willekomen, lieve heirre,
her in ertrichen also schone:
Kirieleys.

Nach einem flämischen Lied 1638

Nun sei uns willkommen, Herre Christ,
der du unser aller Herre bist,
willkommen uns auf Erden, du lieber Heiland.
Zieh ein in unsre Herzen, in alle Land. Kyrieleis.

Christus ist geboren, unser aller Trost,
der die Höllenpforten mit seinem Kreuz verschloss.
Lass Gott uns fröhlich danken dem Herren Jesu,
der für alle Seelen bracht Fried und Ruh. Kyrieleis.

ES KOMMT EIN SCHIFF

UM 1400: FRÜHER DEM KREIS UM
DEN MYSTIKER TAULER ZUGESCHRIEBEN

1. Es kommt ein Schiff, geladen
bis an sein' höchsten Bord,
trägt Gottes Sohn voll Gnaden,
des Vaters ewigs Wort.

2. Das Schiff geht still im Triebe,
es trägt ein teure Last;
das Segel ist die Liebe,
der Heilig Geist der Mast.

3. Der Anker haft' auf Erden,
da ist das Schiff am Land.
Das Wort will Fleisch uns werden,
der Sohn ist uns gesandt.

4. Zu Bethlehem geboren
im Stall ein Kindelein,
gibt sich für uns verloren;
gelobet muß es sein.

5. Und wer dies Kind mit Freuden
umfangen, küssen will,
muß vorher mit ihm leiden
groß Pein und Marter viel.

6. Danach mit ihm auch sterben
und geistlich auferstehn,
das ewig Leben erben,
wie an ihm ist geschehn.

7. Maria, Gottes Mutter,
gelobet mußt du sein.
Jesus ist unser Bruder,
das liebe Kindelein.

ADVENT

CLEMENS BRENTANO
(NACH DEN EMMERICK-BETRACHTUNGEN)

Die Sonne stand schon tief, als sie vor dem Eingang der Höhle anlangten. Die junge mitlaufende Eselin, welche gleich schon bei Josephs Vaterhaus außerhalb der Stadt herum hierher gelaufen war, kam ihnen gleich bei ihrer Ankunft hier entgegen und sprang und spielte freudig um sie her; da sprach die heilige Jungfrau zu Joseph: »Sieh', es ist gewiß der Wille Gottes, daß wir hier einkehren.«

Joseph aber war sehr betrübt und still beschämt, weil er so oft von der guten Aufnahme in Bethlehem gesprochen hatte. Er stellte das Lasttier unter das Obdach vor dem Eingang der Höhle und bereitete der heiligen Jungfrau einen Ruhesitz daselbst, worauf sie sich niederließ, während er Licht machte, die leichte Flechttür der Höhle öffnete und in dieselbe hineinging. – Der Eingang der Höhle war eng, denn es standen viele Bündel Stroh, gleich Binsen an den Wänden, worüber braune Matten hingen. Joseph heftete eine brennende Lampe an die Wand der düsteren Höhle und führte die heilige Jungfrau herein, welche sich auf das von Decken und den Reisigbündeln bereitete Lager niederließ. Er entschuldigte sich gar demütig wegen der schlechten Herberge; Maria aber war in großer Innigkeit freudig und zufrieden.

Als sie nun ruhte, eilte Joseph mit einem Schlauche von Leder, den er bei sich führte, hinter den Hügel in das Wiesental zu einem sehr schmalen Bächlein und heftete den Schlauch mit zwei Pfosten so in die Quelle, daß er sich mit Wasser füllen mußte, und brachte dieses zur Krippenhöhle zurück.

WIE SOLL ICH DICH EMPFANGEN

PAUL GERHARDT, 1853

Wie soll ich dich empfangen
und wie begegn ich dir,
o aller Welt Verlangen,
o meiner Seelen Zier?
O Jesu, Jesu, setze
mir selbst die Fackel bei,
damit, was dich ergötze,
mir kund und wissend sei.

Dein Zion streut dir Palmen
und grüne Zweige hin,
und ich will dir in Psalmen
ermuntern meinen Sinn.
Mein Herze soll dir grünen
in stetem Lob und Preis
und deinem Namen dienen,
so gut es kann und weiß.

Was hast du unterlassen
zu meinem Trost und Freud,
als Leib und Seele saßen
in ihrem größten Leid?
Als mir das Reich genommen,
da Fried und Freude lacht,
da bist du, mein Heil, kommen
und hast mich froh gemacht.

Ich lag in schweren Banden,
du kommst und machst mich los;
ich stand in Spott und Schanden,
du kommst und machst mich groß
und hebst mich hoch zu Ehren
und schenkst mir großes Gut,
das sich nicht läßt verzehren,
wie irdisch Reichtum tut.

Nichts, nichts hat dich getrieben
zu mir vom Himmelszelt
als das geliebte Lieben,
damit du alle Welt
in ihren tausend Plagen
und großen Jammerlast,
die kein Mund kann aussagen,
so fest umfangen hast.

Das schreib dir in dein Herze,
du hochbetrübtes Heer,
bei denen Gram und Schmerze
sich häuft je mehr und mehr;
seid unverzagt, ihr habet
die Hilfe vor der Tür;
der eure Herzen labet
und tröstet, steht allhier.

Ihr dürft euch nicht bemühen
noch sorgen Tag und Nacht,
wie ihr ihn wollet ziehen
mit eures Armes Macht.
Er kommt, er kommt mit Willen,
ist voller Lieb und Lust,
all Angst und Not zu stillen,
die ihm an euch bewußt.

Auch dürft ihr nicht erschrecken
vor eurer Sünden Schuld;
nein, Jesus will sie decken
mit seiner Lieb und Huld.
Er kommt, er kommt den Sündern
zu Trost und wahrem Heil,
schafft, daß bei Gottes Kindern
verbleib ihr Erb und Teil.

Was fragt ihr nach dem Schreien
der Feind und ihrer Tück?
Der Herr wird sie zerstreuen
in einem Augenblick.
Er kommt, er kommt, ein König,
dem wahrlich alle Feind
auf Erden viel zu wenig
zum Widerstande seind.

Er kommt zum Weltgerichte:
zum Fluch dem, der ihm flucht,
mit Gnad und süßem Lichte
dem, der ihn liebt und sucht.
Ach komm, ach komm, o Sonne,
und hol uns allzumal
zum ewgen Licht und Wonne
in deinen Freudensaal.

ADVENT

RAINER MARIA RILKE, 1897

Es treibt der Wind im Winterwalde
Die Flockenherde wie ein Hirt,
Und manche Tanne ahnt, wie balde
Sie fromm und lichterheilig wird;
Und lauscht hinaus. Den weißen Wegen
Streckt sie die Zweige hin – bereit,
Und wehrt dem Wind und wächst entgegen
Der einen Nacht der Herrlichkeit.

VERSE ZUM ADVENT

THEODOR FONTANE, 1851

Noch ist Herbst nicht ganz entflohn,
Aber als Knecht Ruprecht schon
Kommt der Winter hergeschritten,
Und alsbald aus Schnees Mitten
Klingt des Schlittenglöckleins Ton.

Und was jüngst noch, fern und nah,
Bunt auf uns herniedersah,
Weiß sind Türme, Dächer, Zweige,
Und das Jahr geht auf die Neige,
Und das schönste Fest ist da.

Tag du der Geburt des Herrn,
Heute bist du uns noch fern,
Aber Tannen, Engel, Fahnen
Lassen uns den Tag schon ahnen,
Und wir sehen schon den Stern.

IV. Weihnachten

»Es ist ein Ros entsprungen«

Weihnachten ist seit den Anfängen des Christentums neben Ostern und Pfingsten das dritte Hochfest im Verlauf des geistlichen Jahres. Zu diesem Rang kam die Weihnachtsliturgie und -feier erst relativ spät. Seit dem Ende des Mittelalters wuchs deren Bedeutung, weil das Fest der Geburt des Christkindes inzwischen dank seiner stetig wachsenden Popularität zum Gedenken an die Auferstehung Christi und an die Herabkunft des Heiligen Geistes gefeiert wurde.

Mit der empfindsamen Liebe oder der ausgelassenen Freude, mit denen die Menschen in aller Welt sich einmal im Jahr des weihnachtlichen Geschehens erinnerten, wuchs die Zahl der Lieder, Gedichte, Legenden, Erzählungen und Gebräuche, die das Fest thematisierten. Advents- und Weihnachtslieder entstanden in kaum überschaubarer Fülle vor allem im 17. und seit der Mitte des 19. Jahrhunderts, zu denen man unbedingt auch einige verwandte weltliche Dichtungen wie das tiefsinnige, nicht genug zu bewundernde Gryphius-Sonett »Über die Geburt Jesu« aus dunkelster Zeit stellen muss. Gerade die neueren Gesänge erlangten allgemeine Bekannt- und Beliebtheit, sodass beide christlichen Konfessionen sich veranlasst sahen, die Lieder aus dem säkularen Bereich im ökumenischen Geist konfessionsübergreifend in ihre Gesangbücher aufzunehmen. Durch die lange bestehenden festen Traditionen, mit denen die Lieder im häuslichen Bereich, in Kindergärten und Schulen, Musikaufführungen und schließlich auch noch in den Gottesdiensten fest verankert waren und hier und da noch sind, wurden sie neben einigen weihnachtlichen Kinderliedern zum Restbestand im häuslichen und kirchlichen Umfeld bekannter Lieder. Seit Erfindung von Tonträgern wurde der Fundus des eigenen Singens rapide kleiner: Man ließ und lässt sich weihnachtliche Vokalmusik vorspielen. Neuere Lieder fanden kaum Platz im Liedrepertoire unter dem Weihnachtsbaum: Songs wie etwa »Jingle bells« verdrängen »Kling Glöckchen« aus dem häuslichen Repertoire, das nur noch durch wenige neue Lieder (wie das ungeheuer erfolgreiche »Leise rieselt der Schnee«) zögerliche und kaum beständige Bereicherung erfuhr.

Dass der ungeheuer erfolgreiche und mit einem Oscar ausgezeichnete Song »I am dreaming of a white christmas« (USA 1940), der seinerseits keinerlei direkte Bezüge zur christlichen Weihnacht erkennen lässt, das im deutschsprachigen Raum viel gesungene Sterndreherlied »Es ist für uns eine Zeit angekommen« (Luzern um 1850) weitgehend verdrängt hat, ist eine eigene Geschichte. Der schweizerdeutsche Originaltext besingt die »große Gnade« der Geburt Christi und Szenen um das göttliche Kind. 1939 erschien in der Anthologie »Deutsche Kriegsweihnacht« eine radikale Umdichtung, in der jeder christliche Bezug gelöscht ist. Fatalerweise blieb diese Neufassung, die das Wort »Gnade« durch »Freude« ersetzt und in der ansonsten recht beliebig und wenig originell von schneebeglänzten Feldern, unterm Eis schlafenden Bächlein und Winterwanderschaften »durch den Schnee, der leise fällt« die Rede ist, bis heute die gängigste. Dass sie nun allmählich durch »White christmas« ausgestochen scheint, ist kein Verlust.

Den Kernbestand des weihnachtlichen Liedguts wird man als gegenwärtigen Rest musikalischer Allgemeinkenntnisse werten können, wie das auf dem Feld bekannter Geschichten für einige Grimm'sche Märchen schon seit längerem festzustellen ist. Es handelt sich unter anderen um die immer erneut aufgestellten Top Ten der bekanntesten und beliebtesten deutschsprachigen Weihnachtslieder, Ranglisten, in denen immer noch »Stille Nacht«, »O du fröhliche«, »Zu Bethlehem geboren« und »O Tannenbaum« begegnen, während andere wie »Kommet, ihr Hirten« oder »Ihr Hirten erwacht« nach und nach verschwinden. Eine Sonderrolle spielt das Mitte des 18. Jahrhunderts in lateinischer Sprache gedichtete »Adeste fideles«, das – in sämtliche Weltsprachen übersetzt – in vielen musikalischen Formationen und in der Interpretation aller berühmten Sänger dauerhaft begeistert rezipiert wird.

Die Tatsache, dass Weihnachten immer mehr als Kinderfest aufgefasst und begangen wurde, führte auch zu verstärkter Produktion kindlicher Weihnachtslieder, von »Ihr Kinderlein, kommet« bis hin zu auf das Christkind bezogener Wiegenlieder, die Traditionen des Kindleswiegen wiederaufnahmen – so in der alten Anrufung »Eia susanni«, die sich aus ›sausa ninne‹ (Wiege, bewege dich schnell) entwickelt hat.

Schon im 10. Jahrhundert sind die ersten Weihnachtsspiele nachweisbar, die von Geistlichen am Altar in die Liturgie eingefügt waren. Von dort wanderten sie in und vor den Kirchenraum und schließlich auf den Marktplatz. Dabei erweiterte sich die Darstellung um die Verkündigung, die Herbergssuche, die Ereignisse um Herodes und die Flucht nach Ägypten sowie die Erscheinung der drei Könige. Die meisten dieser Weihnachtsspiele sind in lateinischer Sprache überliefert; ihre literarische Qualität steht weit hinter den zeitgleichen Passions- und Osterspielen zurück.

Seit dem 16. Jahrhundert gibt es bis heute begegnende schlichte Krippenspiele, meist von Kindern und ohne literarischen Anspruch in Kirchen aufgeführt.

Zu den allbekannten weihnachtlichen Symbolen zählt vor allem der Weihnachtsbaum, der seit dem 18. Jahrhundert in die Häuser und später auch in die Kirchen einzog und dort seinen Platz (in der Zeit vom 24. Dezember bis zum 2. Februar) neben den Krippendarstellungen erhielt oder diese ersetzte. Wie der später erfundene Adventskranz zeigt er stets das Immergrün seines Nadelschmucks und reichen Kerzenschein, Symbole der Hoffnung auf das Wiederaufblühen der Natur und das nach Weihnachten wieder längere Tageslicht. Beide Symbolbereiche stehen natürlich auch für den Rhythmus des religiösen Lebens: Christus, das Licht der Welt, strahlt immer stärker auf. Der Christenmensch darf wie die Natur eine Wiederauferstehung und Erneuerung erwarten, Christus, das Licht der Welt, strahlt ab den Weihnachtstagen immer heller auf, bis es am 24. Juni, dem Johannistag, seinen Höhepunkt erreicht. Eine Zwischenstation bildet der 2. Februar, wenn die Kirche das Ende der Weihnachtszeit mit dem Lichtmess-Fest beschließt. Der volksläufige Spruch »Mariae Lichtmess – die Herren bei Tag zur Nacht ess'« (das heißt, das Tageslicht löst an diesem Tag bei der Hauptmahlzeit der

Herrschaften am frühen Abend den bis dahin nötigen Kerzenschein ab) macht dies deutlich. Andere Accessoires des Weihnachtsbaums wechseln bis heute: Die Behängung mit Näschereien für die Kinder ist fast ganz aus der Mode gekommen, Lamettaschmuck ist verpönt; nur die Kugeln, die das Sternenlicht der Weihnacht repräsentieren, bleiben im Gebrauch. Ihre Farben wechseln: Früher glänzten sie silbern wie die Sterne, inzwischen begegnen sie und die schmückenden Bänder jährlich in einer anderen Modefarbe (was in erster Linie den Verkauf neuer Ensembles fördert). Die Faszination, die ein leuchtender und geschmückter Christbaum durch seine Erscheinung in der dunklen Jahreszeit ausstrahlt, zu der sein unverkennbarer Duft und nicht zuletzt die unwiderstehliche nostalgische Stimmung, in der sich jeder Erwachsene seine kindlichen Weihnachtserlebnisse immer erneut vergegenwärtigt, beitragen, bleibt ein Leben lang beständig.

Unterm Tannenbaum blüht auch die Zeit des (Vor-)Lesens vornehmlich alter und neuer, bekannter und unbekannter Gedichte und Geschichten. Ein Besuch der bis heute in aller Welt immer wieder erneut aufgeführten Humperdinck-Oper »Hänsel und Gretel« gehört für viele zum erweiterten Weihnachtsritual, obwohl sie direkt überhaupt nichts mit dem Fest zu tun hat, an dem man aber mit den Kindern gemeinsam (besonders gern Märchen) liest, Lieder singt, Musik hört und wohl auch zur Kirche geht.

Die uralte Weihnachtsliturgie war früher durch drei Messen ausgezeichnet, die seit dem 5. Jahrhundert vom Papst in Rom zelebriert wurden. Die erste am 24. Dezember um Mitternacht als Missa in nocte (»Dominus dixit ad me«) in der Basilica Santa Maria maggiore; die zweite in der Morgenröte des ersten Weihnachtstages als Missa in aurora (»Lux fulgebit hodie«) in der Kirche St. Anastasia (der 25. Dezember ist der Festtag der heiligen Märtyrerin); die dritte als feierliches Hochamt am gleichen Tag um 9 Uhr in St. Peter als

Missa in die (»Puer natus est nobis«). Außerhalb Roms wurden die drei Messen unmittelbar nacheinander ab 24 Uhr in der Weihnachtsnacht zelebriert.

Die Wandlung der Liturgie wie vor allem der weihnachtlichen Bräuche folgt immer stärker dem Trend, Weihnachten als Kinderfest zu gestalten – ein Trend, der ursprünglich wohl auf im 18. Jahrhundert beginnende Tendenzen zurückgeht, die Geschenke an die Kinder in den Mittelpunkt zu rücken und ihre Übergabe als Höhepunkt des Festes zu verstehen. Der Dichter Matthias Claudius hat die zentrale Bedeutung, die Kinder und Erwachsene der Bescherung beimaßen, unter dem Titel »Ich danke Gott« schon seinerzeit auf den Punkt gebracht:

> Ich danke Gott und freue mich
> Wie's Kind zur Weihnachtsgabe,
> Daß ich hier bin! Und daß ich dich
> Schön menschlich Antlitz habe.

Die existenzielle Freude darüber und der Dank dafür, dass man als Mensch ins Leben gerufen wurde, ist dem Dichter nur mit der kindlichen Freude über die Weihnachtsgaben vergleichbar!

Auch in dieser Form war und bleibt Weihnachten als Ausdruck reinster und höchster Lebensfreude ein Höhepunkt des Jahres und eines ganzen Lebensabschnitts und vor allem der lebenslangen Erinnerung.

EVANGELIUM

LUKAS (2,1-20)

Es begab sich aber zu der Zeit, dass ein Gebot von dem Kaiser Augustus ausging, dass alle Welt geschätzt würde. Und diese Schätzung war die allererste und geschah zu der Zeit, da Cyrenius Landpfleger in Syrien war. Und jedermann ging, dass er sich schätzen ließe, ein jeglicher in seine Stadt.

Da machte sich auf auch Joseph aus Galiläa, aus der Stadt Nazareth, in das jüdische Land zur Stadt Davids, die da heißt Bethlehem, darum, dass er von dem Hause und Geschlechte Davids war, auf dass er sich schätzen ließe mit Maria, seinem vertrauten Weibe, die war schwanger.

Und als sie daselbst waren, kam die Zeit, dass sie gebären sollte. Und sie gebar ihren ersten Sohn und wickelte ihn in Windeln und legte ihn in eine Krippe: Denn sie hatten sonst keinen Raum in der Herberge.

Und es waren Hirten in derselben Gegend auf dem Felde bei den Hürden, die hüteten des Nachts ihre Herde. Und siehe, des Herrn Engel trat zu ihnen, und die Klarheit des Herrn leuchtete um sie; und sie fürchteten sich sehr.

Und der Engel sprach zu ihnen: »Fürchtet euch nicht! Siehe, ich verkündige euch große Freude, die allem Volk widerfahren wird; denn euch ist heute der Heiland geboren, welcher ist Christus, der Herr, in der Stadt Davids. Und das habt zum Zeichen: Ihr werdet finden das Kind in Windeln gewickelt und in einer Krippe liegen.«

Und alsbald war da bei dem Engel die Menge der himmlischen Heerscharen, die lobten Gott und sprachen: »Ehre sei Gott in der Höhe und Friede auf Erden und den Menschen ein Wohlgefallen!«

Und da die Engel von ihnen gen Himmel fuhren, sprachen die Hirten untereinander: Lasst uns nun gehen gen Bethlehem und die Geschichte sehen, die da geschehen ist, die uns der Herr kundgetan hat.

Und sie kamen eilend und fanden beide, Maria und Joseph, dazu das Kind in der Krippe liegen. Da sie es aber gesehen hatten, breiteten sie das Wort aus, welches zu ihnen von diesem Kinde gesagt war.

Und alle, vor die es kam, wunderten sich der Rede, die ihnen die Hirten gesagt hatten. Maria aber behielt alle diese Worte und bewegte sie in ihrem Herzen.

Und die Hirten kehrten wieder um, priesen und lobten Gott und alles, was sie gehört und gesehen hatten, wie denn zu ihnen gesagt war.

EVANGELIUM

JOHANNES (1.14)

Im Anfang war das Wort. Und das Wort war bei Gott, und Gott war das Wort. [...] In ihm war das Leben, und das Leben war das Licht der Menschen. Und das Licht leuchtet in der Finsternis, aber die Finsternis hat es nicht begriffen. [...] Es war in der Welt, und die Welt ist durch ihn gemacht worden; aber die Welt hat ihn nicht erkannt. Er kam in sein Eigentum, und die Seinigen nahmen ihn nicht auf. Allen aber, die ihn aufnahmen, gab er Macht, Kinder Gottes zu werden. [...] Und das Wort ist Fleisch geworden und hat unter uns gewohnt, und wir haben seine Herrlichkeit gesehen, die Herrlichkeit als des Eingeborenen vom Vater, voll der Gnade und Wahrheit.

PRÄFATION

AUS DER WEIHNACHTSMESSE

Es ist wahrhaftig würdig und gerecht, billig und heilsam, dass wir dir immer und überall danken, heiliger Herr, allmächtiger Vater, ewiger Gott: weil durch das Geheimnis des fleischgewordenen Wortes ein neues Licht deiner herrlichen Klarheit den Augen unseres Geistes aufgestrahlt ist. Dass während wir Gott sichtbar erkennen, wir durch ihn zur Liebe des Unsichtbaren hingerissen werden.

VON DER GEBURT DES HERRN

VORAGINE: LEGENDA AUREA

Unser Herr Jesus Christus ward leiblich in diese Welt geboren in den Tagen des Kaisers Octavianus nach Adams Zeit über 5228 Jahre. [...] Da Jesus Christus in diese Welt geboren ward, da war großer Friede auf Erden. [...] Es machte sich auf Joseph von Nazareth nach der Stadt Bethlehem, weil er vom Geschlechte Davids war. Da nun die Zeit nahete, daß Maria gebären sollte und Joseph nicht wußte, wann er wieder heimkehren würde, da führte er sie mit sich nach Bethlehem, daß er den Schatz, der ihm von Gott befohlen war, selber mit großen Sorgen bewahre und nicht in fremden Händen lasse. [...] Da Maria und Joseph nun zu Bethlehem waren, mochten sie keine Herberge finden; denn sie waren irdischen Gutes arm und waren auch alle Herbergen anderer Menschen voll, die um derselben Sache willen gekommen waren. Darum kehrten sie in einen offenen Durchgang zwischen zwei Häusern [...]. Dort machte wohl Joseph für Ochs und Esel eine Krippe, andere sagen, die Krippe sei schon dagewesen, denn die Bauern hätten dort ihr Vieh festgebunden, wenn sie zu Markte kamen. In der Armut gebar Maria ihr Kind um die Mitternacht zum Sonntag und legte das liebe Kindlein in die Krippe auf ein wenig Heu. [...] Ochs und Esel aber, sagt man, wagten nicht davon zu essen. [...] Als die Stunde kam, da Maria gebären sollte, rief Joseph zwei Wehmütter herbei, die eine

hieß Zebel, die andre Salme; wohl zweifelte er nicht daran, daß die Jungfrau den Gottessohn gebären würde, sondern er tat nur nach der Sitte des Landes. Als nun Zebel empfand, dass Maria Jungfrau war, da rief sie: »Wahrlich, diese ist Jungfrau und hat geboren.« [...] Seine Geburt ist der unsern gleich, weil er von einem Weibe ist geboren und durch dieselbe Pforte ging wie wir; ungleich, da er von dem heiligen Geist aus der Jungfrau Maria ist geboren.

IN DULCI JUBILO

LATEINISCH-DEUTSCHER MISCHTEXT, 14. JAHRHUNDERT

In dulci jubilo,
nun singet und seid froh!
Unsers Herzens Wonne
liegt in praesepio
und leuchtet wie die Sonne
matris in gremio.
Alpha es et O,
Alpha es et O.

O Jesu parvule,
nach dir ist mir so weh.
Tröst mir mein Gemüte,
o puer optime,
durch alle deine Güte,
o princeps gloriae.
Trahe me post te,
trahe me post te.

Ubi sunt gaudia?
Nirgend mehr denn da,
wo die Engel singen
nova cantica,
und die Zimbeln klingen
in regis curia.
Eja qualia.
Eja qualia!

MIT SÜSSEM JUBELSCHALL

BONE, 1851

Mit süßem Jubelschall
nun singet fröhlich all!
Unsers Herzens Wonne
liegt in der Kripp im Stall
und leuchtet wie die Sonne,
Ein kleines Kind zumal,
Herr der Welten all,
Herr der Welten all.

O liebes Jesulein,
Du Lust der Seele mein
tröst mir mein Gemüte,
du bestes Kindelein,
durch alle deine Güte!
Du bist der Herr allein;
laß mich bei dir sein!
Laß mich bei dir sein!

Bei dir ist alle Freud und Lust
in Ewigkeit,
wo die Engel singen
von deiner Herrlichkeit
und neue Lieder klingen
Durch die Himmel weit.
Mach mein Herz bereit!
Mach mein Herz bereit!

ES IST EIN ROS ENTSPRUNGEN

KATHOLISCH (SPEYER, 1599)

Es ist ein Ros entsprungen /
auß einer wurtzel zart /
Als vns die alten sungen /
auß Jesse kam die art /
vnnd hat ein blümlein / bracht /
mitten in kaltem winter
wol zu der halben nacht.

Das Röselein das ich meine /
Darvon Isaias sagt /
Ist Maria die reine /
Die vns das blümlein hat bracht /
Auß Gottes ewigem raht /
Hat sie ein Kindlein gboren /
Vnd blieben ein reine Magd.

PROTESTANTISCH (PRAETORIUS 1609)

Es ist ein Roeß entsprungen /
aus einer Wurtzel zart /
als vns die alten sungen /
aus Jesse kam die art /
und hat ein blümlein bracht /
mitten im kalten Winter /
wol zu der halben Nacht.

Das Röeßlein das ich meine /
darvon Esaias sagt /
hat vns gebracht alleine /
Marie die reine Magd /
aus Gottes ewgen raht /
hat sie ein Kind gebohren /
[wol zu der halben Nacht].

LOBT GOTT, IHR CHRISTEN ALLE GLEICH

NIKOLAUS HERMAN, 1554

Lobt Gott, ihr Christen alle gleich,
in seinem höchsten Thron,
der heut schließt auf sein Himmelreich
und schenkt uns seinen Sohn,
und schenkt uns seinen Sohn.

Er kommt aus seines Vaters Schoß
und wird ein Kindlein klein,
er liegt dort elend, nackt und bloß
in einem Krippelein,
in einem Krippelein.

Er äußert sich all seiner G'walt,
wird niedrig und gering
und nimmt an eines Knechts Gestalt,
der Schöpfer aller Ding,
der Schöpfer aller Ding.

Er wechselt mit uns wunderlich:
Fleisch und Blut nimmt er an
und gibt uns in seins Vaters Reich
die klare Gottheit dran,
die klare Gottheit dran.

Er wird ein Knecht und ich ein Herr;
das mag ein Wechsel sein!
Wie könnt es doch sein freundlicher,
das herze Jesulein,
das herze Jesulein!

Heut schließt er wieder auf die Tür
zum schönen Paradeis;
der Cherub steht nicht mehr dafür.
Gott sei Lob, Ehr und Preis,
Gott sei Lob, Ehr und Preis!

VOM HIMMEL HOCH DA KOMM ICH HER

MARTIN LUTHER, 1533

»Vom Himmel hoch da komm ich her,
ich bring euch gute neue Mär;
der guten Mär bring ich so viel,
davon ich singn und sagen will.

Euch ist ein Kindlein heut geborn
von einer Jungfrau auserkorn,
ein Kindelein so zart und fein,
das soll eu'r Freud und Wonne sein.

Es ist der Herr Christ, unser Gott,
der will euch führn aus aller Not,
er will eu'r Heiland selber sein,
von allen Sünden machen rein.

Er bringt euch alle Seligkeit,
die Gott der Vater hat bereit',
daß ihr mit uns im Himmelreich
sollt leben nun und ewiglich.

So merket nun das Zeichen recht:
die Krippe, Windelein so schlecht,
da findet ihr das Kind gelegt,
das alle Welt erhält und trägt.

Des laßt uns alle fröhlich sein
und mit den Hirten gehn hinein,
zu sehn, was Gott uns hat beschert,
mit seinem lieben Sohn verehrt.

Merk auf, mein Herz, und sieh dorthin;
was liegt doch in dem Krippelein?
Wes ist das schöne Kindelein?
Es ist das liebe Jesulein.

Sei mir willkommen, edler Gast!
Den Sünder nicht verschmähet hast
und kommst ins Elend her zu mir:
wie soll ich immer danken dir?

Ach Herr, du Schöpfer aller Ding,
wie bist du worden so gering,
daß du da liegst auf dürrem Gras,
davon ein Rind und Esel aß!

Und wär die Welt vielmal so weit,
von Edelstein und Gold bereit',
so wär sie doch dir viel zu klein,
zu sein ein enges Wiegelein.

Der Sammet und die Seiden dein,
das ist grob Heu und Windelein,
darauf du König groß und reich
herprangst, als wär's dein Himmelreich.

Das hat also gefallen dir,
die Wahrheit anzuzeigen mir,
wie aller Welt Macht, Ehr und Gut
vor dir nichts gilt, nichts hilft noch tut.

Ach mein herzliebes Jesulein,
mach dir ein rein sanft Bettelein,
zu ruhen in meins Herzens Schrein,
daß ich nimmer vergesse dein.

Davon ich allzeit fröhlich sei,
zu springen, singen immer frei
das rechte Susaninne schön,
mit Herzenslust den süßen Ton.

Lob, Ehr sei Gott im höchsten Thron,
der uns schenkt seinen ein'gen Sohn.
Des freuet sich der Engel Schar
und singet uns solch neues Jahr.

ÜBER DIE GEBURT JESU

ANDREAS GRYPHIUS, 1643

Nacht, mehr denn lichte Nacht! Nacht, lichter als der Tag,
Nacht, heller als die Sonn', in der das Licht geboren,
Das Gott, der Licht, in Licht wohnhaftig, ihm erkoren:
O Nacht, die alle Nächt' und Tage trotzen mag!

O freudenreiche Nacht, in welcher Ach und Klag,
Und Finsternis, und was sich auf die Welt verschworen
Und Furcht und Höllen-Angst und Schrecken ward verloren.
Der Himmel bricht! doch fällt nun mehr kein Donnerschlag.

Der Zeit und Nächte schuf, ist diese Nacht ankommen!
Und hat das Recht der Zeit, und Fleisch an sich genommen!
Und unser Fleisch und Zeit der Ewigkeit vermacht.

Der Jammer trübe Nacht, die schwarze Nacht der Sünden
Des Grabes Dunkelheit, muß durch die Nacht verschwinden.
Nacht lichter als der Tag; Nacht mehr denn lichte Nacht!

ICH STEH AN DEINER KRIPPEN HIER

PAUL GERHARDT, 1653

Ich steh an deiner krippen hier /
O Jesulein mein leben /
Ich komme / bring und schencke dir /
Was du mir hast gegeben.
Nim hin es ist mein geist und sinn /
Hertz / seel und muth nimm alles hin
Vnd laß dirs wol gefallen.

Du hast mit deiner lieb erfüllt
Mein adern und geblüte /
Dein schöner glantz / dein süßes bild
Ligt mir gantz im gemüthe /
Vnd wie mag es auch anders seyn /
Wie könt ich dich / mein Hertzelein /
Aus meinem hertzen lassen?

Da ich noch nicht geboren war /
Da bist du mir geboren /
Vnd hast mich dir zu eigen gar /
Eh ich dich kant / erkohren /
Eh ich durch deine hand gemacht /
Da hast du schon bey dir bedacht /
Wie du mein woltest werden.

Ich lag in tiefster todesnacht /
Die Sonne / die mir zugebracht
Liecht / leben / freud und wonne
O Sonne / die das werthe liecht
Des glaubens in mir zugerichtt /
Wie schön sind deine strahlen!

Ich sehe dich mit freuden an /
Vnd kan mich nicht satt sehen /
Vnd weil ich nun nicht weiter kan /
So thu ich / was geschehen:
O daß mein sinn ein abgrund wär /
Vnd meine seel ein weites meer /
Daß ich dich möchte fassen!

Vergönne mir / o Jesulein /
Daß ich dein mündlein küsse /
Das mündlein / das den süßen wein /
Auch milch und honigflüsse
Weit übertrifft in seiner krafft /
Es ist voll labsal / stärck und safft /
Der marck und bein erquicket.

Wann offt mein hertz im leibe weint /
Vnd keinen trost kan finden /
Da rufft mirs zu / ich bin dein freund /
Ein tilger deiner sünden:
Was traurest du mein brüderlein?
Du solt ja guter dinge seyn /
Ich zahle deine schulden.

Wer ist der meister / der allhier
Nach würdigkeit außstreichet
Die händlein / so das Kindlein mir
Anlachende zureichet /
Der schnee ist hell / die milch ist weiß /
Verlieren doch beyd jhren preis /
Wann diese händlein blicken.

Wo nehm ich weißheit und verstand
Mit lobe zu erhöhen
Die äuglein / die so unverwandt
Nach mir gerichtet stehen:
Der volle Mond ist schön und klar /
Schön ist der güldnen sternen schaar /
Dies äuglein sind viel schöner.

O daß doch so ein lieber stern
Sol in der krippen ligen!
Für edle kinder großer Herrn
Gehören güldne wiegen.
Ach heu und stroh ist viel zu schlecht /
Sammt / seyden / purpur wären recht
Dies kindlein drauf zu legen.

Nehmt weg das stroh / nehmt weg das heu /
Ich wil mir blumen holen /
Daß meines Heylands lager sey
Auf lieblichen violen /
Mit Rosen / Nelcken / Rosmarin
Aus schönen gärten wil ich ihn
Von oben her bestreuen.

Zur seiten wil ich hier und dar
Viel weißer Lilien stecken /
Die sollen seiner äuglein paar
Jm schlafe sanft bedecken:
Doch liebt vielmehr das dürre gras
Dis Kindelein / als alles das /
Was ich hier nenn und dencke.

Du fragest nicht nach lust der welt /
Noch nach des leibes freuden /
Du hast dich bey uns eingestellt
An unsrer stat zu leiden /
Suchst meiner seelen herrlichkeit
Durch elend und armseligkeit /
Das wil ich dir nicht wehren.

Eins aber hoff ich wirst du mir /
Mein Heyland / nicht versagen /
Daß ich dich möge für und für
In / bey und an mir tragen:
So laß mich doch dein kripplein seyn /
Komm / komm und lege bey mir ein
Dich und all deine freuden.

Zwar solt ich dencken / wie gering
Ich dich bewirthen werde /
Du bist der Schöpffer aller ding /
Ich bin nur staub und erde:
Doch bist du ein so frommer gast /
Daß du noch nie verschmähet hast
Den / der dich gerne siehet.

WEIHNACHTSLIED

FRIEDRICH LEOPOLD GRAF ZU STOLBERG, 19. JAHRHUNDERT

Welche Morgenröten wallen,
himmelab in stiller Nacht!
Seh' ich Sonnen Gottes fallen?
Nein, der Heere Gottes Macht
hält bei frommen Hirten Wacht,
und des Engels Worte schallen:
Zaget nicht! Denn große Freud'
ist euch widerfahren heut.

Christus ward uns heut geboren,
euer Heiland, euer Herr!
Davids Stadt hat er erkoren,
und in Windeln lieget Er,
in der Krippe liegt der Herr!
Jedem Volk ward er geboren.
Hochgelobet in der Zeit!
Hochgelobt in Ewigkeit.

Ach, was können wir dir bringen,
dir, dem Herrn der Herrlichkeit?
Unsre Liebe soll dir singen,
dir sei unser Herz geweiht.
Unser Wille dir bereit!
Gib zum Wollen das Vollbringen.
Laß uns dein sein in der Zeit,
Dein, o Herr, in Ewigkeit.

AM WEIHNACHTSTAG

ANNETTE VON DROSTE-HÜLSHOFF, 1851

Still ist die Nacht; in seinem Zelt geborgen,
der Schriftgelehrte späht mit finstren Sorgen,
wann Judas mächtiger Tyrann erscheint;
den Vorhang lüftet er, nachstarrend lange
dem Stern, der gleitet über Äthers Wange,
wie Freudenzähre, die der Himmel weint.

Und fern vom Zelte über einem Stalle,
da ist's, als ob aufs nied're Dach er falle;
in tausend Radien sein Licht er gießt.
Ein Meteor, so dachte der Gelehrte,
als langsam er zu seinen Büchern kehrte.
O weißt du, wen das nied're Dach umschließt?

In einer Krippe ruht ein neugeboren
und schlummernd Kindlein; wie im Traum verloren
die Mutter knieet, schlichter Mann rückt tief erschüttert
das Lager ihnen; seine Rechte zittert
dem Schleier nahe um den Mantel noch.

Und an der Türe steh'n geringe Leute,
mühsel'ge Hirten, doch die ersten heute,
und in den Lüften klingt es süß und lind,
verlor'ne Töne von der Engel Liede:
»Dem Höchsten Ehr' und allen Menschen Friede,
die eines guten Willens sind.«

ADESTE FIDELES

LATEINISCHE CANTIO, VOR 1750

Adeste fideles, læti triumphantes,
Venite, venite Bethlehem.
Natum videte regem angelorum:
Venite, adoremus, venite, adoremus,
Venite, adoremus Dominum!

En grege relicto, humiles ad cunas
Vocati pastores appropiant.
Et nos ovanti gradu festinemus.
Venite, adoremus, venite, adoremus,
Venite, adoremus Dominum!

Aeterni parentis splendorem æternum
Velatum sub carne videbimus.
Deum infantem, panis involutum.
Venite, adoremus, venite, adoremus,
Venite, adoremus Dominum!

Cantet nunc »Io« chorus angelorum,
Cantet nunc aula cælestium,
Gloria in excelsis Deo.
Venite, adoremus, venite, adoremus,
Venite, adoremus Dominum!

Ergo qui natus die hodierna.
Jesu, tibi sit gloria,
Patris æterni verbum caro factum.
Venite, adoremus, venite, adoremus,
Venite, adoremus Dominum!
(gekürzt)

HERBEI, O IHR GLÄUB'GEN

JOHN FRANCIS WADE, 1751: »O COME, ALL YE FAITHFUL«

Herbei, o ihr Gläubgen, fröhlich triumphierend
o kommet, o kommet nach Bethlehem!
Sehet das Kindlein, uns zum Heil geboren!
O lasset uns anbeten, o lasset uns anbeten,
o lasset uns anbeten den König, den Herrn!

Sehet die Hirten eilen von den Herden
und suchen das Kind nach des Engels Wort,
geh'n wir mit ihnen, Friede soll uns werden.
O lasset uns anbeten, o lasset uns anbeten,
o lasset uns anbeten den König, den Herrn!

Der Abglanz des Vaters, Herr der Herren alle,
Ist heute erschienen in unserm Fleisch;
Gott ist geboren als ein Kind im Stalle.
O lasset uns anbeten, o lasset uns anbeten,
O lasset uns anbeten den König, den Herrn!

Kommt, singet dem Herrn, singt ihm, Engelschöre!
Frohlocket, frohlocket, ihr Seligen:
»Ehre sei Gott im Himmel und auf Erden!«
O lasset uns anbeten, o lasset uns anbeten,
o lasset uns anbeten den König den Herrn!

Ja dir, der du heute Mensch für uns geboren,
Herr Jesu, sei Ehre und Preis und Ruhm.
Dir fleischgewordnes Wort des ewigen Vaters!
O lasset uns anbeten, o lasset uns anbeten,
o lasset uns anbeten den König, den Herrn!
(gekürzt)

JOSEPH, LIEBER JOSEPH MEIN

AUFZEICHNUNG DES MÖNCHS AUS SALZBURG, UM 1400

»Joseph, liber nefe min,
hilf mir wiegen min kindelin,
das got musse din loner sin
in himilrich,
der meide kint Maria.«

»Gern, libe mume min,
ich helfe dir wigen din kindelin,
das got musse min loner sin
in himilrich,
der meide kint Maria.«
(gekürzt)

NEUERE FASSUNG

Joseph, lieber Joseph mein,
hilf mir wiegen mein Kindelein,
Gott, der wird dein Lohner sein
im Himmelreich, der Jungfrau Sohn Maria.
Eia! Eia!

Gerne, liebe Maria mein,
helf ich dir wiegen das Kindelein.
Gott, der wird mein Lohner sein
im Himmelreich, der Jungfrau Sohn Maria.
Eia! Eia!

Freu dich nun, o Christenschar,
der himmlische König klar
nahm die Menschheit offenbar,
den uns gebar die reine Magd Maria.
Eia! Eia!

Süßer Jesu, auserkor'n,
weißt wohl, daß wir war'n verlor'n,
still uns deines Vaters Zorn,
dich hat gebor'n die reine Magd Maria.
Eia! Eia!

GEBURT CHRISTI

RAINER MARIA RILKE, 1912

Hättest du der Einfalt nicht, wie sollte
dir geschehn, was jetzt die Nacht erhellt?
Sieh, der Gott, der über Völkern grollte,
macht sich mild und kommt in dir zur Welt.

Hast du dir ihn größer vorgestellt?

Was ist Größe? Quer durch alle Maße,
die er durchstreicht, geht sein grades Los.
Selbst ein Stern hat keine solche Straße.
Siehst du, diese Könige sind groß,

und sie schleppen dir vor deinen Schoß

Schätze, die sie für die größten halten,
und du staunst vielleicht bei dieser Gift –:
aber schau in deines Tuches Falten,
wie er jetzt schon alles übertrifft.

Aller Amber, den man weit verschifft,

jeder Goldschmuck und das Luftgewürze,
das sich trübend in die Sinne streut:
alles dieses war von rascher Kürze,
und am Ende hat man es bereut.

Aber (du wirst sehen): Er erfreut.

ZUM WEIHNACHTEN MIT MÄRCHEN

THEODOR STORM, 1852

Mädchen, in die Kinderschuhe
Tritt noch einmal mir behend!
Folg mir durch des Abends Ruhe,
Wo der dunkle Taxus brennt.

Engel knien an der Schwelle,
Hütend bei dem frommen Schein;
Von den Lippen klingt es helle:
Nur die Kindlein gehen ein!

Doch du schaust mich an verwundert,
Sprichst: »Vertreten sind die Schuh;
Unter alt vergeßnem Plunder
Liegt die Puppe in der Truh'.«

Horch nur auf! Die alten Märchen
Ziehn dich in die alte Pracht!
Wie im Zauberwald das Pärchen
Schwatzen wir die ganze Nacht.

Von Schneewittchen bei den Zwergen,
Wo sie lebte unerkannt
Und war hinter ihren Bergen
Doch die Schönst' im ganzen Land.

Von Hans Bärlein, der im Streite
Einen Riesenritter schlug,
Der die Königstochter freite,
Endlich gar die Krone trug.

Von dem Dichter auch daheime,
Der ein Mädchen, groß und schlank,
Durch die Zauberkraft der Reime
Rückwärts in die Kindheit sang.

V. Dreikönigstag

»Es führt drei König Gottes Hand«

Seit den frühesten Zeiten des Christentums feierte man das Fest ›Epiphanias‹ (Offenbarwerdung des Herrn) als Jahresanfang. Es wurde auch unter den Titeln ›Fest der Erscheinung des Herrn‹ oder in jüngeren Zeiten ›Fest der Heiligen Drei Könige‹ begangen. Später wurde das Datum in den meisten christlichen Konfessionen auf den 6. Januar verlegt. Nach dem Bericht des Evangelisten Matthäus wurde die Ankunft des Gottessohnes in Bethlehem nach den israelitischen Hirten nun auch den Heiden aus fernen Ländern durch den Aufgang eines strahlenden Sterns offenbart. Weise, die das Zeichen richtig deuteten, machten sich auf den Weg und ließen sich von diesem Gestirn bis zu dem neugeborenen Kind und seiner Mutter leiten. Man folgerte, es seien drei Weise gewesen, denn dem von ihnen angebeteten Kind wurden drei Geschenke dargebracht, aus deren Kostbarkeit man schloss, es müsse sich um Könige gehandelt haben. So entstand früh eine Tradition um die Heiligen Drei Könige, die man seit dem 6. Jahrhundert unter den Namen Caspar, Melchior und Balthasar verehrte. Es mag sein, dass man diese Namen aus dem Brauch, am Neujahrstag Häuser oder Wohnungen mit der Formel »Christus mansionem benedicat« (abgekürzt C-M-B) zu segnen, abgeleitet hat.

Die Überbringung dieses Segens am Festtag Epiphanias wurde alsbald drei als Könige gekleideten Kirchendienern übertragen, die mit einem Stern auf einer Stange umherzogen. Der uralte Brauch ist in jüngeren Jahren wieder aufgelebt, und zahlreiche mit C+M+B bezeichnete Türen und Hauswände zeugen vom Besuch der Könige.

Sie sind im weihnachtlichen Volksbrauch keine Gabenbringer wie St. Martin oder St. Nikolaus, sondern sie heischen mit Sprüchen und Liedern Gaben für einen guten Zweck oder für sich selbst.

Man deutete die drei Magier als Repräsentanten der damals bekannten Erdteile Afrika, Asien und Europa. Zumeist wurde Caspar als der farbige Afrikaner aufgefasst; Melchior sollte Europa vertreten, Balthasar galt als Repräsentant Asiens: Caspar im besten Mannesalter, Balthasar als Jüngling, Melchior als bärtiger Greis. So standen die drei Weisen für alle zum Christenglauben berufenen Menschen des Erdkreises. Das dargebrachte Gold bezeichnete das Königtum Christi, mit dem Weihrauch wurde er als Gott verehrt, die Myrrhe (als Balsam bei Bestattungen verwendet) symbolisiert ihn als Menschen, der die Bitternis des Leidens und Sterbens auf sich nimmt. Ein volksläufiger Spruch zeichnet die Symbolik nach:

Durch Weihrauch stellten fromm sie dar,
Daß dieses Kind Gott selber war,
Die Myrrh' auf seine Menschheit wies;
Das Gold das Kind als König pries.

Die vorgeblichen Reliquien der drei Könige sollen von Kaiserin Helena nach Konstantinopel gebracht worden sein. Von dort holte sie der Erzbischof Eustargius im 4. Jahrhundert in sein Bistum nach Mailand und ließ für die Gebeine eine Grabkirche erbauen, die heute als Kirche Sant Eustargio noch immer als Gedenkkirche für die Drei Könige im Mittelpunkt einer prächtigen Prozession am 6. Januar steht. Als Barbarossa 1164 Mailand zerstörte, fiel auch die Kirche in Trümmer. Rainald von Dassel, Erzbischof von Köln, für Italien zuständiger Kanzler des Heiligen Römischen Reichs und engster Berater Kaiser Friedrichs (Barbarossa), brachte die Reliquien an sich und ließ sie auf einem Karren heimlich nach Köln

überführen. In Köln begann 1248 der Dombau als monumentales Reliquiar für die Gebeine der Heiligen, die in einen der kunstvollsten und prächtigsten Schreine des gesamten Mittelalters gebettet wurden, dessen figürliche Darstellungen die enge Verflechtung der Heiligenverehrung mit dem deutschen Kaisertum erkennen lassen. Der Kaiser unterstellt sich einerseits dem Schutz der Heiligen und steht andererseits als ein vierter König unter den biblischen Königen aus allen Weltteilen. Alsbald setzte ein ungeheurer Pilger- und Wallfahrtsstrom nach Köln ein, der die Stadt zu einer der reichsten und größten in ganz Europa machte.

Der Heiligenkult regte die sakrale Kunst in hohem Maß an. Der Zug der Könige war eine gute Vorgabe für die Malerei und wurde auf unzähligen Fresken und Bildern immer prächtiger ausgestaltet. Es entstanden seit dem 17. Jahrhundert viele Kirchen- und Wallfahrtslieder. Die Literatur schildert bis heute die drei Könige in vielen Legenden, die sich allerdings immer weiter vom biblischen Bericht entfernen.

Im 19. Jahrhundert entstanden einige Gedichte, die aber überwiegend die älteren und neueren (zum Teil – wie heute zu Halloween – immer grotesker werdenden, zum Teil sogar in Rüpeleien ausartenden) Heischebräuche thematisieren. Goethes von Hugo Wolf und Richard Strauss genial vertontes humorvolles und durch das Motiv des »Weihrauchs«, mit dem sich der kleinste König im Gegensatz zu seinen Kollegen sichere Erfolge bei den Damen verspricht, leicht frivoles »Epiphaniaslied« ist ein berühmtes Beispiel. Das den die drei Könige Darstellenden in den Mund gelegte Rollenlied entstand nicht zufällig kurz nachdem in Weimar die abendlichen Umzüge der drei Könige wohl wegen früherer Ausschreitungen untersagt wurden. Goethe, dem dieser Brauch aus seinen Frankfurter Kindertagen vertraut war, protestierte vielleicht auf seine Weise gegen das Verbot.

Der Reliquienkult der katholischen Kirche – vornehmlich um die drei Könige –, der Weiterbau des Kölner Doms und die Stadt Köln überhaupt waren für Heinrich Heine lebenslängliche Reizthemen. Nachdem er in einem Jugendgedicht das Dreikönigsbrauchtum noch mit sanftem Spott vorgestellt hatte, ging er später mit einer geradezu gewalttätigen Attacke gegen den Kult vor. In Caput IV seines »Wintermärchens« möchte er die Skelette der drei Könige in den Käfigen der Wiedertäufer von Münster aufgehangen wissen; in Caput VII träumt er, wie auf seinen Befehl die Knochen der drei »Hampelmänner« im Dom zerschlagen werden:

Er nahte sich und mit dem Beil
Zerschmettert er die armen
Skelette des Aberglaubens, der schlug
Sie nieder ohn' Erbarmen.

EVANGELIUM

MATTHÄUS (2,1-11)

Da Jesus geboren war zu Bethlehem im jüdischen Lande, zur Zeit des Königs Herodes, siehe da kamen die Weisen vom Morgenland. [...] Und siehe, der Stern, den sie im Morgenland gesehen hatten, ging vor ihnen hin, bis daß er kam und stand oben über, da das Kindlein war [...]. Sie gingen in das Haus und fanden das Kindlein mit Maria, seiner Mutter, und fielen nieder und beteten es an und taten ihre Schätze auf und schenkten ihm Gold, Weihrauch und Myrrhe.

VON DER ERSCHEINUNG DES HERRN

VORAGINE: LEGENDA AUREA

Da Jesus dreizehn Tage alt war, kamen die Weisen zu ihm, vom Stern geleitet. Darum hat der Tag den Namen Epiphania, von epi, oben, und phanos, Erscheinung, weil der Stern von oben sich erzeigte, oder Christus selbst durch den Stern, der oben erschien, den Weisen als wahrer Gott geoffenbaret ward. [...] Also kamen die drei Weisen und Könige mit großem Gefolge gen Jerusalem. Die Könige waren aus dem Geschlecht Balaams, darum folgten sie dem Stern nach. Denn ihr Ahnherr hatte geweissagt: »Es wird ein Stern aufgehen aus Jakob, und ein König aus Israel.« [...] Die gingen alle Jahre einen Monat nach dem andern auf den Berg des Sieges, und wohnten da drei Tage, und wuschen sich und baten Gott, daß er ihnen den Stern erzeigte, den Balaam geweissagt hatte. Es geschah auf den Weihnachttag, daß sie auf dem Berge waren, da kam ein Stern über dem Berg herauf, der hatte die Gestalt eines wunderschönen Kindes, und ein Kreuz leuchtete ob seinem Haupt; und der Stern sprach zu ihnen: »Gehet eilends hin in das jüdische Land, da findet ihr den König geboren, den ihr suchet.« Da bereiteten sie sich eilends zu der Fahrt. [...] Also kamen sie gen Jerusalem und fragten: »Wo ist der neugeborene König der Juden?« Sie glaubten fürwahr, daß er geboren sei, darum fragten sie nicht, ob er geboren sei, sondern sie fragten nur, wo er geboren sei. [...] Und siehe, da sie wieder aus Jerusalem zogen, ging der Stern vor ihnen her, bis daß er kam

und stund oben über, da das Kindlein war. [...] Da die Könige aber den Stern sahen, wurden sie hocherfreut mit großer Freude. [...] Als sie aber in das Haus traten, und das Kind fanden mit Marien, seiner Mutter, da knieten sie nieder; und opferten ihm ein jeglicher seine Gaben, als Gold, Weihrauch und Myrrhen. [...] Darnach wurden die Könige im Schlaf ermahnt, daß sie nicht wieder zu Herodes zögen, und kehrten durch einen andern Weg wieder heim in ihr Land. So haben die Könige zugenommen an ihrer Fahrt: der Stern geleitete ihre Herfahrt, Menschen, ja Propheten wiesen sie zu der Stadt, der Engel geleitete sie zu der Heimfahrt, und Christus wird sie ins ewige Leben empfangen auf ihrer letzten Fahrt.

Ihre Leiber waren vor Zeiten zu Mailand in der Kirche, die nun den Predigermönchen gehört, jetzt aber ruhen sie zu Cöln.

ES FÜHRT DREI KÖNIG

FRIEDRICH VON SPEE, 1623

Es führt drei König Gottes Hand
mit einem Stern aus Morgenland
zum Christkind durch Jerusalem
zu Davids Stadt nach Bethlehem.
Gott, führ auch uns zu diesem Kind
und mach aus uns sein Hofgesind!

Aus Morgenland in aller Eil
sie reisten weit, viel hundert Meil.
Sie zogen hin zu Land und See,
bergauf, bergab, durch Reif und Schnee.
Zu dir, o Gott, die Pilgerfahrt
uns dünke nie zu schwer und hart.

Sie kehrten bei Herodes ein,
am Himmel schwand des Sternes Schein;
doch wie zum Kind sie eilig gehen,
den Stern sie auch von neuem sehn.
Gott, laß das Licht der Gnad uns schaun,
auf deine Führung fest vertraun!

Und überm Haus, wo's Kindlein war
stand still der Stern, so wunderbar;
da knien sie und weih'n dem Kind
Gold, Weihrauch, Myrrh' zum Angebind.
Gott, nimm von uns als Opfergut
Herz, Leib und Seele, Ehr und Blut.

Durch Weihrauch stellten fromm sie dar,
daß dieses Kind Gott selber war;
die Myrrh' auf seine Menschheit wies,
das Gold die Königswürde pries.
O Gott, halt uns bei dieser Lehr;
dem Irrtum und dem Abfall wehr!

AM FEST DER HEILIGEN DREI KÖNIGE

ANNETTE VON DROSTE-HÜLSHOFF, 1851

Durch die Nacht drei Wandrer ziehn
Um die Stirnen Purpurbinden,
Tiefgebräunt von heißen Winden
Und der langen Reise Mühn.
Durch der Palmen säuselnd Grün
Folgt der Diener Schar von weiten;
Von der Dromedare Seiten
Goldene Kleinode glühn,
Wie sie klirrend vorwärts schreiten,
Süße Wohlgerüche fliehn.

Finsternis hüllt schwarz und dicht
Was die Gegend mag enthalten;
Riesig drohen die Gestalten:
Wandrer, fürchtet ihr euch nicht?
Doch ob tausend Schleier flicht
Los und leicht die Wolkenaue:
Siegreich durch das zarte Graue
Sich ein funkelnd Sternlein bricht.
Langsam wallt es durch das Blaue
Und der Zug folgt seinem Licht.
(gekürzt)

EPIPHANIAS

JOHANN WOLFGANG VON GOETHE, 1815

Die heil'gen drei König mit ihrem Stern,
sie essen, sie trinken, und bezahlen nicht gern;
sie essen gern, sie trinken gern,
sie essen, trinken und bezahlen nicht gern.

Die heil'gen drei König' sind gekommen allhier,
es sind ihrer drei und sind nicht ihrer vier;
und wenn statt drei es viere wär',
so wär' ein heil'ger der König mehr.

Ich erster bin der weiß' und auch der schön',
bei Tage solltet ihr mich nur erst sehn!
Doch ach, mit allen Spezerein
werd ich sein Tag kein Mädchen mir erfreun!

Ich aber bin der braun' und bin der lang',
Bekannt bei Weibern wohl und beim Gesang,
ich bringe Gold und Spezerein,
da werd ich überall willkommen sein.

Ich endlich bin der schwarz' und bin der klein'
und kann auch wohl einmal recht lustig sein.
Ich esse gern, ich trinke gern,
ich esse, trinke und bedank mich gern.

Die heil'gen drei König sind wohl gesinnt,
sie suchen die Mutter und auch das Kind:
der Joseph fromm sitzt auch dabei,
der Ochs und Esel liegen auf der Streu.

Wir bringen Myrrhen, wir bringen Gold,
dem Weihrauch sind die Damen hold,
Und haben wir Wein von gutem Gewächs,
So trinken wir drei so gut als ihrer sechs.

Da wir nun hier schöne Herrn und Fraun,
aber keine Ochsen und Esel schaun,
so sind wir nicht am rechten Ort
und ziehen unsers Weges weiter fort.

DIE HEILIGEN DREI KÖNIGE

HEINRICH HEINE, 1827

Die heil'gen Drei Könige aus dem Morgenland,
sie frugen in jedem Städtchen:
»Wo geht der Weg nach Bethlehem,
ihr lieben Buben und Mädchen?«
Die Jungen und Alten, sie wußten es nicht,
die Könige zogen weiter,
sie folgten einem goldenen Stern,
der leuchtete lieblich und heiter.

Der Stern bleibt stehn über Josefs Haus,
da sind sie hineingegangen;
das Öchslein brüllt, das Kindlein schrie,
die heil'gen Drei Könige sangen.

DIE HEILIGEN DREI KÖNIGE LEGENDE

RAINER MARIA RILKE, 1902

Einst als am Saum der Wüsten sich
auftat die Hand des Herrn
wie eine Frucht, die sommerlich
verkündet ihren Kern,
da war ein Wunder: Fern
erkannten und begrüßten sich
drei Könige und ein Stern.

Drei Könige von Unterwegs
und der Stern Überall,
die zogen alle (überlegs!)
so rechts ein Rex und links ein Rex
zu einem stillen Stall.

Was brachten die nicht alles mit
zum Stall von Bethlehem!
Weithin erklirrte jeder Schritt,
und der auf einem Rappen ritt,
saß samten und bequem.
Und der zu seiner Rechten ging,
der war ein goldner Mann,

und der zu seiner Linken fing
mit Schwung und Schwing
und Klang und Kling
aus einem runden Silberding,
das wiegend und in Ringen hing,
ganz blau zu rauchen an.
Da lachte der Stern Überall
so seltsam über sie
und lief voraus und stand am Stall
und sagte zu Marie:

Da bring ich eine Wanderschaft
aus vieler Fremde her.
Drei Könige mit Magenkraft
von Gold und Topas schwer
und dunkel, tumb und heidenhaft, –
erschrick mir nicht zu sehr.
Sie haben alle drei zuhaus
zwölf Töchter, keinen Sohn,
so bitten sie sich deinen aus
als Sonne ihres Himmelblaus
und Trost für ihren Thron.

Doch mußt du nicht gleich glauben: bloß
ein Funkelfürst und Heidenscheich
sei deines Sohnes Los.
Bedenk, der Weg ist groß.
Sie wandern lange, Hirten gleich,
inzwischen fällt ihr reifes Reich
weiß Gott wem in den Schoß.
Und während hier, wie Westwind warm,
der Ochs ihr Ohr umschnaubt,
sind sie vielleicht schon alle arm
und so wie ohne Haupt.
Drum mach mit deinem Lächeln licht
die Wirrnis, die sie sind,
und wende du dein Angesicht
nach Aufgang und dein Kind;
dort liegt in blauen Linien,
was jeder dir verließ:
Smaragda und Rubinien
und die Tale von Türkis.

VI. Mariae Lichtmess

»Morgenstern der finstern Nacht«

Mit dem 2. Februar schließt der Weihnachtsfestkreis. Gemäß dem Mosaischen Gesetz durfte eine Mutter nach der Geburt eines Sohnes 40 Tage lang nicht den Tempel betreten, weil sie in dieser Zeit als ›unrein‹ galt. Nach dem Verlauf dieser Frist musste sie ein Lamm und eine Taube opfern (nur zwei Tauben, wenn sie zu arm war); dann wurde sie vom Priester als ›rein‹ erklärt. Daher rührt die alte Festbezeichnung »Mariae Reinigung«. Die Vorstellung, dass damit zugleich Christus im Tempel Gott und den gläubigen Juden vorgestellt wurde, gab dem Tag auch den Titel »Darstellung des Herrn«. Weil das Kind von seiner Mutter Maria nach den Worten des greisen Simeon als das »Licht zur Erleuchtung der Heiden« gepriesen wurde, feierte die Kirche das Fest auch unter dem heute gebräuchlichsten Titel »Mariae Lichtmess«, wodurch auch die Feierlichkeiten der an diesem Tag üblichen Lichterprozession und Kerzenweihe bezeichnet sind: Das Wort deutet zugleich darauf hin, dass den Tagen nun das Licht spürbar jeweils um Minuten länger zugemessen ist.

Aus dem biblischen Bericht prägen sich die Gestalt und die Worte des greisen Simeon besonders ein. Ihm war geweissagt worden, dass er nicht sterben werde, ehe er den Erlöser gesehen habe. Das setzt ihn in Parallele zu Moses, der sterben konnte, als ihn Gott das Gelobte Land hatte schauen lassen (5. Mose 34.1–5). Ein einziges Beispiel mag zeigen, wie populär das »Nunc dimittis« (nun entlässt du deinen Knecht in Frieden) durch die Jahrhunderte blieb. Albrecht Dürer hat es als ein Wort im Gebet seiner Mutter aufgezeichnet, und Hugo von Hofmannsthal hat es dem Gebet der Mutter im »Jedermann« in den Mund gelegt, nachdem sie visionär die Bekehrung ihres Sohnes gesehen hatte:

Bald lässest du deine Dienerin
In deinen Freuden fahren hin.

Als Zeichen, dass die Weihnachtszeit nun zu Ende gegangen ist, wurden an diesem Tag die Krippen, später auch die kerzengeschmückten Tannen und andere symbolträchtige weihnachtliche Zeichen aus den Kirchen und Privathäusern entfernt.

EVANGELIUM

LUKAS. (2,21-33)

Und als acht Tage um waren und er beschnitten werden sollte, gab man ihm den Namen Jesus, welcher genannt war von dem Engel, ehe er im Mutterleib empfangen ward.

Und als die Tage ihrer Reinigung nach dem Gesetz des Mose um waren, brachten sie ihn hinauf nach Jerusalem, um ihn dem Herrn darzustellen, wie geschrieben steht im Gesetz des Herrn: »Alles Männliche, das zuerst den Mutterschoß durchbricht, soll dem Herrn geheiligt heißen«, und um das Opfer darzubringen, wie es gesagt ist im Gesetz des Herrn: »ein Paar Turteltauben oder zwei junge Tauben«.

Und siehe, ein Mensch war in Jerusalem mit Namen Simeon; und dieser Mensch war gerecht und gottesfürchtig und wartete auf den Trost Israels, und der Heilige Geist war auf ihm.

Und ihm war vom Heiligen Geist geweissagt worden, er sollte den Tod nicht sehen, er habe denn zuvor den Christus des Herrn gesehen.

Und er kam vom Geist geführt in den Tempel. Und als die Eltern das Kind Jesus in den Tempel brachten, um mit ihm zu tun, wie es

Brauch ist nach dem Gesetz, da nahm er ihn auf seine Arme und lobte Gott und sprach:

Herr, nun läßt du deinen Diener in Frieden fahren, wie du gesagt hast; denn meine Augen haben deinen Heiland gesehen, das Heil, das du bereitet hast vor allen Völkern, ein Licht zur Erleuchtung der Heiden und zum Preis deines Volkes Israel.

Und sein Vater und seine Mutter wunderten sich über das, was von ihm gesagt wurde.

Und Simeon segnete sie und sprach zu Maria, seiner Mutter: Siehe, dieser ist dazu bestimmt, daß viele in Israel fallen und viele aufstehen, und ist bestimmt zu einem Zeichen, dem widersprochen wird – und auch durch deine Seele wird ein Schwert dringen –, damit aus vielen Herzen die Gedanken offenbar werden.

Und als sie alles vollendet hatten nach dem Gesetz des Herrn, kehrten sie wieder zurück nach Galiläa in ihre Stadt Nazareth. Das Kind aber wuchs und wurde stark, voller Weisheit, und Gottes Gnade lag auf ihm.

VON MARIAE REINIGUNG

VORAGINE: LEGENDA AUREA

Mariae Reinigung ist gewesen am vierzigsten Tag nach der Geburt unsres Herrn. Es hat aber dieses Fest drei Namen, nämlich: Reinigung, Hypopanti und Candelaria, das ist Lichtmeß.

Es ist zum ersten Reinigung genannt, weil am vierzigsten Tage nach der Geburt unsres Herrn die Jungfrau zum Tempel kam, sich zu reinigen, wie es des Gesetzes Gewohnheit war, ob sie gleich nicht unter dem Gesetze stand. [...]

Wenn aber die vierzig Tage um sind, so soll sie am vierzigsten Tage in den Tempel gehen und den Knaben darbringen und ihre Gaben opfern. [...]

Doch wollte Maria hierin das Gesetz halten aus vier Ursachen. Zum ersten wollte sie uns ein Beispiel der Demütigkeit geben; davon spricht Sanct Bernhard: »Maria, wahrlich, du hattest keine Ursach noch war es dir notdürftig, dass du gereiniget werdest, so wenig deinem Kind die Beschneidung not war. Doch du sollst sein unter den anderen Frauen wie ihrer eine, gleichwie dein Kind mitten unter den andern Kinden.« Diese Demütigkeit war nicht allein in Marien, sie ist auch gewesen in Christo, welcher auch dem Gesetze wollte untertan sein: in seiner Geburt erzeigte er sich als ein armer Mensch, in seiner Beschneidung als ein Armer und ein Sünder, am heutigen Tage als ein Armer, als ein Sünder und als ein Knecht. Als ein Armer, da er der Armen Opfer für sich ließ darbringen; als ein

Sünder, da er mit seiner Mutter in dem Tempel wollte gereiniget werden; als ein Knecht, da er sich loskaufen ließ, nicht um seiner Sünde willen, sondern um seine große Demut zu erzeigen; darum er auch später die Taufe empfing. [...]

Der dritte Name dieses Festes ist Lichtmeß, weil man brennende Kerzen in den Händen trägt. Warum aber die Kirche geordnet hat, daß man an diesem Tage brennende Kerzen in den Händen trage, des sind vier Ursachen. Die erste Sache ist gewesen, daß ein heidnisch Irrsal und böse Gewohnheit werde verstört. Denn die Römer hatten vor Zeiten die Gewohnheit, daß sie jedes fünfte Jahr am ersten Tage des Februar die Stadt mit brennenden Kerzen und Fackeln eine ganze Nacht erleuchteten, einer Göttin zu Ehren, die war Februa genannt, und war die Mutter des Mars, welcher gewaltig ist über den Krieg; die ehrten sie so feierlich, damit ihr Sohn ihnen Sieg verliehe wider ihre Feinde; die Zeit aber von einem Fest zum andern nannten sie ein Lustrum. Auch opferten die Römer im Februar dem Februus, das ist dem Pluto, und den andern unterirdischen Gottheiten; das taten sie für die Seelen ihrer Vorfahren; und damit sie ihnen gnädig seien, brachten sie ihnen feierliche Opfer dar und wachten die ganze Nacht in ihrem Lob mit brennenden Kerzen und Fackeln. Innocentius der Papst erzählt, daß auch die römischen Frauen in diesen Tagen ein Fest der Lichter begingen; das hatte seinen Ursprung aus den Fabeln der Poeten. Sie sagen nämlich, daß Proserpina war also schön, daß Pluto, der Höllen Gott, ihrer begehrte und raubte sie und machte sie zu einer Göttin. Da suchten ihre Eltern sie durch die Wälder und durch die Haine mit Fackeln und Lichtern lange Zeit. Dem zum Gedächtnis zogen die römischen Frauen mit Fackeln und Lichtern einher. Nun ist es schwer, Gewohntes fahren zu lassen; darum mochten die Römer, da sie Christenglauben empfingen, diese heidnische Sitte nicht lassen, und also wandelte Sergius der Papst diese Gewohnheit zum Guten und ordnete, daß die Christen zu Ehren der Mutter Gottes jedes Jahr an diesem Tag mit brennenden Kerzen und geweihtem Wachs alle Welt sollten erleuchten; also blieb die andächtige Gewohnheit, aber der Sinn ward ein anderer. Die zweite Sache ist, daß mit dem Lichterschein erzeigt werde die lautere Reinheit

Mariae. Denn es könnte jemand, der von Marien Reinigung hört, glauben, sie habe der Reinigung bedurft. [...]

Die dritte Sache, daß man Kerzen in der Hand trägt, ist zum Gedenken der heutigen Procession. Denn Maria und Joseph und Simeon und Anna machten einen feierlichen Umzug, da sie das Kind Jesum in den Tempel trugen. O machen auch wir eine Procession und tragen die brennende Kerze in der Hand, damit Christus

bezeichnet wird, und ziehen also zur Kirchen. In der Kerze sind drei Dinge: Wachs, Docht und Flamme; die bezeichnen die drei, die da waren in Christo: Das Wachs ist der Leib Christi, der ist von der Jungfrau geboren; der Docht, der im Wachs verborgen ist, bedeutet die reine Seele, die im Leibe war verborgen; die Flamme aber bedeutet die Gottheit: denn Gott ist ein verzehrend Feuer. Davon singt einer dieser Verse, ob er gleich das vom Dochte wegläßt, Marien zu Ehren trag ich die Kerze / siehe: das Wachs ist der wahre Leib von der Jungfrau geboren / siehe: die Flamme ist Gott und aller himmlische Macht'. Die vierte Sache ist, daß wir nütze Lehre hiervon nehmen. Denn wollen wir vor Gott gereiniget sein, so müssen wir dreierlei in uns haben: wahren Glauben, gute Werke, rechten Willen. [...]

Es war eine edle Frau, die hatte große Andacht zur heiligen Jungfrau. Sie baute sich eine Kapelle an ihrem Haus und hielt dazu einen eigenen Kapellan, der las ihr täglich Messe von unsrer Frauen. Es geschah einst auf Lichtmeßtag, daß der Priester fern war um eines Geschäftes willen und die Frau des Tages keine Messe hören mochte. Oder man liest auch, daß sie alles, was sie hatte, den Armen hatte gegeben, auch die Kleider; und hatte auch ihren Mantel hingegeben, also daß sie nicht zur Kirche mochte gehen. Des betrübte sie sich gar sehr, daß sie an dem heiligen Tage ohne Messe sollte sein. Und ging in ihre Kapelle oder in ihre Kammer und kniete vor dem Altar der heiligen Jungfrau in Andacht nieder. Alsbald ward sie verzücket im Geist und bedeuchte sie, sie wäre in einer gar schönen Kirche. Und da sie aufschaute, sah sie eine große Schar Jungfrauen in die Kirche kommen, vor denen allen ging eine Königin wohlgekrönt; sie setzten sich in der Kirche nieder nach ihrer Ordnung. Darnach kam eine Schar Jünglinge, die setzten sich auch nach ihrer Ordnung. Nun kam einer und trug ein großes Bündel Kerzen, und gab zuerst der Jungfrau, die vor den anderen ging, und darnach jeglicher Jungfrau und jeglichem Jüngling eine Kerze und zuletzt auch der Frau; die empfing sie mit großen Freuden. Aber als sie nach dem Chore blickte, siehe, da stunden zwei Kerzenträger und ein Subdiacon, ein Diacon und ein Priester in den heiligen Gewändern, zur Messe bereit. […] Als das Amt vollbracht war bis daß man die Kerzen sollte opfern, da stund die Königin auf mit ihren Jungfrauen und brachte die Kerze mit gebeugten Knien dem Priester dar, als es Gewohnheit ist, desgleichen täten die andern alle.

AM FESTE MARIÄ LICHTMESS

ANNETTE VON DROSTE-HÜLSHOFF, 1853

Durch die Gassen geht Maria,
In dem Arm den Sohn, den lieben,
Hält ihn fest und hält ihn linde,
Und ihr Auge schaut auf ihn.
Wie die Englein ihn gesungen,
Ihn die Hirten angebetet,
Huldigten die grauen Weisen,
Läßt sie still vorüber zieh'n.

Aber Joseph ihr zur Seiten
Ist in Sorgfalt ganz befangen;
Prüfend frägt er alle Steine,
Ob ihr Fuß zu kühn sich wagt;
Weiß nicht, was er wird erleben,
Aber wunderbare Dinge
Haben aus des Kindleins Augen
Sich ihm heimlich angesagt.

Aus den Hallen tritt Maria,
In dem Arm den Sohn, den lieben,
Hält ihn fest und hält ihn linde,
Und auf dem ihr Auge ruht.
O, sie hat das Glück getragen
Durch neun wonnevolle Monde;
Was verkündet jene Frommen,
Trug sie längst im glüh'nden Mut.

Aber Joseph stillen Schrittes
Tritt nicht mehr an ihre Seite,
Da das liebe, liebe Kindlein
Nun der Herr der ganzen Welt.
Doch wie höher steigt die Sonne,
Schleicht er leis' an ihre Schulter,
Und er zupft an ihrem Mantel,
Daß der Schleier niederfällt.
(gekürzt)

MARIÄ LICHTMESS

NACH DEM SURSUM CORDA, 1874

Wort des Vaters, Licht der Heiden,
Heil und Trost der ganzen Welt,
heute bist du unter Freuden
in dem Tempel dargestellt.
Klein, auf deiner Mutter Armen,
ziehst du in den Tempel ein,
und du läßt dich voll Erbarmen
Zum Erlösungsopfer weihn.

»Nun«, ruft Simeon voll Freuden,
»nun will ich in Frieden gehen;
das verheißne Licht der Heiden,
unser Heil hab ich gesehn!«
Freudig tritt, vom Geist geführet,
Anna in der Frommen Kreis,
und, von Gottes Huld gerühret,
stimmt sie ein in Dank und Preis.

Fröhlich wollen wir dich preisen,
aller Menschheit Heil und Licht,
mit den beiden frommen Greisen
harren dein mit Zuversicht.
Laß in deinem Licht uns wandeln,
stets die Nacht der Sünde scheun,
nur nach deinem Vorbild handeln,
einst im ewgen Licht uns freun!

MORGENSTERN DER FINSTERN NACHT

ANGELUS SILESIUS, 1675

Morgenstern der finstern Nacht,
der die Welt voll Freude macht,
Jesu mein,
Komm herein,
leucht in meines Herzens Schrein!

Schau, dein Himmel ist in mir!
Er begehrt dich, seine Zier,
Säume nicht,
o mein Licht,
komm, komm, eh der Tag anbricht!

Deines Glanzes Herrlichkeit
übertrifft die Sonne weit,
du allein,
Jesu mein,
bist, was tausend Sonnen sein.

(gekürzt)

Geschichten
zum Weihnachtsfest

Geschichten zum Weihnachtsfest

Die Tage um Weihnachten waren und sind noch immer eine bevorzugte Zeit zum (Vor-)Lesen. Dabei wendet man sich im Unterschied zu sonstigen Lesegewohnheiten wohl auch längeren Geschichten zu. Die Auswahlkriterien für die bevorzugte Lektüre sind dabei so bunt gemischt, so unterschiedlich wie die Fülle der Literatur zum Thema, die von frommer Betrachtung des Heilsgeschehens über gemüt- und stimmungsvolle Versenkung in die biblischen Geschichten und die alten daran anknüpfenden Bräuche bis zu humorvollen oder auch sarkastischen Weihnachtsgeschichten reicht. Gedichte, von denen noch erstaunlich viele teilweise oder vollständig auswendig gewusst werden, bieten ein ähnliches Spektrum – sie sind in diesem Kapitel bewusst ausgespart, das ansonsten ein bedachtsam ausgewähltes, möglichst buntes Kaleidoskop von Geschichten (ungefähr in der Reihenfolge der Geburtstage ihrer Verfasser) vorstellt, die in den letzten zwei Jahrhunderten entstanden und bevorzugt rezipiert werden. Eine Auswahl längst klassisch gewordener Texte wie etwa von Dickens, E.T.A. Hoffmann (dessen »Nußknacker« 1892 Textgrundlage zu Tschaikowskys großem Märchen-Ballett wurde) oder Stifter steht neben Schilderungen vom Weihnachtstag, wie sie Goethe in zwei kurzen Briefen oder Thomas Mann in einem langen Romankapitel bieten, vor allem weil das Goethe'sche Briefgedicht neuerlich mit Sicherheit an die hier genannte Adressatin und nicht an Minna Herzlieb gerichtet ist, wie man 200 Jahre lang fälschlich vermutet hat. Künftige Kommentare und Interpretationen müssten das berücksichtigen.

Neben den als Verfasser weihnachtlicher Geschichten allgemein bekannten Autoren wie Hans Christian Andersen, Selma Lagerlöf oder Felix Timmermans sind auch möglichst viele, für manche Leser wahrscheinlich noch nicht mit Weihnachstgeschichten verbundene Autoren bis hin zu Robert Gernhardt vertreten.

GOETHES BRIEF AN KESTNER

(25. DEZEMBER 1772)

Christtag früh. Es ist noch Nacht, ich bin aufgestanden um bei Lichte Morgens wieder zu schreiben, das mir angenehme Erinnerungen voriger Zeiten zurückruft; ich habe mir Coffee machen lassen den Festtag zu ehren und will euch schreiben bis es Tag ist. Der Türmer hat sein Lied schon geblasen ich wachte darüber auf. Gelobet seist du Jesu Christ. Ich hab diese Zeit des Jahrs gar lieb, die Lieder die man singt; und die Kälte die eingefallen ist macht mich vollends vergnügt.

GOETHES BRIEF AN JOHANNA FROMANN

(26. DEZEMBER 1807)

Theuerste Freundin,

Für eine recht hübsche Brieftasche hoffte ich Ihnen zu danken, nun überrascht mich eine sehr schöne, die mir ein außerordentliches Vergnügen macht. Dank! Den besten Dank! Daß Sie mich auf ewig vor der Versuchung gerettet haben, meine liebsten Papierschätze [...] auf eine wunderliche Weise zu verwahren und zu produciren. Eben diese Sonette voll feuriger himmlischer Liebe sind nun an der einen Seite des Portefeuilles eingeschoben, die sich auf diesen Gehalt schon sehr viel einzubilden scheint. Jetzt bleibt uns nichts übrig als an der anderen Seite, durch ein zwar irdisches und gegenwärtiges, aber doch auch warmes und treues Wohlmeynen und Lieben eine Art von Gleichgewicht hervorzubringen. [...] Sehr angenehm ist mir dieses Zusammensammeln und anreihen, in der Hoffnung bald etwas davon mittheilen zu können. Da es aber sehr ungewiß ist wann ich wieder zu dem Glück gelange so mache ich einen Versuch dasjenige, was Sie an mir durch Nadelstiche gethan haben, durch Lettern und Sylben zu erwidern.

CHRISTGESCHENK

Mein süßes Liebchen! Hier in Schachtelwänden
Gar mannigfach geformte Süßigkeiten.
Die Früchte sind es heil'ger Weihnachtszeiten,
Gebackne nur, den Kindern auszuspenden!

Dir möcht' ich dann mit süßem Redwenden
Poetisch Zuckerbrot zum Fest bereiten;
Allein was soll's mit solchen Eitelkeiten?
Weg den Versuch, mit Schmeichelei zu blenden!

Doch gibt es noch ein Süßes, das vom Innern
Zum Innern spricht, genießbar in der Ferne,
Das kann nur bis zu dir hinüber wehen.

Und fühlst du da ein freundliches Erinnern,
Als blinkten froh dir wohlbekannte Sterne,
Wirst du die kleinste Gabe nicht verschmähen.

d. 24. Dec. 1807.

[...] Ich schließe und packe ein in der Hoffnung Herrn Fromann Gegenwärtiges mitzugeben. [...] W. den 26. Dec. 1807. Goethe.

NUSSKNACKER UND MAUSEKÖNIG

E.T.A. HOFFMANN

Der Weihnachtsabend

Am vierundzwanzigsten Dezember durften die Kinder des Medizinalrats Stahlbaum den ganzen Tag über durchaus nicht in die Mittelstube hinein, viel weniger in das daranstoßende Prunkzimmer. In einem Winkel des Hinterstübchens zusammengekauert, saßen Fritz und Marie, die tiefe Abenddämmerung war eingebrochen, und es wurde ihnen recht schaurig zumute, als man, wie es gewöhnlich an dem Tage geschah, kein Licht hereinbrachte. Fritz entdeckte ganz insgeheim wispernd der jüngern Schwester (sie war eben erst sieben Jahr alt worden), wie er schon seit frühmorgens es habe in den verschlossenen Stuben rauschen und rasseln und leise pochen hören. Auch sei nicht längst ein kleiner dunkler Mann mit einem großen Kasten unter dem Arm über den Flur geschlichen, er wisse aber wohl, daß es niemand anders gewesen als Pate Droßelmeier. Da schlug Marie die kleinen Händchen vor Freude zusammen und rief: »Ach, was wird nur Pate Droßelmeier für uns Schönes gemacht haben.« Der Obergerichtsrat Droßelmeier war gar kein hübscher Mann, nur klein und mager, hatte viele Runzeln im Gesicht, statt des rechten Auges ein großes schwarzes Pflaster und auch gar keine Haare, weshalb er eine sehr schöne weiße Perücke trug, die war aber von Glas und ein künstliches Stück Arbeit. Überhaupt war der Pate selbst auch ein sehr künstlicher Mann, der sich sogar auf Uhren verstand und selbst welche machen konnte. Wenn daher eine von den schönen Uhren in Stahlbaums Hause krank war und nicht singen konnte, dann kam Pate Droßelmeier, nahm die Glasperücke ab, zog sein gelbes Röckchen aus, band eine blaue Schürze um und stach mit spitzigen Instrumenten in die Uhr hinein, so daß es der kleinen Marie ordentlich wehe tat, aber es verursachte der Uhr gar keinen Schaden, sondern sie wurde vielmehr wieder lebendig und fing gleich an recht lustig zu schnurren, zu schlagen und zu singen, worüber denn alles große Freude hatte. Immer trug er, wenn er kam, was Hübsches für die Kinder in der Tasche, bald ein Männlein, das die Augen verdrehte und Komplimente machte, welches komisch anzusehen war, bald eine Dose, aus der ein Vögelchen heraushüpfte, bald was anderes. Aber zu Weihnachten, da hatte er immer ein schönes künstliches Werk verfertigt, das ihm viel Mühe gekostet, weshalb es auch, nachdem es einbeschert worden, sehr sorglich von den Eltern aufbewahrt wurde. – »Ach, was wird nur Pate Droßelmeier für uns Schönes gemacht haben«, rief nun Marie; Fritz meinte aber, es könne wohl diesmal nichts anders sein, als eine Festung, in der allerlei sehr hübsche Soldaten auf- und abmarschierten und exerzierten, und dann müßten andere Soldaten kommen, die in die Festung hineinwollten, aber nun schössen die Soldaten von innen tapfer heraus mit Kanonen, daß es tüchtig brauste und knallte. »Nein, nein,« unterbrach Marie den Fritz, »Pate Droßelmeier hat mir von einem schönen Garten erzählt, darin ist ein großer See, auf dem schwimmen sehr herrliche Schwäne mit goldnen Halsbändern herum und singen die hübschesten Lieder. Dann kommt ein kleines Mädchen aus dem Garten an den See und lockt die Schwäne heran und füttert sie mit süßem Marzipan.« »Schwäne fressen keinen Marzipan,« fiel Fritz etwas rauh ein, »und einen ganzen Garten kann Pate Droßelmeier auch nicht machen. Eigentlich haben wir wenig von seinen Spielsachen; es wird uns ja alles gleich wieder weggenommen, da ist mir denn doch das viel lieber, was uns Papa und Mama einbescheren, wir behalten es fein und können damit machen, was wir wollen.« Nun rieten die Kinder hin und her, was es wohl diesmal wieder geben könne. Marie meinte, daß Mamsell Trutchen (ihre große Puppe) sich sehr verändere, denn ungeschickter als jemals, fiele sie jeden Augenblick auf den Fußboden, welches ohne garstige Zeichen im Gesicht nicht abginge, und dann sei an Reinlichkeit in der Kleidung gar nicht mehr zu denken. Alles tüchtige Ausschelten helfe nichts. Auch habe Mama gelächelt, als sie sich über Gretchens kleinen Sonnenschirm so gefreut. Fritz versicherte dagegen, ein tüchtiger Fuchs fehle seinem Marstall durchaus, sowie seinen Truppen gänzlich an Kavallerie, das sei dem Papa recht gut bekannt. – So wußten die Kinder wohl, daß die Eltern ihnen allerlei schöne Gaben eingekauft hatten, die sie nun aufstellten, es war ihnen aber auch gewiß, daß dabei der liebe Heilige Christ mit gar freundlichen frommen Kindesaugen hineinleuchte, und daß, wie von segensreicher Hand berührt, jede Weihnachtsgabe herrliche Lust bereite wie keine andere. Daran erinnerte die Kinder, die immerfort von den zu erwartenden Geschenken wisperten, ihre ältere Schwester Luise, hinzufügend, daß es nun aber auch der Heilige Christ sei, der durch die Hand der lieben Eltern den Kindern immer das beschere, was ihnen wahre Freude und Lust bereiten könne, das wisse er viel besser als die Kinder selbst, die müßten daher nicht allerlei wünschen und hoffen, sondern still und fromm erwarten, was ihnen beschert worden. Die kleine Marie wurde ganz nachdenklich, aber Fritz murmelte vor sich hin: »Einen Fuchs und Husaren hätt' ich nun einmal gern.«

Es war ganz finster geworden. Fritz und Marie, fest aneinandergerückt, wagten kein Wort mehr zu reden, es war ihnen, als rausche es mit linden Flügeln um sie her und als ließe sich eine ganz ferne, aber sehr herrliche Musik vernehmen. Ein heller Schein streifte an der Wand hin, da wußten die Kinder, daß nun das Christkind auf

glänzenden Wolken fortgeflogen zu andern glücklichen Kindern. In dem Augenblick ging es mit silberhellem Ton: Klingling, klingling, die Türen sprangen auf, und solch ein Glanz strahlte aus dem großen Zimmer hinein, daß die Kinder mit lautem Ausruf: »Ach! – Ach!« wie erstarrt auf der Schwelle stehen blieben. Aber Papa und Mama traten in die Türe, faßten die Kinder bei der Hand und sprachen: »Kommt doch nur, kommt doch nur, ihr lieben Kinder, und seht, was euch der Heilige Christ beschert hat.«

Die Gaben

Ich wende mich an dich selbst, sehr geneigter Leser oder Zuhörer Fritz – Theodor – Ernst – oder wie du sonst heißen magst, und bitte dich, daß du dir deinen letzten, mit schönen bunten Gaben reich geschmückten Weihnachtstisch recht lebhaft vor Augen bringen mögest, dann wirst du es dir wohl auch denken können, wie die Kinder mit glänzenden Augen ganz verstummt stehen blieben, wie erst nach einer Weile Marie mit einem tiefen Seufzer rief: »Ach, wie schön – ach, wie schön«, und Fritz einige Luftsprünge versuchte, die ihm überaus wohl gerieten. Aber die Kinder mußten auch das ganze Jahr über besonders artig und fromm gewesen sein, denn nie war ihnen so viel Schönes, Herrliches einbeschert worden, als dieses Mal. Der große Tannenbaum in der Mitte trug viele goldne und silberne Äpfel, und wie Knospen und Blüten keimten Zuckermandeln und bunte Bonbons und was es sonst noch für schönes Naschwerk gibt, aus allen Ästen. Als das Schönste an dem Wunderbaum mußte aber wohl gerühmt werden, daß in seinen dunkeln Zweigen hundert kleine Lichter wie Sternlein funkelten und er selbst, in sich hinein- und herausleuchtend, die Kinder freundlich einlud, seine Blüten und Früchte zu pflücken. Um den Baum umher glänzte alles sehr bunt und herrlich – was es da alles für schöne Sachen gab – ja, wer das zu beschreiben vermöchte! Marie erblickte die zierlichsten Puppen, allerlei saubere kleine Gerätschaften, und was vor allem schön anzusehen war, ein seidenes Kleidchen, mit bunten Bändern zierlich geschmückt, hing an einem Gestell so der kleinen Marie vor Augen, daß sie es von allen Seiten betrachten konnte, und das tat sie denn auch, indem sie ein Mal über das andere ausrief: »Ach, das schöne, ach, das liebe – liebe Kleidchen; und das werde ich – ganz gewiß – das werde ich wirklich anziehen dürfen!« – Fritz hatte indessen schon, drei- oder viermal um den Tisch herumgaloppierend und – trabend, den neuen Fuchs versucht, den er in der Tat am Tische ungezäumt gefunden. Wieder absteigend, meinte er, es sei eine wilde Bestie, das täte aber nichts, er wolle ihn schon kriegen, und musterte die neue Schwadron Husaren, die sehr prächtig in Rot und Gold gekleidet waren, lauter silberne Waffen trugen und auf solchen weißglänzenden Pferden ritten, daß man beinahe hätte glauben sollen, auch diese seien von purem Silber. Eben wollten die Kinder, etwas ruhiger geworden, über die Bilderbücher her, die aufgeschlagen waren, daß man allerlei sehr schöne Blumen und bunte Menschen, ja auch allerliebste spielende Kinder, so natürlich gemalt, als lebten und sprächen sie wirklich, gleich anschauen konnte. – Ja! eben wollten die Kinder über diese wunderbaren Bücher her, als nochmals geklingelt wurde. Sie wußten, daß nun der Pate Droßelmeier einbescheren würde, und liefen nach dem an der Wand stehenden Tisch. Schnell wurde der Schirm, hinter dem er so lange versteckt gewesen, weggenommen. Was erblickten da die Kinder! – Auf einem grünen, mit bunten Blumen geschmückten Rasenplatz stand ein sehr herrliches Schloß mit vielen Spiegelfenstern und goldnen Türmen. Ein Glockenspiel ließ sich hören, Türen und Fenster gingen auf, und man sah, wie sehr kleine, aber zierliche Herrn und Damen mit Federhüten und langen Schleppkleidern in den Sälen herumspazierten. In dem Mittelsaal, der ganz in Feuer zu stehen schien – so viel Lichterchen brannten an silbernen Kronleuchtern – tanzten Kinder in kurzen Wämschen und Röckchen nach dem Glockenspiel. Ein Herr in einem smaragdenen Mantel sah oft durch ein Fenster, winkte heraus und verschwand wieder, sowie auch Pate Droßelmeier selbst, aber kaum viel höher als Papas Daumen, zuweilen unten an der Tür des Schlosses stand und wieder hineinging. Fritz hatte mit auf den Tisch gestemmten Armen das schöne Schloß und die tanzenden und spazierenden Figürchen angesehen, dann sprach er: »Pate Droßelmeier! Laß mich mal hineingehen in dein Schloß!« – Der Obergerichtsrat bedeutete ihn, daß das nun ganz und gar nicht anginge. Er hatte auch recht, denn es war töricht von Fritzen, daß er in ein Schloß gehen wollte, welches überhaupt mitsamt seinen goldnen Türmen nicht so hoch war, als er selbst. Fritz sah das auch ein. Nach einer Weile, als immerfort auf dieselbe Weise die Herrn und Damen hin und her spazierten, die Kinder tanzten, der smaragdne Mann zu demselben Fenster heraussah, Pate Droßelmeier vor die Türe trat, da rief Fritz ungeduldig: »Pate Droßelmeier, nun komm mal zu der andern Tür da drüben heraus.« »Das geht nicht, liebes Fritzchen«, erwiderte der Obergerichtsrat. »Nun so laß mal,« sprach Fritz weiter, »laß mal den grünen Mann, der so oft herausguckt, mit den andern herumspazieren.«, »Das geht auch nicht«, erwiderte der Obergerichtsrat aufs neue. »So sollen die Kinder herunterkommen«, rief Fritz, »ich will sie näher besehen.« »Ei, das geht alles nicht«, sprach der Obergerichtsrat verdrießlich, »wie die Mechanik nun einmal gemacht ist, muß sie bleiben.« »So-o?« fragte Fritz mit gedehntem Ton, »das geht alles nicht? Hör' mal, Pate Droßelmeier, wenn deine kleinen geputzten Dinger in dem Schlosse nichts mehr können als immer dasselbe, da taugen sie nicht viel, und ich frage nicht sonderlich nach ihnen. – Nein, da lob' ich mir meine Husaren, die müssen manövrieren vorwärts, rückwärts, wie ich's haben will, und sind in kein Haus gesperrt.« Und damit sprang er fort an den Weihnachtstisch und ließ seine Eskadron auf den silbernen Pferden hin und her trottieren und schwenken und einhauen und feuern nach Herzenslust. Auch Marie hatte sich sachte fortgeschlichen, denn auch sie wurde des Herumgehens und Tanzens der Püppchen im Schlosse bald überdrüssig und mochte es, da sie sehr artig und gut war, nur nicht so merken lassen, wie Bruder Fritz. Der Obergerichtsrat Droßelmeier sprach ziemlich verdrießlich zu den Eltern: »Für unverständige Kinder ist solch künstliches Werk nicht, ich will nur mein Schloß wieder einpacken«; doch die

Mutter trat hinzu und ließ sich den innern Bau und das wunderbare, sehr künstliche Räderwerk zeigen, wodurch die kleinen Püppchen in Bewegung gesetzt wurden. Der Rat nahm alles auseinander und setzte es wieder zusammen. Dabei war er wieder ganz heiter geworden und schenkte den Kindern noch einige schöne braune Männer und Frauen mit goldnen Gesichtern, Händen und Beinen. Sie waren sämtlich aus Thorn und rochen so süß und angenehm wie Pfefferkuchen, worüber Fritz und Marie sich sehr erfreuten. Schwester Luise hatte, wie es die Mutter gewollt, das schöne Kleid angezogen, welches ihr einbeschert worden, und sah wunderhübsch aus, aber Marie meinte, als sie auch ihr Kleid anziehen sollte, sie möchte es lieber noch ein bißchen so ansehen. Man erlaubte ihr das gern.

Der Schützling

Eigentlich mochte Marie sich deshalb gar nicht von dem Weihnachtstisch trennen, weil sie eben etwas noch nicht Bemerktes entdeckt hatte. Durch das Ausrücken von Fritzens Husaren, die dicht an dem Baum in Parade gehalten, war nämlich ein sehr vortrefflicher kleiner Mann sichtbar geworden, der still und bescheiden dastand, als erwarte er ruhig, wenn die Reihe an ihn kommen werde. Gegen seinen Wuchs wäre freilich vieles einzuwenden gewesen, denn abgesehen davon, daß der etwas lange, starke Oberleib nicht recht zu den kleinen dünnen Beinchen passen wollte, so schien auch der Kopf bei weitem zu groß. Vieles machte die propre Kleidung gut, welche auf einen Mann von Geschmack und Bildung schließen ließ. Er trug nämlich ein sehr schönes violettglänzendes Husarenjäckchen mit vielen weißen Schnüren und Knöpfchen, ebensolche Beinkleider und die schönsten Stiefelchen, die jemals an die Füße eines Studenten, ja wohl gar eines Offiziers gekommen sind. Sie saßen an den zierlichen Beinchen so knapp angegossen, als wären sie darauf gemalt. Komisch war es zwar, daß er zu dieser Kleidung sich hinten einen schmalen unbeholfenen Mantel, der recht aussah wie von Holz, angehängt und ein Bergmannsmützchen aufgesetzt hatte, indessen dachte Marie daran, daß Pate Droßelmeier ja auch einen sehr schlechten Matin umhänge und eine fatale Mütze aufsetze, dabei aber doch ein gar lieber Pate sei. Auch stellte Marie die Betrachtung an, daß Pate Droßelmeier, trüge er sich auch übrigens so zierlich wie der Kleine, doch nicht einmal so hübsch als er aussehen werde. Indem Marie den netten Mann, den sie auf den ersten Blick liebgewonnen, immer mehr und mehr ansah, da wurde sie erst recht inne, welche Gutmütigkeit auf seinem Gesichte lag. Aus den hellgrünen, etwas zu großen hervorstehenden Augen sprach nichts als Freundschaft und Wohlwollen. Es stand dem Manne gut, daß sich um sein Kinn ein wohlfrisierter Bart von weißer Baumwolle legte, denn um so mehr konnte man das süße Lächeln des hochroten Mundes bemerken. »Ach!« rief Marie endlich aus, »ach, lieber Vater, wem gehört denn der allerliebste kleine Mann dort am Baum?« »Der,« antwortete der Vater, »der, liebes Kind, soll für euch alle tüchtig arbeiten, er soll euch fein die harten Nüsse aufbeißen, und er gehört Luisen ebensogut, als dir und dem Fritz.« Damit nahm ihn der Vater behutsam vom Tische, und indem er den hölzernen Mantel in die Höhe hob, sperrte das Männlein den Mund weit, weit auf und zeigte zwei Reihen sehr weißer spitzer Zähnchen. Marie schob auf des Vaters Geheiß eine Nuß hinein, und – knack – hatte sie der Mann zerbissen, daß die Schalen abfielen und Marie den süßen Kern in die Hand bekam. Nun mußte wohl jeder und auch Marie wissen, daß der zierliche kleine Mann aus dem Geschlecht der Nußknacker abstammte und die Profession seiner Vorfahren trieb. Sie jauchzte auf vor Freude, da sprach der Vater: »Da dir, liebe Marie, Freund Nußknacker so sehr gefällt, so sollst du ihn auch besonders hüten und schützen, unerachtet, wie ich gesagt, Luise und Fritz ihn mit ebenso vielem Recht brauchen können als du!« – Marie nahm ihn sogleich in den Arm und ließ ihn Nüsse aufknacken, doch suchte sie die kleinsten aus, damit das Männlein nicht so weit den Mund aufsperren durfte, welches ihm doch im Grunde nicht gut stand. Luise gesellte sich zu ihr, und auch für sie mußte Freund Nußknakker seine Dienste verrichten, welches er gern zu tun schien, da er immerfort sehr freundlich lächelte. Fritz war unterdessen vom vielen Exerzieren und Reiten müde geworden, und da er so lustig Nüsse knacken hörte, sprang er hin zu den Schwestern und lachte recht von Herzen über den kleinen drolligen Mann, der nun, da Fritz auch Nüsse essen wollte, von Hand zu Hand ging und gar nicht aufhören konnte mit Auf- und Zuschnappen. Fritz schob immer die größten und härtsten Nüsse hinein, aber mit einem Male ging es – krack – krack – und drei Zähnchen fielen aus des Nußknackers Munde, und sein ganzes Unterkinn war lose und wacklicht. – »Ach, mein armer lieber Nußknacker!« schrie Marie laut und nahm ihn dem Fritz aus den Händen. »Das ist ein einfältiger dummer Bursche«, sprach Fritz. »Will Nußknacker sein und hat kein ordentliches Gebiß – mag wohl auch sein Handwerk gar nicht verstehn. – Gib ihn nur her, Marie! Er soll mir Nüsse zerbeißen, verliert er auch noch die übrigen Zähne, ja das ganze Kinn obendrein, was ist an dem Taugenichts gelegen.« »Nein, nein«, rief Marie weinend, »du bekommst ihn nicht, meinen lieben Nußknacker, sieh nur her, wie er mich so wehmütig anschaut und mir sein wundes Mündchen zeigt! – Aber du bist ein hartherziger Mensch – du schlägst deine Pferde und läßt wohl gar einen Soldaten tot schießen.« – »Das muß so sein, das verstehst du nicht,« rief Fritz; »aber der Nußknacker gehört ebensogut mir als dir, gib ihn nur her.« – Marie fing an heftig zu weinen und wickelte den kranken Nußknacker schnell in ihr kleines Taschentuch ein. Die Eltern kamen mit dem Paten Droßelmeier herbei. Dieser nahm zu Mariens Leidwesen Fritzens Partie. Der Vater sagte aber: »Ich habe den Nußknacker ausdrücklich unter Mariens Schutz gestellt, und da, wie ich sehe, er dessen eben jetzt bedarf, so hat sie volle Macht über ihn, ohne daß jemand dreinzureden hat. Übrigens wundert es mich sehr von Fritzen, daß er von einem im Dienst Erkrankten noch fernere Dienste verlangt. Als guter Militär sollte er doch wohl wissen, daß man Verwundete niemals in Reihe und Glied stellt?« – Fritz war sehr beschämt und schlich, ohne sich weiter um Nüsse und Nußknacker zu bekümmern, fort an die andere Seite des Tisches, wo seine Husaren, nachdem sie gehörige Vorposten aufgestellt hatten, ins Nachtquartier gezogen waren. Marie suchte Nußknackers verlorne Zähnchen zusammen, um das kranke Kinn hatte sie ein hübsches weißes Band, das sie von ihrem Kleidchen abgelöst, gebunden und dann den armen Kleinen, der sehr blaß und erschrocken aussah, noch sorgfältiger als vorher in ihr Tuch eingewickelt. So hielt sie ihn wie ein kleines Kind wiegend in den Armen und besah die schönen Bilder des neuen Bilderbuchs, das heute unter den andern vielen Gaben lag. Sie wurde, wie es sonst gar nicht ihre Art war, recht böse, als Pate Droßelmeier so sehr lachte und immerfort fragte, wie sie denn mit solch einem grundhäßlichen kleinen Kerl so schön tun könne. – Jener sonderbare Vergleich mit Droßelmeier, den sie anstellte, als der Kleine ihr zuerst in die Augen fiel, kam ihr wieder in den Sinn, und sie sprach sehr ernst: »Wer weiß, lieber Pate, ob du denn, putztest du dich auch so heraus wie mein lieber Nußknacker, und hättest du auch solche schöne blanke Stiefelchen an, wer weiß, ob du denn doch so hübsch aussehen würdest als er!« – Marie wußte gar nicht, warum denn die Eltern so laut auflachten, und warum der Obergerichtsrat solch eine rote Nase bekam und gar nicht so hell mitlachte wie zuvor. Es mochte wohl seine besondere Ursache haben.

Wunderdinge

Bei Medizinalrats in der Wohnstube, wenn man zur Türe hineintritt, gleich links an der breiten Wand, steht ein hoher Glasschrank, in welchem die Kinder all die schönen Sachen, die ihnen jedes Jahr einbeschert worden, aufbewahren. Die Luise war noch ganz klein, als der Vater den Schrank von einem sehr geschickten Tischler machen ließ, der so himmelhelle Scheiben einsetzte und überhaupt das Ganze so geschickt einzurichten wußte, daß alles drinnen sich beinahe blanker und hübscher ausnahm, als wenn man es in Händen hatte. Im obersten Fache, für Marien und Fritzen unerreichbar, standen des Paten Droßelmeier Kunstwerke, gleich darunter war das Fach für die Bilderbücher, die beiden untersten Fächer durften Marie und Fritz anfüllen, wie sie wollten, jedoch geschah es immer, daß Marie das unterste Fach ihren Puppen zur Wohnung einräumte, Fritz dagegen in dem Fache drüber seine Truppen Kantonierungsquartiere beziehen ließ. So war es auch heute gekommen, denn, indem Fritz seine Husaren oben aufgestellt, hatte Marie unten Mamsell Trutchen beiseite gelegt, die neue schön geputzte Puppe in das sehr gut möblierte Zimmer hineingesetzt und sich auf Zuckerwerk bei ihr eingeladen. Sehr gut möbliert war das Zimmer, habe ich gesagt, und das ist auch wahr, denn ich weiß nicht, ob du, meine aufmerksame Zuhörerin Marie, ebenso wie die kleine Stahlbaum (es ist dir schon bekannt worden, daß sie auch Marie heißt), ja! – ich meine, ob du ebenso wie diese ein kleines schöngeblümtes Sofa, mehrere allerliebste Stühlchen, einen niedlichen Teetisch, vor allen Dingen aber ein sehr nettes blankes Bettchen besitzest, worin die schönsten Puppen ausruhen? Alles dieses stand in der Ecke des Schranks, dessen Wände hier sogar mit bunten Bilderchen tapeziert waren, und du kannst dir wohl denken, daß in diesem Zimmer die neue Puppe, welche, wie

Marie noch denselben Abend erfuhr, Mamsell Klärchen hieß, sich sehr wohl befinden mußte.

Es war später Abend geworden, ja Mitternacht im Anzuge, und Pate Droßelmeier längst fortgegangen, als die Kinder noch gar nicht wegkommen konnten von dem Glasschrank, so sehr auch die Mutter mahnte, daß sie doch endlich nun zu Bette gehen möchten. »Es ist wahr«, rief endlich Fritz, »die armen Kerls (seine Husaren meinend) wollen auch nun Ruhe haben, und solange ich da bin, wagt's keiner, ein bißchen zu nicken, das weiß ich schon!« Damit ging er ab; Marie aber bat gar sehr: »Nur noch ein Weilchen, ein einziges kleines Weilchen laß mich hier, liebe Mutter, hab' ich ja doch noch manches zu besorgen, und ist das geschehen, so will ich ja gleich zu Bette gehen!« Marie war gar ein frommes vernünftiges Kind, und so konnte die gute Mutter wohl ohne Sorgen sie noch bei den Spielsachen allein lassen. Damit aber Marie nicht etwa gar zu sehr verlockt werde von der neuen Puppe und den schönen Spielsachen überhaupt, so aber die Lichter vergäße, die rings um den Wandschrank brannten, löschte die Mutter sie sämtlich aus, so daß nur die Lampe, die in der Mitte des Zimmers von der Decke herabhing, ein sanftes anmutiges Licht verbreitete. »Komm bald hinein, liebe Marie! sonst kannst du ja morgen nicht zu rechter Zeit aufstehen«, rief die Mutter, indem sie sich in das Schlafzimmer entfernte. Sobald sich Marie allein befand, schritt sie schnell dazu, was ihr zu tun recht auf dem Herzen lag, und was sie doch nicht, selbst wußte sie nicht warum, der Mutter zu entdecken vermochte. Noch immer hatte sie den kranken Nußknacker eingewickelt in ihr Taschentuch auf dem Arm getragen. Jetzt legte sie ihn behutsam auf den Tisch, wickelte leise, leise das Tuch ab und sah nach den Wunden. Nußknacker war sehr bleich, aber dabei lächelte er so wehmütig freundlich, daß es Marien recht durch das Herz ging. »Ach, Nußknackerchen«, sprach sie sehr leise, »sei nur nicht böse, daß Bruder Fritz dir so wehe getan hat, er hat es auch nicht so schlimm gemeint, er ist nur ein bißchen hartherzig geworden durch das wilde Soldatenwesen, aber sonst ein recht guter Junge, das kann ich dich versichern. Nun will ich dich aber auch recht sorglich so lange pflegen, bis du wieder ganz gesund und fröhlich geworden; dir deine Zähnchen recht fest einsetzen, dir die Schultern einrenken, das soll Pate Droßelmeier, der sich auf solche Dinge versteht.« – Aber nicht ausreden konnte Marie, denn indem sie den Namen Droßelmeier nannte, machte Freund Nußknacker ein ganz verdammt schiefes Maul, und aus seinen Augen fuhr es heraus wie grünfunkelnde Stacheln. In dem Augenblick aber, daß Marie sich recht entsetzen wollte, war es ja wieder des ehrlichen Nußknackers wehmütig lächelndes Gesicht, welches sie anblickte, und sie wußte nun wohl, daß der von der Zugluft berührte, schnell auflodernde Strahl der Lampe im Zimmer Nußknackers Gesicht so entstellt hatte. »Bin ich nicht ein töricht Mädchen, daß ich so leicht erschrecke, so daß ich sogar glaube, das Holzpüppchen da könne mir Gesichter schneiden! Aber lieb ist mir doch Nußknacker gar zu sehr, weil er so komisch ist und doch so gutmütig, und darum muß er gepflegt werden, wie sich's gehört!« Damit nahm Marie den Freund Nußknacker in den Arm, näherte sich dem Glasschrank, kauerte vor demselben und sprach also zur neuen Puppe: »Ich bitte dich recht sehr, Mamsell Klärchen, tritt dein Bettchen dem kranken wunden Nußknacker ab und behelfe dich, so gut wie es geht, mit dem Sofa. Bedenke, daß du sehr gesund und recht bei Kräften bist, denn sonst würdest du nicht solche dicke dunkelrote Backen haben, und daß sehr wenige der allerschönsten Puppen solche weiche Sofas besitzen.«

Mamsell Klärchen sah in vollem glänzenden Weihnachtsputz sehr vornehm und verdrießlich aus und sagte nicht »Muck!« »Was mache ich aber auch für Umstände«, sprach Marie, nahm das Bette hervor, legte sehr leise und sanft Nußknackerchen hinein, wickelte noch ein gar schönes Bändchen, das sie sonst um den Leib getragen, um die wunden Schultern und bedeckte ihn bis unter die Nase. »Bei der unartigen Kläre darf er aber nicht bleiben«, sprach sie weiter und hob das Bettchen samt dem darinne liegenden Nußknacker heraus in das obere Fach, so daß es dicht neben dem schönen Dorf zu stehen kam, wo Fritzens Husaren kantonierten. Sie verschloß den Schrank und wollte ins Schlafzimmer, da – horcht auf, Kinder! – da fing es an leise – leise zu wispern und zu flüstern und zu rascheln ringsherum, hinter dem Ofen, hinter den Stühlen, hinter den Schränken. – Die Wanduhr schnurrte dazwischen lauter und lauter, aber sie konnte nicht schlagen. Marie blickte hin, da hatte die große vergoldete Eule, die darauf saß, ihre Flügel herabgesenkt, so daß sie die ganze Uhr überdeckten, und den häßlichen Katzenkopf mit krummem Schnabel weit vorgestreckt. Und stärker schnurrte es mit vernehmlichen Worten: »Uhr, Uhre, Uhre, Uhren, müßt alle nur leise schnurren, leise schnurren. – Mausekönig hat ja wohl ein feines Ohr – purr purr – pum pum singt nur, singt ihm altes Liedlein vor – purr purr – pum pum schlag an, Glöcklein, schlag an, bald ist es um ihn getan!« Und pum pum ging es ganz dumpf und heiser zwölfmal! – Marien fing an sehr zu grauen, und entsetzt wär' sie beinahe davongelaufen, als sie Pate Droßelmeier erblickte, der statt der Eule auf der Wanduhr saß und seine gelben Rockschöße von beiden Seiten wie Flügel herabgehängt hatte, aber sie ermannte sich und rief laut und weinerlich: »Pate Droßelmeier, Pate Droßelmeier, was willst du da oben? Komm herunter zu mir und erschrecke mich nicht so, du böser Pate Droßelmeier!« – Aber da ging ein tolles Kichern und Gepfeife los rundumher, und bald trottierte und lief es hinter den Wänden wie mit tausend kleinen Füßchen, und tausend kleine Lichterchen blickten aus den Ritzen der Dielen. Aber nicht Lichterchen waren es, nein! kleine funkelnde Augen, und Marie wurde gewahr, daß überall Mäuse hervorguckten und sich hervorarbeiteten. Bald ging es trott - trott - hopp hopp in der Stube umher - immer lichtere und dichtere Haufen Mäuse galoppierten hin und her und stellten sich endlich in Reihe und Glied, so wie Fritz seine Soldaten zu stellen pflegte, wenn es zur Schlacht gehen sollte. Das kam nun Marien sehr possierlich vor, und da sie nicht, wie manche andere Kinder, einen natürlichen Abscheu gegen Mäuse hatte, wollte ihr eben alles Grauen vergehen, als es mit einemmal so entsetzlich und so schneidend zu pfeifen begann, daß es ihr eiskalt über den Rücken lief! - Ach, was erblickte sie jetzt! - Nein, wahrhaftig, geehrter Leser Fritz, ich weiß, daß ebensogut wie dem weisen und mutigen Feldherrn Fritz Stahlbaum dir das Herz auf dem rechten Flecke sitzt, aber hättest du das gesehen, was Marien jetzt vor Augen kam, wahrhaftig, du wärst davongelaufen, ich glaube sogar, du wärst schnell ins Bette gesprungen und hättest die Decke viel weiter über die Ohren gezogen als gerade nötig. - Ach! - das konnte die arme Marie ja nicht einmal tun, denn hört nur, Kinder! - dicht, dicht vor ihren Füßen sprühte es, wie von unterirdischer Gewalt getrieben, Sand und Kalk und zerbröckelte Mauersteine hervor, und sieben Mäuseköpfe mit sieben hellfunkelnden Kronen erhoben sich, recht gräßlich zischend und pfeifend, aus dem Boden. Bald arbeitete sich auch der Mäusekörper, an dessen Hals die sieben Köpfe angewachsen waren, vollends hervor, und der großen, mit sieben Diademen geschmückten Maus jauchzte in vollem Chorus, dreimal laut aufquiekend, das ganze Heer entgegen, das sich nun auf einmal in Bewegung setzte und hott, hott - trott - trott ging es - ach, geradezu auf den Schrank - geradezu auf Marien los, die noch dicht an der Glastüre des Schrankes stand. Vor Angst und Grauen hatte Marien das Herz schon so gepocht, daß sie glaubte, es müsse nun gleich aus der Brust herausspringen, und dann müßte sie sterben; aber nun war es ihr, als stehe ihr das Blut in den Adern still. Halb ohnmächtig wankte sie zurück, da ging es klirr - klirr - prr, und in Scherben fiel die Glasscheibe des Schranks herab, die sie mit dem Ellbogen eingestoßen. Sie fühlte wohl in dem Augenblick einen recht stechenden Schmerz am linken Arm, aber es war ihr auch plötzlich viel leichter ums Herz, sie hörte kein Quieken und Pfeifen mehr, es war alles ganz still geworden, und obschon sie nicht hinblicken mochte, glaubte sie doch, die Mäuse wären, von dem Klirren der Scheibe erschreckt, wieder abgezogen in ihre Löcher. – Aber was war denn das wieder? – Dicht hinter Marien fing es an im Schrank auf seltsame Weise zu rumoren, und ganz feine Stimmchen fingen an: »Aufgewacht – aufgewacht – wolln zur Schlacht – noch diese Nacht – aufgewacht – auf zur Schlacht.« – Und dabei klingelte es mit harmonischen Glöcklein gar hübsch und anmutig! »Ach, das ist ja mein kleines Glockenspiel«, rief Marie freudig und sprang schnell zur Seite. Da sah sie, wie es im Schrank ganz sonderbar leuchtete und herumwirtschaftete und hantierte. Es waren mehrere Puppen, die durcheinander liefen und mit den kleinen Armen herumfochten. Mit einemmal erhob sich jetzt Nußknacker, warf die Decke weit von sich und sprang mit beiden Füßen zugleich aus dem Bette, indem er laut rief: »Knack – knack – knack – dummes Mausepack – dummer toller Schnack – Mausepack – Knack – Knack – Mausepack – Krick und Krack – wahrer Schnack.« Und damit zog er sein kleines Schwert und schwang es in den Lüften und rief: »Ihr meine lieben Vasallen, Freunde und Brüder, wollt ihr mir beistehen im harten Kampf?« – sogleich schrien heftig drei Skaramuzze, ein Pantalon, vier Schornsteinfeger, zwei Zitherspielmänner und ein Tambour: »Ja Herr – wir hängen Euch an in standhafter Treue – mit Euch ziehen wir in Tod, Sieg und Kampf!« und stürzten sich nach dem begeisterten Nußknacker, der den gefährlichen Sprung wagte, vom obern Fach herab. Ja! jene hatten gut sich herabstürzen, denn nicht allein, daß sie reiche Kleider von Tuch und Seide trugen, so war inwendig im Leibe auch nicht viel anders als Baumwolle und Häcksel, daher plumpten sie auch herab wie Wollsäckchen. Aber der arme Nußknacker, der hätte gewiß Arm und Beine gebrochen, denn, denkt euch, es war beinahe zwei Fuß hoch vom Fache, wo er stand, bis zum untersten, und sein Körper war so spröde, als sei er geradezu aus Lindenholz geschnitzt. Ja, Nußknacker hätte gewiß Arm und Beine gebrochen, wäre, im Augenblick, als er sprang, nicht auch Mamsell Klärchen schnell vom Sofa aufgesprungen und hätte den Helden mit dem gezogenen Schwert in ihren weichen Armen aufgefangen. »Ach du liebes gutes Klärchen!« schluchzte Marie, »wie habe ich dich verkannt, gewiß gabst du Freund Nußknackern dein Bettchen recht gerne her!« Doch Mamsell Klärchen sprach jetzt, indem sie den jungen Helden sanft an ihre seidene Brust drückte: »Wollet Euch, o Herr, krank und wund, wie Ihr seid, doch nicht in Kampf und Gefahr begeben, seht, wie Eure tapferen Vasallen, kampflustig und des Sieges gewiß, sich sammeln. Skaramuz, Pantalon, Schornsteinfeger, Zitherspielmann und Tambour sind schon unten, und die Devisenfiguren in meinem Fache rühren und regen sich merklich! Wollet, o Herr, in meinen Armen ausruhen oder von meinem Federhut herab Euern Sieg anschaun!« So sprach Klärchen, doch Nußknacker tat ganz ungebärdig und strampelte so sehr mit den Beinen, daß Klärchen ihn schnell herab auf den Boden setzen mußte. In dem Augenblick ließ er sich aber sehr artig auf ein Knie nieder und lispelte: »O Dame! stets werd' ich Eurer mir bewiesenen Gnade und Huld gedenken in Kampf und Streit!« Da bückte sich Klärchen so tief herab, daß sie ihn beim Ärmchen ergreifen konnte, hob ihn sanft auf, löste schnell ihren mit vielen Flittern gezierten Leibgürtel los und wollte ihn dem Kleinen umhängen, doch der wich zwei Schritte zurück, legte die Hand auf die Brust und sprach sehr feierlich: »Nicht so wollet, o Dame, Eure Gunst an mir verschwenden, denn« – er stockte, seufzte tief auf, riß dann schnell das Bändchen, womit ihn Marie verbunden hatte, von den Schultern, drückte es an die Lippen, hing es wie eine Feldbinde um und sprang, das blank gezogene Schwertlein mutig schwenkend, schnell und behende wie ein Vögelchen über die Leiste des Schranks auf den Fußboden. – Ihr merkt wohl, höchst geneigte und sehr vortreffliche Zuhörer, daß Nußknakker schon früher, als er wirklich lebendig worden, alles Liebe und Gute, was ihm Marie erzeigte, recht deutlich fühlte, und daß er nur deshalb, weil er Marien so gar gut worden, auch nicht einmal ein Band von Mamsell Klärchen annehmen und tragen wollte, unerachtet es sehr glänzte und sehr hübsch aussah. Der treue gute Nußknakker putzte sich lieber mit Mariens schlichtem Bändchen. – Aber wie wird es nun weiter werden? – Sowie Nußknacker herabspringt, geht auch das Quieken und Piepen wieder los. Ach! unter dem großen Tische halten ja die fatalen Rotten unzähliger Mäuse, und über alle ragt die abscheuliche Maus mit den sieben Köpfen hervor! – Wie wird das nun werden! –

Die Schlacht

»Schlagt den Generalmarsch, getreuer Vasalle Tambour!« schrie Nußknacker sehr laut, und sogleich fing der Tambour an, auf die künstlichste Weise zu wirbeln, daß die Fenster des Glasschranks zitterten und dröhnten. Nun krackte und klapperte es drinnen, und Marie wurde gewahr, daß die Deckel sämtlicher Schachteln, worin Fritzens Armee einquartiert war, mit Gewalt auf- und die Soldaten heraus und herab ins unterste Fach sprangen, dort sich aber in blanken Rotten sammelten. Nußknacker lief auf und nieder, begeisterte Worte zu den Truppen sprechend. »Kein Hund von Trompeter regt und rührt sich«, schrie Nußknacker erbost, wandte sich aber dann schnell zum Pantalon, der, etwas blaß geworden, mit dem langen Kinn sehr wackelte, und sprach feierlich: »General, ich kenne

Ihren Mut und Ihre Erfahrung, hier gilt's schnellen Überblick und Benutzung des Moments – ich vertraue Ihnen das Kommando sämtlicher Kavallerie und Artillerie an – ein Pferd brauchen Sie nicht, Sie haben sehr lange Beine und galoppieren damit leidlich. – Tun Sie jetzt, was Ihres Berufs ist.« Sogleich drückte Pantalon die dürren langen Fingerchen an den Mund und krähte so durchdringend, daß es klang, als würden hundert helle Trompetlein lustig geblasen. Da ging es im Schrank an ein Wiehern und Stampfen, und siehe, Fritzens Kürassiere und Dragoner, vor allen Dingen aber die neuen glänzenden Husaren rückten aus und hielten bald unten auf dem Fußboden. Nun defilierte Regiment auf Regiment mit fliegenden Fahnen und klingendem Spiel bei Nußknacker vorüber und stellte sich in breiter Reihe quer über den Boden des Zimmers. Aber vor ihnen her fuhren rasselnd Fritzens Kanonen auf, von den Kanoniern umgeben, und bald ging es bum – bum, und Marie sah, wie die Zuckererbsen einschlugen in den dicken Haufen der Mäuse, die davon ganz weiß überpudert wurden und sich sehr schämten. Vorzüglich tat ihnen aber eine schwere Batterie viel Schaden, die auf Mamas Fußbank aufgefahren war und pum – pum – pum, immer hintereinander fort Pfeffernüsse unter die Mäuse schoß, wovon sie umfielen. Die Mäuse kamen aber doch immer näher und überrannten sogar einige Kanonen, aber da ging es Prr – Prr, Prr, und vor Rauch und Staub konnte Marie kaum sehen, was nun geschah. Doch so viel war gewiß, daß jedes Korps sich mit der höchsten Erbitterung schlug, und der Sieg lange hin und her schwankte. Die Mäuse entwickelten immer mehr und mehr Massen, und ihre kleinen silbernen Pillen, die sie sehr geschickt zu schleudern wußten, schlugen schon bis in den Glasschrank hinein. Verzweiflungsvoll liefen Klärchen und Trutchen umher und rangen sich die Händchen wund. »Soll ich in meiner blühendsten Jugend sterben! – ich, die schönste der Puppen!« schrie Klärchen. »Hab' ich darum mich so gut konserviert, um hier in meinen vier Wänden umzukommen?« rief Trutchen. Dann fielen sie sich um den Hals und heulten so sehr, daß man es trotz des tollen Lärms doch hören konnte. Denn von dem Spektakel, der nun losging, habt ihr kaum einen Begriff, werte Zuhörer. – Das ging – Prr – Prr – Puff, Piff – Schnetterdeng – Schnetterdeng – Bum, Burum, Bum – Burum – Bum – durcheinander, und dabei quiekten und schrien Mausekönig und Mäuse, und dann hörte man wieder Nußknackers gewaltige Stimme, wie er nützliche Befehle austeilte, und sah ihn, wie er über die im Feuer stehenden Bataillone hinwegschritt! – Pantalon hatte einige sehr glänzende Kavallerieangriffe gemacht und sich mit Ruhm bedeckt, aber Fritzens Husaren wurden von der Mäuseartillerie mit häßlichen, übelriechenden Kugeln beworfen, die ganz fatale Flecke in ihren roten Wämsern machten, weshalb sie nicht recht vor wollten. Pantalon ließ sie links abschwenken, und in der Begeisterung des Kommandierens machte er es ebenso und seine Kürassiere und Dragoner auch, das heißt, sie schwenkten alle links ab und gingen nach Hause. Dadurch geriet die auf der Fußbank postierte Batterie in Gefahr, und es dauerte auch gar nicht lange, so kam ein dicker Haufe sehr häßlicher Mäuse und rannte so stark an, daß die ganze Fußbank mitsamt den Kanonieren und Kanonen umfiel. Nußknacker schien sehr bestürzt und befahl, daß der rechte Flügel eine rückgängige Bewegung machen solle. Du weißt, o mein kriegserfahrner Zuhörer Fritz, daß eine solche Bewegung machen beinahe so viel heißt als davonlaufen, und betrauerst mit mir schon jetzt das Unglück, was über die Armee des kleinen, von Marie geliebten Nußknackers kommen sollte! – Wende jedoch dein Auge von diesem Unheil ab und beschaue den linken Flügel der Nußknackerischen Armee, wo alles noch sehr gut steht und für Feldherrn und Armee viel zu hoffen ist. Während des hitzigsten Gefechts waren leise, leise Mäusekavalleriemassen unter der Kommode herausdebouchiert und hatten sich unter lautem gräßlichen Gequiek mit Wut auf den linken Flügel der Nußknakkerischen Armee geworfen, aber welchen Widerstand fanden sie da! – Langsam, wie es die Schwierigkeit des Terrains nur erlaubte, da die Leiste des Schranks zu passieren, war das Devisenkorps unter der Anführung zweier chinesischer Kaiser vorgerückt und hatte sich en quarré plain formiert. – Diese wackern, sehr bunten und herrlichen Truppen, die aus vielen Gärtnern, Tirolern, Tungusen, Friseurs, Harlekins, Kupidos, Löwen, Tigern, Meerkatzen und Affen bestanden, fochten mit Fassung, Mut und Ausdauer. Mit spartanischer Tapferkeit hätte dies Bataillon von Eliten dem Feinde den Sieg entrissen, wenn nicht ein verwegener feindlicher Rittmeister, tollkühn vordringend, einem der chinesischen Kaiser den Kopf abgebissen und dieser im Fallen zwei Tungusen und eine Meerkatze erschlagen hätte. Dadurch entstand eine Lücke, durch die der Feind eindrang, und bald war das ganze Bataillon zerbissen. Doch wenig Vorteil hatte der Feind von dieser Untat. Sowie ein Mäusekavallerist mordlustig einen der tapfern Gegner mittendurch zerbiß, bekam er einen kleinen gedruckten Zettel in den Hals, wovon er augenblicklich starb. – Half dies aber wohl auch der Nußknackerischen Armee, die, einmal rückgängig geworden, immer rückgängiger wurde und immer mehr Leute verlor, so daß der unglückliche Nußknacker nur mit einem gar kleinen Häufchen dicht vor dem Glasschranke hielt? »Die Reserve soll heran! – Pantalon – Skaramuz, Tambour – wo seid ihr?« – So schrie Nußknacker, der noch auf neue Truppen hoffte, die sich aus dem Glasschrank entwickeln sollten. Es kamen auch wirklich einige braune Männer und Frauen aus Thorn mit goldnen Gesichtern, Hüten und Helmen heran, die fochten aber so ungeschickt um sich herum, daß sie keinen der Feinde trafen und bald ihrem Feldherrn Nußknacker selbst die Mütze vom Kopfe heruntergefochten hätten. Die feindlichen Chasseurs bissen ihnen auch bald die Beine ab, so daß sie umstülpten und noch dazu einige von

Nußknackers Waffenbrüdern erschlugen. Nun war Nußknacker, vom Feinde dicht umringt, in der höchsten Angst und Not. Er wollte über die Leiste des Schranks springen, aber die Beine waren zu kurz, Klärchen und Trutchen lagen in Ohnmacht, sie konnten ihm nicht helfen – Husaren – Dragoner sprangen lustig bei ihm vorbei und hinein, da schrie er auf in heller Verzweiflung: »Ein Pferd – ein Pferd – ein Königreich für ein Pferd!« – In dem Augenblick packten ihn zwei feindliche Tirailleurs bei dem hölzernen Mantel, und im Triumph aus sieben Kehlen aufquiekend, sprengte Mausekönig heran. Marie wußte sich nicht mehr zu fassen, »o mein armer Nußknacker! – mein armer Nußknacker!« so rief sie schluchzend, faßte, ohne sich deutlich ihres Tuns bewußt zu sein, nach ihrem linken Schuh und warf ihn mit Gewalt in den dicksten Haufen der Mäuse hinein auf ihren König. In dem Augenblick schien alles verstoben und verflogen, aber Marie empfand am linken Arm einen noch stechendern Schmerz als vorher und sank ohnmächtig zur Erde nieder.

Die Krankheit

Als Marie wie aus tiefem Todesschlaf erwachte, lag sie in ihrem Bettchen, und die Sonne schien hell und funkelnd durch die mit Eis belegten Fenster in das Zimmer hinein. Dicht neben ihr saß ein fremder Mann, den sie aber bald für den Chirurgus Wendelstern erkannte. Der sprach leise: »Nun ist sie aufgewacht!« Da kam die Mutter herbei und sah sie mit recht ängstlich forschenden Blicken an. »Ach liebe Mutter«, lispelte die kleine Marie, »sind denn nun die häßlichen Mäuse alle fort, und ist denn der gute Nußknacker gerettet?« »Sprich nicht solch albernes Zeug, liebe Marie«, erwiderte die Mutter, »was haben die Mäuse mit dem Nußknacker zu tun? Aber du, böses Kind, hast uns allen recht viel Angst und Sorge gemacht.

Das kommt davon her, wenn die Kinder eigenwillig sind und den Eltern nicht folgen. Du spieltest gestern bis in die tiefe Nacht hinein mit deinen Puppen. Du wurdest schläfrig, und mag es sein, daß ein hervorspringendes Mäuschen, deren es doch sonst hier nicht gibt, dich erschreckt hat; genug, du stießest mit dem Arm eine Glasscheibe des Schranks ein und schnittest dich so sehr in den Arm, daß Herr Wendelstern, der dir eben die noch in den Wunden stekkenden Glasscherbchen herausgenommen hat, meint, du hättest, zerschnitt das Glas eine Ader, einen steifen Arm behalten oder dich gar verbluten können. Gott sei gedankt, daß ich, um Mitternacht erwachend und dich noch so spät vermissend, aufstand und in die Wohnstube ging. Da lagst du dicht neben dem Glasschrank ohnmächtig auf der Erde und blutetest sehr. Bald wär' ich vor Schreck auch ohnmächtig geworden. Da lagst du nun, und um dich her zerstreut erblickte ich viele von Fritzens bleiernen Soldaten und andere Puppen, zerbrochene Devisen, Pfefferkuchmänner; Nußknacker lag aber auf deinem blutenden Arme und nicht weit von dir dein linker Schuh.« »Ach Mütterchen, Mütterchen«, fiel Marie ein, »sehen Sie wohl, das waren ja noch die Spuren von der großen Schlacht zwischen den Puppen und Mäusen, und nur darüber bin ich so sehr erschrocken, als die Mäuse den armen Nußknacker, der die Puppenarmee kommandierte, gefangennehmen wollten. Da warf ich meinen Schuh unter die Mäuse, und dann weiß ich weiter nicht, was vorgegangen.« Der Chirurgus Wendelstern winkte der Mutter mit den Augen, und diese sprach sehr sanft zu Marien: »Laß es nur gut sein, mein liebes Kind! – beruhige dich, die Mäuse sind alle fort, und Nußknackerchen steht gesund und lustig im Glasschrank.« Nun trat der Medizinalrat ins Zimmer und sprach lange mit dem Chirurgus Wendelstern; dann fühlte er Mariens Puls, und sie hörte wohl, daß von einem Wundfieber die Rede war. Sie mußte im Bette bleiben und Arzenei nehmen, und so dauerte es einige Tage, wiewohl sie außer einigem Schmerz am Arm sich eben nicht krank und unbehaglich fühlte. Sie wußte, daß Nußknackerchen gesund aus der Schlacht sich gerettet hatte, und es kam ihr manchmal wie im Traume vor, daß er ganz vernehmlich, wiewohl mit sehr wehmütiger Stimme sprach: »Marie, teuerste Dame, Ihnen verdanke ich viel, doch noch mehr können Sie für mich tun!« Marie dachte vergebens darüber nach, was das wohl sein könnte, es fiel ihr durchaus nicht ein. – Spielen konnte Marie gar nicht recht wegen des wunden Arms, und wollte sie lesen oder in den Bilderbüchern blättern, so flimmerte es ihr seltsam vor den Augen, und sie mußte davon ablassen. So mußte ihr nun wohl die Zeit recht herzlich lang werden, und sie konnte kaum die Dämmerung erwarten, weil dann die Mutter sich an ihr Bett setzte und ihr sehr viel Schönes vorlas und erzählte. Eben hatte die Mutter die vorzügliche Geschichte vom Prinzen Fakardin vollendet, als die Türe aufging und der Pate Droßelmeier mit den Worten hineintrat: »Nun muß ich doch wirklich einmal selbst sehen, wie es mit der kranken und wunden Marie zusteht.« Sowie Marie den Paten Droßelmeier in seinem gelben Röckchen erblickte, kam ihr das Bild jener Nacht, als Nußknacker die Schlacht wider die Mäuse verlor, gar lebendig vor Augen, und unwillkürlich rief sie laut dem Obergerichtsrat entgegen: »O Pate Droßelmeier, du bist recht häßlich gewesen, ich habe dich wohl gesehen, wie du auf der Uhr saßest und sie mit deinen Flügeln bedecktest, daß sie nicht laut schlagen sollte, weil sonst die Mäuse verscheucht worden wären, – ich habe es wohl gehört, wie du dem Mausekönig riefest! – warum kamst du dem Nußknacker, warum kamst du mir nicht zu Hilfe, du häßlicher Pate Droßelmeier, bist du denn nicht allein schuld, daß ich verwundet und krank im Bette liegen muß?« – Die Mutter fragte ganz erschrocken: »Was ist dir denn, liebe Marie?« Aber der Pate Droßelmeier schnitt sehr seltsame Gesichter und sprach mit schnarrender, eintöniger Stimme: »Perpendikel mußte schnurren – pikken – wollte sich nicht schicken – Uhren – Uhren – Uhrenperpendikel müssen schnurren – leise schnurren – schlagen Glocken laut kling klang – Hink und Honk, und Honk und Hank – Puppenmädel, sei nicht bang! – schlagen Glöcklein, ist geschlagen, Mausekönig fortzujagen, kommt die Eul' im schnellen Flug – Pak und Pik, und Pik und Puk – Glöcklein bim bim – Uhren – schnurr schnurr – Perpendikel müssen schnurren – picken wollte sich nicht schicken – Schnarr und schnurr, und pirr und purr!« – Marie sah den Paten Droßelmeier starr mit großen Augen an, weil er ganz anders und noch viel häßlicher aussah als sonst und mit dem rechten Arm hin und her schlug, als würd' er gleich einer Drahtpuppe gezogen. Es hätte ihr ordentlich grauen können vor dem Paten, wenn die Mutter nicht zugegen gewesen wäre, und wenn nicht endlich Fritz, der sich unterdessen hineingeschlichen, ihn mit lautem Gelächter unterbrochen hätte. »Ei, Pate Droßelmeier«, rief Fritz, »du bist heute wieder auch gar zu possierlich, du gebärdest dich ja wie mein Hampelmann, den ich längst hinter den Ofen geworfen.« Die Mutter blieb sehr ernsthaft und sprach: »Lieber Herr Obergerichtsrat, das ist ja ein recht seltsamer Spaß, was meinen Sie denn eigentlich?« »Mein Himmel!« erwiderte Droßelmeier lachend, »kennen Sie denn nicht mehr mein hübsches Uhrmacherliedchen? Das pfleg' ich immer zu singen bei solchen Patienten wie Marie.« Damit setzte er sich schnell dicht an Mariens Bette und sprach: »Sei nur nicht böse, daß ich nicht gleich dem Mausekönig alle vierzehn Augen ausgehackt, aber es konnte nicht sein, ich will dir auch statt dessen eine rechte Freude machen.« Der Obergerichtsrat langte mit diesen Worten in die Tasche, und was er nun leise, leise hervorzog, war – der Nußknacker, dem er sehr geschickt die verlornen Zähnchen fest eingesetzt und den lahmen Kinnbacken eingerenkt hatte. Marie jauchzte laut auf vor Freude, aber die Mutter sagte lächelnd: »Siehst du nun wohl, wie gut es Pate Droßelmeier mit deinem Nußknacker meint?« »Du mußt es aber doch eingestehen, Marie«, unterbrach der Obergerichtsrat die Medizinalrätin, »du mußt es aber doch eingestehen, daß Nußknakker nicht eben zum besten gewachsen und sein Gesicht nicht eben schön zu nennen ist. Wie solche Häßlichkeit in seine Familie gekommen und vererbt worden ist, das will ich dir wohl erzählen, wenn du es anhören willst. Oder weißt du vielleicht schon die Geschichte von der Prinzessin Pirlipat, der Hexe Mauserinks und dem künstlichen Uhrmacher?« »Hör' mal«, fiel hier Fritz unversehens ein, »hör' mal, Pate Droßelmeier, die Zähne hast du dem Nußknacker richtig eingesetzt, und der Kinnbacken ist auch nicht mehr so wackelig, aber warum fehlt ihm das Schwert, warum hast du ihm kein Schwert umgehängt?« »Ei«, erwiderte der Obergerichtsrat ganz unwillig, »du mußt an allem mäkeln und tadeln, Junge! – Was geht mich Nußknackers Schwert an, ich habe ihn am Leibe kuriert, mag er sich nun selbst ein Schwert schaffen, wie er will.« »Das ist wahr«, rief Fritz, »ist's ein tüchtiger Kerl, so wird er schon Waffen zu finden wissen!« »Also Marie«, fuhr der Obergerichtsrat fort, »sage mir, ob du die Geschichte weißt von der Prinzessin Pirlipat?« »Ach nein«, erwiderte Marie, »erzähle, lieber Pate Droßelmeier, erzähle!« »Ich hoffe«, sprach die Medizinalrätin, »ich hoffe, lieber Herr Obergerichtsrat, daß Ihre Geschichte nicht so graulich sein wird, wie gewöhnlich alles ist, was Sie erzählen?« »Mitnichten, teuerste Frau Medizinalrätin«, erwiderte Droßelmeier, »im Gegenteil ist das gar spaßhaft, was ich vorzutragen die Ehre haben werde.« »Erzähle, o erzähle, lieber Pate«, so riefen die Kinder, und der Obergerichtsrat fing also an:

Das Märchen von der harten Nuß

»Pirlipats Mutter war die Frau eines Königs, mithin eine Königin, und Pirlipat selbst in demselben Augenblick, als sie geboren wurde, eine geborne Prinzessin. Der König war außer sich vor Freude über das schöne Töchterchen, das in der Wiege lag, er jubelte laut auf, er tanzte und schwenkte sich auf einem Beine und schrie ein Mal über das andere ›Heisa! – hat man was Schöneres jemals gesehen, als mein Pirlipatchen?‹ – Aber alle Minister, Generale und Präsidenten und Stabsoffiziere sprangen, wie der Landesvater, auf einem Beine herum und schrien sehr: ›Nein, niemals!‹ Zu leugnen war es aber auch in der Tat gar nicht, daß wohl, solange die Welt steht, kein schöneres Kind geboren wurde als eben Prinzessin Pirlipat. Ihr Gesichtchen war wie von zarten lilienweißen und rosenroten Seidenflocken gewebt, die Äugelein lebendige funkelnde Azure, und es stand hübsch, daß die Löckchen sich in lauter glänzenden Goldfaden kräuselten. Dazu hatte Pirlipatchen zwei Reihen kleiner Perlzähnchen auf die Welt gebracht, womit sie zwei Stunden nach der Geburt dem Reichskanzler in den Finger biß, als er die Lineamente näher untersuchen wollte, so daß er laut aufschrie: ›O jemine!‹ – Andere behaupten, er habe: ›Au weh!‹ geschrien, die Stimmen sind noch heutzutage darüber sehr geteilt. – Kurz, Pirlipatchen biß wirklich dem Reichskanzler in den Finger, und das entzückte Land wußte nun, daß auch Geist, Gemüt und Verstand in Pirlipats kleinem engelschönen Körperchen wohne. – Wie gesagt, alles war vergnügt, nur die Königin war sehr ängstlich und unruhig, niemand wußte warum. Vorzüglich fiel es auf, daß sie Pirlipats Wiege so sorglich bewachen ließ. Außerdem, daß die Türen von Trabanten besetzt waren, mußten, die beiden Wärterinnen dicht an der Wiege abgerechnet, noch sechs andere Nacht für Nacht ringsumher in der Stube sitzen. Was aber ganz närrisch schien, und was niemand begreifen konnte, jede dieser sechs Wärterinnen mußte einen Kater auf den Schoß nehmen und ihn die ganze Nacht streicheln, daß er immerfort zu spinnen genötigt wurde. Es ist unmöglich, daß ihr, liebe Kinder, erraten könnt, warum Pirlipats Mutter all diese Anstalten machte, ich weiß es aber und will es euch gleich sagen. – Es begab sich, daß einmal an dem Hofe von Pirlipats Vater viele vortreffliche Könige und sehr angenehme Prinzen versammelt waren, weshalb es denn sehr glänzend herging und viele Ritterspiele, Komödien und Hofbälle gegeben wurden. Der König, um recht zu zeigen, daß es ihm an Gold und Silber gar nicht mangle, wollte nun einmal einen recht tüchtigen Griff in den Kronschatz tun und was Ordentliches daraufgehen lassen. Er ordnete daher, zumal er von dem Oberhofküchenmeister insgeheim erfahren, daß der Hofastronom die Zeit des Einschlachtens angekündigt, einen großen Wurstschmaus an, warf sich in den Wagen und lud selbst sämtliche Könige und Prinzen – nur auf einen Löffel Suppe ein, um sich der Überraschung mit dem Köstlichen zu erfreuen. Nun sprach er sehr freundlich zur Frau Königin: ›Dir ist ja schon bekannt, Liebchen, wie ich die Würste gern habe!‹ – Die Königin wußte schon, was er damit sagen wollte, es hieß nämlich nichts anders, als sie selbst sollte sich, wie sie auch sonst schon getan, dem sehr nützlichen Geschäft des Wurstmachens unterziehen. Der Oberschatzmeister mußte sogleich den großen goldnen Wurstkessel und die silbernen Kasserollen zur Küche abliefern; es wurde ein großes Feuer von Sandelholz angemacht, die Königin band ihre damastne Küchenschürze um, und bald dampften aus dem Kessel die süßen Wohlgerüche der Wurstsuppe. Bis in den Staatsrat drang der anmutige Geruch; der König, von innerem Entzücken erfaßt, konnte sich nicht halten. ›Mit Erlaubnis, meine Herren!‹ rief er, sprang schnell nach der Küche, umarmte die Königin, rührte etwas mit dem goldnen Zepter in dem Kessel und kehrte dann beruhigt in den Staatsrat zurück. Eben nun war der wichtige Punkt gekommen, daß der Speck in Würfel geschnitten und auf silbernen Rosten geröstet werden sollte. Die Hofdamen traten ab, weil die Königin dies Geschäft aus treuer Anhänglichkeit und Ehrfurcht vor dem königlichen Gemahl allein unternehmen wollte. Allein sowie der Speck zu braten anfing, ließ sich ein ganz feines wisperndes Stimmchen vernehmen: ›Von dem Brätlein gib mir auch, Schwester! – will auch schmausen, bin ja auch Königin – gib mir von dem Brätlein!‹ – Die Königin wußte wohl, daß es Frau Mauserinks war, die also sprach. Frau Mauserinks wohnte schon seit vielen Jahren in des Königs Palast. Sie behauptete, mit der königlichen Familie verwandt und selbst Königin in dem Reiche Mausolien zu sein, deshalb hatte sie auch eine große Hofhaltung unter dem Herde. Die Königin war eine gute mildtätige Frau, wollte sie daher auch sonst Frau Mauserinks nicht gerade als Königin und als ihre Schwester anerkennen, so gönnte sie ihr doch von Herzen an dem festlichen Tage die Schmauserei und rief: ›Kommt nur hervor, Frau Mauserinks, Ihr möget immerhin von meinem Speck genießen.‹ Da kam auch Frau Mauserinks sehr schnell und lustig hervorgehüpft, sprang auf den Herd und ergriff mit den zierlichen kleinen Pfötchen ein Stückchen Speck nach dem andern, das ihr die Königin hinlangte. Aber nun kamen alle Gevattern und Muhmen der Frau Mauserinks hervorgesprungen und auch sogar ihre sieben Söhne, recht unartige Schlingel, die machten sich über den Speck her, und nicht wehren konnte ihnen die erschrockene Königin. Zum Glück kam die Oberhofmeisterin dazu und verjagte die zudringlichen Gäste, so daß noch etwas Speck übrigblieb, welcher nach Anweisung des herbeigerufenen Hofmathematikers sehr künstlich auf alle Würste verteilt wurde. – Pauken und Trompeten erschallten, alle anwesenden Potentaten und Prinzen zogen in glänzenden Feierkleidern zum Teil auf weißen Zeltern, zum Teil in kristallnen Kutschen zum Wurstschmause. Der König empfing sie mit herzlicher Freundlichkeit und Huld und setzte sich dann, als Landesherr, mit Kron' und Zepter angetan, an die Spitze des Tisches. Schon in der Station der Leberwürste sah man, wie der König immer mehr und mehr erblaßte, wie er die Augen gen Himmel hob – leise Seufzer entflohen seiner Brust – ein gewaltiger Schmerz schien in seinem Innern zu wühlen! Doch in der Station der Blutwürste sank er, laut schluchzend und ächzend, in den Lehnsessel zurück, er hielt beide Hände vors Gesicht, er jammerte und stöhnte. – Alles sprang auf von der Tafel, der Leibarzt bemühte sich vergebens, des unglücklichen Königs Puls zu erfassen, ein tiefer, namenloser Jammer schien ihn zu zerreißen. Endlich, endlich, nach vielem Zureden, nach Anwendung starker Mittel, als da sind gebrannte Federposen und dergleichen, schien der König etwas zu sich selbst zu kommen, er stammelte kaum hörbar die Worte: ›Zu wenig Speck.‹ Da warf sich die Königin trostlos ihm zu Füßen und schluchzte: ›O mein armer unglücklicher königlicher Gemahl! – o welchen Schmerz mußten Sie dulden! – Aber sehen Sie hier die Schuldige zu Ihren Füßen – strafen, strafen Sie sie hart! – Ach – Frau Mauserinks mit ihren sieben Söhnen, Gevattern und Muhmen hat den Speck aufgefressen und‹ – damit fiel die Königin rücklings über in Ohnmacht. Aber der König sprang voller Zorn auf und rief laut: ›Oberhofmeisterin, wie ging das zu?‹ Die Oberhofmeisterin erzählte, soviel sie wußte, und der König beschloß Rache zu nehmen an der Frau Mauserinks und ihrer Familie, die ihm den Speck aus der Wurst weggefressen hatten. Der Geheime Staatsrat wurde berufen, man beschloß, der Frau Mauserinks den Prozeß zu machen und ihre sämtlichen Güter einzuziehen; da aber der König meinte, daß sie unterdessen ihm doch noch immer den Speck wegfressen könnte, so wurde die ganze Sache dem Hofuhrmacher und Arkanisten übertragen. Dieser Mann, der ebenso hieß als ich, nämlich Christian Elias Droßelmeier, versprach durch eine ganz besonders staatskluge Operation die Frau Mauserinks mit ihrer Familie auf ewige Zeiten aus dem Palast zu vertreiben. Er erfand auch wirklich kleine, sehr künstliche Maschinen, in die an einem Fädchen gebratener Speck getan wurde, und die Droßelmeier rings um die Wohnung der Frau Speckfresserin aufstellte. Frau Mauserinks war viel zu weise, um nicht Droßelmeiers List einzusehen, aber alle ihre Warnungen, alle ihre Vorstellungen halfen nichts, von dem süßen Geruch des gebratenen Specks verlockt, gingen alle sieben Söhne und viele, viele Gevattern und Muhmen der Frau Mauserinks in Droßelmeiers Maschinen hinein und wurden, als sie eben den Speck wegnaschen wollten, durch ein plötzlich vorfallendes Gitter gefangen, dann aber in der Küche selbst schmachvoll hingerichtet. Frau Mauserinks verließ mit ihrem kleinen Häufchen den Ort des Schreckens. Gram, Verzweiflung, Rache erfüllte ihre Brust. Der Hof jubelte sehr, aber die Königin war besorgt, weil sie die Gemütsart der Frau Mauserinks kannte und wohl wußte, daß sie den Tod ihrer Söhne und Verwandten nicht ungerächt hingehen lassen würde. In der Tat erschien auch Frau Mauserinks, als die Königin eben für den königlichen Gemahl einen Lungenmus bereitete, den er sehr gern aß, und sprach: ›Meine Söhne – meine Gevattern und Muhmen sind erschlagen, gib wohl acht, Frau Königin, daß Mausekönigin dir nicht dein Prinzeßchen entzwei beißt – gib wohl acht.‹ Darauf verschwand sie wieder und ließ sich nicht mehr sehen, aber die Königin war so erschrocken, daß sie den Lungenmus ins Feuer fallen ließ, und zum zweitenmal verdarb Frau Mauserinks dem Könige eine Lieblingsspeise, worüber er sehr zornig war. – Nun ist's aber genug für heute abend, künftig das übrige.«

Sosehr auch Marie, die bei der Geschichte ihre ganz eignen Gedanken hatte, den Paten Droßelmeier bat, doch nur ja weiter zu erzählen, so ließ er sich doch nicht erbitten, sondern sprang auf, sprechend: »Zuviel auf einmal ist ungesund, morgen das übrige.« Eben als der Obergerichtsrat im Begriff stand, zur Tür hinauszuschreiten, fragte Fritz: »Aber sag' mal, Pate Droßelmeier, ist's denn wirklich wahr, daß du die Mausefallen erfunden hast?« »Wie kann man nur so albern fragen«, rief die Mutter, aber der Obergerichtsrat lächelte sehr seltsam und sprach leise: »Bin ich denn nicht ein künstlicher Uhrmacher und sollt' nicht einmal Mausefallen erfinden können?«

Fortsetzung des Märchens von der harten Nuß

»Nun wißt ihr wohl, Kinder«, so fuhr der Obergerichtsrat Droßelmeier am nächsten Abende fort, »nun wißt ihr wohl, Kinder, warum die Königin das wunderschöne Prinzeßchen Pirlipat so sorglich bewachen ließ. Mußte sie nicht fürchten, daß Frau Mauserinks ihre Drohung erfüllen, wiederkommen und das Prinzeßchen totbeißen würde? Droßelmeiers Maschinen halfen gegen die kluge und gewitzigte Frau Mauserinks ganz und gar nichts, und nur der Astronom des Hofes, der zugleich Geheimer Oberzeichen- und Sterndeuter war, wollte wissen, daß die Familie des Katers Schnurr imstande sein werde, die Frau Mauserinks von der Wiege abzuhalten; demnach geschah es also, daß jede der Wärterinnen einen der Söhne jener Familie, die übrigens bei Hofe als Geheime Legationsräte angestellt waren, auf dem Schoße halten und durch schickliches Krauen ihm den beschwerlichen Staatsdienst zu versüßen suchen mußte. Es war einmal schon Mitternacht, als die eine der beiden Geheimen Oberwärterinnen, die dicht an der Wiege saßen, wie aus tiefem Schlafe auffuhr. – Alles rund umher lag vom Schlafe befangen – kein Schnurren – tiefe Totenstille, in der man das Picken des Holzwurms vernahm! – doch wie ward der Geheimen Oberwärterin, als sie dicht vor sich eine große, sehr häßliche Maus erblickte, die auf den Hinterfüßen aufgerichtet stand und den fatalen Kopf auf das Gesicht der Prinzessin gelegt hatte. Mit einem Schrei des Entsetzens sprang sie auf, alles erwachte, aber in dem Augenblick rannte Frau Mauserinks (niemand anders war die große Maus an Pirlipats

Wiege) schnell nach der Ecke des Zimmers. Die Legationsräte stürzten ihr nach, aber zu spät – durch eine Ritze in dem Fußboden des Zimmers war sie verschwunden. Pirlipatchen erwachte von dem Rumor und weinte sehr kläglich. ›Dank dem Himmel‹, riefen die Wärterinnen, ›sie lebt!‹ Doch wie groß war ihr Schrecken, als sie hinblickten nach Pirlipatchen und wahrnahmen, was aus dem schönen zarten Kinde geworden. Statt des weiß und roten goldgelockten Engelsköpfchens saß ein unförmlicher dicker Kopf auf einem winzig kleinen zusammengekrümmten Leibe, die azurblauen Äugelein hatten sich verwandelt in grüne hervorstehende, starrblickende Augen, und das Mündchen hatte sich verzogen von einem Ohr zum andern. Die Königin wollte vergehen in Wehklagen und Jammer, und des Königs Studierzimmer mußte mit wattierten Tapeten ausgeschlagen werden, weil er ein Mal über das andere mit dem Kopf gegen die Wand rannte und dabei mit sehr jämmerlicher Stimme rief: ›O ich unglückseliger Monarch!‹ – Er konnte zwar nun einsehen, daß es besser gewesen wäre, die Würste ohne Speck zu essen und die Frau Mauserinks mit ihrer Sippschaft unter dem Herde in Ruhe zu lassen, daran dachte aber Pirlipats königlicher Vater nicht, sondern er schob einmal alle Schuld auf den Hofuhrmacher und Arkanisten Christian Elias Droßelmeier aus Nürnberg. Deshalb erließ er den weisen Befehl, Droßelmeier habe binnen vier Wochen die Prinzessin Pirlipat in den vorigen Zustand herzustellen oder wenigstens ein bestimmtes untrügliches Mittel anzugeben, wie dies zu bewerkstelligen sei, widrigenfalls er dem schmachvollen Tode unter dem Beil des Henkers verfallen sein solle. – Droßelmeier erschrak nicht wenig, indessen vertraute er bald seiner Kunst und seinem Glück und schritt sogleich zu der ersten Operation, die ihm nützlich schien. Er nahm Prinzeßchen Pirlipat sehr geschickt auseinander, schrob ihr Händchen und Füßchen ab und besah sogleich die innere Struktur, aber da fand er leider, daß die Prinzessin, je größer, desto unförmlicher werden würde, und wußte sich nicht zu raten und zu helfen. Er setzte die Prinzessin behutsam wieder zusammen und versank an ihrer Wiege, die er nie verlassen durfte, in Schwermut. Schon war die vierte Woche angegangen – ja bereits Mittwoch, als der König mit zornfunkelnden Augen hineinblickte und, mit dem Zepter drohend, rief: ›Christian Elias Droßelmeier, kuriere die Prinzessin, oder du mußt sterben!‹ Droßelmeier fing an bitterlich zu weinen, aber Prinzeßchen Pirlipat knackte vergnügt Nüsse. Zum erstenmal fiel dem Arkanisten Pirlipats ungewöhnlicher Appetit nach Nüssen und der Umstand auf, daß sie mit Zähnchen zur Welt gekommen. In der Tat hatte sie gleich nach der Verwandlung so lange geschrieen, bis ihr zufällig eine Nuß vorkam, die sie sogleich aufknackte, den Kern aß und dann ruhig wurde. Seit der Zeit konnten die Wärterinnen nicht geraten, ihr Nüsse zu bringen. ›O heiliger Instinkt der Natur, ewig unerforschliche Sympathie aller Wesen‹, rief Christian Elias Droßelmeier aus, ›du zeigst mir die Pforte zum Geheimnis, ich will anklopfen, und sie wird sich öffnen!‹ Er bat sogleich um die Erlaubnis, mit dem Hofastronom sprechen zu können, und wurde mit starker Wache hingeführt. Beide Herren umarmten sich unter vielen Tränen, da sie zärtliche Freunde waren, zogen sich dann in ein geheimes Kabinett zurück und schlugen viele Bücher nach, die von dem Instinkt, von den Sympathien und Antipathien und andern geheimnisvollen Dingen handelten. Die Nacht brach herein, der Hofastronom sah nach den Sternen und stellte mit Hilfe des auch hierin sehr geschickten Droßelmeiers das Horoskop der Prinzessin Pirlipat. Das war eine große Mühe, denn die Linien verwirrten sich immer mehr und mehr, endlich aber – welche Freude, endlich lag es klar vor ihnen, daß die Prinzessin Pirlipat, um den Zauber, der sie verhäßlicht, zu lösen, und um wieder so schön zu werden, als vorher, nichts zu tun hätte, als den süßen Kern der Nuß Krakatuk zu genießen.

Die Nuß Krakatuk hatte eine solche harte Schale, daß eine achtundvierzigpfündige Kanone darüber wegfahren konnte, ohne sie zu zerbrechen. Diese harte Nuß mußte aber von einem Manne, der noch nie rasiert worden und der niemals Stiefeln getragen, vor der Prinzessin aufgebissen und ihr von ihm mit geschlossenen Augen der Kern dargereicht werden. Erst nachdem er sieben Schritte rückwärts gegangen, ohne zu stolpern, durfte der junge Mann wieder die Augen erschließen. Drei Tage und drei Nächte hatte Droßelmeier mit dem Astronomen ununterbrochen gearbeitet, und es saß gerade des Sonnabends der König bei dem Mittagstisch, als Droßelmeier, der Sonntags in aller Frühe geköpft werden sollte, voller Freude und Jubel hineinstürzte und das gefundene Mittel, der Prinzessin Pirlipat die verlorne Schönheit wiederzugeben, verkündete. Der König umarmte ihn mit heftigem Wohlwollen, versprach ihm einen diamantnen Degen, vier Orden und zwei neue Sonntagsröcke. ›Gleich nach Tische‹, setzte er freundlich hinzu, ›soll es ans Werk gehen, sorgen Sie, teurer Arkanist, daß der junge unrasierte Mann in Schuhen mit der Nuß Krakatuk gehörig bei der Hand sei, und lassen Sie ihn vorher keinen Wein trinken, damit er nicht stolpert, wenn er sieben Schritte rückwärts geht wie ein Krebs, nachher kann er erklecklich saufen!‹ Droßelmeier wurde über die Rede des Königs sehr bestürzt, und nicht ohne Zittern und Zagen brachte er es stammelnd heraus, daß das Mittel zwar gefunden wäre, beides, die Nuß Krakatuk und der junge Mann zum Aufbeißen derselben, aber erst gesucht werden müßten, wobei es noch obenein zweifelhaft bliebe, ob Nuß und Nußknacker jemals gefunden werden dürften. Hoch erzürnt schwang der König den Zepter über das gekrönte Haupt und schrie mit einer Löwenstimme: ›So bleibt es bei dem Köpfen.‹ Ein Glück war es für den in Angst und Not versetzten Droßelmeier, daß dem Könige das Essen gerade den Tag sehr wohl geschmeckt hatte, er mithin in der guten Laune war, vernünftigen Vorstellungen Gehör zu geben, an denen es die großmütige und von Droßelmeiers Schicksal gerührte Königin nicht mangeln ließ. Droßelmeier faßte Mut und stellte zuletzt vor, daß er doch eigentlich die Aufgabe, das Mittel, wodurch die Prinzessin geheilt werden könne, zu nennen, gelöst und sein Leben gewonnen habe. Der König nannte das dumme Ausreden und einfältigen Schnickschnack, beschloß aber endlich, nachdem er ein Gläschen Magenwasser zu sich genommen, daß beide, der Uhrmacher und der Astronom, sich auf die Beine machen und nicht anders als mit der Nuß Krakatuk in der Tasche wiederkehren sollten. Der Mann zum Aufbeißen derselben sollte, wie es die Königin vermittelte, durch mehrmaliges Einrücken einer Aufforderung in einheimische und auswärtige Zeitungen und Intelligenzblätter herbeigeschafft werden.« – Der Obergerichtsrat brach hier wieder ab und versprach, den andern Abend das übrige zu erzählen.

Beschluß des Märchens von der harten Nuß

Am andern Abende, sowie kaum die Lichter angesteckt worden, fand sich Pate Droßelmeier wirklich wieder ein und erzählte also weiter. »Droßelmeier und der Hofastronom waren schon funfzehn Jahre unterwegs, ohne der Nuß Krakatuk auf die Spur gekommen zu sein. Wo sie überall waren, welche sonderbare seltsame Dinge ihnen widerfuhren, davon könnt' ich euch, ihr Kinder, vier Wochen lang erzählen, ich will es aber nicht tun, sondern nur gleich sagen, daß Droßelmeier in seiner tiefen Betrübnis zuletzt eine sehr große Sehnsucht nach seiner lieben Vaterstadt Nürnberg empfand. Ganz besonders überfiel ihn diese Sehnsucht, als er gerade einmal mit seinem Freunde mitten in einem großen Walde in Asien ein Pfeifchen Knaster rauchte. ›O schöne – schöne Vaterstadt Nürnberg –

schöne Stadt, wer dich nicht gesehen hat, mag er auch viel gereist sein nach London, Paris und Peterwardein, ist ihm das Herz doch nicht aufgegangen, muß er doch stets nach dir verlangen – nach dir, o Nürnberg, schöne Stadt, die schöne Häuser mit Fenstern hat.‹ – Als Droßelmeier so sehr wehmütig klagte, wurde der Astronom von tiefem Mitleiden ergriffen und fing so jämmerlich zu heulen an, daß man es weit und breit in Asien hören konnte. Doch faßte er sich wieder, wischte sich die Tränen aus den Augen und fragte: ›Aber wertgeschätzter Kollege, warum sitzen wir hier und heulen? warum gehen wir nicht nach Nürnberg, ist's denn nicht gänzlich egal, wo und wie wir die fatale Nuß Krakatuk suchen?‹ ›Das ist auch wahr‹, erwiderte Droßelmeier getröstet. Beide standen alsbald auf, klopften die Pfeifen aus und gingen schnurgerade in einem Strich fort, aus dem Walde mitten in Asien nach Nürnberg.

Kaum waren sie dort angekommen, so lief Droßelmeier schnell zu seinem Vetter, dem Puppendrechsler, Lackierer und Vergolder Christoph Zacharias Droßelmeier, den er in vielen, vielen Jahren nicht mehr gesehen. Dem erzählte nun der Uhrmacher die ganze Geschichte von der Prinzessin Pirlipat, der Frau Mauserinks und der Nuß Krakatuk, so daß der ein Mal über das andere die Hände zusammenschlug und voll Erstaunen ausrief: ›Ei Vetter, Vetter, was sind das für wunderbare Dinge!‹ Droßelmeier erzählte weiter von den Abenteuern seiner weiten Reise, wie er zwei Jahre bei dem Dattelkönig zugebracht, wie er vom Mandelfürsten schnöde abgewiesen, wie er bei der naturforschenden Gesellschaft in Eichhornshausen vergebens angefragt, kurz, wie es ihm überall mißlungen sei, auch nur eine Spur von der Nuß Krakatuk zu erhalten. Während dieser Erzählung hatte Christoph Zacharias oftmals mit den Fingern geschnippt – sich auf einen Fuß herumgedreht – mit der Zunge geschnalzt – dann gerufen – ›Hm hm – I – Ei – O – das wäre der Teufel!‹ – Endlich warf er Mütze und Perücke in die Höhe, umhalste den

Vetter mit Heftigkeit und rief: ›Vetter – Vetter! Ihr seid geborgen, geborgen seid Ihr, sag' ich, denn alles müßte mich trügen, oder ich besitze selbst die Nuß Krakatuk.‹ Er holte alsbald eine Schachtel hervor, aus der er eine vergoldete Nuß von mittelmäßiger Größe hervorzog. ›Seht‹, sprach er, indem er die Nuß dem Vetter zeigte, ›seht, mit dieser Nuß hat es folgende Bewandtnis: Vor vielen Jahren kam einst zur Weihnachtszeit ein fremder Mann mit einem Sack voll Nüssen hieher, die er feilbot. Gerade vor meiner Puppenbude geriet er in Streit und setzte den Sack ab, um sich besser gegen den hiesigen Nußverkäufer, der nicht leiden wollte, daß der Fremde Nüsse verkaufe, und ihn deshalb angriff, zu wehren. In dem Augenblick fuhr ein schwer beladener Lastwagen über den Sack, alle Nüsse wurden zerbrochen bis auf eine, die mir der fremde Mann, seltsam lächelnd, für einen blanken Zwanziger vom Jahre 1720 feilbot. Mir schien das wunderbar, ich fand gerade einen solchen Zwanziger in meiner Tasche, wie ihn der Mann haben wollte, kaufte die Nuß und vergoldete sie, selbst nicht recht wissend, warum ich die Nuß so teuer bezahlte und dann so wert hielt.‹ Jeder Zweifel, daß des Vetters Nuß wirklich die gesuchte Nuß Krakatuk war, wurde augenblicklich gehoben, als der herbeigerufene Hofastronom das Gold sauber abschabte und in der Rinde der Nuß das Wort Krakatuk mit chinesischen Charakteren eingegraben fand. Die Freude der Reisenden war groß, und der Vetter der glücklichste Mensch unter der Sonne, als Droßelmeier ihm versicherte, daß sein Glück gemacht sei, da er außer einer ansehnlichen Pension hinfüro alles Gold zum Vergolden umsonst erhalten werde. Beide, der Arkanist und der Astronom, hatten schon die Schlafmützen aufgesetzt und wollten zu Bette gehen, als letzterer, nämlich der Astronom, also anhob: ›Bester Herr Kollege, ein Glück kommt nie allein – Glauben Sie, nicht nur die Nuß Krakatuk, sondern auch den jungen Mann, der sie aufbeißt und den Schönheitskern der Prinzessin darreicht, haben wir gefunden! – Ich meine niemanden anders, als den Sohn Ihres Herrn Vetters! – Nein, nicht schlafen will ich‹, fuhr er begeistert fort, ›sondern noch in dieser Nacht des Jünglings Horoskop stellen!‹ – Damit riß er die Nachtmütze vom Kopf und fing gleich an zu observieren. – Des Vetters Sohn war in der Tat ein netter wohlgewachsener Junge, der noch nie rasiert worden und niemals Stiefel getragen. In früher Jugend war er zwar ein paar Weihnachten hindurch ein Hampelmann gewesen, das merkte man ihm aber nicht im mindesten an, so war er durch des Vaters Bemühungen ausgebildet worden. An den Weihnachtstagen trug er einen schönen roten Rock mit Gold, einen Degen, den Hut unter dem Arm und eine vorzügliche Frisur mit einem Haarbeutel. So stand er sehr glänzend in seines Vaters Bude und knackte aus angeborner Galanterie den jungen Mädchen die Nüsse auf, weshalb sie ihn auch schön Nußknackerchen nannten. – Den andern Morgen fiel der Astronom dem Arkanisten entzückt um den Hals und rief: ›Er ist es, wir haben ihn, er ist gefunden; nur zwei Dinge, liebster Kollege, dürfen wir nicht außer acht lassen. Fürs erste müssen Sie Ihrem vortrefflichen Neffen einen robusten hölzernen Zopf flechten, der mit dem untern Kinnbacken so in Verbindung steht, daß dieser dadurch stark angezogen werden kann; dann müssen wir aber, kommen wir nach der Residenz, auch sorgfältig verschweigen, daß wir den jungen Mann, der die Nuß Krakatuk aufbeißt, gleich mitgebracht haben; er muß sich vielmehr lange nach uns einfinden. Ich lese in dem Horoskop, daß der König, zerbeißen sich erst einige die Zähne ohne weitern Erfolg, dem, der die Nuß aufbeißt und der Prinzessin die verlorene Schönheit wiedergibt, Prinzessin und Nachfolge im Reich zum Lohn versprechen wird.‹ Der Vetter Puppendrechsler war gar höchlich damit zufrieden, daß sein Söhnchen die Prinzessin Pirlipat heiraten und Prinz und König werden sollte, und überließ ihn daher den Gesandten gänzlich. Der Zopf, den Droßelmeier dem jungen hoffnungsvollen Neffen ansetzte, geriet überaus wohl, sodaß er mit dem Aufbeißen der härtesten Pfirsichkerne die glänzendsten Versuche anstellte.

Da Droßelmeier und der Astronom das Auffinden der Nuß Krakatuk sogleich nach der Residenz berichtet, so waren dort auch auf der Stelle die nötigen Aufforderungen erlassen worden, und als die Reisenden mit dem Schönheitsmittel ankamen, hatten sich schon viele hübsche Leute, unter denen es sogar Prinzen gab, eingefunden, die, ihrem gesunden Gebiß vertrauend, die Entzaubrung der Prinzessin versuchen wollten. Die Gesandten erschraken nicht wenig, als sie die Prinzessin wiedersahen. Der kleine Körper mit den winzigen Händchen und Füßchen konnte kaum den unförmlichen Kopf tragen. Die Häßlichkeit des Gesichts wurde noch durch einen weißen baumwollenen Bart vermehrt, der sich um Mund und Kinn gelegt hatte. Es kam alles so, wie es der Hofastronom im Horoskop gelesen. Ein Milchbart in Schuhen nach dem andern biß sich an der Nuß Krakatuk Zähne und Kinnbacken wund, ohne der Prinzessin im mindesten zu helfen, und wenn er dann von den dazu bestellten Zahnärzten halb ohnmächtig weggetragen wurde, seufzte er: ›Das war eine harte Nuß!‹ – Als nun der König in der Angst seines Herzens dem, der die Entzauberung vollenden werde, Tochter und Reich versprochen, meldete sich der artige sanfte Jüngling Droßelmeier und bat auch, den Versuch beginnen zu dürfen. Keiner als der junge Droßelmeier hatte so sehr der Prinzessin Pirlipat gefallen; sie legte die kleinen Händchen auf das Herz und seufzte recht innig: ›Ach, wenn es doch der wäre, der die Nuß Krakatuk wirklich aufbeißt und mein Mann wird.‹ Nachdem der junge Droßelmeier den König und die Königin, dann aber die Prinzessin Pirlipat sehr höflich gegrüßt, empfing er aus den Händen des Oberzeremonienmeisters die Nuß Krakatuk, nahm sie ohne weiteres zwischen die Zähne, zog stark den Zopf an, und Krak – Krak zerbröckelte die Schale in viele Stücke. Geschickt reinigte er den Kern von den noch daran hängenden Fasern und überreichte ihn mit einem untertänigen Kratzfuß der Prinzessin, worauf er die Augen verschloß und rückwärts zu schreiten begann. Die Prinzessin verschluckte alsbald den Kern, und o Wunder! – verschwunden war die Mißgestalt, und statt ihrer stand ein engelschönes Frauenbild da, das Gesicht wie von lilienweißen und rosaroten Seidenflocken gewebt, die Augen wie glänzende Azure, die vollen Locken wie von Goldfaden gekräuselt. Trompeten und Pauken mischten sich in den lauten Jubel des Volks. Der König, sein ganzer Hof tanzte wie bei Pirlipats Geburt auf einem Beine, und die Königin mußte mit Eau de Cologne bedient werden, weil sie in Ohnmacht gefallen vor Freude und Entzücken. Der große Tumult brachte den jungen Droßelmeier, der noch seine sieben Schritte zu vollenden hatte, nicht wenig aus der Fassung, doch hielt er sich und streckte eben den rechten Fuß aus zum siebenten Schritt, da erhob sich, häßlich piepend und quiekend, Frau Mauserinks aus dem Fußboden, so daß Droßelmeier, als er den Fuß niedersetzen wollte, auf sie trat und dermaßen stolperte, daß er beinahe gefallen wäre. – O Mißgeschick! – urplötzlich war der Jüngling ebenso mißgestaltet, als es vorher Prinzessin Pirlipat gewesen. Der Körper war zusammengeschrumpft und konnte kaum den dicken ungestalteten Kopf mit großen hervorstechenden Augen und dem breiten, entsetzlich aufgähnenden Maule tragen. Statt des Zopfes hing ihm hinten ein schmaler hölzerner Mantel herab, mit dem er den untern Kinnbacken regierte. – Uhrmacher und Astronom waren außer sich vor Schreck und Entsetzen, sie sahen aber, wie Frau Mauserinks sich blutend auf dem Boden wälzte. Ihre Bosheit war nicht ungerächt geblieben, denn der junge Droßelmeier hatte sie mit dem spitzen Absatz seines Schuhes so derb in den Hals getroffen, daß sie sterben mußte. Aber indem Frau Mauserinks von der Todesnot erfaßt wurde, da piepte und quiekte sie ganz erbärmlich: ›O Krakatuk, harte Nuß – an der ich nun sterben muß – hi hi – pipi fein Nußknackerlein, wirst auch bald des Todes sein – Söhnlein mit den sieben Kronen wird's dem Nußknacker lohnen, wird die Mutter rächen fein an dir, du klein Nußknackerlein – o Leben, so frisch und rot, von dir scheid' ich, o Todesnot! – Quiek‹ – Mit diesem Schrei starb Frau Mauserinks und wurde von dem königlichen Ofenheizer fortgebracht. – Um den jungen Droßelmeier hatte sich niemand bekümmert, die Prinzessin erinnerte aber den König an sein Versprechen, und sogleich befahl er, daß man den jungen Helden herbeischaffe. Als nun aber der Unglückliche in seiner Mißgestalt hervortrat, da hielt die Prinzessin beide Hände vors Gesicht und schrie: ›Fort, fort mit dem abscheulichen Nußknacker!‹ Alsbald ergriff ihn auch der Hofmarschall bei den kleinen Schultern und warf ihn zur Türe hinaus. Der König war voller Wut, daß man ihm habe einen Nußknacker als Eidam aufdringen wollen, schob alles auf das Ungeschick des Uhrmachers und des Astronomen und verwies beide auf ewige Zeiten aus der Residenz. Das hatte nun nicht in dem Horoskop gestanden, welches der Astronom in Nürnberg gestellt, er ließ sich aber nicht abhalten, aufs neue zu observieren, und da wollte er in den Sternen lesen, daß der junge Droßelmeier sich in seinem neuen Stande so gut nehmen werde, daß er trotz seiner Ungestalt Prinz und König werden würde. Seine Mißgestalt könne aber nur dann verschwinden, wenn der Sohn der Frau Mauserinks, den sie nach dem Tode ihrer sieben Söhne mit sieben Köpfen geboren, und welcher Mausekönig geworden, von seiner Hand gefallen sei, und eine Dame ihn trotz seiner Mißgestalt liebgewinnen werde. Man soll denn auch wirklich den jungen Droßelmeier in Nürnberg zur Weihnachtszeit in seines Vaters Bude, zwar als Nußknacker, aber doch als Prinzen gesehen haben! – Das ist, ihr Kinder, das Märchen von der harten Nuß, und ihr wißt nun, warum die Leute so oft sagen: ›Das war eine harte Nuß!‹ und wie es kommt, daß die Nußknacker so häßlich sind.« –

So schloß der Obergerichtsrat seine Erzählung. Marie meinte, daß die Prinzessin Pirlipat doch eigentlich ein garstiges undankbares Ding sei; Fritz versicherte dagegen, daß, wenn Nußknacker nur sonst ein braver Kerl sein wolle, er mit dem Mausekönig nicht viel Federlesens machen und seine vorige hübsche Gestalt bald wieder erlangen werde.

Onkel und Neffe

Hat jemand von meinen hochverehrtesten Lesern oder Zuhörern jemals den Unfall erlebt, sich mit Glas zu schneiden, so wird er selbst wissen, wie wehe das tut, und welch schlimmes Ding es überhaupt ist, da es so langsam heilt. Hatte doch Marie beinahe eine ganze Woche im Bett zubringen müssen, weil es ihr immer ganz schwindlicht zumute wurde, sobald sie aufstand. Endlich aber wurde sie ganz gesund und konnte lustig, wie sonst, in der Stube umherspringen. Im Glasschrank sah es ganz hübsch aus, denn neu und blank standen da Bäume und Blumen und Häuser und schöne glänzende Puppen. Vor allen Dingen fand Marie ihren lieben Nußknacker wieder, der, in dem zweiten Fache stehend, mit ganz gesunden Zähnchen sie anlächelte. Als sie nun den Liebling so recht mit Herzenslust anblickte, da fiel es ihr mit einemmal sehr bänglich aufs Herz, daß alles, was Pate Droßelmeier erzählt habe, ja nur die Geschichte des Nußknackers und seines Zwistes mit der Frau Mauserinks und ihrem Sohne gewesen. Nun wußte sie, daß ihr Nußknacker kein anderer sein könne, als der junge Droßelmeier aus Nürnberg, des Pate Droßelmeiers angenehmer, aber leider von der Frau Mauserinks verhexter Neffe. Denn daß der künstliche Uhrmacher am Hofe von Pirlipats Vater niemand anders gewesen, als der Obergerichtsrat Droßelmeier selbst, daran hatte Marie schon bei der Erzählung nicht einen Augenblick gezweifelt. »Aber warum half dir der Onkel denn nicht, warum half er dir nicht?« so klagte Marie, als sich es immer lebendiger und lebendiger in ihr gestaltete, daß es in jener Schlacht, die sie mit ansah, Nußknackers Reich und Krone galt. Waren denn nicht alle übrigen Puppen ihm untertan, und war es denn nicht gewiß, daß die Prophezeiung des Hofastronomen eingetroffen, und der junge Droßelmeier König des Puppenreichs geworden? Indem die kluge Marie das alles so recht im Sinn erwägte, glaubte sie auch, daß Nußknacker und seine Vasallen in dem Augenblick, daß sie ihnen Leben und Bewegung zutraute, auch wirklich leben und sich bewegen müßten. Dem war aber nicht so, alles im Schranke blieb vielmehr starr und regungslos, und Marie, weit entfernt, ihre innere Überzeugung aufzugeben, schob das nur auf die fortwirkende Verhexung der Frau Mauserinks und ihres siebenköpfigen Sohnes. »Doch«, sprach sie laut zum Nußknacker, »wenn Sie auch nicht imstande sind, sich zu bewegen oder ein Wörtchen mit mir zu sprechen, lieber Herr Droßelmeier, so weiß ich doch, daß Sie mich verstehen und es wissen, wie gut ich es mit Ihnen meine; rechnen Sie auf meinen Beistand, wenn Sie dessen bedürfen. – Wenigstens will ich den Onkel bitten, daß er Ihnen mit seiner Geschicklichkeit beispringe, wo es nötig ist.« Nußknacker blieb still und ruhig, aber Marien war es so, als atme ein leiser Seufzer durch den Glasschrank, wovon die Glasscheiben kaum hörbar, aber wunderlieblich ertönten, und es war, als sänge ein kleines Glockenstimmchen: »Maria klein – Schutzenglein mein – dein werd' ich sein – Maria mein.« Marie fühlte in den eiskalten Schauern, die sie überliefen, doch ein seltsames Wohlbehagen. Die Dämmerung war eingebrochen, der Medizinalrat trat mit dem Paten Droßelmeier hinein, und nicht lange dauerte es, so hatte Luise den Teetisch geordnet, und die Familie saß ringsumher, allerlei Lustiges miteinander sprechend. Marie hatte ganz still ihr kleines Lehnstühlchen herbeigeholt und sich zu den Füßen des Paten Droßelmeier gesetzt. Als nun gerade einmal alle schwiegen, da sah Marie mit ihren großen blauen Augen dem Obergerichtsrat starr ins Gesicht und sprach: »Ich weiß jetzt, lieber Pate Droßelmeier, daß mein Nußknacker dein Neffe, der junge Droßelmeier aus Nürnberg ist; Prinz oder vielmehr König ist er geworden, das ist richtig eingetroffen, wie es dein Begleiter, der Astronom, vorausgesagt hat; aber du weißt es ja, daß er mit dem Sohne der Frau Mauserinks, mit dem häßlichen Mausekönig, in offnem Kriege steht. Warum hilfst du ihm nicht?« Marie erzählte nun nochmals den ganzen Verlauf der Schlacht, wie sie es angesehen, und wurde oft durch das laute Gelächter der Mutter und Luisens unterbrochen. Nur Fritz und Droßelmeier blieben ernsthaft. »Aber wo kriegt das Mädchen all das tolle Zeug in den Kopf?« sagte der Medizinalrat. »Ei nun«, erwiderte die Mutter, »hat sie doch eine lebhafte Phantasie – eigentlich sind es nur Träume, die das heftige Wundfieber erzeugte.« »Es ist alles nicht wahr«, sprach Fritz, »solche Poltrons sind meine roten Husaren nicht, Potz Bassa Manelka, wie würd' ich sonst darunterfahren.« Seltsam lächelnd nahm aber Pate Droßelmeier die kleine Marie auf den Schoß und sprach sanfter als je: »Ei, dir, liebe Marie, ist ja mehr gegeben, als mir und uns allen; du bist, wie Pirlipat, eine geborne Prinzessin, denn du regierst in einem schönen blanken Reich. – Aber viel hast du zu leiden, wenn du dich des armen mißgestalteten Nußknackers annehmen willst, da ihn der Mausekönig auf allen Wegen und Stegen verfolgt. – Doch nicht ich – du, du allein kannst ihn retten, sei standhaft und treu.« Weder Marie noch irgend jemand wußte, was Droßelmeier mit diesen Worten sagen wollte, vielmehr kam es dem Medizinalrat so sonderbar vor, daß er dem Obergerichtsrat an den Puls fühlte und sagte: »Sie haben, wertester Freund, starke Kongestionen nach dem Kopfe, ich will Ihnen etwas aufschreiben.« Nur die Medizinalrätin schüttelte bedächtig den Kopf und sprach leise: »Ich ahne wohl, was der Obergerichtsrat meint, doch mit deutlichen Worten sagen kann ich's nicht.«

Der Sieg

Nicht lange dauerte es, als Marie in der mondhellen Nacht durch ein seltsames Poltern geweckt wurde, das aus einer Ecke des Zimmers zu kommen schien. Es war, als würden kleine Steine hin und her geworfen und gerollt, und recht widrig pfiff und quiekte es dazwischen. »Ach, die Mäuse, die Mäuse kommen wieder«, rief Marie erschrocken und wollte die Mutter wecken, aber jeder Laut stockte, ja sie vermochte kein Glied zu regen, als sie sah, wie der Mausekönig sich durch ein Loch der Mauer hervorarbeitete und endlich mit funkelnden Augen und Kronen im Zimmer herum, dann aber mit einem gewaltigen Satz auf den kleinen Tisch, der dicht neben Mariens Bette stand, heraufsprang. »Hi – hi – hi – mußt mir deine Zuckererbsen – deinen Marzipan geben, klein Ding – sonst zerbeiß ich deinen Nußknacker – deinen Nußknacker!« – So pfiff Mausekönig, knapperte und knirschte dabei sehr häßlich mit den Zähnen und sprang dann schnell wieder fort durch das Mauseloch. Marie war so geängstet von der graulichen Erscheinung, daß sie den andern Morgen ganz blaß aussah und, im Innersten aufgeregt, kaum ein Wort zu reden vermochte. Hundertmal wollte sie der Mutter oder der Luise, oder wenigstens dem Fritz klagen, was ihr geschehen, aber sie dachte: »Glaubt's mir denn einer, und werd' ich nicht obendrein tüchtig ausgelacht?« – Das war ihr denn aber wohl klar, daß sie, um den Nußknacker zu retten, Zuckererbsen und Marzipan hergeben müsse. Soviel sie davon besaß, legte sie daher den andern Abend hin vor der Leiste des Schranks. Am Morgen sagte die Medizinalrätin: »Ich weiß nicht, woher die Mäuse mit einemmal in unser Wohnzimmer kommen, sieh nur, arme Marie! sie haben dir all dein Zuckerwerk aufgefressen.« Wirklich war es so. Den gefüllten Marzipan hatte der gefräßige Mausekönig nicht nach seinem Geschmack gefunden, aber mit scharfen Zähnen benagt, so daß er weggeworfen werden mußte. Marie machte sich gar nichts mehr aus dem Zuckerwerk, sondern war vielmehr im Innersten erfreut, da sie ihren Nußknacker gerettet glaubte. Doch wie ward ihr, als in der folgenden Nacht es dicht an ihren Ohren pfiff und quiekte. Ach, der Mausekönig war wieder da, und noch abscheulicher, wie in der vorigen Nacht, funkelten seine Augen, und noch widriger pfiff er zwischen den Zähnen. »Mußt mir deine Zucker-, deine Dragantpuppen geben, klein Ding, sonst zerbeiß ich deinen Nußknacker, deinen Nußknacker«, und damit sprang der grauliche Mausekönig wieder fort! – Marie war sehr betrübt, sie ging den andern Morgen an den Schrank und sah mit den wehmütigsten Blicken ihre Zucker- und Dragantpüppchen an. Aber ihr Schmerz war auch gerecht, denn nicht glauben magst du's, meine aufmerksame Zuhörerin Marie, was für ganz allerliebste Figürchen, aus Zucker oder Dragant geformt, die kleine Marie Stahlbaum besaß. Nächstdem, daß ein sehr hübscher Schäfer mit seiner Schäferin eine ganze Herde milchweißer Schäflein weidete, und dabei sein muntres Hündchen herumsprang, so traten auch zwei Briefträger mit Briefen in der Hand einher, und vier sehr hübsche Paare, sauber gekleidete Jünglinge mit überaus herrlich geputzten Mädchen schaukelten sich in einer russischen Schaukel. Hinter einigen Tänzern stand noch der Pachter Feldkümmel mit der Jungfrau von Orleans, aus denen sich Marie nicht viel machte, aber ganz im Winkelchen stand ein rotbäckiges Kindlein, Mariens Liebling, die Tränen stürzten der kleinen Marie aus den Augen. »Ach«, rief sie, sich zu dem Nußknacker wendend, »lieber Herr Droßelmeier, was will ich nicht alles tun, um Sie zu retten; aber es ist doch sehr hart!« – Nußknacker sah indessen so weinerlich aus, daß Marie, da es überdem ihr war, als sähe sie Mausekönigs sieben Rachen geöffnet, den unglücklichen Jüngling zu verschlingen, alles aufzuopfern beschloß. Alle Zuckerpüppchen setzte sie daher abends, wie zuvor das Zuckerwerk, an die Leiste des Schranks. Sie küßte den Schäfer, die Schäferin, die Lämmerchen und holte auch zuletzt ihren Liebling, das kleine rotbäckige Kindlein von Dragant, aus dem Winkel, welches sie jedoch ganz hinterwärts stellte. Pachter Feldkümmel und die Jungfrau von Orleans mußten in die erste Reihe. »Nein, das ist zu arg«, rief die Medizinalrätin am andern Morgen. »Es muß durchaus eine große garstige Maus in dem Glasschrank hausen, denn alle schönen Zuckerpüppchen der armen Marie sind zernagt und zerbissen.« Marie konnte sich zwar der Tränen nicht enthalten, sie lächelte aber doch bald wieder, denn sie dachte: »Was tut's, ist doch Nußknacker gerettet.« Der Medizinalrat sagte am Abend, als die Mutter dem Obergerichtsrat von dem Unfug erzählte, den eine Maus im Glasschrank der Kinder treibe: »Es ist doch aber abscheulich, daß wir die fatale Maus nicht vertilgen können, die im Glasschrank so ihr Wesen treibt und der armen Marie alles Zuckerwerk wegfrißt.« »Ei«, fiel Fritz ganz lustig ein, »der Bäcker unten hat einen ganz vortrefflichen grauen Legationsrat, den will ich heraufholen. Er wird dem Dinge bald ein Ende machen und der Maus den Kopf abbeißen, ist sie auch die Frau Mauserinks selbst oder ihr Sohn, der Mausekönig.« »Und«, fuhr die Medizinalrätin lachend fort, »auf Stühle und Tische herumspringen und Gläser und Tassen herabwerfen und tausend andern Schaden anrichten.« »Ach nein doch«, erwiderte Fritz, »Bäckers Legationsrat ist ein geschickter Mann, ich möchte nur so zierlich auf dem spitzen Dach gehen können, wie er.« »Nur keinen Kater zur Nachtzeit«, bat Luise, die keine Katzen leiden konnte. »Eigentlich«, sprach der Medizinalrat, »eigentlich hat Fritz recht, indessen können wir ja auch eine Falle aufstellen; haben wir denn keine?« – »Die kann uns Pate Droßelmeier am besten machen, der hat sie ja erfunden«, rief Fritz. Alle lachten, und auf die Versicherung der Medizinalrätin, daß keine Falle im Hause sei, verkündete der Obergerichtsrat, daß er mehrere dergleichen besitze, und ließ wirklich zur Stunde eine ganz vortreffliche Mausefalle von Hause herbeiholen. Dem Fritz und der Marie ging nun des Paten Märchen von der harten Nuß ganz lebendig auf. Als die Köchin den Speck röstete, zitterte und bebte Marie und sprach, ganz erfüllt von dem Märchen und den Wunderdingen darin, zur wohlbekannten Dore: »Ach, Frau Königin, hüten Sie sich doch nur vor der Frau Mauserinks und ihrer Familie.« Fritz hatte aber seinen Säbel gezogen und sprach: »Ja, die sollten nur kommen, denen wollt' ich eins auswischen.« Es blieb aber alles unter und auf dem Herde ruhig. Als nun der Obergerichtsrat den Speck an ein feines Fädchen band und leise, leise die Falle an den Glasschrank setzte, da rief Fritz: »Nimm dich in acht, Pate Uhrmacher, daß dir Mausekönig keinen Possen spielt.« – Ach, wie ging es der armen Marie in der folgenden Nacht! Eiskalt tupfte es auf ihrem Arm hin und her, und rauh und ekelhaft legte es sich an ihre Wange und piepte und quiekte ihr ins Ohr. – Der abscheuliche Mausekönig saß auf ihrer Schulter, und blutrot geiferte er aus den sieben geöffneten Rachen, und mit den Zähnen knatternd und knirschend, zischte er der vor Grauen und Schreck erstarrten Marie ins Ohr: »Zisch' aus – zisch' aus, geh' nicht ins Haus – geh' nicht zum Schmaus – werd' nicht gefangen – zisch' aus – gib heraus, gib heraus deine Bilderbücher all, dein Kleidchen dazu, sonst hast keine Ruh' – magst's nur wissen, Nußknackerlein wirst sonst missen, der wird zerbissen – hi hi – pi pi – quiek quiek!« – Nun war Marie voll Jammer und Betrübnis – sie sah ganz blaß und verstört aus, als die Mutter am andern Morgen sagte: »Die böse Maus hat sich noch nicht gefangen«, so daß die Mutter in dem Glauben, daß Marie um ihr Zuckerwerk traure und sich überdem vor der Maus fürchte, hinzufügte: »Aber sei nur ruhig, liebes Kind, die böse Maus wollen wir schon vertreiben. Helfen die Fallen nichts, so soll Fritz seinen grauen Legationsrat herbeibringen.« Kaum befand sich Marie im Wohnzimmer allein, als sie vor den Glasschrank trat und schluchzend also zum Nußknacker sprach: »Ach mein lieber guter Herr Droßelmeier, was kann ich armes unglückliches Mädchen für Sie tun? – Gäb' ich nun auch alle meine Bilderbücher, ja selbst mein schönes neues Kleidchen, das mir der Heilige Christ einbeschert hat, dem abscheulichen Mausekönig zum Zerbeißen her, wird er denn nicht doch noch immer mehr verlangen, so daß ich zuletzt nichts mehr haben werde und er gar mich selbst statt Ihrer zerbeißen wollen wird? – O ich armes Kind, was soll ich denn nun tun – was soll ich denn nun tun?« – Als die kleine Marie so jammerte und klagte, bemerkte sie, daß dem Nußknacker von jener Nacht her ein großer Blutfleck am Halse sitzen geblieben war. Seit der Zeit, daß Marie wußte, wie ihr Nußknacker eigentlich der junge Droßelmeier, des Obergerichtsrats Neffe, sei, trug sie ihn nicht mehr auf dem Arm und herzte und küßte ihn nicht mehr, ja, sie mochte ihn aus einer gewissen Scheu gar nicht einmal viel anrühren; jetzt nahm sie ihn aber sehr behutsam aus dem Fache und fing an, den Blutfleck am Halse mit ihrem Schnupftuch abzureiben. Aber wie ward ihr, als sie plötzlich fühlte, daß Nußknackerlein in ihrer Hand erwarmte und sich zu regen begann. Schnell setzte sie ihn wieder ins Fach, da wackelte das Mündchen hin und her, und mühsam lispelte Nußknackerlein: »Ach, werteste Demoiselle Stahlbaum – vortreffliche Freundin, was verdanke ich Ihnen alles – Nein, kein Bilderbuch, kein Christkleidchen sollen Sie für mich opfern – schaffen Sie nur ein Schwert – ein Schwert, für das übrige will ich sorgen, mag er« – Hier ging dem Nußknacker die Sprache aus, und seine erst zum Ausdruck der innigsten Wehmut beseelten Augen wurden wieder starr und leblos.

Marie empfand gar kein Grauen, vielmehr hüpfte sie vor Freuden, da sie nun ein Mittel wußte, den Nußknacker ohne weitere schmerzhafte Aufopferungen zu retten. Aber wo nun ein Schwert für den Kleinen hernehmen? – Marie beschloß, Fritzen zu Rate zu ziehen, und erzählte ihm abends, als sie, da die Eltern ausgegangen, einsam in der Wohnstube am Glasschrank saßen, alles, was ihr mit dem Nußknacker und dem Mausekönig widerfahren, und worauf es nun ankomme, den Nußknacker zu retten. Über nichts wurde Fritz nachdenklicher, als darüber, daß sich, nach Mariens Bericht, seine Husaren in der Schlacht so schlecht genommen haben sollten. Er frug noch einmal sehr ernst, ob es sich wirklich so verhalte, und nachdem es Marie auf ihr Wort versichert, so ging Fritz schnell nach dem Glasschrank, hielt seinen Husaren eine pathetische Rede und schnitt dann, zur Strafe ihrer Selbstsucht und Feigheit, einem nach dem andern das Feldzeichen von der Mütze und untersagte ihnen auch, binnen einem Jahr den Gardehusarenmarsch zu blasen. Nachdem er sein Strafamt vollendet, wandte er sich wieder zu Marien, sprechend: »Was den Säbel betrifft, so kann ich dem Nußknacker helfen, da ich einen alten Obristen von den Kürassiers gestern mit Pension in Ruhestand versetzt habe, der folglich seinen schönen scharfen Säbel nicht mehr braucht.« Besagter Obrister verzehrte die ihm von Fritzen angewiesene Pension in der hintersten Ecke des dritten Faches. Dort wurde er hervorgeholt, ihm der in der Tat schmucke silberne Säbel abgenommen und dem Nußknacker umgehängt.

Vor bangem Grauen konnte Marie in der folgenden Nacht nicht einschlafen, es war ihr um Mitternacht so, als höre sie im Wohnzimmer ein seltsames Rumoren, Klirren und Rauschen. – Mit einemmal ging es: »Quiek!« – »Der Mausekönig! der Mausekönig!« rief Marie und sprang voll Entsetzen aus dem Bette. Alles blieb still; aber bald klopfte es leise, leise an die Türe, und ein feines Stimmchen ließ sich vernehmen: »Allerbeste Demoiselle Stahlbaum, machen Sie nur getrost auf – gute fröhliche Botschaft!« Marie erkannte die Stimme des jungen Droßelmeier, warf ihr Röckchen über und öffnete flugs die Türe. Nußknackerlein stand draußen, das blutige Schwert in der rechten, ein Wachslichtchen in der linken Hand. Sowie er Marien erblickte, ließ er sich auf ein Knie nieder und sprach also: »Ihr, o Dame, seid es allein, die mich mit Rittermut stählte und meinem Arme Kraft gab, den Übermütigen zu bekämpfen, der es wagte, Euch zu höhnen. Überwunden liegt der verräterische Mausekönig und wälzt sich in seinem Blute! – Wollet, o Dame, die Zeichen des Sieges aus der Hand Eures Euch bis in den Tod ergebenen Ritters anzunehmen nicht verschmähen!« Damit streifte Nußknackerchen die sieben goldenen Kronen des Mausekönigs, die er auf den linken Arm heraufgestreift hatte, sehr geschickt herunter und überreichte sie Marien, welche sie voller Freude annahm. Nußknacker stand auf und fuhr also fort: »Ach, meine allerbeste Demoiselle Stahlbaum, was könnte ich in diesem Augenblicke, da ich meinen Feind überwunden, Sie für herrliche Dinge schauen lassen, wenn Sie die Gewogenheit hätten, mir nur ein paar Schrittchen zu folgen! – O, tun Sie es – tun Sie es, beste Demoiselle!« –

Das Puppenreich

Ich glaube, keins von euch, ihr Kinder, hätte auch nur einen Augenblick angestanden, dem ehrlichen gutmütigen Nußknacker, der nie Böses im Sinn haben konnte, zu folgen. Marie tat dies umsomehr, da sie wohl wußte, wie sehr sie auf Nußknackers Dankbarkeit Anspruch machen könne, und überzeugt war, daß er Wort halten und viel Herrliches ihr zeigen werde. Sie sprach daher: »Ich gehe mit Ihnen, Herr Droßelmeier, doch muß es nicht weit sein und nicht lange dauern, da ich ja noch gar nicht ausgeschlafen habe.« »Ich wähle deshalb«, erwiderte Nußknacker, »den nächsten, wiewohl etwas beschwerlichen Weg.« Er schritt voran, Marie ihm nach, bis er vor dem alten mächtigen Kleiderschrank auf dem Hausflur stehen blieb. Marie wurde zu ihrem Erstaunen gewahr, daß die Türen dieses sonst wohl verschlossenen Schranks offen standen, so daß sie deutlich des Vaters Reisefuchspelz erblickte, der ganz vorne hing. Nußknacker kletterte sehr geschickt an den Leisten und Verzierungen herauf, daß er die große Troddel, die an einer dicken Schnur befestigt, auf dem Rückteile jenes Pelzes hing, erfassen konnte. Sowie Nußknacker diese Troddel stark anzog, ließ sich schnell eine sehr zierliche Treppe von Zedernholz durch den Pelzärmel herab. »Steigen Sie nur gefälligst aufwärts, teuerste Demoiselle«, rief Nußknacker. Marie tat es, aber kaum war sie durch den Ärmel gestiegen, kaum sah sie zum Kragen heraus, als ein blendendes Licht ihr entgegenstrahlte, und sie mit einemmal auf einer herrlich duftenden Wiese stand, von der Millionen Funken wie blinkende Edelsteine emporstrahlten. »Wir befinden uns auf der Kandiswiese«, sprach Nußknacker, »wollen aber alsbald jenes Tor passieren.« Nun wurde Marie, indem sie aufblickte, erst das schöne Tor gewahr, welches sich nur wenige Schritte vorwärts auf der Wiese erhob. Es schien ganz von weiß, braun und rosinfarben gesprenkeltem Marmor erbaut zu sein, aber als Marie näher kam, sah sie wohl, daß die ganze Masse aus zusammengebackenen Zuckermandeln und Rosinen bestand, weshalb denn auch, wie Nußknacker versicherte, das Tor, durch welches sie nun durchgingen, das Mandeln- und Rosinentor hieß. Gemeine Leute hießen es sehr unziemlich die Studentenfutterpforte. Auf einer herausgebauten Galerie dieses Tores, augenscheinlich aus Gerstenzucker, machten sechs in rote Wämserchen gekleidete Äffchen die allerschönste Janitscharenmusik, die man hören konnte, so daß Marie kaum bemerkte, wie sie immer weiter, weiter auf bunten Marmorfliesen, die aber nichts anders waren, als schön gearbeitete Morschellen, fortschritt. Bald umwehten sie die süßesten Gerüche, die aus einem wunderbaren Wäldchen strömten, das sich von beiden Seiten auftat. In dem dunkeln Laube glänzte und funkelte es so hell hervor, daß man deutlich sehen konnte, wie goldene und silberne Früchte an buntgefärbten Stengeln herabhingen und Stamm und Äste sich mit Bändern und Blumensträußen geschmückt hatten, gleich fröhlichen Brautleuten und lustigen Hochzeitsgästen. Und wenn die Orangendüfte sich wie wallende Zephire rührten, da sauste es in den Zweigen und Blättern, und das Rauschgold knitterte und knatterte, daß es klang wie jubelnde Musik, nach der die funkelnden Lichterchen hüpfen und tanzen müßten. »Ach, wie schön ist es hier«, rief Marie ganz selig und entzückt. »Wir sind im Weihnachtswalde, beste Demoiselle«, sprach Nußknackerlein. »Ach«, fuhr Marie fort, »dürft' ich hier nur etwas verweilen, o, es ist ja hier gar zu schön.« Nußknacker klatschte in die kleinen Händchen, und sogleich kamen einige kleine Schäfer und Schäferinnen, Jäger und Jägerinnen herbei, die so zart und weiß waren, daß man hätte glauben sollen, sie wären von purem Zucker, und die Marie, unerachtet sie im Walde umherspazierten, noch nicht bemerkt hatte. Sie brachten einen allerliebsten, ganz goldenen Lehnsessel herbei, legten ein weißes Kissen von Reglisse darauf und luden Marien sehr höflich ein, sich darauf niederzulassen. Kaum hatte sie es getan, als Schäfer und Schäferinnen ein sehr artiges Ballett tanzten, wozu die Jäger ganz manierlich bliesen, dann verschwanden sie aber alle in dem Gebüsche. »Verzeihen Sie«, sprach Nußknacker, »verzeihen Sie, werteste Demoiselle Stahlbaum, daß der Tanz so miserabel ausfiel, aber die Leute waren alle von unserm Drahtballett, die können nichts anders machen als immer und ewig dasselbe; und daß die Jäger so schläfrig und flau dazu bliesen, das hat auch seine Ursachen. Der Zuckerkorb hängt zwar über ihrer Nase in den Weihnachtsbäumen, aber etwas hoch! – Doch wollen wir nicht was weniges weiter spazieren?« »Ach, es war doch alles recht hübsch, und mir hat es sehr wohl gefallen!« so sprach Marie, indem sie aufstand und dem voranschreitenden Nußknacker folgte. Sie gingen entlang eines süß rauschenden, flüsternden Baches, aus dem nun eben all die herrlichen Wohlgerüche zu duften schienen, die den ganzen Wald erfüllten. »Es ist der Orangenbach«, sprach Nußknacker auf Befragen, »doch, seinen schönen Duft ausgenommen, gleicht er nicht an Größe und Schönheit dem Limonadenstrom, der sich gleich ihm in den Mandelmilchsee ergießt.« In der Tat vernahm Marie bald ein stärkeres Plätschern und Rauschen und erblickte den breiten Limonadenstrom, der sich in stolzen isabellfarbenen Wellen zwischen gleich grün glühenden Karfunkeln leuchtendem Gesträuch fortkräuselte. Eine ausnehmend frische, Brust und Herz stärkende Kühlung wogte aus dem herrlichen Wasser. Nicht weit davon schleppte sich mühsam ein dunkelgelbes Wasser fort, das aber ungemein süße Düfte verbreitete und an dessen Ufer allerlei sehr hübsche Kinderchen saßen, welche kleine dicke Fische angelten und sie alsbald verzehrten. Näher gekommen, bemerkte Marie, daß diese Fische aussahen wie Lampertsnüsse. In einiger Entfernung lag ein sehr nettes Dörfchen an diesem Strome, Häuser, Kirche, Pfarrhaus, Scheuern, alles war dunkelbraun, jedoch mit goldenen Dächern geschmückt, auch waren viele Mauern so bunt gemalt, als seien Zitronat und Mandelkerne darauf geklebt. »Das ist Pfefferkuchheim«, sagte Nußknacker, »welches am Honigstrome liegt, es wohnen ganz hübsche Leute darin, aber sie sind meistens verdrießlich, weil sie sehr an Zahnschmerzen leiden, wir wollen daher nicht erst hineingehen.« In dem Augenblick bemerkte Marie ein Städtchen, das aus lauter bunten durchsichtigen Häusern bestand und sehr hübsch anzusehen war. Nußknacker ging geradezu darauf los, und nun hörte Marie ein tolles lustiges Getöse und sah, wie tausend niedliche kleine Leutchen viele hoch bepackte

Wagen, die auf dem Markte hielten, untersuchten und abzupacken im Begriff standen. Was sie aber hervorbrachten, war anzusehen wie buntes gefärbtes Papier und wie Schokoladetafeln. »Wir sind in Bonbonshausen«, sagte Nußknacker, »eben ist eine Sendung aus dem Papierlande und vom Schokoladenkönige angekommen. Die armen Bonbonshäuser wurden neulich von der Armee des Mückenadmirals hart bedroht, deshalb überziehen sie ihre Häuser mit den Gaben des Papierlandes und führen Schanzen auf von den tüchtigen Werkstücken, die ihnen der Schokoladenkönig sandte. Aber, beste Demoiselle Stahlbaum, nicht alle kleinen Städte und Dörfer dieses Landes wollen wir besuchen - zur Hauptstadt - zur Hauptstadt!« Rasch eilte Nußknacker vorwärts und Marie voller Neugierde ihm nach. Nicht lange dauerte es, so stieg ein herrlicher Rosenduft auf, und alles war wie von einem sanften hinhauchenden Rosenschimmer umflossen. Marie bemerkte, daß dies der Widerschein eines rosenrot glänzenden Wassers war, das in kleinen rosasilbernen Wellchen vor ihnen her wie in wunderlieblichen Tönen und Melodien plätscherte und rauschte. Auf diesem anmutigen Gewässer, das sich immer mehr und mehr wie ein großer See ausbreitete, schwammen sehr herrliche silberweiße Schwäne mit goldnen Halsbändern und sangen miteinander um die Wette die hübschesten Lieder, wozu diamantne Fischlein aus den Rosenfluten auf- und niedertauchten wie im lustigen Tanze. »Ach«, rief Marie ganz begeistert aus, »ach, das ist der See, wie ihn Pate Droßelmeier mir einst machen wollte, wirklich, und ich selbst bin das Mädchen, das mit den lieben Schwänchen kosen wird.« Nußknackerlein lächelte so spöttisch, wie es Marie noch niemals an ihm bemerkt hatte, und sprach dann: »So etwas kann denn doch wohl der Onkel niemals zustande bringen; Sie selbst viel eher, liebe Demoiselle Stahlbaum, doch lassen Sie uns darüber nicht grübeln, sondern vielmehr über den Rosensee hinüber nach der Hauptstadt schiffen.«

Die Hauptstadt

Nußknackerlein klatschte abermals in die kleinen Händchen, da fing der Rosensee an stärker zu rauschen, die Wellen plätscherten höher auf, und Marie nahm wahr, wie aus der Ferne ein aus lauter bunten, sonnenhell funkelnden Edelsteinen geformter Muschelwagen, von zwei goldschuppigen Delphinen gezogen, sich nahte. Zwölf kleine allerliebste Mohren mit Mützchen und Schürzchen, aus glänzenden Kolibrifedern gewebt, sprangen ans Ufer und trugen erst Marien, dann Nußknackern, sanft über die Wellen gleitend, in den Wagen, der sich alsbald durch den See fortbewegte. Ei, wie war das so schön, als Marie im Muschelwagen, von Rosenduft umhaucht, von Rosenwellen umflossen, dahinfuhr. Die beiden goldschuppigen Delphine erhoben ihre Nüstern und spritzten kristallene Strahlen hoch in die Höhe, und wie die in flimmernden und funkelnden Bogen niederfielen, da war es, als sängen zwei holde feine Silberstimmchen: »Wer schwimmt auf rosigem See? – die Fee! Mücklein! bim bim, Fischlein, sim sim – Schwäne! Schwa schwa, Goldvogel! trarah, Wellenströme, – rührt euch, klinget, singet, webet, spähet – Feelein, Feelein, kommt gezogen; Rosenwogen, wühlet, kühlet, spület – spült hinan – hinan!« – Aber die zwölf kleinen Mohren, die hinten auf den Muschelwagen aufgesprungen waren, schienen das Gesinge der Wasserstrahlen ordentlich übel zu nehmen, denn sie schüttelten ihre Sonnenschirme so sehr, daß die Dattelblätter, aus denen sie geformt waren, durcheinander knitterten und knatterten, und dabei stampften sie mit den Füßen einen ganz seltsamen Takt und sangen: »Klapp und klipp und klipp und klapp, auf und ab – Mohrenreigen darf nicht schweigen; rührt euch, Fische – rührt euch, Schwäne, dröhne, Muschelwagen, dröhne, klapp und klipp und klipp und klapp und auf und ab!« – »Mohren sind gar lustige Leute,« sprach Nußknacker etwas betreten, »aber sie werden mir den ganzen

See rebellisch machen.« In der Tat ging auch bald ein sinnverwirrendes Getöse wunderbarer Stimmen los, die in See und Luft zu schwimmen schienen, doch Marie achtete dessen nicht, sondern sah in die duftenden Rosenwellen, aus deren jeder ihr ein holdes anmutiges Mädchenantlitz entgegenlächelte. »Ach«, rief sie freudig, indem sie die kleinen Händchen zusammenschlug, »ach, schauen Sie nur, lieber Herr Droßelmeier! Da unten ist die Prinzessin Pirlipat, die lächelt mich an so wunderhold. – Ach, schauen Sie doch nur, lieber Herr Droßelmeier!« – Nußknacker seufzte aber fast kläglich und sagte: »O beste Demoiselle Stahlbaum, das ist nicht die Prinzessin Pirlipat, das sind Sie und immer nur Sie selbst, immer nur Ihr eignes holdes Antlitz, das so lieb aus jeder Rosenwelle lächelt.« Da fuhr Marie schnell mit dem Kopf zurück, schloß die Augen fest zu und schämte sich sehr. In demselben Augenblick wurde sie auch von den zwölf Mohren aus dem Muschelwagen gehoben und an das Land getragen. Sie befand sich in einem kleinen Gebüsch, das beinahe noch schöner war als der Weihnachtswald, so glänzte und funkelte alles darin, vorzüglich waren aber die seltsamen Früchte zu bewundern, die an allen Bäumen hingen und nicht allein seltsam gefärbt waren, sondern auch ganz wunderbar dufteten. »Wir sind im Konfiturenhain«, sprach Nußknacker, »aber dort ist die Hauptstadt.« Was erblickte Marie nun! Wie werd' ich es denn anfangen, euch, ihr Kinder, die Schönheit und Herrlichkeit der Stadt zu beschreiben, die sich jetzt breit über einen reichen Blumenanger hin vor Mariens Augen auftat. Nicht allein daß Mauern und Türme in den herrlichsten Farben prangten, so war auch wohl, was die Form der Gebäude anlangt, gar nichts Ähnliches auf Erden zu finden. Denn statt der Dächer hatten die Häuser zierlich geflochtene Kronen aufgesetzt und die Türme sich mit dem zierlichsten buntesten Laubwerk gekränzt, das man nur sehen kann. Als sie durch das Tor, welches so aussah, als sei es von lauter Makronen und überzuckerten Früchten erbaut, gingen, präsentierten silberne Soldaten das Gewehr, und ein Männlein in einem brokatnen Schlafrock warf sich dem Nußknakker an den Hals mit den Worten: »Willkommen, bester Prinz, willkommen in Konfektburg!« Marie wunderte sich nicht wenig, als sie merkte, daß der junge Droßelmeier von einem sehr vornehmen Mann als Prinz anerkannt wurde. Nun hörte sie aber so viel feine Stimmchen durcheinandertoben, solch ein Gejuchze und Gelächter, solch ein Spielen und Singen, daß sie an nichts anders denken konnte, sondern nur gleich Nußknackerchen fragte, was denn das zu bedeuten habe. »O beste Demoiselle Stahlbaum«, erwiderte Nußknacker, »das ist nichts Besonderes, Konfektburg ist eine volkreiche lustige Stadt, da geht's alle Tage so her, kommen Sie aber nur gefälligst weiter.« Kaum waren sie einige Schritte gegangen, als sie auf den großen Marktplatz kamen, der den herrlichsten Anblick gewährte. Alle Häuser ringsumher waren von durchbrochener Zukkerarbeit, Galerie über Galerie getürmt, in der Mitte stand ein hoher überzuckerter Baumkuchen als Obelisk, und um ihn her spritzten vier sehr künstliche Fontänen Orsade, Limonade und andere herrliche süße Getränke in die Lüfte; und in dem Becken sammelte sich lauter Creme, den man gleich hätte auslöffeln mögen. Aber hübscher als alles das waren die allerliebsten kleinen Leutchen, die sich zu Tausenden Kopf an Kopf durcheinanderdrängten und juchzten und lachten und scherzten und sangen, kurz, jenes lustige Getöse erhoben, das Marie schon in der Ferne gehört hatte. Da gab es schön gekleidete Herren und Damen, Armenier und Griechen, Juden und Tiroler, Offiziere und Soldaten und Prediger und Schäfer und Hanswürste, kurz, alle nur mögliche Leute, wie sie in der Welt zu finden sind. An der einen Ecke wurde größer der Tumult, das Volk strömte auseinander, denn eben ließ sich der Großmogul auf einem Palankin vorübertragen, begleitet von dreiundneunzig Großen des Reichs und siebenhundert Sklaven. Es begab sich aber, daß an der andern Ecke die Fischerzunft, an fünfhundert Köpfe stark, ihren Festzug hielt, und übel war es auch, daß der türkische Großherr gerade den Einfall hatte, mit dreitausend Janitscharen über den Markt spazierenzureiten, wozu noch der große Zug aus dem »unterbrochenen Opferfeste« kam, der mit klingendem Spiel und dem Gesange: »Auf, danket der mächtigen Sonne«, gerade auf den Baumkuchen zu wallte. Das war ein Drängen und Stoßen und Treiben und Gequieke! – Bald gab es auch viel Jammergeschrei, denn ein Fischer hatte im Gedränge einem Brahmin den Kopf abgestoßen, und der Großmogul wäre beinahe von einem Hanswurst überrannt worden. Toller und toller wurde der Lärm, und man fing bereits an, sich zu stoßen und zu prügeln, als der Mann im brokatnen Schlafrock, der am Tor den Nußknacker als Prinz begrüßt hatte, auf den Baumkuchen kletterte und, nachdem eine sehr hell klingende Glocke dreimal angezogen worden, dreimal laut rief: »Konditor! Konditor! – Konditor!« – Sogleich legte sich der Tumult, ein jeder suchte sich zu behelfen, wie er konnte, und nachdem die verwickelten Züge sich entwickelt hatten, der besudelte Großmogul abgebürstet und dem Brahmin der Kopf wieder aufgesetzt worden, ging das vorige lustige Getöse aufs neue los. »Was bedeutet das mit dem Konditor, guter Herr Droßelmeier?« fragte Marie. »Ach, beste Demoiselle Stahlbaum«, erwiderte Nußknacker, »Konditor wird hier eine unbekannte, aber sehr grauliche Macht genannt, von der man glaubt, daß sie aus dem Menschen machen könne, was sie wolle; es ist das Verhängnis, welches über dies kleine lustige Volk regiert, und sie fürchten dieses so sehr, daß durch die bloße Nennung des Namens der größte Tumult gestillt werden kann, wie es eben der Herr Bürgermeister bewiesen hat. Ein jeder denkt dann nicht mehr an Irdisches, an Rippenstöße und Kopfbeulen, sondern geht in sich und spricht: ›Was ist der Mensch, und was kann aus ihm werden?‹« – Eines lauten Rufs der Bewunderung, ja des höchsten Erstaunens konnte sich Marie nicht enthalten, als sie jetzt mit einemmal vor einem in rosenrotem Schimmer hell leuchtenden Schlosse mit hundert luftigen Türmen stand. Nur hin und wieder waren reiche Buketts von Veilchen, Narzissen, Tulpen, Levkoyen auf die Mauern gestreut, deren dunkelbrennende Farben nur die blendende, ins Rosa spielende Weiße des Grundes erhöhten. Die große Kuppel des Mittelgebäudes sowie die pyramidenförmigen Dächer der Türme waren mit tausend golden und silbern funkelnden Sternlein besäet. »Nun sind wir vor dem Marzipanschloß«, sprach Nußknacker. Marie war ganz verloren in dem Anblick des Zauberpalastes, doch entging es ihr nicht, daß das Dach eines großen Turmes gänzlich fehlte, welches kleine Männerchen, die auf einem von Zimtstangen erbauten Gerüste standen, wiederherstellen zu wollen schienen. Noch ehe sie den Nußknacker darum befragte, fuhr dieser fort: »Vor kurzer Zeit drohte diesem schönen Schloß arge Verwüstung, wo nicht gänzlicher Untergang. Der Riese Leckermaul kam des Weges gegangen, biß schnell das Dach jenes Turmes herunter und nagte schon an der großen Kuppel, die Konfektbürger brachten ihm aber ein ganzes Stadtviertel, sowie einen ansehnlichen Teil des Konfiturenhains als Tribut, womit er sich abspeisen ließ und weiterging.« In dem Augenblick ließ sich eine sehr angenehme sanfte Musik hören, die Tore des Schlosses öffneten sich, und es traten zwölf kleine Pagen heraus mit angezündeten Gewürznelkstengeln, die sie wie Fackeln in den kleinen Händchen trugen. Ihre Köpfe bestanden aus einer Perle, die Leiber aus Rubinen und Smaragden, und dazu gingen sie auf sehr schön aus purem Gold gearbeiteten Füßchen einher. Ihnen folgten vier Damen, beinahe so groß als Mariens Klärchen, aber so über die Maßen herrlich und glänzend geputzt, daß Marie nicht einen Augenblick in ihnen die geborenen Prinzessinnen verkannte. Sie umarmten den Nußknacker auf das zärtlichste und riefen dabei wehmütig freudig: »O mein Prinz! –

mein bester Prinz! – o mein Bruder!« Nußknacker schien sehr gerührt, er wischte sich die sehr häufigen Tränen aus den Augen, ergriff dann Marien bei der Hand und sprach pathetisch: »Dies ist die Demoiselle Marie Stahlbaum, die Tochter eines sehr achtungswerten Medizinalrates und die Retterin meines Lebens! Warf sie nicht den Pantoffel zur rechten Zeit, verschaffte sie mir nicht den Säbel des pensionierten Obristen, so läg' ich, zerbissen von dem fluchwürdigen Mausekönig, im Grabe. – O! dieser Demoiselle Stahlbaum! gleicht ihr wohl Pirlipat, obschon sie eine geborne Prinzessin ist, an Schönheit, Güte und Tugend? – Nein, sag' ich, nein!« Alle Damen riefen: »Nein!« und fielen der Marie um den Hals und riefen schluchzend: »O Sie edle Retterin des geliebten prinzlichen Bruders – vortreffliche Demoiselle Stahlbaum!« – Nun geleiteten die Damen Marien und den Nußknacker in das Innere des Schlosses und zwar in einen Saal, dessen Wände aus lauter farbig funkelnden Kristallen bestanden. Was aber vor allem übrigen der Marie so wohlgefiel, waren die allerliebsten kleinen Stühle, Tische, Kommoden, Sekretärs u.s.w., die ringsherum standen, und die alle von Zedern- oder Brasilienholz mit daraufgestreuten goldnen Blumen verfertigt waren. Die Prinzessinnen nötigten Marien und den Nußknacker zum Sitzen und sagten, daß sie sogleich selbst ein Mahl bereiten wollten. Nun holten sie eine Menge kleiner Töpfchen und Schüsselchen von dem feinsten japanischen Porzellan, Löffel, Messer und Gabeln, Reibeisen, Kasserollen und andere Küchenbedürfnisse von Gold und Silber herbei. Dann brachten sie die schönsten Früchte und Zuckerwerk, wie es Marie noch niemals gesehen hatte, und fingen an, auf das zierlichste mit den kleinen schneeweißen Händchen die Früchte aufzupressen, das Gewürz zu stoßen, die Zuckermandeln zu reiben, kurz, so zu wirtschaften, daß Marie wohl einsehen konnte, wie gut sich die Prinzessinnen auf das Küchenwesen verstanden, und was das für ein köstliches Mahl geben würde. Im lebhaften Gefühl, sich auf dergleichen Dinge ebenfalls recht gut zu verstehen, wünschte sie heimlich, bei dem Geschäft der Prinzessinnen selbst tätig sein zu können. Die schönste von Nußknackers Schwestern, als ob sie Mariens geheimen Wunsch erraten hätte, reichte ihr einen kleinen goldnen Mörser mit den Worten hin: »O süße Freundin, teure Retterin meines Bruders, stoße eine Wenigkeit von diesem Zuckerkandel!« Als Marie nun so wohlgemut in den Mörser stieß, daß er gar anmutig und lieblich, wie ein hübsches Liedlein ertönte, fing Nußknacker an sehr weitläuftig zu erzählen, wie es bei der grausenvollen Schlacht zwischen seinem und des Mausekönigs Heer ergangen, wie er der Feigheit seiner Truppen halber geschlagen worden, wie dann der abscheuliche Mausekönig ihn durchaus zerbeißen wollen, und Marie deshalb mehrere seiner Untertanen, die in ihre Dienste gegangen, aufopfern müssen u.s.w. Marien war es bei dieser Erzählung, als klängen seine Worte, ja selbst ihre Mörserstöße immer ferner und unvernehmlicher, bald sah sie silberne Flöre wie dünne Nebelwolken aufsteigen, in denen die Prinzessinnen – die Pagen, der Nußknacker, ja sie selbst schwammen – ein seltsames Singen und Schwirren und Summen ließ sich vernehmen, das wie in die Weite hin verrauschte; nun hob sich Marie wie auf steigenden Wellen immer höher und höher – höher und höher – höher und höher –

Beschluß

Prr – puff ging es! – Marie fiel herab aus unermeßlicher Höhe. – Das war ein Ruck! – Aber gleich schlug sie auch die Augen auf, da lag sie in ihrem Bettchen, es war heller Tag, und die Mutter stand vor ihr, sprechend: »Aber wie kann man auch so lange schlafen, längst ist das Frühstück da!« Du merkst es wohl, versammeltes, höchst geehrtes Publikum, daß Marie, ganz betäubt von all den Wunderdingen, die sie gesehen, endlich im Saal des Marzipanschlosses eingeschlafen war, und daß die Mohren oder die Pagen oder gar die Prinzessinnen selbst sie zu Hause getragen und ins Bett gelegt hatten. »O Mutter, liebe Mutter, wo hat mich der junge Herr Droßelmeier diese Nacht überall hingeführt, was habe ich alles Schönes gesehen!« Nun erzählte sie alles beinahe so genau, wie ich es soeben erzählt habe, und die Mutter sah sie ganz verwundert an. Als Marie geendet, sagte die Mutter: »Du hast einen langen, sehr schönen Traum gehabt, liebe Marie, aber schlag dir das alles nur aus dem Sinn.« Marie bestand hartnäckig darauf, daß sie nicht geträumt, sondern alles wirklich gesehen habe, da führte die Mutter sie an den Glasschrank, nahm den Nußknacker, der, wie gewöhnlich, im dritten Fache stand, heraus und sprach: »Wie kannst du, du albernes Mädchen, nur glauben, daß diese Nürnberger Holzpuppe Leben und Bewegung haben kann.« »Aber, liebe Mutter«, fiel Marie ein, »ich weiß es ja wohl, daß der kleine Nußknacker der junge Herr Droßelmeier aus Nürnberg, Pate Droßelmeiers Neffe ist.« Da brachen beide, der Medizinalrat und die Medizinalrätin, in ein schallendes Gelächter aus. »Ach«, fuhr Marie beinahe weinend fort, »nun lachst du gar meinen Nußknacker aus, lieber Vater, und er hat doch von dir sehr gut gesprochen, denn als wir im Marzipanschloß ankamen, und er mich seinen Schwestern, den Prinzessinnen, vorstellte, sagte er, du seist ein sehr achtungswerter Medizinalrat!« – Noch stärker wurde das Gelächter, in das auch Luise, ja sogar Fritz einstimmte. Da lief Marie ins andere Zimmer, holte schnell aus ihrem kleinen Kästchen die sieben Kronen des Mausekönigs herbei und überreichte sie der Mutter mit den Worten: »Da sieh nur, liebe Mutter, das sind die sieben Kronen des Mausekönigs, die mir in voriger Nacht der junge Herr Droßelmeier zum Zeichen seines Sieges überreichte.« Voll Erstaunen betrachtete die Medizinalrätin die kleinen Krönchen, die von einem ganz unbekannten, aber sehr funkelnden Metall so sauber gearbeitet waren, als hätten Menschenhände das unmöglich vollbringen können. Auch der Medizinalrat konnte sich nicht satt sehen an den Krönchen, und beide, Vater und Mutter, drangen sehr ernst in Marien, zu gestehen, wo sie die Krönchen her habe. Sie konnte ja aber nur bei dem, was sie gesagt, stehen bleiben, und als sie nun der Vater hart anließ und sie sogar eine kleine Lügnerin schalt, da fing sie an heftig zu weinen und klagte: »Ach ich armes Kind, ich armes Kind! was soll ich denn nun sagen!« In dem Augenblick ging die Tür auf. Der Obergerichtsrat trat hinein und rief: »Was ist da – was ist da? mein Patchen Marie weint und schluchzt? – Was ist da – was ist da?« Der Medizinalrat unterrichtete ihn von allem, was geschehen, indem er ihm die Krönchen zeigte. Kaum hatte der Obergerichtsrat aber diese angesehen, als er lachte und rief: »Toller Schnack, toller Schnack, das sind ja die Krönchen, die ich vor Jahren an meiner Uhrkette trug und die ich der kleinen Marie an ihrem Geburtstage, als sie zwei Jahre alt worden, schenkte. Wißt ihr's denn nicht mehr?« Weder der Medizinalrat noch die Medizinalrätin konnten sich dessen erinnern, als aber Marie wahrnahm, daß die Gesichter der Eltern wieder freundlich geworden, da sprang sie los auf Pate Droßelmeier und rief: »Ach, du weißt ja alles, Pate Droßelmeier, sag' es doch nur selbst, daß mein Nußknacker dein Neffe, der junge Herr Droßelmeier aus Nürnberg ist, und daß er mir die Krönchen geschenkt hat?« – Der Obergerichtsrat machte aber ein sehr finsteres Gesicht und murmelte: »Dummer einfältiger Schnack.« Darauf nahm der Medizinalrat die kleine Marie vor sich und sprach sehr ernsthaft: »Hör' mal, Marie, laß nun einmal die Einbildungen und Possen, und wenn du noch einmal sprichst, daß der einfältige mißgestaltete Nußknacker der Neffe des Herrn Obergerichtsrats sei, so werf' ich nicht allein den Nußknacker, sondern auch alle deine übrigen Puppen, Mamsell Klärchen nicht ausgenommen, durchs Fenster.« – Nun durfte freilich die arme Marie gar nicht mehr davon sprechen, wovon denn doch ihr ganzes Gemüt erfüllt war, denn ihr möget es euch wohl denken, daß man solch Herrliches und Schönes, wie es Marien widerfahren, gar nicht vergessen kann. Selbst – sehr geehrter Leser oder Zuhörer Fritz – selbst dein Kamerad Fritz Stahlbaum drehte der Schwester sogleich den Rücken, wenn sie ihm von dem Wunderreiche, in dem sie so glücklich war, erzählen wollte. Er soll sogar manchmal zwischen den Zähnen gemurmelt haben: »Einfältige Gans!« doch das kann ich seiner sonst erprobten guten Gemütsart halber nicht glauben, so viel ist aber gewiß, daß, da er nun an nichts mehr, was ihm Marie erzählte, glaubte, er seinen Husaren bei öffentlicher Parade das ihnen geschehene Unrecht förmlich abbat, ihnen statt der verlornen Feldzeichen viel höhere, schönere Büsche von Gänsekielen anheftete und ihnen auch wieder erlaubte, den Gardehusarenmarsch zu blasen. Nun! – wir wissen am besten, wie es mit dem Mut der Husaren aussah, als sie von den häßlichen Kugeln Flecke auf die roten Wämser kriegten! –

Sprechen durfte nun Marie nicht mehr von ihrem Abenteuer, aber die Bilder jenes wunderbaren Feenreichs umgaukelten sie in süßwogendem Rauschen und in holden lieblichen Klängen; sie sah alles noch einmal, sowie sie nur ihren Sinn fest darauf richtete, und so kam es, daß sie, statt zu spielen, wie sonst, starr und still, tief in sich gekehrt dasitzen konnte, weshalb sie von allen eine kleine Träumerin gescholten wurde. Es begab sich, daß der Obergerichtsrat einmal eine Uhr in dem Hause des Medizinalrats reparierte, Marie saß am Glasschrank und schaute, in ihre Träume vertieft, den Nußknacker an, da fuhr es ihr wie unwillkürlich heraus: »Ach, lieber Herr Droßelmeier, wenn Sie doch nur wirklich lebten, ich würd's nicht so machen wie Prinzessin Pirlipat und Sie verschmähen, weil Sie um meinetwillen aufgehört haben, ein hübscher junger Mann zu sein!« In dem Augenblick schrie der Obergerichtsrat: »Hei, hei – toller

Schnack.« – Aber in dem Augenblick geschah auch ein solcher Knall und Ruck, daß Marie ohnmächtig vom Stuhle sank. Als sie wieder erwachte, war die Mutter um sie beschäftigt und sprach: »Aber wie kannst du nur vom Stuhle fallen, ein so großes Mädchen! – Hier ist der Neffe des Herrn Obergerichtsrats aus Nürnberg angekommen – sei hübsch artig!« – Sie blickte auf, der Obergerichtsrat hatte wieder seine Glasperücke aufgesetzt, seinen gelben Rock angezogen und lächelte sehr zufrieden, aber an seiner Hand hielt er einen zwar kleinen, aber sehr wohlgewachsenen jungen Mann. Wie Milch und Blut war sein Gesichtchen, er trug einen herrlichen roten Rock mit Gold, weißseidene Strümpfe und Schuhe, hatte im Jabot ein allerliebstes Blumenbukett, war sehr zierlich frisiert und gepudert, und hinten über den Rücken hing ihm ein ganz vortrefflicher Zopf herab. Der kleine Degen an seiner Seite schien von lauter Juwelen, so blitzte er, und das Hütlein unterm Arm von Seidenflocken gewebt. Welche angenehme Sitten der junge Mann besaß, bewies er gleich dadurch, daß er Marien eine Menge herrlicher Spielsachen, vorzüglich aber den schönsten Marzipan und dieselben Figuren, welche der Mausekönig zerbissen, dem Fritz aber einen wunderschönen Säbel mitgebracht hatte. Bei Tische knackte der Artige für die ganze Gesellschaft Nüsse auf, die härtesten widerstanden ihm nicht, mit der rechten Hand steckte er sie in den Mund, mit der linken zog er den Zopf an – Krak – zerfiel die Nuß in Stücke! – Marie war glutrot geworden, als sie den jungen artigen Mann erblickte, und noch röter wurde sie, als nach Tische der junge Droßelmeier sie einlud, mit ihm in das Wohnzimmer an den Glasschrank zu gehen. »Spielt nur hübsch mit einander, ihr Kinder, ich habe nun, da alle meine Uhren richtig gehen, nichts dagegen«, rief der Obergerichtsrat. Kaum war aber der junge Droßelmeier mit Marien allein, als er sich auf ein Knie niederließ und also sprach: »O meine allervortrefflichste Demoiselle Stahlbaum, sehn Sie hier zu Ihren Füßen den beglückten Droßelmeier, dem Sie an dieser Stelle das Leben retteten! – Sie sprachen es gütigst aus, daß Sie mich nicht wie die garstige Prinzessin Pirlipat verschmähen wollten, wenn ich Ihretwillen häßlich geworden! – sogleich hörte ich auf ein schnöder Nußknacker zu sein und erhielt meine vorige nicht unangenehme Gestalt wieder. O vortreffliche Demoiselle, beglücken Sie mich mit Ihrer werten Hand, teilen Sie mit mir Reich und Krone, herrschen Sie mit mir auf Marzipanschloß, denn dort bin ich jetzt König!« – Marie hob den Jüngling auf und sprach leise: »Lieber Herr Droßelmeier! Sie sind ein sanftmütiger guter Mensch, und da Sie dazu noch ein anmutiges Land mit sehr hübschen lustigen Leuten regieren, so nehme ich Sie zum Bräutigam an!« – Hierauf wurde Marie sogleich Droßelmeiers Braut. Nach Jahresfrist hat er sie, wie man sagt, auf einem goldnen, von silbernen Pferden gezogenen Wagen abgeholt. Auf der Hochzeit tanzten zweiundzwanzigtausend der glänzendsten, mit Perlen und Diamanten geschmückten Figuren, und Marie soll noch zur Stunde Königin eines Landes sein, in dem man überall funkelnde Weihnachtswälder, durchsichtige Marzipanschlösser, kurz, die allerherrlichsten, wunderbarsten Dinge erblicken kann, wenn man nur darnach Augen hat.

Das war das Märchen vom Nußknacker und Mausekönig.

DIE JUDENBUCHE (AUSZUG)

ANNETTE VON DROSTE-HÜLSHOFF

Es war am Vorabende des Weihnachtfestes, den 24sten December 1788. Tiefer Schnee lag in den Hohlwegen, wohl an zwölf Fuß hoch, und eine durchdringende Frostluft machte die Fensterscheiben in der geheizten Stube gefrieren. Mitternacht war nahe, dennoch flimmerten überall matte Lichtchen aus den Schneehügeln, und in jedem Hause lagen die Einwohner auf den Knien, um den Eintritt des heiligen Christfestes mit Gebet zu erwarten, wie dies in katholischen Ländern Sitte ist, oder wenigstens damals allgemein war. Da bewegte sich von der Breder Höhe herab eine Gestalt langsam gegen das Dorf; der Wanderer schien sehr matt oder krank; er stöhnte schwer und schleppte sich äußerst mühsam durch den Schnee. An der Mitte des Hanges stand er still, lehnte sich auf seinen Krückenstab und starrte unverwandt auf die Lichtpunkte. Es war so still überall, so tot und kalt; man mußte an Irrlichter auf Kirchhöfen denken. Nun schlug es zwölf im Turm; der letzte Schlag verdröhnte langsam und im nächsten Hause erhob sich ein leiser Gesang, der, von Hause zu Hause schwellend, sich über das ganze Dorf zog:

Ein Kindelein so löbelich
Ist uns geboren heute,
Von einer Jungfrau säuberlich,
Deß freu'n sich alle Leute;
Und wär das Kindelein nicht gebor'n,
So wären wir alle zusammen verlor'n:
Das Heil ist unser Aller.
O du mein liebster Jesu Christ,
Der du als Mensch geboren bist,
Erlös uns von der Hölle!

Der Mann am Hange war in die Knie gesunken und versuchte mit zitternder Stimme einzufallen; es ward nur ein lautes Schluchzen daraus, und schwere, heiße Tropfen fielen in den Schnee. Die zweite Strophe begann; er betete leise mit; dann die dritte und vierte. Das Lied war geendigt, und die Lichter in den Häusern begannen sich zu bewegen. Da richtete der Mann sich mühselig auf und schlich langsam hinab in das Dorf. An mehreren Häusern keuchte er vorüber, dann stand er vor einem still und pochte leise an.

DER GOLDENE SCHLÜSSEL

BRÜDER GRIMM

Zur Winterszeit, als einmal ein tiefer Schnee lag, mußte ein armer Junge hinausgehen und Holz auf einem Schlitten holen. Wie er es nun zusammengesucht und aufgeladen hatte, wollte er, weil er so erfroren war, noch nicht nach Haus gehen, sondern erst Feuer anmachen und sich ein bißchen wärmen. Da scharrte er den Schnee weg, und wie er so den Erdboden aufräumte, fand er einen kleinen goldenen Schlüssel. Nun glaubte er, wo der Schlüssel wäre, müßte auch das Schloß dazu sein, grub in der Erde und fand ein eisernes Kästchen. »Wenn der Schlüssel nur paßt!« dachte er, »es sind gewiß kostbare Sachen in dem Kästchen.« Er suchte, aber es war kein Schlüsselloch da, endlich entdeckte er eins, aber so klein, daß man es kaum sehen konnte. Er probierte, und der Schlüssel paßte glücklich. Da drehte er einmal herum, und nun müssen wir warten, bis er vollends aufgeschlossen und den Deckel aufgemacht hat: dann werden wir erfahren, was für wunderbare Sachen in dem Kästchen lagen.

DER TANNENBAUM

HANS CHRISTIAN ANDERSEN

Draußen im Walde stand ein niedlicher, kleiner Tannenbaum; er hatte einen guten Platz, Sonne konnte er bekommen, Luft war genug da, und ringsumher wuchsen viel größere Kameraden, sowohl Tannen als Fichten.

Aber dem kleinen Tannenbaum schien nichts so wichtig wie das Wachsen; er achtete nicht der warmen Sonne und der frischen Luft, er kümmerte sich nicht um die Bauernkinder, die da gingen und plauderten, wenn sie herausgekommen waren, um Erdbeeren und Himbeeren zu sammeln. Oft kamen sie mit einem ganzen Topf voll oder hatten Erdbeeren auf einen Strohhalm gezogen, dann setzten sie sich neben den kleinen Tannenbaum und sagten: »Wie niedlich klein ist der!« Das mochte der Baum gar nicht hören.

Im folgenden Jahre war er ein langes Glied größer, und das Jahr darauf war er um noch eins länger, denn bei den Tannenbäumen kann man immer an den vielen Gliedern, die sie haben, sehen, wie viele Jahre sie gewachsen sind. »Oh, wäre ich doch so ein großer Baum wie die andern!«, seufzte das kleine Bäumchen. »Dann könnte ich meine Zweige so weit umher ausbreiten und mit der Krone in die Welt hinausblicken! Die Vögel würden dann Nester zwischen meinen Zweigen bauen, und wenn der Wind weht, könnte ich so vornehm nicken, gerade wie die andern dort!« Er hatte gar keine Freude am Sonnenschein, an den Vögeln und den roten Wolken, die morgens und abends über ihn hinsegelten.

War es nun Winter und der Schnee lag ringsumher funkelnd weiß, so kam häufig ein Hase angesprungen und setzte gerade über den kleinen Baum weg. Oh, das war ärgerlich! Aber zwei Winter vergingen, und im dritten war das Bäumchen so groß, daß der Hase um es herumlaufen mußte. »Oh, wachsen, wachsen, groß und alt werden, das ist doch das einzige Schöne in dieser Welt!« dachte der Baum.

Im Herbst kamen immer Holzhauer und fällten einige der größten Bäume; das geschah jedes Jahr, und dem jungen Tannenbaum, der nun ganz gut gewachsen war, schauderte dabei; denn die großen, prächtigen Bäume fielen mit Knacken und Krachen zur Erde, die Zweige wurden abgehauen, die Bäume sahen ganz nackt, lang und schmal aus; sie waren fast nicht zu erkennen. Aber dann wurden sie auf Wagen gelegt, und Pferde zogen sie davon, aus dem Walde hinaus. Wohin sollten sie? Was stand ihnen bevor?

Im Frühjahr, als die Schwalben und Störche kamen, fragte sie der Baum: »Wißt ihr nicht, wohin sie geführt wurden? Seid ihr ihnen begegnet?« Die Schwalben wußten nichts, aber der Storch sah nachdenkend aus, nickte mit dem Kopfe und sagte: »Ja, ich glaube wohl; mir begegneten viele neue Schiffe, als ich aus Ägypten flog; auf den Schiffen waren prächtige Mastbäume; ich darf annehmen, daß sie es waren, sie hatten Tannengeruch; ich kann vielmals von ihnen grüßen, sie sind schön und stolz!« »Oh, wäre ich doch auch groß genug, um über das Meer hinfahren zu können! Was ist das eigentlich, dieses Meer, und wie sieht es aus?« »Ja, das ist viel zu weitläufig zu erklären!« sagte der Storch, und damit ging er. »Freue dich deiner Jugend!« sagten die Sonnenstrahlen; »freue dich deines frischen Wachstums, des jungen Lebens, das in dir ist!« Und der Wind küßte den Baum, und der Tau weinte Tränen über ihn, aber das verstand der Tannenbaum nicht.

Wenn es gegen die Weihnachtszeit war, wurden ganz junge Bäume gefällt, Bäume, die oft nicht einmal so groß oder gleichen

Alters mit diesem Tannenbaume waren, der weder Rast noch Ruhe hatte, sondern immer davon wollte; diese jungen Bäume, und es waren gerade die allerschönsten, behielten immer alle ihre Zweige; sie wurden auf Wagen gelegt, und Pferde zogen sie zum Walde hinaus.

»Wohin sollen diese?« fragte der Tannenbaum. »Sie sind nicht größer als ich, einer ist sogar viel kleiner; weswegen behalten sie alle ihre Zweige? Wohin fahren sie?« »Das wissen wir! Das wissen wir!« zwitscherten die Meisen. »Unten in der Stadt haben wir in die Fenster gesehen! Wir wissen, wohin sie fahren! Oh, sie gelangen zur größten Pracht und Herrlichkeit, die man sich denken kann! Wir haben in die Fenster gesehen und erblickt, daß sie mitten in der warmen Stube aufgepflanzt und mit den schönsten Sachen, vergoldeten Äpfeln, Honigkuchen, Spielzeug, und vielen hundert Lichtern geschmückt werden.«

»Und dann?« fragte der Tannenbaum und bebte in allen Zweigen. »Und dann? Was geschieht dann?« »Ja, mehr haben wir nicht gesehen! Das war unvergleichlich schön!« »Ob ich wohl bestimmt bin, diesen strahlenden Weg zu betreten?«, jubelte der Tannenbaum. »Das ist noch besser als über das Meer zu ziehen! Wie leide ich an Sehnsucht! Wäre es doch Weihnachten! Nun bin ich hoch und entfaltet wie die andern, die im vorigen Jahre davongeführt wurden! Oh, wäre ich erst auf dem Wagen, wäre ich doch in der warmen Stube mit all der Pracht und Herrlichkeit! Und dann? ja, dann kommt noch etwas Besseres, noch Schöneres, warum würden sie mich sonst so schmücken? Es muß noch etwas Größeres, Herrlicheres kommen! Aber was? Oh, ich leide, ich sehne mich, ich weiß selbst nicht, wie mir ist!«

»Freue dich unser!« sagten die Luft und das Sonnenlicht; »freue dich deiner frischen Jugend im Freien!« Aber er freute sich durchaus nicht; er wuchs und wuchs, Winter und Sommer stand er grün; dunkelgrün stand er da. Die Leute, die ihn sahen, sagten: »Das ist ein schöner Baum!« Und zur Weihnachtszeit wurde er von allen zuerst gefällt.

Die Axt hieb tief durch das Mark; der Baum fiel mit einem Seufzer zu Boden, er fühlte einen Schmerz, eine Ohnmacht, er konnte gar nicht an irgendein Glück denken, er war betrübt, von der Heimat scheiden zu müssen, von dem Flecke, auf dem er emporgeschossen war; er wußte ja, daß er die lieben, alten Kameraden, die kleinen Büsche und Blumen ringsumher nie mehr sehen werde, ja vielleicht nicht einmal die Vögel. Die Abreise hatte durchaus nichts Behagliches.

Der Baum kam erst wieder zu sich selbst, als er im Hofe mit andern Bäumen abgeladen wurde und einen Mann sagen hörte: »Dieser hier ist prächtig! Wir wollen nur den!«

Nun kamen zwei Diener im vollen Staat und trugen den Tannenbaum in einen großen, schönen Saal. Ringsherum an den Wänden hingen Bilder, und bei dem großen Kachelofen standen große chinesische Vasen mit Löwen auf den Deckeln; da waren Wiegestühle, seidene Sofas, große Tische voll von Bilderbüchern und Spielzeug für hundertmal hundert Thaler; wenigstens sagten das die Kinder.

Der Tannenbaum wurde in ein großes, mit Sand gefülltes Faß gestellt, aber niemand konnte sehen, daß es ein Faß war, denn es wurde rundherum mit grünem Zeug behängt und stand auf einem großen, bunten Teppich. Oh, wie der Baum bebte! Was würde da wohl vorgehen? Sowohl die Diener als die Fräulein schmückten ihn. An einen Zweig hängten sie kleine, aus farbigem Papier ausgeschnittene Netze, und jedes Netz war mit Zuckerwerk gefüllt. Vergoldete Äpfel und Walnüsse hingen herab, als wären sie festgewachsen, und über hundert rote, blaue und weiße kleine Lichter wurden in den Zweigen festgesteckt. Puppen, die leibhaft wie die Menschen aussahen – der Baum hatte früher nie solche gesehen –, schwebten im Grünen, und hoch oben in der Spitze wurde ein Stern von Flittergold befestigt. Das war prächtig, ganz außerordentlich prächtig! »Heute abend«, sagten alle, »heute abend wird er strahlen!« und sie waren außer sich vor Freude.

»Oh«, dachte der Baum, »wäre es doch Abend! Würden nur die Lichter bald angezündet! Und was dann wohl geschieht? Ob da wohl Bäume aus dem Walde kommen, mich zu sehen? Ob die Meisen gegen die Fensterscheiben fliegen? Ob ich hier festwachse und Winter und Sommer geschmückt stehen werde?« Ja, er wußte gut Bescheid; aber er hatte ordentlich Borkenschmerzen vor lauter Sehnsucht, und Borkenschmerzen sind für einen Baum ebenso schlimm wie Kopfschmerzen für uns andere.

Nun wurden die Lichter angezündet. Welcher Glanz, welche Pracht! Der Baum bebte in allen Zweigen dabei, so daß eins der Lichter das Grüne anbrannte; es sengte ordentlich. »Gott bewahre uns!« schrien die Fräulein und löschten es hastig aus. Nun durfte der Baum nicht einmal beben. Oh, das war ein Grauen! Ihm war bange, etwas von seinem Staate zu verlieren; er war ganz betäubt von all dem Glanze.

Da gingen beide Flügeltüren auf, und eine Menge Kinder stürzte herein, als wollten sie den ganzen Baum umwerfen, die älteren Leute kamen bedächtig nach; die Kleinen standen ganz stumm, aber nur einen Augenblick, dann jubelten sie wieder, daß es laut schallte; sie tanzten um den Baum herum, und ein Geschenk nach dem andern wurde abgepflückt und verteilt.

»Was machen sie?« dachte der Baum. Was soll geschehen? Die Lichter brannten gerade bis auf die Zweige herunter, und je nachdem sie niederbrannten, wurden sie ausgelöscht, und dann erhielten die Kinder die Erlaubnis, den Baum zu plündern. Sie stürzten auf ihn zu, daß es in allen Zweigen knackte; wäre er nicht mit der Spitze und mit dem Goldstern an der Decke festgemacht gewesen, so wäre er umgefallen.

Die Kinder tanzten mit ihrem prächtigen Spielzeug herum, niemand sah nach dem Baume, ausgenommen das alte Kindermädchen, das zwischen die Zweige blickte; aber es geschah nur, um zu sehen, ob nicht noch eine Feige oder ein Apfel vergessen sei.

»Eine Geschichte, eine Geschichte!« riefen die Kinder und zogen einen kleinen, dicken Mann gegen den Baum hin, und er setzte sich gerade unter ihn, »denn so sind wir im Grünen«, sagte er, »und der Baum kann besonders Nutzen davon haben, zuzuhören!

Aber ich erzähle nur eine Geschichte. Wollt ihr die von Ivede-Avede oder die von Klumpe-Dumpe hören, der die Treppen hinunterfiel und doch erhöht wurde und die Prinzessin bekam?« »Ivede-Avede!« schrien einige, »Klumpe-Dumpe!« schrien andere. Das war ein Rufen! Nur der Tannenbaum schwieg ganz still und dachte: »Komme ich gar nicht mit, werde ich nichts dabei zu tun haben?« Er hatte ja geleistet, was er sollte.

Der Mann erzählte von Klumpe-Dumpe, der die Treppen hinunterfiel und doch erhöht wurde und die Prinzessin bekam. Und die Kinder klatschten in die Hände und riefen: »Erzähle, erzähle!« Sie wollten auch die Geschichte von Ivede-Avede hören, aber sie bekamen nur die von Klumpe-Dumpe.

Der Tannenbaum stand ganz stumm und gedankenvoll, nie hatten die Vögel im Walde dergleichen erzählt. Klumpe-Dumpe fiel die Treppen hinunter und bekam doch die Prinzessin! »Ja, ja, so geht es in der Welt zu!« dachte der Tannenbaum und glaubte, daß es wahr sei, weil ein so netter Mann es erzählt hatte. »Ja, ja! Vielleicht falle ich auch die Treppe hinunter und bekomme eine Prinzessin!« Und er freute sich, den nächsten Tag wieder mit Lichtern und Spielzeug, Gold und Früchten und dem Stern von Flittergold aufgeputzt zu werden. »Morgen werde ich nicht zittern!« dachte er.« Ich will mich recht aller meiner Herrlichkeit freuen. Morgen werde ich wieder die Geschichte von Klumpe-Dumpe und vielleicht auch die von Ivede-Avede hören.« Und der Baum stand die ganze Nacht still und gedankenvoll. Am Morgen kamen die Diener und das Mädchen herein.

»Nun beginnt der Staat aufs neue!« dachte der Baum; aber sie schleppten ihn zum Zimmer hinaus, die Treppe hinauf, auf den Boden und stellten ihn in einen dunklen Winkel, wohin kein Tageslicht schien. »Was soll das bedeuten?« dachte der Baum. »Was soll ich hier wohl machen? Was mag ich hier wohl hören sollen?« Er lehnte sich gegen die Mauer und dachte und dachte. Und er hatte Zeit genug, denn es vergingen Tage und Nächte; niemand kam herauf, und als endlich jemand kam, so geschah es, um einige große Kasten in den Winkel zu stellen; der Baum stand ganz versteckt, man mußte glauben, daß er ganz vergessen war.

»Nun ist es Winter draußen!« dachte der Baum. »Die Erde ist hart und mit Schnee bedeckt, die Menschen können mich nicht pflanzen; deshalb soll ich wohl bis zum Frühjahr hier im Schutz stehen! Wie wohlbedacht ist das! Wie die Menschen doch so gut sind! Wäre es hier nur nicht so dunkel und schrecklich einsam! Nicht einmal ein kleiner Hase! Das war doch niedlich da draußen im Walde, wenn der Schnee lag und der Hase vorbeisprang, ja selbst als er über mich hinwegsprang; aber damals mochte ich es nicht leiden. Hier oben ist es doch schrecklich einsam!«

»Piep, piep!« sagte da eine kleine Maus und huschte hervor; und dann kam noch eine kleine. Sie beschnüffelten den Tannenbaum, und dann schlüpften sie zwischen seine Zweige. »Es ist eine greuliche Kälte!« sagten die kleinen Mäuse. »Sonst ist hier gut sein; nicht wahr, du alter Tannenbaum?« »Ich bin gar nicht alt!« sagte der Tannenbaum; »es gibt viele, die weit älter sind denn ich!« »Woher kommst du?« fragten die Mäuse, »und was weißt du?« Sie waren gewaltig neugierig. »Erzähle uns doch von den schönsten Orten auf Erden! Bist du dort gewesen? Bist du in der Speisekammer gewesen, wo Käse auf den Brettern liegen und Schinken unter der Decke hängen, wo man auf Talglicht tanzt, mager hineingeht und fett herauskommt?« »Das kenne ich nicht«, sagte der Baum; »aber den Wald kenne ich, wo die Sonne scheint und die Vögel singen!«

Und dann erzählte er alles aus seiner Jugend. Die kleinen Mäuse hatten früher nie dergleichen gehört, sie horchten auf und sagten: »Wieviel du gesehen hast! Wie glücklich du gewesen bist!«

»Ich?« sagte der Tannenbaum und dachte über das, was er selbst erzählte, nach. »Ja, es waren im Grunde ganz fröhliche Zeiten!« Aber dann erzählte er vom Weihnachtsabend, wo er mit Zuckerwerk und Lichtern geschmückt war. »Oh«, sagten die kleinen Mäuse, »wie glücklich du gewesen bist, du alter Tannenbaum!« »Ich bin gar nicht alt!« sagte der Baum; »erst in diesem Winter bin ich aus dem Walde gekommen! Ich bin in meinem allerbesten Alter, ich bin nur so aufgeschossen.«

»Wie schön du erzählst!« sagten die kleinen Mäuse, und in der nächsten Nacht kamen sie mit vier anderen kleinen Mäusen, die den Baum erzählen hören sollten, und je mehr er erzählte, desto deutlicher erinnerte er sich selbst an alles und dachte: »Es waren doch ganz fröhliche Zeiten! Aber sie können wiederkommen, können wiederkommen! Klumpe-Dumpe fiel die Treppe hinunter und bekam doch die Prinzessin; vielleicht kann ich auch eine Prinzessin bekommen.« Und dann dachte der Tannenbaum an eine kleine, niedliche Birke, die draußen im Walde wuchs; das war für den Tannenbaum eine wirkliche, schöne Prinzessin.

»Wer ist Klumpe-Dumpe?« fragten die kleinen Mäuse. Da erzählte der Tannenbaum das ganze Märchen, er konnte sich jedes einzelnen Wortes entsinnen; die kleinen Mäuse sprangen aus reiner Freude bis an die Spitze des Baumes. In der folgenden Nacht kamen weit mehr Mäuse und am Sonntage sogar zwei Ratten, aber die meinten, die Geschichte sei nicht hübsch, und das betrübte die kleinen Mäuse, denn nun hielten sie auch weniger davon. »Wissen Sie nur die eine Geschichte?« fragten die Ratten. »Nur die eine«, antwortete der Baum; »die hörte ich an meinem glücklichsten Abend, aber damals dachte ich nicht daran, wie glücklich ich war.« »Das ist eine höchst jämmerliche Geschichte! Kennen Sie keine von Speck und Talglicht? Keine Speisekammergeschichte?« »Nein!« sagte der Baum.« »Ja, dann danken wir dafür!« erwiderten die Ratten und gingen zu den Ihrigen zurück.

Die kleinen Mäuse blieben zuletzt auch weg, und da seufzte der Baum: »Es war doch ganz hübsch, als sie um mich herumsaßen, die beweglichen kleinen Mäuse, und zuhörten, wie ich erzählte! Nun ist auch das vorbei! Aber ich werde gerne daran denken, wenn ich wieder hervorgenommen werde.« Aber wann geschah das?

Ja, es war eines Morgens, da kamen Leute und wirtschafteten auf dem Boden; die Kasten wurden weggesetzt, der Baum wurde hervorgezogen; sie warfen ihn freilich ziemlich hart gegen den Fußboden, aber ein Diener schleppte ihn gleich nach der Treppe hin, wo der Tag leuchtete.

»Nun beginnt das Leben wieder!« dachte der Baum; er fühlte die frische Luft, die ersten Sonnenstrahlen, und nun war er draußen im Hofe. Alles ging geschwind, der Baum vergaß völlig, sich selbst zu betrachten, da war so vieles ringsumher zu sehen. Der Hof stieß an einen Garten, und alles blühte darin; die Rosen hingen frisch und duftend über das kleine Gitter hinaus, die Lindenbäume blühten, und die Schwalben flogen umher und sagten: »Quirrevirrevit, mein Mann ist kommen!« Aber es war nicht der Tannenbaum, den sie meinten.

»Nun werde ich leben!« jubelte der und breitete seine Zweige weit aus; aber ach, die waren alle vertrocknet und gelb; und er lag da zwischen Unkraut und Nesseln. Der Stern von Goldpapier saß noch oben in der Spitze und glänzte im hellen Sonnenschein.

Im Hofe selbst spielten ein paar der munteren Kinder, die zur Weihnachtszeit den Baum umtanzt hatten und so froh über ihn gewesen waren. Eins der kleinsten lief hin und riß den Goldstern ab. »Sieh, was da noch an dem häßlichen, alten Tannenbaum sitzt!« sagte es und trat auf die Zweige, so daß sie unter seinen Stiefeln knackten.

Der Baum sah auf all die Blumenpracht und Frische im Garten, er betrachtete sich selbst und wünschte, daß er in seinem dunklen Winkel auf dem Boden geblieben wäre; er gedachte seiner frischen Jugend im Walde, des lustigen Weihnachtsabends und der kleinen Mäuse, die so munter die Geschichte von Klumpe-Dumpe angehört hatten. »Vorbei, vorbei!« sagte der arme Baum. »Hätte ich mich doch gefreut, als ich es noch konnte! Vorbei, vorbei!«

Der Diener kam und hieb den Baum in kleine Stücke, ein ganzes Bund lag da; hell flackerte es auf unter dem großen Braukessel. Der Baum seufzte tief, und jeder Seufzer war einem kleinen Schusse gleich; deshalb liefen die Kinder, die da spielten, herbei und setzten sich vor das Feuer, blickten hinein und riefen: »Piff, paff!«

Aber bei jedem Knalle, der ein tiefer Seufzer war, dachte der Baum an einen Sommerabend im Walde oder an eine Winternacht da draußen, wenn die Sterne funkelten; er dachte an den Weihnachtsabend und an Klumpe-Dumpe, das einzige Märchen, das er gehört hatte und zu erzählen wußte – und dann war der Baum verbrannt.

Die Knaben spielten im Garten, und der kleinste hatte den Goldstern auf der Brust, den der Baum an seinem glücklichsten Abend getragen hatte. Nun war der vorbei, und mit dem Baum war es vorbei und mit der Geschichte auch;

vorbei,

vorbei – und so geht es mit allen Geschichten.

DAS KLEINE MÄDCHEN MIT DEN SCHWEFELHÖLZERN

HANS CHRISTIAN ANDERSEN

Es war entsetzlich kalt; es schneite, und der Abend dunkelte bereits; es war der letzte Abend im Jahre, Silvesterabend. In dieser Kälte und in dieser Finsternis ging auf der Straße ein kleines armes Mädchen mit bloßem Kopfe und nackten Füßen. Es hatte wohl freilich Pantoffel angehabt, als es von Hause fortging, aber was konnte das helfen! Es waren sehr große Pantoffeln, sie waren früher von seiner Mutter gebraucht worden, so groß waren sie, und diese hatte die Kleine verloren, als sie über die Straße eilte, während zwei Wagen in rasender Eile vorüberjagten; der eine Pantoffel war nicht wiederaufzufinden und mit dem anderen machte sich ein Knabe aus dem Staube, welcher versprach, ihn als Wiege zu benutzen, wenn er einmal Kinder bekäme. Da ging nun das kleine Mädchen auf den nackten zierlichen Füßchen, die vor Kälte ganz rot und blau waren. In ihrer alten Schürze trug sie eine Menge Schwefelhölzer und ein Bund hielt sie in der Hand. Während des ganzen Tages hatte ihr niemand etwas abgekauft, niemand ein Almosen gereicht. Hungrig und frostig schleppte sich die arme Kleine weiter und sah schon ganz verzagt und eingeschüchtert aus. Die Schneeflocken fielen auf ihr langes blondes Haar, das schön gelockt über ihren Nacken hinabfloß, aber bei diesem Schmucke weilten ihre Gedanken wahrlich nicht. Aus allen Fenstern strahlte heller Lichterglanz und über alle Straßen verbreitete sich der Geruch von köstlichem Gänsebraten. Es war ja Silvesterabend, und dieser Gedanke erfüllte alle Sinne des kleinen Mädchens. In einem Winkel zwischen zwei Häusern, von denen das eine etwas weiter in die Straße vorsprang als das andere, kauerte es sich nieder. Seine kleinen Beinchen hatte es unter sich gezogen, aber es fror nur noch mehr und wagte es trotzdem nicht, nach Hause zu gehen, da es noch kein Schächtelchen mit Streichhölzern verkauft, noch keinen Heller erhalten hatte. Es hätte gewiß vom Vater Schläge bekommen, und kalt war es zu Hause ja auch; sie hatten das bloße Dach gerade über sich, und der Wind pfiff schneidend hinein, obgleich Stroh und Lumpen in die größten Ritzen gestopft waren. Ach, wie gut mußte ein Schwefelhölzchen tun! Wenn es nur wagen dürfte, eins aus dem Schächtelchen herauszunehmen, es gegen die Wand zu streichen und die Finger daran zu wärmen! Endlich zog das Kind eins heraus. Ritsch! wie sprühte es, wie brannte es. Das Schwefelholz strahlte eine warme helle Flamme aus, wie ein kleines Licht, als es das Händchen um dasselbe hielt. Es war ein merkwürdiges Licht; es kam dem kleinen Mädchen vor, als säße es vor einem großen eisernen Ofen mit Messingbeschlägen und Messingverzierungen; das Feuer brannte so schön und wärmte so wohltuend! Die Kleine streckte schon die Füße aus, um auch diese zu wärmen – da erlosch die Flamme. Der Ofen verschwand – sie saß mit einem Stümpchen des ausgebrannten Schwefelholzes in der Hand da. Ein neues wurde angestrichen, es brannte, es leuchtete, und an der Stelle der Mauer, auf welche der Schein fiel, wurde sie durchsichtig wie ein Flor. Die Kleine sah gerade in die Stube hinein, wo der Tisch mit einem blendend weißen Tischtuch und feinem Porzellan gedeckt stand, und köstlich dampfte die mit Pflaumen und Äpfeln gefüllte, gebratene Gans darauf. Und was noch herrlicher war, die Gans sprang aus der Schüssel und watschelte mit Gabel und Messer im Rücken über den Fußboden hin; gerade die Richtung auf das arme Mädchen schlug

sie ein. Da erlosch das Schwefelholz, und nur die dicke kalte Mauer war zu sehen.

Sie zündete ein neues an. Da saß die Kleine unter dem herrlichsten Weihnachtsbaum; er war noch größer und weit reicher ausgeputzt als der, den sie am Heiligabend bei dem reichen Kaufmann durch die Glastür gesehen hatte. Tausende von Lichtern brannten auf den grünen Zweigen, und bunte Bilder, wie die, welche in den Ladenfenstern ausgestellt werden, schauten auf sie hernieder, die Kleine streckte beide Hände nach ihnen in die Höhe – da erlosch das Schwefelholz. Die vielen Weihnachtslichter stiegen höher und höher, und sie sah jetzt erst, dass es die hellen Sterne waren. Einer von ihnen fiel herab und zog einen langen Feuerstreifen über den Himmel. »Jetzt stirbt jemand!« sagte die Kleine, denn die alte Großmutter, die sie allein freundlich behandelt hatte, jetzt aber längst tot war, hatte gesagt: »Wenn ein Stern fällt, steigt eine Seele zu Gott empor!« Sie strich wieder ein Schwefelholz gegen die Mauer; es warf einen weiten Lichtschein ringsumher, und im Glanze desselben stand die alte Großmutter hell beleuchtet mild und freundlich da.

»Großmutter!« rief die Kleine. »Oh! nimm mich mit! Ich weiß, du bist fort, wenn das Schwefelhölzchen erlischt, du verschwindest wie der warme Ofen, wie der herrliche Gänsebraten und der große prächtige Weihnachtsbaum!« Und es strich schnell den ganzen Rest der Schwefelhölzchen an, der noch im Bunde war, denn es wollte die Großmutter recht festhalten. Und die Schwefelhölzchen leuchteten mit einem solchen Glanze, daß es heller wurde als am hellen Tage. Großmutter war früher nie so schön, so groß gewesen. Sie nahm das kleine Mädchen auf ihre Arme, und sie flogen in Glanz und Freude so hoch, so hoch; und dort oben war weder Kälte noch Hunger, noch Angst – sie waren bei Gott.

Aber im Winkel des Hauses saß in der kalten Morgenstunde das kleine Mädchen mit roten Wangen und lächelndem Munde – tot, erfroren an des alten Jahres letztem Abend. Der Neujahrsmorgen ging über dem toten Kinde auf, das dort mit den Schwefelhölzchen saß, von denen ein Bund abgebrannt war. »Es hat sich erwärmen wollen!« sagte man. Niemand wußte, was es Schönes gesehen hatte, in welchem Glanze es mit der Großmutter zur Neujahrsfreude eingegangen war.

BERGKRISTALL

ADALBERT STIFTER

Unsere Kirche feiert verschiedene Feste, welche zum Herzen dringen. Man kann sich kaum etwas Lieblicheres denken als Pfingsten und kaum etwas Ernsteres und Heiligeres als Ostern. Das Traurige und Schwermütige der Charwoche und darauf das Feierliche des Sonntags begleiten uns durch das Leben. Eines der schönsten Feste feiert die Kirche fast mitten im Winter, wo beinahe die längsten Nächte und kürzesten Tage sind, wo die Sonne am schiefsten gegen unsere Gefilde steht, und Schnee alle Fluren deckt, das Fest der Weihnacht. Wie in vielen Ländern der Tag vor dem Geburtsfeste des Herrn der Christabend heißt, so heißt er bei uns der heilige Abend, der darauf folgende Tag der heilige Tag und die dazwischen liegende Nacht die Weihnacht. Die katholische Kirche begeht den Christtag als den Tag der Geburt des Heilands mit ihrer allergrößten kirchlichen Feier, in den meisten Gegenden wird schon die Mitternachtsstunde als die Geburtsstunde des Herrn mit prangender Nachtfeier geheiligt, zu der die Glocken durch die stille winterliche Mitternachtluft laden, zu der die Bewohner mit Lichtern oder auf dunkeln wohlbekannten Pfaden aus schneeigen Bergen an bereiften Wäldern vorbei und durch knarrende Obstgärten zu der Kirche eilen, aus der die feierlichen Töne kommen, und die aus der Mitte des in beeiste Bäume gehüllten Dorfes mit den langen beleuchteten Fenstern emporragt. Mit dem Kirchenfeste ist auch ein häusliches verbunden. Es hat sich fast in allen christlichen Ländern verbreitet, daß man den Kindern die Ankunft des Christkindleins – auch eines Kindes, des wunderbarsten, das je auf der Welt war – als ein heiteres glänzendes feierliches Ding zeigt, das durch das ganze Leben fortwirkt und manchmal noch spät im Alter bei trüben schwermütigen oder rührenden Erinnerungen gleichsam als Rückblick in die einstige Zeit mit den bunten schimmernden Fittichen durch den öden traurigen und ausgeleerten Nachthimmel fliegt. Man pflegt den Kindern die Geschenke zu geben, die das heilige Christkindlein gebracht hat, um ihnen Freude zu machen. Das tut man gewöhnlich am heiligen Abende, wenn die tiefe Dämmerung eingetreten ist. Man zündet Lichter und meistens sehr viele an, die oft mit den kleinen Kerzlein auf den schönen grünen Ästen eines Tannen- oder Fichtenbäumchens schweben, das mitten in der Stube steht. Die Kinder dürfen nicht eher kommen, als bis das Zeichen gegeben wird, daß der heilige Christ zugegen gewesen ist und die Geschenke, die er mitgebracht, hinterlassen hat. Dann geht die Tür auf, die Kleinen dürfen hinein, und bei dem herrlichen schimmernden Lichterglanze sehen sie die Dinge auf dem Baume hängen oder auf dem Tische herumgebreitet, die alle Vorstellungen ihrer Einbildungskraft weit übertreffen, die sie sich nicht anzurühren getrauen, und die sie endlich, wenn sie sie bekommen haben, den ganzen Abend in ihren Ärmchen herumtragen und mit sich in das Bett nehmen. Wenn sie dann zuweilen in ihre Träume hinein die Glockentöne der Mitternacht hören, durch welche die Großen in die Kirche zur Andacht gerufen werden, dann mag es ihnen sein, als zögen jetzt die Englein durch den Himmel, oder als kehre der heilige Christ nach Hause, welcher nunmehr bei allen Kindern gewesen ist und jedem von ihnen ein herrliches Geschenk hinterbracht hat.

Wenn dann der folgende Tag, der Christtag, kömmt, so ist er ihnen so feierlich, wenn sie frühmorgens mit ihren schönsten Kleidern angetan in der warmen Stube stehen, wenn der Vater und die Mutter sich zum Kirchgang schmücken, wenn zu Mittage ein feierliches Mahl ist, ein besseres als in jedem Tage des ganzen Jahres, und

wenn nachmittags oder gegen den Abend hin Freunde und Bekannte kommen, auf den Stühlen und Bänken herumsitzen, miteinander reden und behaglich durch die Fenster in die Wintergegend hinausschauen können, wo entweder die langsamen Flocken niederfallen, oder ein trübender Nebel um die Berge steht, oder die blutrote kalte Sonne hinabsinkt. An verschiedenen Stellen der Stube, entweder auf einem Stühlchen oder auf der Bank oder auf dem Fensterbrettchen liegen die zaubrischen, nun aber schon bekannteren und vertrauteren Geschenke von gestern abend herum. Hierauf vergeht der lange Winter, es kömmt der Frühling und der unendlich dauernde Sommer – und wenn die Mutter wieder vom heiligen Christe erzählt, daß nun bald sein Festtag sein wird, und daß er auch diesmal herabkommen werde, ist es den Kindern, als sei seit seinem letzten Erscheinen eine ewige Zeit vergangen, und als liege die damalige Freude in einer weiten nebelgrauen Ferne. Weil dieses Fest so lange nachhält, weil sein Abglanz so hoch in das Alter hinaufreicht, so stehen wir so gerne dabei, wenn die Kinder dasselbe begehen und sich darüber freuen. – – In den hohen Gebirgen unsers Vaterlandes steht ein Dörfchen mit einem kleinen, aber sehr spitzigen Kirchturme, der mit seiner roten Farbe, mit welcher die Schindeln bemalt sind, aus dem Grün vieler Obstbäume hervorragt, und wegen derselben roten Farbe in dem duftigen und blauen Dämmern der Berge weithin ersichtlich ist. Das Dörfchen liegt gerade mitten in einem ziemlich weiten Tale, das fast wie ein länglicher Kreis gestaltet ist. Es enthält außer der Kirche eine Schule, ein Gemeindehaus und noch mehrere stattliche Häuser, die einen Platz gestalten, auf welchem vier Linden stehen, die ein steinernes Kreuz in ihrer Mitte haben. Diese Häuser sind nicht bloße Landwirtschaftshäuser, sondern sie bergen auch noch diejenigen Handwerke in ihrem Schoße, die dem menschlichen Geschlechte unentbehrlich sind, und die bestimmt sind, den Gebirgsbewohnern ihren einzigen Bedarf an Kunsterzeugnissen zu decken. Im Tale und an den Bergen herum sind noch sehr viele zerstreute Hütten, wie das in Gebirgsgegenden sehr oft der Fall ist, welche alle nicht nur zur Kirche und Schule gehören, sondern auch jenen Handwerken, von denen gesprochen wurde, durch Abnahme der Erzeugnisse ihren Zoll entrichten. Es gehören sogar noch weitere Hütten zu dem Dörfchen, die man von dem Tale aus gar nicht sehen kann, die noch tiefer in den Gebirgen stecken, deren Bewohner selten zu ihren Gemeindemitbrüdern herauskommen, und die im Winter oft ihre Toten aufbewahren müssen, um sie nach dem Wegschmelzen des Schnees zum Begräbnisse bringen zu können. Der größte Herr, den die Dörfler im Laufe des Jahres zu sehen bekommen, ist der Pfarrer. Sie verehren ihn sehr, und es geschieht gewöhnlich, daß derselbe durch längeren Aufenthalt im Dörfchen ein der Einsamkeit gewöhnter Mann wird, daß er nicht ungerne bleibt und einfach fortlebt. Wenigstens hat man seit Menschengedenken nicht erlebt, daß der Pfarrer des Dörfchens ein auswärtssüchtiger oder seines Standes unwürdiger Mann gewesen wäre. Es gehen keine Straßen durch das Tal, sie haben ihre zweigleisigen Wege, auf denen sie ihre Felderzeugnisse mit einspännigen Wäglein nach Hause bringen, es kommen daher wenig Menschen in das Tal, unter diesen manchmal ein einsamer Fußreisender, der ein Liebhaber der Natur ist, eine Weile in der bemalten Oberstube des Wirtes wohnt und die Berge betrachtet, oder gar ein Maler, der den kleinen spitzen Kirchturm und die schönen Gipfel der Felsen in seine Mappe zeichnet. Daher bilden die Bewohner eine eigene Welt, sie kennen einander alle mit Namen und mit den einzelnen Geschichten von Großvater und Urgroßvater her, trauern alle, wenn einer stirbt, wissen, wie er heißt, wenn einer geboren wird, haben eine Sprache, die von der der Ebene draußen abweicht, haben ihre Streitigkeiten, die sie schlichten, stehen einander bei und laufen zusammen, wenn sich etwas Außerordentliches begibt. Sie sind sehr stetig, und es bleibt immer beim Alten. Wenn ein Stein aus einer Mauer fällt, wird derselbe wieder hineingesetzt, die neuen Häuser werden wie die alten gebaut, die schadhaften Dächer werden mit gleichen Schindeln ausgebessert, und wenn in einem Hause schekkige Kühe sind, so werden immer solche Kälber aufgezogen, und die Farbe bleibt bei dem Hause. Gegen Mittag sieht man von dem

Dorfe einen Schneeberg, der mit seinen glänzenden Hörnern fast oberhalb der Hausdächer zu sein scheint, aber in der Tat doch nicht so nahe ist. Er sieht das ganze Jahr, Sommer und Winter, mit seinen vorstehenden Felsen und mit seinen weißen Flächen in das Tal herab. Als das Auffallendste, was sie in ihrer Umgebung haben, ist der Berg der Gegenstand der Betrachtung der Bewohner, und er ist der Mittelpunkt vieler Geschichten geworden. Es lebt kein Mann und Greis in dem Dorfe, der nicht von den Zacken und Spitzen des Berges, von seinen Eisspalten und Höhlen, von seinen Wässern und Geröllströmen etwas zu erzählen wüßte, was er entweder selbst erfahren oder von andern erzählen gehört hat. Dieser Berg ist auch der Stolz des Dorfes, als hätten sie ihn selber gemacht, und es ist nicht so ganz entschieden, wenn man auch die Biederkeit und Wahrheitsliebe der Talbewohner hoch anschlägt, ob sie nicht zuweilen zur Ehre und zum Ruhme des Berges lügen. Der Berg gibt den Bewohnern außer dem, daß er ihre Merkwürdigkeit ist, auch wirklichen Nutzen; denn wenn eine Gesellschaft von Gebirgsreisenden hereinkommt, um von dem Tale aus den Berg zu besteigen, so dienen die Bewohner des Dorfes als Führer, und einmal Führer gewesen zu sein, dieses und jenes erlebt zu haben, diese und jene Stelle zu kennen, ist eine Auszeichnung, die jeder gerne von sich darlegt. Sie reden oft davon, wenn sie in der Wirtsstube beieinander sitzen, und erzählen ihre Wagnisse und ihre wunderbaren Erfahrungen und versäumen aber auch nie zu sagen, was dieser oder jener Reisende gesprochen habe, und was sie von ihm als Lohn für ihre Bemühungen empfangen hätten. Dann sendet der Berg von seinen Schneeflächen die Wasser ab, welche einen See in seinen Hochwäldern speisen und den Bach erzeugen, der lustig durch das Tal strömt, die Brettersäge, die Mahlmühle und andere kleine Werke treibt, das Dorf reinigt und das Vieh tränkt. Von den Wäldern des Berges kömmt das Holz, und sie halten die Lawinen auf. Durch die innern

Gänge und Lockerheiten der Höhlen sinken die Wasser durch, die dann in Adern durch das Tal gehen und in Brünnlein und Quellen hervorkommen, daraus die Menschen trinken und ihr herrliches oft belobtes Wasser den Fremden reichen. Allein an letzteren Nutzen denken sie nicht und meinen, das sei immer so gewesen. Wenn man auf die Jahresgeschichte des Berges sieht, so sind im Winter die zwei Zacken seines Gipfels, die sie Hörner heißen, schneeweiß und stehen, wenn sie an hellen Tagen sichtbar sind, blendend in der finstern Bläue der Luft; alle Bergfelder, die um diese Gipfel herumlagern, sind dann weiß; alle Abhänge sind so; selbst die steilrechten Wände, die die Bewohner Mauern heißen, sind mit einem angeflogenen weißen Reife bedeckt und mit zartem Eise wie mit einem Firnisse belegt, so daß die ganze Masse wie ein Zauberpalast aus dem bereiften Grau der Wälderlast emporragt, welche schwer um ihre Füße herum ausgebreitet ist. Im Sommer, wo Sonne und warmer Wind den Schnee von den Steilseiten wegnimmt, ragen die Hörner nach dem Ausdrucke der Bewohner schwarz in den Himmel und haben nur schöne weiße Äderchen und Sprenkeln auf ihrem Rükken, in der Tat aber sind sie zart fernblau, und was sie Äderchen und Sprenkeln heißen, das ist nicht weiß, sondern hat das schöne Milchblau des fernen Schnees gegen das dunklere der Felsen. Die Bergfelder um die Hörner aber verlieren, wenn es recht heiß ist, an ihren höheren Teilen wohl den Firn nicht, der gerade dann recht weiß auf das Grün der Talbäume herabsieht, aber es weicht von ihren unteren Teilen der Winterschnee, der nur einen Flaum machte, und es wird das unbestimmte Schillern von Bläulich und Grünlich sichtbar, das das Geschiebe von Eis ist, das dann bloß liegt und auf die Bewohner unten hinabgrüßt. Am Rande dieses Schillerns, wo es von ferne wie ein Saum von Edelsteinsplittern aussieht, ist es in der Nähe ein Gemenge wilder, riesenhafter Blöcke, Platten und Trümmer, die sich drängen und verwirrt ineinander geschoben sind. Wenn ein

Sommer gar heiß und lang ist, werden die Eisfelder weit hinauf entblößt, und dann schaut eine viel größere Fläche von Grün und Blau in das Tal, manche Kuppen und Räume werden entkleidet, die man sonst nur weiß erblickt hatte, der schmutzige Saum des Eises wird sichtbar, wo es Felsen, Erde und Schlamm schiebt, und viel reichlichere Wasser als sonst fließen in das Tal. Dies geht fort, bis es nach und nach wieder Herbst wird, das Wasser sich verringert, zu einer Zeit einmal ein grauer Landregen die ganze Ebene des Tales bedeckt, worauf, wenn sich die Nebel von den Höhen wieder lösen, der Berg seine weiche Hülle abermals umgetan hat, und alle Felsen, Kegel und Zacken in weißem Kleide dastehen. So spinnt es sich ein Jahr um das andere mit geringen Abwechslungen ab und wird sich fortspinnen, solange die Natur so bleibt, und auf den Bergen Schnee und in den Tälern Menschen sind. Die Bewohner des Tales heißen die geringen Veränderungen große, bemerken sie wohl und berechnen an ihnen den Fortschritt des Jahres. Sie bezeichnen an den Entblößungen die Hitze und die Ausnahmen der Sommer. Was nun noch die Besteigung des Berges betrifft, so geschieht dieselbe von dem Tale aus. Man geht nach der Mittagsrichtung zu auf einem guten schönen Wege, der über einen sogenannten Hals in ein anderes Tal führt. Hals heißen sie einen mäßig hohen Bergrücken, der zwei größere und bedeutendere Gebirge miteinander verbindet und über den man zwischen den Gebirgen von einem Tale in ein anderes gelangen kann. Auf dem Halse, der den Schneeberg mit einem gegenüberliegenden großen Gebirgszuge verbindet, ist lauter Tannenwald. Etwa auf der größten Erhöhung desselben, wo nach und nach sich der Weg in das jenseitige Tal hinabzusenken beginnt, steht eine sogenannte Unglückssäule. Es ist einmal ein Bäcker, welcher Brot in seinem Korbe über den Hals trug, an jener Stelle tot gefunden worden. Man hat den toten Bäcker mit dem Korbe und mit den umringenden Tannenbäumen auf ein Bild gemalt, darunter eine

Erklärung und eine Bitte um ein Gebet geschrieben, das Bild auf eine rot angestrichene hölzerne Säule getan, und die Säule an der Stelle des Unglückes aufgerichtet. Bei dieser Säule biegt man von dem Wege ab und geht auf der Länge des Halses fort, statt über seine Breite in das jenseitige Tal hinüberzuwandern. Die Tannen bilden dort einen Durchlaß, als ob eine Straße zwischen ihnen hinginge. Es führt auch manchmal ein Weg in dieser Richtung hin, der dazu dient, das Holz von den höheren Gegenden zu der Unglückssäule herabzubringen, der aber dann wieder mit Gras verwächst. Wenn man auf diesem Wege fortgeht, der sachte bergan führt, so gelangt man endlich auf eine freie, von Bäumen entblößte Stelle. Dieselbe ist dürrer Haideboden, hat nicht einmal einen Strauch, sondern ist mit schwachem Haidekraute, mit trockenen Moosen und mit Dürrbodenpflanzen bewachsen. Die Stelle wird immer steiler, und man geht lange hinan; man geht aber immer in einer Rinne gleichsam wie in einem ausgerundeten Graben hinan, was den Nutzen hat, daß man auf der großen, baumlosen und überall gleichen Stelle nicht leicht irren kann. Nach einer Zeit erscheinen Felsen, die wie Kirchen gerade aus dem Grasboden aufsteigen, und zwischen deren Mauern man längere Zeit hinangehen kann. Dann erscheinen wieder kahle fast pflanzenlose Rücken, die bereits in die Lufträume der höhern Gegenden ragen und gerade zu dem Eise führen. Zu beiden Seiten dieses Weges sind steile Wände, und durch diesen Damm hängt der Schneeberg mit dem Halse zusammen. Um das Eis zu überwinden, geht man eine geraume Zeit an der Grenze desselben, wo es von den Felsen umstanden ist, dahin, bis man zu dem ältern Firn gelangt, der die Eisspalten überbaut und in den meisten Zeiten des Jahres den Wanderer trägt. An der höchsten Stelle des Firns erheben sich die zwei Hörner aus dem Schnee, wovon eines das höhere, mithin die Spitze des Berges ist. Diese Kuppen sind sehr schwer zu erklimmen; da sie mit einem oft breiteren, oft engeren

Schneegraben – der Firnschrunde – umgeben sind, der übersprungen werden muß, und da ihre steilrechten Wände nur kleine Absätze haben, in welche der Fuß eingesetzt werden muß, so begnügen sich die meisten Besteiger des Berges damit, bis zu der Firnschrunde gelangt zu sein und dort die Rundsicht, so weit sie nicht durch das Horn verdeckt ist, zu genießen. Die den Gipfel besteigen wollen, müssen dies mit Hilfe von Steigeisen, Stricken und Klammern tun. Außer diesem Berge stehen an derselben Mittagseite noch andere, aber keiner ist so hoch, wenn sie sich auch früh im Herbste mit Schnee bedecken und ihn bis tief in den Frühling hinein behalten. Der Sommer aber nimmt denselben immer weg, und die Felsen glänzen freundlich im Sonnenscheine, und die tiefer gelegenen Wälder zeigen ihr sanftes Grün von breiten blauen Schatten durchschnitten, die so schön sind, daß man sich in seinem Leben nicht satt daran sehen kann. An den andern Seiten des Tales, nämlich von Mitternacht, Morgen und Abend her, sind die Berge langgestreckt und niederer, manche Felder und Wiesen steigen ziemlich hoch hinauf, und oberhalb ihrer sieht man verschiedene Waldblößen, Alpenhütten und dergleichen, bis sie an ihrem Rande mit feingezacktem Walde am Himmel hingehen, welche Auszackung eben ihre geringe Höhe anzeigt, während die mittäglichen Berge, obwohl sie noch großartigere Wälder hegen, doch mit einem ganz glatten Rande an dem glänzenden Himmel hinstreichen. Wenn man so ziemlich mitten in dem Tale steht, so hat man die Empfindung, als ginge nirgends ein Weg in dieses Becken herein und keiner daraus hinaus; allein diejenigen, welche öfter im Gebirge gewesen sind, kennen diese Täuschung gar wohl; in der Tat führen nicht nur verschiedene Wege und darunter sogar manche durch die Verschiebungen der Berge fast auf ebenem Boden in die nördlichen Flächen hinaus, sondern gegen Mittag, wo das Tal durch steilrechte Mauern fast geschlossen scheint, geht sogar ein Weg über den obbenannten

Hals. Das Dörflein heißt Gschaid, und der Schneeberg, der auf seine Häuser herabschaut, heißt Gars. Jenseits des Halses liegt ein viel schöneres und blühenderes Tal, als das von Gschaid ist, und es führt von der Unglückssäule der gebahnte Weg hinab. Es hat an seinem Eingange einen stattlichen Marktflecken Millsdorf, der sehr groß ist, verschiedene Werke hat und in manchen Häusern städtische Gewerbe und Nahrung treibt. Die Bewohner sind viel wohlhabender als die in Gschaid, und obwohl nur drei Wegstunden zwischen den beiden Tälern liegen, was für die an große Entfernungen gewöhnten und Mühseligkeiten liebenden Gebirgsbewohner eine unbedeutende Kleinigkeit ist, so sind doch Sitten und Gewohnheiten in den beiden Tälern so verschieden, selbst der äußere Anblick derselben ist so ungleich, als ob eine große Anzahl Meilen zwischen ihnen läge. Das ist in Gebirgen sehr oft der Fall und hängt nicht nur von der verschiedenen Lage der Täler gegen die Sonne ab, die sie oft mehr oder weniger begünstigt, sondern auch von dem Geiste der Bewohner, der durch gewisse Beschäftigungen nach dieser oder jener Richtung gezogen wird. Darin stimmen aber alle überein, daß sie an Herkömmlichkeiten und Väterweise hängen, großen Verkehr leicht entbehren, ihr Tal außerordentlich lieben und ohne demselben kaum leben können. Es vergehen oft Monate, oft fast ein Jahr, ehe ein Bewohner von Gschaid in das jenseitige Tal hinüberkömmt und den großen Marktflecken Millsdorf besucht. Die Millsdorfer halten es ebenso, obwohl sie ihrerseits doch Verkehr mit dem Lande draußen pflegen, und daher nicht so abgeschieden sind wie die Gschaider. Es geht sogar ein Weg, der eine Straße heißen könnte, längs ihres Tales, und mancher Reisende und mancher Wanderer geht hindurch, ohne nur im geringsten zu ahnen, daß mitternachtwärts seines Weges jenseits des hohen herabblickenden Schneebergs noch ein Tal sei, in dem viele Häuser zerstreut sind, und in dem das Dörflein mit dem spitzigen Kirchturme steht. Unter den

Gewerben des Dorfes, welche bestimmt sind, den Bedarf des Tales zu decken, ist auch das eines Schusters, das nirgends entbehrt werden kann, wo die Menschen nicht in ihrem Urzustande sind. Die Gschaider aber sind so weit über diesem Stande, daß sie recht gute und tüchtige Gebirgsfußbekleidung brauchen. Der Schuster ist mit einer kleinen Ausnahme der einzige im Tale. Sein Haus steht auf dem Platze in Gschaid, wo überhaupt die besseren stehen, und schaut mit seinen grauen Mauern, weißen Fenstersimsen und grün angestrichenen Fensterläden auf die vier Linden hinaus. Es hat im Erdgeschosse die Arbeitsstube, die Gesellenstube, eine größere und kleinere Wohnstube, ein Verkaufstübchen, nebst Küche und Speisekammer und allen zugehörigen Gelassen; im ersten Stockwerke oder eigentlich im Raume des Giebels hat es die Oberstube oder eigentliche Prunkstube. Zwei Prachtbetten, schöne geglättete Kästen mit Kleidern stehen da, dann ein Gläserkästchen mit Geschirren, ein Tisch mit eingelegter Arbeit, gepolsterte Sessel, ein Mauerkästchen mit den Ersparnissen, dann hängen an den Wänden Heiligenbilder, zwei schöne Sackuhren, gewonnene Preise im Schießen, und endlich sind auch Scheibengewehre und Jagdbüchsen nebst ihrem Zugehöre in einem eigenen, mit Glastafeln versehenen Kasten aufgehängt. An das Schusterhaus ist ein kleines Häuschen, nur durch den Einfahrtsschwibbogen getrennt, angebaut, welches genau dieselbe Bauart hat und zum Schusterhause wie ein Teil zum Ganzen gehört. Es hat nur eine Stube mit den dazu gehörigen Wohnteilen. Es hat die Bestimmung, dem Hausbesitzer, sobald er das Anwesen seinem Sohne oder Nachfolger übergeben hat, als sogenanntes Ausnahmstübchen zu dienen, in welchem er mit seinem Weibe so lange haust, bis beide gestorben sind, die Stube wieder leer steht und auf einen neuen Bewohner wartet. Das Schusterhaus hat nach rückwärts Stall und Scheune; denn jeder Talbewohner ist, selbst wenn er ein Gewerbe treibt, auch Landbebauer und zieht hieraus seine gute und nachhaltige Nahrung. Hinter diesen Gebäuden ist endlich der Garten, der fast bei keinem besseren Hause in Gschaid fehlt, und von dem sie ihre Gemüse, ihr Obst und für festliche Gelegenheiten ihre Blumen ziehen. Wie oft im Gebirge, so ist auch in Gschaid die Bienenzucht in diesen Gärten sehr verbreitet. Die kleine Ausnahme, deren oben Erwähnung geschah, und die Nebenbuhlerschaft der Alleinherrlichkeit des Schusters ist ein anderer Schuster, der alte Tobias, der aber eigentlich kein Nebenbuhler ist, weil er nur mehr flickt, hierin viel zu tun hat und es sich nicht im entferntesten beikommen läßt, mit dem vornehmen Platzschuster in einen Wettstreit einzugehen, insbesondere da der Platzschuster ihn häufig mit Lederflecken, Sohlenabschnitten und dergleichen Dingen unentgeltlich versieht. Der alte Tobias sitzt im Sommer am Ende des Dörfchens unter Holunderbüschen und arbeitet. Er ist umringt von Schuhen und Bundschuhen, die aber sämtlich alt, grau, kotig und zerrissen sind. Stiefel mit langen Röhren sind nicht da, weil sie im Dorfe und in der Gegend nicht getragen werden; nur zwei Personen haben solche, der Pfarrer und der Schullehrer, welche aber beides, flicken und neue Ware machen, nur bei dem Platzschuster lassen. Im Winter sitzt der alte Tobias in seinem Stübchen hinter den Holunderstauden und hat warm geheizt, weil das Holz in Gschaid nicht teuer ist. Der Platzschuster ist, ehe er das Haus angetreten hat, ein Gemsewildschütze gewesen und hat überhaupt in seiner Jugend, wie die Gschaider sagen, nicht gut getan. Er war in der Schule immer einer der besten Schüler gewesen, hatte dann von seinem Vater das Handwerk gelernt, ist auf Wanderung gegangen und ist endlich wieder zurückgekehrt. Statt, wie es sich für einen Gewerbsmann ziemt, und wie sein Vater es zeitlebens getan, einen schwarzen Hut zu tragen, tat er einen grünen auf, steckte noch alle bestehenden Federn darauf und stolzierte mit ihm und mit dem kürzesten Lodenrocke, den es im Tale gab, herum, während sein Vater immer einen Rock von dunkler, womöglich schwarzer Farbe hatte, der auch, weil er einem Gewerbsmanne angehörte, immer sehr weit herabgeschnitten sein mußte. Der junge Schuster war auf allen Tanzplätzen und Kegelbahnen zu sehen. Wenn ihm jemand eine gute Lehre gab, so pfiff er ein Liedlein. Er ging mit seinem Scheibengewehre zu allen Schießen der Nachbarschaft und brachte manchmal einen Preis nach Hause, was er für einen großen Sieg hielt. Der Preis bestand meistens aus Münzen, die künstlich gefaßt waren, und zu deren Gewinnung der Schuster mehr gleiche Münzen ausgeben mußte, als der Preis enthielt, besonders da er wenig haushälterisch mit dem Gelde war. Er ging auf alle Jagden, die in der Gegend abgehalten wurden, und hatte sich den Namen eines guten Schützen erworben. Er ging aber auch manchmal allein mit seiner Doppelbüchse und mit Steigeisen fort, und einmal sagte man, daß er eine schwere Wunde im Kopfe erhalten habe. In Millsdorf war ein Färber, welcher gleich am Anfange des Marktfleckens, wenn man auf dem Wege von Gschaid hinüberkam, ein sehr ansehnliches Gewerbe hatte, mit vielen Leuten und sogar, was im Tale etwas Unerhörtes war, mit Maschinen arbeitete. Außerdem besaß er noch eine ausgebreitete Feldwirtschaft. Zu der Tochter dieses reichen Färbers ging der Schuster über das Gebirge, um sie zu gewinnen. Sie war wegen ihrer Schönheit weit und breit berühmt, aber auch wegen ihrer Eingezogenheit, Sittsamkeit und Häuslichkeit belobt. Dennoch, hieß es, soll der Schuster ihre Aufmerksamkeit erregt haben. Der Färber ließ ihn nicht in sein Haus kommen; und hatte die schöne Tochter schon früher keine öffentlichen Plätze und Lustbarkeiten besucht und war selten außer dem Hause ihrer Eltern zu sehen gewesen: so ging sie jetzt schon gar nirgends mehr hin als in die Kirche oder in ihrem Garten oder in den Räumen des Hauses herum. Einige Zeit nach dem Tode seiner Eltern, durch welchen ihm das Haus derselben zugefallen war, das er nun allein bewohnte, änderte sich der Schuster gänzlich. So wie er früher getollt hatte, so saß er jetzt in seiner Stube und hämmerte Tag und Nacht an seinen Sohlen. Er setzte prahlend einen Preis darauf, wenn es jemand gäbe, der bessere Schuhe und Fußbekleidung machen könne. Er nahm keine andern Arbeiter als die besten und trillte sie noch sehr herum, wenn sie in seiner Werkstätte arbeiteten, daß sie ihm folgten und die Sache so einrichteten, wie er befahl. Wirklich brachte er es jetzt auch dahin, daß nicht nur das ganze Dorf Gschaid, das zum größten Teile die Schusterarbeit aus benachbarten Tälern bezogen hatte, bei ihm arbeiten ließ, daß das ganze Tal bei ihm arbeiten ließ, und daß endlich sogar einzelne von Millsdorf und andern Tälern hereinkamen und sich ihre Fußbekleidungen von dem Schuster in Gschaid machen ließen. Sogar in die Ebene hinaus verbreitete sich sein Ruhm, daß manche, die in die Gebirge gehen wollten, sich die Schuhe dazu von ihm machen ließen. Er richtete das Haus sehr schön zusammen, und in dem Warengewölbe glänzten auf den Brettern die Schuhe, Bundstiefel und Stiefel; und wenn am Sonntage die ganze Bevölkerung des Tales hereinkam, und man bei den vier Linden des Platzes stand, ging man gerne zu dem Schusterhause hin und sah durch die Gläser in die Warenstube, wo die Käufer und Besteller waren. Nach seiner Vorliebe zu den Bergen machte er auch jetzt die Gebirgsbundschuhe am besten. Er pflegte in der Wirtsstube zu sagen: es gäbe keinen, der ihm einen fremden Gebirgsbundschuh zeigen könne, der sich mit einem seinigen vergleichen lasse. »Sie wissen es nicht«, pflegte er beizufügen, »sie haben es in ihrem Leben nicht erfahren, wie ein solcher Schuh sein muß, daß der gestirnte Himmel der Nägel recht auf der Sohle sitze und das gebührende Eisen enthalte, daß der Schuh außen hart sei, damit kein Geröllstein, wie scharf er auch sei, empfunden werde, und daß er sich von innen doch weich und zärtlich wie ein Handschuh an die Füße lege.« Der Schuster hatte sich ein sehr großes Buch machen lassen, in welches er alle verfertigte Ware eintrug, die Namen derer beifügte, die den Stoff geliefert und die Ware gekauft hatten, und eine kurze Bemerkung über die Güte des Erzeugnisses beischrieb. Die gleichartigen Fußbekleidungen hatten ihre fortlaufenden Zahlen, und das Buch lag in der großen Lade seines Gewölbes. Wenn die schöne Färberstochter von Millsdorf auch nicht aus der Eltern Hause kam, wenn sie auch weder Freunde noch Verwandte besuchte, so konnte es der Schuster von Gschaid doch so machen, daß sie ihn von ferne sah, wenn sie in die Kirche ging, wenn sie in dem Garten war, und wenn sie aus den Fenstern ihres Zimmers auf die Matten blickte. Wegen dieses unausgesetzten Sehens hatte es die Färberin durch langes inständiges und ausdauerndes Flehen für ihre Tochter dahin gebracht, daß der halsstarrige Färber nachgab, und daß der Schuster, weil er denn nun doch besser geworden, die schöne reiche Millsdorferin als Eheweib nach Gschaid führte. Aber der Färber war deßungeachtet auch ein Mann, der seinen Kopf hatte. Ein rechter Mensch, so sagte er, müsse sein Gewerbe treiben, daß es blühe und vorwärts komme, er müsse daher sein Weib, seine Kinder, sich und sein Gesinde ernähren, Hof und Haus im Stande des Glanzes halten und sich noch ein Erkleckliches erübrigen, welches letztere doch allein imstande sei, ihm Ansehen und Ehre in der Welt zu geben; darum erhalte seine Tochter nichts als eine vortreffliche Ausstattung, das andere ist Sache des Ehemannes, daß er es mache und für alle Zukunft es besorge. Die Färberei in Millsdorf und die Landwirtschaft auf dem Färberhause sei für sich ein ansehnliches und ehrenwertes Gewerbe, das um seiner Ehre willen bestehe, und wozu alles, was da sei, als Grundstock dienen müsse, daher er nichts weggebe. Wenn einmal er und sein Eheweib, die Färberin, tot seien, dann gehöre Färberei und Landwirtschaft in Millsdorf ihrer einzigen Tochter, nämlich der Schusterin in Gschaid, und Schuster und Schusterin könnten dann damit tun, was sie wollten: aber alles dieses nur, wenn die Erben es wert wären, das Erbe zu empfangen; wären sie es nicht wert, so ging das Erbe auf die Kinder derselben, und wenn keine vorhanden wären, mit der Ausnahme des lediglichen Pflichtteiles auf andere Verwandte über. Der Schuster verlangte auch nichts, er zeigte im Stolze, daß es ihm nur um die schöne Färberstochter in Millsdorf zu tun gewesen, und daß er sie schon ernähren und erhalten könne, wie sie zu Hause ernährt und erhalten worden ist. Er kleidete sie als sein Eheweib nicht nur schöner als alle Gschaiderinnen und alle Bewohnerinnen des Tales, sondern auch schöner, als sie sich je zu Hause getragen hatte, und Speise, Trank und übrige Behandlung mußten besser und rücksichtsvoller sein, als sie das gleiche im väterlichen Hause genossen hatte. Und um dem Schwiegervater zu trotzen, kaufte er mit erübrigten Summen nach und nach immer mehr Grundstücke so ein, daß er einen tüchtigen Besitz beisammen hatte. Weil die Bewohner von Gschaid so selten aus ihrem Tale kommen und nicht einmal oft nach Millsdorf hinüber gehen, von dem sie durch Bergrücken und durch Sitten geschieden sind, weil ferner ihnen gar kein Fall vorkömmt, daß ein Mann sein Tal verläßt und sich in dem benachbarten ansiedelt (Ansiedlungen in großen Entfernungen kommen öfter vor), weil endlich auch kein Weib oder Mädchen gerne von einem Tale in ein anderes auswandert, außer in dem ziemlich seltenen Falle, wenn sie der Liebe folgt und als Eheweib und zu dem Ehemann in ein anderes Tal kömmt: so geschah es, daß die schöne Färberstochter von Millsdorf, da sie Schusterin in Gschaid geworden war, doch immer von allen Gschaidern als Fremde angesehen wurde, und wenn man ihr auch nichts Übles antat, ja wenn man sie ihres schönen Wesens und ihrer Sitten wegen sogar liebte, doch immer etwas vorhanden war, das wie Scheu oder, wenn man will, wie Rücksicht aussah, und nicht zu dem Innigen und Gleichartigen kommen ließ, wie Gschaiderinnen gegen Gschaiderinnen, Gschaider gegen Gschaider hatten. Es war so, ließ sich nicht abstellen, und wurde durch die bessere Tracht und durch das erleichterte häusliche Leben der Schusterin noch vermehrt. Sie hatte ihrem Manne nach dem ersten Jahre einen Sohn und in einigen Jahren darauf ein Töchterlein geboren. Sie glaubte aber, daß er die Kinder nicht so liebe, wie sie sich vorstellte, daß es sein solle, und wie sie sich bewußt war, daß sie dieselben liebe; denn sein Angesicht war meistens ensthaft und mit seinen Arbeiten beschäftigt. Er spielte und tändelte selten mit den Kindern und sprach stets ruhig mit ihnen, gleichsam so, wie man mit Erwachsenen spricht. Was Nahrung und Kleidung und andere äußere Dinge anbelangt, hielt er die Kinder untadelig. In der ersten Zeit der Ehe kam die Färberin öfter nach Gschaid, und die jungen Eheleute besuchten auch Millsdorf zuweilen bei Kirchweihen oder anderen festlichen Gelegenheiten. Als aber die Kinder auf der Welt waren, war die Sache anders geworden. Wenn schon Mütter ihre Kinder lieben und sich nach ihnen sehnen, so ist dieses von Großmüttern öfter in noch höherem Grade der Fall: sie verlangen zuweilen mit wahrlich krankhafter Sehnsucht nach ihren Enkeln. Die Färberin kam sehr oft nach Gschaid herüber, um die Kinder zu sehen, ihnen Geschenke zu bringen, eine Weile da zu bleiben und dann mit guten Ermahnungen zu scheiden. Da aber das Alter und die Gesundheitsumstände der Färberin die öfteren Fahrten nicht mehr so möglich machten, und der Färber aus dieser Ursache Einsprache tat, wurde auf etwas anderes gesonnen, die Sache wurde umgekehrt, und die Kinder kamen jetzt zur Großmutter. Die Mutter brachte sie selber öfter in einem Wagen, öfter aber wurden sie, da sie noch im zarten Alter waren, eingemummt einer Magd mitgegeben, die sie in einem Fuhrwerk über den Hals brachte. Als sie aber größer waren, gingen sie zu Fuße entweder mit der Mutter oder mit einer Magd nach Millsdorf, ja da der Knabe geschickt, stark und klug geworden war, ließ man ihn allein den bekannten Weg über den Hals gehen, und wenn es sehr schön war, und er bat, erlaubte man auch, daß ihn die kleine Schwester begleite. Dies ist bei den Gschaidern gebräuchlich, weil sie an starkes Fußgehen gewöhnt sind und die Eltern überhaupt, namentlich aber ein Mann wie der Schuster, es gerne sehen und eine Freude daran haben, wenn ihre Kinder tüchtig werden. So geschah es, daß die Kinder den Weg über den Hals öfter zurücklegten als die übrigen Dörfler zusammengenommen, und da schon ihre Mutter in Gschaid immer gewissermaßen wie eine Fremde behandelt wurde, so wurden durch diesen Umstand auch die Kinder fremd, sie waren kaum Gschaider und gehörten halb nach Millsdorf hinüber. Der Knabe hatte schon das ernste Wesen seines Vaters, und das Mädchen Susanne, nach ihrer Mutter so genannt, oder wie man es zur Abkürzung nannte, Sanna, hatte viel Glauben zu seinen Kenntnissen, seiner Einsicht und seiner Macht und gab sich unbedingt unter seine Leitung, gerade so wie die Mutter sich unbedingt unter die Leitung des Vaters gab, dem sie alle Einsicht und Geschicklichkeit zutraute. An schönen Tagen konnte man morgens die Kinder durch das Tal gegen Mittag wandern sehen, über die Wiese gehen und dort anlangen, wo der Wald des Halses gegen sie her schaut. Sie näherten sich dem Walde, gingen auf seinem Wege allgemach über die Erhöhung hinan, und kamen, ehe der Mittag eingetreten war, auf den offenen Wiesen auf der anderen Seite gegen Millsdorf hinunter. Konrad zeigte Sanna die Wiesen, die dem Großvater gehörten, dann gingen sie durch seine Felder, auf denen er ihr die Getreidearten erklärte, dann sahen sie auf Stangen unter dem Vorsprunge des Daches die langen Tücher zum Trocknen herabhängen, die sich im Winde schlängelten oder närrische Gesichter machten, dann hörten sie seine Walkmühle und seinen Lohstampf, die er an seinem Bache für Tuchmacher und Gerber angelegt hatte, dann bogen sie noch um die Ecke der Felder und gingen im kurzen durch die Hintertür in den Garten der Färberei, wo sie von der Großmutter empfangen wurden. Diese ahnte immer, wenn die Kinder kamen, sah zu den Fenstern aus und erkannte sie von weitem, wenn Sannas rotes Tuch recht in der Sonne leuchtete. Sie führte die Kinder dann durch die Waschstube und Presse in das Zimmer, ließ sie niedersetzen, ließ nicht zu, daß sie Halstücher oder Jäckchen lüfteten, damit sie sich nicht verkühlten, und behielt sie beim Essen da. Nach dem Essen durften sie sich lüften, spielen, durften in den Räumen des großväterlichen Hauses herumgehen, oder sonst tun, was sie wollten, wenn es nur nicht unschicklich oder verboten war. Der Färber, welcher immer bei dem Essen war, fragte sie um ihre Schulgegenstände aus und schärfte ihnen besonders ein, was sie lernen sollten. Nachmittags wurden sie von der Großmutter schon, ehe die Zeit kam, zum Aufbruche getrieben, daß sie ja nicht zu spät kämen. Obgleich der Färber keine Mitgift gegeben hatte und vor seinem Tode von seinem Vermögen nichts wegzugehen gelobt hatte, glaubte sich die Färberin an diese Dinge doch nicht so strenge gebunden, und sie gab den Kindern nicht allein während ihrer Anwesenheit allerlei, worunter nicht selten ein Münzstück und zuweilen gar von ansehnlichem Werte war, sondern sie band ihnen auch immer zwei Bündelchen zusammen, in denen sich Dinge befanden, von denen sie glaubte, daß sie notwendig wären, oder daß sie den Kindern Freude machen könnten. Und wenn oft die nämlichen Dinge im Schusterhause in Gschaid ohnedem in aller Trefflichkeit vorhanden waren, so gab sie die Großmutter in der Freude des Gebens doch, und die Kinder trugen sie als etwas Besonderes nach Hause. So geschah es nun, daß die Kinder am heiligen Abend schon unwissend die Geschenke in Schachteln gut versiegelt und verwahrt nach Hause trugen, die ihnen in der Nacht beschert werden sollten. Weil die Großmutter die Kinder immer schon vor der Zeit zum Fortgehen drängte, damit sie nicht zu spät nach Hause kämen, so erzielte sie hiedurch, daß die Kinder gerade auf dem Wege bald an dieser, bald an jener Stelle sich aufhielten. Sie saßen gerne an dem Haselnußgehege, das auf dem Halse ist, und schlugen mit Steinen Nüsse auf, oder spielten, wenn keine Nüsse waren, mit Blättern oder mit Hölzlein oder mit den weichen, braunen Zäpfchen, die im ersten Frühjahr von den Zweigen der Nadelbäume herabfielen. Manchmal erzählte Konrad dem Schwesterchen Geschichten, oder wenn sie zu der roten Unglückssäule kamen, führte er sie ein Stück auf dem Seitenwege links gegen die Höhen hinan und sagte ihr, daß man da auf den Schneeberg gelange, daß dort Felsen und Steine seien, daß die Gemsen herumspringen und große Vögel fliegen. Er führte sie oft über den Wald hinaus, sie betrachteten dann den dürren Rasen und die kleinen Sträucher der Haidekräuter; aber er führte sie wieder zurück und brachte sie immer vor der Abenddämmerung nach Hause, was ihm stets Lob eintrug. Einmal war am heiligen Abende, da die erste Morgendämmerung in dem Tale von Gschaid in Helle übergegangen war, ein dünner trockener Schleier über den ganzen Himmel gebreitet, so daß man die ohnedem schiefe und ferne Sonne im Südosten nur als einen undeutlichen roten Fleck sah, überdies war an diesem Tage eine milde, beinahe laulichte Luft unbeweglich im ganzen Tale und auch an dem Himmel, wie die unveränderte und ruhige Gestalt der Wolken zeigte. Da sagte die Schustersfrau zu ihren Kindern: »Weil ein so angenehmer Tag ist, weil es so lange nicht geregnet hat und die Wege fest sind, und weil es auch der Vater gestern unter der Bedingung erlaubt hat, wenn der heutige Tag dazu geeignet ist, so dürft ihr zur Großmutter nach Millsdorf gehen; aber ihr müßt den Vater noch vorher fragen.« Die Kinder, welche noch in ihren Nachtkleidern dastanden, liefen in die Nebenstube, in welcher der Vater mit einem Kunden sprach, und baten um die Wiederholung der gestrigen Erlaubnis, weil ein so schöner Tag sei. Sie wurde ihnen erteilt, und sie liefen wieder zur Mutter zurück. Die Schustersfrau zog nun ihre Kinder vorsorglich an, oder eigentlich sie zog das Mädchen mit dichten gut verwahrenden Kleidern an; denn der Knabe begann sich selber anzukleiden und stand viel früher fertig da, als die Mutter mit dem Mädchen hatte ins reine kommen können. Als sie dieses Geschäft vollendet hatte, sagte sie: »Konrad, gib wohl acht: weil ich dir das Mädchen mitgehen lasse, so müsset ihr beizeiten fortgehen, ihr müsset an keinem Platze stehen bleiben, und wenn ihr bei der Großmutter gegessen habt, so müsset ihr gleich wieder umkehren und nach Hause trachten; denn die Tage sind jetzt sehr kurz, und die Sonne geht gar bald unter.« »Ich weiß es schon, Mutter«, sagte Konrad. »Und siehe gut auf Sanna, daß sie nicht fällt oder sich erhitzt.« »Ja, Mutter.« »So, Gott behüte euch, und geht noch zum Vater und sagt, daß ihr jetzt fortgehet.« Der Knabe nahm eine von seinem Vater kunstvoll aus Kalbsfellen genähte Tasche an einem Riemen um die Schulter, und die Kinder gingen in die Nebenstube, um dem Vater Lebewohl zu sagen. Aus dieser kamen sie bald heraus und hüpften, von der Mutter mit einem Kreuze besegnet, fröhlich auf die Gasse. Sie gingen schleunig längs des Dorfplatzes hinab, und dann durch die Häusergasse und endlich zwischen den Planken der Obstgärten in das Freie hinaus. Die Sonne stand schon über dem mit milchigen Wolkenstreifen durchwobenen Wald der morgendlichen Anhöhen, und ihr trübes, rötliches Bild schritt durch die laublosen Zweige der Holzäpfelbäume mit den Kindern fort. In dem ganzen Tale war kein Schnee, die größeren Berge, von denen er schon viele Wochen herabgeglänzt hatte, waren damit bedeckt, die kleineren standen in dem Mantel ihrer Tannenwälder und im Fahlrot ihrer entblößten Zweige unbeschneit und ruhig da. Der Boden war noch nicht gefroren, und er wäre vermöge der vorhergegangenen langen regenlosen Zeit ganz trocken gewesen, wenn ihn nicht die Jahreszeit mit einer zarten Feuchtigkeit überzogen hätte, die ihn aber nicht schlüpfrig, sondern eher fest und widerprallend machte, daß sie leicht und gering darauf fortgingen. Das wenige Gras, welches noch auf den Wiesen und vorzüglich an den Wassergräben derselben war, stand in herbstlichem Ansehen. Es lag kein Reif und bei näherem Anblicke nicht einmal ein Tau, was nach der Meinung der Landleute baldigen Regen bedeutete. Gegen die Grenzen der Wiesen zu war ein Gebirgsbach, über welchen ein hoher Steg führte. Die Kinder gingen auf den Steg und schauten hinab. Im Bache war schier kein Wasser; ein dünner Faden von sehr stark blauer Farbe ging durch die trockenen Kiesel des Gerölls, die wegen Regenlosigkeit ganz weiß geworden waren, und sowohl die Wenigkeit als auch die Farbe des Wassers zeigte an, daß in den größeren Höhen schon Kälte herrschen müsse, die den Boden verschließe, daß er mit seiner Erde das Wasser nicht trübe, und die das Eis erhärte, daß es in seinem Innern nur wenige klare Tropfen abgeben könne. Von dem Stege liefen die Kinder durch die Gründe fort und näherten sich immer mehr den Waldungen. Sie trafen endlich die Grenze des Holzes und gingen in demselben weiter. Als sie in die höheren Wälder des Halses hinaufgekommen waren, zeigten sich die langen Furchen des Fahrweges nicht mehr weich, wie es unten im Tale der Fall gewesen war, sondern sie waren fest, und zwar nicht aus Trockenheit, sondern, wie die Kinder sich bald überzeugten, weil sie gefroren waren. An manchen Stellen waren sie so überfroren, daß sie die Körper der Kinder trugen. Nach der Natur der Kinder gingen sie nun nicht mehr auf den glatten Pfaden neben dem Fahrwege, sondern in den Gleisen, und versuchten, ob dieser oder jener Furchenaufwurf sie schon trage. Als sie nach Verlauf einer Stunde auf der Höhe des Halses angekommen waren, war der Boden bereits so hart, daß er klang und Schollen wie Steine hatte. An der roten Unglückssäule des Bäckers bemerkte Sanna zuerst, daß sie heute gar nicht dastehe. Sie gingen zu dem Platze hinzu und sahen, daß der runde rot angestrichene Balken, der das Bild trug, in dem dürren Grase liege, das wie dünnes Stroh an der

Stelle stand und den Anblick der liegenden Säule verdeckte. Sie sahen zwar nicht ein, warum die Säule liege, ob sie umgeworfen worden, ober ob sie von selber umgefallen sei, das sahen sie, daß sie an der Stelle, wo sie in die Erde ragte, sehr morsch war, und daß sie daher sehr leicht habe umfallen können; aber da sie einmal lag, so machte es ihnen Freude, daß sie das Bild und die Schrift so nahe betrachten konnten, wie es sonst nie der Fall gewesen war. Als sie alles – den Korb mit den Semmeln, die bleichen Hände des Bäckers, seine geschlossenen Augen, seinen grauen Rock und die umstehenden Tannen – betrachtet hatten, als sie die Schrift gelesen und laut gesagt hatten, gingen sie wieder weiter. Abermals nach einer Stunde wichen die dunklen Wälder zu beiden Seiten zurück, dünnstehende Bäume, teils einzelne Eichen, teils Birken und Gebüschgruppen empfingen sie, geleiteten sie weiter, und nach kurzem liefen sie auf den Wiesen in das Millsdorfer Tal hinab. Obwohl dieses Tal bedeutend tiefer liegt als das von Gschaid, und auch um so viel wärmer war, daß man die Ernte immer um vierzehn Tage früher beginnen konnte als in Gschaid, so war doch auch hier der Boden gefroren, und als die Kinder bis zu den Loh- und Walkwerken des Großvaters gekommen waren, lagen auf dem Wege, auf den die Räder oft Tropfen herausspritzten, schöne Eistäfelchen. Den Kindern ist das gewöhnlich ein sehr großes Vergnügen. Die Großmutter hatte sie kommen gesehen, war ihnen entgegen gegangen, nahm Sanna bei den erfrorenen Händchen und führte sie in die Stube. Sie nahm ihnen die wärmeren Kleider ab, sie ließ in dem Ofen nachlegen, und fragte sie, wie es ihnen im Herübergehen gegangen sei. Als sie hierauf die Antwort erhalten hatte, sagte sie: »Das ist schon recht, das ist gut, es freut mich gar sehr, daß ihr wieder gekommen seid; aber heute müßt ihr bald fort, der Tag ist kurz, und es wird auch kälter, am Morgen war es in Millsdorf nicht gefroren.« »In Gschaid auch nicht«, sagte der Knabe. »Siehst du, darum müßt ihr euch sputen, daß euch gegen Abend nicht zu kalt wird«, antwortete die Großmutter. Hierauf fragte sie, was die Mutter mache, was der Vater mache, und ob nichts Besonderes in Gschaid geschehen sei. Nach diesen Fragen bekümmerte sie sich um das Essen, sorgte, daß es früher bereitet wurde als gewöhnlich, und richtete selber den Kindern kleine Leckerbissen zusammen, von denen sie wußte, daß sie eine Freude damit erregen würde. Dann wurde der Färber gerufen, die Kinder bekamen an dem Tische aufgedeckt wie große Personen und aßen nun mit Großvater und Großmutter, und die letzte legte ihnen hiebei besonders Gutes vor. Nach dem Essen streichelte sie Sannas unterdessen sehr rot gewordene Wangen. Hierauf ging sie geschäftig hin und her und steckte das Kalbfellränzchen des Knaben voll, und steckte ihm noch allerlei in die Taschen. Auch in die Täschchen von Sanna tat sie allerlei Dinge. Sie gab jedem ein Stück Brot, es auf dem Wege zu verzehren, und in dem Ränzchen, sagte sie, seien noch zwei Weißbrote, wenn etwa der Hunger zu groß würde. »Für die Mutter habe ich einen guten gebrannten Kaffee mitgegeben«, sagte sie, »und in dem Fläschchen, das zugestopft und gut verbunden ist, befindet sich auch ein schwarzer Kaffeeaufguß, ein besserer, als die Mutter bei euch gewöhnlich macht, sie soll ihn nur kosten, wie er ist, er ist eine wahre Arznei, so kräftig, daß nur ein Schlückchen den Magen so wärmt, daß es den Körper in den kältesten Wintertagen nicht frieren kann. Die anderen Sachen, die in der Schachtel und in den Papieren im Ränzchen sind, bringt unversehrt nach Hause.« Da sie noch ein Weilchen mit den Kindern geredet hatte, sagte sie, daß sie gehen sollten. »Habe acht, Sanna«, sagte sie, »daß du nicht frierst, erhitze dich nicht; und daß ihr nicht über die Wiesen hinauf und unter den Bäumen lauft. Etwa kömmt gegen Abend ein Wind, da müßt ihr langsamer gehen. Grüßet Vater und Mutter und sagt, sie sollen recht glückliche Feiertage haben.« Die Großmutter küßte beide Kinder auf die Wangen und schob sie durch die Tür hinaus. Nichtsdestoweniger ging sie aber auch selber mit, geleitete sie durch den Garten, ließ sie durch das Hinterpförtchen hinaus, schloß wieder und ging in das Haus zurück. Die Kinder gingen an den Eistäfelchen neben den Werken des Großvaters vorbei, sie gingen durch die Millsdorfer Felder und wendeten sich gegen die Wiesen hinan. Als sie auf den Anhöhen gingen, wo, wie gesagt wurde, zerstreute Bäume und Gebüschgruppen standen, fielen äußerst langsam einzelne Schneeflocken. »Siehst du, Sanna«, sagte der Knabe, »ich habe es gleich gedacht, daß wir Schnee bekommen; weißt du, da wir von Hause weggingen, sahen wir noch die Sonne, die so blutrot war wie eine Lampe bei dem heiligen Grabe, und jetzt ist nichts mehr von ihr zu erblicken, und nur der graue Nebel ist über den Baumwipfeln oben. Das bedeutet allemal Schnee.« Die Kinder gingen freudiger fort, und Sanna war recht froh, wenn sie mit dem dunklen Ärmel ihres Röckchens eine der fallenden Flocken auffangen konnte, und wenn dieselbe recht lange nicht auf dem Ärmel zerfloß. Als sie endlich an dem äußeren Rand der Millsdorfer Höhen angekommen waren, wo es gegen die dunkeln Tannen des Halses hineingeht, war die dichte Waldgegend schon recht lieblich gesprenkelt von den immer reichlicher herabfallenden Flocken. Sie gingen nunmehr in den dicken Wald hinein, der den größten Teil ihrer noch bevorstehenden Wanderung einnahm. Es geht von dem Waldrande noch immer aufwärts, und zwar bis man zur roten Unglückssäule kömmt, von wo sich, wie schon oben angedeutet wurde, der Weg gegen das Tal von Gschaid hinabwendet. Die Erhebung des Waldes von der Millsdorferseite aus ist sogar so steil, daß der Weg nicht gerade hinangeht, sondern daß er in sehr langen Abweichungen von Abend nach Morgen und von Morgen nach Abend hinanklimmt. An der ganzen Länge des Weges hinauf zur Säule und hinab bis zu den Wiesen von Gschaid sind hohe dichte ungelichtete Waldbestände, und sie werden erst ein wenig dünner, wenn man in die Ebene gelangt ist und gegen die Wiesen des Tales von Gschaid hinauskömmt. Der Hals ist auch, wenn er gleich nur eine kleine Verbindung zwischen zwei großen Gebirgshäuptern abgibt, doch selbst so groß, daß er, in die Ebene gelegt, einen bedeutenden Gebirgsrücken abgeben würde. Das erste, was die Kinder sahen, als sie die Waldung betraten, war, daß der gefrorene Boden sich grau zeigte, als ob er mit Mehl besät wäre, daß die Fahne manches dünnen Halmes des am Wege hin und zwischen den Bäumen stehenden dürren Grases mit Flocken beschwert war, und daß auf den verschiedenen grünen Zweigen der Tannen und Fichten, die sich wie Hände öffneten, schon weiße Fläumchen saßen. – »Schneit es denn jetzt bei dem Vater zu Hause auch?« fragte Sanna. »Freilich«, antwortete der Knabe, »es wird auch kälter, und du wirst sehen, daß morgen der ganze Teich gefroren ist.« »Ja, Konrad«, sagte das Mädchen. Es verdoppelte beinahe seine kleinen Schritte, um mit denen des dahinschreitenden Knaben gleich bleiben zu können. Sie gingen nun rüstig in den Windungen fort, jetzt von Abend nach Morgen, jetzt von Morgen nach Abend. Der von der Großmutter vorausgesagte Wind stellte sich nicht ein, im Gegenteile war es so stille, daß sich nicht ein Ästchen oder Zweig rührte, ja sogar es schien im Walde wärmer, wie es in lockeren Körpern, dergleichen ein Wald auch ist, immer im Winter zu sein pflegt, und die Schneeflocken fielen stets reichlicher, so daß der ganze Boden schon weiß war, daß der Wald sich grau zu bestäuben anfing, und daß auf dem Hute und den Kleidern des Knaben sowie auf denen des Mädchens der Schnee lag. Die Freude der Kinder war sehr groß. Sie traten auf den weichen Flaum, suchten mit dem Fuße absichtlich solche Stellen, wo er dichter zu liegen schien, um dorthin zu treten und sich den Anschein zu geben, als wateten sie bereits. Sie schüttelten den Schnee nicht von den Kleidern ab. Es war große Ruhe eingetreten. Von den Vögeln, deren doch manche auch zuweilen im Winter in dem Walde hin und her fliegen, und von denen die Kinder im Herübergehen sogar mehrere zwitschern gehört hatten, war nichts zu vernehmen, sie sahen auch keine auf irgendeinem Zweige sitzen oder fliegen, und der ganze Wald war gleichsam ausgestorben. Weil nur die bloßen Fußstapfen der Kinder hinter ihnen blieben, und weil vor ihnen der Schnee rein und unverletzt war, so war daraus zu erkennen, daß sie die einzigen waren, die heute über den Hals gingen. – Sie gingen in ihrer Richtung fort, sie näherten sich öfter den Bäumen, öfter entfernten sie sich, und wo dichtes Unterholz war, konnten sie den Schnee auf den Zweigen liegen sehen. Ihre Freude wuchs noch immer; denn die Flocken fielen stets dichter, und nach kurzer Zeit brauchten sie nicht mehr den Schnee aufzusuchen, um in ihm zu waten; denn er lag schon so dicht, daß sie ihn überall weich unter den Sohlen empfanden, und daß er sich bereits um ihre Schuhe zu legen begann; und wenn es so ruhig und heimlich war, so war es, als ob sie das Knistern des in die Nadeln herabfallenden Schnees vernehmen könnten. »Werden wir heute auch die Unglückssäule sehen?« fragte das Mädchen, »sie ist ja umgefallen, und da wird es darauf schneien, und da wird die rote Farbe weiß sein.« »Darum können wir sie doch sehen«, antwortete der Knabe, »wenn auch der Schnee auf sie fällt, und wenn sie auch weiß ist, so müssen wir sie liegen sehen, weil sie eine dicke Säule ist, und weil sie das schwarze eiserne Kreuz auf der Spitze hat, das doch immer herausragen wird.« »Ja, Konrad.« Indessen, da sie noch weiter gegangen waren, war der Schneefall so dicht geworden, daß sie nur mehr die allernächsten Bäume sehen konnten. Von der Härte des Weges oder gar von Furchenaufwerfungen war nichts zu empfinden, der Weg war vom Schnee überall gleich weich, und war überhaupt nur daran zu erkennen, daß er als ein gleichmäßiger weißer Streifen in dem Walde fortlief. Auf allen Zweigen lag schon die schöne weiße Hülle. Die Kinder gingen jetzt mitten auf dem Wege, sie furchten den

Schnee mit ihren Füßlein und gingen langsamer, weil das Gehen beschwerlicher ward. Der Knabe zog seine Jacke empor an dem Halse zusammen, damit ihm nicht der Schnee in den Nacken falle, und er setzte den Hut tiefer in das Haupt, daß er geschützter sei. Er zog auch seinem Schwesterlein das Tuch, das ihm die Mutter um die Schultern gegeben hatte, besser zusammen, und zog es ihm mehr vorwärts in die Stirne, daß es ein Dach bilde. Der von der Großmutter vorausgesagte Wind war noch immer nicht gekommen, aber dafür wurde der Schneefall nach und nach so dicht, daß auch nicht mehr die nächsten Bäume zu erkennen waren, sondern daß sie wie neblige Säcke in der Luft standen. Die Kinder gingen fort. Sie duckten die Köpfe dichter in ihre Kleider und gingen fort. Sanna nahm den Riemen, an welchem Konrad die Kalbfelltasche um die Schulter hängen hatte, mit den Händchen, hielt sich daran, und so gingen sie ihres Weges. Die Unglückssäule hatten sie noch immer nicht erreicht. Der Knabe konnte die Zeit nicht ermessen, weil keine Sonne am Himmel stand, und weil es immer gleichmäßig grau war. »Werden wir bald zu der Unglückssäule kommen?« fragte Sanna. »Ich weiß es nicht«, antwortete der Knabe, »ich kann heute die Bäume nicht sehen und den Weg nicht erkennen, weil er so weiß ist. Die Unglückssäule werden wir wohl gar nicht sehen, weil so viel Schnee liegen wird, daß sie verhüllt sein wird, und daß kaum ein Gräschen oder ein Arm des schwarzen Kreuzes hervorragen wird. Aber es macht nichts. Wir gehen immer auf dem Wege fort, der Weg geht zwischen den Bäumen, und wenn er zu dem Platze der Unglückssäule kömmt, dann wird er abwärtsgehen, wir gehen auf ihm fort, und wenn er aus den Bäumen hinausgeht, dann sind wir schon auf den Wiesen von Gschaid, dann kömmt der Steg, und dann haben wir nicht mehr weit nach Hause.« »Ja, Konrad«, sagte das Mädchen. Sie gingen auf ihrem abwärtsführenden Wege fort. Die hinter ihnen liegenden Fußstapfen waren jetzt nicht mehr lange sichtbar; denn die ungemeine Fülle des herabfallenden Schnees deckte sie bald zu, daß sie verschwanden. Der Schnee knisterte in seinem Falle nun auch nicht mehr in den Nadeln, sondern legte sich eilig und heimlich auf die weiße schon daliegende Decke nieder. Die Kinder nahmen die Kleider noch fester, um das immerwährende allseitige Hineinrieseln abzuhalten. Nach langer Zeit war noch immer die Höhe nicht erreicht, auf welcher die Unglückssäule stehen sollte, und von wo der Weg gegen die Gschaider Seite sich hinunterwenden mußte. Endlich kamen die Kinder in eine Gegend, in welcher keine Bäume standen. »Ich sehe keine Bäume mehr«, sagte Sanna. »Vielleicht ist nur der Weg so breit, daß wir sie wegen des Schneiens nicht sehen können«, antwortete der Knabe. »Ja, Konrad«, sagte das Mädchen. Nach einer Weile blieb der Knabe stehen und sagte: »Ich sehe selber keine Bäume mehr, wir müssen aus dem Walde gekommen sein, auch geht der Weg immer bergan. Wir wollen ein wenig stehen bleiben und herumgehen, vielleicht erblicken wir etwas.« Aber sie erblickten nichts. Sie sahen durch einen trüben Raum in den Himmel. Wie bei dem Hagel über die weißen oder grünlich gedunsenen Wolken die finstern fransenartigen Streifen herabstarren, so war es hier, und das stumme Schütten dauerte fort. Auf der Erde sahen sie nur einen runden Fleck Weiß und dann nichts mehr. »Weißt du, Sanna«, sagte der Knabe, »wir sind auf dem dürren Grase, auf welches ich dich oft im Sommer heraufgeführt habe, wo wir saßen, und wo wir den Rasen betrachteten, der nacheinander hinaufgeht, und wo die schönen Kräuterbüschel wachsen. Wir werden da jetzt gleich rechts hinabgehen!« »Ja, Konrad.« »Der Tag ist kurz, wie die Großmutter gesagt hat, und wie du auch wissen wirst, wir müssen uns daher sputen.« »Ja, Konrad«, sagte das Mädchen. »Warte ein wenig, ich will dich besser einrichten«, erwiderte der Knabe. Er nahm seinen Hut ab, setzte ihn Sanna auf das Haupt und befestigte ihn mit den beiden Bändchen unter ihrem Kinne.

Das Tüchlein, welches sie umhatte, schützte sie zu wenig, während auf seinem Haupte eine solche Menge dichter Locken war, daß noch lange Schnee darauf fallen konnte, ehe Nässe und Kälte durchzudringen vermochten. Dann zog er sein Pelzjäckchen aus und zog dasselbe über die Ärmelein der Schwester. Um seine eigenen Schultern und Arme, die jetzt das bloße Hemd zeigten, band er das kleinere Tüchlein, das Sanna über die Brust, und das größere, das sie über die Schultern gehabt hatte. Das sei für ihn genug, dachte er, wenn er nur stark auftrete, werde ihn nicht frieren. Er nahm das Mädchen bei der Hand, und so gingen sie jetzt fort. Das Mädchen schaute mit den willigen Äuglein in das ringsum herrschende Grau und folgte ihm gerne, nur daß es mit den kleinen elenden Füßlein nicht so nachkommen konnte, wie er vorwärts strebte gleich einem, der es zur Entscheidung bringen wollte. Sie gingen nun mit der Unablässigkeit und Kraft, die Kinder und Tiere haben, weil sie nicht wissen, wie viel ihnen beschieden ist, und wann ihr Vorrat erschöpft ist. Aber wie sie gingen, so konnten sie nicht merken, ob sie über den Berg hinabkämen oder nicht. Sie hatten gleich rechts nach abwärts gebogen, allein sie kamen wieder in Richtungen, die bergan führten, bergab und wieder bergan. Oft begegneten ihnen Steilheiten, denen sie ausweichen mußten, und ein Graben, in dem sie fortgingen, führte sie in einer Krümmung herum. Sie erklommen Höhen, die sich unter ihren Füßen steiler gestalteten, als sie dachten, und was sie für abwärts hielten, war wieder eben, oder es war eine Höhlung, oder es ging immer gedehnt fort. »Wo sind wir denn, Konrad?« fragte das Mädchen. »Ich weiß es nicht«, antwortete er. »Wenn ich nur mit diesen meinen Augen etwas zu erblicken imstande wäre«, fuhr er fort, »daß ich mich darnach richten könnte.« Aber es war rings um sie nichts als das blendende Weiß, überall das Weiß, das aber selber nur einen immer kleineren Kreis um sie zog, und dann in einen lichten streifenweise niederfallenden Nebel überging, der jedes Weitere verzehrte und verhüllte, und zuletzt nichts anderes war als der unersättlich niederfallende Schnee. »Warte, Sanna«, sagte der Knabe, »wir wollen ein wenig stehen bleiben und horchen, ob wir nicht etwas hören können, was sich im Tale meldet, sei es nun ein Hund oder eine Glocke oder die Mühle, oder sei es ein Ruf, der sich hören läßt, hören müssen wir etwas, und dann werden wir wissen, wohin wir zu gehen haben.« Sie blieben nun stehen, aber sie hörten nichts. Sie blieben noch ein wenig länger stehen, aber es meldete sich nichts, es war nicht ein einziger Laut, auch nicht der leiseste außer ihrem Atem zu vernehmen, ja, in der Stille, die herrschte, war es, als sollten sie den Schnee hören, der auf ihre Wimpern fiel. Die Voraussage der Großmutter hatte sich noch immer nicht erfüllt, der Wind war nicht gekommen, ja, was in diesen Gegenden selten ist, nicht das leiseste Lüftchen rührte sich an dem ganzen Himmel. Nachdem sie lange gewartet hatten, gingen sie wieder fort. »Es tut auch nichts, Sanna«, sagte der Knabe, »sei nur nicht verzagt, folge mir, ich werde dich doch noch hinüberführen. Wenn nur das Schneien aufhörte!« Sie war nicht verzagt, sondern hob die Füßchen, so gut es gehen wollte, und folgte ihm. Er führte sie in dem weißen, lichten, regsamen undurchsichtigen Raume fort. Nach einer Weile sahen sie Felsen. Sie hoben sich dunkel und undeutlich aus dem weißen und undurchsichtigen Lichte empor. Da die Kinder sich näherten, stießen sie fast daran. Sie stiegen wie eine Mauer hinauf und waren ganz gerade, so daß kaum ein Schnee an ihrer Seite haften konnte. »Sanna, Sanna«, sagte er, »da sind die Felsen, gehen wir nur weiter, gehen wir weiter.« Sie gingen weiter, sie mußten zwischen die Felsen hinein und unter ihnen fort. Die Felsen ließen sich nicht rechts und nicht links ausweichen und führten sie in einem engen Wege dahin. Nach einer Zeit verloren sie dieselben wieder und konnten sie nicht mehr erblicken. So wie sie unversehens unter sie gekommen waren, kamen sie wieder unversehens von ihnen. Es war wieder nichts um sie als das Weiß, und ringsum war kein unterbrechendes Dunkel zu schauen. Es schien eine große Lichtfülle zu sein, und doch konnte man nicht drei Schritte vor sich sehen; alles war, wenn man so sagen darf, in eine einzige weiße Finsternis gehüllt, und weil kein Schatten war, so war kein Urteil über die Größe der Dinge, und die Kinder konnten nicht wissen, ob sie aufwärts oder abwärts gehen würden, bis eine Steilheit ihren Fuß faßte und ihn aufwärts zu gehen zwang. »Mir tun die Augen weh«, sagte Sanna. »Schaue nicht auf den Schnee«, antwortete der Knabe, »sondern in die Wolken. Mir tun sie schon lange weh; aber es tut nichts, ich muß doch auf den Schnee schauen, weil ich auf den Weg zu achten habe. Fürchte dich nur nicht, ich führe dich doch hinunter ins Gschaid.« »Ja, Konrad.« Sie gingen wieder fort; aber wie sie auch gehen mochten, wie sie sich auch wenden mochten, es wollte kein Anfang zum Hinabwärtsgehen kommen. An beiden Seiten waren steile Dachlehnen nach aufwärts, mitten gingen sie fort, aber auch immer aufwärts. Wenn sie den Dachlehnen entrannen, und sie nach abwärts beugten, wurde es gleich so steil, daß sie wieder umkehren mußten, die Füßlein stießen oft auf Unebenheiten, und sie mußten häufig Büheln ausweichen. Sie merkten auch, daß ihr Fuß, wo er tiefer durch den jungen Schnee einsank, nicht erdigen Boden unter sich empfand, sondern etwas anderes, das wie älterer gefrorner Schnee war; aber sie gingen immer fort, und sie liefen mit Hast und Ausdauer. Wenn sie stehen blieben, war alles still, unermeßlich still; wenn sie gingen, hörten sie das Rascheln ihrer Füße, sonst nichts; denn die Hüllen des Himmels sanken ohne Laut hernieder und so reich, daß man den Schnee hätte wachsen sehen können. Sie selber waren so bedeckt, daß sie sich von dem allgemeinen Weiß nicht hervorhoben und sich, wenn sie um ein paar Schritte getrennt worden wären, nicht mehr gesehen hätten. Eine Wohltat war es, daß der Schnee so trocken war wie Sand, so daß er von ihren Füßen und den

Bundschühlein und Strümpfen daran leicht abglitt und abrieselte, ohne Ballen und Nässe zu machen. Endlich gelangten sie wieder zu Gegenständen. Es waren riesenhaft große, sehr durcheinander liegende Trümmer, die mit Schnee bedeckt waren, der überall in die Klüfte hineinrieselte, und an die sie sich ebenfalls fast anstießen, ehe sie sie sahen. Sie gingen ganz hinzu, die Dinge anzublicken. Es war Eis – lauter Eis. Es lagen Platten da, die mit Schnee bedeckt waren, an deren Seitenwänden aber das glatte grünliche Eis sichtbar war, es lagen Hügel da, die wie zusammengeschobener Schaum aussahen, an deren Seiten es aber matt nach einwärts flimmerte und glänzte, als wären Balken und Stangen von Edelsteinen durcheinandergeworfen worden, es lagen ferner gerundete Kugeln da, die ganz mit Schnee umhüllt waren, es standen Platten und andere Körper auch schief oder gerade aufwärts, so hoch wie der Kirchturm in Gschaid oder wie Häuser. In einigen waren Höhlen eingefressen, durch die man mit einem Arme durchfahren konnte, mit einem Kopfe, mit einem Körper, mit einem ganzen großen Wagen voll Heu. Alle diese Stücke waren zusammen- oder emporgedrängt und starrten, so daß sie oft Dächer bildeten oder Überhänge, über deren Ränder sich der Schnee herüberlegte und herabgriff wie lange, weiße Tatzen. Selbst ein großer schreckhaft schwarzer Stein, wie ein Haus, lag unter dem Eise und war emporgestellt, daß er auf der Spitze stand, daß kein Schnee an seinen Seiten liegen bleiben konnte. Und nicht dieser Stein allein – noch mehrere und größere staken in dem Eise, die man erst später sah, und die wie eine Trümmermauer an ihm hingingen. »Da muß recht viel Wasser gewesen sein, weil so viel Eis ist«, sagte Sanna. »Nein, das ist von keinem Wasser«, antwortete der Bruder, »das ist das Eis des Berges, das immer oben ist, weil es so eingerichtet ist.« »Ja, Konrad«, sagte Sanna. »Wir sind jetzt bis zu dem Eise gekommen«, sagte der Knabe, »wir sind auf dem Berge, Sanna, weißt du, den man von unserm Garten aus im Sonnenscheine so weiß sieht. Merke gut auf, was ich dir sagen werde. Erinnerst du dich noch, wie wir oft nachmittags in dem Garten saßen, wie es recht schön war, wie die Bienen um uns summten, die Linden dufteten, und die Sonne von dem Himmel schien?« »Ja, Konrad, ich erinnere mich.« »Da sahen wir auch den Berg. Wir sahen, wie er so blau war, so blau wie das sanfte Firmament, wir sahen den Schnee, der oben ist, wenn auch bei uns Sommer war, eine Hitze herrschte, und die Getreide reif wurden.« »Ja, Konrad.« »Und unten, wo der Schnee aufhört, da sieht man allerlei Farben, wenn man genau schaut, grün, blau, weißlich – das ist das Eis, das unten nur so klein ausschaut, weil man sehr weit entfernt ist, und das, wie der Vater sagte, nicht weggeht bis an das Ende der Welt. Und da habe ich oft gesehen, daß unterhalb des Eises die blaue Farbe noch fortgeht, das werden Steine sein, dachte ich, oder es wird Erde und Weidegrund sein, und dann fangen die Wälder an, die gehen herab und immer weiter herab, man sieht auch allerlei Felsen in ihnen, dann folgen die Wiesen, die schon grün sind, und dann die grünen Laubwälder, und dann kommen unsere Wiesen und Felder, die in dem Tale von Gschaid sind. Siehst du nun, Sanna, weil wir jetzt bei dem Eise sind, so werden wir über die blaue Farbe hinabgehen, dann durch die Wälder, in denen die Felsen sind, dann über die Wiesen, und dann durch die grünen Laubwälder, und dann werden wir in dem Tale von Gschaid sein und recht leicht unser Dorf finden.« »Ja, Konrad«, sagte das Mädchen. – Die Kinder gingen nun in das Eis hinein, wo es zugänglich war. Sie waren winzigkleine, wandelnde Punkte in diesen ungeheuren Stücken. Wie sie so unter die Überhänge hineinsahen, gleichsam als gäbe ihnen ein Trieb ein, ein Obdach zu suchen, gelangten sie in einen Graben, in einen breiten, tiefgefurchten Graben, der gerade aus dem Eise hervorging. Er sah aus wie das Bett eines Stromes, der aber jetzt ausgetrocknet und überall mit frischem Schnee bedeckt war. Wo er aus dem Eise hervorkam, ging er gerade unter einem Kellergewölbe heraus, das recht schön aus Eis über ihn gespannt war. Die Kinder gingen in dem Graben fort und gingen in das Gewölbe hinein und immer tiefer hinein. Es war ganz trocken, und unter ihren Füßen hatten sie glattes Eis. In der ganzen Höhlung aber war es blau, so blau, wie gar nichts in der Welt ist, viel tiefer und viel schöner blau als das Firmament, gleichsam wie himmelblau gefärbtes Glas, durch welches lichter Schein hineinsinkt. Es waren dickere und dünnere Bogen, es hingen Zacken, Spitzen und Troddeln herab, der Gang wäre noch tiefer zurückgegangen, sie wußten nicht, wie tief, aber sie gingen nicht mehr weiter. Es wäre auch sehr gut in der Höhle gewesen, es war warm, es fiel kein Schnee, aber es war so schreckhaft blau, die Kinder fürchteten sich und gingen wieder hinaus. Sie gingen eine Weile in dem Graben fort und kletterten dann über seinen Rand hinaus. Sie gingen an dem Eise hin, sofern es möglich war, durch das Getrümmer und zwischen den Platten durchzudringen. »Wir werden jetzt da noch hinübergehen und dann von dem Eise abwärts laufen«, sagte Konrad. »Ja«, sagte Sanna und klammerte sich an ihn an. Sie schlugen von dem Eise eine Richtung durch den Schnee abwärts ein, die sie in das Tal führen sollte. Aber sie kamen nicht weit hinab. Ein neuer Strom von Eis, gleichsam ein riesenhaft aufgetürmter und aufgewölbter Wall lag quer durch den weichen Schnee und griff gleichsam mit Armen rechts und links um sie herum. Unter der weißen Decke, die ihn verhüllte, glimmte es seitwärts grünlich und bläulich und dunkel und schwarz und selbst gelblich und rötlich heraus. Sie konnten es nun auf weitere Strecken sehen, weil das ungeheure und unermüdliche Schneien sich gemildert hatte, und nur mehr wie an gewöhnlichen Schneetagen vom Himmel fiel. Mit dem Starkmute der Unwissenheit kletterten sie in das Eis hinein, um den vorgeschobenen Strom desselben zu überschreiten und dann jenseits weiter hinabzukommen. Sie schoben sich in die Zwischenräume hinein, sie setzten den

Fuß auf jedes Körperstück, das mit einer weißen Schneehaube versehen war, war es Fels oder Eis, sie nahmen die Hände zur Hilfe, krochen, wo sie nicht gehen konnten, und arbeiteten sich mit ihren leichten Körpern hinauf, bis sie die Seite des Walles überwunden hatten und oben waren. Jenseits wollten sie wieder hinabklettern. Aber es gab kein Jenseits. So weit die Augen der Kinder reichen konnten, war lauter Eis. Es standen Spitzen und Unebenheiten und Schollen empor wie lauter furchtbares überschneites Eis. Statt ein Wall zu sein, über den man hinübergehen könnte, und der dann wieder von Schnee abgelöst würde, wie sie sich unten dachten, stiegen aus der Wölbung neue Wände von Eis empor, geborsten und geklüftet, mit unzähligen blauen geschlängelten Linien versehen, und hinter ihnen waren wieder solche Wände, und hinter diesen wieder solche, bis der Schneefall das Weitere mit seinem Grau verdeckte. »Sanna, da können wir nicht gehen«, sagte der Knabe. »Nein«, antwortete die Schwester. »Da werden wir wieder umkehren und anderswo hinabzukommen suchen.« »Ja, Konrad.« Die Kinder versuchten nun von dem Eiswalle wieder da hinabzukommen, wo sie hinaufgeklettert waren, aber sie kamen nicht hinab. Es war lauter Eis, als hätten sie die Richtung, in der sie gekommen waren, verfehlt. Sie wandten sich hierhin und dorthin und konnten aus dem Eise nicht herauskommen, als wären sie von ihm umschlungen. Sie kletterten abwärts und kamen wieder in Eis. Endlich, da der Knabe die Richtung immer verfolgte, in der sie nach seiner Meinung gekommen waren, gelangten sie in zerstreutere Trümmer, aber sie waren auch größer und furchtbarer, wie sie gerne am Rande des Eises zu sein pflegen, und die Kinder gelangten kriechend und kletternd hinaus. An dem Eisessaume waren ungeheure Steine, sie waren gehäuft, wie sie die Kinder ihr Leben lang nicht gesehen hatten. Viele waren in Weiß gehüllt, viele zeigten die unteren schiefen Wände sehr glatt und feingeschliffen, als wären sie darauf geschoben worden, viele waren wie Hütten und Dächer gegeneinandergestellt, viele lagen aufeinander wie ungeschlachte Knollen. Nicht weit von dem Standorte der Kinder standen mehrere mit den Köpfen gegeneinander gelehnt, und über sie lagen breite, gelagerte Blöcke wie ein Dach. Es war ein Häuschen, das gebildet war, das gegen vorne offen, rückwärts und an den Seiten aber geschützt war. Im Innern war es trokken, da der steilrechte Schneefall keine einzige Flocke hineingetragen hatte. Die Kinder waren recht froh, daß sie nicht mehr in dem Eise waren und auf ihrer Erde standen. Aber es war auch endlich finster geworden. »Sanna«, sagte der Knabe, »wir können nicht mehr hinabgehen, weil es Nacht geworden ist, und weil wir fallen oder gar in eine Grube geraten könnten. Wir werden da unter die Steine hineingehen, wo es so trocken und so warm ist, und da werden wir warten. Die Sonne geht bald wieder auf, dann laufen wir hinunter. Weine nicht, ich bitte dich recht schön, weine nicht, ich gebe dir alle Dinge zu essen, welche uns die Großmutter mitgegeben hat.« Sie weinte auch nicht, sondern, nachdem sie beide unter das steinerne Überdach hineingegangen waren, wo sie nicht nur bequem sitzen, sondern auch stehen und herumgehen konnten, setzte sie sich recht dicht an ihn und war mäuschenstille. »Die Mutter«, sagte Konrad, »wird nicht böse sein, wir werden ihr von dem vielen Schnee erzählen, der uns aufgehalten hat, und sie wird nichts sagen; der Vater auch nicht. Wenn uns kalt wird – weißt du –, dann mußt du mit den Händen an deinen Leib schlagen, wie die Holzhauer getan haben, und dann wird dir wärmer werden.« »Ja, Konrad«, sagte das Mädchen. Sanna war nicht gar so untröstlich, daß sie heute nicht mehr über den Berg hinabgingen und nach Hause liefen, wie er etwa glauben mochte; denn die unermeßliche Anstrengung, von der die Kinder nicht einmal gewußt hatten, wie groß sie gewesen sei, ließ ihnen das Sitzen süß, unsäglich süß erscheinen, und sie gaben sich hin. Jetzt machte sich aber auch der Hunger geltend. Beide nahmen zu gleicher Zeit ihre Brote aus den Taschen und aßen sie. Sie aßen auch die Dinge – kleine Stückchen Kuchen, Mandeln, Nüsse und andere Kleinigkeiten –, die die Großmutter ihnen in die Tasche gesteckt hatte. »Sanna, jetzt müssen wir aber auch den Schnee von unsern Kleidern tun«, sagte der Knabe, »daß wir nicht naß werden.« »Ja, Konrad«, erwiderte Sanna. Die Kinder gingen aus ihrem Häuschen, und zuerst reinigte Konrad das Schwesterlein von Schnee. Er nahm die Kleiderzipfel, schüttelte sie, nahm ihr den Hut ab, den er ihr aufgesetzt hatte, entleerte ihn von Schnee, und was noch zurückgeblieben war, das stäubte er mit einem Tuche ab. Dann entledigte er auch sich, so gut es ging, des auf ihm liegenden Schnees. Der Schneefall hatte zu dieser Stunde ganz aufgehört. Die Kinder spürten keine Flocke. Sie gingen wieder in die Steinhütte und setzten sich nieder. Das Aufstehen hatte ihnen ihre Müdigkeit erst recht gezeigt, und sie freuten sich auf das Sitzen. Konrad legte die Tasche aus Kalbfell ab. Er nahm das Tuch heraus, in welches die Großmutter eine Schachtel und mehrere Papierpäckchen gewickelt hatte, und tat es zur größeren Wärme um seine Schultern. Auch die zwei Weißbrote nahm er aus dem Ränzchen und reichte sie beide an Sanna: Das Kind aß begierig. Es aß eines der Brote und von dem zweiten auch noch einen Teil. Den Rest reichte es aber Konrad, da es sah, daß er nichts aß. Er nahm es und verzehrte es. Von da an saßen die Kinder und schauten. So weit sie in der Dämmerung zu sehen vermochten, lag überall der flimmernde Schnee hinab, dessen einzelne winzige Täfelchen hie und da in der Finsternis seltsam zu funkeln begannen, als hätte er bei Tag das Licht eingezogen und gäbe es jetzt von sich. Die Nacht brach mit der in großen Höhen gewöhnlichen Schnelligkeit herein. Bald war es ringsherum finster, nur der Schnee fuhr fort, mit seinem bleichen Lichte zu leuchten. Der Schneefall hatte nicht nur aufgehört, sondern der Schleier an dem Himmel fing auch an, sich zu verdünnen und zu verteilen; denn die Kinder sahen ein Sternlein blitzen. Weil der Schnee wirklich gleichsam ein Licht von sich gab, und weil von den Wolken kein Schleier mehr herabhing, so konnten die Kinder von ihrer Höhle aus die Schneehügel sehen, wie sie sich in Linien von dem dunkeln Himmel abschnitten. Weil es in der Höhle viel wärmer war, als es an jedem andern Platze im ganzen Tage gewesen war, so ruhten die Kinder enge aneinander sitzend, und vergaßen sogar die Finsternis zu fürchten. Bald vermehrten sich auch die Sterne, jetzt kam hier einer zum Vorscheine, jetzt dort, bis es schien, als wäre am ganzen Himmel keine Wolke mehr. Das war der Zeitpunkt, in welchem man in den Tälern die Lichter anzuzünden pflegt. Zuerst wird eines angezündet und auf den Tisch gestellt, um die Stube zu erleuchten, oder es brennt auch nur ein Span, oder es brennt das Feuer auf der Leuchte, und es erhellen sich alle Fenster von bewohnten Stuben und glänzen in die Schneenacht hinaus – aber heute erst – am heiligen Abende – da wurden viel mehrere angezündet, um die Gaben zu beleuchten, welche für die Kinder auf den Tischen lagen oder an den Bäumen hingen, es wurden wohl unzählige angezündet; denn beinahe in jedem Hause, in jeder Hütte, jedem Zimmer war eines oder mehrere Kinder, denen der heilige Christ etwas gebracht hatte, und wozu man Lichter stellen mußte. Der Knabe hatte geglaubt, daß man sehr bald von dem Berge hinabkommen könne, und doch, von den vielen Lichtern, die heute in dem Tale brannten, kam nicht ein einziges zu ihnen herauf; sie sahen nichts als den blassen Schnee und den dunkeln Himmel, alles andere war ihnen in die unsichtbare Ferne hinabgerückt. In allen Tälern bekamen die Kinder in dieser Stunde die Geschenke des heiligen Christ: nur die zwei saßen oben am Rande des Eises, und die vorzüglichsten Geschenke, die sie heute hätten bekommen sollen, lagen in versiegelten Päckchen in der Kalbfelltasche im Hintergrunde der Höhle. Die Schneewolken waren ringsum hinter die Berge hinabgesunken und ein ganz dunkelblaues, fast schwarzes Gewölbe spannte sich um die Kinder voll von dichten brennenden Sternen, und mitten durch diese Sterne war ein schimmerndes breites milchiges Band gewoben, das sie wohl auch unten im Tale, aber nie so deutlich gesehen hatten. Die Nacht rückte vor. Die Kinder wußten nicht, daß die Sterne gegen Westen rücken und weiter wandeln, sonst hätten sie an ihrem Vorschreiten den Stand der Nacht erkennen können; aber es kamen neue und gingen die alten, sie aber glaubten, es seien immer dieselben. Es wurde von dem Scheine der Sterne auch lichter um die Kinder; aber sie sahen kein Tal, keine Gegend, sondern überall nur Weiß – lauter Weiß. Bloß ein dunkles Horn, ein dunkles Haupt, ein dunkler Arm wurde sichtbar und ragte dort und hier aus dem Schimmer empor. Der Mond war nirgends am Himmel zu erblicken, vielleicht war er schon frühe mit der Sonne untergegangen, oder er ist noch nicht erschienen. Als eine lange Zeit vergangen war, sagte der Knabe: »Sanna, du mußt nicht schlafen; denn weißt du, wie der Vater gesagt hat, wenn man im Gebirge schläft, muß man erfrieren, sowie der alte Eschenjäger auch geschlafen hat, und vier Monate tot auf dem Steine gesessen ist, ohne daß jemand gewußt hatte, wo er sei.« »Nein, ich werde nicht schlafen«, sagte das Mädchen matt. Konrad hatte es an dem Zipfel des Kleides geschüttelt, um es zu jenen Worten zu erwecken. – Nun war es wieder stille. Nach einer Zeit empfand der Knabe ein sanftes Drücken gegen seinen Arm, das immer schwerer wurde. Sanna war eingeschlafen und war gegen ihn herübergesunken. »Sanna, schlafe nicht, ich bitte dich, schlafe nicht«, sagte er. »Nein«, lallte sie schlaftrunken, »ich schlafe nicht.« Er rückte weiter von ihr, um sie in Bewegung zu bringen, allein sie sank um und hätte auf der Erde liegend fortgeschlafen. Er nahm sie an der Schulter und rüttelte sie. Da er sich dabei selber etwas stärker bewegte, merkte er, daß ihn friere, und daß sein Arm schwerer sei. Er erschrak und sprang auf. Er ergriff die Schwester, schüttelte sie stärker und sagte: »Sanna, stehe ein wenig auf, wir wollen eine Zeit stehen, daß es besser wird.« »Mich friert nicht, Konrad«, antwortete sie. »Ja, ja, es friert dich, Sanna, stehe auf«, rief er. »Die Pelzjacke ist warm«, sagte sie. »Ich werde dir empor helfen«, sagte er. »Nein«, erwiderte sie und war stille. Da fiel dem Knaben etwas anderes ein. Die Großmutter hatte gesagt: Nur ein Schlückchen wärmt den Magen so, daß es den Körper in den kältesten Wintertagen nicht frieren kann. Er nahm das Kalbfellränzchen, öffnete es und griff so lange, bis er das Fläschchen fand, in welchem die Großmutter der Mutter einen schwarzen Kaffeeabsud schicken wollte. Er nahm das Fläschchen heraus, tat den Verband weg und öffnete mit Anstrengung den Kork. Dann bückte er sich zu Sanna und sagte: »Da ist der Kaffee, den die Großmutter der Mutter schickt, koste ihn ein wenig, er wird dir warm machen. Die Mutter gibt ihn uns, wenn sie nur weiß, wozu wir ihn nötig gehabt haben.« Das Mädchen, dessen Natur zur Ruhe zog, antwortete: »Mich friert nicht.« »Nimm nur etwas«, sagte der Knabe, »dann darfst du schlafen.« Diese Aussicht verlockte Sanna, sie bewältigte sich so weit, daß sie das fast eingegossene Getränk verschluckte. Hierauf trank der Knabe auch etwas. Der ungemein starke Auszug wirkte sogleich, und zwar um so heftiger, da die Kinder in ihrem Leben keinen Kaffee gekostet hatten. Statt zu schlafen, wurde Sanna nun lebhafter und sagte selber, daß sie friere, daß es aber von innen recht warm sei, und auch schon in die Hände und Füße gehe. Die Kinder redeten sogar eine Weile miteinander. So tranken sie trotz der Bitterkeit immer wieder von dem Getränk, sobald die Wirkung nachzulassen begann, und steigerten ihre unschuldigen Nerven zu einem Fieber, das imstande war, den zum Schlummer ziehenden Gewichten entgegen zu wirken. Es war nun Mitternacht gekommen. Weil sie noch so jung waren, und an jedem heiligen Abende in höchstem Drange der Freude stets erst sehr spät entschlummerten, wenn sie nämlich der körperliche Drang übermannt hatte, so hatten sie nie das mitternächtliche Läuten der Glokken, nie die Orgel der Kirche gehört, wenn das Fest gefeiert wurde, obwohl sie nahe an der Kirche wohnten. In diesem Augenblicke der heutigen Nacht wurde nun mit allen Glocken geläutet, es läuteten die Glocken in Millsdorf, es läuteten die Glocken in Gschaid, und hinter dem Berge war noch ein Kirchlein mit drei hellen klingenden Glocken, die läuteten. In den fernen Ländern draußen waren unzählige Kirchen und Glocken, und mit allen wurde zu dieser Zeit geläutet, von Dorf zu Dorf ging die Tonwelle, ja man konnte wohl zuweilen von einem Dorfe zum andern durch die blätterlosen Zweige das Läuten hören: nur zu den Kindern herauf kam kein Laut, hier wurde nichts vernommen; denn hier war nichts zu verkündigen. In den Talkrümmen gingen jetzt an den Berghängen die Lichter der Laternen hin, und von manchem Hofe tönte das Hausglöcklein, um die Leute zu erinnern; aber dieses konnte um so weniger herauf gesehen und gehört werden, es glänzten nur die Sterne, und sie leuchteten und funkelten ruhig fort. Wenn auch Konrad sich das Schicksal des erfrorenen Eschenjägers vor Augen hielt, wenn auch die Kinder das Fläschchen mit dem schwarzen Kaffee fast ausgeleert hatten, wodurch sie ihr Blut zu größerer Tätigkeit brachten, aber gerade dadurch eine folgende Ermattung herbeizogen: so würden sie den Schlaf nicht haben überwinden können, dessen verführende Süßigkeit alle Gründe überwiegt, wenn nicht die Natur in ihrer Größe ihnen beigestanden wäre und in ihrem Innern eine Kraft aufgerufen hätte, welche imstande war, dem Schlafe zu widerstehen. In der ungeheuren Stille, die herrschte, in der Stille, in der sich kein Schneespitzchen zu rühren schien, hörten die Kinder dreimal das Krachen des Eises. Was das Starrste scheint und doch das Regsamste und Lebendigste ist, der Gletscher, hatte die Töne hervorgebracht. Dreimal hörten sie hinter sich den Schall, der entsetzlich war, als ob die Erde entzweigesprungen wäre, der sich nach allen

Richtungen im Eise verbreitete und gleichsam durch alle Äderchen des Eises lief. Die Kinder blieben mit offenen Augen sitzen und schauten in die Sterne hinaus. Auch für die Augen begann sich etwas zu entwickeln. Wie die Kinder so saßen, erblühte am Himmel vor ihnen ein bleiches Licht mitten unter den Sternen und spannte einen schwachen Bogen durch dieselben. Es hatte einen grünlichen Schimmer, der sich sachte nach unten zog. Aber der Bogen wurde immer heller und heller, bis sich die Sterne vor ihm zurückzogen und erblaßten. Auch in andere Gegenden des Himmels sandte er einen Schein, der schimmergrün sachte und lebendig unter die Sterne floß. Dann standen Garben verschiedenen Lichtes auf der Höhe des Bogens wie Zacken einer Krone und brannten. Es floß helle durch die benachbarten Himmelsgegenden, es sprühte leise und ging in sanftem Zucken durch lange Räume. Hatte sich nun der Gewitterstoff des Himmels durch den unerhörten Schneefall so gespannt, daß er in diesen stummen herrlichen Strömen des Lichtes ausfloß, oder war es eine andere Ursache der unergründlichen Natur. Nach und nach wurde es schwächer und immer schwächer, die Garben erloschen zuerst, bis es allmählich und unmerklich immer geringer wurde und wieder nichts am Himmel war als die tausend und tausend einfachen Sterne. Die Kinder sagten keines zu dem andern ein Wort, sie blieben fort und fort sitzen und schauten mit offenen Augen in den Himmel. Es geschah nun nichts Besonderes mehr. Die Sterne glänzten, funkelten und zitterten, nur manche schießende Schnuppe fuhr durch sie. Endlich nachdem die Sterne lange allein geschienen hatten, und nie ein Stückchen Mond an dem Himmel zu erblicken gewesen war, geschah etwas anderes. Es fing der Himmel an, heller zu werden, langsam heller, aber doch zu erkennen; es wurde seine Farbe sichtbar, die bleichsten Sterne erloschen, und die anderen standen nicht mehr so dicht. Endlich wichen auch die stärkeren, und der Schnee vor den Höhen wurde deutlicher sichtbar. Zuletzt färbte sich eine Himmelsgegend gelb und ein Wolkenstreifen, der in derselben war, wurde zu einem leuchtenden Faden entzündet. Alle Dinge waren klar zu sehen, und die entfernten Schneehügel zeichneten sich scharf in die Luft. »Sanna, der Tag bricht an«, sagte der Knabe. »Ja, Konrad«, antwortete das Mädchen. »Wenn es nur noch ein bißchen heller wird, dann gehen wir aus der Höhe und laufen über den Berg hinunter.« Es wurde heller, an dem ganzen Himmel war kein Stern mehr sichtbar, und alle Gegenstände standen in der Morgendämmerung da. »Nun, jetzt gehen wir«, sagte der Knabe. »Ja, wir gehen«, antwortete Sanna. Die Kinder standen auf und versuchten ihre erst heute recht müden Glieder. Obwohl sie nicht geschlafen hatten, waren sie doch durch den Morgen gestärkt, wie das immer so ist. Der Knabe hing sich das Kalbfellränzchen um und machte das Pelzjäckchen an Sanna fester zu. Dann führte er sie aus der Höhle. Weil sie nach ihrer Meinung nur über den Berg hinabzulaufen hatten, dachten sie an kein Essen und untersuchten das Ränzchen nicht, ob noch Weißbrote oder andere Eßwaren darinnen seien. Von dem Berge wollte nun Konrad, weil der Himmel ganz heiter war, in die Täler hinabschauen, um das Gschaider Tal zu erkennen und in dasselbe hinunterzugehen. Aber er sah gar keine Täler. Es war nicht, als ob sie sich auf einem Berge befänden, von dem man hinabsieht, sondern in einer fremden seltsamen Gegend, in der lauter unbekannte Gegenstände sind. Sie sahen heute auch in größerer Entfernung furchtbare Felsen aus dem Schnee emporstehen, die sie gestern nicht gesehen hatten, sie sahen das Eis, sie sahen Hügel und Schneelehnen emporstarren, und hinter diesen war entweder der Himmel, oder es ragte die blaue Spitze eines sehr fernen Berges am Schneerande hervor. In diesem Augenblicke ging die Sonne auf. Eine riesengroße blutrote Scheibe erhob sich an dem Schneesaume in den Himmel, und in dem Augenblicke errötete der Schnee um die Kinder, als wäre er mit Millionen Rosen überstreut worden. Die Kuppen und die Hörner warfen sehr lange grünliche Schatten längs des Schnees. »Sanna, wir werden jetzt da weiter vorwärts gehen, bis wir an den Rand des Berges kommen und hinuntergehen«, sagte der Knabe. Sie gingen nun in den Schnee hinaus. Er war in der heiteren Nacht noch trockener geworden und wich den Tritten noch besser aus. Sie wateten rüstig fort. Ihre Glieder wurden sogar geschmeidiger und stärker, da sie gingen. Allein sie kamen an keinen Rand und sahen nicht hinunter. Schneefeld entwickelte sich aus Schneefeld, und am Saume eines jeden stand alle Male wieder der Himmel. Sie gingen deßohngeachtet fort. Da kamen sie wieder in das Eis. Sie wußten nicht, wie das Eis daher gekommen sei, aber unter den Füßen empfanden sie den glatten Boden, und waren gleich nicht die fürchterlichen Trümmer, wie an jenem Rande, an dem sie die Nacht zugebracht hatten, so sahen sie doch, daß sie auf glattem Eise fortgingen, sie sahen hie und da Stücke, die immer mehr wurden, die sich näher an sie drängten und die sie wieder zu klettern zwangen. Aber sie verfolgten doch ihre Richtung. Sie kletterten neuerdings an Blöcken empor. Da standen sie wieder auf dem Eisfelde. Heute bei der hellen Sonne konnten sie erst erblicken, was es ist. Es war ungeheuer groß, und jenseits standen wieder schwarze Felsen empor, es ragte gleichsam Welle hinter Welle auf, das beschneite Eis war gedrängt, gequollen, emporgehoben, gleichsam als schöbe es sich nach vorwärts und flösse gegen die Brust der Kinder heran. In dem Weiß sahen sie unzählige vorwärtsgehende geschlängelte blaue Linien. Zwischen jenen Stellen, wo die Eiskörper gleichsam wie aneinandergeschmettert starrten, gingen auch Linien wie Wege, aber sie waren weiß und waren Streifen, wo sich fester Eisboden vorfand, oder die Stücke doch nicht gar so sehr verschoben waren. In diese Pfade gingen die Kinder hinein, weil sie doch einen Teil des Eises überschreiten wollten, um an den Bergrand zu gelangen und endlich einmal hinunterzusehen. Sie sagten kein Wörtlein. Das Mädchen folgte dem Knaben. Aber es war auch heute wieder Eis, lauter Eis. Wo sie hinüber gelangen wollten, wurde es gleichsam immer breiter und breiter. Da schlugen sie, ihre Richtung aufgebend, den Rückweg ein. Wo sie nicht gehen konnten, griffen sie sich durch die Mengen des Schnees hindurch, der oft dicht vor ihrem Auge wegbrach und den sehr blauen Streifen einer Eisspalte zeigte, wo doch früher alles weiß gewesen war; aber sie kümmerten sich nicht darum, sie arbeiteten sich fort, bis sie wieder irgendwo aus dem Eise herauskamen. »Sanna«, sagte der Knabe, »wir werden gar nicht mehr in das Eis hineingehen, weil wir in demselben nicht fortkommen. Und weil wir schon in unser Tal gar nicht hinabsehen können, so werden wir gerade über den Berg hinabgehen. Wir müssen in ein Tal kommen, dort werden wir den Leuten sagen, daß wir aus Gschaid sind, die werden uns einen Wegweiser nach Hause mitgeben.« »Ja, Konrad«, sagte das Mädchen. So begannen sie nun in dem Schnee nach jener Richtung abwärts zu gehen, welche sich ihnen eben darbot. Der Knabe führte das Mädchen an der Hand. Allein nachdem sie eine Weile abwärts gegangen waren, hörte in dieser Richtung das Gehänge auf, und der Schnee stieg wieder empor. Also änderten die Kinder die Richtung und gingen nach der Länge einer Mulde hinab. Aber da fanden sie wieder Eis. Sie stiegen also an der Seite der Mulde empor, um nach einer andern Richtung ein Abwärts zu suchen. Es führte sie eine Fläche hinab, allein sie wurde nach und nach so steil, daß sie kaum noch einen Fuß einsetzen konnten und abwärts zu gleiten fürchteten. Sie klommen also wieder empor, um wieder einen andern Weg nach abwärts zu suchen. Nachdem sie lange im Schnee emporgeklommen und dann auf einem ebenen Rücken fortgelaufen waren, war es wie früher: entweder ging der Schnee so steil ab, daß sie gestürzt wären, oder er stieg wieder hinan, daß sie auf den Berggipfel zu kommen fürchteten. Und so ging es immer fort. Da wollten sie die Richtung suchen, in der sie gekommen waren, und zur roten Unglückssäule hinabgehen. Weil es nicht schneit und der Himmel so helle ist, so würden sie, dachte der Knabe, die Stelle schon erkennen, wo die Säule sein solle, und würden von dort nach Gschaid hinabgehen können. Der Knabe sagte diesen Gedanken dem Schwesterchen, und diese folgte. Allein auch der Weg auf den Hals hinab war nicht zu finden. So klar die Sonne schien, so schön die Schneehöhen dastanden und die Schneefelder dalagen, so konnten sie doch die Gegenden nicht erkennen, durch die sie gestern heraufgegangen waren. Gestern war alles durch den fürchterlichen Schneefall verhängt gewesen, daß sie kaum einige Schritte vor sich gesehen hatten, und da war alles ein einziges Weiß und Grau durcheinander gewesen. Nur die Felsen hatten sie gesehen, an denen und zwischen denen sie gegangen waren: allein auch heute hatten sie bereits viele Felsen gesehen, die alle den nämlichen Anschein gehabt hatten wie die gestern gesehenen. Heute ließen sie frische Spuren in dem Schnee zurück; aber gestern sind alle Spuren von dem fallenden Schnee verdeckt worden. Auch aus dem bloßen Anblicke konnten sie nicht erraten, welche Gegend auf den Hals führe, da alle Gegenden gleich waren. Schnee, lauter Schnee. Sie gingen aber doch immer fort und meinten, es zu erringen. Sie wichen den steilen Abstürzen aus, und kletterten keine steilen Anhöhen hinauf. Endlich war es dem Knaben, als sähe er auf einem fernen schiefen Schneefelde ein hüpfendes Feuer. Es tauchte auf, es tauchte nieder. Jetzt sahen sie es, jetzt sahen sie es nicht. Sie blieben stehen und blickten unverwandt auf jene Gegend hin. Das Feuer hüpfte immer fort, und es schien, als ob es näher käme; denn sie sahen es größer und sahen das Hüpfen deutlicher. Es verschwand nicht mehr so oft und nicht mehr so lange Zeit wie früher. Nach einer Weile vernahmen sie in der stillen blauen Luft schwach, sehr schwach etwas wie einen lange anhaltenden Ton aus einem Hirtenhorn. Wie aus Instinkt schrien beide Kinder laut.

Nach einer Zeit hörten sie den Ton wieder. Sie schrien wieder und blieben auf der nämlichen Stelle stehen. Das Feuer näherte sich auch. Der Ton wurde zum dritten Male vernommen, und dieses Mal deutlicher. Die Kinder antworteten wieder durch lautes Schreien. Nach einer geraumen Weile erkannten sie auch das Feuer. Es war kein Feuer, es war eine rote Fahne, die geschwungen wurde. Zugleich ertönte das Hirtenhorn näher, und die Kinder antworteten. »Sanna«, rief der Knabe, »da kommen Leute aus Gschaid, ich kenne die Fahne, es ist die rote Fahne, welche der fremde Herr, der mit dem jungen Eschenjäger den Gars bestiegen hatte, auf dem Gipfel aufpflanzte, daß sie der Herr Pfarrer mit dem Fernrohre sähe, was als Zeichen gälte, daß sie oben seien, und welche Fahne damals der fremde Herr dem Herrn Pfarrer geschenkt hat. Du warst noch ein recht kleines Kind.« »Ja, Konrad.« Nach einer Zeit sahen die Kinder auch Menschen, die bei der Fahne waren, kleine schwarze Stellen, die sich zu bewegen schienen. Der Ruf des Hornes wiederholte sich von Zeit zu Zeit und kam immer näher. Die Kinder antworteten jedes Mal. Endlich sahen sie über den Schneeabhang gegen sich her mehrere Männer mit ihren Stöcken herabfahren, die die Fahne in ihrer Mitte hatten. Da sie näher kamen, erkannten sie dieselben. Es war der Hirt Philipp mit dem Horne, seine zwei Söhne, dann der junge Eschenjäger und mehrere Bewohner von Gschaid. »Gebenedeit sei Gott«, schrie Philipp, »da seid ihr ja. Der ganze Berg ist voll Leute. Laufe doch einer gleich in die Sideralpe hinab und läute die Glocke, daß die dort hören, daß wir sie gefunden haben, und einer muß auf den Krebsstein gehen und die Fahne dort aufpflanzen, daß sie dieselbe in dem Tale sehen, und die Böller abschießen, damit die es wissen, die im Millsdorfer Walde suchen, und damit sie in Gschaid die Rauchfeuer anzünden, die in der Luft gesehen werden, und alle, die noch auf dem Berge sind, in die Sideralpe hinabbedeuten. Das sind Weihnachten!« »Ich laufe in die Alpe hinab«, sagte einer. »Ich trage die Fahne auf den Krebsstein«, sagte ein anderer. »Und wir werden die Kinder in die Sideralpe hinabbringen, so gut wir es vermögen und so gut uns Gott helfe«, sagte Philipp. Ein Sohn Philipps schlug den Weg nach abwärts ein, und der andere ging mit der Fahne durch den Schnee dahin. Der Eschenjäger nahm das Mädchen bei der Hand, der Hirt Philipp den Knaben. Die andern halfen, wie sie konnten. So begann man den Weg. Er ging in Windungen. Bald gingen sie nach einer Richtung, bald schlugen sie die entgegengesetzte ein, bald gingen sie abwärts, bald aufwärts. Immer ging es durch Schnee, immer durch Schnee, und die Gegend blieb sich beständig gleich. Über sehr schiefe Flächen taten sie Steigeisen an die Füße und trugen die Kinder. Endlich nach langer Zeit hörten sie ein Glöcklein, das sanft und fein zu ihnen heraufkam und das erste Zeichen war, das ihnen die niederen Gegenden wieder zusandten. Sie mußten wirklich sehr tief herabgekommen sein, denn sie sahen ein Schneehaupt recht hoch und recht blau über sich ragen. Das Glöcklein aber, das sie hörten, war das der Sideralpe, das geläutet wurde, weil dort die Zusammenkunft verabredet war. Da sie noch weiter kamen, hörten sie auch schwach in die stille Luft die Böllerschüsse herauf, die infolge der ausgesteckten Fahne abgefeuert wurden, und sahen dann in die Luft feine Rauchsäulen aufsteigen. Da sie nach einer Weile über eine sanfte schiefe Fläche abgingen, erblickten sie die Sideralphütte. Sie gingen auf sie zu. In der Hütte brannte ein Feuer, die Mutter der Kinder war da, und mit einem furchtbaren Schrei sank sie in den Schnee zurück, als sie die Kinder mit dem Eschenjäger kommen sah. Dann lief sie herzu, betrachtete sie überall, wollte ihnen zu essen geben, wollte sie wärmen, wollte sie in vorhandenes Heu legen; aber bald überzeugte sie sich, daß die Kinder durch die Freude stärker seien, als sie gedacht hatte, daß sie nur einiger warmer Speise bedurften, die sie bekamen, und daß sie nur ein wenig ausruhen mußten, was ihnen ebenfalls zuteil werden sollte. Da nach einer Zeit der Ruhe wieder eine Gruppe Männer über die Schneefläche herabkam, während das Hüttenglöcklein immer fortläutete, liefen die Kinder selber mit den andern hinaus, um zu sehen, wer es sei. Der Schuster war es, der einstige Alpensteiger, mit Alpenstock und Steigeisen, begleitet von seinen Freunden und Kameraden. »Sebastian, da sind sie«, schrie das Weib. Er aber war stumm, zitterte und lief auf sie zu. Dann rührte er die Lippen, als wollte er etwas sagen, sagte aber nichts, riß die Kinder an sich und hielt sie lange. Dann wandte er sich gegen sein Weib, schloß es an sich und rief: »Sanna, Sanna!« Nach einer Weile nahm er den Hut, der ihm in den Schnee gefallen war, auf, trat unter die Männer und wollte reden. Er sagte aber nur: »Nachbarn, Freunde, ich danke euch.« Da man noch gewartet hatte, bis die Kinder sich zur Beruhigung erholt hatten, sagte er: »Wenn wir alle beisammen sind, so können wir in Gottes Namen aufbrechen.« »Es sind wohl noch nicht alle«, sagte der Hirt Philipp, »aber die noch abgehen, wissen aus dem Rauche, daß wir die Kinder haben, und sie werden schon nach Hause gehen, wenn sie die Alphütte leer finden.« Man machte sich zum Aufbruche bereit. Man war auf der Sideralphütte nicht gar weit von Gschaid entfernt, aus dessen Fenstern man im Sommer recht gut die grüne Matte sehen konnte, auf der die graue Hütte mit dem kleinen Glockentürmlein stand; aber es war unterhalb eine fallrechte Wand, die viele Klaftern hoch hinabging, und auf der man im Sommer nur mit Steigeisen, im Winter gar nicht hinabkommen konnte. Man mußte daher den Umweg zum Halse machen, um von der Unglückssäule aus nach Gschaid hinabzukommen. Auf dem Wege gelangte man über die Siderwiese, die noch näher an Gschaid ist, so daß man die Fenster des Dörfleins zu erblicken meinte. Als man über diese Wiese ging, tönte hell und deutlich das Glöcklein der Gschaider Kirche herauf, die Wandlung des heiligen Hochamtes verkündend. Der Pfarrer hatte wegen der allgemeinen Bewegung, die am Morgen in Gschaid war, die Abhaltung des Hochamtes verschoben, da er dachte, daß die Kinder zum Vorscheine kommen würden. Allein endlich, da noch immer keine Nachricht eintraf, mußte die heilige Handlung doch vollzogen werden. Als das Wandlungsglöcklein tönte, sanken alle, die über die Siderwiese gingen, auf die Knie in den Schnee und beteten. Als der Klang des Glöckleins aus war, standen sie auf und gingen weiter. Der Schuster trug meistens das Mädchen und ließ sich von ihm alles erzählen. Als sie schon gegen den Wald des Halses kamen, trafen sie Spuren, von denen der Schuster sagte: »Das sind keine Fußstapfen von Schuhen meiner Arbeit.« Die Sache klärte sich bald auf. Wahrscheinlich durch die vielen Stimmen, die auf dem Platze tönten, angelockt, kam wieder eine Abteilung Männer auf die Herabgehenden zu. Es war der aus Angst aschenhaft entfärbte Färber, der an der Spitze seiner Knechte, seiner Gesellen und mehrerer Millsdorfer bergab kam. »Sie sind über das Gletschereis und über die Schründe gegangen, ohne es zu wissen«, rief der Schuster seinem Schwiegervater zu. »Da sind sie ja – da sind sie ja – Gott sei Dank«, antwortete der Färber, »ich weiß es schon, daß sie oben waren, als dein Bote zu uns kam und wir mit Lichtern den ganzen Wald durchsucht und nichts gefunden hatten – und als dann das Morgengrauen anbrach, bemerkte ich an dem Wege, der von der roten Unglückssäule links gegen den Schneeberg hinanführt, daß dort, wo man eben von der Säule weggeht, hin und wieder mehrere Reiserchen und Rütchen geknickt sind, wie Kinder gerne tun, wo sie eines Weges gehen – da wußte ich es – die Richtung ließ sie nicht mehr aus, weil sie in der Höhlung gingen, weil sie zwischen den Felsen gingen und weil sie dann auf dem Grat gingen, der rechts und links so steil ist, daß sie nicht hinabkommen konnten. Sie mußten hinauf. Ich schaute nach dieser Beobachtung gleich nach Gschaid, aber der Holzknecht Michael, der hinüberging, sagte bei der Rückkunft, da er uns fast am Eise oben traf, daß ihr sie schon habet, weshalb wir wieder heruntergingen.« »Ja«, sagte Michael, »ich habe es gesagt, weil die rote Fahne schon auf dem Krebssteine steckt, und die Gschaider dieses als Zeichen erkannten, das verabredet worden war. Ich sagte euch, daß auf diesem Wege da alle herabkommen müssen, weil man über die Wand nicht gehen kann.« »Und kniee nieder und danke Gott auf den Knien, mein Schwiegersohn«, fuhr der Färber fort, »daß kein Wind gegangen ist. Hundert Jahre werden wieder vergehen, daß ein so wunderbarer Schneefall niederfällt, und daß er gerade niederfällt, wie nasse Schnüre von einer Stange hängen. Wäre ein Wind gegangen, so wären die Kinder verloren gewesen.« »Ja, danken wir Gott, danken wir Gott«, sagte der Schuster. Der Färber, der seit der Ehe seiner Tochter nie in Gschaid gewesen war, beschloß, die Leute nach Gschaid zu begleiten. Da man schon gegen die rote Unglückssäule zukam, wo der Holzweg begann, wartete ein Schlitten, den der Schuster auf alle Fälle dahin bestellt hatte. Man tat die Mutter und die Kinder hinein, versah sie hinreichend mit Decken und Pelzen, die im Schlitten waren, und ließ sie nach Gschaid vorausfahren. Die andern folgten und kamen am Nachmittag in Gschaid an. Die, welche noch auf dem Berge gewesen waren und erst durch den Rauch das Rückzugszeichen erfahren hatten, fanden sich auch nach und nach ein. Der letzte, welcher erst am Abende kam, war der Sohn des Hirten Philipp, der die rote Fahne auf den Krebsstein getragen und sie dort aufgepflanzt hatte. In Gschaid wartete die Großmutter, welche herübergefahren war. »Nie, nie«, rief sie aus, »dürfen die Kinder in ihrem ganzen Leben mehr im Winter über den Hals gehen.« Die Kinder waren von dem Getriebe betäubt. Sie hatten noch etwas zu essen bekommen, und man hatte sie in das Bett gebracht. Spät gegen Abend, da sie sich ein wenig erholt hatten, da einige Nachbarn und Freunde sich in der Stube eingefunden hatten und dort von dem Ereignis redeten, die Mutter aber in der Kammer an dem

Bettchen Sannas saß und sie streichelte, sagte das Mädchen: »Mutter, ich habe heute nachts, als wir auf dem Berge saßen, den heiligen Christ gesehen.« »O du mein geduldiges, du mein liebes, du mein herziges Kind,« antwortete die Mutter, »er hat dir auch Gaben gesendet, die du bald bekommen wirst.« Die Schachteln waren ausgepackt worden, die Lichter waren angezündet, die Tür in die Stube wurde geöffnet, und die Kinder sahen von dem Bette auf den verspäteten hell leuchtenden freundlichen Christbaum hinaus. Trotz der Erschöpfung mußte man sie noch ein wenig ankleiden, daß sie hinausgingen, die Gaben empfingen, bewunderten und endlich mit ihnen entschliefen. In dem Wirtshause in Gschaid war es an diesem Abende lebhafter als je. Alle, die nicht in der Kirche gewesen waren, waren jetzt dort, und die andern auch. Jeder erzählte, was er gesehen und gehört, was er getan, was er geraten und was für Begegnisse und Gefahren er erlebt hat. Besonders aber wurde hervorgehoben, wie man alles hätte anders und besser machen können. Das Ereignis hat einen Abschnitt in die Geschichte von Gschaid gebracht, es hat auf lange den Stoff zu Gesprächen gegeben, und man wird noch nach Jahren davon reden, wenn man den Berg an heitern Tagen besonders deutlich sieht, oder wenn man den Fremden von seinen Merkwürdigkeiten erzählt. Die Kinder waren von dem Tage an erst recht das Eigentum des Dorfes geworden, sie wurden von nun an nicht mehr als Auswärtige, sondern als Eingeborne betrachtet, die man sich von dem Berge herabgeholt hatte. Auch ihre Mutter Sanna war nun eine Eingeborne von Gschaid. Die Kinder aber werden den Berg nicht vergessen und werden ihn jetzt noch ernster betrachten, wenn sie in dem Garten sind, wenn wie in der Vergangenheit die Sonne sehr schön scheint, der Lindenbaum duftet, die Bienen summen, und er so schön und so blau wie das sanfte Firmament auf sie hernieder schaut.

WEIHNACHTSLIED

CHARLES DICKENS

Erste Strophe. Marleys Geist

[...] Aber er war ein schrecklicher Leuteschinder, dieser Scrooge! [...] So begab es sich auch einmal – am schönsten aller Tage im Jahr, am Tag des heiligen Abends – [...]. Mit einem seltsamen Gefühl unwillkürlichen Bangens gewahrte er, wie der Klingelzug sich auf einmal zu bewegen begann [...].

Die Glocken hörten auch zusammen auf, wie sie zusammen begonnen hatten. Plötzlich aber folgte ihnen von der untersten Tiefe des Hauses herauf ein klirrendes, lautes Geräusch. [...]

»Zu meinen Lebzeiten«, gab die Spukgestalt zur Antwort, »war ich dein Geschäftsgenosse Jakob Marley [...]. Heute abend bin ich gekommen, um dich zu warnen, dir zu sagen, daß du noch eine Aussicht und Hoffnung hast, meinem Schicksal zu entgehen [...]. Nun werden dich noch drei Geister heimsuchen! [...] Erwarte den ersten morgen, wenn die Glocke eins schlägt.«

[...]

Vierte Strophe. Der letzte Geist

Die Erscheinung kam langsam, feierlich, schweigend auf ihn zu. Als sie herangekommen war, fiel Scrooge auf die Knie nieder, denn selbst die Luft, durch die sich der Geist bewegte, schien geheimnisvolles Grauen um sich zu verbreiten.

Die Erscheinung war verhüllt in einem schwarzen, weiten Mantel, der nichts von ihr sehen ließ, als eine ausgestreckte Hand. Wäre diese nicht gewesen, es wäre einem schwer angekommen, die Gestalt von der Nacht zu trennen, die sie umgab!

Als sie neben ihm stand, fühlte er, daß sie groß und stattlich war und daß ihn ihre geheimnisvolle Gegenwart mit einem feierlichen Grauen erfüllte. Er wußte weiter nichts, denn der Geist sprach und bewegte sich nicht.

»Ich stehe vor dem Geist der zukünftigen Weihnacht?« fragte Scrooge.

Der Geist antwortete nicht, sondern wies mit der Hand zur Erde hinab.

»Du willst mir die Schatten der Dinge zeigen, die noch nicht geschehen sind, aber noch geschehen werden?« fuhr Scrooge fort. »Willst du das, Geist?«

Der obere Teil der Verhüllung bauschte sich auf einen Augenblick in Falten, als ob der Geist sein Haupt neige; dies war die einzige Antwort, die Scrooge erhielt.

Obgleich schon so ziemlich an gespenstische Gesellschaft gewöhnt, bangte Scrooge vor der stummen Erscheinung doch so sehr, daß seine Knie wankten und er kaum noch stehen konnte, als er sich ihr zu folgen bereit machte. Der Geist stand für einen Augenblick still, als bemerke er die Furcht seines Begleiters und als wolle er ihm Zeit lassen, sich zu erholen.

Aber Scrooge befand sich dadurch noch schlechter. Ein fremdes, unbestimmtes Grausen durchbebte ihn bei dem Gedanken, daß sich hinter diesem schwarzen Schleier gespenstische Augen fest auf ihn heften könnten, während er, obgleich er seine Augen aufs äußerste anstrengte, doch nichts sehen konnte als die gespenstische Hand und eine große, schwarze Faltenmasse.

»Geist der Zukunft«, rief er, »ich fürchte dich mehr als die Geister, die ich schon gesehen habe. Aber da ich weiß, daß es dein Zweck ist, mir Gutes zu tun, und da ich noch zu leben hoffe, um ein anderer Mensch zu werden, als ich bisher war, bin ich willens, dich zu begleiten, und tue es mit einem dankerfüllten Herzen. – Willst du nicht zu mir sprechen?«

Die Gestalt gab ihm keine Antwort. Die Hand wies gerade vor ihm hin in die Ferne.

»Führe mich«, bat Scrooge. »Führe mich, die Nacht schwindet schnell, und die Zeit ist für mich kostbar. Führe mich, Geist.«

Die Erscheinung bewegte sich ebenso von ihm weg, wie sie auf ihn zugekommen war. Scrooge folgte dem Schatten ihres Gewandes, der ihn aufhob und von dannen trug.

Es war kaum, als ob sie in die City träten; eher schien die City rings um sie her in die Höhe zu wachsen und sie zu umdrängen. Aber sie waren doch mitten in ihrem Herzen, auf der Börse unter den Kaufleuten, die geschäftig hin und her eilten, mit dem Geld in ihren Taschen klimperten, in Gruppen miteinander sprachen, nach der Uhr sahen und gedankenvoll mit den großen, goldenen Petschaften an den Uhrketten spielten, wie Scrooge es schon so oft gesehen hatte.

Der Geist blieb bei einer Gruppe von Kaufleuten stehen, und Scrooge sah, daß die Hand der Erscheinung darauf hinwies; daher näherte er sich ihnen, um ihr Gespräch zu belauschen.

»Nein, ich weiß nicht viel davon zu sagen«, sagte ein großer fetter Mann mit einem ungeheuren Doppelkinn. »Ich weiß nur, daß er tot ist.«

»Wann starb er denn?« fragte ein anderer.

»Vorige Nacht, glaub' ich.«

»Mein Gott, was hat ihm denn gefehlt?« mischte sich ein Dritter ein, der dabei eine große Prise aus einer sehr großen Dose nahm. »Ich dachte, der würde nie sterben.«

»Weiß Gott«, sagte der erste und gähnte.

»Was hat er mit seinem Geld angefangen?« fragte ein Herr mit einem roten Gesicht und einem Auswuchs an der Nasenspitze, der wie der Lappen eines Truthahns wackelte.

»Ich habe nichts davon gehört«, sagte der Mann mit dem fetten Doppelkinn, und gähnte abermals. »Hat es wahrscheinlich seiner Firma hinterlassen. Mir hat er's nicht vermacht. Das weiß ich.«

Dieser reizende Scherz wurde mit einem allgemeinen Gelächter begrüßt.

»Es wird wohl ein sehr billiges Begräbnis werden«, fuhr der Dicke mit dem Doppelkinn fort; »denn so wahr ich lebe, ich kenne niemanden, der mitgehen sollte. Wenn wir nun zusammenträten und freiwillig mitgingen?«

»Ich tue mit, wenn für einen Lunch gesorgt wird«, bemerkte der Herr mit dem Truthahnlappen an der Nasenspitze. »Aber ich muß zu essen haben, wenn ich dabei sein soll.«

Ein neues Gelächter.

»Nun, da bin ich doch wohl der Uneigennützigste von euch«, meinte der erste Sprecher, »denn ich trage nie schwarze Handschuhe und esse nie Lunch. Aber ich gehe mit, wenn sich noch andere finden. Wenn ich mir's recht überlege, war ich am Ende sein vertrautester Freund; denn wir blieben stehen und sagten einander, wenn wir uns auf der Straße trafen: ›Guten Morgen, guten Morgen!‹«

Sprecher und Zuhörer gingen fort und mischten sich unter andere Gruppen. Scrooge kannte die Leute und sah den Geist mit einem fragenden Blick an.

Die Erscheinung schwebte weiter und hinaus auf die Straße.

Ihre Hand wies auf zwei sich begegnende Personen. Und wieder hörte Scrooge zu, in der Hoffnung, jetzt die Erklärung zu finden.

Denn er kannte auch diese Leute recht gut. Es waren Kaufleute, sehr reich und von großem Ansehen. Er hatte sich immer bestrebt, in ihrer Achtung zu bleiben, das heißt in Geschäftssachen, rein in Geschäftssachen.

»Wie geht's?« sagte der eine.

»Wie geht's Ihnen?« der andere.

»Gut«, erwiderte der erste. »Der alte Knauser ist endlich tot, wissen Sie es schon?«

»Ich hörte es«, antwortete der zweite. »Es ist kalt heute, nicht wahr?«

»Wie sich's zu Weihnachten schickt. Sie sind wohl kein Schlittschuhläufer?«

»Nein, nein. Habe an andere Sachen zu denken. Guten Morgen!«

Kein Wort weiter. So trafen sie sich, so trennten sie sich.

Scrooge war erst zu staunen geneigt, daß der Geist auf anscheinend so unbedeutende Gespräche ein Gewicht zu legen schien; aber sein Gefühl sagte ihm, daß sie eine verborgene Bedeutung haben müßten, und er zerbrach sich den Kopf, welcher Art diese sein könnte.

Die Gespräche konnten sich nicht auf den Tod Jacobs, seines alten Kompagnons, beziehen, denn der gehörte der Vergangenheit an, und sein Führer war doch der Geist der Zukunft. Auch konnte er sich niemanden von den ihn näher Angehenden vorstellen, auf den er sie hätte beziehen können. Aber in der Gewißheit, daß für ihn doch eine wichtige Lehre darin liege, auf wen sie sich auch beziehen möchten, beschloß er, jedes Wort, das er hörte, und jede Szene, die er sah, treu in seinem Herzen aufzubewahren, und vorzüglich seinen Schatten zu beobachten, wenn er erschien. Denn er erwartete von dem Benehmen seines zukünftigen Selbst die noch fehlende Aufklärung und die Lösung der Rätsel, die ihm jetzt so schwierig vorkam.

Schon auf der Börse sah er sich nach seinem Selbst um; aber ein anderer stand in seiner gewohnten Ecke, und obgleich die Uhr die Stunde zeigte, wo er gewöhnlich dort war, bemerkte er sich doch auch nicht unter den Scharen, die sich durch den Eingang hereindrängten. Das überraschte ihn indessen um so weniger, als er schon lange daran gedacht hatte, sein Geschäft aufzugeben; und nun glaubte und hoffte er, in diesen Erscheinungen schon die einstige Verwirklichung seines Planes zu erblicken.

Regungslos und schwarz stand neben ihm das Gespenst mit seiner starr ausgestreckten Hand. Als er wieder von seiner nachdenklichen Stellung aufblickte, glaubte er (nach der Richtung der Hand zu

The Last of the Spirits.

urteilen), daß sich die unsichtbaren Augen fest auf ihn hefteten. Bei diesem Gedanken überlief ihn ein kalter Schauer.

Sie verließen darauf die geschäftige Umgebung und gingen in einen abgelegenen Teil der Stadt, wo Scrooge nie vorher gewesen war, dessen Lage und schlechten Ruf er aber kannte. Die Straßen waren schmutzig und eng, die Läden und Häuser ärmlich, die Menschen halbnackt, betrunken, barfuß, häßlich. Gäßchen und Torwege strömten, wie ebenso viele Kloaken, abscheuerregende Gerüche und Schmutz und Menschen in die Straßen, und das ganze Viertel schien erfüllt von Verbrechen, Unrat und Elend.

In einem der tiefsten Winkel dieses Zufluchtsorts der Sünde und des Verbrechens befand sich ein niedriger, dunkler Laden unter einem Wetterdach, in dem Eisen, Lumpen, Flaschen, Knochen und Fleischabfälle verkauft wurden. Auf dem Fußboden lag ein Haufen verrosteter Schlüssel, Nägel, Ketten, Türangeln, Feilen, Wagen, Gewichte und altes Eisen aller Art. Geheimnisse, die zu enträtseln wenige verlangen würden, entstanden und verbargen sich in Bergen widerlicher Lumpen, Massen verdorbenen Fettes und ganzen Beinhäusern von Knochen. Mitten unter seinen Waren saß neben einem aus alten Kacheln zusammengesetzten Ofen ein grauhaariger, fast siebzigjähriger Schelm, der sich vor der Kälte draußen durch einen bauschigen Vorhang von allerlei, auf eine Leine gehängten Lumpen geschützt hatte und seine Pfeife voll Behagen rauchte.

Scrooge und die Erscheinung traten neben diesen Mann, als eine Frau mit einem schweren Bündel in den Laden schlich. Kaum war sie eingetreten, als ihr eine zweite Frau, auch mit einem Bündel, folgte, und dieser dicht auf den Fersen ein Mann in einem alten, schwarzen, abgetragenen Anzug, der nicht weniger vor dem Anblick der beiden erschrak, als diese voreinander erschrocken waren. Nach einigen Augenblicken wortlosen Staunens, an dem sich der Alte mit der Pfeife beteiligt hatte, brachen sie alle drei in ein lautes Gelächter aus.

»Schau an, die Putzfrau ist die erste«, rief die zuerst eingetreten war. »Schau an, die Waschfrau ist die zweite, und der Sargträger ist der dritte. He, Joe, das ist ein Glücksfall! Wir treffen uns hier alle drei, ohne daß wir uns verabredet haben.«

»Ihr hättet euch an keinem bessern Ort treffen können«, sagte der alte Joe, die Pfeife aus dem Mund nehmend. »Kommt in den Salon. Ihr habt schon lange freien Zutritt dort, das wißt Ihr ja, und die anderen zwei sind auch keine Fremden. Wartet, bis ich die Ladentür zugemacht habe. Oh, wie sie knarrt! Ich glaube, es gibt kein so rostiges Stück Eisen in dem ganzen Laden, als die Türangeln; und ich weiß, es gibt keine so alten Knochen hier, wie meine. Haha, wir passen zu unserm Geschäft. Kommt in den Salon!«

Der Salon war der Raum hinter dem Lumpenvorhang. Der Alte kratzte das Feuer mit einem alten Rouleaustab zusammen, schob den Docht seiner qualmigen Lampe, denn es war Abend, mit dem Pfeifenstiel in die Höhe und steckte diese dann wieder in den Mund.

Während er damit beschäftigt war, warf die zuerst eingetretene Frau ihr Bündel auf den Boden und setzte sich mit kokettierender Frechheit auf einen Stuhl; dann legte sie die Hände auf die Knie und sah die beiden andern herausfordernd an.

»Nun, was ist dabei, was ist schon dabei, Mrs. Dilber? Jeder hat das Recht, für sich zu sorgen. Und er tat es immer.«

»Das ist wahr«, sagte die Waschfrau. »Keiner tat es eifriger.«

»Na, warum gafft Ihr da einander an, als hättet Ihr Bange, wer der Schlauere sei? Wir wollen doch nicht einander die Augen aushacken, denk' ich.«

»Nein, gewiß nicht«, sagten Mrs. Dilber und der Mann wie aus einem Munde. »Wir wollen es nicht hoffen.«

»Na, gut denn«, rief die Frau, »das ist genug! Wem schadet's, wenn wir so ein paar Sachen mitnehmen, wie die hier? Einer Leiche gewiß nicht.«

»Nein, gewiß nicht«, lachte Mrs. Dilber.

»Wenn er sie noch nach dem Tode behalten wollte, wie ein alter Geizhals«, fuhr die Frau fort, »warum war er nicht besser zu seinen Lebzeiten? Wäre er's gewesen, dann hätte er auch jemanden um sich gehabt, als er starb, statt daß er mutterseelenallein seinen letzten Atem fahren lassen mußte.«

»Es ist das wahrste Wort, das je gesprochen wurde«, bestätigte Mrs. Dilber.

»Es ist ein Gottesgericht.«

»Ich wünschte, es wäre ein bißchen schwerer ausgefallen«, meinte die Frau, »und es wär's auch, verlaßt euch drauf, wenn ich hätte mehr bekommen können. Mach das Bündel auf, Joe, und sag mir, was es wert ist. Sprich dreist heraus. Ich fürchte mich nicht, die erste zu sein, noch es die hier sehen zu lassen. Wir wußten ganz gut, daß wir für uns sorgten, ehe wir uns hier trafen. Das ist keine Sünde. Mach das Bündel auf, Joe.«

Aber die Galanterie ihrer Freunde wollte das nicht erlauben; und der Mann in dem abgetragenen schwarzen Rock brachte seine Beute zuerst. Es war nicht viel los damit: ein oder zwei Petschafte, ein silberner Bleistift, ein Paar Hemdknöpfe und eine Brosche von geringem Wert: das war alles. Die Gegenstände wurden von dem alten Joe untersucht und geschätzt, worauf er die Summe, die er für das einzelne bezahlen wollte, an die Wand schrieb und zusammenrechnete, als er fand, daß nichts mehr nachkam.

»Das ist Eure Rechnung«, sagte Joe, »und ich gebe keinen Sixpence mehr und sollte ich in Stücke gehauen werden. Wer kommt jetzt?«

Mrs. Dilber war die nächste. Sie hatte Bett- und Handtücher, einige Kleidungsstücke, zwei altmodische silberne Teelöffel, eine Zuckerzange und einige Paar Stiefel. Ihre Rechnung wurde von Joe auf dieselbe Weise an die Wand geschrieben.

»Damen gebe ich immer zuviel. Es ist meine Schwäche, und ich richte mich damit zugrunde«, sagte der alte Joe. »Hier ist Eure Rechnung. Wolltet Ihr einen Pfennig mehr dafür haben und es darauf ankommen lassen, so täte es mir leid, so nobel gewesen zu sein, und ich zöge Euch eine halbe Krone ab.«

»Und nun mach mein Bündel auf, Joe«, drängte die erste.

Joe kniete nieder, um bequemer das Bündel öffnen zu können, und nachdem er viele viele Knoten aufgemacht hatte, zog er eine große schwere Rolle von einem dunklen Stoff heraus.

»Was ist das?« staunte Joe. »Bettgardinen!«

»Ja«, rief das Weib lachend und sich vorbeugend. »Bettgardinen!«

»Ihr wollt doch nicht sagen, Ihr hättet sie heruntergenommen, wie er dort lag?« sagte Joe.

»Ih, freilich«, sagte das Weib. »Warum auch nicht?«

»Ihr seid geboren, Euer Glück zu machen, und Ihr werdet's auch.«

»Ich werde doch wahrhaftig meine Hand nicht leer einstecken, wenn ich sie nur auszustrecken brauche, um was zu kriegen, um so eines Mannes willen, wie der war. Wahrhaftig nicht, Joe«, antwortete das Weib ruhig. »Laß kein Öl auf die Bettdecken tropfen.«

»Seine Bettdecke?« fragte Joe.

»Von wem soll sie denn sonst sein?« entgegnete das Weib. »Er wird auch ohne die nicht frieren, das behaupte ich.«

»Er starb doch nicht etwa an etwas Ansteckendem?« fragte der alte Joe bedenklich, seine Beschäftigung unterbrechend und sie anblickend.

»Das braucht Ihr nicht zu befürchten«, antwortete die Frau. »Ich hatte ihn nicht so lieb, daß ich dann bei ihm geblieben wäre um solcher Lumpen willen. Ha, Ihr könnt durch das Hemd gucken, bis Euch Eure Augen weh tun: Ihr findet kein Loch darin und keine dünne Stelle. Es ist das beste, was er hatte, und sein ist's auch. Sie hätten's verdorben, wenn ich nicht gewesen wäre.«

»Was meint Ihr mit verderben?« fragte der alte Joe.

»Nun, ihm das Hemd in das Grab mitgeben, was sonst?« erwiderte die Frau lachend. »Es war da einer dumm genug, es ihm anzuziehen, aber ich zog's ihm wieder aus. Wenn Kattun zu so etwas nicht gut genug ist, weiß ich nicht, zu was er sonst gut wäre. Er steht einer Leiche ebensogut. Er kann nicht häßlicher aussehen, als er darin aussah.«

Scrooge hörte das Gespräch mit Grausen an. Wie sie da um ihren Raub herum in dem kärglichen Lampenlicht des Alten saßen, betrachtete er sie mit einem Ekel und einem Abscheu, der nicht größer hätte sein können, wenn es scheußliche Dämonen gewesen wären, die um die Leiche selbst feilschten.

»Ha, ha!« lachte dieselbe Frau, als der alte Joe einen alten flanellnen Geldbeutel herauslangte und jedem den Preis des Raubes auf den Fußboden hinzählte. »Das ist das Ende von der Geschichte, seht Ihr! Er scheuchte jeden von sich, solange er lebte, um uns zu nützen, da er tot ist! Hahaha!«

»Geist«, sagte Scrooge, vom Fuß bis zum Scheitel zitternd. »Ich verstehe dich. Das Los dieses Unglücklichen könnte das meinige sein. Mein Leben geht jetzt auf dieses Ziel zu. Gnädiger Himmel, was ist das?«

Er fuhr entsetzt zurück, denn die Szene hatte sich verändert, und er stand dicht vor einem Bett, einem einsamen, unverhängten Bett, in dem unter einer groben Decke etwas Verhülltes lag, das, obgleich stumm, in einer grauenerregenden Sprache verkündete, was es war.

Das Zimmer war sehr dunkel, zu dunkel, um etwas sicher erkennen zu können, obgleich sich Scrooge, einem geheimen Gefühl folgend, voll Begier umsah, um zu wissen, was für ein Zimmer es sei.

Ein bleiches Licht, das von draußen hereinströmte, fiel gerade aufs Bett; und auf diesem geplündert und beraubt, unbewacht und unbeweint, lag die Leiche dieses Mannes.

Scrooge blickte die Erscheinung an. Ihre regungslose Hand wies auf das Haupt des Leichnams. Die Decke war so sorglos zurechtgelegt, daß das geringste Verschieben, die leiseste Berührung von Scrooges Fingern das Antlitz enthüllt hätte. Er dachte daran, empfand, wie leicht es geschehen könnte, und sehnte sich, es zu tun; aber er hatte ebensowenig die Kraft, die Hülle wegzuziehen, wie den Geist von seiner Seite zu entlassen.

Oh, kalter, starrer, schrecklicher Tod, hier richte deinen Altar auf und umgib ihn mit den Schrecken, über die du verfügst, denn dies ist dein Reich! Aber dem geliebten und verehrten Haupt kannst du kein Haar krümmen, von ihm kannst du keinen Zug widerlich machen. Auch wenn die Hand schwer ist und herabsinkt, wenn man sie fallen läßt, auch wenn das Herz und der Puls schweigen; die Hand war offen und barmherzig, das Herz war offen und warm und gut und der Puls ein menschlicher. Töte, Schatten, töte! Und sieh, wie seine guten Taten aus der Todeswunde hervorströmen, um in der Welt ein unsterbliches Leben auszusäen!

Es war nicht etwa eine Stimme, die diese Worte in Scrooges Ohren flüsterte, aber doch hörte er sie, während er auf das Bett starrte. Er dachte, wenn dieser Mann jetzt wieder erweckt werden könnte, was würde wohl sein erster Gedanke sein? Nur Geiz, Hartherzigkeit, habgierige Sorge. – Ein schönes Ende haben sie ihm bereitet!

Er lag in dem düstern leeren Haus und kein Mann, kein Weib, kein Kind war da, um zu sagen: »Er war gütig gegen mich in dem und in jenem, und dieses einen gütigen Wortes gedenkend will ich seiner warten.« Eine Katze kratzte an der Tür, und die Ratten nagten und raschelten unter dem Kamin. Was sie in dem Gemach des

Todes wollten und warum sie so unruhig waren, wagte Scrooge nicht auszudenken.

»Geist«, sagte er, »dies ist ein schrecklicher Ort. Wenn ich ihn verlasse, werde ich nicht seine Lehre vergessen, glaube mir. Laß uns gehen.«

Immer noch wies der Geist mit regungslosem Finger auf das Haupt der Leiche.

»Ich verstehe dich«, antwortete Scrooge, »und ich täte es, wenn ich könnte. Aber ich habe die Kraft nicht dazu, Geist. Ich habe die Kraft nicht dazu.«

Wieder schien ihn der Geist anzublicken.

»Wenn irgend jemand in der Stadt ist, der bei dieses Mannes Tod etwas fühlt«, bat Scrooge ganz erschüttert, »so zeige mir ihn, Geist, ich flehe dich an.«

Die Erscheinung breitete ihren dunklen Mantel einen Augenblick vor ihm aus wie einen Fittich; und wie sie ihn wieder wegzog, sah er ein taghelles Zimmer, in dem sich eine Mutter mit ihren Kindern befand.

Sie wartete auf jemandes Kommen in ängstlicher Hoffnung, denn sie ging im Zimmer auf und ab, erschrak bei jedem Geräusch, sah zum Fenster hinaus, blickte nach der Uhr, versuchte umsonst, sich zu beschäftigen, und konnte kaum die Stimmen der spielenden Kinder ertragen.

Endlich vernahm sie das langersehnte Klopfen an der Haustür, und als sie hinausgehen wollte, kam ihr der Gatte entgegen. Sein Gesicht war abgehärmt und bekümmert, obgleich er noch jung war! Es zeigte sich jetzt ein merkwürdiger Ausdruck darin: eine Art ernster Freude, deren er sich schämte und die er zu verbergen bestrebt war.

Er setzte sich zum Essen nieder, das man ihm am Feuer aufgehoben hatte; und als die Gattin ihn erst nach langem Schweigen fragte, was er für Nachrichten bringe, schien er um Antwort verlegen zu sein.

»Sind es gute«, fragte sie, »oder schlechte?«

»Schlechte«, gab er zur Antwort.

»Sind wir ganz zugrunde gerichtet?«

»Nein, noch ist Hoffnung vorhanden, Caroline.«

»Wenn er sich erweichen läßt«, rief sie erstaunt, »dann ist noch Hoffnung da! Nichts ist hoffnungslos, wenn ein solches Wunder geschehen ist.«

»Für ihn ist es zu spät, Erbarmen zu zeigen«, sagte der Gatte. »Er ist tot.«

Wenn ihr Gesicht Wahrheit sprach, so war sie ein mildes und geduldiges Wesen; aber sie war doch dankbar dafür in ihrem Herzen und sprach es mit gefalteten Händen aus. Doch schon im nächsten Augenblick bat sie Gott, daß er ihr verzeihen möge, und bereute es; aber das erste Gefühl war die Stimme ihres Herzens gewesen.

»Was mir die halbbetrunkene Frau gestern abend meldete, als ich ihn sprechen und um eine Woche Aufschub bitten wollte, und was ich nur für einen bloßen Vorwand hielt, um mich abzuweisen, erweist sich jetzt als die reine Wahrheit. Er war nicht nur sehr krank, er lag schon im Sterben.«

»Auf wen wird unsere Schuld übergehen?«

»Ich weiß es nicht. Aber noch vor dieser Zeit werden wir das Geld haben; und selbst, wenn dies nicht einträfe, wär' es fast unwahrscheinlich großes Pech, in seinem Erben einen ebenso unbarmherzigen Gläubiger zu finden. Wir können heut' nacht leichteren Herzens schlafen, Caroline.«

Ja, sie mochten es verhehlen, wie sie wollten: ihre Herzen waren leichter. Die Gesichter der Kinder, die sich still um die Eltern drängten, um zu hören, was sie so wenig verstanden, erhellten sich, und alle wurden glücklicher durch dieses Mannes Tod. Das einzige von diesem Ereignis hervorgerufene Gefühl, das ihm der Geist zeigen konnte, war also eins der Freude.

»Laß mich ein zärtliches, bei einem Todesfall empfundenes Gefühl sehen«, bat Scrooge, »oder mir wird dies dunkle Zimmer, das wir soeben verlassen haben, immer vor Augen bleiben.«

Nun führte ihn der Geist durch mehrere Straßen, die er oft gegangen war; und indem sie vorüberschwebten, hoffte Scrooge sich hier und da zu erblicken, aber nirgends war er zu sehen. Sie traten in Bob Cratchits Haus, dessen Wohnung sie schon früher besucht hatten, und fanden dort die Mutter mit den Kindern um das Feuer sitzen.

Alles war ruhig, alles war still, sehr still. Die lärmenden kleinen Cratchits saßen stumm, wie steinerne Bilder, in einer Ecke und sahen auf Peter, der ein Buch vor sich hatte. Mutter und Töchter nähten. Aber auch sie waren still, sehr still.

»Und er nahm ein Kind und stellte es in ihre Mitte.«

Wo hatte Scrooge diese Worte gehört? Der Knabe mußte sie gelesen haben, als er und der Geist über die Schwelle traten. Warum fuhr der Leser nicht fort?

Die Mutter legte ihre Arbeit auf den Tisch und führte die Hand gegen die Augen.

»Die Farbe tut mir weh«, sagte sie.

Die Farbe? Ach, der arme Tiny Tim!

»Es geht jetzt wieder besser«, sagte Cratchits Frau.

»Die Farbe tut mir weh bei Licht, und ich möchte nicht, daß Vater, wenn er heimkommt, meine roten Augen sieht. Es muß bald Zeit sein.«

»Fast schon vorüber«, erwiderte Peter, das Buch schließend. »Aber ich glaube, Mutter, er geht jetzt etwas langsamer als früher.«

Sie waren wieder sehr still. Endlich sagte sie mit einer ruhigen, heiteren Stimme, die nur ein einziges Mal zitterte:

»Ich weiß, daß er mit – ich weiß, daß er mit Tiny Tim auf der Schulter sehr schnell ging.«

»Ich auch«, rief Peter. »Oft.«

»Ich auch«, stimmten die andern ein.

»Aber er war sehr leicht zu tragen«, fing sie wieder an, den Blick fest auf ihre Arbeit gerichtet, »und der Vater liebte ihn so, daß es keine Last für ihn war – keine Last. Doch horch: da kommt der Vater.«

Sie eilten ihm entgegen, und Bob mit dem Schal – der arme Kerl hatte ihn nötig – trat herein. Sein Tee stand bereit, und sie drängten sich alle herbei, und jeder wollte ihn am meisten bedienen. Dann kletterten die beiden kleinen Cratchits auf seine Knie, und jedes Kind legte eine kleine Wange an die seine, als wollten sie sagen: »Gräm dich nicht, lieber Vater, sei nicht traurig.«

Bob war sehr heiter und sprach sehr munter mit der ganzen Familie. Er besah die Arbeit auf dem Tisch und lobte den Fleiß und den Eifer seiner Frau und Töchter. Sie würden lange vor Sonntag fertig sein, meinte er.

»Sonntag!« wiederholte die Frau. »Du warst also heute dort, Robert?«

»Ja, meine Liebe«, antwortete Bob. »Ich wollte, du hättest auch hingehen können. Es würde dein Herz erfreut haben, zu sehen, wie grün es dort ist. Aber du wirst es oft sehen. Ich versprach ihm, sonntags hinzugehen. Mein liebes, liebes Kind!« meinte Bob. »Mein liebes Kind!«

Er brach auf einmal zusammen. Er konnte nicht anders. Hätte er anders gekonnt, so wären er und sein Kind einander wohl weniger nahe gewesen.

Er verließ die Stube und ging die Treppe hinauf in ein Zimmer, das hell erleuchtet und weihnachtsmäßig aufgeputzt war. Ein Stuhl stand dicht neben dem Kind, und man sah, daß vor kurzem jemand dagewesen war. Der arme Bob setzte sich nieder, und als er ein wenig nachgedacht und sich gefaßt hatte, küßte er das kleine kalte Gesicht. Er war versöhnt mit dem Geschehenen und ging wieder hinunter ganz heiter.

Sie setzten sich um das Feuer und unterhielten sich; die Mädchen und Mutter arbeiteten fort. Bob erzählte ihnen von Scrooges Neffen und seiner außerordentlichen Freundlichkeit, obwohl er ihn kaum ein einziges Mal gesehen habe. Er habe ihn heute auf der Straße getroffen, und als er bemerkt, daß er ein wenig niedergeschlagen aussähe, habe er ihn gefragt, was ihn bekümmere. »Hierauf«, sagte Bob, »erzählte ich es ihm, denn er ist der freundlichste junge Herr, den ich kenne. ›Ich bedaure Sie herzlich, Mr. Cratchit,‹ sagte er, ›und auch Ihre gute Frau.‹ – Übrigens, wie er das wissen kann, möchte ich wissen.«

»Was soll er wissen, mein Lieber.«

»Nun, daß du eine gute Frau bist«, antwortete Bob.

»Jedermann weiß das«, meinte Peter.

»Sehr gut bemerkt, mein Junge«, rief Bob. »Ich hoffe, es ist so. ›Herzlich bedaure ich Ihre gute Frau‹, sagte er. ›Wenn ich Ihnen auf irgendeine Weise behilflich sein kann‹, setzte er hinzu, indem er mir seine Karte gab, ›hier ist meine Adresse. Kommen Sie nur zu mir.‹ Nun ist es nicht gerade darum«, sprach Bob, »weil er etwas für uns tun könnte, sondern mehr wegen seiner herzlichen Weise, daß ich mich darüber so freute. Es schien wirklich, als habe er unsern Tiny Tim gekannt und fühle mit uns.«

»Er ist gewiß eine gute Seele«, sagte Mrs. Cratchit.

»Du würdest das noch eher erkennen, meine Liebe«, antwortete Bob, »wenn du ihn sähest und mit ihm sprächest. Es sollte mich nicht wundern, wenn er Peter eine bessere Stelle verschaffte. Denkt an meine Worte.«

»Nun höre nur, Peter«, sagte Mrs. Cratchit.

»Und dann«, rief eines der Mädchen, »wird sich Peter nach einer Frau umsehen.«

»Ach, sei still«, antwortete Peter lachend.

»Nun, das kann schon kommen«, sagte Bob, »doch bis dahin hat er noch eine Menge Zeit. Aber wie und wann wir uns auch voneinander trennen sollten, so bin ich doch überzeugt, daß keiner von uns den armen Tiny Tim vergessen wird oder diese erste Trennung, die wir erfuhren.«

»Niemals, Vater«, riefen alle.

»Und ich weiß«, sagte Bob, »ich weiß, meine Lieben, wenn wir daran denken, wie geduldig und wie sanft er war, obgleich er nur ein kleines Kind war, werden wir uns nicht so leicht zanken und den guten Tiny Tim vergessen, indem wir's tun.«

»Nein, niemals, Vater«, riefen wieder alle.

»Ich bin sehr glücklich«, sagte Bob, »sehr glücklich.«

Mrs. Cratchit küßte ihn, seine Töchter küßten ihn, die beiden kleinen Cratchits küßten ihn, und Peter und er drückten sich die Hand. Seele Tiny Tims, du warst ein Hauch von Gott.

»Geist«, sprach Scrooge, »etwas sagt mir, daß wir uns bald trennen werden. Ich weiß es, aber ich weiß nicht wie. Sag mir, wer war es, den wir auf dem Totenbett sahen?«

Der Geist der zukünftigen Weihnacht führte ihn wie zuvor – doch zu verschiedener Zeit, wie es ihm vorkam, und überhaupt schien in den letzten abwechselnden Gesichtern keine Zeitfolge stattzufinden – an die Zusammenkunftsorte der Geschäftsleute, aber er sah sich selber nicht. Der Geist hielt sich nirgends auf, sondern schwebte immer weiter, wie nach dem Ort zu, wo Scrooge die gewünschte Lösung des Rätsels finden würde, bis ihn dieser bat, einen Augenblick zu verweilen.

»Ja, dieser Hof, durch den wir jetzt eilen«, sagte Scrooge, »war einst mein Geschäft und war es lange Jahre hindurch. Ich erkenne das Haus. Laß mich sehen, was ich in den kommenden Tagen sein werde.«

Der Geist stand still; die Hand zeigte anderswohin.

»Das Haus ist dort«, rief Scrooge. »Warum zeigst du anderswohin?«

Der unerbittliche Finger nahm keine andere Richtung an.

Scrooge eilte nach dem Fenster seines Kontors und schaute hinein. Es war noch ein Kontor, aber nicht das seinige. Die Möbel waren nicht dieselben, und die Gestalt in dem Stuhl war nicht die seine. Die Erscheinung zeigte nach derselben Richtung wie vorher.

Er trat wieder zu ihr hin und nachsinnend, warum und wohin sie gingen, begleitete er sie, bis sie eine eiserne Pforte erreichten. Er stand still, um sich vor dem Eintreten umzusehen.

Es war ein Kirchhof. Hier also lag der Unglückliche unter der Erde, dessen Namen er noch erfahren sollte. Der Ort war seiner würdig. Rings von hohen Häusern umgeben, überwuchert von Unkraut, entsprossen dem Tod, nicht dem Leben der Vegetation, vollgepfropft von zu vielen Leichen, genährt von übersättigtem Genuß.

Der Geist stand inmitten der Gräber still und deutete auf eins hinab. Scrooge näherte sich ihm bebend. Die Erscheinung war noch ganz so wie früher, aber ihm war es immer, als sähe er eine neue Bedeutung in der düsteren Gestalt.

»Ehe ich mich dem Stein nähere, den du mir zeigst«, sagte Scrooge, »beantworte mir eine Frage. Sind dies die Schatten der Dinge, die sein werden, oder nur deren, die sein können?«

Immer noch wies der Geist auf das Grab hin, vor dem sie standen.

»Die Wege des Menschen tragen ihr Ziel in sich«, murmelte Scrooge. »Aber schlägt er einen andern Weg ein, so ändert sich das Ziel. Sag, ist es so mit dem, was du mir zeigen wirst?«

Der Geist blieb so unbeweglich wie immer.

Scrooge näherte sich schlotternd dem Grabe, und wie er der Richtung des Fingers folgte, las er auf dem Stein seinen eigenen Namen.

EBENEZER SCROOGE

»Bin ich es, der auf jenem Bett lag?« rief er, in die Knie sinkend.

Der Finger zeigte von dem Grabe fort auf ihn und wieder zurück.

»Nein, Geist, o nein!«

Der Finger wies unveränderlich dorthin.

»Geist«, rief Scrooge, sich fest an sein Gewand klammernd, »ich bin nicht mehr der Mensch, der ich ehedem war. Ich will ein anderer Mensch werden, als ich vor diesen Tagen gewesen bin. Warum zeigst du mir dies, wenn alle Hoffnung geschwunden ist?«

Zum ersten Male schien des Geistes Hand zu zittern.

»Guter Geist«, fuhr er fort, »dein eigenes Herz legt bittend für mich ein Wort ein und bedauert mich. Sag mir, daß ich durch ein verändertes Leben die Schattenbilder, die du mir gezeigt hast, ändern kann!«

Die gütige Hand zitterte.

»Ich will Weihnachten in meinem Herzen ehren, ich will versuchen, es zu feiern. Ich will in der Vergangenheit, in der Gegenwart und in der Zukunft leben. Die Geister von allen dreien sollen in mir lebendig sein. Ich will ihren Lehren mein Herz nicht verschließen. O sage mir, daß ich die Schrift auf diesem Stein tilgen kann!«

In seiner Angst ergriff Scrooge die gespenstige Hand. Sie versuchte, sich von ihm loszumachen, aber er war stark in seinem Flehen und hielt sie fest. Der Geist, noch stärker, stieß ihn zurück.

Wie Scrooge die bebenden Hände zu einem letzten Flehen um Änderung seines Schicksals in die Höhe hielt, sah er die Erscheinung sich verändern. Sie wurde kleiner und kleiner und schwand zu einem Bettpfosten zusammen.

Fünfte Strophe

Das Ende von dem Lied

Ja, und es war sein eigener Bettpfosten. Es war sein Bett und sein Zimmer. Und was das Glücklichste und Beste war: die Zukunft gehörte ihm, um sich zu bessern.

»Ich will in der Vergangenheit, in der Gegenwart und in der Zukunft leben«, wiederholte Scrooge, als er aus dem Bett kletterte. »Die Geister von allen dreien sollen in mir lebendig sein. Oh, Jacob Marley! Der Himmel sei dafür gepriesen und die Weihnachtszeit! Ich sage es auf meinen Knien, alter Jacob, auf meinen Knien.«

Er war von seinen guten Vorsätzen so durchflammt und außer sich, daß seine bebende Stimme auf seinen Ruf kaum antworten wollte. Während seines Ringens mit dem Geist hatte er bitterlich geweint, und sein Gesicht war noch naß von den Tränen.

»Sie sind nicht herabgerissen«, rief Scrooge, eine der Bettgardinen an die Brust drückend, »sie sind nicht herabgerissen. Sie sind da, ich bin da, die Schatten der Dinge, die da kommen, können vertrieben werden. Ja, ich weiß es, ich weiß es gewiß.«

Während dieser ganzen Zeit beschäftigten sich seine Hände mit den Kleidungsstücken: er zog sie verkehrt an, zerriß sie, verlegte sie und machte damit allerhand tolle Sprünge.

»Ich weiß nicht, was ich tue«, rief Scrooge in einem Atem weinend und lachend und mit seinen Strümpfen einen wahren Laokoon aus sich machend. – »Ich bin leicht wie eine Feder, selig wie ein Engel, vergnügt wie ein Schulknabe, schwindlig wie ein Trunkener. Fröhliche Weihnachten allen Menschen! Ein glückliches Neujahr der ganzen Welt! Hallo! Hussa! Hurra!«

Er war in das Wohnzimmer gesprungen und blieb jetzt drin ganz außer Atem stehen.

»Da ist die Schüssel, in der der Haferschleim war!« rief Scrooge, indem er um den Kamin herumhüpfte. »Da ist die Tür, durch die Jacob Marleys Geist hereinkam, da ist die Ecke, wo der Geist der diesjährigen Weihnacht saß, da ist das Fenster, wo ich die ruhelosen Geister sah! Es ist alles richtig, es ist alles wahr, es ist alles geschehen. Hahahaha!«

Für einen Mann, der so lange Jahre aus der Gewohnheit war, mußte man es wirklich ein vortreffliches Lachen nennen, ein herrliches Lachen. Es war der Vater einer langen, langen Reihe herrlicher Lachsalven!

»Ich weiß nicht, den Wievielten wir heute haben«, rief Scrooge. »Ich weiß nicht, wie lange ich unter den Geistern gewesen bin. Ich weiß gar nichts. Ich bin wie ein neugeborenes Kind. Es schadet nichts. Ist mir einerlei. Ich will lieber ein Kind sein. Hallo! Hussa! Hurra!«

Er wurde in seinen Freudenausbrüchen von dem Geläut der Kirchenglocken unterbrochen, die ihm so fröhlich zu klingen schienen, wie nie vorher. Bimbam, kling-klang, bim-bam. Nein, es war zu herrlich, zu herrlich!

Er lief zum Fenster, öffnete es und steckte den Kopf hinaus. Kein Nebel: ein klarer, lustig-heller, frischfroher Morgen, eine Kälte, die dem Blut einen Tanz vorpfiff, goldenes Sonnenlicht, ein himmlischer Himmel, lieblich-erquickende Luft, fröhliche Glocken. O wie herrlich, wie herrlich!

»Was ist denn heute für ein Tag?« rief Scrooge einem Knaben in Sonntagskleidern zu, der unterm Fenster stand.

»Wie?« fragte der Knabe mit der allergrößten Verwunderung.

»Was ist heut' für ein Tag, mein Junge?« fragte Scrooge.

»Heute?« antwortete der Knabe. »Nun, Christtag.«

»Es ist Christtag«, sagte Scrooge zu sich selber. »Ich habe ihn also nicht versäumt. Die Geister haben alles in einer Nacht erledigt. Sie können alles, was sie wollen. Natürlich, natürlich. – Heda, mein Junge!«

»Was denn!« antwortete der Knabe.

»Kennst du des Geflügelhändlers Laden in der zweitnächsten Straße an der Ecke?« fragte Scrooge.

»I, warum denn nicht?« antwortete der Junge.

»Ein gescheiter Junge«, nickte Scrooge. »Ein merkwürdiger Junge! Weißt du nicht, ob der Preistruthahn, der dort hing, verkauft ist? Nicht der kleine Preistruthahn, sondern der große.«

»Was, der so groß ist wie ich?« entgegnete der Junge.

»Was für ein lieber Junge!« lächelte Scrooge. »Es ist eine Freude, mit ihm zu sprechen. Freilich wohl, mein Prachtjunge.«

»Der hängt noch dort«, antwortete der Junge.

»Ist's wahr?« sagte Scrooge. »Na, dann lauf und kaufe ihn.«

»Hat sich was«, spottete der Junge.

»Nein, nein«, sagte Scrooge, »es ist mein Ernst. Geh hin und kaufe ihn und sag, sie sollen ihn hierher bringen, daß ich ihnen die Adresse geben kann, wohin sie ihn tragen sollen. Komm mit dem Träger wieder her, und ich gebe dir einen Shilling. Kommst du rascher als in fünf Minuten zurück, bekommst du eine halbe Krone.«

Der Bengel verschwand wie ein Blitz.

»Ich will ihn Bob Cratchit schicken«, flüsterte Scrooge, sich die Hände reibend und fast vor Lachen platzend. »Er soll nicht wissen, wer ihn schickt. Er ist zweimal so groß wie Tiny Tim. Einen Witz wie den hat's noch nie gegeben.«

Als er die Adresse schrieb, zitterte seine Hand, aber er schrieb so gut es ging und stieg die Treppe hinab, um die Haustür zu öffnen und den Truthahn zu erwarten. Wie er dastand, fiel sein Auge auf den Türklopfer.

»Ich werde ihn lieb haben, solange ich lebe«, rief Scrooge, ihn streichelnd. »Früher habe ich ihn kaum angesehen. Was er für ein ehrliches Gesicht hat! Es ist ein wunderbarer Türklopfer! – Da ist der Truthahn. Hallo! Hussa! Wie geht's? Fröhliche Weihnachten!«

Das war ein Truthahn! Er hätte nicht mehr lang lebendig auf seinen Füßen stehen können. Sie wären – knix – zerbrochen wie eine Stange Siegellack.

»Was, das ist ja fast unmöglich, den nach Camden Town zu tragen!« sagte Scrooge. »Ihr müßt einen Wagen nehmen.«

Das Lachen, mit dem er dies sagte, und das Lachen, mit dem er den Truthahn bezahlte, und das Lachen, mit dem er den Wagen bezahlte, und das Lachen, mit dem er dem Jungen ein Trinkgeld gab, wurde nur von dem Lachen übertroffen, mit dem er sich atemlos in seinen Stuhl niedersetzte und lachte, bis ihm die Tränen die Backen herunterliefen.

Das Rasieren war keine Kleinigkeit, denn seine Hand zitterte immer noch sehr, und Rasieren verlangt große Aufmerksamkeit, auch wenn man nicht gerade währenddessen tanzt. Aber selbst wenn er sich die Nasenspitze weggeschnitten hätte, würde er ein Stückchen Pflaster darauf geklebt und sich damit zufrieden gegeben haben.

Er zog seine besten Kleider an und trat endlich auf die Straße. Die Leute strömten gerade aus ihren Häusern, wie er es gesehen hatte, als er den Geist der diesjährigen Weihnacht begleitete; und mit auf dem Rücken zusammengeschlagenen Händen durch die Straßen gehend, blickte Scrooge jeden mit einem freundlichen Lächeln an. Er sah so unwiderstehlich freundlich aus, daß drei oder vier lustige

Leute zu ihm sagten: »Guten Morgen, Sir, fröhliche Weihnachten!«, und Scrooge sagte oft nachher, daß von allen lieblichen Klängen, die er je gehört, dieser seinem Ohr am lieblichsten geklungen hätte.

Er war nicht weit gegangen, als er denselben stattlichen Herrn auf sich zukommen sah, der am Tage vorher in sein Kontor getreten war, mit den Worten: »Scrooge und Marley, glaube ich.« Es gab ihm förmlich einen Stich ins Herz, als er dachte, wie ihn wohl der alte Herr beim Vorübergehen ansehen würde; aber er wußte, welchen Weg er zu gehen hatte, und ging ihn.

»Lieber Herr«, rief Scrooge, schneller laufend und den alten Herrn an beiden Händen ergreifend. »Wie geht es Ihnen? Ich hoffe, Sie hatten gestern einen guten Tag? Es war sehr freundlich von Ihnen. Ich wünsche Ihnen fröhliche Weihnachten, Sir.«

»Mr. Scrooge?«

»Ja«, sagte Scrooge. »So ist mein Name und ich fürchte, er klingt Ihnen nicht sehr angenehm. Erlauben Sie, daß ich Sie um Verzeihung bitte! Und wollen Sie die Güte haben«, hier flüsterte ihm Scrooge etwas ins Ohr.

»Himmel!« rief der Herr, als ob ihm der Atem ausgeblieben wäre. »Mein lieber Mr. Scrooge, ist das Ihr Ernst?«

»Wenn es Ihnen beliebt«, sagte Scrooge. »Keinen Penny weniger. Es sind viele Rückstände dabei, ich versichere es Ihnen. Wollen Sie die Güte haben?«

»Bester Herr«, sagte der andere, ihm die Hand schüttelnd. »Ich weiß nicht, was ich zu einer solchen Freigebigkeit sagen soll.«

»Ich bitte, sagen Sie gar nichts dazu«, antwortete Scrooge. »Besuchen Sie mich. – Wollen Sie mich besuchen?«

»Herzlich gern«, rief der alte Herr. Und man sah, es war ihm Ernst mit dieser Versicherung.

»Ich danke Ihnen sehr«, sagte Scrooge. »Ich bin Ihnen sehr verbunden. Ich danke Ihnen tausendmal. Leben Sie recht wohl!«

Er ging in die Kirche, ging durch die Straßen, sah die Leute hin und her laufen, klopfte Kindern die Wange, sprach mit Bettlern, spähte hinab in die Küchen und lugte hinauf zu den Fenstern der Häuser: und er fand, daß ihm alles das Vergnügen bereiten könne. Er hätte es sich nie träumen lassen, daß ihn ein Spaziergang oder sonst etwas so glücklich machen könnte. Nachmittags lenkte er seine Schritte nach der Wohnung seines Neffen.

Er ging wohl ein dutzendmal an der Tür vorüber, ehe er den Mut hatte anzuklopfen. Endlich faßte er sich ein Herz und klopfte.

»Ist dein Herr zu Hause, liebes Kind?« sagte Scrooge zu dem Mädchen. Ein nettes Mädchen, wahrhaftig!

»Ja, Sir.«

»Wo ist er, liebes Kind?« sagte Scrooge.

»Er ist in dem Speisezimmer, Sir, mit Madame. Ich will Sie hinaufführen, wenn Sie erlauben.«

»Danke, danke. Er kennt mich«, sagte Scrooge, mit der Hand schon auf der Türklinke. »Ich will gleich eintreten, liebes Kind.«

Er machte die Tür leise auf und steckte den Kopf hinein. Sie betrachteten gerade den Speisetisch (der mit großem Aufwand gedeckt war); denn junge Hausfrauen sind immer sehr bedacht darauf und sehen gern alles in hübschester Ordnung.

»Fred«, rief Scrooge.

Heiliger Himmel, wie seine Nichte erschrak! Scrooge hatte in dem Augenblick vergessen, daß sie mit dem Fußbänkchen in der Ecke gesessen hatte, sonst hätte er es um keinen Preis getan.

»Potztausend!« rief Fred, »wer kommt da?«

»Ich bin's. Dein Onkel Scrooge. Ich komme zum Essen. Willst du mich hereinlassen, Fred?«

Ihn hereinlassen! Es war nur gut, daß er ihm nicht den Arm abriß. Er war in fünf Minuten wie zu Hause. Nichts konnte herzlicher sein, als die Begrüßung seines Neffen. Und auch seine Nichte empfing ihn nicht minder herzlich. Auch Topper, als er kam. Auch die runde Schwester, als sie kam. Und alle, wie sie nach der Reihe kamen. Wundervolle Gesellschaft, wundervolle Spiele, wundervolle Eintracht, wundervolle Glückseligkeit!

Aber am andern Morgen war Scrooge früh in seinem Kontor. Oh, er war gar früh da. Zuerst dort zu sein und Bob Cratchit beim Zuspätkommen zu erwischen! Das war's, worauf sein Sinn stand. Und es gelang ihm wahrhaftig! Die Uhr schlug neun. Kein Bob. Ein Viertel nach neun. Kein Bob. Er kam volle achtzehn und eine halbe Minute zu spät. Scrooge hatte seine Türe weit offen stehen lassen, damit er ihn in das Verlies eintreten sähe.

Bobs Hut war vom Kopf, ehe er die Tür öffnete, auch der Schal von seinem Hals. Im Nu saß er auf seinem Stuhl und jagte mit der Feder über das Papier, als wollte er versuchen, neun Uhr einzuholen.

»Heda«, rief Scrooge, so gut es ging seine gewohnte Stimme nachahmend. »Was soll das heißen, daß Sie so spät kommen?«

»Es tut mir sehr leid, Sir«, sagte Bob. »Ich habe mich verspätet.«

»So?« sagte Scrooge. »Ja. Das kommt mir auch so vor. Hier herein, wenn's gefällig ist.«

»Es ist nur einmal im Jahr, Sir«, sagte Bob, aus dem Verlies hereintretend. »Es soll nicht wieder vorkommen. Ich war ein bißchen lustig gestern, Sir.«

»Nun, ich will Ihnen etwas sagen, Freundchen«, sagte Scrooge, »ich kann das nicht länger mit ansehen. Und daher«, fuhr er fort, von seinem Stuhl springend und Bob einen solchen Stoß vor die Brust gebend, daß er wieder in das Verlies zurückstolperte, »und daher will ich Ihr Salär erhöhen!«

Bob zitterte und trat dem Lineal etwas näher. Er hatte einen kurzen Gedanken, Scrooge damit eins auf den Kopf zu geben, ihn festzuhalten und die Leute im Hof um Beistand und um eine Zwangsjacke anzurufen.

»Fröhliche Weihnachten, Bob!« sagte Scrooge mit einem Ernst, der nicht mißverstanden werden konnte, indem er ihm auf die Achsel klopfte. »Fröhlichere Weihnachten, Bob, als ich Sie so manches Jahr habe feiern lassen. Ich will Ihr Salär erhöhen und mich bemühen, Ihrer Familie unter die Arme zu greifen. Wir wollen heut' nachmittag bei einem dampfenden Weihnachtspunsch über Ihre Angelegenheiten sprechen, Bob! Schüren Sie das Feuer an und kaufen Sie eine andere Kohlenschaufel, ehe Sie wieder einen Punkt auf ein i machen, Bob Cratchit!«

Scrooge war besser als sein Wort. Er tat nicht nur alles, was er versprochen hatte, sondern noch mehr, und für Tiny Tim, der nicht starb, wurde er ein zweiter Vater. Er wurde ein so guter Freund und ein so guter Mensch, wie nur die liebe alte City oder jedes andere liebe alte Städtchen oder Dorf in der lieben alten Welt je einen Freund und Menschen gesehen hat. Einige Leute lachten, als sie ihn so verändert sahen; aber er ließ sie lachen und kümmerte sich wenig darum, denn er war klug genug, zu wissen, daß nichts Gutes in dieser Welt geschehen kann, worüber nicht von vornherein einige Leute lachen müssen: und da er wußte, daß solche Leute doch blind bleiben würden, so dachte er bei sich, es wäre besser, sie legten ihre Gesichter durch Lachen in Falten, als daß sie es auf weniger anziehende Weise täten. Sein eigenes Herz lachte, und damit war er vollauf zufrieden.

Er hatte keinen ferneren Verkehr mit Geistern, sondern lebte von jetzt an nach dem Grundsatz gänzlicher Enthaltsamkeit; und immer sagte man von ihm, er wisse Weihnachten recht zu feiern, wenn es überhaupt ein Mensch wisse. Möge dies auch in Wahrheit von uns allen gesagt werden können. Und so schließen wir mit Tiny Tims Worten: »Gott segne jeden von uns.«

DIE DREI STILLEN MESSEN

ALPHONSE DAUDET

»Getrüffelte Truthennen, Garrigou?«

»Ja, Hochwürden, zwei prächtige Truthennen, mit Trüffeln vollgepfropft. Ich kann etwas davon erzählen, habe ich doch mitgeholfen, sie zu füllen. Man hätte denken sollen, ihre Haut müßte beim Braten platzen, so war sie gespannt ...«

»Jesus, Maria! Und ich esse Trüffeln so gern ... Schnell, gib mir mein Chorhemd, Garrigou ... Und außer den Truthennen, was hast du noch in der Küche bemerkt?«

»Oh, alles nur mögliche Gute ... Seit Mittag haben wir nichts getan, als Fasanen, Wiedehopfe, Feldhühner und Auerhähne zu rupfen. Die Federn flogen nur so herum ... Dann hat man aus dem Teich Aale gebracht, Goldkarpfen, Forellen und ...«

»Forellen, Garrigou, wie groß?«

»So groß, Hochwürden, ganz prächtige Stücke!«

»Mein Gott! Mir ist, als ob ich sie sähe! ... Hast du den Wein in die Meßkännchen gefüllt?«

»Ja, Hochwürden, ich habe den Wein in die Meßkännchen gefüllt ... Aber weiß Gott, der ist gar nichts gegen den Wein, den Sie nach der Mitternachtsmesse trinken werden. Wenn Sie das alles im Speisesaal des Schlosses sähen, alle diese Flaschen mit edlen Weinen, die in allen Farben schillern ... Und das Silbergeschirr, die Tafelaufsätze, die Blumen, die Armleuchter! Solch einen Weihnachtsschmaus hat man noch niemals gesehen. Der Herr Graf hat alle Herrschaften aus der Nachbarschaft eingeladen. Es werden wenigstens vierzig Personen an der Tafel sein, ohne den Amtmann und den Gerichtsschreiber zu rechnen. Ach, Sie haben es gut, daß Sie dabei sein können, Hochwürden ... Unsereiner hat die schönen Truthennen nur riechen dürfen, und doch verfolgt mich der Duft der Trüffeln, wohin ich mich auch wenden mag ... Ach!«

»Nun, nun, mein Kind. Hüten wir uns vor der Sünde der Leckerei, zumal am heiligen Weihnachtsabend ... Geh schnell und zünde die Kerzen an und gib das erste Glockenzeichen zur Messe; denn sieh, es ist bald Mitternacht, und wir dürfen uns nicht verspäten ...« Dieses Zwiegespräch wurde an einem schönen Weihnachtsabend im Jahre des Heils eintausendsechshundert und so und so viel gehalten zwischen dem ehrwürdigen Herrn Balaguère, vormaligem Prior der Barnabiten, jetzt wohlbestalltem Schloßkaplan der Grafen von Trinquelage, und seinem kleinen Mesner Garrigou oder vielmehr derjenigen Person, welche er für seinen kleinen Mesner Garrigou hielt. Denn wohlgemerkt, für diesen Abend hatte der Teufel die runde Gestalt und die unbestimmten Züge des jungen Sakristans angenommen, um Seine Hochwürden bequemer in Versuchung führen und zur abscheulichen Sünde der Leckerei verleiten zu können. Während also der angebliche Garrigou (hm, hm) die Glocken der gräflichen Kapelle ertönen ließ, legte Seine Hochwürden in der kleinen Sakristei des Schlosses sein Meßgewand an und wiederholte während des Ankleidens für sich, mit seinen Gedanken ganz in jene gastronomischen Beschreibungen vertieft: »Gebratene Truthennen ... Goldkarpfen ... Forellen ... und von solcher Größe!«

Draußen blies der Nachtwind und trug die Glockentöne in die Ferne, während hier und da auf den Seiten des Mont Ventoux, auf dessen Spitze sich die alten Türme von Trinquelage erhoben, Lichter durch das nächtliche Dunkel aufblitzten. Es waren die Familien von den Meierhöfen, die sich anschickten, die Mitternachtsmesse auf dem Schloß zu hören. Unter Gesang erklommen sie den Abhang, in Gruppen von fünf oder sechs, voran der Vater, die Laterne in der Hand, sodann die Frauen, eingehüllt in ihre großen braunen Mäntel, in deren Falten die Kinder Schutz und Halt suchten. Trotz der späten Stunde und der Kälte marschierten die braven Leute lustig vorwärts in der zuversichtlichen Hoffnung, daß sie nach beendigter Messe wie jedes Jahr unten in den Küchenräumen den Tisch gedeckt finden würden. Von Zeit zu Zeit ließ eine herrschaftliche, von Fackelträgern begleitete Karosse auf dem steilen Weg ihre Spiegelscheiben in den Strahlen des Mondes erglänzen, oder ein Maultier setzte vorwärtstrottend die an seinem Hals hängenden Glöckchen in Bewegung, und beim Schein der von Nebel eingehüllten Stocklaternen erkannten die Meier ihren Amtmann und grüßten ihn, wie er vorbeiritt: »Guten Abend, guten Abend, Herr Arnoton.«

»Guten Abend, guten Abend, meine Kinder.«

Die Nacht war hell, die Sterne erzitterten in der Kälte, der Nordwind wehte scharf, und feine Eisnadeln, die von den Kleidern herabglitten, ohne sie zu befeuchten, hielten die Überlieferung der »schneeweißen« Weihnacht treulich aufrecht. Ganz oben auf der Höhe erschien als Ziel das Schloß mit seiner gewaltigen Masse von Türmen und Giebeln, stieg der Glockenturm seiner Kapelle zum schwarzblauen Himmel empor, und viele kleine Lichter, die sich hin und wider bewegten, blitzten in allen Fenstern auf und glichen auf dem dunklen Hintergrund des Gebäudes den Funken, die in der Asche verbrannten Papiers aufleuchten. Nachdem man die Zugbrücke und das Falltor überschritten hatte, mußte man, um nach der Kapelle zu gelangen, den ersten Hof durchqueren, der mit Karossen, Bedienten und Tragsesseln angefüllt und durch die Flammen der Fackeln und durch die Küchenfeuer taghell erleuchtet war. Man hörte das Geräusch der Bratenwender, das Klappern der Kasserollen, das Klirren der Kristall- und Silbergefäße, die bei der Vorbereitung zu einem Mahl gebraucht werden; und der Duft gebratenen Fleisches und würziger Saucen, der über dem Ganzen schwebte, rief den Meiern wie dem Kaplan, wie dem Amtmann, wie aller Welt zu: »Welch vortreffliches Weihnachtsmahl erwartet uns nach der Messe!«

Kling-ling-ling! ... Kling-ling-ling!

Die Mitternachtsmesse beginnt. In der Schloßkapelle, einer Kathedrale im kleinen mit Kreuzgewölben, eichenem Getäfel die ganzen Wände hinauf, sind alle Wandteppiche aufgespannt, alle Kerzen angezündet. Und welche Versammlung! Welche Toiletten! Da sitzen in den schöngeschnitzten Stühlen, welche den Chor umgeben, zunächst der Graf von Trinquelage in lachsfarbenem Taftgewand und neben ihm alle geladenen edlen Herren. Gegenüber, auf mit Sammet besetzten Betstühlen, hat, neben der alten Gräfin-Witwe in feuerrotem Brokatkleid, die junge Gräfin von Trinquelage sich niedergelassen, im Haar eine hohe, nach der letzten Mode des Hofes von Frankreich aufgebaute Spitzengarnitur. Weiter unten sieht man in Schwarz gekleidet, mit mächtigen Perücken und rasierten Gesichtern den Amtmann Arnoton und den Gerichtsschreiber Ambroy – zwei ernste Gestalten zwischen den glänzenden Seidengewändern und den gold- und silberdurchwirkten Damastkleidern. Sodann die fetten Haushofmeister, die Pagen, die Jäger, die Aufseher, Frau Barbe, alle Schlüssel an einer Kette von feinem Silber an ihrer Seite herabhängend. Im Hintergrund, auf Bänken, die niedere Dienerschaft, die Mägde, die Meier mit ihren Familien, und endlich ganz hinten, dicht bei der Tür, die sie möglichst geräuschlos öffnen und schließen, die Herren Küchenjungen, die zwischen zwei Saucen ein wenig Messeluft atmen und ein wenig Duft des Weihnachtsschmauses in die Kirche mitbringen, in welcher die Menge der angezündeten Kerzen eine festliche Wärme ausstrahlt.

Ist es der Anblick der weißen Küchenjungenbaretts, der Seine Hochwürden so in Zerstreuung versetzt? Oder ist es vielleicht das Glöckchen Garrigous, dieses rasende kleine Glöckchen, welches sich am Fuß des Altars mit wahrhaft höllischer Überstürzung bewegt und bei jeder Schwingung zu sagen scheint: »Eilen wir uns, eilen wir uns ... Je früher wir hier fertig werden, desto früher kommen wir zur Tafel.« Tatsache ist, daß, sooft dieses Teufelsglöckchen erklingt, der Kaplan seine Messe vergißt und nur noch an den Weihnachtsschmaus denkt. Im Geist sieht er das Küchenpersonal in voller Tätigkeit, die Öfen, in denen ein wahres Schmiedefeuer glüht, den Dunst, der unter den Deckeln der Kasserollen hervordringt, und in diesem Dunst zwei prächtige Truthennen, zum Zerplatzen vollgestopft und marmoriert mit Trüffeln ...

Er sieht auch wohl ganze Reihen kleiner Pagen vorüberziehen, beladen mit Schüsseln, die einen verführerischen Duft um sich verbreiten, und tritt mit ihnen in den großen Saal, der schon für das Fest bereit steht. O Wonne! Da steht im vollen Lichterglanz die mächtige Tafel, ganz beladen: Pfauen, in ihr eigenes Gefieder gekleidet; Fasanen, die ihre braunroten Flügel ausbreiten; rubinfarbene Flaschen; Fruchtpyramiden, die aus grünen Zweigen hervorleuchten; ja die wunderbaren Fische, von denen Garrigou sprach (ja, ja, vortrefflich, Garrigou!), ausgestreckt auf ein Lager von Fenchel, die Schuppenhaut so perlmutterglänzend, als ob sie eben aus dem Wasser kämen, mit einem Sträußchen wohlriechender Kräuter in ihren monströsen Mäulern. So lebhaft ist die Vision dieser Wunder, daß es Herrn Balaguère vorkommt, als seien diese prächtigen Gerichte vor ihm auf den Stickereien der Altardecke angerichtet, und daß er sich zwei- oder dreimal dabei überrascht, daß er die Worte: »Der Herr sei mit euch!« in: »Der Herr segne die Mahlzeit!« verkehrt. Abgesehen von diesen verzeihlichen Mißgriffen waltete der würdige Mann seines Amtes mit großer Gewissenhaftigkeit, ohne eine Zeile zu überspringen, ohne eine Kniebeugung auszulassen, und alles ging vortrefflich bis an das Ende der ersten Messe; denn wie bekannt, muß am Weihnachtstag derselbe Geistliche drei Messen hintereinander zelebrieren.

»Das war eine!« sagt der Kaplan zu sich mit einem Seufzer der Erleichterung; dann, ohne eine Minute zu verlieren, gibt er seinem Mesner oder dem, den er dafür hält, das Zeichen und ...

Kling-ling-ling! ... Kling-ling-ling!

Die zweite Messe nimmt ihren Anfang, und mit ihr die Sünde Herrn Balaguères. »Schnell, schnell, beeilen wir uns«, ruft ihm mit seiner dünnen schrillen Stimme das Glöckchen Garrigous zu, und diesmal stürzt sich der unselige Priester, sich ganz dem Dämon der Freßsucht hingebend, auf das Meßbuch und verschlingt die Seiten mit der Gier seines überreizten Geistes. Wie ein Wahnsinniger kniet er nieder und erhebt sich wieder, macht er die Zeichen des Kreuzes, die Kniebeugungen und kürzt alle diese Bewegungen ab, um möglichst bald zu Ende zu kommen. Kaum daß er bei der Verlesung des Evangeliums die Arme ausstreckt, daß er beim Confiteor an seine Brust schlägt. Zwischen ihm und seinem Mesner entspinnt sich ein förmlicher Wettstreit, wer am schnellsten fertig werde. Fragen und Antworten überstürzen sich. Die Worte, nur zur Hälfte ausgesprochen, ohne den Mund zu öffnen, was zu viel Zeit kosten würde, gehen in unverständliches Gemurmel über.

»Oremus ps ... ps ... ps ...«

»Mea culpa ... pa ... pa ...«

Eiligen Weinlesern gleich, die im Kübel die Trauben austreten, waten beide in dem Latein der Messe herum, nach allen Seiten abgerissene Worte hervorsprudelnd.

»Dom ... scum!« sagt Balaguère.

»... stituo!« antwortet Garrigou, und immer ist das verdammte Glöckchen da, dessen schrille Stimme in ihren Ohren klingt wie die

Schellen, die man an dem Geschirr der Postpferde befestigt, um sie zu rascherem Lauf anzufeuern. Daß bei solchem Gang eine stille Messe rasch erledigt ist, läßt sich leicht vorstellen.

»Das waren zwei!« sagt der Kaplan ganz außer Atem, dann stürzt er, ohne daß er sich Zeit nähme, wieder zu Atem zu kommen, rot im Gesicht, vor Eifer schwitzend, die Stufen des Altars hinunter und ...

Kling-ling-ling! ... Kling-ling-ling!

Die dritte Messe beginnt. Nun sind es nur noch wenig Schritte bis zur Ankunft im Speisesaal; aber ach, je mehr der Weihnachtsschmaus herannaht, desto mehr fühlt sich der unglückselige Balaguère von wahnsinniger Ungeduld und Eßgier ergriffen. Seine Visionen verschärfen sich, die Goldkarpfen, die gebratenen Truthennen sind da, stehen vor ihm. Er berührt sie ... Er ... O Gott! ... Die Gerichte dampfen, die Weine duften; und die immer schrillere Stimme des rasch geschwungenen Glöckchens ruft ihm zu: »Rasch, rasch, rascher!«

Aber wie ist das möglich? Seine Lippen bewegen sich kaum. Er spricht die Worte nicht mehr aus. Will er wirklich den lieben Gott betrügen, ihm seine Messe stehlen? ... Ja, wirklich, das tut er, der Unglückselige! ... Er kann der Versuchung nicht widerstehen, zuerst überspringt er einen Vers, dann zwei. Dann ist die Epistel zu lang, er liest sie nicht zu Ende, er geht über das Evangelium hinweg, geht am Credo vorüber, überspringt das Vaterunser und stürzt sich so mit gewaltigen Sätzen und Sprüngen in die ewige Verdammnis, stets begleitet von dem niederträchtigen Garrigou (Hebe dich weg, Satanas!), der ihm mit wunderbarem Verständnis sekundiert, ihm das Meßgewand aufhebt, immer zwei Blätter auf einmal umwendet, die Meßkännchen umstürzt und dabei beständig das Glöckchen immer stärker, immer schneller schwingt.

Die bestürzten Gesichter sämtlicher Zuhörer zu betrachten, ist der Mühe wert. Genötigt, nach der Mimik des Priesters der Messe zu folgen, von welcher sie nicht ein Wort verstehen, erheben sich die einen, wenn die andern niederknien, setzen sich die ersten, wenn die letzten aufstehen, und sämtliche Phasen dieses sonderbaren Gottesdienstes fließen ineinander und finden ihren Ausdruck in den verschiedenartigsten Stellungen der Zuhörer auf den verschiedenen Bänken. Der Weihnachtsstern auf seiner Bahn am Himmel erblaßt vor Schreck beim Anblick solcher Verwirrung.

»Der Kaplan macht zu rasch ... Man kann nicht folgen«, murmelt die alte Gräfin-Witwe, indem sie ihre Haube aufgeregt hin- und herbewegt. Meister Arnoton, seine große Stahlbrille auf der Nase, sucht mit Verwunderung in seinem Gebetbuch und fragt sich, wie zum Teufel man mit ihm daran sei. Aber im Grunde sind alle diese braven Leute, die ja ebenfalls an den Weihnachtsschmaus denken, gar nicht böse darüber, daß die Messe im Galopp vorwärts geht, und als Balaguère mit strahlendem Gesicht sich an die Anwesenden wendet und ihnen mit aller Kraft zuruft: »Ite, missa est«, da antwortet ihm die ganze Zuhörerschaft einstimmig mit einem so freudigen, so hinreißenden »Deo gratias«, daß man in Versuchung geriet zu glauben, man befinde sich schon an der Tafel beim ersten Toast des Weihnachtsschmauses.

Fünf Minuten später saß die ganze Schar der edlen Herren im großen Saal, der Kaplan mitten unter ihnen. Das Schloß, von unten bis oben erleuchtet, hallte wider von Gesängen, Rufen und Gelächter, und der ehrwürdige Balaguère durchstach mit seiner Gabel den Flügel eines Feldhuhns, indem er die Gewissensbisse wegen seiner Sünde unter Fluten edlen Weines und guten Bratensaucen zu ersticken suchte. Er trank und aß so viel, daß er in der Nacht einem entsetzlichen Anfall erlag, ohne auch nur die Zeit zur Reue zu finden. Am Morgen darauf kam er im Himmel an, noch ganz aufgeregt von den Festlichkeiten der Nacht. Wie er dort empfangen wurde, könnt ihr euch denken.

»Aus meinen Augen, du schlechter Christ«, sprach zu ihm der oberste Richter, unser aller Herr, »deine Sünde ist so groß, daß sie den Wert eines ganzen tugendhaften Lebens aufwiegt ... Ah! Du hast mir eine Nachtmesse gestohlen ... Nun wohl, du wirst mir dafür dreihundert zahlen und wirst nicht eher Eintritt in das Paradies erlangen, als bis du diese dreihundert Weihnachtsmessen in deiner eigenen Kapelle und in Gegenwart aller derer zelebriert hast, welche mit dir gesündigt haben ...«

Das ist die wahre Legende von Hochwürden Balaguère, wie man sie im Lande der Oliven erzählt. Heute existiert das Schloß Trinquelage nicht mehr, aber die Kapelle steht noch aufrecht auf der Höhe des Mont Ventoux, umgeben von einem Kranz grüner Eichen. Der Wind schlägt ihre zerfallenen Türen auf und zu, auf dem Boden wuchert das Unkraut, in den Winkeln des Altars und in den Ecken der hohen Fenster, deren gemalte Glasscheiben längst verschwunden sind, nisten die Vögel. Gleichwohl scheint es, daß jedes Jahr zu Weihnachten ein übernatürliches Licht durch die Ruinen irrt, und die Bauern haben oft auf dem Weg zur Messe und zum Weihnachtsschmaus die gespenstische Kapelle von unsichtbaren Lichtern erleuchtet gesehen, die in freier Luft und selbst unter dem Schnee und im Wind brennen. Man mag darüber lachen, wenn man will; aber ein Winzer des Ortes, namens Garrigue, ohne Zweifel ein Nachkomme jenes Garrigou, hat mir versichert, daß er eines schönen Weihnachtsabends, als er gerade einen kleinen Rausch hatte, sich im Gebirge auf der Seite von Trinquelage verirrte, und was er dort sah, ist folgendes ... Bis um elf Uhr nichts. Alles war in Schweigen gehüllt, wie erloschen und unbelebt. Plötzlich gegen Mitternacht ertönte eine Glocke hoch oben vom Glockenturm, eine alte, so alte Glocke, daß ihr Ton von zehn Stunden Entfernung herüberzutönen schien. Bald darauf sah Garrigue auf dem Weg, welcher zum Berg hinaufführt, Flämmchen aufleuchten und unbestimmte Schatten sich bewegen. Unter der Tür der Kapelle ertönten Schritte, man flüsterte: »Guten Abend, Meister Arnoton!«

»Guten Abend, guten Abend, meine Kinder!«

Als alle Welt in die Kapelle eingetreten war, trat mein Winzer, der sehr tapfer war, vorsichtig und leise näher und erblickte durch die Spalten der zerbrochenen Tür ein sonderbares Schauspiel. Alle die Leute, die er hatte vorübergehen sehen, waren in dem zerfallenen Schiff der Kapelle um den Chor herum geordnet, als wenn die alten Bänke noch vorhanden wären. Schöne Damen mit Spitzenhauben, von oben bis unten betreßte Herren, Bauern in buntfarbigen Jacken, wie sie unsere Großväter trugen, alle das Gesicht alt, welk, staubig, müde. Von Zeit zu Zeit umkreisten Nachtvögel, die gewöhnlichen Bewohner der Kapelle, durch alle diese Lichter aus dem Schlaf aufgestört, die Kerzen, deren Flamme gerade und undeutlich in die Höhe stieg, als ob sie hinter einem Schleier brenne. Und was Garrigue am meisten Spaß machte, das war eine gewisse Person mit großer Stahlbrille, welche jeden Augenblick ihre hohe, schwarze Perücke schüttelte, auf welcher einer der Vögel sich wie angewachsen aufrecht hielt und schweigend die Flügel auf und nieder bewegte ...

Im Hintergrund lag ein kleiner Greis von kindlicher Gestalt in der Mitte des Chors auf den Knien und schwang verzweiflungsvoll ein Glöckchen ohne Klöppel und ohne Klang, während ein Priester in abgetragenem Meßgewand vor dem Altar hin- und widerging, beständig Gebete hersagend, von denen man nicht ein Wort hörte ... Sicher war das Hochwürden Balaguère, der eben seine dritte stille Messe hielt.

UNTER DEM TANNENBAUM

THEODOR STORM

I
Eine Dämmerstunde

Es war das Arbeitszimmer eines Beamten. Der Eigentümer, ein Mann in den Vierzigern, mit scharf ausgeprägten Gesichtszügen, aber milden, lichtblauen Augen unter dem schlichten, hellblonden Haar, saß an einem mit Büchern und Papieren bedeckten Schreibtisch, damit beschäftigt, einzelne Schriftstücke zu unterzeichnen, welche der daneben stehende alte Amtsbote ihm überreichte. Die Nachmittagssonne des Dezembers beleuchtete eben mit ihrem letzten Strahl das große schwarze Dintenfaß, in das er dann und wann die Feder tauchte. Endlich war alles unterschrieben.

»Haben Herr Amtsrichter sonst noch etwas?« fragte der Bote, indem er die Papiere zusammenlegte.

»Nein, ich danke Ihnen.«

»So habe ich die Ehre, vergnügte Weihnachten zu wünschen.«

»Auch Ihnen, lieber Erdmann.«

Der Bote sprach einen der mitteldeutschen Dialekte; in dem Tone des Amtsrichters war etwas von der Härte jenes nördlichsten deutschen Volksstammes, der vor wenigen Jahren, und diesmal vergeblich, in einem seiner alten Kämpfe mit dem fremden Nachbarvolk geblutet hatte. – Als sein Untergebener sich entfernte, nahm er unter den Papieren einen angefangenen Brief hervor und schrieb langsam daran weiter.

Die Schatten im Zimmer fielen immer tiefer. Er sah nicht die schlanke Frauengestalt, die hinter ihm mit leisen Schritten durch die Tür getreten war; er bemerkte es erst, als sie den Arm um seine Schulter legte. – Auch ihr Antlitz war nicht mehr jung; aber in ihren Augen war noch jener Ausdruck von Mädchenhaftigkeit, den man bei Frauen, die sich geliebt wissen, auch noch nach der ersten Jugend findet. »Schreibst du an meinen Bruder?« fragte sie, und in ihrer Stimme, nur etwas mehr gemildert, war dieselbe Klangfarbe wie in der ihres Mannes.

Er nickte. »Lies nur selbst!« sagte er, indem er die Feder fortlegte und zu ihr emporsah.

Sie beugte sich über ihn herab; denn es war schon dämmerig geworden. So las sie, langsam wie er geschrieben hatte:

»Ich bin wieder gesund und arbeitsfähig, – glücklicherweise; denn das ist die Not der Fremde, daß man den Boden, worauf man steht, sich in jeder Stunde neu erschaffen muß. So schlecht es immer sein mag, darin habt Ihr es doch gut daheim; und wer wäre nicht gern geblieben, wenn er nur ein Stück Brot und jenes unentbehrliche ›sanfte Ruhekissen‹ des alten Sprichworts sich hätte erhalten können.«

Sie legte schweigend die Hand auf seine Stirn, während er, der ihren Augen gefolgt war, das Blatt umwandte. Dann las sie weiter:

»Der guten und klugen Frau, die Du vorige Weihnachten bei uns hast kennen lernen, bin ich so glücklich gewesen, durch die Vermittlung eines Vergleichs mit ihrem Gutsnachbarn einen wirklichen Dienst zu leisten; der schöne, so sehr von ihr begehrte Wald ist seit kurzem endlich in ihren Besitz gelangt. Hätten wir morgen für Deinen Freund Harro nur eine Tanne aus diesem Walde; denn hier ist viele Meilen in die Runde kein Nadelholz zu finden. Was aber ist ein Weihnachtabend ohne jenen Baum mit seinem Duft voll Wunder und Geheimnis!«

»Aber du«, sagte der Amtsrichter, als seine Frau gelesen hatte, »du bringst in deinen Kleidern den Duft des echten Weihnachtabends!«

Sie langte lächelnd in den Schlitz ihres Kleides und legte ein großes Stück braunen Weihnachtskuchen vor ihm auf den Tisch. »Sie sind eben vom Bäcker gekommen«, sagte sie, »prob nur; deine Mutter backt sie dir nicht besser!«

Er brach einen Brocken ab und prüfte ihn genau; aber er fand alles, was ihn als Knaben daran entzückt hatte; die Masse war glashart, die eingerollten Stückchen Zucker wohl zergangen und kandiert. »Was für gute Geister aus diesem Kuchen steigen«, sagte er, sich in seinen Arbeitsstuhl zurücklehnend; »ich sehe plötzlich, wie es daheim in dem alten steinernen Hause Weihnacht wird. – Die Messingtürklinken sind wo möglich noch blanker als sonst; die große gläserne Flurlampe leuchtet heute noch heller auf die Stuckschnörkel an den sauber geweißten Wänden; ein Kinderstrom um den andern, singend und bettelnd, drängt durch die Haustür; vom Keller herauf aus der geräumigen Küche zieht der Duft des Gebäckes in ihre Nasen, das dort in dem großen kupfernen Kessel über dem Feuer prasselt. – Ich sehe alles; ich sehe Vater und Mutter – Gott sei gedankt, sie leben beide! Aber die Zeit, in die ich hinabblicke, liegt in so tiefer Ferne der Vergangenheit! – – Ich bin ein Knabe noch! – Die Zimmer zu beiden Seiten des Flurs sind erleuchtet; rechts ist die Weihnachtsstube. Während ich vor der Tür stehe, horchend, wie es drinnen in dem Knittergold und in den Tannenzweigen rauscht, kommt von der Hoftreppe herauf der Kutscher, eine Stange mit einem Wachslichtendchen in der Hand. – ›Schon anzünden, Thoms?‹ Er schüttelt schmunzelnd den Kopf und verschwindet in die Weihnachtsstube. – Aber wo bleibt denn Onkel Erich? – – Da kommt es draußen die Treppe hinauf; die Haustür wird aufgerissen. Nein, es ist nur sein Lehrling, der die lange Pfeife des ›Herrn Ratsverwandters‹ bringt; ihm nach quillt ein neuer Strom von Kindern;

zehn kleine Kehlen auf einmal stimmen an: ›Vom Himmel hoch, da komm ich her!‹ Und schon ist meine Großmutter mitten zwischen ihnen, die alte, geschäftige Frau, den Speisekammerschlüssel am kleinen Finger, einen Teller voll Gebäckes in der Hand. Wie blitzschnell das verschwindet! Auch ich erwische mein Teil davon, und eben kommt auch meine Schwester mit dem Kindermädchen, festlich gekleidet, die langen Zöpfe frisch geflochten. Ich aber halte mich nicht auf; ich springe drei Stufen auf einmal die Treppe nach dem Hofe hinab.«

Es war allmählich dunkel geworden; die Frau des Amtsrichters hatte leise einen Aktenstoß von einem Stuhl entfernt und sich an die Seite ihres Mannes gesetzt.

»Drüben in dem Seitengebäude ist das Arbeitszimmer meines Vaters. Auf die Vordiele dort fällt heute kein Lichtschein aus dem Türfenster der Schreiberstube; der alte Tausendkünstler ist von meiner Mutter drinnen bei den Weihnachtsgeheimnissen angestellt. Aber ich tappe mich im Dunkeln vorwärts; denn gegenüber in seinem Zimmer höre ich die Schritte meines Vaters. Er arbeitet schon nicht mehr. Ich öffne leis die Tür; wie deutlich sehe ich ihn vor mir, ihn selbst und das große, verräucherte Gemach, in dem der harte Schlag der alten Wanduhr pickt! Mit einer feierlichen Unruhe geht er zwischen den mit Papieren bedeckten Tischen umher, in der einen Hand den Messingleuchter mit der brennenden Kerze, die andere vorgestreckt, als solle jetzt alles Störende ferngehalten werden. Er öffnet die Schublade seines kleinen Stehpults und nimmt die große goldene Tabatiere aus der Fischhautkapsel, einst ein Geschenk der Urgroßmutter an ihren Bräutigam, dann nach des Urgroßvaters Tode eine Ehren- und Vertrauensgabe an ihn. Aber er ist noch nicht fertig; aus dem Geldkörbchen werden blanke Silbermünzen für die Dienstboten hervorgesucht, eine Goldmünze für den Schreiber. ›Ist Onkel Erich schon da?‹ fragt er, ohne sich nach mir umzusehen. –

›Noch nicht, Vater! Darf ich ihn holen?‹ – ›Das könntest du ja tun.‹ Und fort renne ich durch das Wohnhaus auf die Straße, um die Ecke am Hafen entlang, und während ich drunten aus der Dämmerung das Pfeifen des Windes in den Tauen der Schiffe höre, habe ich das alte Giebelhaus mit dem Vorbau erreicht. Die Tür wird aufgerissen, daß die Klingel weithin durch Flur und Pesel schallt. – Vor dem Ladentisch steht der alte Kommis, der das Detailgeschäft leitet. Er sieht mich etwas grämlich an. ›Der Herr ist in seinem Kontor,‹ sagt er trocken; er liebt die wilde naseweise Range nicht. Aber, was geht's mich an. – Fort mach ich hinten zur Hoftür hinaus, über zwei kleine finstere Höfe, dann in ein uraltes seltsames Nebengebäude, in welchem sich das Allerheiligste des Onkels befindet. Ohne Unfall komme ich durch den engen dunkeln Gang und klopfe an eine Tür. – ›Herein!‹ Da sitzt der kleine Herr in dem feinen braunen Tuchrock an seinem mächtigen Arbeitspult; der Schein der Kontorlampe fällt auf seine freundlichen kleinen Augen und auf die mächtige Familiennase, die über den frischgestärkten Vatermördern hinausragt. – ›Onkel, ob du nicht kommen wolltest?‹ sage ich, nachdem ich Atem geschöpft habe. – ›Wollen wir uns noch einen Augenblick setzen!‹ erwidert er, indem seine Feder summierend über das Folium des aufgeschlagenen Hauptbuchs hinabgleitet. – Mir wird ganz behaglich zu Sinne, ich werde nicht ein bißchen ungeduldig; aber ich setze mich auch nicht; ich bleibe stehen und besehe mir die Englands- und Westindienfahrer des Onkels, deren Bilder an der Wand hängen. Es dauert auch nicht lange, so wird das Hauptbuch herzhaft zugeklappt, das Schlüsselbund rasselt und: ›Sieh so,‹ sagt der Onkel, ›fertig wären wir!‹ Während er sein spanisches Rohr aus der Ecke langt, will ich schon wieder aus der Tür; aber er hält mich zurück. ›Ah, wart doch mal ein wenig! Wir hätten hier wohl noch so etwas mitzunehmen.‹ Und aus einer dunkeln Ecke des Zimmers holt er zwei wohlversiegelte, geheimnisvolle Päckchen. – Ich wußte es wohl, in solchen Päckchen steckte ein Stück leibhaftigen Weihnachtens; denn der Onkel hatte einen Bruder in Hamburg, und er trat nicht mit leeren Händen an den Tannenbaum. So nie gesehenes, märchenhaftes Zuckerzeug, wie er mitten in der Bescherung noch mir und meiner Schwester auf unsere Weihnachtsteller zu legen pflegte, ist mir später niemals wieder vorgekommen.

Bald darauf steige ich an der Hand des Onkels die breite Steintreppe zu unserm Hause hinauf. Ein paar Augenblicke verschwindet er mit seinen Päckchen in die Weihnachtsstube; es ist noch nicht angezündet, aber durch die halb geöffnete und rasch wieder geschlossene Tür glitzert es mir entgegen aus der noch drinnen herrschenden ahnungsvollen Dämmerung. Ich schließe die Augen, denn ich will nichts sehen, und trete in das gegenüber liegende, festlich erleuchtete Zimmer, das ganz von dem Duft der braunen Kuchen und des heute besonders fein gemischten Tees erfüllt ist. Die Hände auf dem Rücken mit langsamen Schritten geht mein Vater auf und nieder. ›Nun, seid ihr da?‹ fragt er stehen bleibend. – Und schon ist auch Onkel Erich bei uns; mir scheint, die Stube wird noch einmal so hell, da er eintritt. Er grüßt die Großmutter, den Vater; er nimmt meiner Schwester die Tasse ab, die sie ihm auf dem gelblackierten Brettchen präsentiert. ›Was meinst du,‹ sagt er, indem er seinen Augen einen bedenklichen Ausdruck zu geben sucht, ›es wird wohl heute nicht viel für uns abfallen!‹ Aber er lacht dabei so tröstlich, daß diese Worte wie eine goldene Verheißung klingen. Dann, während in dem blanken Messingkomfort der Teekessel saust, beginnt er eine seiner kleinen Erzählungen von den Begebenheiten der letzten Tage, seit man sich nicht gesehen. War es nun der Ankauf eines neuen Spazierstocks oder das unglückliche Zerbrechen einer Mundtasse, es floß alles so sanft dahin, daß man ganz davon erquickt wurde. Und wenn er gar eine Pause machte, um das bisher Erzählte im behaglichsten Gelächter nachzugenießen, wer hätte da nicht mitgelacht! Mein

Vater nimmt vergeblich seine kritische Prise; er muß endlich doch mit einstimmen. Dies harmlose Geplauder – es ist mir das erst später klar geworden – war die Art, wie der tätige Geschäftsmann von der Tagesarbeit ausruhte. Es klingt mir noch lieb in der Erinnerung, und mir ist, als verstünde das jetzt niemand mehr. – Aber während der Onkel so erzählt, steckt plötzlich meine Mutter, die seit Mittag unsichtbar gewesen ist, den Kopf ins Zimmer. Der Onkel macht ein Kompliment und bricht seine Geschichte ab; die Tür und die gegenüber liegende Tür werden weit geöffnet. Wir treten zögernd ein; und vor uns, zurückgestrahlt von dem großen Wandspiegel, steht der brennende Baum mit seinen Flittergoldfähnchen, seinen weißen Netzen und goldenen Eiern, die wie Kinderträume in den dunkeln Zweigen hängen.« – –

»Paul«, sagte die Frau, »und wenn wir ihn noch so weit herbeischaffen sollten, wir müssen wieder einen Tannenbaum haben. Der arme Junge hat sich selbst einen Weihnachtsgarten gebaut; er ist nur eben wieder fort, um Moos aus dem Eichenwäldchen zu holen.«

Der Amtsrichter schwieg einen Augenblick. – »Es tut nicht gut, in die Fremde zu gehen«, sagte er dann, »wenn man daheim schon am eigenen Herd gesessen hat. – Mir ist noch immer, als sei ich hier nur zu Gaste, und morgen oder übermorgen sei die Zeit herum, daß wir alle wieder nach Hause müßten!«

Sie faßte die Hand ihres Mannes und hielt sie fest in der ihrigen, aber sie antwortete nichts darauf.

»Gedenkst du noch an einen Weihnachten?« hub er wieder an. »Ich hatte die Studentenjahre hinter mir und lebte nun noch einmal, zum letzten Mal, eine kurze Zeit als Kind im elterlichen Hause. Freilich war es dort nicht mehr so heiter, wie es einst gewesen; es war Unvergeßliches geschehen, die alte Familiengruft unter der großen Linde war ein paar Mal offen gewesen; meine Mutter, die unermüdlich tätige Frau, ließ oft mitten in der Arbeit die Hände sinken und stand regungslos, als habe sie sich selbst vergessen. Wie unsere alte Margret sagte, sie trug ein Kämmerchen in ihrem Kopf, drin spielte ein totes Kind. – Nur Onkel Erich, freilich ein wenig grauer als sonst, erzählte noch seine kleinen freundlichen Geschichten, und auch die Schwester und die Großmutter lebten noch. Damals war jener Weihnachtabend; ein junges schönes Mädchen war zu der Schwester auf Besuch gekommen. Weißt du, wie sie hieß?«

»Ellen«, sagte sie leise und lehnte den Kopf an die Brust ihres Mannes.

Der Mond war aufgegangen und beleuchtete ein paar Silberfäden in dem braunen seidigen Haar, das sie schlicht gescheitelt trug, schmucklos in einer Flechte um den Schildpattkamm gelegt.

Er strich mit der Hand über dies noch immer selten schöne Haar. »Ellen hatte auch beschert bekommen«, sprach er weiter; »auf dem kleinen Mahagonitische lagen Geschenke von meiner Mutter und was von ihren Eltern von drüben aus dem Schwesterland herübergeschickt war. Sie stand mit dem Rücken gegen den brennenden Baum, die Hand auf die Tischplatte gestützt; sie stand schon lange so; ich sehe sie noch« – und er ließ seine Augen eine Weile schweigend auf dem schönen Antlitz seiner Frau ruhen – »da war meine Mutter unbemerkt zu ihr getreten; sie faßte sanft ihre Hand und sah ihr fragend in die Augen. – Ellen blickte nicht um, sie neigte nur den Kopf; plötzlich aber richtete sie sich rasch auf und entfloh ins Nebenzimmer. Weißt du es noch? Während meine Mutter leise den Kopf schüttelte, ging ich ihr nach; denn seit einem kleinen Zank am letzten Abend waren wir vertraute Freunde. Ellen hatte sich in der Ofenecke auf einen Stuhl gesetzt; es war fast dunkel dort; nur eine vergessene Kerze mit langer Schnuppe brannte in dem Zimmer. ›Hast du Heimweh, Ellen?‹ fragte ich. – ›Ich weiß es nicht!‹ – Eine Weile stand ich schweigend vor ihr. ›Was hast du denn da in der Hand?‹ – ›Willst du es haben?‹ – Es war eine Börse von dunkelroter Seide. ›Wenn du sie für mich gemacht hast,‹ sagte ich; denn ich hatte die Arbeit in den Tagen zuvor in ihren Händen gesehen und wohl bemerkt, wie Ellen sie, sobald ich näher kam, in ihrem Nähkästchen verschwinden ließ. – Aber Ellen antwortete nicht und gab mir auch nicht ihr Angebinde. Sie stand auf und putzte das Licht, daß es plötzlich ganz hell im Zimmer wurde. ›Komm,‹ sagte sie, ›der Baum brennt ab, und Onkel Erich will noch Zuckerzeug bescheren!‹ Damit wehte sie sich mit ihrem Schnupftuch ein paarmal um die Augen und ging in die Weihnachtsstube zurück, und als wir dann später am Pochbrett saßen, war sie die Ausgelassenste von allen. Von meinem Weihnachtsgeschenk war weiter nicht die Rede. – Aber weißt du, Frau?« – und er ließ ihre Hand los, die er bis dahin festgehalten – »die Mädchen sollten nicht so eigensinnig sein; das hat mir damals keine Ruh gelassen; ich mußte doch die Börse haben, und darüber –«

»Darüber, Paul? – Sprich nur dreist heraus!«

»Nun, hast du denn von der Geschichte nichts gehört? Darüber bekam ich nun auch noch das Mädchen in den Kauf.«

»Freilich«, sagte sie, und er sah bei dem hellen Mondschein in ihren Augen etwas blitzen, das ihn an das übermütige Mädchen erinnerte, das sie einst gewesen, »freilich weiß ich von der Geschichte, und ich kann sie dir auch erzählen; aber es war ein Jahr später, nicht am Weihnachts-, sondern am Neujahrsabend, und auch nicht hüben, sondern drüben.«

Sie räumte das Dintenfaß und einige Papiere beiseite und setzte sich ihrem Manne gegenüber auf den Schreibtisch. »Der Vetter war bei Ellens Eltern zum Besuch, bei dem alten prächtigen Kirchspielvogt, der damals noch ein starker Nimrod war. – Ellen hatte noch niemals einen so schönen und langen Brief bekommen als den, worin der Vetter sich bei ihnen angemeldet; aber so gut wie mit der Feder wußte er mit der Flinte nicht umzugehen. Und dennoch, tat es die Landluft oder der schöne Gewehrschrank im Zimmer des Kirchspielvogts, es war nicht anders, er mußte alle Tage auf die Jagd. Und wenn er dann abends durchnäßt mit leerer Tasche nach Hause kam und die Flinte schweigend in die Ecke setzte – wie behaglich ergingen sich da die Stichelreden des alten Herrn! – ›Das heißt Malheur, Vetter; aber die Hasen sind heuer alle wild geraten!‹ – Oder: ›Mein Herzensjunge, was soll die Diana einmal von dir denken!‹ Am meisten aber – – du hörst doch, Paul?«

»Ich höre, Frau.«

»Am meisten plagte ihn die Ellen; sie setzte ihm heimlich einen Strohkranz auf, sie band ihm einen Gänseflügel vor den Flintenlauf; eines Vormittags – weißt du, es war Schnee gefallen – hatte sie einen Hasen, den der Knecht geschossen, aus der Speisekammer geholt, und eine Weile darauf saß er noch einmal auf seinem alten Futterplatz im Garten, als wenn er lebte, ein Kohlblatt zwischen den Vorderläufen. Dann hatte sie den Vetter gesucht und an die Hoftür gezogen. ›Siehst du ihn, Paul? dahinten im Kohl; die Löffel gucken aus dem Schnee!‹ – Er sah ihn auch; seine Hand zitterte. ›Still, Ellen! Sprich nicht so laut! Ich will die Flinte holen!‹ Aber als kaum die Tür nach des Vaters Stube hinter ihm zuklappte, war Ellen schon wieder in den Schnee hinausgelaufen, und als er endlich mit der geladenen Flinte heranschlich, hing auch der Hase schon wieder an seinem sicheren Haken in der Speisekammer. – Aber der Vetter ließ sich geduldig von ihr plagen.«

»Freilich«, sagte der Amtsrichter und legte seine Arme behaglich auf die Lehne seines Sessels, »er hatte ja die Börse noch immer nicht!«

»Drum auch! Die lag noch unangerührt droben in der Kommode, in Ellens Giebelstübchen. Aber – wo die Ellen war, da war der Vetter auch; heißt das, wenn er nicht auf der Jagd war. Saß sie drinnen an ihrem Nähtisch, so hatte er gewiß irgend ein Buch aus der Polterkammer geholt und las ihr daraus vor; war sie in der Küche und backte Waffeln, so stand er neben ihr, die Uhr in der Hand, damit das Eisen zur rechten Zeit gewendet würde. – So kam die Neujahrsnacht. Am Nachmittag hatten beide auf dem Hofe mit des Vaters Pistolen nach goldenen Eiern geschossen, die Ellen vom Weihnachtsbaum ihrer Geschwister abgeschnitten; und der Vetter hatte unter dem Händeklatschen der Kleinen zweimal das goldene Ei getroffen. Aber war's nun, weil er am andern Tage reisen mußte, oder war's, weil Ellen fortlief, als er sie vorhin allein in ihrem Zimmer aufgesucht hatte – es war gar nicht mehr der geduldige Vetter – er tat kurz und unwirsch und sah kaum noch nach ihr hin. – Das blieb den ganzen Abend so; auch als man später sich zu Tische setzte. Ellens Mutter warf wohl einmal einen fragenden Blick auf die beiden, aber sie sagte nichts darüber. Der Kirchspielvogt hatte auf andere Dinge zu achten, er schenkte den Punsch, den er eigenhändig gebraut hatte; und als es drunten im Dorfe zwölf schlug, stimmte er das alte Neujahrslied von Johann Heinrich Voß an, das nun getreulich durch alle Verse abgesungen wurde. Dann rief man ›Prost Neujahr!‹ und schüttelte sich die Hände, und auch Ellen reichte dem Vetter ihre Hand; aber er berührte kaum ihre Fingerspitzen. – So war's auch, da man sich bald darauf gute Nacht sagte. – Als das Mädchen droben allein in ihrem Giebelstübchen war – und nun merk auf, Paul, wie ehrlich ich erzähle! – da hatte sie keine Ruh zum Schlafen; sie setzte sich still auf die Kante ihres Bettes, ohne sich auszukleiden und ohne der klingenden Kälte in der ungeheizten Kammer zu achten. Denn es kränkte sie doch; sie hatte dem Menschen ja nichts zu Leid getan. Freilich, er hatte sie gestern noch gefragt, ob sie den Hasen nicht wieder im Kohl gesehen; und sie hatte dazu den Kopf geschüttelt. – War es etwa das, und wußte er denn, daß er den Hasen schon vor drei Tagen selbst hatte mit verzehren helfen? – – Sie wollte den schönen Brief des Vetters einmal wieder lesen. Aber als sie in die Tasche langte, vermißte sie den Kommodenschlüssel. Sie ging mit dem Licht hinab in die Wohnstube, und von dort, als sie ihn nicht gefunden, in die Küche, wo sie vorhin gewirtschaftet hatte. Von all dem Sieden und Backen des Abends war es noch warm in dem großen dunkeln Raume. Und richtig, dort lag der Schlüssel auf dem Fensterbrett. Aber sie stand noch einen Augenblick und blickte durch die Scheiben in die Nacht hinaus. – So hell und weit dehnte sich das Schneefeld; dort unten zerstreut lagen die schwarzen Strohdächer des Dorfes; unweit des Hauses zwischen den kahlen Zweigen der Silberpappeln erkannte sie deutlich die großen Krähennester; die Sterne funkelten. Ihr fiel ein alter Reim ein, ein Zauberspruch, den sie vor Jahr und Tag von der Tochter des Schulmeisters gelernt hatte. Hinter ihr im Hause war es so still und leer; sie schauerte; aber trotz dessen wuchs in ihr das Gelüsten, es mit den unheimlichen Dingen zu versuchen. So trat sie zögernd ein paar Schritte zurück. Leise zog sie den einen Schuh vom Fuße, und die Augen nach den Sternen und tief ausatmend sprach sie: ›Gott grüß dich, Abendstern!‹ – – Aber was war das? Ging hinten nicht die Hoftür? Sie trat ans Fenster und horchte. – Nein, es knarrte wohl nur die große Pappel an der Giebelseite des Hauses. – Und noch einmal hub sie leise an und sprach:

›Gott grüß dich, Abendstern!
Du scheinst so hell von fern,
Über Osten, über Westen.
Über alle Krähennesten.
Ist einer zu mein Liebchen geboren,
Ist einer zu mein Liebchen erkoren.
Der komm, als er geht
Als er steht,
In sein täglich Kleid!‹

Dann schwenkte sie den Schuh und warf ihn hinter sich. Aber sie wartete vergebens; sie hörte ihn nicht fallen. Ihr wurde seltsam zumute, das kam von ihrem Vorwitz! Welch unheimlich Ding hatte ihren Schuh gefangen, eh er den Boden erreicht hatte? – Einen Augenblick noch stand sie so; dann mit dem letzten Restchen ihres Mutes wandte sie langsam den Kopf zurück. – Da stand ein Mann in der dunkeln Tür, und es war Paul; er war richtig noch einmal auf den unglücklichen Hasen ausgewesen!«

»Nein, Ellen«, sagte der Amtsrichter, »du weißt es wohl; das war er denn doch diesmal nicht; er hatte nur, wie du, auch keine Ruh gefunden; – aber nun hielt er den kleinen Schuh des Mädchens in der Hand; und Ellen hatte sich am Herd auf einen Stuhl gesetzt, mit geschlossenen Augen, die Hände gefaltet vor sich in den Schoß gestreckt. Es war kein Zweifel mehr, daß sie sich ganz verloren gab; denn sie wußte wohl, daß der Vetter alles gehört und gesehen hatte. – Und weißt du auch noch die Worte, die er zu ihr sprach?«

»Ja, Paul, ich weiß sie noch; und es war sehr grausam und wenig edel von ihm. ›Ellen,‹ sagte er, ›ist noch immer die Börse nicht für mich gemacht?‹ – Doch Ellen tat ihm auch diesmal den Gefallen nicht; sie stand auf und öffnete das Fenster, daß von draußen die Nachtluft und das ganze Sterngefunkel zu ihnen in die Küche drang.«

»Aber«, unterbrach er sie, »Paul war zu ihr getreten, und sie legte still den Kopf an seine Brust; und noch höre ich den süßen Ton ihrer Stimme, als sie so, in die Nacht hinaus nickend, sagte: Gott grüß dich, Abendstern!«

Die Tür wurde rasch geöffnet; ein kräftiger, etwa zehnjähriger Knabe trat mit einem brennenden Licht ins Zimmer. »Vater! Mutter!« rief er, indem er die Augen mit der Hand beschattete. »Hier ist Moos und Efeu und auch noch ein Wacholderzweig!«

Der Amtsrichter war aufgestanden. »Bist du da, mein Junge?« sagte er und nahm ihm die Botanisiertrommel mit den heimgebrachten Schätzen ab.

Frau Ellen aber ließ sich schweigend von dem Schreibtisch herabgleiten und schüttelte sich ein wenig wie aus Träumen. Sie legte beide Hände auf ihres Mannes Schultern und blickte ihn eine Weile voll und herzlich an. Dann nahm sie die Hand des Knaben. »Komm, Harro«, sagte sie, »wir wollen Weihnachtsgärten bauen!«

2
Unter dem Tannenbaum

Der Weihnachtsabend begann zu dämmern. – Der Amtsrichter war mit seinem Sohne auf der Rückkehr von einem Spaziergange; Frau Ellen hatte sie auf ein Stündchen fortgeschickt. Vor ihnen im Grunde lag die kleine Stadt; sie sahen deutlich, wie aus allen Schornsteinen der Rauch emporstieg; denn dahinter am Horizont stand feuerfarben das Abendrot. – Sie sprachen von den Großeltern drüben in der alten Heimat; dann von den letzten Weihnachten, die sie dort erlebt hatten.

»Und am Vorabend«, sagte der Vater, »als Knecht Ruprecht zu uns kam, mit dem großen Bart und dem Quersack und der Rute in der Hand!«

»Ich wußte wohl, daß es Onkel Johannes war«, erwiderte der Knabe, »der hatte immer so etwas vor!«

»Weißt du denn auch noch die Worte, die er sprach?«

Harro sah den Vater an und schüttelte den Kopf.

»Wart nur«, sagte der Amtsrichter, »die Verse liegen zu Haus in meinem Pult; vielleicht bekomm ich's noch beisammen!« Und nach einer Weile fuhr er fort: »Entsinne dich nur, wie erst die drei Rutenhiebe von draußen auf die Tür fielen, und wie dann die rauhe borstige Gestalt mit der großen Hakennase in die Stube trat!« Dann hub er langsam und mit tiefer Stimme an:

»Von drauß' vom Walde komm ich her.
Ich muß euch sagen, es weihnachtet sehr.
Allüberall auf den Tannenspitzen
Sah ich goldene Lichtlein sitzen.
Und droben aus dem Himmelstor
Sah mit großen Augen das Christkind hervor.
Und wie ich so strolcht' durch den dichten Tann,
Da riefs mich mit heller Stimme an;
›Knecht Ruprecht,‹ rief es, ›alter Gesell,
Hebe die Beine und spute dich schnell!
Die Kerzen fangen zu brennen an,
Das Himmelstor ist aufgetan,
Alt' und Junge sollen nun
Von der Jagd des Lebens einmal ruhn;
Und morgen flieg ich hinab zur Erden,
Denn es soll wieder Weihnachten werden!‹
Ich sprach: ›O lieber Herre Christ,
Meine Reise fast zu Ende ist;
Ich soll nur noch in diese Stadt,
Wo's eitel brave Kinder hat.‹
›Hast denn das Säcklein auch bei dir?‹
Ich sprach: ›Das Säcklein, das ist hier;
Denn Apfel, Nuß und Mandelkern
Fressen fromme Kinder gern!‹
›Hast denn die Rute auch bei dir?‹
Ich sprach: ›Die Rute, die ist hier!
Doch für die Kinder nur, die schlechten,

Die trifft sie auf den Teil, den rechten!‹
Christkindlein sprach: ›So ist es recht,
So geh mit Gott, mein treuer Knecht!‹
Von drauß' vom Walde komm ich her;
Ich muß euch sagen, es weihnachtet sehr!
Nun sprecht, wie ich's hierinnen find?
Sind's gute Kind, sind's böse Kind?

Aber«, fuhr der Amtsrichter mit veränderter Stimme fort, »ich sagte dem Knecht Ruprecht:

Der Junge ist von Herzen gut.
Hat nur mitunter was trotzigen Mut!«

»Ich weiß, ich weiß!« rief Harro triumphierend; und den Finger emporhebend, und mit listigem Ausdruck setzte er hinzu: »Dann kam so etwas –«

»Was dich in großes Geschrei brachte; denn Knecht Ruprecht schwang seine Rute und sprach:

Heißt es bei euch denn nicht mitunter:
Nieder den Kopf und die Hosen herunter?«

»O«, sagte Harro, »ich fürchtete mich nicht; ich war nur zornig auf den Onkel!«

Über der Stadt, die sie jetzt fast erreicht hatten, stand nur noch ein fahler Schein am Himmel. Es dunkelte schon; aber es begann zu schneien; leise und emsig fielen die Flocken, und der Weg schimmerte schon weiß zu ihren Füßen.

Vater und Sohn waren eine Weile schweigend neben einander hergegangen. – »Am Abend darauf«, hub der Amtsrichter wieder an, »brannte der letzte Weihnachtsbaum, den du gehabt hast. Es war damals eine bewegte Zeit; sogar das Zuckerwerk zwischen den Tannenzweigen war kriegerisch geworden: unsere ganze Armee, Soldaten zu Pferde und zu Fuß! – Von alledem ist nun nichts mehr übrig!« setzte er leiser und wie mit sich selber redend hinzu.

Der Knabe schien etwas darauf erwidern zu wollen, aber ein anderes hatte plötzlich seine Gedanken in Anspruch genommen. – Es war ein großer bärtiger Mann, der vor ihnen aus einem Seitenwege auf die Landstraße herauskam. Auf der Schulter balancierte er ein langes stangenartiges Gepäck, während er mit einem Tannenzweig, den er in der Hand hielt, bei jedem Schritt in die Luft peitschte. Wie er vorüberging, hatte Harro in der Dämmerung noch die große rote Hakennase erkannt, die unter der Pelzmütze hinausragte. Auch einen Quersack trug der Mann, der anscheinend mit allerhand eckigen Dingen angefüllt war. Er ging rasch vor ihnen auf.

»Knecht Ruprecht!« flüsterte der Knabe, »hebe die Beine und spute dich schnell!«

Das Gewimmel der Schneeflocken wurde dichter, sie sahen ihn noch in die Stadt hinabgehen; dann entschwand er ihren Augen; denn ihre Wohnung lag eine Strecke weiter außerhalb des Tores.

»Freilich«, sagte der Amtsrichter, indem sie rüstig zuschritten, »der Alte kommt zu spät; dort unten in der Gasse leuchteten schon alle Fenster in den Schnee hinaus.«

Endlich war das Haus erreicht. Nachdem sie auf dem Flur die beschneiten Überkleider abgetan, traten sie in das Arbeitszimmer des Amtsrichters. Hier war heute der Tee serviert; die große Kugellampe brannte, alles war hell und aufgeräumt. Auf der sauberen Damastserviette stand das feinlackierte Teebrett mit den Geburtstagstassen und dem rubinroten Zuckerglase; daneben auf dem Fußboden in dem Komfort von Mahagonistäbchen mit blankem Messingeinsatz kochte der Kessel, wie es sein muß, auf gehörig durchgeglühten Torfkohlen; wie daheim einst in der großen Stube des alten Familienhauses, so dufteten auch hier in dem kleinen Stübchen die braunen Weihnachtskuchen nach dem Rezept der Urgroßmutter. – Aber während die Mutter nebenan im Wohnzimmer noch das Fest bereitete, blieben Vater und Sohn allein; kein Onkel Erich kam, ihnen feiern zu helfen. Es war doch anders als daheim.

Ein paarmal hatte Harro mit bescheidenem Finger an die Tür gepocht, und ein leises »Geduld!« der Mutter war die Antwort gewesen. Endlich trat Frau Ellen selbst herein. Lächelnd – aber ein leiser Zug von Weh war doch dabei – streckte sie ihre Hände aus und zog ihren Mann und ihren Knaben, jeden bei einer Hand, in die helle Weihnachtsstube.

Es sah freundlich genug aus. Auf dem Tische in der Mitte, zwischen zwei Reihen brennender Wachskerzen, stand das kleine Kunstwerk, das Mutter und Sohn in den Tagen vorher sich selbst geschaffen hatten, ein Garten im Geschmack des vorigen Jahrhunderts mit glattgeschorenen Hecken und dunkeln Lauben; alles von Moos und verschiedenem Wintergrün zierlich zusammengestellt. Auf dem Teiche von Spiegelglas schwammen zwei weiße Schwäne; daneben vor dem chinesischen Pavillon standen kleine Herren und Damen von Papiermachee in Puder und Kontuschen. – Zu beiden Seiten lagen die Geschenke für den Knaben; eine scharfe Lupe für die Käfersammlung, ein paar bunte Münchener Bilderbogen, die nicht fehlen durften, von Schwind und Otto Speckter; ein Buch in rotem Halbfranzband; dazwischen ein kleiner Globus in schwarzer Kapsel, augenscheinlich schon ein altes Stück. »Es war Onkel Erichs letzte Weihnachtsgabe an mich«, sagte der Amtsrichter; »nimm du es nun von mir! Es ist mir in diesen Tagen aufs Herz gefallen, daß ich ihm die Freude, die er mir als Kind gemacht, in späterer Zeit nicht einmal wieder gedankt – nun haben sie mir den alten Herrn im letzten Herbst begraben!«

Frau Ellen legte den Arm um ihren Mann und führte ihn an den Spiegeltisch, auf dem heute die beiden silbernen Armleuchter brannten. Auch ihm hatte sie beschert; das erste aber, wonach seine

Hand langte, war ein kleines Lichtbild. Seine Augen ruhten lange darauf, während Frau Ellen still zu ihm emporsah. Es war sein elterlicher Garten; dort unter dem Ahorn vor dem Lusthause standen die beiden Alten selbst, das noch dunkle volle Haar seines Vaters war deutlich zu erkennen.

Der Amtsrichter hatte sich umgewandt; es war, als suchten seine Augen etwas. Die Lichter an dem Moosgärtchen brannten knisternd fort; in ihrem Schein stand der Knabe vor dem aufgeschlagenen Weihnachtsbuch. Aber droben unter der Decke des hohen Zimmers war es dunkel; der Tannenbaum fehlte, der das Licht des Festes auch dort hinaufgetragen hätte.

Da klingelte draußen im Flur die Glocke, und die Haustür wurde polternd aufgerissen. »Wer ist denn das?« sagte Frau Ellen; und Harro lief zur Tür und sah hinaus.

Draußen hörten sie eine rauhe Stimme fragen: »Bin ich denn hier recht beim Herrn Amtsrichter?« Und in demselben Augenblicke wandte auch der Knabe den Kopf zurück und rief: »Knecht Ruprecht; Knecht Ruprecht!« Dann zog er Vater und Mutter mit sich aus der Tür.

Es war der große bärtige Mann, der den beiden Spaziergängern vorhin oberhalb der Stadt begegnet war; bei dem Schein des Flurlämpchens sahen sie deutlich die rote Hakennase unter der beschneiten Pelzmütze leuchten. Sein langes Gepäck hatte er gegen die Wand gelehnt. »Ich habe das hier abzugeben!« sagte er, in dem er auch den schweren Quersack von der Schulter nahm.

»Von wem denn?« fragte der Amtsrichter.

»Ist mir nichts von aufgetragen worden.«

»Wollt Ihr denn nicht nähertreten?«

Der Alte schüttelte den Kopf. »Ist alles schon besorgt! Habt gute Weihnacht bei einander!« Und indem er noch einmal mit der großen Nase nickte, war er schon zur Tür hinaus.

»Das ist eine Bescherung!« sagte Frau Ellen fast ein wenig schüchtern.

Harro hatte die Haustür aufgerissen. Da sah er die große dunkle Gestalt schon weithin auf dem beschneiten Wege hinausschreiten.

Nun wurde die Magd herbeigerufen, deren Bescherung durch dieses Zwischenspiel bis jetzt verzögert war; und als mit ihrer Hülfe die verhüllten Dinge in das helle Weihnachtszimmer gebracht waren, kniete Frau Ellen auf dem Fußboden und begann mit ihrem Trennmesser die Nähte des großen Packens aufzulösen. Und bald fühlte sie, wie es von innen heraus sich dehnte und die immer schwächer werdenden Bande zu sprengen strebte; und als der Amtsrichter, der bisher schweigend dabeigestanden, jetzt die letzten Hüllen abgestreift hatte und es aufrecht vor sich hingestellt hielt, da war's ein ganzer mächtiger Tannenbaum, der nun nach allen Seiten seine entfesselten Zweige ausbreitete. Lange schmale Bänder von Knittergold rieselten und blitzten überall von den Spitzen durch das dunkle Grün herab; auch die Tannäpfel waren golden, die unter allen Zweigen hingen.

Harro war indes nicht müßig gewesen, er hatte den Quersack aufgebunden; mit leuchtenden Augen brachte er einen flachen, grünlackierten Kasten geschleppt. »Horch, es rappelt!« sagte er. »Es ist ein Schubfach darin!« Und als sie es aufgezogen, fanden sie wohl ein Schock der feinsten weißen Wachskerzchen.

»Das kommt von einem echten Weihnachtsmann«, sagte der Amtsrichter, indem er einen Zweig des Baumes herunterzog, »da sitzen schon überall die kleinen Blechlampetten!«

Aber es war nicht nur ein Schubfach in dem Kasten; es war auch obenauf ein Klötzchen mit einem Schraubengang. Der Amtsrichter wußte Bescheid in diesen Dingen; nach einigen Minuten war der Baum eingeschroben und stand fest und aufrecht, seine grüne Spitze fast bis zur Decke streckend. – Die alte Magd hatte ihre Schüssel mit

Äpfeln und Pfeffernüssen stehen lassen; während die andern drei beschäftigt waren, die Wachskerzen aufzustecken, stand sie neben ihnen, ein lebendiger Kandelaber, in jeder Hand einen brennenden Armleuchter emporhaltend. – Sie war aus der Heimat mit herübergekommen und hatte sich von allen am schwersten in den Brauch der Fremde gefunden. Auch jetzt betrachtete sie den stolzen Baum mit mißtrauischen Augen. »Die goldenen Eier sind denn doch vergessen!« sagte sie.

Der Amtsrichter sah sie lächelnd an: »Aber, Margret, die goldenen Tannäpfel sind doch schöner!«

»So, meint der Herr? Zu Hause haben wir immer die goldenen Eier gehabt.«

Darüber war nicht zu streiten; es war auch keine Zeit dazu. Harro hatte sich indessen schon wieder über den Quersack hergemacht. »Noch nicht anzünden!« rief er, »das Schwerste ist noch darin!«

Es war ein fest vernageltes hölzernes Kistchen. Aber der Amtsrichter holte Hammer und Meißel aus seinem Gerätkästchen; nach ein paar Schlägen sprang der Deckel auf, und eine Fülle weißer Papierspäne quoll ihnen entgegen. – »Zuckerzeug!« rief Frau Ellen und streckte schützend ihre Hände darüber aus. »Ich wittere Marzipan! Setzt euch; ich werde auspacken!«

Und mit vorsichtiger Hand langte sie ein Stück nach dem andern heraus und legte es auf den Tisch, das nun von Vater und Sohn aus dem umhüllenden Seidenpapier herausgewickelt wurde.

»Himbeeren!« rief Harro. »Und Erdbeeren, ein ganzer Strauß!«

»Aber siehst du es wohl?« sagte der Amtsrichter. »Es sind Walderdbeeren; so welche wachsen in den Gärten nicht.«

Dann kam, wie lebend, allerlei Geziefer; Hornisse und Hummeln, und was sonst im Sonnenschein an stillen Waldplätzen umherzusummen pflegt, zierlich aus Dragant gebildet, mit goldbestäubten Flügeln; nun eine Honigwabe – die Zellen mochten mit Likör gefüllt sein –, wie sie die wilde Biene in den Stamm der hohlen Eiche baut; und jetzt ein großer Hirschkäfer, von Schokolade, mit gesperrten Zangen und ausgebreiteten Flügeldecken. »Cervus lucanus!« rief Harro und klatschte in die Hände.

An jedem Stück war, je nach der Größe, ein lichtgrünes Seidenbändchen. Sie konnten der Lockung nicht widerstehen; sie begannen schon jetzt den Baum damit zu schmücken, während Frau Ellens Hände noch immer neue Schätze ans Licht förderten.

Bald schwebte zwischen den Immen auch eine Schar von Schmetterlingen an den Tannenspitzen; da war der Himbeerfalter, die silberblaue Daphnis und der olivenfarbige Waldargus, und wie sie alle heißen mochten, die Harro hier vergebens aufzujagen gesucht hatte. – Und immer schwerer wurden die Päckchen, die eins nach dem andern von den eifrigen Händen geöffnet wurden. Denn jetzt kam das Geschlecht des größern Geflügels; da kam der Dompfaff und der Buntspecht, ein Paar Kreuzschnäbel, die im Tannenwald daheim sind; und jetzt – Frau Ellen stieß einen leichten Schrei aus – ein ganzes Nest voll kleiner schnäbelaufsperrender Vögel; und Vater und Sohn gerieten mit einander in Streit, ob es Goldhähnchen oder junge Zeisige seien, während Harro schon das kleine Heimwesen im dichtesten Tannengrün verbarg.

Noch ein Waldbewohner erschien; er mußte vom Buchenrevier herübergekommen sein; ein Eichhörnchen von Marzipan, in halber Lebensgröße, mit erhobenem Schweif und klugen Augen. »Und nun ist's alle!« rief Frau Ellen. Aber nein, ein schweres Päckchen noch! Sie öffnete es und verbarg es dann ebenso rasch wieder in beiden Händen. »Ein Prachtstück!« rief sie. »Aber nein, Paul; ich bin edelmütiger als du; ich zeig's dir nicht!«

Der Amtsrichter ließ sich das nicht anfechten; er brach ihr die nicht gar zu ernstlich geschlossenen Hände aus einander, während sie lachend über ihn wegschaute.

»Ein Hase!« jubelte Harro, »er hat ein Kohlblatt zwischen den Vorderpfötchen!«

Frau Ellen nickte: »Freilich, er kommt auch eben aus des alten Kirchspielvogts Garten!«

»Harro, mein Junge«, sagte der Amtsrichter, indem er drohend den Finger gegen seine Frau erhob; »versprich mir, diesen Hasen zu verspeisen, damit er gründlich aus der Welt komme!«

Das versprach Harro.

Der Baum war voll, die Zweige bogen sich; die alte Margret stöhnte, sie könne die Leuchter nicht mehr halten, sie habe gar keine Arme mehr am Leibe.

Aber es gab wieder neue Arbeit. »Anzünden!« kommandierte der Amtsrichter; und die kleinen und großen Weihnachtskinder standen mit heißen Gesichtern, kletterten auf Schemel und Stühle und ließen nicht ab, bis alle Kerzen angezündet waren.

Der Baum brannte, das Zimmer war von Duft und Glanz erfüllt, es war nun wirklich Weihnachten geworden.

Ein wenig müde von der ungewohnten Anstrengung saß der Amtsrichter auf dem Sofa, nachsinnend in den gegenüber hängenden großen Wandspiegel blickend, der das Bild des brennenden Baums zurückstrahlte.

Frau Ellen, die ganz heimlich ein wenig aufzuräumen begann, wollte eben die geleerte Kiste an die Seite setzen, als sie wie in Gedanken noch einmal mit der Hand durch die Papierspäne streifte. Sie stutzte. »Unerschöpflich!« sagte sie lächelnd. – Es war ein Star von Schokolade, den sie hervorgeholt hatte. »Und, Paul«, fuhr sie fort, »er spricht!«

Sie hatte sich zu ihm auf die Sofalehne gesetzt, und beide lasen nun gemeinschaftlich den beschriebenen Zettel, den der Vogel in seinem Schnabel trug: »Einen Wald- und Weihnachtsgruß von einer dankbaren Freundin!«

»Also von ihr!« sagte der Amtsrichter. »Ihr Herz hat ein gut Gedächtnis. Knecht Ruprecht mußte einen tüchtigen Weg zurücklegen; denn das Gut liegt fünf ganze Meilen von hier.«

Frau Ellen legte den Arm um ihres Mannes Nacken. »Nicht wahr, Paul, wir wollen auch nicht undankbar gegen die Fremde sein?«

»Oh, ich bin nicht undankbar – aber – –«

»Was denn aber, Paul?«

»Was mögen drüben jetzt die Alten machen!«

Sie antwortete nicht darauf; sie gab ihm schweigend ihre Hand.

»Wo ist Harro?« fragte er nach einer Weile.

Harro war eben wieder ins Zimmer getreten; aus einer Schachtel, die er mit sich brachte, nahm er eine kleine verblichene Figur und befestigte sie sorgfältig an einem Zweig des Tannenbaums. Die Eltern hatten es wohl erkannt; es war ein Stück von dem Zukkerzeug des letzten heimatlichen Weihnachtsbaums; ein Dragoner auf schwarzem Pferde in langem graublauem Mantel. Der Knabe stand davor und betrachtete es unbeweglich; seine großen blauen Augen unter der breiten Stirn wurden immer finsterer. »Vater«, sagte er endlich, und seine Stimme zitterte, »es war doch schade um unser schönes Heer! – Wenn sie es nur nicht ausgelöst hätten – ich glaube, dann wären wir wohl noch zu Hause!«

Eine lautlose Stille folgte, als der Knabe das gesprochen. Dann rief der Vater seinen Sohn und zog ihn dicht an sich heran. »Du kennst noch das alte Haus deiner Großeltern«, sagte er, »du bist vielleicht das letzte Kind von den Unseren, das noch auf den großen über einander getürmten Bodenräumen gespielt hat; denn die Stunde ist nicht mehr fern, daß es in fremde Hand kommen wird. Einer deiner Urahnen hat es einst für seinen Sohn gebaut. Der junge Mann fand es fertig und ausgestattet vor, als er nach mehrjähriger Abwesenheit in den Handelsstädten Frankreichs nach seiner Heimat zurückkehrte. Bei seinem Tode hat er es seinen Nachkommen hinterlassen, und sie haben darin gewohnt als Kaufherren und Senatoren oder, nachdem sie sich dem Studium der Rechte zugewandt hatten, als Bürgermeister oder Syndizi ihrer Vaterstadt. Es waren angesehene und wohldenkende Männer, die im Lauf der Zeit ihre Kraft und ihr Vermögen auf mannigfache Weise ihren Mitbürgern zugute kommen ließen. So waren sie wurzelfest geworden in der Heimat. Noch in meiner Knabenzeit gab es unter den tüchtigeren Handwerkern fast keine Familie, wo nicht von den Voreltern oder Eltern eines in den Diensten der Unsrigen gestanden hätte; sei es auf den Schiffen oder in den Fabriken oder auch im Hause selbst. – Es waren das Verhältnisse des gegenseitigen Vertrauens; jeder rühmte sich des andern und suchte sich des andern wert zu zeigen; wie ein Erbe ließen es die Eltern ihren Kindern; sie kannten sich alle, über Geburt und Tod hinaus, denn sie kannten Art und Geschlecht der Jungen, die geboren wurden, und der Alten, die vor ihnen dagewesen waren.« – Der Amtsrichter schwieg einen Augenblick, während der Knabe unbeweglich zu ihm emporsah. »Aber nicht allein in die Höhe«, fuhr er fort, »auch in die Tiefe haben deine Voreltern gebaut; zu dem steinernen Hause in der Stadt gehörte die Gruft draußen auf dem Kirchhof; denn auch die Toten sollten noch beisammensein. – Und seltsam, da ich des inne ward, daß ich fort mußte: mein erster Gedanke war, ich könnte dort den Platz verfehlen. – Ich habe sie mehr als einmal offen gesehen; das letzte Mal, als deine Urgroßmutter starb, eine Frau in hohen Jahren, wie sie den Unsrigen vergönnt zu sein pflegen. – Ich vergesse den Tag nicht. Ich war hinabgestiegen und stand unten in der Dunkelheit zwischen den Särgen, die neben und über mir auf den eisernen Stangen ruhten; die ganze alte Zeit, eine ernste schweigsame Gesellschaft. Neben mir war der Totengräber, ein eisgrauer Mann. Aber einst war er jung gewesen und hatte als Kutscher, den schwarzen Pudel zwischen den Knien, die Rappen meines Großvaters gefahren. – Er stand an einen hohen Sarg gelehnt und ließ wie liebkosend seine Hand über das schwarze Tuch des Deckels gleiten. ›Dat is min ole Herr!‹ sagte er in seinem Plattdeutsch. ›Dat weer en gude Mann!‹ – Mein Kind, nur dort zu Hause konnte ich solche Worte hören. Ich neigte unwillkürlich das Haupt; denn mir war, als fühlte ich den Segen der Heimat sich leibhaftig auf mich niedersenken. Ich war der Erbe dieser Toten; sie selbst waren zwar dahingegangen; aber ihre Güte und Tüchtigkeit lebte noch, und war für mich da und half mir, wo ich selber irrte, wo meine Kräfte mich verließen. – Und auch jetzt noch, wenn ich – mir und den Meinen nicht zur Freude, aber getrieben von jenem geheimnisvollen Weh – auf kurze Zeit zurückkehrte, ich weiß es wohl: dem sich dann alle Hände dort entgegenstreckten, das war nicht ich allein.«

Er war aufgestanden und hatte einen Fensterflügel aufgestoßen. Weithin dehnte sich das Schneefeld; der Wind sauste; unter den Sternen vorüber jagten die Wolken; dorthin, wo in unsichtbarer Ferne ihre Heimat lag. – Er legte fest den Arm um seine Frau, die ihm schweigend gefolgt war; seine lichtblauen Augen lugten scharf in die Nacht hinaus. »Dort!« sprach er leise; »ich will den Namen nicht nennen; er wird nicht gern gehört in deutschen Landen; wir wollen ihn still in unserm Herzen sprechen, wie die Juden das Wort für den Allerheiligsten.« Und er ergriff die Hand seines Kindes und preßte sie so fest, daß der Junge die Zähne zusammenbiß.

Noch lange standen sie und blickten dem dunkeln Zuge der Wolken nach. – Hinter ihnen im Zimmer ging lautlos die alte Magd umher und hütete sorgsamen Auges die allmählich niederbrennenden Weihnachtskerzen.

DIE CHRONIK DER SPERLINGSGASSE
(Kapitel 10)

WILHELM RAABE

Am 24. Dezember.

Weihnachten! – Welch ein prächtiges Wort! – Immer höher türmt sich der Schnee in den Straßen; immer länger werden die Eiszapfen an den Dachtraufen; immer schwerer tauen am Morgen die gefrorenen Fensterscheiben auf! Ach in vielen armen Wohnungen tun sie es gar nicht mehr. – Hinter den meisten Fenstern lugen erwartungsvolle Kindergesichter hervor; da und dort liegt auf der weißen Decke des Pflasters ein verlorner Tannenzweig. Es wird viel Goldschaum verkauft, und bedeckte Platten von Eisenblech, die vorbeigetragen werden, verbreiten einen wundervollen Duft.

»Was ist ein echter Hamburger Seelöwe?« fragte Strobel, der bei mir eintrat und beim Abnehmen des Hutes ein Miniaturschneegestöber hervorbrachte.

»Ein Hamburger Seelöwe?« fragte ich verwundert. »Doch nicht etwa ein Mitglied des Rats der Oberalten?«

»Beinahe!« lachte der Zeichner. »Ein Hamburger Seelöwe ist eine Hasenpfote, auf welche oben ein menschenähnliches Gesicht geleimt ist. Ein solches Individuum versteht an einem Tischrande gar anmutige Bewegungen zu machen. Sehen Sie hier!«

Dabei zog er den Gegenstand unsres Gesprächs hervor, hing ihn an meinen Schreibtisch und brachte ihn durch einen Stoß wie eine Art Pendel in Bewegung.

»Ist das nicht eine wundervolle Erfindung?«

»Prächtig«, sagte ich, »in meiner Jugend brachte man aber denselben Effekt durch den abgenagten Brustknochen eines Gänsebratens, in welchen man eine Gabel steckte, hervor; aber die Kultur muß ja fortschreiten.«

»Ja, die Kultur schreitet fort!« seufzte der Zeichner. »Sogar die einfachen Tannen machen allmählich diesen Pyramiden von bunten Papierschnitzeln Platz. Papier, Papier überall! Aber was ich sagen wollte: wäre es nicht eigentlich die Pflicht zweier Mitarbeiter der ›Welken Blätter‹, jetzt auf die Weihnachtswandrung zu gehen?«

»Auch ich wollte Sie eben dazu auffordern«, sagte ich.

»Vorwärts!« rief Strobel und stülpte seinen Filz wieder auf, während ich meinen Mantel und roten, baumwollenen Regenschirm hervorsuchte.

Wir gingen. Den Hamburger Seelöwen ließen wir ruhig am Tisch fortbaumeln, nachdem ihm Strobel noch einen letzten Stoß gegeben hatte. Zur Weihnachtszeit habe ich gern ein solches Spielzeug in der Nähe, erfreute sich doch auch der alt und grau gewordene Jean Paul zu solcher Zeit gern an dem Farbenduft einer hölzernen Kindertrompete.

Welch ein Gang war das, den ich mit dem tollen Karikaturenzeichner in der Dämmerung des Abends machte! In wieviel Keller- und andere Fenster mußte der Mensch gucken; in wieviel kleine frostgerötete Hände, die sich an den Ecken und aus den Torwegen uns entgegenstreckten, ließ er seine Viergroschenstücke gleiten! Welch ein Gang war das! Die Geister, die den alten Scrooge des Meister Boz über die Weihnachtswelt führten, hätten mich nicht besser leiten können als Herr Ulrich Strobel. Jetzt betrachteten wir die phantastische Ausstellung eines Ladens, jetzt die staunenden, verlangenden Gesichter davor; jetzt entdeckte Strobel eine neue Idee in der Anfertigung eines Spielzeugs, jetzt ich; es war wundervoll!

An der Ecke des Weihnachtsmarktes blieben wir stehen, in das fröhliche Getümmel, welches sich dort umhertrieb, hineinblickend. Im ununterbrochenen Zuge strömte das Volk an uns vorbei: Väter, auf jedem Arme und an jedem Rockschoß ein Kind, Handwerksgesellen mit dem Schatz, den sie aus der Küche der »Gnädigen« weggestohlen hatten, ehrliche, unbeschreiblich gutmütig und dumm lächelnde Infanteristen, feine, schmucke Garde-Schützen, schwere Dragoner und »klobige« Artillerie. – Hier und da wanden sich junge Mädchen zierlich durch das Getümmel; jedes Alter, jeder Stand war vertreten, ja sogar die vornehmste Welt überschritt einmal ihre närrischen Grenzen und zeigte ihren Kindern die – Freude des Volks.

Der Zeichner war auf einmal sehr ernst geworden. »Sehen Sie«, sagte er, »da strömt die Quelle, aus welcher die Kinderwelt ihr erstes Christentum schöpft! Nicht dadurch, daß man ihnen von Gott und so weiter Unverständliches vorräsoniert, sie Bibel- oder Gesangbuchverse auswendig lernen läßt, nicht dadurch, daß man

sie – womöglich in den Windeln – in die Kirchen schleppt, legt man den Keim der wunderbaren Religion in ihre Herzen. An das Gewühl vor den Buden, an den grünen funkelnden Tannenbaum knüpft das junge Gemüt seine ersten, wahren – und was mehr sagen will, wahrhaft kindlichen Begriffe davon!«

Ich wollte eben darauf etwas erwidern, als plötzlich eine Gestalt, in einen dunkeln Mantel gehüllt, ein Kind auf dem Arme tragend, an uns vorbeischlüpfen wollte. Ein Strahl der nächsten Gaslaterne fiel auf ihr Gesicht, es war die kleine Tänzerin aus der Sperlingsgasse. Ich freute mich über die Begegnung und rief sie an:

»Das ist prächtig, Fräulein Rosalie, daß wir Sie treffen. Vielleicht werden Sie uns erlauben, daß wir Sie begleiten; denn um die Mysterien eines Weihnachtsmarktes zu durchdringen, ist es jedenfalls nötig, ein Kind bei sich zu haben.«

Die Tänzerin knickste und sagte: »O, Sie sind zu gütig, meine Herren; Alfred hat mir den ganzen Tag keine Ruhe gelassen, und da kein Theater ist, so mußte ich ihm doch die Herrlichkeit zeigen.«

»Ja, Mann«, – sagte Alfred, unter einer dicken Pudelmütze gar verwegen hervorschauend – »mitgehen!«

Ich stellte der Tänzerin den Nachbar Zeichner vor, und das vierblättrige Kleeblatt war bald in der Stimmung, die ein Weihnachtsmarkt erfordert. Was für ein Talent, Kinder vor Entzücken außer sich zu bringen, entwickelte jetzt der Karikaturenzeichner! Er hatte der Mutter den dicken Bengel sogleich abgenommen, ließ ihn nun gar nicht aus dem Aufkreischen herauskommen und schleppte ihn hoch auf der Schulter durch das Gewühl voran. »O ich bin Ihnen so dankbar, so dankbar, Herr Wachholder«, flüsterte die kleine Tänzerin, zu deren Beschützer ich mich sehr gravitätisch aufwarf.

»Liebes Kind«, sagte ich, »ein Paar solcher Junggesellen wie ich und mein Freund würden solche Abende wie diesen sehr übel zubringen, wenn nicht dann ausdrücklich eine Vorsehung über sie wachte. Sie sollen einmal sehen, wie prächtig wir heute Abend noch Weihnachten feiern werden, – hören Sie nur, wie Alfred jubelt; sehen Sie, wie stolz und glücklich er unter der Pickelhaube vorguckt, die ihm eben der Herr Strobel übergestülpt hat!«

Der Karikaturenzeichner hätte sich in diesem Augenblick sehr gut selbst abkonterfeien können – er tat es auch, aber später. Wundervoll sah er aus. Im Knopfloche baumelte ein gewaltiger Hampelmann, in der rechten Hand hatte er eine große Knarre, die er energisch schwenkte, während auf seinem linken Arm Alfred mit aller Macht auf eine Trommel paukte.

»Kleine Dame«, sagte der Zeichner jetzt zu unserer Begleiterin, »stecken Sie mir doch einmal jene Düte in die Rocktasche, ich komme nicht dazu! Heda, alter Wachholder«, schrie er dann mich an, »gleiche ich nicht aufs Haar einer Kammerverhandlung? Rechts Geknarre, links Getrommel, und für das Fassen und Einsacken der begehrten Süßigkeiten weder Kraft noch Platz!«

»Mama, *der* Onkel aber mal rechter Onkel!« rief der Kleine entzückt von seiner Höhe herab, als Rosalie der Anforderung Strobels nachkam und ich ebenfalls die Taschen mit allerlei füllte.

So ging es weiter, bis uns endlich die Kälte zu heftig wurde. Der Zeichner löste sich auf – wie er's nannte – und überlieferte mir die spielzeugbehangene Linke, behielt jedoch die Knarre in der Rechten, und nun ging's durch die menschen- und lichtererfüllten Straßen nach Hause. Wie glänzte heute abend die alte, dunkle Sperlingsgasse! Von den Kellern bis zum sechsten Stock, bis in die kleinste Dachstube war die Weihnachtszeit eingekehrt; freilich nicht allenthalben auf gleich »fröhliche, selige, gnadenbringende« Weisc. Welch einen Abend feierten wir nun! Wir ließen unsere kleine Begleiterin natürlich nicht zu ihrem kaltgewordenen Stübchen hinaufsteigen. War ich nicht schon auf der Universität meines famosen Punschmachens wegen berühmt gewesen? (Eine Kunst, die mir mein Vater mit auf den Lebensweg gegeben hatte.) Der Karikaturenzeichner holte einen Tannenzweig, den er auf der Straße gefunden hatte, hervor und hielt ihn ins Licht.

»Das ist der wahre Weihnachtsduft«, sagte er, »und in Ermangelung eines Bessern muß man sich zu helfen wissen.«

Horch! was trappelt auf einmal da draußen auf der Treppe? Ein leises Kichern erschallt auf dem Vorsaal und scheint noch eine Treppe höher steigen zu wollen. »Zu mir?« sagt Rosalie und springt verwundert nach der Tür. »Ach, *da* ist sie?!« schallt es draußen, und auch ich stecke meinen Kopf heraus.

»Guten Abend, alter Herr! Guten Abend, Rosalie! Guten Abend, Röschen!« erschallt ein Chor heller, lustiger Stimmen.

»Wo ist Alfred, wir bringen ihm einen Weihnachtsbaum!«

»Hurra, das ist's, was wir eben brauchen!« schreit der Zeichner, seine Knarre schwingend. »Schönen guten Abend, meine Damen, und fröhliche Weihnachten!«

Aus dunkeln Mänteln und Schals und Pelzkragen entwickelt sich jetzt ein halbes Dutzend kleiner Theaterfeen, die alle jubelnd und lachend meine Stube füllen und – auf einmal alle ein verschiedenes Musikinstrument hervorholen, welches sie auf dem Weihnachtsmarkt erstanden haben. Ein Heidenlärm bricht los; das knarrt und quiekt und plärrt und klappert, daß die Wände widerhallen und Rosalie, welche beschwörend von einer der kleinen Ratten zur andern läuft, zuletzt die Ohren zuhaltend in dem fernsten Winkel sich verkriecht.

Endlich legt sich der Skandal mit dem ausgehenden Atem und der ausgehenden Kraft des Karikaturenzeichners, der vor Wonne über das Pandämonium kaum noch seine Knarre schwingen kann.

Welch ein Punsch war das! Welche Gesundheiten wurden ausgebracht! Welche Geschichten wurden erzählt! Vom Souffleur Flüstervogel bis zum Ballettmeister Spolpato, ja bis zu Seiner Exzellenz dem Herrn Intendanten hinauf.

Heute abend malte Strobel keine Karikaturen, aber *sich* selbst machte er oft genug zu einer. Beim Versuch, sich auf einer mit dem Halse auf der Erde stehenden Flasche sitzend zu drehen, beim Zukkerreiben, beim Versuch, den glimmenden Docht eines ausgeputzten Wachslichtes wieder anzublasen, und bei anderen Kunststücken.

Alfred, der durch Unterlegung von Pufendorfs und Bayles schweinslederner Gelehrsamkeit und durch Auftürmung verschiedener dickbändiger Erziehungstheorien dazu gebracht war, neben seiner kleinen Mutter sitzend, über den Tisch blicken zu können, jubelte mit, bis ihm die Augen zufielen und er auf meinem Sofa ein- und weiterschlief bis elf Uhr, wo das Fest endete, die kleinen Gäste wieder in ihre Mäntel krochen, mich für einen »gottvollen alten Herrn« erklärten, Röschen küßten und nach einem vielstimmigen »gute Nacht« die Treppe hinabtrippelten. Darauf trug Strobel den schlafenden Alfred eine Treppe höher (wozu ich leuchtete) und – auch dieser Weihnachtsabend der Sperlingsgasse war vorbei.

DER EIGENSÜCHTIGE RIESE

OSCAR WILDE

An jedem Nachmittag, wenn die Kinder aus der Schule kamen, gingen sie in den Garten des Riesen und spielten da.

Es war ein großer hübscher Garten mit weichem grünen Gras. Hier und da auf dem Rasen standen schöne Blumen wie Sterne, und da waren auch zwölf Pfirsichbäume, die im Frühling zartrosa und perlweiß blühten und im Herbst reiche Frucht trugen. Die Vögel saßen auf den Bäumen und sangen so süß, daß die Kinder immer wieder in ihren Spielen innehielten, um zu lauschen. »Wie glücklich wir hier doch sind!« riefen sie einander zu.

Eines Tages kam der Riese nach Haus. Er war auf Besuch bei seinem Freund, dem gehörnten Menschenfresser, gewesen und sieben Jahre bei ihm geblieben. Als die sieben Jahre um waren, war alles gesagt, was er ihm zu sagen hatte, denn sein Gesprächsstoff war sehr beschränkt, und so beschloß er, auf sein eigenes Schloß zurückzukehren. Als er nach Hause kam, sah er die Kinder in seinem Garten spielen. »Was tut ihr hier?« rief er sehr mürrisch, und die Kinder liefen weg. »Mein Garten, das ist mein Garten«, sagte der Riese, »das sieht jeder ein, und ich erlaube niemandem sonst, darin zu spielen, als mir selber.« Also baute er eine mächtige Mauer ringsum und stellte eine Warntafel auf:

UNBEFUGTES BETRETEN DIESES GRUNDSTÜCKS
IST BEI STRAFE VERBOTEN!

Es war ein sehr eigensüchtiger Riese.

Die armen Kinder hatten jetzt nichts mehr, wo sie spielen konnten. Sie versuchten's auf der Landstraße, aber die Landstraße war sehr staubig und steinig, und sie mochten sie nicht leiden. So gingen sie also, wenn die Schule aus war, um die große Mauer herum und sprachen von dem schönen Garten dahinter. »Wie glücklich waren wir da«, sagten sie zueinander. Dann kam der Frühling, und über der ganzen Gegend waren kleine Blüten und kleine Vögel. Bloß in dem Garten des eigensüchtigen Riesen blieb es Winter. Die Vögel machten sich nichts daraus, darin zu singen, weil keine Kinder da waren, und die Bäume vergaßen zu blühen. Einmal steckte eine schöne Blume ihr Köpfchen aus dem Gras hervor, aber als sie die Warntafel sah, war sie so betrübt um die Kinder, daß sie wieder in den Boden hineinschlüpfte und weiterschlief. Die einzigen Leute, die sich freuten, waren der Schnee und der Frost. »Der Frühling hat diesen Garten vergessen«, riefen sie, »so wollen wir hier das ganze Jahr hindurch leben.« Der Schnee deckte das Gras mit seinem großen weißen Mantel, und der Frost bemalte alle Bäume silberweiß. Dann luden sie den Nordwind ein, bei ihnen zu wohnen, und er kam. Er war in Pelze ganz eingehüllt und brüllte den ganzen Tag durch den Garten und blies die Schornsteine herunter. »Das ist ein ganz herrlicher Platz«, sagte er, »wir müssen den Hagel auf eine Visite bitten.« Und so kam der Hagel. Jeden Tag prasselte er drei Stunden lang auf das Schloßdach herunter, bis er fast alle Schieferplatten zerbrochen hatte, und dann lief er rund um den Garten, so schnell er nur konnte. Er war ganz grau angezogen, und sein Atem war wie Eis.

»Ich versteh nicht, warum der Frühling so spät kommt«, sagte der eigensüchtige Riese, als er am Fenster saß und auf seinen kalten weißen Garten hinuntersah. »Ich hoffe, das Wetter ändert sich bald.« Aber der Frühling kam nie und auch nicht der Sommer. Der Herbst gab jedem Garten goldene Früchte, aber dem Garten des Riesen gab er keine. »Er ist zu eigensüchtig«, sagte der Herbst. So war es da immer Winter, und der Nordwind und der Hagel und der Frost und der Schnee tanzten um die Bäume.

Eines Morgens lag der Riese wach im Bette, als er eine liebliche Musik vernahm. Es klang so süß an seine Ohren, daß er dachte, die Musikanten des Königs zögen vorüber. Aber es war bloß ein kleiner Hänfling, der vor seinem Fenster sang, nur hatte er so lange keinen Vogel mehr in seinem Garten singen hören, daß es ihm wie die schönste Musik der Welt vorkam. Da hörte der Hagel auf, über seinem Kopf zu tanzen, und der Nordwind zu blasen, und ein köstlicher Duft kam zu ihm durch den geöffneten Fensterflügel. »Ich glaube, der Frühling ist endlich gekommen«, sagte der Riese; und er sprang aus dem Bett und schaute hinaus.

Und was sah er?

Er sah was ganz Wunderbares. Durch ein kleines Loch in der Mauer waren die Kinder hereingekrochen und saßen in den Zweigen der Bäume. In jedem Baum, den er sehen konnte, saß ein kleines Kind. Und die Bäume waren so froh, die Kinder wieder bei sich zu haben, daß sie sich ganz mit Blüten bedeckt hatten und ihre Arme anmutig über den Köpfen der Kinder bewegten. Die Vögel flogen umher und zwitscherten vor Entzücken, und die Blumen guckten aus dem grünen Gras hervor und lachten. Es war entzückend anzusehen, und nur in einem Winkel war es noch Winter, und dort stand ein kleiner Junge. Er war so klein, daß er nicht an die Äste hinaufreichen konnte, und er lief immer um den Baum herum und weinte bitterlich. Der arme Baum war noch ganz bedeckt mit Frost und Schnee, und der Nordwind blies und heulte über ihm. »Klettere herauf, kleiner Junge«, sagte der Baum und senkte seine Äste so tief er konnte, aber der Junge war zu klein.

Da wurde des Riesen Herz weich, als er das sah. »Wie eigensüchtig ich doch war!« sagte er; »jetzt weiß ich, weshalb der Frühling nicht hierherkommen wollte. Ich will dem armen kleinen Jungen auf den Baumwipfel helfen, und dann will ich die Mauer umwerfen, und mein Garten soll für alle Zeit der Spielplatz der Kinder sein.« Er war wirklich sehr betrübt über das, was er getan hatte.

So schlich er hinunter und öffnete ganz leise das Tor und trat in den Garten. Aber als die Kinder ihn sahen, erschraken sie so, daß sie alle wegliefen, und im Garten wurde es wieder Winter. Bloß der kleine Junge lief nicht weg, denn seine Augen waren so voll Tränen, daß er den Riesen nicht kommen sah. Und der Riese kam leise hinter ihm heran, nahm ihn zärtlich auf seine Hand und setzte ihn hinauf in den Baum. Und sogleich fing der Baum zu blühen an, und die Vögel kamen und sangen in ihm, und der kleine Junge breitete seine Ärmchen aus, schlang sie um den Hals des Riesen und küßte ihn auf den Mund. Und wie die anderen Kinder sahen, daß der Riese nicht mehr böse war, kamen sie schnell zurückgelaufen, und mit ihnen kam auch der Frühling. »Der Garten gehört jetzt euch, Kinderlein«, sagte der Riese, und er nahm eine große Axt und hieb die Mauer um. Und als die Leute um zwölf Uhr zum Markt gingen, sahen sie den Riesen mit den Kindern spielen, in dem schönsten Garten, den sie je geschaut hatten.

Den ganzen Tag spielten sie, und am Abend kamen sie zum Riesen und wünschten ihm eine gute Nacht.

»Aber wo ist denn euer kleiner Kamerad?« fragte er, »der Junge, dem ich auf den Baum geholfen habe?« Der Riese liebte ihn am meisten, weil der ihn geküßt hatte.

»Wir wissen's nicht«, antworteten die Kinder, »er ist fortgegangen.«

»Ihr müßt ihm sagen, er soll sicher morgen wiederkommen«, sagte der Riese. Aber die Kinder antworteten, sie wüßten nicht, wo er wohne, und sie hätten ihn zuvor nie gesehen; da wurde der Riese sehr traurig.

Jeden Nachmittag nach Schluß der Schule kamen die Kinder und spielten mit dem Riesen. Aber der kleine Knabe, den der Riese so liebte, ließ sich nie mehr sehen. Der Riese war sehr gut mit den Kindern, aber er sehnte sich nach seinem kleinen Freunde und sprach oft von ihm. »Wie gern möcht' ich ihn wiedersehn!« sagte er immer und immer.

Jahre vergingen, und der Riese wurde sehr alt und schwach. Er konnte nicht mehr unten mit den Kindern spielen, und so saß er in seinem mächtigen Armstuhl und sah ihnen zu und freute sich an seinem Garten. »Ich habe viele schöne Blumen«, sagte er; »aber die allerschönsten Blumen von allen sind die Kinder.«

An einem Wintermorgen sah er beim Ankleiden aus seinem Fenster. Jetzt haßte er den Winter nicht mehr, denn er wußte, daß der Frühling nur schlief und die Blumen sich ausruhten.

Plötzlich rieb er sich verwundert die Augen und sah und sah. Es war wirklich ein wundersamer Anblick. Im fernsten Winkel des Gartens war ein Baum ganz bedeckt mit lieblichen weißen Blüten. Seine Äste waren lauter Gold, und silberne Früchte hingen an ihnen, und darunter stand der kleine Knabe, den er so geliebt hatte.

Hocherfreut eilte der Riese die Treppe hinunter und in den Garten. Er lief über den Rasen auf das Kind zu. Und als er ihm ganz nahe gekommen war, wurde sein Gesicht rot vor Zorn und er sagte: »Wer hat es gewagt, dich zu verwunden?« Denn an den Handflächen des Kindes waren Male von zwei Nägeln, und Male von zwei Nägeln waren an den kleinen Füßen.

»Wer hat es gewagt, dich zu verwunden?« rief der Riese; »sag es mir, damit ich mein großes Schwert nehme und ihn erschlage.«

»Ach nein«, antwortete das Kind; »dies sind die Wunden der Liebe.«

»Wer bist du?« sagte der Riese, und eine seltsame Scheu überkam ihn, und er kniete nieder vor dem kleinen Kinde. Und das Kind lächelte den Riesen an und sprach zu ihm: »Du ließest mich einst in deinem Garten spielen, heute sollst du mit mir kommen in meinen Garten, in das Paradies.«

Und als die Kinder an diesem Nachmittag hereinstürmten, da fanden sie den Riesen tot unter dem Baume liegen und ganz bedeckt mit weißen Blüten.

FLUCHT NACH ÄGYPTEN

SELMA LAGERLÖF

In weiter Ferne, in einer der Wüsten des Morgenlandes wuchs vor vielen, vielen Jahrhunderten eine Palme, die mächtig alt und riesig hoch war. Alle, die durch die Wüste zogen, mussten stehen bleiben, um sie zu betrachten, denn sie war sehr viel größer als alle anderen Palmen, und man pflegte von ihr zu sagen, dass sie gewisslich noch höher emporragen würde als die Obelisken und Pyramiden.

Wie nun die hohe Palme in ihrer Einsamkeit dastand und über die Wüste hinschaute, bekam sie eines Tages etwas zu sehen, worüber sie vor Verwunderung ihre gewaltige Blätterkrone auf dem schlanken Stamme hin und her wiegte. Fern am Wüstensaume kamen zwei einzelne Menschen hergewandert. Sie waren noch in einem Abstand, in dem sogar Kamele so klein wie Ameisen erscheinen, aber zwei Menschen waren es ganz gewiss. Zwei, die Fremdlinge in dieser Wüste waren, denn die Palme kannte die Wüstenanwohner genau.

Ein Mann näherte sich mit einem Weibe. Sie hatten weder Wegführer noch Lasttiere, weder Zelte noch Wasserschläuche mit sich.

»Wahrlich, die beiden sind hergekommen, um zu sterben«, sprach die Palme leise vor sich hin.

Sie blickte rasch umher.

»Es wundert mich«, sagte sie, »dass die Löwen nicht schon darauf aus sind, diese Beute zu erjagen. Aber ich sehe nicht einen einzigen heranspringen. Ich sehe auch gar keine Wüstenräuber. Doch sie kommen wohl noch.«

»Ein siebenfacher Tod harret ihrer«, meinte die Palme. »Die Löwen werden sie fressen, die Schlangen werden sie durch ihren Biss töten, der Durst wird sie ausdorren, der Samum wird sie begraben, die Räuber werden sie hinschlachten, die Sonnenglut wird sie verbrennen, die Furcht wird sie umbringen.«

Und sie versuchte, an anderes zu denken. Das Geschick dieser Menschen bekümmerte sie.

Aber der weite Wüstenraum, der sich unter der Palme hinbreitete, bot ihr nichts, was sie nicht schon seit tausend Jahren gekannt und betrachtet hätte. Nichts vermochte ihre Aufmerksamkeit zu fesseln. Sie musste wiederum an die beiden Wanderer denken.

»Bei der Dürre und dem Sturm«, sprach die Palme (des Lebens gefährlichste Feinde anrufend), »was trägt denn nur dieses Weib auf den Armen? Ich glaube gar, diese Toren führen auch noch ein kleines Kind mit sich!«

Die Palme, die weitsichtig war, wie es alte Leute zu sein pflegen, hatte wirklich recht gesehen. Die Frau trug auf ihren Armen ein Kind, das sein Köpfchen an ihre Schulter gelehnt hatte und schlief.

»Das Kind ist nicht einmal vollständig bekleidet«, sprach die Palme. »Ich erkenne, dass die Mutter ihren Rock hochgehoben und über das Kind geworfen hat. Sie hat es in aller Eile aus dem Bettchen gerissen, um mit ihm wegzustürzen. Jetzt verstehe ich alles: Diese Menschen sind auf der Flucht.«

»Und dennoch sind sie Toren«, fuhr die Palme fort. »Wenn kein Engel sie beschützt, hätten sie besser daran getan, sich dem schlimmsten Tun ihrer Feinde zu unterwerfen, als sich in die Wüste hinauszuwagen.

Ich kann es mir vorstellen, wie alles zugegangen ist. Der Mann stand bei seiner Arbeit, das Kind schlief in der Wiege, die Frau war ausgegangen, um Wasser zu holen. Sobald sie aus der Tür tretend zwei Schritte weit gegangen war, sah sie Feinde heraneilen. Sie stürzte zurück, sie riss das Kind an sich und rief dem Manne zu, ihr zu folgen, dann machte sie sich davon. Seither sind sie schon tagelang auf der Flucht und haben keinen Augenblick gerastet und geruht. Ja, so wird alles zugegangen sein, und dennoch sage ich, wenn kein Engel sie behütet – – –

Sie sind so verängstigt, dass sie weder Müdigkeit noch andere Leiden verspüren können, aber ich erkenne, dass der Durst in ihren Augen brennt. I c h muss mich doch wohl in dem Gesicht eines verdurstenden Menschen auskennen.«

Und als die Palme an den Durst dachte, ging ein krampfhaftes Beben durch ihren hohen Stamm, und die zahllosen Spitzen ihrer langen Blätter rollten sich zusammen, als würden sie über Feuersglut gehalten.

»Wäre ich ein Mensch«, sagte sie, »so würde ich mich niemals in die Wüste hinauswagen. Hohen Mutes ist, wer sich hier hinausbegibt, ohne Wurzeln zu haben, die bis zu den niemals versiegenden Wasseradern hinabreichen. Hier kann es sogar für Palmen gefährlich werden. Auch für eine solche Palme, wie ich es bin.

Wenn ich ihnen einen Rat geben könnte, würde ich sie veranlassen, umzukehren. Ihre Feinde können nie so grausam gegen sie sein wie die Wüste. Vielleicht halten sie es für leicht, in der Wüste zu leben. Ich aber weiß, dass es sogar mir zuzeiten schwer geworden ist, mein Leben zu erhalten. Ich entsinne mich noch, wie einst in meiner Jugend der Samum einen ganzen Berg von Sand über mich warf. Ich wäre fast erstickt. Und wenn ich hätte sterben dürfen, so wäre es meine letzte Stunde gewesen.«

Die Palme fuhr fort laut zu denken, wie alte Einsiedler tun.

»Ich höre ein wundersam melodisches Rauschen durch meine Krone ziehen«, sprach sie. »Alle Spitzen meiner Blätter müssen in Schwingung geraten sein. Ich weiß nicht, was mich beim Anblick dieser armen Fremdlinge durchbebt. Aber die traurige Frau ist so schön. Sie bringt mir das wunderbarste Geschehnis meines Lebens in Erinnerung.«

Und während die Blätter fortfuhren, in einer leisen Melodie zu rauschen, erinnerte sich die Palme, wie einst vor langer, langer Zeit zwei strahlend schöne Menschen diese Oase besucht hatten. Es war die Königin von Saba, die in Begleitung des weisen Salomo hierhergekommen war. Die schöne Königin sollte in ihr Land zurückkehren, der König hatte sie des Weges geleitet, und nun sollten sie voneinander scheiden.

»Zur Erinnerung an diese Stunde«, sprach die Königin, »senke ich nun einen Dattelkern in die Erde, und ich will, dass daraus eine Palme erstehe, die wachsen und gedeihen soll, bis im Lande Judäa ein König ersteht, der erhabener ist als Salomo.« Und bei diesen Worten senkte sie den Kern in die Erde, und ihre Tränen netzten ihn.

»Woher kommt es wohl, dass ich gerade heute daran denken muss?« sagte die Palme. »Sollte diese Frau so schön sein, dass sie mich an die herrlichste aller Königinnen gemahnt, an sie, auf deren Geheiß ich bis zum heutigen Tage wuchs und gedieh?

Ich höre meine Blätter immer stärker rauschen, und es klingt wehmutsvoll wie eine Totenklage. Es ist, als prophezeiten sie, dass jemand bald aus dem Leben scheiden würde. Es ist gut zu wissen, dass es nicht mir gilt, da ich ja nicht sterben kann.«

Die Palme glaubte, das Todesrauschen der Blätter müsse den beiden einsamen Wanderern gelten. Sicher glaubten sie auch selber, dass ihre letzte Stunde gekommen sei. Das erkannte man an ihrem Gesichtsausdruck, als sie an einem der Kamelskelette vorbeiwankten, die den Weg begrenzten. Man sah es auch an den Blicken, die sie ein paar vorbeifliegenden Geiern nachsandten. Es konnte ja nicht anders sein. Sie mussten hier elend umkommen.

Nun hatten sie die Palme und die Oase erblickt und eilten dorthin, um Wasser zu finden. Als sie aber endlich ihr Ziel erreicht hatten, brachen sie in Verzweiflung zusammen, denn die Quelle war versiegt. Die todesmatte Frau legte ihr Kind nieder und setzte sich weinend an den Rand der Quelle. Der Mann warf sich neben ihr hin und hämmerte mit beiden Fäusten gegen den dürren Erdboden. Die Palme vernahm, wie sie davon redeten, dass sie sterben müssten.

Sie vernahm auch aus ihrem Gespräch, dass König Herodes alle Knaben von zwei bis drei Jahren töten ließ, weil er fürchtete, dass der große, erwartete König der Juden schon geboren sei.

»Es rauscht immer stärker in meinen Blättern«, sprach die Palme. »Diese armen Flüchtlinge werden bald ihr letztes Stündlein nahen sehn.«

Sie vernahm nun auch, dass die Wüste ihnen Furcht einflößte. Der Mann sagte, es wäre besser gewesen, dort zu bleiben und mit den Kriegsknechten zu kämpfen, als hierher zu fliehen. Er sagte, dass sie dann einen leichteren Tod gehabt hätten.

»Gott wird uns beistehen«, sagte die Frau.

»Wir sind allein unter Raubtieren und Schlangen«, entgegnete der Mann. »Wir haben weder Speise noch Trank. Wie soll Gott uns helfen können?«

Voller Verzweiflung zerriss er seine Kleider und presste das Gesicht gegen den Erdboden. Er war hoffnungslos wie ein Mensch mit der Todeswunde im Herzen.

Die Frau saß aufrecht, die Hände über den Knien gefaltet. Aber die Blicke, die sie über die Wüste hinschweifen ließ, zeugten von grenzenlosem Jammer.

Die Palme hörte, wie das wehmutsvolle Rauschen in ihren Blättern immer stärker wurde. Die Frau musste es auch vernommen haben, denn sie richtete ihre Blicke zur Baumkrone empor. Und zugleich streckte sie unwillkürlich ihre Arme und Hände aus.

»O, Datteln, Datteln!« rief sie.

Es lag dabei ein so sehnsüchtiges Verlangen in ihrer Stimme, dass die alte Palme gewünscht hätte, sie wäre nicht höher als ein Ginsterbusch und ihre Datteln so leicht erreichbar wie die Früchte am Dornenstrauch. Sie wusste zwar, dass ihre Krone voll von Dattelbüscheln hing, wie sollten aber die Menschen zu dieser schwindelnden Höhe hinaufgelangen?

Der Mann hatte schon bemerkt, wie unerreichbar hoch die Datttelbüschel hingen. Er hob nicht einmal den Kopf empor, aber er bat die Frau, nicht Unmögliches zu begehren.

Doch das Kind, das nun allein umhertrippelte und mit Reisig und Halmen spielte, hatte den Ausruf der Mutter vernommen.

Der Kleine konnte es sich wohl nicht vorstellen, dass seine Mutter nicht alles bekommen könnte, was sie sich wünschte. Sobald von den Datteln gesprochen wurde, begann er den Baum anzustarren. Er überlegte und sann nach, wie er wohl die Datteln herunterbekommen könnte. Seine Stirn zog sich unter den blonden Locken in Falten. Endlich überflog ein Lächeln sein Gesichtchen. Er hatte das rechte Mittel gefunden. Auf die Palme zuschreitend, liebkoste er sie mit seiner kleinen Hand und sprach mit seiner holden, kindlichen Stimme:

»Palme, beuge Dich! Palme, neige Dich!«

Aber was war das nur, was war das?

Die Palmenblätter rauschten, als wäre ein Orkan über sie hingebraust, und Schauer um Schauer durchrieselte den hohen Palmenstamm. Die Palme erkannte, dass der Kleine übermächtig war. Sie vermochte nicht, ihm zu widerstehen.

Und mit ihrem hohen Stamm neigte sie sich vor dem Kinde, wie man sich vor Fürsten neigt. In einem gewaltigen Bogen senkte sie sich zur Erde herab und lag endlich so tief, dass die große Krone mit den bebenden Blättern den Wüstensand streifte.

Das Kind schien weder erschrocken noch verwundert zu sein, es lief nur mit einem Freudenruf herbei und löste Frucht auf Frucht von der alten Palmenkrone.

Als das Kind genug hatte und den Baum noch immer am Boden liegen sah, kam es nochmals zurück, streichelte ihn und rief mit der lieblichsten Stimme: »Palme, erhebe Dich! Palme, erhebe Dich!«

Und der große Baum erhob sich still und voller Ehrfurcht auf seinem biegsamen Stamm, während die Blätter gleich Harfen erklangen.

»Nun weiß ich, für wen sie die Totenklage spielen«, sprach die alte Palme vor sich hin, als sie wieder aufrecht stand. »Es geschieht nicht für einen von diesen Menschen.«

Aber der Mann und das Weib lagen auf den Knien und lobten Gott:

»Du hast unsere Angst gesehen und sie von uns genommen. Du bist der Mächtige, der den Stamm der Palme beugt wie ein Weidenrohr. Vor welchen Feinden sollten wir bangen, wenn Deine Macht uns schützt?«

Als die nächste Karawane durch die Wüste zog, sahen die Reisenden, dass die Blätterkrone der großen Palme verdorrt war.

»Wie konnte das geschehen?« fragte einer. »Diese Palme sollte ja nicht sterben, ehe sie einen König gesehen hätte, der mächtiger wäre als Salomo.«

»Sie hat ihn wohl gesehen«, antwortete ein anderer unter den Wüstenwanderern.

WEIHNACHTEN IN DER BERGHÜTTE

KNUT HAMSUN

Es war sehr viel Schnee zu Weihnachten gekommen, das kleine Haus droben in den Bergen steckte nicht mit viel mehr heraus als mit dem Dach und den beiden obersten Balken. Es war übrigens auch nur eine Hütte, ein Häuslerplatz für eine Kuh, ein Schwein und ein Lamm.

Hier wohnte die Familie Sommer und Winter für sich allein.

Der Mann hieß Tor und die Frau Kirsti; und sie hatten fünf Kinder, die Timian bis Kaldäa hießen. Die Kaldäa war im Dienst unten im Dorf, und Timian hatte es durchgesetzt, nach Amerika zu gehen. Die drei Kinder, die noch zu Hause waren, waren zwei Jungen und ein Mädchen: Rinaldus, Didrik und Tomelena. Tomelena nannte man für gewöhnlich nur Lena.

Es war, wie gesagt, zu Weihnachten unmäßig viel Schnee gefallen, und der alte Tor hatte den ganzen Tag Schnee geschaufelt, so daß er ganz müde und abgearbeitet war. Nun hatte er alles gelesen, was für den Weihnachtsabend im Gesangbuch stand, und sich danach mit der Pfeife im Munde aufs Bett gelegt. Die Frau kochte und wirtschaftete am Herd, indem sie die ganze Zeit in der Stube hin und her ging und immer noch etwas zu ordnen fand.

Hat das Vieh schon was zum Abend bekommen? fragte Tor.

Ja, freilich, erwiderte die Frau.

Tor rauchte wieder ein Weilchen und sagte dann, indem er in seinen Bart lächelte:

Was kochst und brätst du da den ganzen Abend, Frau? Ich begreife gar nicht, wo du das alles hernimmst.

Oh, ich bin reicher, als ihr glaubt, erwiderte Kirsti, und sie lachte selbst über den Scherz.

Beim Abendessen sollte die Familie auch einen Schnaps haben, das war alter Brauch, und Rinaldus war derjenige, der in die Gläser einschenken sollte. Das war für ihn ein feierlicher Augenblick; er sollte die Karaffe mit den großen gemalten Rosen in seinen Händen halten. Aller Augen beobachteten ihn.

Halte die Rosenkaraffe in der linken Hand, wenn du Leuten eingießt, die älter sind als du, sagte der Vater. Du bist alt genug, etwas anzunehmen und etwas zu lernen.

Und Rinaldus nahm die Rosenkaraffe in die linke Hand. Er goß so vorsichtig ein, daß es ein förmliches Schauspiel war, streckte dabei die Zunge heraus, legte den Kopf auf die Seite und goß.

Die Abendmahlzeit war das reine Festessen, es gab Fladenbrot, Sirup und ein Ei für jeden. Außerdem konnte man sehen, daß es Weihnachten war, denn es gab noch Butter zum Brote.

Tor sprach laut Luthers Tischgebet.

Aber nach der Mahlzeit irrte sich der kleine Didrik im Tage, ging zum Vater und zur Mutter und gab ihnen die Hand zum Dank fürs Essen. Der Vater ließ es ihn tun, bevor er etwas sagte; als er aber fertig war, sagte Tor doch:

Du solltest uns heute abend nicht für das Essen danken, Didrik. Es ist gerade nichts Verkehrtes dabei; aber du weißt, am Neujahrsabend sollst du für das Essen danken.

Didrik war nun so beschämt, daß er sich ganz zusammenduckte, und er brüllte beinahe los, als die Geschwister über ihn zu lachen begannen.

Tor hatte sich wieder mit der Pfeife im Munde auf das Bett gelegt, und die Frau wusch die Tassen ab.

Ja, das war ein tüchtiger Schneefall, den wir hatten, sagte sie.

Er ist wohl auch noch nicht zu Ende, erwiderte Tor. Der Mond hat einen Hof, und die Elstern fliegen dicht am Boden.

An einen Kirchgang ist für morgen wohl nicht zu denken, was?

Ach, Gott behüte. Du hast wohl nicht im Kalender nachgesehen, wenn du morgen auf Kirchgangswetter hoffst.

Wie ist denn da der Aspekt?

Er sieht wohl nicht besser aus als ein Kalb ohne Beine. Ich würde sonst nicht so schlecht davon reden.

Nein, wirklich!

Gib meine Brille her, Rinaldus, aber laß sie nicht auf den Boden fallen, fuhr Tor fort. Und er untersuchte noch einmal den gefährlichen Aspekt, ja, da siehst du, sagte er zu der Frau. Es ist nicht besser, als ich sage.

Jesus behüte uns alle! meinte Kirsti und faltete ihre Hände. Bedeutet das da Unwetter?

Ja, das bedeutet Unwetter. Aber das hier ist doch wohl noch nicht der schlimmste Aspekt. Wenn du einen von der richtigen Sorte sehen willst, dann sieh dir hier den fünften Februar an. Das ist wohl kein geringerer als der Antichrist selbst, mit zwei Hörnern.

Jesus, Gott behüte uns alle! Und Timian, der in Amerika ist.

Nach diesem Ausruf trat für ein Weilchen Stille in der kleinen Stube ein. Draußen begann es zu stürmen und der Schnee zu fegen. Die Kinder unterhielten sich miteinander und vergnügten sich mit verschiedenen Dingen; die Katze ging von einem zum andern und ließ sich streicheln.

Ich möchte wohl wissen, was der König am Weihnachtsabend ißt? brachte Didrik hervor.

Haha, da gibt es wohl feine Butter und süße Kuchen, rief die kleine Lena, die erst acht Jahre alt war und es nicht besser wußte.

Denke, süßen Kuchen! Und dann auch noch Butter darauf, sagte Didrik. Und der König trinkt wohl eine ganze Rosenkaraffe allein aus?

Aber Rinaldus, der der Älteste war und bereits weit in der ›Auslegung‹ gekommen, lachte über dieses Gerede laut auf: Nur *eine* Rosenkaraffe! Haha, der König trinkt mindestens zwanzig!

Zwanzig, sagst du?

Ja, die trinkt er mindestens.

Nein, bist du verrückt, Rinaldus! Es ist unmöglich, mehr als zwei zu trinken, sagte die Mutter, die am Herde stand.

Aber nun mischte sich auch Tor hinein.

Was faselt ihr da? sagte er. Glaubt ihr denn etwa, der König trinkt solchen gewöhnlichen Schnaps? Der König trinkt etwas, was Schampanertrunk heißt, will ich euch sagen. Davon kostet eine einzige Flasche fünf bis sechs Kronen, je nachdem wie die Preise in England sind. Und den trinkt der König von frühmorgens bis spät am Abend, nichts als Schampanertrunk. Und jedesmal, wenn er ein Glas ausgetrunken hat, stößt er es so hart auf das Tablett, daß es zersplittert, und sagt zur Prinzessin: Nimm es fort! sagt er!

Aber in Jesu Namen, warum zersplittert er denn die Gläser? fragt Kirsti.

He, solch eine Frage! Glaubst du, daß er sich herabläßt, die ganze Zeit aus ein und demselben Glase zu trinken, so ein Mann, wie der ist?

Pause.

Ich begreife nicht, Tor, woher du immer alles weißt, sagt die Frau ganz still.

Ach, erwidert Tor, bei mir hapert's auch manchmal; es war zwar nicht so leicht zu meiner Zeit, vor dem Pfarrer zu bestehen. Damals mußte man seine Dinge können.

Dann erhob sich Tor, legte die Pfeife fort und fragte nach dem Pulver. Er wußte wohl, wo es versteckt war, denn er hatte es selbst am Fußende des Bettes vergraben, als er das letzte Mal vom Krämer kam; aber er fragte doch danach und rief dadurch eine feierliche Stimmung in der Stube hervor.

Als das Pulver hervorgeholt war, teilte er es in drei gleiche Teile und packte es in dreieckige Papierstücke ein. Dann setzte er die Mütze auf. Die Kinder versammelten sich neugierig um ihn und baten, mit ihm gehen zu dürfen, denn sie wußten, was bevorstand. Und bald saß Kirsti allein in der Stube.

Tor und die Kinder arbeiteten sich bis zum Kuhstall durch, sie wollten das Pulver verbrennen. Der Schnee fegte wild um sie herum. Tor machte das Zeichen des Kreuzes, dann öffnete er die Stalltüre und machte abermals das Zeichen des Kreuzes, nachdem er eingetreten war. Der Stall lag im Halbdunkel, alles war still, man hörte das Wiederkäuen der Kuh. Tor zündete ein Lichtstümpfchen an und steckte dann die Pulverpäckchen an, eins für die Kuh, eins für das Schwein und eins für das Lamm; die Kinder sahen mit heimlichem Beben zu, keines von ihnen sagte ein Wort. Dann machte Tor wieder das Zeichen des Kreuzes und ging. Er rief nach Lena, die zurückgeblieben war, um das Lamm zu streicheln, daß sie sich sputen möchte und kommen. Und Tor und die Kinder kehrten wieder in die Stube zurück.

Das ist ein richtiges Wetter draußen, sagte er, der ganze Berg steht wie in Rauch.

Er legte sich wieder aufs Bett, bis der Kaffee fertig war, während die Kinder mit Kleinigkeiten sich am Tisch zu beschäftigen begannen. Sie wurden immer lauter und lachten dazu bisweilen über die geringfügigsten Dinge. Tor sprach durch das Zimmer hin zu seiner Frau.

Ja, ich möchte wirklich wissen, was ... Nein, Kinder, ihr lärmt so, daß man sein eigenes Wort nicht versteht ... ich möchte wirklich wissen, wo ich hin soll und mich wieder nach ein bißchen Arbeit umsehen, sagte er.

Die Frau goß Kaffee ein.

Ach, da findet sich schon Rat mit Gottes Hilfe, erwiderte sie. Vielleicht gibt es unten im Dorf ein wenig Drescharbeit.

Ach ja, da findet sich schon was ... Komm, trink nun Kaffee.

Als Tor seinen Kaffee getrunken hatte, zündete er wieder seine Pfeife an. Er zog die Frau zur Türe hin und flüsterte dort ein Weilchen mit ihr, so daß die Kinder sich fast verrückt lauschten, um zu hören, was da gesagt wurde. Als aber die kleine Lena ihren naseweisen Kopf zwischen die Eltern stecken wollte, wurde sie schnell fortgeschoben, und die Brüder riefen ihr schadenfroh zu:

Siehst du, da hast du's!

Aber Klein-Lena war doch so nett und lieb, daß niemand das Herz hatte, sich über sie lustig zu machen. Darum gab Rinaldus ihr auch gleich darauf einen großen, blanken Knopf und erfreute sie mit dem wenigen, was er hatte.

Der Vater ging zum Schrank hin und nahm dort ein Paket herab. Dieses Paket enthielt eine Sendung von Timian in Amerika, eine Boa aus weichem, schwarzem Fell und mit Quasten. Timian hatte wohl daran gedacht, wie kalt es dort oben in den Bergen im Winter war, und dann hatte er diese Boa heimgesandt, die die wärmste Halsbinde war, die er je gesehen hatte. Sie war wohl auch nicht so billig gewesen.

Aber wer sollte nun die Boa haben? Tor wie auch seine Frau hatten über die Frage des langen und breiten nachgedacht und endlich bestimmt, daß Rinaldus sie haben sollte; denn Rinaldus wäre der Ältere, außerdem hatte er oft Gänge ins Dorf zu machen, so daß er wohl etwas Warmes brauchen konnte.

Rinaldus, komm her! sagte Tor. Hier ist eine Halsbinde von Bruder Timian für dich. Und das ist eine gehörige Halsbinde! Aber du mußt vorsichtig damit sein, damit du noch etwas Feines um den Hals hast, wenn du vor dem Pfarrer stehst. Da, verbrauch sie mit Gesundheit!

Nun entstand eine Verwunderung und Freude, an der alle teilnahmen. Die weiche Boa wurde eine halbe Stunde lang beschaut und befühlt, und die kleine Lena ward nicht müde, mit ihren kleinen blauen Händchen darüber hin zu streichen. Aber sie durfte sie nicht fest umlegen, nein, ja nicht umlegen, sie wäre noch zu klein dazu. Dagegen bekam Lena ein kleines Licht, und dieses Licht zündete sie fortwährend an und löschte es wieder aus, denn sie konnte es sich nicht leisten, es brennen zu lassen. Didrik war der einzige, der nichts bekam; aber der Vater versprach ihm eine ganz neue biblische Geschichte, sobald er mit Drescharbeit im Dorfe unten ein wenig Geld verdienen könnte.

Der Schnee trieb immer dichter gegen die Scheiben, und bisweilen fiel sogar Schnee durch den Schornstein herab, bis ins Feuer auf dem Herde. Es war schon spät und Zeit, zu Bett zu gehen: morgen gab es wohl wieder dieselbe Arbeit mit dem Schneeschaufeln.

Ja, geht nun auf den Hängeboden hinauf und legt euch zu Bett, Kinder! sagte Tor. Betet zu Jesus, bevor ihr einschlaft, und macht das Zeichen des Kreuzes über Gesicht und Brust.

Und die Kinder krochen dann, eines nach dem andern, die Leiter hinauf. Rinaldus durfte seine Boa, in Papier eingewickelt, mitnehmen, und Lena kam mit ihrem Lichte in der Hand nach ... Um zwölf Uhr, als alle schliefen, hörte die Mutter in der Stube oben etwas rascheln. Sie rief hinauf, ob jemand oben wach wäre. Keine Antwort. Alles blieb still. Ein Weilchen später trippelten kleine Füße über den Boden, die vorsichtigsten Schritte, die man kaum noch hören konnte – das war die kleine Lena, die sich doch im Dunkeln zu der Boa hingeschlichen hatte, um sie umzulegen, und nun schreckliche Angst hatte, dabei ertappt zu werden.

Die feine Boa! Es war der weichste Gegenstand, der je in der Berghütte gewesen war, und Rinaldus benutzte sie nur zweimal mit größter Vorsicht beim Kirchgang. Aber trotzdem begannen im Sommer jämmerlich die Haare auszufallen, und in die Quasten kamen wahrhaftig die Motten.

DAS WEIHNACHTSBROT

MÄRCHEN AUS DER UKRAINE

Es war am Tag vor Weihnachten, am Heiligabend, da wollte ein Mann, wie das üblich war, in den Wald fahren und Brennholz holen. Die Frau gab ihm Brot mit und sagte: »Mein Lieber, fahr vorsichtig, damit dir im Wald nichts passiert!«

So zog er mit Pferd und Wagen in den Wald hinaus, arbeitete den ganzen Tag, und als der Wagen beladen war, machte er sich auf den Rückweg. Unterwegs musste er durch eine sumpfige Stelle. Die Pferde zogen mit aller Kraft, doch die Hinterräder des Wagens blieben stecken – es war wie verhext. Es dämmerte bereits und der Mann fing an zu jammern und zu klagen: Es war doch Heiligabend, Kratschun-Abend, da musste er doch zu Hause sein. »Was soll ich bloß tun, wer kann mir bloß helfen«, sprach er.

Da tauchte aus dem Dunkel ein Mann auf und sprach: »Sei gegrüßt, Bauer, sag, was machst du hier zu dieser Zeit?«

»Ach, was ich hier mache?«, sagte der Bauer und er erzählte dem Fremden sein ganzes Unglück.

»Nun, was gibst du mir, wenn ich dir helfe?«, fragte der Mann.

»Viel zu geben habe ich nicht«, meinte der Bauer.

»Dann versprich mir das, wovon du zu Hause nichts weißt«, bot der Mann an.

Damit war der Bauer einverstanden, und er schlug in den Handel ein. Der Fremde half schieben, und bald war der Wagen aus dem Sumpf gezogen, und der Bauer eilte nach Hause.

Seine Frau stand schon vor dem Haus. »Mein lieber Mann, wo warst du nur so lange, was ist dir zugestoßen?«, fragte sie und der Mann berichtete von dem Fremden und dem seltsamen Handel.

»O weh«, sprach da die Frau. »Hast du wirklich das versprochen, von dem du zu Hause nichts weißt?«, wollte sie wissen.

»Ja, hör zu Frau, ich hatte doch gar keine andere Wahl!«, rief da der Mann. »Aber was ist denn Schlimmes daran?«

Da seufzte die Frau aus tiefstem Herzen und sprach: »Ich bin guter Hoffnung, und übers Jahr werden wir ein Kindlein haben – das war es, was du nicht gewusst hast.«

Der fremde Mann aber, das war der Teufel gewesen, und er wollte seinen Lohn in einem Jahr holen.

Nun wussten sich die beiden keinen Rat und keine Hilfe. Das neue Jahr kam, und die Frau gebar eine Tochter, ein wunderhübsches Mädchen, und es wuchs und gedieh ganz prächtig.

Das Jahr verging schnell. Heiligabend kam, und die junge Familie saß am Tisch zum Nachtmahl. Bevor die Frau sich zum Essen setzte, schob sie das Weihnachtsbrot, das Kratschun-Brot, in den Ofen. Sie hatte den Kratschun aus Gerste gebacken.

Sie begannen zu essen, da klopfte es ans Fenster, und jemand rief: »Ich bin es, der, der dir geholfen hat im Wald. Ich komme, um meinen Lohn zu holen.«

Den Bauern packte die Angst. Die Frau und der Mann saßen da, das Kindlein in der Mitte, und waren bleich und stumm, kein Wort kam ihnen über die Lippen.

Während dieser Zeit lag der Kratschun im Ofen und wurde gebacken. Er hörte die Stimme draußen und rief aus dem Ofen: »Halt Mann, da draußen, warte! Ich habe gewartet, nun sollst auch du warten. Ich erzähle dir eine Geschichte.«

Der Mann am Fenster draußen sprach: »Na, was ist? Erzähl schon!«

Und der Gersten-Kratschun fing zu erzählen an: »Alles begann damit, dass der Bauer den Sack mit Gerstenkörnern nahm, sie auf den Wagen packte und zum Feld fuhr. Er spannte die Pferde ein und pflügte den Acker, dann nahm er den Sack auf den Rücken und begann die Körner zu streuen. Er streute und streute und streute, bis der ganze Acker voll war. Siehst du, das braucht Geduld, und du sollst auch Geduld haben.«

So sprach der Kratschun im Ofen, und der Teufel draußen wartete.

»Dann nahm der Bauer eine Egge, spannte die Pferde davor und eggte das ganze Feld, bis alle Körner unter der Erde waren, und das brauchte Geduld, gedulde du dich auch!«

Mit diesen Worten hielt er den Teufel wieder eine Weile hin, dann fuhr er fort.

»Die Gerstenkörner verbrachten etliche Tage in der Erde, bis endlich nach langer Zeit sich etwas regte und emporhob und die Keime sprossen und wuchsen. Das brauchte viel Geduld, gedulde dich auch! Dann kam der Bauer und schaute die Gerste an und freute sich, und die Gerste wuchs und wuchs, und das braucht Zeit, also gedulde dich!«

Der Teufel wartete die ganze Zeit vor dem Fenster, und der Kratschun im Ofen erzählte weiter.

»Die Gerste wurde reif, der Bauer zeigte sie seiner Frau, und sie beschlossen, dass es Zeit wäre zu ernten. Sie machten die Sensen bereit und begannen zu mähen, das braucht viel Geduld, gedulde du dich auch! Er mähte, und die Frau sammelte die Garben ein, und sie holten sie ins Haus, und dort lagen sie lange Zeit, bis der Winter kam. Da holte der Bauer den Dreschflegel und drosch auf die Gerste ein, dass es nur so krachte, und das braucht Zeit, also warte!«

So erzählte der Kratschun, und der Teufel stand vor dem Fenster und wackelte ungeduldig mit dem Kopf.

»Dann«, begann der Kratschun wieder, »dann nahmen die beiden die Heugabeln und warfen die Körner in die Luft und schüttelten und schüttelten, bis das Stroh herausfiel. Dann fegten sie die Körner zusammen und reinigten sie durch den Trichter der Putzmühle, und die Frau drehte in einem fort die Kurbel, und der Wind blies den Staub fort. Das braucht Geduld, also gedulde du dich auch! Die Körner kamen in Säcke, die Säcke auf den Wagen, und so fuhren sie zur Mühle, und der Mühlstein zerrieb die Körner und rieb und rieb, das dauerte eine ganze Zeit. Das Mehl wurde abgefüllt, die Säcke auf den Wagen geladen, und zu Hause nahm die Bäuerin gleich den ersten und stellte ihn in die Küche. Sie nahm ein Sieb und schüttelte das Mehl, sie tat Salz und Wasser dazu, und dann knetete sie und sie knetete, das braucht Geduld, also gedulde du dich auch!«

Der Teufel draußen murrte und trat von einem Fuß auf den anderen und machte ein finsteres Gesicht.

»Der Teig musste warten und wachsen, das braucht Zeit, also warte auch du!«, rief der Kratschun aus dem Ofen. »Schließlich war der Teig fertig, und die Frau legte ihn auf die Backschaufel, machte schöne Muster hinein und dann schubste sie ihn in den heißen Ofen hinein. Und dieser Teig, das war ich! Was sollte ich machen? Ich sollte gebacken werden. Ich wurde gebacken und gebacken und gebacken – das braucht Geduld, gedulde du dich auch.«

Der Teufel wurde immer ungeduldiger und klopfte noch einmal fest ans Fenster.

Da rief der Kratschun aus dem Ofen: »Endlich war ich fertiggebacken. Die Frau holte mich aus dem Ofen und stellte mich auf den Weihnachtstisch, denn ich bin ja das Weihnachtsbrot.«

In diesem Moment stand die Frau beherzt auf und holte den Kratschun aus dem Ofen.

Vom Kirchturm schlugen die Glocken zwölfmal, und beim letzten Schlag war der Teufel auf Nimmerwiedersehen verschwunden.

So hat das Weihnachtsbrot geholfen, den Teufel zu vertreiben, und heute noch backen die Menschen Weihnachtsbrot, denn es soll magische Kräfte haben.

DAS WEIHNACHTS-GESCHENK

O. HENRY (WILLIAM SIDNEY PORTER)

Ein Dollar und siebenundachtzig Cent. Das war alles. Und sechzig Cents davon waren in Pennys. Pennys, die sie Cent für Cent dem Lebensmittelhändler, dem Gemüsehändler und dem Metzger abgerungen hatte, bis ihre Wangen glühten vor Schamesröte über den Verdacht der Knausrigkeit, den ein solch hartes Feilschen nun mal mit sich brachte. Dreimal zählte Della sie durch. Ein Dollar und siebenundachtzig Cent. Und morgen war Weihnachten. Da war einfach nichts weiter zu tun, als sich auf die abgewetzte Couch fallen zu lassen und zu heulen. Und das tat Della dann auch. Was uns zu der philosophischen Betrachtung führt, dass das Leben aus Schluchzen, Schniefen und Lächeln besteht, wobei das Schniefen überwiegt.

Während die Hausherrin allmählich vom ersten in das zweite Stadium wechselt, wollen wir einmal einen Blick auf ihr Heim werfen. Eine möblierte Wohnung für acht Dollar die Woche. Sie war nicht gerade ärmlich, aber doch nahe daran. Unten im Hausflur hing ein Briefkasten, in den niemals ein Brief den Weg fand, und ein Klingelknopf, dem kein sterblicher Finger je ein Klingeln entlocken konnte. Und dazu gehörte auch ein Namensschild mit dem Namen »Mr. James Dillingham Young.« Das »Dillingham« war in den Namen geraten während einer vergangenen Periode des Wohlstands, als sein Besitzer noch dreißig Dollar die Woche verdiente. Jetzt aber, da das Einkommen auf zwanzig Dollar geschrumpft war, dachten sie ernstlich daran, es zu einem bescheidenen und unauffälligen ›D.‹ abzukürzen. Doch immer wenn Mr. James Dillingham Young nach Hause kam und seine Wohnung betrat, wurde er »Jim« genannt und heiß umarmt von Mrs. James Dillingham Young, die uns schon als Della bekannt ist. So weit, so gut.

Della hörte auf zu weinen und puderte sich die Wangen. Sie stellte sich ans Fenster und blickte trübe hinaus auf eine graue Katze, die über einen grauen Zaun in den grauen Hinterhof pirschte. Morgen war Weihnachten, und sie hatte nur einen Dollar siebenundachtzig, mit dem sie für Jim ein Geschenk kaufen konnte. Seit Monaten hatte sie wirklich jeden Penny gespart, und das war das Ergebnis. Mit zwanzig Dollar die Woche kam man nicht weit. Die Ausgaben waren höher gewesen, als sie veranschlagt hatte. Das ist immer so. Gerade mal ein Dollar siebenundachtzig für ein Geschenk für Jim. Ihren Jim. Viele glückliche Stunden hatte sie damit verbracht, sich etwas Hübsches für ihn auszudenken. Etwas ganz Feines, Seltenes und Gediegenes – etwas, dem es zu Ehre gereichen würde, von Jim besessen zu werden.

Zwischen den Fenstern hing ein Wandspiegel. Vielleicht haben Sie schon einmal einen Wandspiegel in einer Acht-Dollar-Wohnung gesehen. Eine sehr schlanke und bewegliche Person kann es schaffen, durch das Betrachten einer schnellen Abfolge von länglichen Streifen einen recht genauen Eindruck von ihrem Aussehen zu erhalten. Und die schlanke.

Della hatte es zur Meisterschaft in dieser Kunst gebracht. Plötzlich wirbelte sie vom Fenster weg und stellte sich vor den Spiegel. Ihre Augen glänzten, aber ihr Gesicht verlor innerhalb von zwanzig Sekunden seine Farbe. Schnell löste sie ihr Haar und ließ es zu seiner vollen Länge herabfallen. Es gab zwei Besitztümer der James Dillingham Youngs, in den beide großen Stolz setzten. Das waren Jims goldene Uhr, die vor ihm seinem Vater und seinem Großvater gehört hatte, und Dellas Haar. Wenn die Königin von Saba in der

Wohnung gegenüber gewohnt hätte, dann würde Della ihr Haar zum Trocknen aus dem Fenster gehängt haben, nur um die Juwelen und Gaben Ihrer Majestät verblassen zu lassen. Und wäre König Salomon hier Hausmeister gewesen inmitten seiner aufgestapelten Schätze im Erdgeschoss, würde Jim jedes Mal, wenn er an ihm vorüberging, seine Uhr herausgezogen haben, nur um zu sehen, wie er sich aus Neid seinen Bart ausrupfte.

Nun fiel Dellas schönes Haar wellend und leuchtend wie eine Kaskade goldbraunen Wassers an ihr herunter. Es reichte ihr fast bis über die Knie und war beinahe ein Gewand für sie. Nervös und hastig steckte sie es wieder hoch. Eine Minute lang zögerte sie und stand regungslos da, während ein oder zwei Tränen auf den abgetretenen roten Teppich tropften. Sie zog sich ihre alte braune Jacke an, setzte sich ihren alten braunen Hut auf und mit wehendem Kleid und einem glänzenden Funkeln in den Augen flatterte sie aus der Tür und die Treppen hinunter hinaus auf die Straße. Dort hielt sie vor einem Schild an, auf dem stand: »Mme. Sofronie. An- und Verkauf von Haaren aller Art.«

Della flog eine Treppe hinauf und sammelte sich keuchend. Madame, groß, zu weiß geschminkt und kühl, sah kaum aus wie »Sofronie«. »Kaufen Sie mein Haar?« fragte Della. »Ich kaufe Haar«, sagte Madame. »Nehmen Sie den Hut ab und lassen Sie mal sehen, was Sie haben.« Die braune Kaskade floss herab. »Zwanzig Dollar«, sagte Madame, während sie die Masse in der Hand wog. »Geben Sie sie mir – schnell«, sagte Della. Und die nächsten zwei Stunden vergingen auf rosa Schwingen.

Vergessen wir die abgegriffene Metapher. Sie durchstöberte die Geschäfte nach einem Geschenk für Jim. Schließlich fand sie es. Es war ganz bestimmt nur für Jim gemacht und für niemanden sonst. Es gab nichts Vergleichbares in den anderen Geschäften, und die hatte sie alle auf den Kopf gestellt. Es war eine Uhrkette aus Platin, einfach und geschmackvoll, die ihren Wert durch ihre Substanz und nicht durch protzige Verzierungen offenbarte – so wie alle guten Dinge es tun sollten. Es war sogar der Uhr würdig. Sobald sie sie sah, wusste sie, dass sie Jim gehören musste. Sie war wie er. Schlichtheit und Größe – diese Beschreibung traf auf beide zu. Einundzwanzig Dollar wollten sie dafür haben, und mit siebenundachtzig Cent eilte sie nach Hause zurück. Mit dieser Kette an der Uhr würde Jim in jedweder Gesellschaft immer nach der Zeit sehen wollen. Die Uhr war großartig, aber manchmal blickte er nur heimlich darauf wegen des alten Lederbands, das er an Stelle einer Kette benutzte.

Als Della wieder zu Hause war, machte ihr Rausch langsam wieder der Klugheit und der Vernunft Platz. Sie holte die Brennschere heraus, entzündete das Gas und machte sich ans Werk, die Verwüstungen zu beseitigen, die ihre Großzügigkeit in Verbindung mit Liebe angerichtet hatten. Was immer eine enorme Arbeit ist, liebe Freunde – eine Riesenarbeit. In vierzig Minuten wurde ihr Kopf bedeckt von niedlichen, eng anliegenden Locken, die sie wunderbar aussehen ließ wie einen bummelnden Schuljungen. Lange, sorgfältig und kritisch betrachtete sie ihr Spiegelbild. »Wenn Jim mich nicht umbringt«, sagte sie zu sich, »bevor er einen zweiten Blick auf mich wirft, wird er sagen, dass ich aussehe wie ein Chormädchen auf Coney Island. Aber was hätte ich tun können – oh! was hätte ich mit einem Dollar siebenundachtzig anfangen können?«

Um sieben war der Kaffee fertig und die Bratpfanne hinten auf dem Herd heiß und bereit, die Koteletts aufzunehmen. Jim kam nie zu spät. Della legte die Uhrenkette in der Hand zusammen und saß auf der Tischecke nahe der Tür, durch die er immer hereinkam. Dann hörte sie seine Schritte auf der Treppe unten im ersten Stock, und für einen Moment erbleichte sie. Sie hatte die Angewohnheit, zu den einfachsten alltäglichen Dingen ein kleines stilles Gebet zu sprechen, und nun flüsterte sie: »Lieber Gott, bitte hilf, dass er mich immer noch schön findet.« Die Tür ging auf und Jim trat ein und schloss sie hinter sich. Er sah schmal aus und sehr ernst. Armer Kerl, er war erst zweiundzwanzig – und schon mit einer Familie belastet! Er brauchte einen neuen Mantel, und er hatte keine Handschuhe.

Jim war an der Tür stehen geblieben, unbeweglich wie ein Vorstehhund, der eine Wachtel wittert. Seine Augen waren auf Della gerichtet, und in ihnen war ein Ausdruck, den sie nicht deuten konnte und der ihr Angst einflößte. Es war weder Ärger noch Überraschung und auch nicht Schrecken oder irgendeines jener Gefühle, mit denen sie gerechnet hatte. Er starrte sie einfach nur an mit diesem eigenartigen Ausdruck im Gesicht.

Della glitt von der Tischkante und ging zu ihm. »Jim, Liebling«, rief sie, »sieh mich nicht so an. Ich habe meine Haare abgeschnitten und verkauft, weil ich es nicht ertragen konnte, Weihnachten ohne ein Geschenk für dich zu sein. Sie werden wieder wachsen – es stört dich doch nicht, oder? Ich musste es einfach tun. Mein Haar wächst furchtbar schnell. Sag ›Frohe Weihnachten!‹, Jim, und lass uns fröhlich sein. Du weißt gar nicht, was für ein nettes – was für ein schönes, hübsches Geschenk ich für dich habe.«

»Du hast deine Haare abschneiden lassen?«, fragte Jim mühsam, als ob er diese offensichtliche Tatsache trotz größter geistiger Anstrengung noch nicht erfasst hätte. »Abgeschnitten und verkauft«, sagte Della. »Hast du mich jetzt nicht mehr so lieb? Ich bin doch immer noch ich, auch ohne meine Haare, oder?« Jim sah sich neugierig im Zimmer um. »Du sagst, dein Haar ist weg?«, sagte er mit einem schon beinahe idiotischen Ausdruck. »Du brauchst nicht danach zu suchen«, sagte Della. »Es ist verkauft, sag ich dir – verkauft und weg. Wir haben Heiligabend, Menschenskind. Sei nett zu mir, ich hab's für dich getan. Vielleicht waren die Haare auf meinem Kopf gezählt«, fuhr sie in unvermittelter ernster Verliebtheit fort,

»aber niemand könnte jemals meine Liebe für dich zählen. Soll ich die Koteletts aufsetzen, Jim?«

Schnell erwachte Jim aus seiner Benommenheit. Er umarmte Della. Lassen Sie uns kurz diskret beiseite blicken auf einen ganz anderen Gegenstand. Acht Dollar die Woche oder eine Million im Jahr – wo ist der Unterschied? Ein Mathematiker oder irgendein Witzbold würde uns darauf ganz sicher die falsche Antwort geben. Die Weisen brachten wertvolle Geschenke, aber dieses war nicht darunter. Diese dunkle Feststellung werden wir später erhellen.

Jim zog ein Päckchen aus der Manteltasche und warf es auf den Tisch. »Versteh mich bloß nicht falsch, Dell«, sagte er. »Ich glaube nicht, dass irgendein Haareschneiden, Legen oder Waschen mich je dazu bringen könnte, mein Mädchen auch nur um ein Jota weniger zu mögen. Aber wenn du dieses Päckchen aufmachst, dann wirst du verstehen, warum ich mich erst mal wieder einkriegen musste.«

Weiße flinke Finger zerrten an der Schnur und dem Papier. Und dann ein entzückter Freudenschrei und danach – leider! – ein blitzartiger weiblicher Wechsel zu hysterischem Weinen und Klagen, die die sofortige Aufbietung aller tröstenden Kräfte des Hausherrn nötig machten. Denn vor ihr lagen *die* Kämme – ein Satz von Kämmen, die Della schon so lange in einem Schaufenster am Broadway bewundert hatte. Wunderschöne Kämme, echtes Schildpatt, mit steinbesetzten Rändern – gerade von der richtigen Farbe, um sie in dem verschwundenen Haar zu tragen. Es waren teure Kämme, das wusste sie, und sie hatte sich nach ihnen gesehnt, ohne darauf zu hoffen, sie jemals zu besitzen. Und nun gehörten sie ihr, aber die Locken, die diesen begehrten Schmuck geschmückt haben sollten, waren weg.

Sie drückte ihn fest an ihre Brust und schließlich war sie in der Lage, zu ihm mit verschwommenen Augen und einem Lächeln aufzublicken, und sie sagte: »Meine Haare wachsen schnell, Jim!« Aber dann machte sie einen Satz wie eine angesengte kleine Katze und rief: »Oh, oh!« Jim hatte noch gar nicht ihr schönes Geschenk gesehen. Eifrig hielt sie es ihm in der offenen Hand hin. Das stumpfe wertvolle Metall schien aufzublitzen im Widerschein ihrer heiteren, leidenschaftlichen Stimmung.

»Ist sie nicht toll, Jim? Ich bin durch die ganze Stadt gerannt, um sie zu finden. Du wirst jetzt am Tag hundert Mal auf die Uhr sehen. Gib mir die Uhr. Ich möchte sehen, wie sie sich daran macht.« Anstatt zu gehorchen, ließ Jim sich auf die Couch fallen, verschränkte die Hände hinter dem Kopf und lächelte. »Dell«, sagte er, »lass uns die Weihnachtsgeschenke für eine Weile beiseite legen. Sie sind zu schön, um sie gleich jetzt zu benutzen. Ich hab die Uhr verkauft, um Geld für die Kämme zu haben. Und jetzt wäre es nett, wenn du die Koteletts aufsetzen könntest.«

WEIHNACHTSTRAUM

LUIGI PIRANDELLO

Ich hatte schon seit einiger Zeit auf meinem Kopf, der in meinen Armen lag, den Eindruck einer leichten Hand gespürt, in einem Akt zwischen Liebkosung und Schutz. Aber meine Seele war weit weg, wanderte um die Orte herum, die ich seit meiner Kindheit gesehen hatte, von denen ich immer noch ein Gefühl hatte, aber nicht so sehr, dass es ausreichte, um das Bedürfnis zu befriedigen, das ich fühlte, um das Leben, wie ich es mir vorstellte, dort wieder zu erleben, wenn auch nur für eine Minute.

Es war überall ein Fest: in jeder Kirche, in jedem Haus; um den Baumstumpf herum, dort oben; vor einer Krippe, dort unten; bekannte Gesichter unter unbekannten Menschen versammelten sich zu einem fröhlichen Abendessen; es gab heilige Lieder, den Klang von Dudelsäcken, das Geschrei jubelnder Kinder, die Wettkämpfe der Spieler ... Und die Straßen der großen und kleinen Städte, der Dörfer, der alpinen oder maritimen Weiler, waren in der starren Nacht menschenleer. Und es schien mir, als ob ich durch diese Straßen eilte, von diesem Haus zu jenem, um die versammelten Feste der anderen zu genießen; ich verweilte in jedem ein wenig, dann wünschte ich:

– Frohe Weihnachten – und verschwinde ...

Ich war also schon ungewollt in den Schlaf getreten und träumte. Und in diesem Traum, in diesen verlassenen Straßen, schien ich plötzlich dem wandernden Jesus zu begegnen, in derselben Nacht, in der die Welt nach dem Brauch immer noch seine Geburt feiert. Er ging fast heimlich, bleich, zurückgezogen, eine Hand am Kinn geschlossen und die tiefen, klaren Augen auf die Leere gerichtet: er schien von intensivem Kummer erfüllt, im Griff unendlicher Traurigkeit.

Ich ging denselben Weg weiter; aber nach und nach zog mich das Bild von ihm so sehr an, daß ich darin aufging; und dann schien es mir, daß ich eins mit ihm war. An einem bestimmten Punkt war ich jedoch bestürzt über die Leichtigkeit, mit der ich über diese Wege wanderte, fast so, als würde ich hinüberfliegen, und ich blieb instinktiv stehen. Gleich darauf trennte sich Jesus von mir und ging allein weiter, noch leichter als zuvor, fast wie eine Feder, die von einem Hauch getragen wird; und ich, der wie ein schwarzer Fleck auf dem Boden liegen blieb, wurde sein Schatten und folgte ihm.

Plötzlich verschwanden die Straßen der Stadt: Jesus flog wie ein weißer Geist, der von einem inneren Licht erstrahlte, über eine hohe Brombeerhecke, die sich unendlich gerade ausdehnte, inmitten einer schwarzen, endlosen Ebene. Und dahinter, über die Hecke, trug er mich mit Leichtigkeit, so hoch wie er war, durch die Dornen, die mich ganz durchbohrten, ohne mir eine Träne zu geben.

Von der steilen Hecke sprang ich endlich ein wenig auf den weichen Sand eines schmalen Strandes: davor war das Meer; und über dem schwarzen, pochenden Wasser ein leuchtender Weg, der sich zu einem Punkt im gewaltigen Bogen des Horizonts verengte. Jesus machte sich auf den Weg, der vom Spiegelbild des Mondes gezeichnet war, und ich hinter ihm, wie ein kleines schwarzes Boot zwischen den flackernden Lichtern auf dem eisigen Wasser.

Plötzlich erlosch Jesu inneres Licht: Wir befanden uns wieder auf den verlassenen Straßen einer großen Stadt. Nun blieb er von Zeit zu Zeit stehen, um an den Türen der bescheidensten Häuser zu lauschen, wo Weihnachten, nicht aus aufrichtiger Frömmigkeit, sondern aus Geldmangel, keinen Anlaß zur Fröhlichkeit gab.

– Sie schlafen nicht ... – Jesus murmelte, und als er einige heisere Worte des Hasses und des Neides sah, die innerlich geäußert wurden, umklammerte er sich wie durch einen heftigen Schmerz, und während der Abdruck seiner Nägel auf den Rückseiten seiner reinen, ineinander verschlungenen Hände zurückblieb, stöhnte er: – Auch für diese bin ich tot ...

So gingen wir weiter, hielten ab und zu an, eine lange Zeit, bis Jesus sich vor einer Kirche zu mir wandte, der ich sein Schatten auf dem Boden war, und zu mir sagte:

– Steh auf und nimm mich in dich auf. Ich möchte in diese Kirche kommen und sehen.

Es war eine prächtige Kirche, eine riesige dreischiffige Basilika, reich an prächtigem Marmor und Gold im Gewölbe, voll mit einer Schar von Gläubigen, die dem Gottesdienst beiwohnten, der auf dem pompös geschmückten Hauptaltar zelebriert wurde, mit den Amtsträgern inmitten einer Weihrauchwolke. Im warmen Licht der hundert silbernen Leuchter glänzte bei jeder Geste die Goldbrosche der Messgewänder zwischen dem Schaum der kostbaren Spitzen des Altartischs.

»Und für diese«, sagte Jesus zu sich selbst, »würde ich mich freuen, wenn ich zum ersten Mal in dieser Nacht wirklich geboren würde.«

Wir gingen aus der Kirche, und Jesus kam wieder zu mir, wie zuvor, und legte seine Hand auf meine Brust:

– Ich bin auf der Suche nach einer Seele, in der ich leben kann. Sie sehen, daß ich für diese Welt tot bin, die noch den Mut hat, die Nacht meiner Geburt zu feiern. Wäre deine Seele nicht zu eng für mich, wenn sie nicht mit so vielen Dingen vollgestopft wäre, die du wegwerfen müßtest. Ihr würdet von mir das Hundertfache bekommen, was ihr verlieren werdet, wenn ihr mir folgt und auf das verzichtet, was ihr fälschlicherweise für euch und die euren für notwendig haltet: diese Stadt, eure Träume, die Annehmlichkeiten, mit denen ihr vergeblich versucht, euer törichtes Leiden für die Welt zu lindern. ... Ich suche eine Seele, in der ich wieder leben kann: es könnte sowohl Ihre als auch die eines jeden anderen guten Willens sein.

– Die Stadt, Jesus? – Ich antwortete bestürzt. – Und das Haus und meine Lieben und meine Träume?

– Sie würden von mir das Hundertfache dessen bekommen, was Sie verlieren werden, wiederholte er, hob seine Hand von meiner Brust und sah mich mit diesen tiefen, klaren Augen starr an.

– Ah! Ich kann nicht, Jesus ... – sagte ich nach einem Moment der Ratlosigkeit, beschämt und entmutigt und ließ meine Arme auf meine Person fallen.

Als ob die Hand, die ich zu Beginn des Traumes auf meinem gebeugten Kopf gespürt hatte, mir einen kräftigen Stoß gegen das harte Holz des Tisches gegeben hätte, erwachte ich mit einem Sprung und runzelte die schmerzende Stirn. Und hier, hier, Jesus, ist meine Pein! Hier muß ich mir ohne Aufschub und ohne Ruhe von morgens bis abends den Kopf zerbrechen.

Hugo Oehmichen

BUDDENBROOKS

THOMAS MANN

(Aus dem achten Kapitel des achten Teils)

Unter solchen Umständen kam diesmal das Weihnachtsfest heran, und der kleine Johann verfolgte mit Hülfe des Abreißkalenders, den Ida ihm angefertigt, und auf dessen letztem Blatte ein Tannenbaum gezeichnet war, pochenden Herzens das Nahen der unvergleichlichen Zeit.

Die Vorzeichen mehrten sich ... Schon seit dem ersten Advent hing in Großmamas Eßsaal ein lebensgroßes, buntes Bild des Knecht Ruprecht an der Wand. Eines Morgens fand Hanno seine Bettdecke, die Bettvorlage und seine Kleider mit knisterndem Flittergold bestreut. Dann, wenige Tage später, nachmittags im Wohnzimmer, als Papa mit der Zeitung auf der Chaiselongue lag und Hanno grade in Geroks »Palmblättern« das Gedicht von der Hexe zu Endor las, wurde wie alljährlich und doch auch diesmal ganz überraschender Weise ein »alter Mann« gemeldet, welcher »nach dem Kleinen frage«. Er wurde hereingebeten, dieser alte Mann, und kam schlürfenden Schrittes, in einem langen Pelze, dessen rauhe Seite nach außen gekehrt, und der mit Flittergold und Schneeflocken besetzt war, ebensolcher Mütze, schwarzen Zügen im Gesicht und einem ungeheuren weißen Barte, der wie die übernatürlich dicken Augenbrauen mit glitzernder Lametta durchsetzt war. Er erklärte, wie jedes Jahr, mit eherner Stimme, daß dieser Sack – auf seiner linken Schulter – für gute Kinder, welche beten könnten, Äpfel und goldene Nüsse enthalte, daß aber andererseits diese Rute – auf seiner rechten Schulter – für die bösen Kinder bestimmt sei ... Es war Knecht Ruprecht. Das heißt, natürlich nicht so ganz und vollkommen der Ächte und im Grunde vielleicht bloß Barbier Wenzel in Papas gewendetem Pelz; aber soweit ein Knecht Ruprecht überhaupt möglich, war er dies, und Hanno sagte auch dieses Jahr wieder, aufrichtig erschüttert und nur ein- oder zweimal von einem nervösen und halb unbewußten Aufschluchzen unterbrochen, sein Vaterunser her, worauf er einen Griff in den Sack für die guten Kinder tun durfte, den der alte Mann dann überhaupt wieder mit sich zu nehmen vergaß ...

Es setzten die Ferien ein, und der Augenblick ging ziemlich glücklich vorüber, da Papa das Zeugnis las, das auch in der Weihnachtszeit notwendig ausgestellt werden mußte ... Schon war der große Saal geheimnisvoll verschlossen, schon waren Marzipan und Braune Kuchen auf den Tisch gekommen, schon war es Weihnacht draußen in der Stadt. Schnee fiel, es kam Frost, und in der scharfen, klaren Luft erklangen durch die Straßen die geläufigen oder wehmütigen Melodien der italienischen Drehorgelmänner, die mit ihren Sammetjacken und schwarzen Schnurrbärten zum Feste herbeigekommen waren. In den Schaufenstern prangten die Weihnachtsausstellungen. Um den hohen gotischen Brunnen auf dem Marktplatze waren die bunten Belustigungen des Weihnachtsmarktes aufgeschlagen. Und wo man ging, atmete man mit dem Duft der zum Kauf gebotenen Tannenbäume das Aroma des Festes ein.

Dann endlich kam der Abend des dreiundzwanzigsten Dezembers heran und mit ihm die Bescherung im Saale zu Haus, in der Fischergrube, eine Bescherung im engsten Kreise, die nur ein Anfang, eine Eröffnung, ein Vorspiel war, denn den Heiligen Abend hielt die Konsulin fest in Besitz, und zwar für die ganze Familie, so daß am Spätnachmittage des vierundzwanzigsten die gesamte Donnerstag-Tafelrunde, und dazu noch Jürgen Kröger aus Wismar, sowie Therese Weichbrodt mit Madame Kethelsen, im Landschaftszimmer zusammentrat.

In schwerer, grau und schwarz gestreifter Seide, mit geröteten Wangen und erhitzten Augen, in einem zarten Duft von Patschouli, empfing die alte Dame die nach und nach eintretenden Gäste, und bei den wortlosen Umarmungen klirrten ihre goldenen Armbänder leise. Sie war in unaussprechlicher stummer und zitternder Erregung an diesem Abend. »Mein Gott, du fieberst ja, Mutter!« sagte der Senator, als er mit Gerda und Hanno eintraf ... »Alles kann doch ganz gemütlich vonstatten gehen.« Aber sie flüsterte, indem sie alle Drei küßte: »Zu Jesu Ehren ... Und dann mein lieber seliger Jean ...«

In der Tat, das weihevolle Programm, das der verstorbene Konsul für die Feierlichkeit festgesetzt hatte, mußte aufrecht erhalten werden, und das Gefühl ihrer Verantwortung für den würdigen Verlauf des Abends, der von der Stimmung einer tiefen, ernsten und inbrünstigen Fröhlichkeit erfüllt sein mußte, trieb sie rastlos hin und her – von der Säulenhalle, wo schon die Marien-Chorknaben sich versammelten, in den Eßsaal, wo Riekchen Severin letzte Hand an den Baum und die Geschenktafel legte, hinaus auf den Korridor, wo scheu und verlegen einige fremde alte Leutchen umher standen, Hausarme, die ebenfalls an der Bescherung teilnehmen sollten, und wieder ins Landschaftszimmer, wo sie mit einem stummen Seitenblick jedes überflüssige Wort und Geräusch strafte. Es war so still, daß man die Klänge einer entfernten Drehorgel vernahm, die zart und klar wie die einer Spieluhr aus irgend einer beschneiten Straße den Weg hierherfanden. Denn obgleich nun an zwanzig Menschen im Zimmer saßen und standen, war die Ruhe größer als in einer Kirche, und die Stimmung gemahnte, wie der Senator ganz vorsichtig seinem Onkel Justus zuflüsterte, ein wenig an die eines Leichenbegängnisses.

»Tochter Zion, freue dich!« sangen die Chorknaben, und sie, die eben noch da draußen so hörbare Allotria getrieben, daß der Senator sich einen Augenblick an die Tür hatte stellen müssen, um ihnen Respekt einzuflößen, – sie sangen nun ganz wunderschön. Diese hellen Stimmen, die sich, getragen von den tieferen Organen, rein, jubelnd und lobpreisend aufschwangen, zogen aller Herzen mit sich empor, ließen das Lächeln der alten Jungfern milder werden und machten, daß die alten Leute in sich hineinsahen und ihr Leben überdachten, während die, welche mitten im Leben standen, ein Weilchen ihrer Sorgen vergaßen.

Hanno ließ sein Knie los, das er bislang umschlungen gehalten hatte. Er sah ganz blaß aus, spielte mit den Fransen seines Schemels und scheuerte seine Zunge an einem Zahn, mit halbgeöffnetem Munde und einem Gesichtsausdruck, als fröre ihn. Dann und wann empfand er das Bedürfnis, tief aufzuatmen, denn jetzt, da der Gesang, dieser glockenreine Acappella-Gesang die Luft erfüllte, zog sein Herz sich in einem fast schmerzhaften Glück zusammen. Weihnachten ... Durch die Spalten der hohen, weißlackierten, noch fest geschlossenen Flügeltür drang der Tannenduft und erweckte mit seiner süßen Würze die Vorstellung der Wunder dort drinnen im Saale, die man jedes Jahr aufs Neue mit pochenden Pulsen als eine unfaßbare, unirdische Pracht erharrte ... Was würde dort drinnen für ihn sein? Das, was er sich gewünscht hatte, natürlich, denn das bekam man ohne Frage, gesetzt, daß es einem nicht als eine Unmöglichkeit zuvor schon ausgeredet worden war. Das Theater würde ihm gleich in die Augen springen und ihm den Weg zu seinem Platz weisen müssen, das ersehnte Puppentheater, das dem Wunschzettel für Großmama stark unterstrichen zu Häupten gestanden hatte und das seit dem »Fidelio« beinahe sein einziger Gedanke gewesen war.

Wird sein Puppentheater groß sein? Groß und breit? Wie wird der Vorhang aussehen? Man muß baldmöglichst ein kleines Loch hineinschneiden, denn auch im Vorhang des Stadt-Theaters war ein Guckloch ... Ob Großmama oder Mamsell Severin – denn Großmama konnte nicht alles besorgen – die nötigen Dekorationen zum »Fidelio« gefunden hatte? Gleich morgen wird er sich irgendwo einschließen und ganz allein eine Vorstellung geben … Und schon ließ er seine Figuren im Geiste singen; denn die Musik hatte sich ihm mit dem Theater sofort aufs Engste verbunden …

»Jauchze laut, Jerusalem!« schlossen die Chorknaben, und die Stimmen, die fugenartig nebeneinander her gegangen waren, fanden sich in der letzten Silbe friedlich und freudig zusammen. Der klare Accord verhallte, und tiefe Stille legte sich über Säulenhalle und Landschaftszimmer. Die Mitglieder der Familie blickten unter dem Drucke der Pause vor sich nieder; nur Direktor Weinschenks Augen schweiften keck und unbefangen umher, und Frau Permaneder ließ ihr trocknes Räuspern vernehmen, das ununterdrückbar war. Die Konsulin aber schritt langsam zum Tische und setzte sich inmitten ihrer Angehörigen auf das Sofa, das nun nicht mehr wie in alter Zeit unabhängig und abgesondert vom Tische da stand. Sie rückte die Lampe zurecht und zog die große Bibel heran, deren altersbleiche Goldschnittfläche ungeheuerlich breit war. Dann schob sie die Brille auf die Nase, öffnete die beiden ledernen Spangen, mit denen das kolossale Buch geschlossen war, schlug dort auf, wo das Zeichen lag, daß das dicke, rauhe, gelbliche Papier mit dem übergroßen Druck zum Vorschein kam, nahm einen Schluck Zuckerwasser und begann, das Weihnachtskapitel zu lesen.

Sie las die altvertrauten Worte langsam und mit einfacher, zu Herzen gehender Betonung, mit einer Stimme, die sich klar, bewegt und heiter von der andächtigen Stille abhob. »Und den Menschen ein Wohlgefallen!« sagte sie. Kaum aber schwieg sie, so erklang in der Säulenhalle dreistimmig das »Stille Nacht, heilige Nacht«, in das die Familie im Landschaftszimmer einstimmte. Man ging ein wenig vorsichtig zu Werke dabei, denn die meisten der Anwesenden waren unmusikalisch, und hie und da vernahm man in dem Ensemble einen tiefen und ganz ungehörigen Ton ... Aber das beeinträchtigte nicht die Wirkung dieses Liedes ... Frau Permaneder sang es mit bebenden Lippen, denn am süßesten und schmerzlichsten rührt es an dessen Herz, der ein bewegtes Leben hinter sich hat und im kurzen Frieden der Feierstunde Rückblick hält ... Madame Kethelsen weinte still und bitterlich, obgleich sie von Allem fast nichts vernahm.

Und dann erhob sich die Konsulin. Sie ergriff die Hand ihres Enkels Johann und die ihrer Urenkelin Elisabeth und schritt durch das Zimmer. Die alten Herrschaften schlossen sich an, die jüngeren folgten, in der Säulenhalle gesellten sich die Dienstboten und die Hausarmen hinzu, und während alles einmütig »O Tannebaum« anstimmte und Onkel Christian vorn die Kinder zum Lachen brachte, indem er beim Marschieren die Beine hob wie ein Hampelmann und alberner Weise »O Tantebaum« sang, zog man mit geblendeten Augen und ein Lächeln auf dem Gesicht durch die weit geöffnete hohe Flügeltür direkt in den Himmel hinein.

Der ganze Saal, erfüllt von dem Dufte angesengter Tannenzweige, leuchtete und glitzerte von unzähligen kleinen Flammen, und das Himmelblau der Tapete mit ihren weißen Götterstatuen ließ den großen Raum noch heller erscheinen. Die Flämmchen der Kerzen, die dort hinten zwischen den dunkelrot verhängten Fenstern den gewaltigen Tannenbaum bedeckten, welcher, geschmückt mit Silberflittern und großen, weißen Lilien, einen schimmernden Engel an seiner Spitze und ein plastisches Krippen-Arrangement zu seinen Füßen, fast bis zur Decke emporragte, flimmerten in der allgemeinen Lichtflut wie ferne Sterne. Denn auf der weißgedeckten Tafel, die sich lang und breit, mit den Geschenken beladen, von den Fenstern fast bis zur Türe zog, setzte sich eine Reihe kleinerer, mit Konfekt behängter Bäume fort, die ebenfalls von brennenden Wachslichtchen erstrahlten. Und es brannten die Gasarme, die aus den Wänden hervorkamen, und es brannten die dicken Kerzen auf den vergoldeten Kandelabern in allen vier Winkeln. Große Gegenstände, Geschenke, die auf der Tafel nicht Platz hatten, standen nebeneinander auf dem Fußboden. Kleinere Tische, ebenfalls weiß gedeckt, mit Gaben belegt und mit brennenden Bäumchen geschmückt, befanden sich zu den Seiten der beiden Türen: Das waren die Bescherungen der Dienstboten und der Hausarmen.

Singend, geblendet und dem altvertrauten Raume ganz entfremdet umschritt man einmal den Saal, defilierte an der Krippe vorbei, in der ein wächsernes Jesuskind das Kreuzeszeichen zu machen schien, und blieb dann, nachdem man Blick für die einzelnen Gegenstände bekommen hatte, verstummend an seinem Platze stehen.

Hanno war vollständig verwirrt. Bald nach dem Eintritt hatten seine fieberhaft suchenden Augen das Theater erblickt ... ein Theater, das, wie es dort oben auf dem Tische prangte, von so extremer Größe und Breite erschien, wie er es sich vorzustellen niemals erkühnt hatte. Aber sein Platz hatte gewechselt, er befand sich an einer der vorjährigen entgegengesetzten Stelle, und dies bewirkte, daß Hanno in seiner Verblüffung ernstlich daran zweifelte, ob dies fabelhafte Theater für ihn bestimmt sei. Hinzu kam, daß zu den Füßen der Bühne, auf dem Boden, etwas Großes, Fremdes aufgestellt war, etwas, was nicht auf seinem Wunschzettel gestanden hatte, ein Möbel, ein kommodenartiger Gegenstand ... war er für ihn?

»Komm her, Kind, und sieh dir dies an«, sagte die Konsulin und öffnete den Deckel. »Ich weiß, du spielst gern Choräle ... Herr Pfühl wird dir die nötigen Anweisungen geben ... Man muß immer treten ... manchmal schwächer und manchmal stärker ... und dann die Hände nicht aufheben, sondern immer nur so peu à peu die Finger wechseln ...«

Es war ein Harmonium, ein kleines, hübsches Harmonium, braun poliert, mit Metallgriffen an beiden Seiten, bunten Tretbälgen und einem zierlichen Drehsessel. Hanno griff einen Accord ... ein sanfter Orgelklang löste sich los und ließ die Umstehenden von ihren Geschenken aufblicken ... Hanno umarmte seine Großmutter, die ihn zärtlich an sich preßte und ihn dann verließ, um die Danksagungen der anderen entgegenzunehmen.

Er wandte sich dem Theater zu. Das Harmonium war ein überwältigender Traum, aber er hatte doch fürs Erste noch keine Zeit, sich näher damit zu beschäftigen. Es war der Überfluß des Glückes, in dem man, undankbar gegen das Einzelne, alles nur flüchtig berührt, um erst einmal das Ganze übersehen zu lernen ... Oh, ein Souffleurkasten war da, ein muschelförmiger Souffleurkasten, hinter dem breit und majestätisch in Rot und Gold der Vorhang emporrollte. Auf der Bühne war die Dekoration des letzten Fidelio-Aktes aufgestellt. Die armen Gefangenen falteten die Hände. Don Pizarro, mit gewaltig gepufften Ärmeln, verharrte irgendwo in fürchterlicher Attitüde. Und von hinten nahte im Geschwindschritt und ganz in schwarzem Sammet der Minister, um alles zum Besten zu kehren. Es war wie im Stadt-Theater und beinahe noch schöner. In Hannos Ohren widerhallte der Jubelchor, das Finale, und er setzte sich vor das Harmonium, um ein Stückchen daraus, das er behalten, zum Erklingen zu bringen ... Aber er stand wieder auf, um das Buch zur Hand zu nehmen, das erwünschte Buch der griechischen Mythologie, das ganz rot gebunden war und eine goldene Pallas Athene auf dem Deckel trug. Er aß von seinem Teller mit Konfekt, Marzipan und Braunen Kuchen, musterte die kleineren Dinge, die Schreibutensilien und Schulhefte und vergaß einen Augenblick alles Übrige über einem Federhalter, an dem sich irgendwo ein winziges Glaskörnchen befand, das man nur vors Auge zu halten brauchte, um wie durch Zauberspiel eine weite Schweizerlandschaft vor sich zu sehen ...

Jetzt gingen Mamsell Severin und das Folgmädchen mit Tee und Biscuits umher, und während Hanno eintauchte, fand er ein wenig Muße, von seinem Platze aufzusehen. Man stand an der Tafel oder ging daran hin und her, plauderte und lachte, indem man einander die Geschenke zeigte und die des anderen bewunderte. Es gab da Gegenstände aus allen Stoffen: aus Porzellan, aus Nickel, aus Silber, aus Gold, aus Holz, Seide und Tuch. Große, mit Mandeln und Succade symmetrisch besetzte Braune Kuchen lagen abwechselnd mit massiven Marzipanbroten, die innen naß waren vor Frische, in langer Reihe auf dem Tische. Diejenigen Geschenke, die Frau Permaneder angefertigt oder dekoriert hatte, ein Arbeitsbeutel, ein Untersatz für Blattpflanzen, ein Fußkissen, waren mit großen Atlasschleifen geziert.

Alle hatten heute früher als sonst zu Mittag gegessen und sich daher mit Tee und Biscuits ausgiebig bedient. Aber man war kaum damit fertig, als große Krystallschüsseln mit einem gelben, körnigen Brei zum Imbiß herumgereicht wurden. Es war Mandel-Creme, ein Gemisch aus Eiern, geriebenen Mandeln und Rosenwasser, das ganz wundervoll schmeckte, das aber, nahm man ein Löffelchen zu viel, die furchtbarsten Magenbeschwerden verursachte. Dennoch, und obgleich die Konsulin bat, für das Abendbrot »ein kleines Loch offen zu lassen«, tat man sich keinen Zwang an. Was Klothilde betraf, so vollführte sie Wunderdinge. Still und dankbar löffelte sie die Mandel-Creme, als wäre es Buchweizengrütze. Zur Erfrischung gab es auch Weingelee in Gläsern, wozu englischer Plumcake gegessen wurde. Nach und nach zog man sich ins Landschaftszimmer hinüber und gruppierte sich mit den Tellern um den Tisch.

Hanno blieb allein im Saale zurück, denn die kleine Elisabeth Weinschenk war nach Hause gebracht worden, während er dieses Jahr zum ersten Male zum Abendessen in der Mengstraße bleiben durfte, die Dienstmädchen und die Hausarmen hatten sich mit ihren Geschenken zurückgezogen, und Ida Jungmann plauderte in der Säulenhalle mit Riekchen Severin, obgleich sie, als Erzieherin, der Jungfer gegenüber gewöhnlich eine strenge gesellschaftliche Distanz innehielt. Die Lichter des großen Baumes waren herabgebrannt und ausgelöscht, so daß die Krippe nun im Dunkel lag; aber einzelne Kerzen an den kleinen Bäumen auf der Tafel brannten noch, und hie und da geriet ein Zweig in den Bereich eines Flämmchens, sengte knisternd an und verstärkte den Duft, der im Saale herrschte. Jeder Lufthauch, der die Bäume berührte, ließ die Stücke Flittergoldes, die daran befestigt waren, mit einem zart metallischen Geräusch erschauern. Es war nun wieder still genug, die leisen Drehorgelklänge zu vernehmen, die von einer fernen Straße durch den kalten Abend daherkamen.

Der kleine Johann verweilte ein wenig bei den Erwachsenen, aber er kehrte bald in den Saal zurück, der nun, da er weniger licht erstrahlte und mit seiner Herrlichkeit keine so verblüffte Scheu mehr hervorrief wie anfangs, einen Reiz von neuer Art ausübte. Es war ein ganz seltsames Vergnügen, wie auf einer halbdunklen Bühne nach Schluß der Vorstellung darin umherzustreifen und ein wenig hinter die Coulissen zu sehen: die Lilien des großen Tannenbaumes mit ihren goldnen Staubfäden aus der Nähe zu betrachten, die Tier- und Menschenfiguren des Krippenaufbaus in die Hand zu nehmen, die Kerze ausfindig zu machen, die den transparenten Stern über Bethlehems Stall hatte leuchten lassen, und das lang herabhängende Tafeltuch zu lüften, um der Menge von Kartons und Packpapieren gewahr zu werden, die unter dem Tisch aufgestapelt waren.

Um neun Uhr ging man zu Tische.

Wie alljährlich an diesem Abend war in der Säulenhalle gedeckt worden. Die Konsulin sprach mit herzlichem Ausdruck das hergebrachte Tischgebet:

»Komm, Herr Jesus, sei unser Gast
Und segne, was du uns bescheret hast«,

woran sie, wie an diesem Abend ebenfalls üblich, eine kleine, mahnende Ansprache schloß, die hauptsächlich aufforderte, aller derer zu gedenken, die es an diesem heiligen Abend nicht so gut hätten, wie die Familie Buddenbrook ... Und als dies erledigt war, setzte man sich mit gutem Gewissen zu einer nachhaltigen Mahlzeit nieder, die alsbald mit Karpfen in aufgelöster Butter und mit altem Rheinwein ihren Anfang nahm.

Der Puter, gefüllt mit einem Brei von Maronen, Rosinen und Äpfeln, fand das allgemeine Lob. Vergleiche mit denen früherer Jahre wurden angestellt, und es ergab sich, daß dieser seit langer Zeit der größte war. Es gab gebratene Kartoffeln, zweierlei Gemüse und zweierlei Kompott dazu, und die kreisenden Schüsseln enthielten Portionen, als ob es sich bei jeder einzelnen von ihnen nicht um eine Beigabe und Zutat, sondern um das Hauptgericht handelte, an dem alle sich sättigen sollten. Es wurde alter Rotwein von der Firma Möllendorpf getrunken.

Der kleine Johann saß zwischen seinen Eltern und verstaute mit Mühe ein weißes Stück Brustfleisch nebst Farce in seinem Magen. Er konnte nicht mehr soviel essen wie Tante Thilda, sondern fühlte sich müde und nicht sehr wohl; er war nur stolz darauf, daß er mit den Erwachsenen tafeln durfte, daß auch auf seiner kunstvoll gefalteten Serviette eins von diesen köstlichen, mit Mohn bestreuten Milchbrötchen gelegen hatte, daß auch vor ihm drei Weingläser standen, während er sonst aus dem kleinen, goldenen Becher, dem Patengeschenk Onkel Krögers, zu trinken pflegte ... Aber als dann, während Onkel Justus einen ölgelben, griechischen Wein in die kleinsten Gläser zu schenken begann, die Eisbaisers erschienen – rote, weiße und braune –, wurde auch sein Appetit wieder rege. Er verzehrte, obgleich es ihm fast unerträglich weh an den Zähnen tat, ein rotes, dann die Hälfte eines weißen, mußte schließlich doch auch von den braunen, mit Chokolade-Eis gefüllten, ein Stück probieren, knusperte Waffeln dazu, nippte an dem süßen Wein und hörte auf Onkel Christian, der ins Reden gekommen war.

Er erzählte von der Weihnachtsfeier im Klub, die sehr fidel gewesen sei. »Du lieber Gott!« sagte er in jenem Tone, in dem er von Johnny Thunderstorm zu sprechen pflegte. »Die Kerls tranken Schwedischen Punsch wie Wasser!«

»Pfui«, bemerkte die Konsulin kurz und schlug die Augen nieder.

Aber er beachtete das nicht. Seine Augen begannen zu wandern, und Gedanken und Erinnerungen waren so lebendig in ihm, daß sie wie Schatten über sein hageres Gesicht huschten.

»Weiß jemand von euch«, fragte er, »wie es ist, wenn man zu viel Schwedischen Punsch getrunken hat? Ich meine nicht die Betrunkenheit, sondern das, was am nächsten Tag kommt, die Folgen ... sie sind sonderbar und widerlich ... ja, sonderbar und widerlich zu gleicher Zeit.«

»Grund genug, sie genau zu beschreiben«, sagte der Senator.

»Assez, Christian, dies interessiert uns durchaus nicht«, sagte die Konsulin.

Aber er überhörte es. Es war seine Eigentümlichkeit, daß in solchen Augenblicken keine Einrede zu ihm drang. Er schwieg eine Weile, und dann plötzlich schien das, was ihn bewegte, zur Mitteilung reif zu sein.

»Du gehst umher und fühlst dich übel«, sagte er und wandte sich mit krauser Nase an seinen Bruder. »Kopfschmerzen und unordentliche Eingeweide ... nun ja, das gibt es auch bei anderen Gelegenheiten. Aber du fühlst dich schmutzig« – und Christian rieb mit gänzlich verzerrtem Gesicht seine Hände – »du fühlst dich schmutzig und ungewaschen am ganzen Körper. Du wäschst deine Hände, aber es nützt nichts, sie fühlen sich feucht und unsauber an, und deine Nägel haben etwas Fettiges ... Du badest dich, aber es hilft nichts, dein ganzer Körper scheint dir klebrig und unrein. Dein ganzer Körper ärgert dich, reizt dich, du bist dir selbst zum Ekel ... Kennst du es, Thomas, kennst du es?«

»Ja, ja!« sagte der Senator mit abwehrender Handbewegung. Aber mit der seltsamen Taktlosigkeit, die mit den Jahren immer mehr an Christian hervortrat und ihn nicht daran denken ließ, daß diese Auseinandersetzung von der ganzen Tafelrunde peinlich empfunden wurde, daß sie in dieser Umgebung und an diesem Abend nicht am Platze war, fuhr er fort, den üblen Zustand nach übermäßigem Genuß von Schwedischem Punsch zu schildern, bis er glaubte, ihn erschöpfend charakterisiert zu haben, und allmählich verstummte.

Bevor man zu Butter und Käse überging, ergriff die Konsulin noch einmal das Wort zu einer kleinen Ansprache an die Ihrigen. Wenn auch nicht alles, sagte sie, im Laufe der Jahre sich so gestaltet habe, wie man es kurzsichtig und unweise erwünscht habe, so bleibe doch immer noch übergenug des sichtbarlichen Segens übrig, um die Herzen mit Dank zu erfüllen. Gerade der Wechsel von Glück und strenger Heimsuchung zeige, daß Gott seine Hand niemals von der Familie gezogen, sondern daß er ihre Geschicke nach tiefen und weisen Absichten gelenkt habe und lenke, die ungeduldig ergründen zu wollen man sich nicht erkühnen dürfe. Und nun wolle man, mit hoffendem Herzen, einträchtig anstoßen auf das Wohl der Familie, auf ihre Zukunft, jene Zukunft, die dasein werde, wenn die Alten und Älteren unter den Anwesenden längst in kühler Erde ruhen würden ... auf die Kinder, denen das heutige Fest ja recht eigentlich gehöre ...

Und da Direktor Weinschenks Töchterchen nicht mehr anwesend war, mußte der kleine Johann, während die Großen auch unter einander sich zutranken, allein einen Umzug um die Tafel halten, um mit allen, von der Großmutter bis zu Mamsell Severin hinab, anzustoßen. Als er zu seinem Vater kam, hob der Senator, indem er sein Glas dem des Kindes näherte, sanft Hannos Kinn empor, um ihm in die Augen zu sehen ... Er fand nicht seinen Blick; denn Hannos lange, goldbraune Wimpern hatten sich tief, tief, bis auf die zart bläuliche Umschattung seiner Augen gesenkt.

Therese Weichbrodt aber ergriff seinen Kopf mit beiden Händen, küßte ihn mit leise knallendem Geräusch auf jede Wange und sagte mit einer Betonung, so herzlich, daß Gott ihr nicht widerstehen konnte:

»Sei glöcklich, du gutes Kend!«

– Eine Stunde später lag Hanno in seinem Bett, das jetzt in dem Vorzimmer stand, welches man vom Korridor der zweiten Etage aus betrat, und an das zur Linken das Ankleidekabinett des Senators stieß. Er lag auf dem Rücken, aus Rücksicht auf seinen Magen, der sich mit all dem, was er im Laufe des Abends hatte in Empfang nehmen müssen, noch keineswegs ausgesöhnt hatte, und sah mit erregten Augen der guten Ida entgegen, die, schon in der Nachtjacke, aus ihrem Zimmer kam und mit einem Wasserglase vor sich in der Luft umrührende Kreisbewegungen beschrieb. Er trank das kohlensaure Natron rasch aus, schnitt eine Grimasse und ließ sich wieder zurückfallen.

»Ich glaube, nun muß ich mich erst recht übergeben, Ida.«

»Ach wo, Hannochen. Nur still auf dem Rücken liegen ... Aber siehst du wohl? Wer hat dir mehrmals zugewinkt? Und wer nicht folgen wollt', war das Jungchen ...«

»Ja, ja, vielleicht geht es auch gut ... Wann kommen die Sachen, Ida?«

»Morgen früh, mein Jungchen.«

»Daß sie hier hereingesetzt werden! Daß ich sie gleich habe!«

»Schon gut, Hannochen, aber erst mal ausschlafen.« Und sie küßte ihn, löschte das Licht und ging.

Er war allein, und während er still liegend sich der segenvollen Wirkung des Natrons überließ, entzündete sich vor seinen geschlossenen Augen der Glanz des Bescherungssaales aufs Neue. Er sah sein Theater, sein Harmonium, sein Mythologie-Buch und hörte irgendwo in der Ferne das »Jauchze laut, Jerusalem« der Chorknaben. Alles flimmerte. Ein mattes Fieber summte in seinem Kopfe, und sein Herz, das von dem revoltierenden Magen ein wenig beengt und beängstigt wurde, schlug langsam, stark und unregelmäßig. In einem Zustand von Unwohlsein, Erregtheit, Beklommenheit, Müdigkeit und Glück lag er lange und konnte nicht schlafen.

Morgen kam der dritte Weihnachtsabend an die Reihe, die Bescherung bei Therese Weichbrodt, und er freute sich darauf als auf ein kleines burleskes Spiel. Therese Weichbrodt hatte im vorigen Jahre ihr Pensionat gänzlich aufgegeben, so daß nun Madame Kethelsen das Stockwerk und sie selbst das Erdgeschoß des kleinen Hauses am Mühlenbrink allein bewohnte. Die Beschwerden nämlich, die ihr mißglückter und gebrechlicher kleiner Körper ihr verursachte, hatten mit den Jahren zugenommen, und in aller Sanftmut und christlichen Bereitwilligkeit nahm Sesemi Weichbrodt an, daß ihre Abberufung nahe bevorstehe. Daher hielt sie auch seit mehreren Jahren schon jedes Weihnachtsfest für ihr letztes und suchte der Feier, die sie in ihren kleinen, fürchterlich überheizten Stuben veranstaltete, so viel Glanz zu verleihen, wie in ihren schwachen Kräften stand. Da sie nicht viel zu kaufen vermochte, so verschenkte sie jedes Jahr einen neuen Teil ihrer bescheidenen Habseligkeiten und baute unter dem Baume auf, was sie nur entbehren konnte: Nippsachen, Briefbeschwerer, Nadelkissen, Glasvasen und Bruchstücke ihrer Bibliothek, alte Bücher in drolligen Formaten und Einbänden, das »Geheime Tagebuch von einem Beobachter Seiner Selbst«, Hebels »Alemannische Gedichte«, Krummachers »Parabeln« ...

Hanno besaß schon von ihr eine Ausgabe der »Pensées de Blaise Pascal«, die so winzig war, daß man nicht ohne Vergrößerungsglas darin lesen konnte.

»Bischof« gab es in unüberwindlichen Mengen und die mit Ingwer bereiteten Braunen Kuchen Sesemi's waren ungeheuer schmackhaft. Niemals aber, dank der bebenden Hingabe, mit der Fräulein Weichbrodt jedesmal ihr letztes Weihnachtsfest beging, – niemals verfloß dieser Abend, ohne daß eine Überraschung, ein Malheur, irgend eine kleine Katastrophe sich ereignet hätte, die die Gäste zum Lachen brachte und die stumme Leidenschaftlichkeit der Wirtin noch erhöhte. Eine Kanne mit Bischof stürzte und überschwemmte alles mit der roten, süßen, würzigen Flüssigkeit ... Oder es fiel der geputzte Baum von seinen hölzernen Füßen, genau in dem Augenblick, wenn man feierlich das Bescherungszimmer betrat ... Im Einschlafen sah Hanno den Unglücksfall des vorigen Jahres vor Augen: Es war unmittelbar vor der Bescherung. Therese Weichbrodt hatte mit soviel Nachdruck, daß alle Vokale ihre Plätze gewechselt hatten, das Weihnachtskapitel verlesen und trat nun von ihren Gästen zurück zur Tür, um von hier aus eine kleine Ansprache zu halten. Sie stand auf der Schwelle, bucklig, winzig, die alten Hände vor ihrer Kinderbrust zusammengelegt; die grünseidnen Bänder ihrer Haube fielen auf ihre zerbrechlichen Schultern, und zu ihren Häupten, über der Tür, ließ ein mit Tannenzweigen umkränztes Transparent die Worte leuchten: »Ehre sei Gott in der Höhe!« Und Sesemi sprach von Gottes Güte, sie erwähnte, daß dies ihr letztes Weihnachtsfest sei und schloß damit, daß sie alle mit des Apostels Worten zur Fröhlichkeit aufforderte, wobei sie von oben bis unten erzitterte, so sehr nahm ihr ganzer kleiner Körper Anteil an dieser Mahnung. »Freuet euch!« sagte sie, indem sie den Kopf auf die Seite legte und ihn heftig schüttelte. »Und abermal sage ich: Freuet euch!« In diesem Augenblick aber ging über ihr mit einem puffenden, fauchenden und knisternden Geräusch das ganze Transparent in Flammen auf, so daß Mademoiselle Weichbrodt mit einem kleinen Schreckenslaut und einem Sprunge von ungeahnter und pittoresker Behendigkeit sich dem Funkenregen entziehen mußte, der auf sie herniederging …

Hanno erinnerte sich dieses Sprunges, den das alte Mädchen vollführt hatte, und während mehrerer Minuten lachte er ganz ergriffen, irritiert und nervös belustigt, leise und unterdrückt in sein Kissen hinein.

(gekürzt)

OCHS UND ESEL BEI DER KRIPPE

JULES SUPERVIELLE

Auf der Straße nach Bethlehem trug der Esel, geführt von Joseph, die Jungfrau; wenig wog sie, von nichts belastet als von der Hoffnung in ihr.

Der Ochs folgte ihnen; er ging allein.

Da waren die Wanderer in der Stadt, richteten sich in einem verlassenen Stall ein, und Joseph machte sich gleich an die Arbeit.

›Diese Menschen‹, dachte der Ochs, ›sind doch erstaunlich. Da siehst du, was sie mit ihren Händen und ihren Armen alles fertigbringen; die sind freilich mehr wert als bei uns Huf und Fessel. Und unser Meister: nicht seinesgleichen hat er doch im Hantieren und im Sortieren; er kann Verwickeltes einrichten und Rechtes verwickeln, und alles Nötige macht er unverdrossen und ist nie traurig.‹

Joseph geht nun hinaus, kommt aber gleich wieder; Stroh hat er auf dem Rücken, aber was für Stroh! So starkes und wie von der Sonne durchstrahlt; es sieht aus, als ob ein Wunder komme.

›Was wird denn da‹, fragte sich der Esel, ›das könnte ja ein Kinderbett werden.‹

»Euch werden wir vielleicht diese Nacht nötig haben«, sagt die Jungfrau zu Ochs und Esel.

Die Tiere sehen sich lange an und versuchen zu begreifen; dann legen sie sich hin.

Eine feine Stimme, die aber gerade den ganzen Himmel durchdrang, weckt sie alsbald wieder auf.

Der Ochs stellt sich auf und hat vor sich in der Krippe ein Kindlein, nackt und schlafend; das wärmt er nach allen Regeln der Kunst, ohne eine auszulassen, mit seinem Atem.

Lächelnden Blicks dankt ihm die Jungfrau.

Wesen mit Flügeln kommen und gehen; sie tun, als ob sie die Mauern nicht sähen, durch die sie so einfach hindurchdringen.

Da kommt Joseph zurück, mit Windeln, von einer seiner Nachbarinnen gestellt. »Sonderbar ist das«, sagt er mit seiner Zimmermannsstimme, die hier ein wenig zu laut klang, »es ist Mitternacht und doch Tag. Drei Sonnen sind da statt einer; aber die wollen zusammen.«

Im Dämmern sieht der Ochs wieder auf, setzt die Hufe vorsichtig, aus Furcht, das Kind aufzuwecken oder eine himmlische Blüte zu zerstören oder einem Engel weh zu tun. Wie ist doch alles seltsam schwierig geworden!

Nachbarn besuchen Jesus und die Jungfrau. Es sind arme Leute, die nur ihre strahlenden Gesichter zu verschenken haben. Und dann kommen noch andere und bringen Nüsse und ein Flötchen.

Ochs und Esel gehen ein wenig beiseit, um sie herantreten zu lassen, und fragen sich, welchen Eindruck sie selbst wohl auf das Kind machen. Gesehen hat es sie bis jetzt noch nicht; gerade wacht es auf.

»Ungetüme sind wir doch nicht«, meint der Esel.

»Ja, aber unser Gesicht: es sieht so anders aus als seins und das der Eltern – wir könnten es erschrecken.«

»Die Krippe, der Stall und das Dach mit den Balken, die haben noch weniger ein ähnliches Gesicht, und doch hat es sich nicht erschreckt.«

Doch der Ochs war nicht überzeugt, er dachte an seine Hörner und sinnierte:

»Es ist wirklich recht peinlich, daß man sich denen nicht nähern kann, die man am meisten liebt, ohne daß es gleich nach Drohung aussieht. Immer muß ich Obacht geben, um nicht irgend wen zu verletzen; dabei liegt es gar nicht in meiner Natur, mich ohne tieferen Grund an Personen oder an Dinge heranzumachen. Ich bin nicht bös und auch nicht giftig. Aber überall, wo ich gehe – sind auch die Hörner; ich wache mit ihnen auf, selbst wenn ich noch so müde bin und nicht mehr weiß, was ich tue: die beiden spitzen, die beiden harten bleiben und vergessen mich nicht. Mitten in der Nacht habe ich sie zu fühlen, tief im Traum.«

Auf einmal hatte der Ochs Angst; er dachte, wie nahe er dem Kind gewesen war, als er es wärmte. Wenn er es nun versehentlich mit den Hörnern gestoßen hätte?

»Du darfst ja nicht allzu nahe zu dem Kleinen gehen«, sagte der Esel, der den Gedanken seines Gefährten erriet, »nicht einmal daran denken darfst du; du träfest ihn. Und dann könntest du ja auch etwas Speichel verlieren. Du hältst ihn nicht bei dir, und das wäre unsauber. Übrigens, warum ist das bei dir so mit dem Speichel, wenn du dich glücklich fühlst? Behalt das doch für dich! Du brauchst es nicht vor aller Welt zu zeigen.« (Der Ochs schwieg.)

»Ich aber will ihm meine beiden Ohren hinhalten, verstehst du: die bewegen sich, sogar nach allen Seiten, und weil kein Knochen drin ist, sind sie weich zum Anfassen. Das beunruhigt und beruhigt gleichzeitig und ist gerade das Richtige, ein Kind zu unterhalten. In seinem Alter ist es auch lehrreich.«

»Ja, ich verstehe, das Gegenteil habe ich nie behauptet; ich bin doch nicht dumm.«

Doch da der Esel reichlich zufrieden aussah, sagte der Ochs noch: »Aber, daß du dich nicht unterstehst, ihm ins Gesicht zu schreien, damit tötest du es.«

»Bauer!« sagte der Esel.

Der Esel hält sich links von der Krippe, der Ochs rechts; auf diesen Plätzen hatten sie bei der Geburt gestanden, und dem Ochs, der sehr auf Formen hält, sind sie besonders lieb. Unbewegt verharren sie so – manche Stunde lang, als ob sie einem unsichtbaren Maler Modell stünden.

Das Kind senkt die Lider. Eilig schläft es wieder ein. Ein heller Engel erwartet es einige Schritte hinter dem Schlaf, um ihm etwas zu sagen, oder vielleicht, um etwas zu fragen.

Lebendig tritt der Engel aus dem Traum Jesu heraus und erscheint im Stall. Verbeugt sich vor dem Neugeborenen und malt dann einen reinsten Schein um seinen Kopf. Und einen für die Jungfrau, einen dritten für Joseph. Dann entschwindet er in einem Blenden von Flügeln und Federn, deren Weiße, wieder- und wiederkehrend in großem Getose, an helle Wellen in der Flutzeit denken läßt.

»Für uns hat er keinen Schein übrig gehabt«, stellt der Ochs fest, »sicher hatte der Engel seine Gründe. Wir sind ihm zu wenig, der Esel und ich. Was haben wir denn auch getan, um den goldenen Kranz zu verdienen?«

»Du hast sicher nichts getan; aber vergiß nicht: ich habe die Jungfrau getragen.«

Der Ochs denkt bei sich:

›Wie hat die Jungfrau es nur gemacht, diese schöne, leichte, daß sie das liebliche Kindlein verbarg?‹

Aber vielleicht hat er zu laut gedacht, denn der Esel entgegnet:

»Es gibt Sachen, die du nicht verstehst.«

»Warum sagst du immer, daß ich nicht verstehe! Ich habe mehr als du erlebt; ich habe in den Bergen und auf dem flachen Lande und schon am Meere gearbeitet.«

»Darauf kommt es nicht an«, sagt der Esel.

Und dann:

»Es ist nicht nur der Schein. Du hast sicher noch nicht bemerkt, daß das Kind in einer wunderbaren Wolke schwebt – doch es ist noch mehr als eine Wolke.«

»Es ist viel köstlicher«, sagt der Ochs, »es ist wie ein Leuchten, ein goldener Dampf, der von dem kleinen Leib ausgeht.«

»Ja, aber damit willst du mir weismachen, du habest ihn gesehen.«

»Ich habe ihn nicht gesehen?«

Der Ochs zieht den Esel in eine Ecke des Stalls, wo der Wiederkäuer als Zeichen der Andacht ein Zweiglein hergerichtet hat, aufs zierlichste von Strohhälmchen umgeben, und ganz deutlich stellen sie das Strahlen des göttlichen Leibes dar. Hier ist die erste Kapelle; dies Stroh: von draußen hatte es der Ochs herbeigetragen; das Stroh der Krippe dafür zu nehmen, hatte er nicht gewagt. Er hatte eine abergläubische Furcht davor, weil es so gut zu essen war.

Ochs und Esel sind dann bis zum Abend grasen gegangen. Wenn auch die Steine lange brauchen, um zu begreifen, so gab es doch schon viele auf den Feldern, die es wußten. Und sogar einem Kieselstein begegneten sie, der Farbe und Form ein wenig wechselte und ihnen so mitteilte, daß er auf dem laufenden sei.

Auch Blumen wußten schon und wollten geschont sein. Es war die reinste Mühsal, zu grasen, ohne Gott zu verletzen. Und das Essen erschien dem Ochsen mehr und mehr unwichtig. Das Glück vermochte ihn zu sättigen.

Auch ehe er trank, fragte er sich:

›Ob auch dieses Wasser es weiß?‹

In seinem Zweifel trank er lieber nicht, ging ein wenig weiter zu einer schlammigen Pfütze, die offenbar noch nichts wußte.

Doch manchmal belehrte ihn nur eine unendliche Süße in seiner Kehle, in dem Augenblick, wenn er das Wasser schlürfte.

›Zu spät‹, dachte der Ochs, ›ich hätte doch nicht davon trinken dürfen.‹

Er wagte kaum zu atmen, die Luft erschien ihm wie etwas Heiliges und Einbezogenes. Er fürchtete, einen Engel einzuatmen.

Der Ochs schämte sich, weil er wußte, daß er nicht immer so sauber war, wie er wollte:

›Also muß ich sauberer werden als bisher; man muß eben achtgeben und aufpassen, wo man seine Füße hinsetzt.‹

Der Esel fühlte sich wohl.

Die Sonne schien in den Stall, und die beiden Tiere stritten jetzt um die Ehre, dem Kinde als Schatten zu dienen.

›Ein bißchen Sonne wäre sicher gar nicht schlecht‹, dachte der Ochs, ›aber dann wird der Esel sofort wieder sagen, ich verstehe nichts davon.‹

Das Kind schlief weiter, manchmal dachte es in seiner Ruhe nach und bewegte die Brauen.

Eines Tages drehte der Esel aufs zärtlichste mit seinem Maul das Kind auf seine Seite, während die Jungfrau an der Schwelle der Tür die tausend Fragen zukünftiger Christen beantworten mußte.

Als Maria zu ihrem Sohne zurückkam, erschrak sie sehr: sie bestand darauf, des Kindes Gesicht da zu finden, wo sie es gelassen hatte.

Merkend, was geschehen war, ließ sie den Esel wissen, daß es sich nicht gehöre, das Kind zu berühren. Der Ochs stimmte durch ein Schweigen besonderer Art zu, er verstand es, seiner Stummheit Rhythmus, Nuancen und Akzente zu geben. Während der kühlen Tage konnte man an der langen Dunstfahne, die aus seiner Nase strömte, sehr leicht den Lauf seines Gedanken ablesen. Und sich über vieles klar werden.

Der Ochs hielt sich nicht für berufen, dem Kinde anders als mittelbar zu dienen; so zog er, indem er alle Morgen den Rücken an einem Stock wilder Bienen rieb, die Fliegen des Stalles an sich, oder aber er zerdrückte Insekten an der Mauer.

Der Esel horchte auf die Geräusche von draußen, er versperrte den Eingang, wenn ihm etwas verdächtig vorkam. Gleich stellte sich dann der Ochs hinter ihn. Sie machten sich so breit sie konnten: solange die Gefahr da war, füllten sich ihr Kopf und ihr Leib gleichsam mit Blei und Granit. Und ihre Augen blitzten, wachsamer als je.

Der Ochs war erstaunt, als er sah, daß die Jungfrau die Gnade besaß, das Kind lächeln zu machen, wenn sie an die Krippe trat. Joseph, trotz seines Bartes, erreichte es auch ohne viele Mühe, und das nur durch seine bloße Gegenwart oder weil er auf dem Flötchen spielte. Der Ochs wollte nun auch etwas spielen, man brauchte ja eigentlich nur zu schnaufen.

›Kein Wort gegen meinen Herrn, aber ich glaube nicht, daß er das Jesukind mit seinem Atem hätte wärmen können. Und das mit der Flöte: ich müßte nur mit dem Kleinen allein sein, dann wäre ich nicht mehr schüchtern. Es wird dann wieder schutzbedürftig, und ein Ochs hat immerhin das Gefühl seiner Stärke.‹

Wenn sie zusammen auf der Wiese weideten, kam es nicht selten vor, daß der Ochs fortging.

»Wo gehst du hin?«

»Ich komme sofort wieder.«

»Wohin gehst du?« drängte der Esel.

»Ich will sehen, ob es nichts nötig hat. Man kann nie wissen.«

»Aber laß es doch in Ruhe!«

Der Ochs ging dennoch. Im Stall war eine Luke – die man später, aus diesem Grunde, Ochsenauge genannt hat –, durch die schaute er hinein.

Eines Tages bemerkte er, daß Maria und Joseph fort waren. Er fand das Flötchen auf der Bank liegen, gerade in richtiger Höhe, und nicht zu weit und nicht zu nah vom Kindlein.

›Was könnte ich ihm denn wohl vorspielen?‹ fragte sich der Ochs, der nur durch die vermittelnde Musik bis an das Ohr Jesu zu gehen wagte. ›Ein Arbeitslied? Das Kriegslied des kleinen tapferen Stieres oder die verzauberte Färse?‹

Bei Ochsen sieht es oft aus, als ob sie mit Kauen beschäftigt seien, in Wirklichkeit jedoch singen sie im Grunde ihres Herzens.

Der Ochs blies sorglich die Flöte, und es ist gar nicht sicher, daß ihm ein Engel geholfen hat, so saubere Töne hervorzubringen. Ein wenig wandte sich das Kind mit Kopf und Schultern auf seinem Lager, um zu sehen. Trotzdem war der Spieler nicht zufrieden. Doch glaubte er sich wenigstens sicher, nicht von außen gesehen zu werden, aber da täuschte er sich.

Schnell lief er fort, vor Furcht, daß einer, der Esel besonders, eintrete und ihn dann zu nahe bei dem Flötchen entdecke.

»Komm es doch ansehen«, sagte eines Tages die Jungfrau zum Ochsen, »warum gehst du denn nie mehr an das Kind heran, du, und hast es doch so gut gewärmt, als es noch ganz nackt war?«

Erkühnt stellte er sich ganz nah zu Jesus. Der wollte ihn sehr beglücken und umfaßte mit beiden Händen des Ochsen Maul. Der Ochs hörte zu atmen auf – atmen war jetzt ganz unnötig. Jesus lächelte. Die Freude des Ochsen war stumm. Sie hatte von seiner ganzen Gestalt Besitz genommen und erfüllte ihn bis in die Spitzen seiner Hörner.

Das Kind betrachtete den Esel und den Ochsen nacheinander. Den Esel, ein wenig seiner selbst zu sicher, und den Ochsen, der sich wie aus unglaublich Dichtem bestehend fühlte gegenüber dem so zart von innen her erleuchteten Gesicht, – es war, wie wenn eine

Lampe, durch leichten Vorhang gesehen, in einer kleinen fernen Wohnung von Zimmer zu Zimmer getragen wird.

Es sah den Ochsen so finster und lachte laut auf.

Das Tier konnte aber nicht in das Lachen hineinsehen und fragte sich, ob das Kind sich nicht über ihn lustig mache. Sollte er sich nicht künftig mehr zurückhalten? Oder vielleicht sogar fortgehen?

Doch da lachte das Kind wieder, und wie dem Ochsen schien, so strahlend und so kindlich, daß er begriff: er hatte gut daran getan zu bleiben.

Die Jungfrau und ihr Sohn betrachteten sich oft von ganz nah, sie waren stolz aufeinander.

›Ich meine, alles müßte fröhlich sein‹, dachte der Ochs, ›ich habe noch nie eine reinere Mutter und ein schöneres Kind gesehen. Aber wie ernst sieht in Augenblicken beider Gesicht aus!‹

Ochs und Esel schickten sich an, zurück in den Stall zu gehen. Da sagte der Ochs – vor lauter Angst, sich zu irren, hatte er genau hingesehen:

»Sieh doch den Stern, der am Himmel aufgeht, wie wunderschön, er macht mir das Herz warm!«

»Laß doch dein Herz in Ruhe, es hat nichts mit den großen Ereignissen zu schaffen, die wir seit kurzem mit ansehen.«

»Sag, was du willst, ich glaube, daß dieser Stern auf uns zukommt. Schau, wie tief er steht; es sieht aus, als ob er in die Richtung des Stalles will. Und darunter sind drei Leute, mit Edelsteinen geschmückt.«

Die Tiere langten vor der Schwelle des Stalles an.

»Was geht nach deiner Meinung hier vor, Ochs?«

»Da fragst du mich zuviel, Esel. Ich begnüge mich damit, zu sehen, was ist, und das ist schon viel.«

»Ich kann es mir schon denken!«

»Voran, voran!« rief ihnen Joseph zu und öffnete die Tür. »Seht ihr nicht, daß ihr den Eingang versperrt? Ihr steht den Leuten im Wege, die hereinwollen.«

Die Tiere traten beiseite und ließen die Heiligen Könige vorbei. Es waren drei an der Zahl; der eine, ganz schwarz, vertrat Afrika. Zunächst beobachtete ihn der Ochs diskret; er wollte sehen, ob der Neger wirklich nur Gutes mit dem Neugeborenen vorhabe.

Als das Gesicht des Schwarzen, der wohl ein wenig kurzsichtig war, sich deshalb näher zu Jesus beugte, um ihn zu sehen, gab es, blank und wie ein Spiegel glänzend, das Antlitz des Kindes wieder, und es war so ergeben und selbstvergessen, daß das Herz des Ochsen ganz von Sanftmut durchdrungen wurde.

›Das ist ein wackerer Mann!‹ dachte er bei sich. ›Die beiden anderen hätten das niemals fertiggebracht.‹

Und fügte gleich danach hinzu:

›Er ist der Beste von den dreien.‹

Denn gerade ertappte er die weißen Könige, als sie einen Strohhalm aus der Krippe sorgfältig in ihrem Gepäck verwahrten. Der Schwarze hatte nichts genommen.

Auf einer notdürftigen Lagerstatt, von Nachbarn erstellt, schliefen die Könige, Seite an Seite, ein.

›Sonderbar‹, dachte der Ochs, ›beim Schlafen die Kronen aufzubehalten. Die belästigen sicher noch viel mehr als die Hörner. Und mit all den glänzenden Steinen auf dem Kopf werden sie Mühe haben, Schlaf zu finden.‹

Sie schliefen gelassen wie Statuen auf Grabmalen. Ihr Stern glänzte über der Krippe.

Kurz vor Tagesgrauen standen die drei auf, zur selben Zeit, mit den gleichen Bewegungen. Sie hatten eben im Traum denselben Engel gesehen, der ihnen empfahl, sofort aufzubrechen und nicht bei Herodes, dem neidischen, vorbeizugehen und ihm nicht zu sagen, daß sie Jesus gesehen hatten.

Als sie gingen, ließen sie den Stern über der Krippe, damit jeder sah, daß es da war.

Gebet des Ochsen

»Du, himmlisches Kind, du darfst mich nicht nach meiner bestürzten, verständnislosen Miene beurteilen. Könnte ich denn nicht eines Tages aufhören, einem wandelnden kleinen Felsen zu gleichen?

Du mußt wissen, daß diese Hörner mehr ein Schmuck sind als etwas anderes; ich will dir sogar eingestehen, daß ich sie noch nie gebraucht habe.

Jesus, wirf ein wenig deines Lichts auf all die Wirrnisse und die Ärmlichkeiten, die in mir sind! Lehre mich ein wenig von deiner Feinheit, du, dessen Füßchen und Händchen so sorgfältig an deinen Körper gefügt sind. Wirst du mir sagen, mein kleiner Herr, wieso ich eines Tages nur den Kopf zu drehen brauchte, um dich ganz zu sehen? Wie ich dir danke, daß ich vor dir knien kann, du wunderbares Kind, und so im vertrauten Umgang mit Engeln und Sternen leben darf! Manchmal frage ich mich, ob du nicht schlecht unterrichtet warst und ob ich wohl der Richtige bin, der hier sein muß. Vielleicht hast du nicht bemerkt, daß ich eine große Narbe auf dem Rücken habe und daß ich an der Seite kahl bin; das ist sehr häßlich. Wenn es schon meine Familie sein sollte: könnten nicht besser mein Bruder oder meine Vettern hier sein, die taugen alle viel mehr als ich! Wären nicht überhaupt der Löwe oder der Adler hier besser am Platze?«

»Sei doch still«, sagte der Esel, »was hast du denn so zu stöhnen, merkst du nicht, wie du es im Schlaf störst mit deinem Wiederkäuen?«

›Er hat recht‹, sagte sich der Ochs, ›man muß zur rechten Zeit schweigen können, auch wenn man ein so großes Glück verspürt, daß man nicht weiß, wo man es bergen soll.‹

Doch auch der Esel betete:

»Zugesel, Packesel, das Leben wird schön für unsere Tritte, und auf lustigen Weiden werden die Füllen ihre Zeiten erwarten. Dank dir, du kleiner junger Mann, bleiben nun die Steine schön auf ihrem Platz am Straßenrand liegen, sie werden nicht mehr auf uns fallen. Jedoch: Warum soll es immer noch Hügel und Berge auf unsern Wegen geben? Wäre nicht das Ebene überall und für jedermann das Richtige? Und warum trägt der Ochs, der doch viel stärker ist als unsereins, niemals jemanden auf seinem Rücken? Und warum sind meine Ohren so lang, warum habe ich keine schönen Haare an meinem Schweif, und meine Hufe sind so klein, und meine Brust ist eng, und meine Stimme ist rauh wie Winterwetter. Aber das alles ist wahrscheinlich nicht endgültig.«

In den Nächten, die nun kamen, mußten bald dieser Stern, bald ein anderer wachen. Und manchmal ein ganzes Sternbild. Das Geheimnis des Himmels zu hüten, stellte sich stets eine Wolke dahin, wo die fehlenden Sterne eigentlich stehen sollten. Und es war wunderbar, zu sehen, wie sich die unendlich weit Entfernten klein machten, wenn sie über der Krippe standen, und wie sie ihr Übermaß an Feuer, an Licht und an Unendlichkeit verhielten, nur das Notwendige hergaben, davon den Stall zu wärmen und zu erleuchten, ohne das Kind zu erschrecken. Erste Nächte der Christenheit ... Die Jungfrau, Joseph, das Kind, der Ochs und der Esel, sie kamen dann in außerordentlichem Maße zu sich selbst. Dieser Widerschein ihrer selbst, der am Tage ein wenig verblaßte und vor den Besuchern schwand, wurde nach Sonnenuntergang wundersam dicht und gesichert. Mehrere Tiere baten,

Ochs und Esel als Mittler, das Jesuskind sehen zu dürfen. Und eines schönen Tages wurde, nachdem Joseph zugestimmt hatte, ein Pferd, als zutunlich und schnell bekannt, vom Ochsen bestimmt, das vom folgenden Tage an alle einladen sollte, die kommen mochten.

Ochs und Esel fragten sich, ob man wilde Tiere zulassen dürfe, und auch Dromedare, Kamele, Elefanten: alles Tiere, die ein bißchen verdächtig sind vor lauter Buckel, Rüssel, Bein und Fleisch. Dasselbe galt für Abscheu erregende Tiere, Insekten wie die Skorpione, Taranteln, die Riesenspinne, die Schlangen, alle, die Gift in ihren Drüsen entstehen lassen, tags und nachts, selbst morgens, wenn alles noch rein ist.

Die Jungfrau zögerte nicht.

»Ihr könnt alle kommen lassen, mein Kind ist so sicher in seiner Krippe, als sei es im höchsten Himmel.«

»Und eins nach dem andern«, meinte Joseph in fast militärischem Ton, »es dürfen nicht zwei Tiere auf einmal durch die Tür, sonst findet man sich ja gar nicht mehr zurecht.«

Mit den giftigen Tieren fing man an; jeder hatte das Gefühl, daß man ihnen so genugtun müsse. Bemerkenswert war der Takt der Schlangen, die es vermieden, die Jungfrau anzusehen, und ihr weit aus dem Wege gingen. Dann schieden sie mit so viel verhaltener Würde, als seien sie Tauben oder Wachhunde.

Und da waren kleine Tiere, so klein, daß man nicht wußte, ob sie drinnen waren oder noch draußen warteten. Den Atomen wurde eine ganze Stunde bewilligt, in der sie sich vorstellen und um die Krippe kreisen konnten. Als ihre Zeit vorbei war, bat Joseph, obwohl er an einem feinen Prickeln der Haut merkte, daß noch nicht alle fort waren, die anderen Tiere, sich zu zeigen.

Die Hunde konnten sich nicht enthalten, ihr Wundern zu zeigen: sie nämlich durften nicht im Stall wohnen wie Ochs und Esel. Jeder aber – anstatt ihnen Bescheid zu geben – streichelte sie, und so gingen sie wieder, voll sichtlichen Danks.

Und trotzdem, als man an seinem Geruch den Löwen kommen spürte, wurden Ochs und Esel unruhig. Um so mehr, als dieser Geruch unbekümmert Weihrauch, Myrrhen und die anderen Düfte durchdrang, die die Könige reichlich verbreitet hatten.

Der Ochs würdigte die hochherzigen Gründe, aus denen das Vertrauen der Jungfrau und Josephs kam. Aber ein solches Kind, solch ein zartes Fünkchen an ein Tier zu bringen, das es mit einem einzigen Atemzug auszulöschen vermochte ...

Die Unruhe von Ochs und Esel wurde noch größer, weil es sich, wie sie genau sahen, für sie gehörte, gleichsam gelähmt vor dem Löwen zu stehen. Sie konnten nicht daran denken, an ihn heranzukommen, so wenig wie an Donner oder Blitz. Und der Ochs, vom Fasten schwach, fühlte sich wie aus Luft, gar nicht kampflustig.

Der Löwe kam mit seiner Mähne, die nie einer gekämmt hatte außer dem Wüstenwind, und mit melancholischen Augen, die sagten: ›Ich bin der Löwe, was kann ich denn dafür; ich bin nur der König der Tiere.‹

Dann sah man, daß seine größte Sorge war, möglichst wenig Platz im Stall einzunehmen, was nicht leicht war, und zu atmen, ohne etwas in Unordnung zu bringen, und seine Krallen zu vergessen und die mit fürchterlichen Muskeln versehenen Kinnbacken. Er kam mit gesenkten Lidern und verbarg sein wunderschönes Gebiß wie eine häßliche Krankheit; kam mit so viel Bescheidenheit, daß er augenscheinlich den Löwen zuzurechnen war, die sich eines Tages weigerten, die heilige Blandine zu fressen. Die Jungfrau hatte Mitleid und wollte ihn beruhigen mit einem Lächeln, wie sie es sonst nur für das Kind übrig hatte. Der Löwe blickte geradeaus, mit einer Miene, als sage er in noch verzweifelterem Ton als vorher:

›Was habe ich denn getan, daß ich so groß und stark bin? Ihr wißt doch alle, daß ich immer von Hunger und der frischen Luft getrieben war, wenn ich fraß; und ihr kennt ja auch das Problem der Löwenjungen. Wir haben alle mehr oder weniger versucht, Pflanzenfresser zu werden, aber Pflanzen sind nichts für uns, so geht es nicht.‹

Dann senkte er seinen riesigen Kopf, auf dem die Haare wie explodiert standen, und legte sich traurig auf den harten Boden; die Quaste seines Schweifs wirkte ebenso niedergeschlagen wie sein Kopf; er war von einer großen Stille umgeben, die allen zu Herzen ging.

Der Tiger warf sich, als er an die Reihe kam, auf die Erde und machte sich so flach, bis er vor lauter Selbstverleugnung wie ein Bettvorleger vor der Krippe lag. Doch dann, in Sekundenschnelle, war er wieder ganz da mit einer unglaublich elastischen Kraft, verschwand und ward nicht mehr gesehen.

Die Giraffe zeigte für kurze Zeit ihre Füße in der Tür, und jeder war der Meinung, daß das ›zähle‹, als ob sie den Besuch an der Krippe gemacht habe.

Das gleiche war beim Elefanten; er begnügte sich damit, auf der Schwelle niederzuknien und seinen Rüssel wie ein Weihrauchfaß zu schwenken, was von allen gut aufgenommen wurde.

Ein Hammel mit unheimlich viel Wolle wünschte, sogleich geschoren zu werden, aber man ließ ihm sein Vlies mit verbindlichem Dank.

Mutter Känguruh wollte mit aller Gewalt Jesus eins ihrer Kinder schenken, machte geltend, daß das Geschenk von Herzen komme und daß es sie nicht beraube, denn sie habe noch andere kleine Känguruhs zu Hause. Aber Joseph wollte es nicht, und sie mußte ihr Kind wieder mitnehmen.

Der Strauß hatte mehr Glück; er legte in einer unbeobachteten Sekunde ein Ei in den Winkel und kam ohne Lärm fort. Das Andenken wurde erst am nächsten Tag entdeckt, und zwar bemerkte es der Esel. Er hatte noch niemals etwas so Großes und Hartes als Ei gesehen und wollte an ein Wunder glauben. Da belehrte Joseph ihn eines Besseren: es wurde daraus ein Eierkuchen gemacht.

Die Fische, die sich infolge ihrer bedauernswerten Atemweise nicht außerhalb des Wassers zeigen konnten, hatten eine Möwe beauftragt, sie zu vertreten.

Die Vögel ließen, wenn sie fortflogen, ihre Lieder da, Tauben ihre Liebessänge, Affen lustige Streiche, Katzen ihre Blicke, Turteltäubchen die Süße ihrer Kehle.

Gern hätten sich auch alle Tiere vorgestellt, die noch nicht entdeckt sind und noch keinen Namen haben, in der Erde, im Meer, in solchen Unergründlichkeiten, daß für sie immer Nacht ist ohne Sterne, Mond und Jahreszeiten.

Man hörte in der Luft die Herzen derer schlagen, die nicht kommen konnten oder sich verspäteten, und anderer, die am Rande der Welt wohnten und sich doch auf den Weg gemacht hatten, mit Insektenbeinen so klein, daß sie in der Stunde kaum einen Meter vorankamen, und deren Leben so kurz bemessen war, daß sie nicht damit rechnen konnten, einen halben Meter zurückzulegen, selbst wenn sie viel Glück hatten.

Wunder geschahen: die Schildkröte beeilte sich, die Eidechse lief langsamer, das Flußpferd machte zierliche Kniefälle, die Papageien bewahrten Schweigen.

Kurz vor Sonnenuntergang ereignete sich etwas, das alle schmerzte. Joseph, ermüdet von seiner Arbeit – er hatte den ganzen Tag, ohne zum Essen zu kommen, die Besucher abgefertigt –, zertrat eine häßliche Spinne; in seiner Zerstreutheit vergaß er, daß auch sie dem Kinde huldigen wollte. Und das fassungslose Gesicht des Heiligen bestürzte alle für eine ganze Weile.

Manche Tiere, von denen man mehr Bescheidenheit hätte erwarten können, blieben einfach im Stall zurück: den Marder, den Dachs und das Eichhörnchen mußte der Ochs hinaustreiben, weil sie nicht gehen wollten.

Ein paar Nachtfalter nutzten ihre den Dachbalken ähnliche Farbe aus, um die ganze Nacht über der Krippe sein zu können. Aber der erste Sonnenstrahl verriet sie am nächsten Morgen, und Joseph, der niemanden bevorzugen wollte, jagte sie sofort davon.

Ein paar Fliegen sollten ebenfalls verschwinden, doch ließen sie durch ihre Abneigung, wegzufliegen, erkennen, daß sie immer schon dagewesen waren, und Joseph wußte nicht, was er ihnen sagen sollte.

Die übernatürlichen Erscheinungen, die der Ochs miterlebte, verschlugen ihm oft den Atem. Da er sich angewöhnt hatte, die Luft anzuhalten, wie es die Asketen Asiens zu tun pflegen, bekam er ebenfalls Gesichte und erlebte, obwohl er weniger am Erhabenen als an der Demut Lust hatte, richtige Ekstasen. Aber er bekam dann Bedenken, und das hinderte ihn, sich Engel und Heilige vorzustellen. Er sah sie nur, wenn sie sich wirklich in der Nähe aufhielten. ›Ich Ärmster‹, dachte der Ochs, erschreckt durch diese Erscheinungen, die ihm verdächtig waren, ›ich Ärmster, der ich nur ein Lasttier bin oder vielleicht der böse Geist. Denn warum habe ich Hörner wie er? Ich habe doch nie etwas Böses getan? Selbst wenn ich nur ein Zauberer wäre ...‹

Joseph bemerkte sehr genau die Bedrängnis des Ochsen, der zusehends abmagerte.

»Geh doch nach draußen, fressen!« rief er ihm zu. »Du läufst uns den ganzen Tag zwischen den Beinen herum und bist bald nur noch Haut und Knochen!«

Ochs und Esel gingen hinaus.

»Es stimmt schon, du bist mager«, sagte der Esel, »deine Knochen sind so spitz geworden, daß dir überall Hörner hervorkommen!«

»Sprich mir nicht von Hörnern!«

Der Ochs sagte zu sich selbst:

›Er hat recht, ja, man muß leben. Also nimm doch das Büschel Gras und dies hier! Bildest du dir ein, es sei giftig? Nein, ich habe keinen Hunger. Wie schön ist doch das Kind! Und die großen Gestalten, die hin und her gehen und durch ihre ständig schlagenden Flügel atmen! Diese sanfte, himmlische Welt, die in unsern kleinen Stall kommt, ohne sich zu beschmutzen. Friß doch, Ochs, mach dir nichts draus! Und dann darfst du dich nicht von dem Glück stören lassen, das mitten in der Nacht kommt und dich an den Ohren zieht. Auch nicht so lange an der Krippe auf einem Knie bleiben, bis es dir weh tut! Dein Fell ist an den Gelenken schon ganz durchgerieben, noch ein Weilchen, und die Fliegen stürzen sich drauf.‹

Eines Nachts hatte das Sternbild des Stiers die Wacht über dem Stall an einer Bahn des schwarzen Himmels. Das rote Auge des Aldebaran leuchtete prächtig und hell, ganz nah. Und die Hörner, die Stierflanken, wurden zu einem riesigen Schmuckstück. Der Ochs war stolz darauf, daß das Kind so gut behütet wurde. Alles schlief friedlich; der Esel mit vertrauensvoll gesenkten Ohren. Aber der Ochs, obwohl er durch die übernatürliche Anwesenheit des freundschaftlich verwandten Sternbilds gestärkt wurde, fühlte in sich nichts als Schwäche. Er dachte an alle seine Opfer für das Kind, die nutzlosen Wachen und den sinnlosen Schutz.

›Ob mich wohl der Stier sieht?‹ dachte er. ›Weiß das große rote Auge, das zum Fürchten funkelt, daß ich hier bin? Die Sterne – sie sind so hoch, so fern, daß man nicht einmal weiß, wohin sie blicken.‹

Auf einmal steht Joseph, der schon eine Weile auf seinem Lager unruhig war, auf und erhebt die Arme. Er, der immer so maßvoll in Gesten und Worten ist, jetzt weckt er alle, selbst das Kind. »Ich habe den Herrn im Traum gesehen. Wir müssen gleich wegziehen. Ja, wegen Herodes, er will Jesus etwas zuleide tun.«

Die Jungfrau nimmt ihren Sohn in den Arm, als ob der Judenkönig schon da sei und in der Tür stehe, ein Metzgermesser in der Hand. Der Esel stellt sich auf.

»Und der da?« sagt Joseph zu der Jungfrau und zeigt auf den Ochsen.

»Er ist wohl zu schwach, er kann nicht mitkommen.«

Der Ochs will zeigen, daß das nicht stimmt. Er strengt sich an, um aufzustehen, aber nie hat er sich so an die Erde gefesselt gefühlt. Dann blickt er hilfeflehend das Sternbild an. Er rechnet nur noch darauf, daß es ihm die Kraft gebe aufzustehen. Der himmlische Stier rührt sich nicht, sein Auge bleibt rot und hell und immer von der Seite dem Ochsen zugekehrt.

»Er hat mehrere Tage nicht gefressen«, sagt die Jungfrau zu Joseph.

›Oh, ich verstehe gut, sie wollen mich hier lassen‹, denkt der Ochs, ›es war zu schön, es konnte nicht so weitergehen. Schließlich könnte ich nur wie ein Knochengespenst nachhinken. Meine Rippen haben von meiner Haut genug und wollen es sich nun unter dem Himmel bequem machen.‹

Der Esel kommt zum Ochsen und reibt sein Maul gegen das des Wiederkäuers, um ihm zu sagen, daß die Jungfrau ihn einer Nachbarin empfohlen habe und daß ihm nach ihrem Abschied nichts fehlen werde. Aber der Ochs, mit halb geschlossenen Lidern, wirkt wie zerschmettert.

Die Jungfrau streichelt ihn und ruft: »Natürlich verreisen wir nicht. Wir wollten dir nur angst machen.«

»Versteht sich, wir kommen sofort wieder«, fügt Joseph hinzu, »mitten in der Nacht geht man doch nicht einfach so weg.«

»Die Nacht ist so schön«, antwortet die Jungfrau, »das Kind soll ein bißchen Luft schöpfen, es ist etwas blaß in den letzten Tagen.«

»Es stimmt wirklich«, sagt der heilige Mann.

Das ist die fromme Lüge. Der Ochs versteht sie, aber er möchte die Eltern nicht hindern, sich auf die Reise vorzubereiten, und tut, als ob er tief schlafe. Das ist seine Art zu lügen.

»Er ist eingeschlafen«, sagt die Jungfrau, »wir wollen ihm Krippenstroh hinlegen, dann fehlt ihm nichts, wenn er aufwacht. Wir wollen ihm auch das Flötchen so hinlegen, daß er hineinblasen kann«, fügt sie noch ganz leise hinzu, »er spielt gerne, wenn er allein ist.«

Sie machen sich fertig zu gehen. Die Stalltür knarrt.

›Ich hätte sie ölen sollen‹, denkt Joseph, und er hat Angst, daß der Ochs aufwacht, aber der tut immer noch, als schlafe er.

Die Tür wird mit Sorgfalt geschlossen.

Während der Esel der Krippe nach und nach der Esel der Flucht nach Ägypten wird, bleibt der Ochs zurück und richtet seine Augen auf das Stroh, auf dem eben noch das Jesuskind lag.

Er weiß genau, daß er es niemals mehr berühren wird und auch nicht das Flötchen.

Das Sternbild des Stiers springt mit einem Satz zurück nach oben bis zum Zenit und heftet sich mit einem Hornstoß an den Himmel, an die Stelle, die es niemals mehr verließ.

Als die Nachbarin, kurz nach der Morgenröte, hereintrat, hatte der Ochs aufgehört zu malmen.

DAS FEST

FELIX TIMMERMANS

Die großen Tiere hatten Frieden geschlossen. Es war höchste Zeit. Früher hatten sie einander, hauptsächlich wegen der Kleinen, ununterbrochen bekämpft, bis der Fuchs sie eines Tages in sein Schloß zusammenrief und ihnen klarmachte, wie dumm sie eigentlich wären.

»Wir Edelleute vernichten gegenseitig unser schönes Geschlecht immer nur wegen der Untertanen. Schließlich wird die Blüte des Adels so geschwächt, daß die niederen Tiere uns völlig in der Gewalt haben und wir deren Untertanen sein werden!« Und er sprach so lange auf sie ein, bis sie ihre frühere Feindschaft vergaßen und miteinander Frieden schlossen.

Überall wurde kundgetan, daß zu aller Nutz und Frommen ewiger Frieden zwischen den Fürsten herrsche und daß es zur Wahrung dieses Friedens allen kleinen Tieren hinfort verboten sei, sich bei irgendeinem Herrn über einen anderen Herrn zu beklagen, widrigenfalls sie sich der Strafe aussetzen würden, auf der Stelle totgebissen und aufgefressen zu werden.

Die Großen im Tierreich waren nun dicke Freunde, die zusammen üppige Feste feierten und in ihrem gegenseitigen Revier nach Herzenslust jagen durften, was ihnen zusagte.

So durfte Hinze, der Kater, in jedem Gehege Mäuse fangen.

Der Fuchs durfte sich die Hühner holen, der Wolf die Lämmer, hatte doch jeder seinen eigenen Geschmack, und was dem einen nicht gefiel, war dem anderen ein Leckerbissen. So wurde der Frieden im Lande nicht gestört.

Aber für die Kleinen war eine traurige Zeit gekommen. Sie zitterten Tag und Nacht vor Angst und Sorge.

Heute wurde in Malepartus, im Schloß des Fuchses, der dritte Jahrestag des Friedens festlich begangen. Der Lärm der Gäste drang durch die erleuchteten Fenster bis tief in die Nacht hinaus.

Mögen sie ruhig feiern! Ach, wollten sie doch wochenlang feiern!

Die kleinen Tiere wußten, daß sie dann wenigstens einmal unbesorgt hinaustreten durften. Deshalb besuchten sie sich gegenseitig in dieser Nacht, um einander ihre Not zu klagen oder Trost zu spenden, oder sie machten sich an die Arbeit, um Vorräte einzusammeln.

So saß auch das Häslein, das seit der Verkündung des Friedens so viele Brüder, Nichten und Vettern verloren hatte, froh und unbekümmert in der nächtlichen Stille der Felder und tat sich gütlich an einem saftigen Kohlblatt. Es lauschte der Nachtigall, die im Laub einer Birke ihre Lieder sang, und schlug beim Schmausen mit dem kurzen Schwanz den Takt dazu.

Es hatte sich gerade ein frisches Blatt genommen, als es von einer zarten Stimme aus einer nahen Eiche angerufen wurde.

»Liebes Häslein, dir scheint es ja zu schmecken!«

»Wie du siehst, Eichhörnchen«, sagte das Häslein; »was gibt es?«

»Nichts Besonderes, Häslein. Beim Fuchs wird ein großes Fest gefeiert.«

»Sonst säße ich nicht so ruhig hier, Eichhörnchen, denn heutzutage ist es kein Vergnügen, als Hase geboren zu sein.«

»Es muß ein gewaltiges Fest sein, wie die Fledermaus erzählte, die soeben dort vorbeigeflattert ist. Gestern schon, sagte sie, hat man ganze Ladungen Enten, Lämmer und Mäusekränze hineingeschafft und volle Töpfe für den Bären. Und nun fressen sie sich so dick und prall, sagte sie, daß sie sich kaum noch rühren können. Aber immer wird noch weiter gebraten und gekocht, und die Becher werden immer wieder mit frischem Blut gefüllt ...«

»Schweig«, flehte das Häslein, »ich kann vor Angst nicht mehr fressen.«

»Schade, daß keine Bäume um das Schloß stehen, sonst könnte ich hinaufklettern und ihrem Treiben zusehen.«

»Nun, Eichhörnchen, wenn ich so gut klettern könnte wie du und nicht so ängstlich wäre wie ich, dann würde ich auf die Mauer klettern und alles sehen können.«

»Das täte ich schon, Häslein, wenn ich so schnelle Beine hätte wie du.«

»Die sind so lang geworden vor Angst«, sagte das Häslein schüchtern.

»Hör mal, Häslein«, meinte das Eichhörnchen, »ich habe einen Gedanken. Wir könnten zusammen unseren Feinden beim Festmahl zusehen, wenn wir einander helfen!«

»Wieso?« fragte das Häslein erstaunt.

»Ganz einfach. Wir gehen zusammen hin. Ich klettere auf die Mauer, und du hängst dich an meinen Schwanz. Von der dicken Mauer herab können wir alles beobachten, und da es draußen dunkel und der Festsaal hell erleuchtet ist, kann man uns nicht sehen ...«

»Und wenn wir doch erwischt werden?« fragte das ängstliche Häslein.

Lachend antwortete das Eichhörnchen: »Sie können uns gar nichts tun, denn sie sind ja alle betrunken. Und sollten wir doch ausreißen müssen, dann setze ich mich auf deinen Rücken, öffne meinen Schwanz wie ein Segel im Winde, und da fliegen wir fast bis in die Wolken.«

»Ich wage es nicht«, sagte das Häslein, »wenn ich das Fest auch gern sehen möchte.«

Aber das Eichhörnchen gab keine Ruhe und wußte das Häslein zu guter Letzt doch noch für seinen Plan zu gewinnen. Nebeneinander hüpften sie davon.

Das Schloß Malepartus mit seinen mächtigen Mauern aus rohen Steinen war von einem tiefen, breiten Schlammgraben umgeben. Die hölzerne Zugbrücke bildete den einzigen Zugang und lag seit der Verkündung des Friedens herabgelassen über dem Graben.

Aus den offenen Fenstern klangen trunkene Stimmen. Das Eichhörnchen zog das bange Häslein mit sich über die Brücke. Zitternd vor Angst, blickte das Häslein in den tiefen Graben, und das Eichhörnchen flüsterte: »Wer dort hineinfällt, kommt nicht wieder heraus. Das ist Schlammwasser, selbst der Hecht müßte darin ertrinken.«

Das Häslein wäre fast gestorben vor Angst, aber zum Weglaufen war es zu schüchtern. Sie kamen an das geschlossene Tor. »Jetzt meinen Schwanz gut festhalten und keine Angst haben«, sagte das Eichhörnchen, »wenn wir fallen, fallen wir auf die Brücke.« Es kletterte an den hohen Steinen empor, und das Häslein ließ sich mitziehen. Mit viel Mühe gelangten sie auf die Mauer hinauf und konnten nun bequem in den Festsaal blicken. Da sahen sie wahrhaftig im Fakkelschein die hohen Herrschaften, die sich um einen reichbestellten Tisch geschart hatten. Der Fuchs und seine Familie verzehrten fette Gänse, der Wolf verschlang eine Hammelkeule mitsamt den Knochen, der Bär strich Honig auf einen rosigen Hasenrücken, der Kater vertrieb sich die Zeit mit einem Kranz aufgereihter Mäuse. Alle hatten ihre Frauen und Kinder mitgebracht. Plötzlich erhob sich der Wolf und sprach: »Wir wollen Freunde sein in gegenseitiger Aufopferung, damit der Frieden gewahrt bleibt. Ich lade euch alle ein in mein Waldschloß, das reich ist an köstlichem Mundvorrat. Es lebe der König! Es lebe die Königin!«

Alle hoben die Becher und sangen.

»Diese Heuchler!« sagte das Eichhörnchen; »siehst du, Häslein, wie sie fressen und saufen?«

»Ja, ja«, sagte das Häslein, zitternd vor Angst, »ich sehe es. Komm, wir wollen gehen.« Und es zog das Eichhörnchen am Schwanz. »Ja«, sagte der kleine Kletterer, »wir gehen schon, aber wir müssen die Herrschaften erst noch ein anderes Gesicht machen sehen«, und es nahm einen von den vielen Steinen, die locker auf der Mauer lagen. Der Stein sauste durchs Fenster gerade auf Isegrims Becher. Die Scherben fielen klirrend auf den Tisch. »Schnell, schnell«, sagte das Eichhörnchen, »laß dich fallen!«, sprang auf die Brücke und rannte davon. Aber dem Häslein war der Schreck so in die Glieder gefahren, daß es zum ersten Mal in seinem Leben nicht laufen konnte. Es blieb wie festgenagelt sitzen. Im Saal erhob sich ein fürchterlicher Lärm. Alle stürzten brüllend ans Fenster und sahen das erschrockene Häslein auf der Mauer sitzen. Es saß wie versteinert aufrecht auf den Hinterpfoten und sah die wutverzerrten Gesichter, die drohenden Zähne, die blutigen Zungen und glühenden Augen.

»Soso!« rief der Fuchs, »du wagst es auch noch, sitzen zu bleiben! Träum ich denn nur? Was? Du willst meine Gäste ärgern? Wir wollen im Frieden leben, und du möchtest uns gegeneinander aufhetzen! Heute mache ich mir die Zähne an dir nicht schmutzig. Ich will mein Fest nicht stören, indem ich deine Sippschaft verfolge, aber morgen vertilge ich zusammen mit meinen Freunden das ganze Hasengeschlecht!«

Da fiel das Häslein vor Schreck hintenüber und lief so schnell davon, als spürte es schon die Zähne im Nacken. »Halt!« rief das Eichhörnchen, »niemand wird dich verfolgen, dazu sind sie viel zu vollgefressen.«

»Ach Gott, ach Gott!« jammerte das Häslein, schlotternd vor Angst, »was hast du mir angetan! Morgen müssen wir alle dran glauben.«

»Armes Häslein, das glaube ich auch«, sagte das Eichhörnchen.

Das Häslein klagte Stein und Bein, und das Eichhörnchen überlegte.

»Ich habs!« rief es plötzlich. »Wir laufen schnell zur Ratte, zur Maus, zum Biber, zu allen, die zu nagen, zu sägen und zu feilen verstehen. Alle müssen mitkommen, und wenn es gutgeht, bereiten wir den Herren selbst ein böses Ende!«

»Wieso?« meinte das Häslein aufatmend.

»Schweig still, und sause wie ein Pfeil!«

Mit dem Eichhörnchen auf dem Rücken, das sich an den langen Hasenohren festhielt und den Schwanz aufrecht im Winde trug, rannte das Häslein über die Heide. In Ratten- und Mäuselöcher, in den Bau des Bibers, überallhin brachten sie die Nachricht, daß die Tyrannen sie morgen alle vernichten wollten. Wie sie diese Nachricht erfahren hatten, das erzählten sie nicht.

»Ihr müßt alle helfen. Ihr braucht nur zu nagen, das übrige laßt meine Sorge sein!« sagte das Eichhörnchen.

Eine Stunde später strömten von allen Seiten Ratten und Mäuse, Kaninchen und Hasen, alle, die zu nagen, zu sägen und zu feilen verstehen, in großen Scharen zum Schloß Malepartus. Drinnen erklang ein wilder Gesang aus trunkenen Kehlen. Das Eichhörnchen führte die Scharen an die Brücke und befahl: »Nagt, sägt und feilt, quer durch die Brücke, wenn die einen müde sind, fangen die anderen an!« Jetzt begannen die Tiere in einer Reihe eng nebeneinander eifrig zu nagen. Aber der Lärm im Schloß übertönte jedes Geräusch. Plötzlich rief das Eichhörnchen: »Genug! sonst bricht sie durch. Versteckt euch alle im Heidekraut! Jetzt werdet ihr was erleben! Komm, Häslein, wieder hinauf!« Dem Häslein zitterten die Knie vor Angst.

»Das muß sein«, sagte das Eichhörnchen, »sie müssen vor Wut kochen, du mußt sie herauslocken.« Sie stiegen beide auf die Mauer.

»Setz dich hin wie vorher, aber springe diesmal beizeiten ab!«

Das Häslein gehorchte und setzte sich auf die Hinterbeine. Das Eichhörnchen schleuderte nun Steine durchs Fenster. Klatsch! Bum! Plauz! Dem Fuchs auf die Nase, dem Wolf ins Auge, dem Bären, der gerade gähnte, mitten in den schwarzen Rachen. Gläser und Teller gingen klirrend in Scherben. Man konnte denken, das ganze Haus stürze ein. Und wieder sahen sie das Häslein sitzen; das war wirklich zuviel.

»Weg mit ihm! Noch heute vernichten wir das ganze Hasengeschlecht!«

Man hörte, wie sie holterdiepolter die Treppe herabstürzten und heulend und brüllend hinausstürmten.

»Komm!« rief das Eichhörnchen. Beide sprangen auf die Brücke und verschwanden. Da flog das Tor auf. Sie sahen das Häslein noch schnell um die Ecke biegen. Als aber die schweren, plumpen, vollgefressenen Leiber plötzlich auf die Brücke polterten, brach sie krachend in zwei Hälften auseinander. Alle waren darauf und stürzten hinunter in den zähen Schlamm, in dem jede Bewegung unmöglich war. Mit wüstem Geheul und Gebrüll sanken sie in die Tiefe.

Als es stiller wurde, kamen die kleinen Tiere aus ihrem Versteck zum Vorschein und sahen den furchtbaren Untergang der Tyrannen. Nachdem die letzten in dem Schlamm versunken waren und während nur noch hier und da ein Schwanz emporragte, fingen sie an zu tanzen und jubelten dem Eichhörnchen zu.

Aber das Eichhörnchen erzählte die volle Wahrheit und fügte hinzu: »Wir verdanken unsere Freiheit dem Häslein, das sitzenblieb aus ... Angst.«

BABUSCHKA UND DIE DREI KÖNIGE

PAUL SCHAAF

Vor vielen, vielen Jahren, da stand einmal ein kleines Haus ganz allein zwischen den Wiesen und Feldern. Dort wohnte die alte Babuschka.

Im Sommer sangen die Vöglein im Apfelbaum, aber im Winter war alles still.

Auf den Wiesen und Feldern lag der Schnee.

An einem Wintertag fegte und putzte Babuschka wieder einmal ihr kleines Haus. Weil sie allein war und viel Zeit hatte, fegte und putzte sie oft so lange, bis es allmählich dunkel wurde.

Plötzlich blieb Babuschka mitten in der Stube stehen. Durch Schnee und Wind hatte sie deutlich die Stimmen von Menschen gehört. Es mußten sehr viele sein. Babuschka hörte sie näher kommen.

Als Babuschka aus dem Fenster sah, wollte sie kaum ihren Augen trauen. Da kamen zuerst drei weiße Pferde, die einen prächtig geschmückten Schlitten zogen. Drei Männer saßen in dem Schlitten. Sie waren bunt und fremdländisch angezogen.

Jeder von ihnen trug eine schwere Krone, mit Edelsteinen reich verziert. Dann kamen noch viele Männer zu Pferd oder zu Fuß, es war eine lange Reihe, und die ersten standen schon vor Babuschkas kleinem Haus.

Als es an die Tür klopfte, hätte Babuschka sich gern versteckt. Sie fürchtete sich und wartete lange. Dann aber zog sie den Riegel zurück und trat vor das Haus. Waren es Könige, die vor der Tür standen? Dunkel erinnerte sich Babuschka, daß man Menschen, die eine Krone trugen, Könige nannte. Waren sie streng und böse, wie man ihr erzählt hatte?

Aber da lächelte einer der drei Fremden und sagte freundlich: »Fürchte dich nicht! Wir sind einem hellen Stern gefolgt und suchen den Ort, wo ein Kind geboren wurde, das uns allen Freude und Erlösung bringt. Willst du nicht mitgehen, Babuschka? Wir haben den Weg verloren im tiefen Schnee. Hilf uns den Weg wiederfinden, damit wir dem Kind unsere Gaben bringen!«

Der kurze Wintertag ging schon dem Ende zu. Babuschka sah in das Schneegestöber hinaus. »Kommt in die Stube und wärmt euch! Ich mache erst noch die Arbeit im Haus fertig. Morgen werde ich gewiß mit euch gehen.«

Doch die drei Könige wandten sich ab. »Wenn du nicht mitkommen kannst, Babuschka, wir müssen gleich wieder aufbrechen. Für uns gibt es keinen Aufenthalt.« Babuschka sah ihnen lange nach. Mit allen, die bei ihnen waren, zogen sie wieder durch Wind und Schnee über das weite Land.

Babuschka war in ihr Haus zurückgekehrt und hatte die letzten Ecken sauber gemacht. Noch lange aber saß sie am Tisch und dachte daran, was die drei Könige ihr von dem neugeborenen Kind erzählt hatten: daß es allen Menschen Freude und Erlösung bringen werde. »Wenn ich doch mitgegangen wäre«, dachte Babuschka, »ich hätte das auserwählte Kind mit eigenen Augen gesehen.« Und sie bereute nun, daß sie zurückgeblieben war. Auch als sie sich zum Schlafen niederlegte, fand Bubuschka keine Ruhe. Sie konnte den Morgen kaum erwarten. Tief im Herzen hatte sie nur noch den einen Wunsch, das Kind zu finden und ihm Geschenke darzubringen, wie es die Könige tun wollten.

Schon in der ersten Tagesfrühe machte sich Babuschka auf den Weg. Sie trug in der Reisetasche die wenigen kleinen Geschenke, die sie in ihrer Hütte gefunden hatte. Auch wenn sie nicht kostbar waren, so hoffte Babuschka doch, daß sich das Kind darüber freuen würde.

Sie trat aus dem Haus und suchte die Spuren im Schnee, die ihr den Weg der Könige zeigen sollten, aber der Wind hatte die Spuren längst verweht.

So ging sie allein und ohne Hilfe in das verschneite Land hinein, klopfte an viele Türen und fragte: »Sind drei Könige hier vorbeigekommen? Kennt ihr das auserwählte Kind und wißt ihr, wo es geboren wurde?« Aber nicht einer von allen konnte ihr Antwort geben.

Fremde Kinder spielten im Schnee. Babuschka sah ihnen gerne zu. Seitdem sie hinausgezogen war, um das eine Kind zu suchen, hatte sie alle Kinder liebgewonnen. Aber nicht lange durfte sie stehenbleiben.

Babuschka wanderte weiter.

Schritt für Schritt, den Stock in der Hand, wanderte sie von Dorf zu Dorf. Freundlich wurde sie aufgenommen, aber vergeblich fragte sie überall:

»Wißt ihr den Weg zu dem auserwählten Kind?«

Und weiter stapfte die alte Babuschka über das schneebedeckte Land. Die Wege sind weit in diesem Land, und niemand weiß, ob sie das Kind gefunden hat.

Aber die Leute erzählen, daß bis auf den heutigen Tag, wenn es Winter geworden ist, eine alte Frau durch die Straßen und Gassen geht.

Sie schaut in die Stuben hinein, und manchmal finden die Kinder am anderen Tag ein kleines Geschenk auf der Fensterbank, nur eine Zuckerstange oder ein einfaches Spielzeug.

Die gute alte Babuschka ist in der Dunkelheit an ihrem Haus vorbeigekommen.

GÄSTE IM »STERN«

GENO HARTLAUB

An der Ecke, dort wo ein dunkles Haus wie der Kiel eines Schiffes in den Dämmerhimmel aufragte, hing ein Schild mit der Aufschrift »Gasthof zum Stern«, unter ihm eine matt erleuchtete Milchglaskugel, auf der »Apostelbräu« stand. Das erste, was Karl bei seinem Eintritt vom Schankraum sah, war der Spiegel über der Theke und in ihm, neben einem Stilleben der Gläser und Schokoladenpackungen, sein Ebenbild: das Gesicht in der roten Kapuze mit dem Kaninchenpelzrand, merkwürdig klein, wie zusammengeschrumpft durch die tief in die Stirn gezogene Kopfbedeckung und den Bart, der das Kinn und ein Stück der Wangen bedeckte, nur die spitze Nase, die breiten Backenknochen und die ausgeblichenen Augen waren zu sehen. Der Mantel, von dem gleichen billigen Rot wie die Kapuze, war ihm ein paar Nummern zu groß, von den Schultern hing der Stoff in Falten herab, die Ärmel reichten bis über die Fausthandschuhe. Lächerlicher Anblick, traurig und tölpelhaft. Es nützte wenig, Sack und Rute in dem Fach unter der Theke zu verstecken. Kaum war er eingetreten, da riefen sie schon in mehreren Stimmlagen übereinander hinweg: »Der Weihnachtsmann, ein Weihnachtsmann. Hast du uns was mitgebracht?« Er befreite sich von dem Wattebart, dessen Fusseln auf seinen Lippen klebten, schob die Kapuze in den Nacken und zog den rechten Fausthandschuh mit den Zähnen von der Hand. Das Haar stand struppig und steif in die Höhe, die Augen gewannen ein wenig von ihrer Leuchtkraft zurück, er fuhr sich mit der Zunge über die Lippen und wunderte sich, wie jung er auf einmal wieder aussah trotz der Falten um die Lider und Mundwinkel. »Hab' ich 'nen Durst«, sagte er mit einem kleinen, hellen, verlegenen Lachen, und er räusperte sich, um die künstliche Heiserkeit, zu der ihn seine Rolle verurteilt hatte, loszuwerden. »Kinder, hab' ich 'nen Durst. Ich könnte ein Maß in einem Zug austrinken.« – »'nen doppelten Korn für unseren Weihnachtsmann«, bestellte sein Nachbar an der Theke, ein kleiner, dicker, fröhlicher Mann, der den Fuß des Barhockers mit angewinkelten Beinen wie ein Frosch umklammert hielt. Die Wirtin, eine Frau von Mitte Fünfzig, die unter der verwischten Wellenfrisur rotgeränderte, wie verweinte Augen hatte, gab eine Runde für die an der Theke stehenden und hockenden Gäste aus. »Weil nur einmal im Jahr Weihnachten ist«, sagte sie. »Na denn Prost«, meinte der Dicke, und ein älterer Mann mit einer dunklen Brille, der seinen Hut auf dem Kopf behalten und seine Aktentasche neben sich auf den Hocker gestellt hatte, hob sein Glas und rief: »Frohes Fest!«

Im Kücheneingang, der durch einen Vorhang verhängt war, erschien der Wirt, ein Bursche wie ein Metzgergeselle, gewaltige Schultern, Stiernacken und dazu ein viel zu kleiner, falsch auf den Hals gesetzter Kopf. Er stellte die Schnapsflasche, aus der seine Frau eingeschenkt hatte, mit einem Ruck beiseite. »Aus ist es«, sagte er, »vor Jahresende gibt's nur noch bare Kasse. An Neujahr soll die Buchhaltung in Ordnung sein.« Der Dicke beugte sich vor, die Ellbogen auf die Metallverkleidung der Theke gestützt. »Und wie geht's unserem Weihnachtsmann? 'n bißchen aufgewärmt, was? Ich könnte mir 'ne schönere Arbeit denken als bei dem Sauwetter draußen 'rumlaufen und an die Haustüren klopfen. Oder werben Sie für eine Firma?«

»Voriges Jahr«, sagte Karl und starrte sein Spiegelbild an, auf dem sein Kopf wirr und struwwelig aus dem Pelzkragen hervorschaute, so als sei er soeben aus tiefem Schlummer erwacht und habe sich zwischen Kissen und Federbett aufgerichtet, »voriges Jahr habe ich im Kaufhaus ›Kinderparadies‹ gearbeitet. Bin den ganzen Tag in der schlechten Luft der Spielwarenabteilung hin und her gelaufen. Da hat mich eine Mutter von einem Jungen angehalten und gefragt, ob ich nicht mal zu ihr in die Wohnung kommen könnte, mit der Rute und einem Sack voll Geschenken und so. Warum nicht, hab' ich gedacht und das, was ich sagen sollte, auswendig gelernt. Und dann mit Gepolter die Treppen hinauf, wie es sich gehört. Der Mann hat mir noch zwei Mark extra gegeben, und eine Zigarre. Seitdem mach' ich lieber Außendienst.« Seine kleinen Augen gingen unruhig zwischen den Gästen des »Stern« hin und her, sie schienen um Aufnahme in ihre Gemeinschaft zu bitten. Gerne hätte er den auffallenden Mantel abgestreift, doch er trug darunter nur einen zerrissenen Rollkragenpullover, und der Dicke neben ihm war feiertäglich gekleidet, als sei er auf dem Weg zur Kirche hier hängengeblieben.

»Fast immer«, sagte Karl, der nach dem zweiten Korn ein starkes Redebedürfnis empfand, »geht alles glatt. Nach dem Besuch holterdiepolter wieder die Treppe runter und nichts wie die Haustür hinter sich zugeschlagen und um die nächste Straßenecke gewetzt. Nur heut' muß ich Pech haben.« Er lachte, es klang etwas kümmerlich, noch immer saß ihm die Kälte aus den winddurchwehten Straßen im Genick, »ausgerechnet bei den Leuten aus der Schumannstraße, wo ich schon im vorigen Jahr war, muß mir das passieren. Ich bin schon drei Häuser weiter, schlendere gemütlich an den Vorgärten entlang und will mir gerade 'ne Zigarette anstecken, da hör' ich hinter mir, tap, tap, so 'n stapfenden Schritt von Kinderstiefeln. Ich drehe mich um, da ist mir doch der Junge, der dies Jahr in die Schule gekommen ist, auf den Fersen, ohne Mantel, in seinem blauen Matrosenanzug, den sie ihm schon zur Bescherung angezogen haben, läuft mir das Bürschchen nach. Jedesmal, wenn ich mich drohend umdrehe und ihm die Rute zeige, versteckt er sich hinter 'nem Häuservorsprung. Kaum setze ich mich in Bewegung, ist er wieder da, nichts als ein Schatten und das klägliche Tap-Tap der Stiefelchen auf dem Pflaster. Ich schlag' 'nen Haken, verdufte in die Nebenstraße, der Mantel bläht sich im Wind, laufen konnte ich ja nicht gut, das wäre den Passanten aufgefallen. Das war 'ne schöne Hetzpartie. Man fühlt sich ja, als hätt' man was ausgefressen, wie 'n Gangster, der verfolgt wird vom kleinen Meisterdetektiv. Schließlich wußte ich mir nicht mehr zu helfen und bin in die nächste beste Kneipe hinein.«

Die Gäste lachten, der Dicke aus vollem Halse, ein Herr mit tief in den Nacken gewachsenem Haar und einem Künstlerkopf, der sich bisher nicht eingemischt hatte, stimmte in hohlem Baß ein, der Fernlastfahrer, der in einer Lederjacke an der anderen Ecke der Theke stand, stieß ein paar helle, fröhliche Trompetentöne aus. »Erlauben Sie mal«, sagte der Wirt, »mein Lokal ist keine Kneipe.« – »Ich weiß«, sagte Karl, er zupfte am Mantelkragen aus Kaninchenfell, der ihm plötzlich zu eng geworden war. »Gasthof zum Stern, Apostelbräu. Vierzig Jahre am Platze«, erklärte die Wirtin, wischte die Metallplatte blank und stellte die Gläser mit blind zugreifenden Händen unter den laufenden Wasserstrahl in den Ausguß. Sie sah auf einmal müde und ungesund aus, so als habe sie die vierzig Jahre hindurch an dieser Theke gestanden, die Gläser gespült und das Metall blank gewischt. »Das kommt davon«, sagte sie, »wenn man den Kindern das Blaue vom Himmel vorschwindeln will.«

»Na, Freddie«, rief der Dicke, »wer schmeißt die nächste Runde?«

»Der fragt, denke ich«, meinte der Wirt. Der Dicke schlug Karl gönnerhaft auf die rote Mantelschulter. »So sind die Wirte. Hartherzig und geizig. Haben sich nicht verändert seit den Tagen von Bethlehems Stall.« Die Wirtin stemmte die Hand mit dem tropfenden Lappen in die Seite und rief, plötzlich rot vor Wut: »Machen Sie

Ihre blöden Witze woanders.« Gleich darauf brach sie ohne Übergang in hohes haltloses Weinen aus, die Tränen rannen ihr übers Gesicht, sie vergaß, sie abzuwischen, und rieb statt dessen mit dem Tuch auf der Theke hin und her, als wollte sie sich in dem blanken Metallbelag spiegeln.

»Aber, aber«, sagte der Dicke ehrlich bestürzt, »es war doch nur Spaß.«

»Geh in die Küche, Mutter«, der Wirt deutete mit dem durchgedrückten Daumen nach hinten, »da kannst du heulen, hier nicht.« Und nachdem sie gegangen war und er ihre Stelle an der Theke eingenommen hatte, sagte er: »Das hat weiter nichts zu bedeuten. Das ist bei ihr jetzt manchmal so. Der Doktor sagt, es sind die Jahre.«

»Kann man den Kasten nicht abstellen?« sagte Karl, als der Musikautomat nach »O du fröhliche ...« auch noch »Stille Nacht ...« spielte, »das Geplärre macht einen nervös.« Der Herr mit dem Künstlerkopf erhob sich und drückte einen Knopf herunter. Im gleichen Augenblick versank der Raum in eine Stille, die nach dem Lärm und Gelächter unnatürlich wirkte. Die Gäste an der Theke standen vor leeren Gläsern, doch keiner von ihnen bestellte etwas Neues. Der Wirt blickte nach der Tür des Lokals, deren Vorhang sich plötzlich im Luftzug blähte, Kälte strömte von draußen ein, Karl fröstelte trotz des roten Wollmantels. »Wer kann denn da die Tür nicht zumachen?« brummte er. Weil er mit dem Rücken zum Eingang saß, war er der einzige, der den Jungen nicht gleich bemerkte, als er den Vorhang auseinanderteilte und mit einem Schritt in die Gaststube eintrat. Niemand wunderte sich über sein Erscheinen. Es war, als hätten sie alle die ganze Zeit über auf sein Kommen gewartet. Das Kind in seinem blauen Matrosenanzug schien nicht zu frieren trotz der nackten Knie, es war ganz ruhig, sein Atem ging gleichmäßig, es schien nur von einem Zimmer ins andere gegangen zu sein. Mit ihm zugleich drang Glockengeläut in die Gaststube ein. Von verschiedenen Kirchen läuteten die Glocken durcheinander, die Töne fielen in das Schweigen, wieder stoßweise und heftig, als habe der Wind sie von einem unsichtbaren Baum geschüttelt. Dann war es wieder still, jemand mußte die Tür zugemacht haben.

Der Junge ging auf Karl zu, zupfte an dem roten Mantelärmel und sagte mit einem hohen, eigensinnigen Stimmchen: »Ich habe recht gehabt, ich habe gewonnen. Er ist verkleidet, der Bart war nicht echt.« Karl drehte sich langsam auf dem Barhocker um und strich dem Kleinen übers Haar. »Ja, Kind«, sagte er hilflos, »so ist das nun mal, so ist das nun mal im Leben.« Die Gäste bildeten einen Halbkreis um den Jungen, der in seinem altmodischen Matrosenanzug mit den glänzenden Schnallenschuhen und dem mädchenhaften Lockenhaar wie aus dem Rahmen eines Familienbildes zu ihnen niedergestiegen zu sein schien. Aus der Küche kam die Wirtin mit einem Stapel von Tellern, den sie klirrend absetzte. »Jesses«, rief sie, »das Kind muß sich ja zu Tode erkälten.« Sie beugte sich über den Thekenrand und streckte die Arme aus. »Wo kommst du denn her? Bist du so über die Straße gelaufen? Wo wohnst du, wem gehörst du?« Sie sprach in gekünsteltem Schriftdeutsch mit übertriebener Betonung, so als könnte das Kind sie nicht verstehen, wenn sie in ihrer gewohnten Art redete.

»Gib ihm lieber einen heißen Kaffee«, sagte der Wirt, der aus irgendeinem Grund mißgestimmt zu sein schien. »Er gehört den Bergers«, erklärte Karl, »Schumannstraße 14. Er ist mir nachgelaufen. Ich erkenne ihn wieder.« Die Wirtin glitt in einem eigenartigen Trippelschritt in die Küche. »Ich schicke das Mädchen 'rüber. Damit die sich nicht aufregen.«

Der Dicke hob den Kleinen vorsichtig wie einen zerbrechlichen Gegenstand vom Boden auf und setzte ihn auf einen Barhocker. Dort thronte er mit etwas ängstlichem Gesicht wie auf einem Friseursessel, einem Zahnarztstuhl, seine Beine hingen ins Leere hinunter, er rutschte hin und her auf dem Ledersitz, und einen Augenblick war es, als wolle er gleich zu weinen beginnen. »Keine Angst«, sagte der Dicke, »hier tut dir keiner was. So ein feines Kerlchen hat uns das Christkind ins Haus gebracht.« Er lachte, die anderen stimmten ein. Nur Karl war unbehaglich zumute, er versuchte, mit der freien Hand den Mantel aufzuhaken. »Was starrst du? Starr mich nicht so an.« Er sprach zu laut, er brüllte fast, das Kind fing an, mit den Lidern zu zucken, und beugte sich etwas zurück. »Sieh mal«, erklärte der Dicke, »der Mann hat nur Spaß gemacht. Er kommt vom Kaufhaus ›Kinderparadies‹. Es ist nicht der richtige. Der richtige kommt von weit her, aus dem Wald, aus dem Schnee.« Er sah den Herrn mit der Künstlertolle, der inzwischen näher getreten war, etwas unsicher von der Seite an. »Der Herr Doktor kann dir mehr davon sagen.« Der Junge blickte schnell und prüfend von einem zum anderen und sagte dann in kühlem, erwachsenem Ton: »In der Schule wissen es alle, daß es ihn nicht gibt. Und all das andere, was sie uns vorgeschwindelt haben. Die zu Hause tun nur so, als ob sie daran glauben.« Mit einem Male schien er die Freude an dem bestandenen Abenteuer verloren zu haben, er mußte husten in der rauchigen Luft. »Ich will weg«, er versuchte vom hohen Stuhl herunterzuklettern, »ich will hier weg.«

Karl war es inzwischen gelungen, den Mantel des Weihnachtsmannes auszuziehen, er wickelte ihn zu einem Päckchen zusammen und legte ihn in das Fach unter der Theke, wo er Rute und Sack versteckt hatte. »Jetzt sieht er wie jeder andere aus«, sagte der Dicke, »du brauchst keine Angst mehr vor ihm zu haben.« – »Vor dem hab' ich keine Angst«, sagte der Junge, »vor so einem schon gar nicht.« – »Hör mal zu«, mischte sich der Geschäftsreisende mit der Aktentasche ein, »man muß da genau unterscheiden. Das ist sehr wichtig, verstehst du mich?« Er öffnete eine Packung mit Erdnüssen, die auf dem Tisch bereitlag, bot dem Kind an, das jedoch den Kopf schüttelte, und aß selbst ein paar Nüsse, flink, mit knackenden Kiefern und witternden Nüstern, wie ein Eichhörnchen.

Dann hob er den Kopf auf, äugte umher und sagte: »Das mit dem Weihnachtsmann haben die Erwachsenen sich für die Kinder ausgedacht. Daran braucht ein Junge, der so alt ist wie du, nicht mehr zu glauben. Was aber alles andere betrifft«, er machte eine Pause und schien zu überlegen, wie er sich auf einfache Weise verständlich machen sollte, »so ist es keineswegs Schwindel. Es ist die reine Wahrheit, was sie euch zu Hause und in der Schule gesagt haben. Wir feiern heute die Geburt des Herrn.« Hier nahm er zum ersten Male seinen Hut ab, er hatte überraschend rotes Haar, nun sah man auch die Sommersprossen auf seiner blassen Gesichtshaut.

Verlegenes Schweigen folgte seinen Worten. Alle rückten ein wenig von ihm ab, ein strenger, scharfer Hauch nach Einsamkeit in schlecht geheizten Junggesellenstuben umgab ihn auf einmal. Der junge Fernlastfahrer, der bisher kein einziges Wort zur Unterhaltung beigetragen hatte, wandte den Gästen seinen Rücken zu und sagte zum Wirt, der abseits und abwartend am Regal mit den Flaschen stand: »Das Kind hat die Sache haarscharf erkannt. Die tun alle nur so, als ob sie daran glauben.« Der Wirt entkorkte eine Flasche, wischte mit der Hand über den Rand und sagte in einem Ton, der seine Unparteilichkeit bezeugen sollte: »Sei froh, daß das meine Frau nicht gehört hat. Sie versteht keinen Spaß in diesen Dingen. Ich rede nie mit ihr über dergleichen, ich sage mir, wissen kann man nie.« – »Doch, man kann wissen«, der Fernlastfahrer, der auf einmal unverständlich aufgebracht war, leerte sein Glas in einem Zug. »Daß das alles verdammte Heuchler und Narren sind, kann man wissen. Das sieht man ihnen auf zehn Meter Entfernung an.«

»Mit solchen Urteilen soll man vorsichtig sein«, mischte sich der Herr mit dem Künstlerkopf ein, der vielleicht auch nur ein Stammgast mit wechselnder Berufsausübung war, »unser Blick ist getrübt, und unser Ohr ist nicht fähig, echte und falsche Töne voneinander zu unterscheiden. Das kommt, weil sich alle Worte, die Menschen benutzen, mit der Zeit verbrauchen und weil ihr Tun im leeren Kreislauf der Gewohnheit erstarrt. Man müßte«, er legte den Kopf mit dem schwarzen Lockenhaar in den Nacken zurück, seine Augen leuchteten, er lächelte strahlend und zerstreut ins Leere, »man müßte die Kraft finden, noch einmal ganz von vorn zu beginnen. Man müßte diese Dinge voller Staunen und Freude entdecken, als sehe man sie zum ersten Male. Eine neue Sprache müßte man finden. Es ist eine Frage der Unbefangenheit«, er hielt einen Augenblick inne, als habe er nicht den rechten Ausdruck gefunden, »der Kindlichkeit des Herzens.«

Der Junge sah zu ihm auf, und er lächelte jetzt auf die gleiche gedankenverlorene Art, so als liege auf seinem Gesicht der Abglanz eines Lichtes, von dem er nichts wußte. Auch die anderen Gäste wandten sich dem Sprecher zu, sogar der Fernlastfahrer, der das Geld für sein Bier schon auf die Theke geworfen hatte, drehte sich an der Tür noch einmal um. »Sehen Sie«, fuhr der Mann mit dem Lockenkopf fort, den die Aufmerksamkeit seiner Zuhörer zu beflügeln schien, »jetzt kommt es mir schon recht ungewöhnlich vor, daß wir, die wir hier zufällig in der Gaststube zusammensitzen und uns nicht kennen, über das Geheimnis dieser Nacht sprechen, die unter allen Nächten des Jahres ausgewählt ist. Ist es nicht wunderbar, daß dies Kind von der Straße zu uns gekommen ist und daß es jetzt in unserer Mitte sitzt, verwirrt und verlegen, aber zugleich lächelnd und voller Zuversicht, von uns eine Erklärung zu hören? Manches geschieht mit uns, über uns hinweg und wir ahnen nichts von seiner Bedeutung.« Er schwieg, senkte den Kopf und biß sich auf die Lippen, als habe er schon zuviel gesagt und eben jene abgenutzten Worte gebraucht, die er vermeiden wollte ...

Die Wirtin, die inzwischen mit dem Kaffee aus der Küche gekommen war, wartete, bis er zu Ende gesprochen hatte, und sagte dann in mütterlich sanftem Ton: »Das alles ist ganz einfach, Kind. So einfach, groß und wahr, daß diese Herren es nicht mehr verstehen.« Der Junge setzte die Tasse an die Lippen, hastig nahm er den ersten Schluck, der Kaffee war zu heiß, er verbrannte sich die Zunge, verschluckte sich und mußte husten. Der Dicke klopfte ihm freundschaftlich auf die Schultern. Auch die andern Gäste des Lokals wandten sich dem Jungen zu, zeigten ihre Besorgnis, machten Scherze mit ihm und fragten, ob er sich nicht auf die Bescherung freue. Der rothaarige Geschäftsreisende kramte aus seiner Aktentasche einen Apfel hervor, rieb ihn an seinem Mantelärmel blank und bot ihn dem Kleinen an, der ihn nach einigem Zögern auch nahm. Alle bemühten sich auf einmal, dem Kind gefällig zu sein, sie redeten durcheinander, in vertraulichem Ton, so als gehörten alle der gleichen Familie an, die darauf wartet, daß die Tür zum Weihnachtszimmer sich öffne.

Karl kramte das Bündel mit den entliehenen Requisiten des Weihnachtsmannes unter der Theke hervor und fragte, was er zu zahlen habe. »Nichts«, sagte die Wirtin, »für Sie kostet es nichts heut abend.« Er aber zog das Fünfmarkstück aus der Hosentasche, das er vor einer Stunde für seine Bemühungen als Weihnachtsmann bekommen hatte, warf es auf die Theke und ging davon. »Armer Kerl«, rief die Wirtin ihm nach, noch ehe sich die Tür geschlossen hatte. »Schnell, Kleiner«, sie stieß das Kind an der Schulter, »geh ihm nach, und gib ihm sein Geld wieder. Er kann es besser brauchen als wir.« Der Junge stand sogleich gehorsam auf, nahm das Geldstück und lief zur Tür. In irgendeiner Weise schien er begriffen zu haben, daß er den Mann verletzt hatte und daß man ihm helfen mußte. Froh, einen Auftrag zu haben und sich nützlich machen zu können, stürzte und stolperte er hinaus, die Tür blieb offen, von der

Straße hörte man ihn rufen: »Hallo, so warte doch. Ich komme. Du hast was vergessen.«

Die Wirtin, die in einem Gefühl zwischen Neugier und Besorgnis vor die Tür getreten war, sah, wie der Mann auf der gegenüberliegenden Straßenseite im schwachen Lichtkegel einer Laterne stehenblieb und sich nach der hellen, atemlosen Stimme umdrehte. Der Junge lief über den Fahrdamm, seine Schuhe klapperten auf dem Kopfsteinpflaster, er lief, so schnell er konnte, als habe er Angst, den Wartenden nicht mehr einholen zu können. Dicht vor ihm blieb er stehen und streckte die Hand mit dem Geldstück aus. Die beiden verhandelten etwas miteinander, sie schienen sich nicht so schnell einig zu werden. »Schon gut«, hörte die Wirtin Karl schließlich sagen, »und jetzt bringe ich dich nach Hause.« Sie kehrten um und kamen über die Straße zurück. Die Wirtin, die nicht gesehen werden wollte, schloß die Tür des Gasthofes bis auf einen Spalt, so daß sie die Stimmen der draußen Vorübergehenden noch verstehen konnte. »Du frierst ja ganz jämmerlich«, sagte Karl zu dem Jungen, »komm, nimm ein Stück vom Mantel des Weihnachtsmannes. Er ist zwar aus Zellwolle und Kaninchenfell, aber dafür ist er groß genug für uns beide.«

FELIX HOLT SENF

ERICH KÄSTNER

Es war am Weihnachtsabend im Jahre 1927 gegen sechs Uhr, und Preissers hatten eben beschert. Der Vater balancierte auf einem Stuhl dicht vorm Weihnachtsbaum und zerdrückte die Stearinflämmchen zwischen den angefeuchteten Fingern. Die Mutter hantierte draußen in der Küche, brachte das Eßgeschirr und den Kartoffelsalat in die Stube und meinte: »Die Würstchen sind gleich heiß!« Ihr Mann kletterte vom Stuhl, klatschte fidel in die Hände und rief ihr nach: »Vergiß den Senf nicht!« Sie kam, statt zu antworten, mit dem leeren Senfglas zurück und sagte: »Felix, hol Senf! Die Würstchen sind sofort fertig.« Felix saß unter der Lampe und drehte an einem kleinen billigen Fotoapparat herum. Der Vater versetzte dem Fünfzehnjährigen einen Klaps und polterte: »Nachher ist auch noch Zeit. Hier hast du Geld. Los, hol Senf! Nimm den Schlüssel mit, damit du nicht klingeln brauchst. Soll ich dir Beine machen?« Felix hielt das Senfglas, als wolle er damit fotografieren, nahm den Schlüssel und lief auf die Straße. Hinter den Ladentüren standen die Geschäftsleute ungeduldig und fanden sich vom Schicksal ungerecht behandelt. Aus den Fenstern aller Stockwerke schimmerten die Christbäume. Felix spazierte an hundert Läden vorbei und starrte hinein, ohne etwas zu sehen. Er war in einem Schwebezustand, der mit Senf und Würstchen nichts zu tun hatte. Er war glücklich, bis ihm vor lauter Glück das Senfglas aus der Hand aufs Pflaster fiel. Die Rolläden prasselten an den Schaufenstern herunter und Felix merkte, daß er sich seit einer Stunde in der Stadt herumtrieb. Die Würstchen waren längst geplatzt! Er brachte es nicht über sich, nach Hause zu gehen.

So ganz ohne Senf! Gerade heute hätte er Ohrfeigen nicht gut vertragen. Herr und Frau Preisser aßen die Würstchen mit Ärger und ohne Senf. Um acht wurden sie ängstlich. Um neun liefen sie aus dem Haus und klingelten bei Felix' Freunden. Am ersten Weihnachtsfeiertag verständigten sie die Polizei. Sie warteten drei Tage vergebens. Sie warteten drei Jahre vergebens. Langsam ging ihre Hoffnung zugrunde, schließlich warteten sie nicht mehr und versanken in hoffnungsloser Traurigkeit. Die Weihnachtsabende wurden von nun an das Schlimmste im Leben der Eltern. Da saßen sie schweigend vorm Christbaum, betrachteten den kleinen billigen Fotoapparat und ein Bild ihres Sohnes, das ihn als Konfirmanden zeigte, im blauen Anzug, den schwarzen Filzhut keck auf dem Ohr. Sie hatten den Jungen so liebgehabt, und daß der Vater manchmal eine lockere Hand bewiesen hatte, war doch nicht böse gemeint, nicht wahr? Jedes Jahr lagen die zehn alten Zigarren unterm Baum, die Felix dem Vater damals geschenkt hatte, und die warmen Handschuhe für die Mutter. Jedes Jahr aßen sie Kartoffelsalat mit Würstchen, aber aus Pietät ohne Senf. Das war ja auch gleichgültig, es konnte ihnen doch niemals schmecken. Sie saßen nebeneinander, und vor ihren weinenden Augen verschwammen die brennenden Kerzen zu großen glitzernden Lichtkugeln. Sie saßen nebeneinander, und er sagte jedes Jahr: »Diesmal sind die Würstchen aber ganz besonders gut.« Und sie antwortete jedesmal: »Ich hol dir die von Felix noch aus der Küche. Wir können jetzt nicht mehr warten.«

Doch um es rasch zu sagen: Felix kam wieder. Das war am Weihnachtsabend im Jahre 1932 kurz nach sechs Uhr ... Die Mutter hatte die heißen Würstchen hereingebracht, da meinte der Vater: »Hörst du nichts? Ging nicht eben die Tür?« Sie lauschten und aßen dann weiter. Als jemand ins Zimmer trat, wagten sie nicht, sich umzudrehen. Eine zitternde Stimme sagte: »So, da ist der Senf, Vater.« Und eine Hand schob sich zwischen den beiden alten Leuten hindurch und stellte wahrhaftig ein gefülltes Senfglas auf den Tisch. Die Mutter senkte den Kopf ganz tief und faltete die Hände. Der Vater zog sich am Tisch hoch, drehte sich trotz der Tränen lächelnd um, hob den Arm, gab dem jungen Mann eine schallende Ohrfeige und sagte: »Das hat aber ziemlich lange gedauert, du Bengel. Setz dich hin!« Was nützte der beste Senf der Welt, wenn die Würstchen kalt werden? Dass sie kalt wurden, ist erwiesen. Felix saß zwischen den Eltern und erzählte von seinen Erlebnissen in der Fremde, von fünf langen Jahren und vielen wunderbaren Sachen. Die Eltern hielten ihn bei den Händen und hörten vor Freude nicht zu. Unterm Christbaum lagen Vaters Zigarren, Mutters Handschuhe und der billige Fotoapparat. Und es schien, als hätten fünf Jahre nur zehn Minuten gedauert. Schließlich stand die Mutter auf und sagte: »So Felix, jetzt hol ich dir deine Würstchen.«

ERSCHEINUNG AM WEIHNACHTSABEND

WILLIAM ASHLEY ANDERSON

Es war ein bitterkalter Abend, weit und leer. Über Hallett's Hill glitzerte ein heller Stern wie der Silberstern an der Spitze eines Weihnachtsbaumes. Die unbewegte Luft schien zu tönen wie das Innere einer großen ehernen Glocke. Aber in unserem Bauernhaus im pennsylvanischen Bergland verbreiteten die rotglühenden Öfen behagliche Wärme.

Der Abendbrottisch war abgeräumt, und soeben hatte ich es mir mit einer Zigarette bequem gemacht, als mein kleiner Sohn Bruce herunterkam, eine geisterhafte Erscheinung in langem, weißem Nachthemd mit einem purpurroten, silberdurchwirkten Überwurf. In der einen Hand hielt er eine hohe Krone aus gelber Pappe mit Flittergold, an der anderen schaukelte ein reichverziertes Weihrauchfaß. An den Füßen hatte er leichte Schlurfsandalen.

»Was soll denn das vorstellen?« fragte ich lachend. Meine Frau betrachtete den Jungen prüfend und gleichzeitig teilnahmsvoll und zärtlich.

»Er ist doch einer der Weisen aus dem Morgenland«, erklärte sie fast entrüstet.

Der mahnende Blick, den sie mir zuwarf, erinnerte mich daran, daß ich versprochen hatte, Bruce rechtzeitig zu der im Schulhaus stattfindenden Weihnachtsfeier zu bringen. Mir schauderte bei dem Gedanken an die Kälte draußen; dennoch zog ich einen dicken Mantel an und ging tapfer durch die Dunkelheit zur Garage.

Die Batterie meines alten Wagens war längst erschöpft, doch dank einer jener unberechenbaren Launen der Technik sprang der Motor bei der ersten Kurbeldrehung an. Das war allerdings ein Teufelsstreich, denn ehe wir die Landstraße erreichten, setzte der Motor aus.

Mir sank das Herz. Ich sah Bruce an, der Krone und Weihrauchfaß in der Hand hielt und auf den scheinbar endlosen Weg starrte, der sich zwischen den einsamen Hügeln verlor. Die Ortschaft Hallett lag über zwei Kilometer entfernt, und bis zur nächsten Tankstelle an der Route 90 waren es mehr als drei Kilometer. Nun, dachte ich, die Sache ist nicht weiter tragisch. Bruce schwieg noch immer, aber er blickte jetzt auf den hellen Stern, der über dem zackigen Berggrat funkelte. Mir wurde ein wenig unbehaglich zumute, denn ich merkte auf einmal, daß der Junge betete. Auch er hatte ein Versprechen gegeben, und nun betete er, daß nichts ihn davon abhalten möge, an diesem herbeigesehnten Weihnachtsabend einer der Heiligen Drei Könige zu sein.

Ich mühte mich mit der Kurbel ab, aber vergeblich. Dann kramte ich in der Tasche nach Streichhölzern, um mir eine Zigarette anzuzünden und zu überlegen. Als ich aufsah, war Bruce nicht mehr da. Ein Stück weiter unten eilte er den Weg entlang; mit der einen Hand hielt er sein Königsgewand gerafft, die andere schwenkte das Weihrauchfaß; die hohe goldene Krone saß ihm schief auf dem Kopf. Ich wußte nicht, ob ich lachen oder ihn zurückrufen sollte. Schließlich warf ich die Zigarette weg und kurbelte von neuem.

Endlich sprang der Motor spuckend und fauchend an. Ich kletterte in den Wagen, fuhr los und holte Bruce kurz vor der Stelle ein, wo die Straße zur Stadt abzweigte.

»Du hättest nicht so davonlaufen sollen«, knurrte ich. »Es ist viel zu kalt.«

»Ich habe den Weihrauch angezündet«, versetzte er. »Ich bin ganz warm geblieben. Ich habe mich immer nach dem Stern gerichtet und den Weg abgekürzt, quer durch Basoines Farm, und bei dem neuen Haus bin ich wieder auf die Straße gekommen.« Er zitterte vor Kälte.

»Aber deine Sandalen! Du hättest dir die Füße erfrieren können!«

»Es war nicht so schlimm.«

Wir kamen noch beizeiten im Schulhaus an. Ich stand ganz hinten unter den Zuschauern. Als ich Bruce steifbeinig auf schmerzenden, halb erfrorenen Füßen hereinhumpeln und, seine Verse deklamierend, vor der Krippe knien sah, bereute ich, daß ich über ihn gelacht hatte. Ein ungewohntes Gefühl der Ehrfurcht stieg in mir auf, und ich spürte, daß ihn etwas Stärkeres als ein Versprechen durch die kalte Nacht zu diesem Weihnachtsspiel getrieben hatte.

Auf dem Heimweg zeigte er mir die Stelle, wo sein Abkürzungsweg in die Straße mündete. »Da wohnen Thompsons«, sagte er und fügte hinzu: »Harry Thompson ist dort gestorben.«

Als wir an Basoines Farm vorbeikamen, waren die Fenster erhellt. Darüber wunderte ich mich. Seit George Basoine fortgezogen war, um sein Glück zu machen, war die alte Großmutter, die ihren Jüngsten im Ersten Weltkrieg verloren hatte, ganz zusammengebrochen, und Trübsinn lag über dem Haus.

Ich fuhr langsamer, und so konnte ich durchs Küchenfenster Lou Basoine sehen, der Pfeife rauchte und sich mit seiner Frau und der Mutter unterhielt.

Sonst gibt es von diesem Abend nichts weiter zu erzählen. Am ersten Weihnachtsfeiertag aber kam eine freundliche Nachbarin und brachte uns ein Stück Wildpastete und einen Krug sassafrasgewürzten Apfelwein. Sie ging in die Küche zu meiner Frau, die gerade das Weihnachtsmahl zubereitete. Als ich Gelächter hörte, gesellte ich mich hinzu; denn ich habe eine Schwäche für ländlichen Klatsch.

»Hör dir das an!« sagte meine Frau.

Die Nachbarin sah mich mit erregt glänzenden Augen an, jedoch ein wenig argwöhnisch. »Sie müssen es ja nicht glauben«, begann sie, »aber es ist schon so. Die Leute hier oben in den Bergen sehen mehr als andere Menschen und glauben daran.«

»Was haben Sie denn gesehen?«

»Ich nicht. Es war die alte Mutter Basoine. Gestern abend, als ihr weh zumute war, kam es ihr vor, als hörte sie etwas hinter der Scheune, und sie schaute hinaus. Nun muß ich von der alten Frau sagen, sie hat noch gute Augen. Der Mond schien zwar nicht, aber es war eine helle Sternennacht, wie Sie wohl wissen. Und da sah sie, so deutlich wie am hellichten Tag, einen der Heiligen Drei Könige aus der Bibel den Hang herunterkommen, mit einer Goldkrone auf dem Kopf, und er schwenkte in der Hand so einen Kessel, der rauchte ...«

Meine Frau und ich blickten einander an, doch bevor ich etwas sagen konnte, fuhr die Besucherin eifrig fort: »Lachen Sie nicht! Es gibt noch andere, die es bezeugen können – die Thompsons. Sie wissen doch, die Leute, denen der älteste Sohn gestorben ist. Dort hörten die Kinder ihn zuerst. Er sang ›Herbei, o ihr Gläubigen‹, ganz deutlich hörten sie es. Sie liefen zum Fenster, und da sahen sie einen der Heiligen Drei Könige im Sternenschein den Weg überqueren, mit Goldkrone, langem Gewand, Feuertopf und allem!«

Die Farmersfrau sah mich herausfordernd an. »Jawohl, so ist es. Alte Leute und Kinder sehen Dinge, die wir vielleicht nicht sehen können. Aber eins kann ich Ihnen sagen, die Basoines und die Thompsons kennen sich nicht einmal. Die alte Mutter Basoine fühlte sich einsam und dachte trauernd an ihren gefallenen Sohn, und den Eltern Thompson war es auch einsam und traurig ums Herz, weil es das erste Weihnachtsfest ohne ihren Harry ist, und sie beteten gerade zum Herrgott. Vielleicht glauben Sie nicht daran, daß Beten etwas ausmacht. Aber ich sage Ihnen, es war ein Trost für sie, so etwas zu sehen und daran zu glauben!«

In der Küche wurde es still. Die beiden Frauen betrachteten forschend mein Gesicht, vielleicht in der Erwartung, einen Ausdruck der Ungläubigkeit zu finden, da ich nicht sehr fromm bin. Doch was sie auch erwartet haben mochten, auf das, was kam, waren sie nicht gefaßt. Freilich, ich hatte an diesem Weihnachtsabend kein Wunder erlebt, aber was ich gesehen hatte, das machte mir einen viel größeren Eindruck als jegliche übernatürliche Erscheinung: einen kleinen Jungen aus Fleisch und Blut, der, einem Versprechen getreu, querfeldein dem Stern nachging, welcher vor Jahrhunderten die drei Weisen aus dem Morgenlande nach Bethlehem geführt hatte. Es lag mir fern, die Standhaftigkeit und Gläubigkeit zu verleugnen, die ich in jener Nacht in den Augen meines Sohnes gesehen hatte.

Und so sagte ich mit einer Aufrichtigkeit, die für die beiden guten Frauen gewiß ebenso unverhofft wie sichtlich beglückend war: »Ja, ich glaube, in der Weihnachtszeit ist uns Gott sehr nahe.«

PASTETEN IM SCHNEE

BEATRICE SCHENK DE REGNIERS

In einem kleinen alten Bauernhaus weit draußen auf dem Land leben eine kleine alte Frau und ein kleiner alter Mann.

Sie wohnen ganz allein in dem Haus mit vielen Hühnern und Küken.

Es schneit und schneit, und der Wind heult.

Da sagt die kleine alte Frau: »Es ist schrecklich einsam hier immer nur mit dir und den Hühnerchen. Ich würde so gern Leute einladen, viele Leute, und ein Fest geben.«

Der kleine alte Mann sagt: »Aber Frau, was redest du da? Bist du nicht gescheit? Wen willst du denn einladen, wir kennen doch keine Menschenseele. Und wenn wir jemand kennen würden, wer käme wohl zu deinem Fest bei diesem Wind und Schnee?« – Die kleine alte Frau schaut zum Fenster hinaus, und sie sieht, daß es draußen schneit und schneit, und sie hört den Wind heulen.

Und sie sagt: »Ich würde einen Kuchen backen und Kerzen rundherum stecken, und ich würde einen Spielmann bestellen, der uns aufspielen müßte. Wir würden schmausen und tanzen und scherzen. Ausgelassen wären wir, und leise vergnügt wären wir. Das gäbe ein Fest, sage ich dir!«

»Frau, sei doch gescheit«, sagt der kleine alte Mann. »Selbst wenn wir Leute kennen würden, und selbst wenn sie durch Wind und Schnee herkämen, wir haben kein Krüstchen und kein Krümchen Kuchen im Haus. Wir haben nicht mal einen Fingerhut voll Mehl, um einen zu backen.«

Draußen schneit und schneit es, und der Wind heult.

Drinnen macht die kleine alte Frau alle Lichter an, damit es im Haus nicht so einsam aussähe, und sie stellt das Radio an, damit es im Haus nicht so still sei.

Im Radio macht ein Mann Reklame für die KM-Bäckerei. Er sagt: »Für Ihre nächste Einladung bestellen Sie bitte die süßen, köstlichen, vorzüglichen, einfach himmlischen KM-Schokoladentörtchen. Und denken Sie daran: Die KM-Bäckerei liefert Ihnen Ihre köstlichen Torten, Pasteten, Napfkuchen, Brote, Zimtbrötchen und Eierwecken direkt ins Haus.

Also ...
achten Sie auf das
poch-poch
poch-poch-poch
und öffnen Sie schnell, denn
poch-poch
poch-poch-poch
bedeutet: Der KM-Mann ist da!«

»Schokoladentörtchen«, seufzt die kleine alte Frau, »Zimtbrötchen, Eierwecken ...«

Plötzlich bläst der Wind schärfer und schärfer. Er bläst die elektrischen Leitungen herunter, das Radio geht aus, alle Lichter gehen aus, und es wird dunkel in dem kleinen Haus.

Da zündet die kleine alte Frau Kerzen an. Sie hat eine Menge Kerzen, und sie zündet sie alle an und stellt sie auf den Tisch.

Der Tisch sieht aus wie ein großer Geburtstagskuchen, so viele Kerzen stehen rundherum.

»Ich wünschte, es wäre ein Kuchen«, sagt die kleine alte Frau. »Ich wünschte, der Tisch wäre ein großer Kuchen und wir hätten eine Gesellschaft.«

»Hör auf, Frau«, sagt der kleine alte Mann. »Von Wünschen wird man nicht satt, und von Wünschen hört der Wind nicht auf zu blasen und der Schnee nicht zu schneien.«

Dann zieht er seine Gummistiefel an und seine Ohrenschützer und seine Fäustlinge.

»Wo gehst du hin bei diesem Schnee und Wind?« fragt die kleine alte Frau.

»Wir haben dreihundert Küken im Stall. Die hole ich jetzt ins Haus, damit sie's warm haben. Dreihundert piepsende Küken werden dir wohl Gesellschaft genug sein.«

»Die Küken«, sagt die kleine alte Frau. »Ja, hol die Küken. Aber Gesellschaft, nein, Gesellschaft ist das nicht.«

Und der kleine alte Mann geht zur Hintertür hinaus in den Stall durch den Schnee und den Wind. Horch!

Da klopft es an der Vordertür – poch-poch!

Die kleine alte Frau läuft zur Tür. ›Wer könnte das wohl sein‹, denkt sie, ›in einer solchen Nacht bei dem Schnee und dem Wind.‹

Sie öffnet die Tür. Da treibt ein Windstoß einen Wirbel von Schnee in die Stube, und draußen steht ein Mann, der sagt: »Mein Wagen ist im Schnee steckengeblieben. Ich hab eine Menge Leute drin. Dürfen wir hereinkommen zu Euch, gute Frau, und uns wärmen, bis der Schneepflug kommt und den Weg räumt?«

»Kommt nur, kommt!« sagt die kleine alte Frau. »Holt die Leute aus dem Wagen und herzlich willkommen.« Und sie schaufelt Schnee in einen Topf und setzt ihn auf den Herd, um einen Tee zu machen.

Der Mann geht zu seinem Wagen und kommt zurück mit seiner Frau, seiner Mutter und seinen drei Brüdern. Und seine Frau hält einen winzigen Säugling auf dem Arm. Der kleine alte Mann bringt gerade einen Korb voll piepsender Küken herein. Er sagt: »Willkommen, willkommen, macht's Euch bequem. Meine kleine alte Frau hat sich schon so nach Gesellschaft gesehnt.«

Dann nimmt er eine Kiste und geht wieder zur Hintertür hinaus, um noch mehr Küken zu holen.

Horch!

Da klopft es an der Haustür – poch-poch!

Die kleine alte Frau läuft zur Tür, und da steht ein Mann im Schnee und im Wind mit seiner Frau und ihren Zwillingssöhnen und noch ein anderer Mann mit einem großen Jagdhund.

Ihr Wagen ist auch im Schnee steckengeblieben, und sie müssen auf den Schneepflug warten.

»Kommt herein«, sagt die kleine alte Frau, »und willkommen. Es ist genug heißer Tee da. Nur zu essen haben wir nichts; kein Krümchen Kuchen und kein Krüstchen Brot.« Als der kleine alte Mann zurückkommt mit der Kiste voll piepsender Küken, sind schon elf Erwachsene, ein Säugling, zwei kleine Buben und ein großer Jagdhund im Haus.

»Willkommen, willkommen«, sagt der kleine alte Mann. »Meine kleine alte Frau hat sich so nach Gesellschaft gesehnt.« Und dann geht er noch einmal hinaus, um die übrigen Küken zu holen.

Draußen schneit und schneit es, und der Wind heult, und die Fremden sind froh, daß sie in der warmen Stube sind. Aber horch!

Da klopft schon wieder jemand an die Haustür – poch-poch!

Die kleine alte Frau läuft zur Tür, und da stehen wieder Leute. Noch drei Autos sind im Schnee steckengeblieben und müssen auf den Schneepflug warten.

»Herein, herein«, sagt die kleine alte Frau, »und willkommen!«

Der kleine alte Mann kommt mit einer Kiste voll piepsender Küken durch die Hintertür, und er zählt 27 Erwachsene, 5 Kinder, 2 Säuglinge, 3 Hunde und einen Papagei. »Willkommen, willkommen«, sagt der kleine alte Mann. »Meine kleine alte Frau freut sich, daß Gäste da sind.«

Horch!

Es klopft an die Haustür – poch-poch!

Die kleine alte Frau läuft zur Tür, und der kleine alte Mann läuft hinter ihr drein.

Da steht ein einziger Mann vor der Tür im Wind und im Schnee. Er sagt: »Es schneit und schneit, und der Wind pfeift, und mein Bus ist im Schnee steckengeblieben. Darf ich bei Euch warten, bis der Schneepflug kommt?«

»Herein, herein«, sagt die kleine alte Frau, »und willkommen!«

Der Autobusfahrer geht zu seinem Bus und kommt zurück mit 42 Erwachsenen, 7 Kindern, 3 Säuglingen, 2 Hunden, einem Kanarienvogel und einem kleinen zahmen Stinktier.

»Willkommen«, sagt der kleine alte Mann. »Gut, daß Ihr da seid. Meine kleine alte Frau hat sich schon so nach Gesellschaft gesehnt.«

»Wenn doch nur ein Krüstchen Brot oder ein Krümchen Kuchen im Haus wäre«, seufzt die kleine alte Frau.

»Da – schon wieder!«

poch-poch an der Haustür und poch-poch an der Hintertür.

Die kleine alte Frau läuft an die Haustür, und der kleine alte Mann läuft an die Hintertür.

Vor der Haustür steht der Mann mit dem Schneepflug. »Mein Schneepflug ist im Schnee steckengeblieben«, sagt er. Und dann kommt er ins Haus, um auf die anderen Schneepflüge zu warten.

An der Hintertür sind noch mehr Leute, die im Schnee steckengeblieben sind.

»Herein, herein« und »willkommen«, sagen die kleine alte Frau und der kleine alte Mann.

Die ganze Nacht hindurch kommen Leute und klopfen an die Tür.

Jetzt sind es zusammen 84 Erwachsene, 17 Kinder, 7 Säuglinge, 6 Hunde, eine Katze, ein Papagei, ein Kanarienvogel und ein kleines zahmes Stinktier.

Draußen schneit und schneit es und der Wind heult. Drinnen schreien die Säuglinge, die Hunde kläffen, die Hühnerchen piepsen, die Mütter zanken.

»Es ist ein Jammer«, sagt die kleine alte Frau. »Wirklich ein Jammer. So viele Leute und kein Fest. Wenn nur ein Krüstchen Brot oder ein Krümchen Kuchen im Haus wäre, oder ein bißchen Musik.«

Da horch!

Es klopft. Es klopft so besonders –

poch-poch

poch-poch-poch

poch-poch

poch-poch-poch

Die kleine alte Frau läuft ganz schnell zur Tür.

Da steht der KM-Mann. Der Mann von der KM-Bäckerei. Sein Lieferwagen ist im Schnee steckengeblieben, gerade vor ihrer Tür.

»Nur herein«, sagt die kleine alte Frau, »und willkommen.« Der KM-Mann tritt in die Stube, schaut rundherum in all die vielen Gesichter, und dann sagt er: »Ihr seht ja alle mächtig hungrig aus.«

Und die kleine alte Frau sagt: »Es ist kein Krüstchen und kein Krümchen zu essen im Haus, aber wenn Ihr trotzdem hereinkommen und Euch wärmen wollt, so seid Ihr willkommen.«

Da sagt der KM-Mann: »Wer hilft mir? Wer hilft mir, meinen Lieferwagen ausladen?« Und dann nimmt er ein paar Kinder mit und ein paar von den großen Männern. Das ist ein richtiger Festzug!

Zuerst kommen die Tabletts mit den Brötchen. Rösche, knusprige Brötchen, braun und glänzend; zarte Milchbrötchen, weiß überpudert; Mohnbrötchen, Eierwecken, kleine Brötchen wie Zöpfe geflochten; weiche runde Brötchen, die aussehen wie Kinderpopos.

Dann kommen die Zimtschnecken. Einen Duft haben die, wie Frühling.

Dann kommt ein ganzer Zug mit Pasteten. Zitronenpasteten, Kirschpasteten, Apfelpasteten, Kokoskrempasteten, Schokoladenpasteten.

Dann kommen die Napfkuchen mit rosa Zuckerguß, weißem Zuckerguß, dickem Schokoladenguß.

Die kleine alte Frau springt von einem Bein auf das andere und klatscht in die Hände.

»Ein Fest«, sagt sie, »das wird ein richtiges Fest.«

»Na«, sagt der KM-Mann, »wenn das ein Fest werden soll, dann bringe ich gleich noch meine Spezial-Festtags-Schokoladen-Schaumtorte.«

Er bringt sie, und die kleine Frau stellt Kerzen rundherum. Ein junger Mann macht lustige Hüte aus Zeitungspapier, und dann schmausen alle nach Herzenslust.

Dann holt der Ziehharmonikaspieler seine Ziehharmonika und spielt so lustig, daß keiner stillsitzen kann. Alle stampfen mit den Füßen zur Musik. Sogar die Säuglinge drehen ihre kleinen Patschhände im Takt.

Jetzt spielt der Musikant einen Walzer, und der kleine alte Mann faßt seine kleine alte Frau um die Taille und walzt mit ihr dahin, bis beide ganz atemlos sind (was gar nicht lange dauert), und alle klatschen in die Hände und fangen auch zu tanzen an.

Der Ziehharmonikaspieler spielt und spielt. Er spielt ›Du, du, liegst mir im Herzen‹, und er spielt ›Zu Lauterbach hab ich mein' Strumpf verlorn‹, und er spielt ›O du lieber Augustin‹. Er kennt hundert Lieder, und er spielt sie alle. Es ist ein Fest, ein richtiges Fest mit Schmausen, Tanzen und Scherzen. Ausgelassen geht es zu, und leise vergnügt geht es zu.

Es ist ein großartiges Fest.

Das Fest dauert bis zum Mittag. Da hört es auf zu schneien und zu stürmen, und der Schneepflug kommt und räumt den Weg.

Alle sagen Lebewohl zu der kleinen alten Frau und zu dem kleinen alten Mann, und sie sagen, daß es das schönste Fest ihres Lebens war.

Die kleine alte Frau ist zufrieden und glücklich; sie ist müde und schläfrig. Sie legt ihren Kopf auf den Tisch neben eine Kokoskrempastete und schläft fest ein ...

... und träumt das ganze Fest noch einmal.

DIE LEIHGABE

WOLFDIETRICH SCHNURRE

Am meisten hat Vater sich jedesmal zu Weihnachten Mühe gegeben. Da fiel es uns allerdings auch besonders schwer, drüber wegzukommen, daß wir arbeitslos waren. Andere Feiertage, die beging man oder man beging sie nicht; aber auf Weihnachten lebte man zu, und war es erst da, dann hielt man es fest; und die Schaufenster, die brachten es ja oft noch nicht mal im Januar fertig, sich von ihren Schokoladenweihnachtsmännern zu trennen.

Mir hatten es vor allem immer die Zweige und Kasperles angetan. War Vater dabei, sah ich weg; aber das fiel meist mehr auf, als wenn man hingesehen hätte; und so fing ich dann allmählich doch wieder an, in die Läden zu gucken. Vater war auch nicht gerade unempfindlich gegen die Schaufensterauslagen, er konnte sich nur besser beherrschen. Weihnachten, sagte er, wäre das Fest der Freude; das Entscheidende wäre jetzt nämlich: nicht traurig zu sein, auch dann nicht, wenn man kein Geld hätte.

»Die meisten Leute«, sagte Vater, »sind bloß am ersten und zweiten Feiertag fröhlich und vielleicht nachher zu Silvester noch mal. Das genügt aber nicht; man muß mindestens schon einen Monat vorher mit Fröhlichsein anfangen. Zu Silvester«, sagte Vater, »da kannst du dann getrost wieder traurig sein; denn es ist nie schön, wenn ein Jahr einfach so weggeht. Nur jetzt, so vor Weihnachten, da ist es unangebracht, traurig zu sein.« Vater selber gab sich auch immer große Mühe, nicht traurig zu sein um diese Zeit; doch er hatte es aus irgendeinem Grund da schwerer als ich; wahrscheinlich deshalb, weil er keinen Vater mehr hatte, der ihm dasselbe sagen konnte, was er mir immer sagte.

Es wäre bestimmt auch alles leichter gewesen, hätte Vater noch seine Stelle gehabt. Er hätte jetzt sogar wieder als Hilfspräparator gearbeitet; aber sie brauchten keine Hilfspräparatoren im Augenblick. Der Direktor hatte gesagt, aufhalten im Museum könnte Vater sich gern, aber mit Arbeit müßte er warten, bis bessere Zeiten kämen.

»Und wann, meinen Sie, ist das?« hatte Vater gefragt. »Ich möchte Ihnen nicht weh tun«, hatte der Direktor gesagt.

Frieda hatte mehr Glück gehabt; sie war in einer Großdestille am Alexanderplatz als Küchenhilfe eingestellt worden und war dort auch gleich in Logis. Uns war es ganz angenehm, nicht dauernd mit ihr zusammenzusein; sie war jetzt, wo wir uns nur mittags und abends mal sahen, viel netter.

Aber im Grunde lebten auch wir nicht schlecht. Denn Frieda versorgte uns reichlich mit Essen, und war es zu Hause zu kalt, dann gingen wir ins Museum rüber; und wenn wir uns alles angeschen hatten, lehnten wir uns unter dem Dinosauriergerippe an die Heizung, sahen aus dem Fenster oder fingen mit dem Museumswärter ein Gespräch über Kaninchenzucht an.

An sich war das Jahr also durchaus dazu angetan, in Ruhe und Beschaulichkeit zu Ende gebracht zu werden. Wenn Vater sich nur nicht solche Sorge um einen Weihnachtsbaum gemacht hätte.

Es kam ganz plötzlich.

Wir hatten eben Frieda aus der Destille abgeholt und sie nach Hause gebracht und uns hingelegt, da klappte Vater den Band ***Brehms Tierleben*** zu, in dem er abends immer noch las, und fragte zu mir rüber: »Schläfst du schon?«

»Nein«, sagte ich, denn es war zu kalt zum Schlafen.

»Mir fällt eben ein«, sagte Vater, »wir brauchen ja einen Weihnachtsbaum.« Er machte eine Pause und wartete meine Antwort ab.

»Findest du?« sagte ich.

»Ja«, sagte Vater, »und zwar so einen richtigen, schönen; nicht so einen murkligen, der schon umkippt, wenn man bloß mal eine Walnuß dranhängt.«

Bei dem Wort Walnuß richtete ich mich auf. Ob man nicht vielleicht auch ein paar Lebkuchen kriegen könnte zum Dranhängen?

Vater räusperte sich. »Gott –« sagte er, »warum nicht; mal mit Frieda reden.«

»Vielleicht«, sagte ich, »kennt Frieda auch gleich jemand, der uns einen Baum schenkt.«

Vater bezweifelte das. Außerdem: So einen Baum, wie er ihn sich vorstellte, den verschenkte niemand, der wäre ein Reichtum, ein Schatz wäre der.

Ob er vielleicht eine Mark wert wäre, fragte ich.

»Eine Mark –?!« Vater blies verächtlich die Luft durch die Nase: »Mindestens zwei.«

»Und wo gibt's ihn?«

»Siehst du«, sagte der Vater, »das überleg' ich auch gerade.«

»Aber wir können ihn doch gar nicht kaufen«, sagte ich; »zwei Mark: wo willst du die denn jetzt hernehmen?«

Vater hob die Petroleumlampe auf und sah sich im Zimmer um. Ich wußte, er überlegte, ob sich vielleicht noch was ins Leihhaus bringen ließe; es war aber schon alles drin, sogar das Grammophon, bei dem ich so geheult hatte, als der Kerl hinter dem Gitter mit ihm weggeschlurft war.

Vater stellte die Lampe wieder zurück und räusperte sich. »Schlaf mal erst; ich werde mir den Fall durch den Kopf gehen lassen.«

In der nächsten Zeit drückten wir uns bloß immer an den Weihnachtsbaumverkaufsständen herum. Baum auf Baum bekam Beine und lief weg; aber wir hatten noch immer keinen.

»Ob man nicht doch –?« fragte ich am fünften Tag, als wir gerade wieder im Museum unter dem Dinosauriergerippe an der Heizung lehnten.

»Ob man was?« fragte Vater scharf.

»Ich meine, ob man nicht doch versuchen sollte, einen gewöhnlichen Baum zu kriegen?«

»Bist du verrückt?!« Vater war empört. »Vielleicht so einen Kohlstrunk, bei dem man nachher nicht weiß, soll es ein Handfeger oder eine Zahnbürste sein? Kommt gar nicht in Frage.«

Doch was half es; Weihnachten kam näher und näher. Anfangs waren die Christbaumwälder in den Straßen noch aufgefüllt worden; aber allmählich lichteten sie sich, und eines Nachmittags waren wir Zeuge, wie der fetteste Christbaumverkäufer vom Alex, der Kraftriemen-Jimmy, sein letztes Bäumchen, ein wahres Streichholz von einem Baum, für drei Mark fünfzig verkaufte, aufs Geld spuckte, sich aufs Rad schwang und wegfuhr.

Nun fingen wir doch an, traurig zu werden. Nicht schlimm; aber immerhin, es genügte, daß Frieda die Brauen noch mehr zusammenzog, als sie es sonst zu tun pflegte, und daß sie uns fragte, was wir denn hätten.

Wir hatten uns zwar daran gewöhnt, unseren Kummer für uns zu behalten, doch diesmal machten wir eine Ausnahme, und Vater erzählte es ihr.

Frieda hörte aufmerksam zu. »Das ist alles?« Wir nickten.

»Ihr seid aber komisch«, sagte Frieda; »wieso geht ihr denn nicht einfach in den Grunewald einen klauen?«

Ich habe Vater schon häufig empört gesehen, aber so empört wie an diesem Abend noch nie.

Er war kreidebleich geworden. »Ist das dein Ernst?« fragte er heiser.

Frieda war sehr erstaunt. »Logisch«, sagte sie; »das machen doch alle.«

»Alle –!« echote Vater dumpf, »alle –!« Er erhob sich steif und nahm mich bei der Hand. »Du gestattest wohl«, sagte er darauf zu Frieda, »daß ich erst den Jungen nach Hause bringe, ehe ich dir hierauf die gebührende Antwort erteile.«

Er hat sie ihr niemals erteilt. Frieda war vernünftig; sie tat so, als ginge sie auf Vaters Zimperlichkeit ein, und am nächsten Tag entschuldigte sie sich. Doch was nützte das alles; einen Baum, gar einen Staatsbaum, wie Vater ihn sich vorstellte, hatten wir deshalb noch lange nicht.

Aber dann – es war der dreiundzwanzigste Dezember, und wir hatten eben wieder unseren Stammplatz unter dem Dinosauriergerippe bezogen – hatte Vater die große Erleuchtung.

»Haben Sie einen Spaten?« fragte er den Museumswärter, der neben uns auf seinem Klappstuhl eingenickt war.

»Was?!« rief der und fuhr auf, »was habe ich?!«

»Einen Spaten, Mann«, sagte Vater ungeduldig; »ob Sie einen Spaten haben.«

Ja, den hätte er schon.

Ich sah unsicher an Vater empor. Er sah jedoch leidlich normal aus; nur sein Blick schien mir eine Spur unsteter zu sein als sonst.

»Gut«, sagte er jetzt; »wir kommen heute mit Ihnen nach Hause und Sie borgen ihn uns.«

Was er vorhatte, erfuhr ich erst in der Nacht.

»Los«, sagte Vater und schüttelte mich, »steh auf!«

Ich kroch schlaftrunken über das Bettgitter. »Was ist denn bloß los!«

»Paß auf«, sagte Vater und blieb vor mir stehen: »Einen Baum stehlen, das ist gemein; aber sich einen borgen, das geht.«

»Borgen –?« fragte ich blinzelnd.

»Ja«, sagte Vater. »Wir gehen jetzt in den Friedrichshain und graben eine Blautanne aus. Zu Hause stellen wir sie in die Wanne mit Wasser, feiern morgen dann Weihnachten mit ihr, und nachher pflanzen wir sie wieder am selben Platz ein. Na –?« Er sah mich durchdringend an.

»Eine wunderbare Idee«, sagte ich.

Summend und pfeifend gingen wir los; Vater den Spaten auf dem Rücken, ich einen Sack unter dem Arm. Hin und wieder hörte Vater auf zu pfeifen, und wir sangen zweistimmig »Morgen, Kinder, wird's was geben« und »Vom Himmel hoch, da komm' ich her«. Wie immer bei solchen Liedern hatte Vater Tränen in den Augen, und auch mir war schon ganz feierlich zumute.

Dann tauchte vor uns der Friedrichshain auf, und wir schwiegen.

Die Blautanne, auf die Vater es abgesehen hatte, stand inmitten eines strohgedeckten Rosenrondells. Sie war gut anderthalb Meter hoch und ein Muster an ebenmäßigem Wuchs.

Da der Boden nur dicht unter der Oberfläche gefroren war, dauerte es auch gar nicht lange, und Vater hatte die Wurzeln freigelegt. Behutsam kippten wir den Baum darauf um, schoben ihn mit den Wurzeln in den Sack, Vater hängte seine Joppe über das Ende, das raussah, wir schippten das Loch zu, Stroh wurde darüber gestreut, Vater lud sich den Baum auf die Schulter, und wir gingen nach Hause.

Hier füllten wir die große Zinkwanne mit Wasser und stellten den Baum rein.

Als ich am nächsten Morgen aufwachte, waren Vater und Frieda schon dabei, ihn zu schmücken. Er war jetzt mit Hilfe einer Schnur an der Decke befestigt, und Frieda hatte aus Stanniolpapier allerlei Sterne geschnitten, die sie an seinen Zweigen aufhängte; sie sahen sehr hübsch aus. Auch einige Lebkuchenmänner sah ich hängen.

Ich wollte den beiden den Spaß nicht verderben; daher tat ich so, als schliefe ich noch. Dabei überlegte ich mir, wie ich mich für ihre Nettigkeit revanchieren könnte. Schließlich fiel es mir ein:

Vater hatte sich einen Weihnachtsbaum geborgt, warum sollte ich es nicht fertigbringen, mir über die Feiertage unser verpfändetes Grammophon auszuleihen? Ich tat also, als wachte ich eben erst auf, bejubelte vorschriftsmäßig den Baum, und dann zog ich mich an und ging los.

Der Pfandleiher war ein furchtbarer Mensch; schon als wir zum erstenmal bei ihm gewesen waren und Vater ihm seinen Mantel gegeben hatte, hätte ich dem Kerl sonst was zufügen mögen; aber jetzt mußte man freundlich zu ihm sein.

Ich gab mir auch große Mühe. Ich erzählte ihm was von zwei Großmüttern und »gerade zu Weihnachten« und »letzter Freude auf alte Tage« und so, und plötzlich holte der Pfandleiher aus und haute mir eine herunter und sagte ganz ruhig:

»Wie oft du sonst schwindelst, ist mir egal; aber zu Weihnachten wird die Wahrheit gesagt, verstanden?« Darauf schlurfte er in den Nebenraum und brachte das Grammophon an. »Aber wehe, ihr macht was an ihm kaputt! Und nur für drei Tage! Und auch bloß, weil du's bist!« Ich machte einen Diener, daß ich mir fast die Stirn an der Kniescheibe stieß; dann nahm ich den Kasten unter den einen, den Trichter unter den anderen Arm und rannte nach Hause.

Ich versteckte beides erst mal in der Waschküche. Frieda allerdings mußte ich einweihen, denn die hatte die Platten; aber Frieda hielt dicht.

Mittags hatte uns Friedas Chef, der Destillenwirt, eingeladen. Es gab eine tadellose Nudelsuppe, anschließend Kartoffelbrei mit Gänseklein. Wir aßen, bis wir uns kaum noch erkannten; darauf gingen wir, um Kohlen zu sparen, noch ein bißchen ins Museum zum Dinosauriergerippe; und am Nachmittag kam Frieda und holte uns ab.

Zu Hause wurde geheizt. Dann packte Frieda eine Riesenschüssel voll übriggebliebenem Gänseklein, drei Flaschen Rotwein und einen Quadratmeter Bienenstich aus, Vater legte für mich seinen Band *Brehms Tierleben* auf den Tisch, und im nächsten unbewachten Augenblick lief ich in die Waschküche runter, holte das Grammophon rauf und sagte Vater, er sollte sich umdrehen.

Er gehorchte auch; Frieda legte die Platten raus und steckte die Lichter an, und ich machte den Trichter fest und zog das Grammophon auf.

»Kann ich mich umdrehen?« fragte Vater, der es nicht mehr aushielt, als Frieda das Licht ausgeknipst hatte. »Moment«, sagte ich; »dieser verdammte Trichter – denkst du, ich krieg' das Ding fest?«

Frieda hüstelte.

»Was denn für ein Trichter?« fragte Vater.

Aber da ging es schon los. Es war »Ihr Kinderlein kommet«; es knarrte zwar etwas, und die Platte hatte wohl auch einen Sprung, aber das machte nichts. Frieda und ich sangen mit, und da drehte Vater sich um. Er schluckte erst und zupfte sich an der Nase, aber dann räusperte er sich und sang auch mit.

Als die Platte zu Ende war, schüttelten wir uns die Hände, und ich erzählte Vater, wie ich das mit dem Grammophon gemacht hätte.

Er war begeistert. »Na –?« sagte er nur immer wieder zu Frieda und nickte dabei zu mir rüber: »Na –?«

Es wurde ein schöner Weihnachtsabend. Erst sangen und spielten wir die Platten durch; dann spielten wir sie noch mal ohne Gesang; dann sang Frieda noch mal alle Platten allein; dann sang sie mit Vater noch mal, und dann aßen wir und tranken den Wein aus, und darauf machten wir noch ein bißchen Musik; und dann brachten wir Frieda nach Hause und legten uns auch hin.

Am nächsten Morgen blieb der Baum noch aufgeputzt stehen. Ich durfte liegenbleiben, und Vater machte den ganzen Tag Grammophonmusik und pfiff Zweite Stimme dazu.

Dann, in der folgenden Nacht, nahmen wir den Baum aus der Wanne, steckten ihn, noch mit den Stanniolpapiersternen geschmückt, in den Sack und brachten ihn zurück in den Friedrichshain.

Hier pflanzten wir ihn wieder in sein Rosenrondell. Darauf traten wir die Erde fest und gingen nach Hause. Am Morgen brachte ich dann auch das Grammophon weg. Den Baum haben wir noch häufig besucht; er ist wieder angewachsen. Die Stanniolpapiersterne hingen noch eine ganze Weile in seinen Zweigen, einige sogar bis in den Frühling.

Vor ein paar Monaten habe ich mir den Baum wieder mal angesehen. Er ist gute zwei Stock hoch und hat den Umfang eines mittleren Fabrikschornsteins. Es mutet merkwürdig an, sich vorzustellen, daß wir ihn mal zu Gast in unserer Wohnküche hatten.

DIE DREI DUNKLEN KÖNIGE

WOLFGANG BORCHERT

Er tappte durch die dunkle Vorstadt. Die Häuser standen abgebrochen gegen den Himmel. Der Mond fehlte, und das Pflaster war erschrocken über den späten Schritt. Dann fand er eine alte Planke. Da trat er mit dem Fuß gegen, bis eine Latte morsch aufseufzte und losbrach. Das Holz roch mürbe und süß. Durch die dunkle Vorstadt tappte er zurück.

Sterne waren nicht da.

Als er die Tür aufmachte (sie weinte dabei, die Tür), sahen ihm die blaßblauen Augen seiner Frau entgegen. Sie kamen aus einem müden Gesicht. Ihr Atem hing weiß im Zimmer, so kalt war es. Er beugte sein knochiges Knie und brach das Holz. Das Holz seufzte. Dann roch es mürbe und süß ringsum. Er hielt sich ein Stück davon unter die Nase. Riecht beinahe wie Kuchen, lachte er leise. Nicht, sagten die Augen der Frau, nicht lachen. Er schläft. Der Mann legte das süße mürbe Holz in den kleinen Blechofen. Da glomm es auf und warf eine Handvoll warmes Licht durch das Zimmer. Dies fiel hell auf ein winziges rundes Gesicht und blieb einen Augenblick. Das Gesicht war erst eine Stunde alt, aber es hatte schon alles, was dazugehört: Ohren, Nase, Mund und Augen. Die Augen mußten groß sein, das konnte man sehen, obgleich sie zu waren. Aber der Mund war offen, und es pustete leise daraus. Nase und Ohren waren rot. Er lebt, dachte die Mutter. Und das kleine Gesicht schlief. Da sind noch Haferflocken, sagte der Mann. Ja, antwortete die Frau, das ist gut. Es ist kalt. Der Mann nahm noch von dem süßen weichen

Holz. Nun hat sie ihr Kind gekriegt und muß frieren, dachte er. Aber er hatte keinen, dem er dafür die Fäuste ins Gesicht schlagen konnte. Als er die Ofentüre aufmachte, fiel wieder eine Handvoll Licht über das schlafende Gesicht. Die Frau sagte leise: Guck, wie ein Heiligenschein, siehst du? Heiligenschein! dachte er, und er hatte keinen, dem er die Fäuste ins Gesicht schlagen konnte. Dann waren welche an der Tür. Wir sahen das Licht, sagten sie, vom Fenster. Wir wollen uns zehn Minuten hinsetzen. Aber wir haben ein Kind, sagte der Mann zu ihnen. Da sagten sie nichts weiter, aber sie kamen doch ins Zimmer, stießen Nebel aus den Nasen und hoben die Füße hoch. Wir sind ganz leise, flüsterten sie und hoben die Füße hoch. Dann fiel das Licht auf sie.

Drei waren es. In drei alten Uniformen. Einer hatte einen Pappkarton, einer einen Stock. Und der dritte hatte keine Hände. Erfroren, sagte er, und hielt die Stümpfe hoch. Dann drehte er dem Mann die Manteltaschen hin. Tabak war darin und dünnes Papier. Sie drehten Zigaretten.

Aber die Frau sagte: Nicht, das Kind.

Da gingen die vier vor die Tür, und ihre Zigaretten waren vier Punkte in der Nacht. Der eine hatte dicke umwickelte Füße. Er nahm ein Stück Holz aus einem Sack. Ein Esel, sagte er, ich habe sieben Monate daran geschnitzt. Für das Kind. Das sagte er und gab es dem Mann. Was ist mit den Füßen? fragte der Mann. Wasser, sagte der Eselschnitzer, vom Hunger. Und der andere, der dritte? fragte der Mann und befühlte im Dunkeln den Esel. Der dritte zitterte in seiner Uniform: Oh, nichts, wisperte er, das sind nur die Nerven. Man hat eben zu viel Angst gehabt. Dann traten sie die Zigaretten aus und gingen wieder hinein. Sie hoben die Füße hoch und sahen auf das kleine schlafende Gesicht. Der Zitternde nahm aus seinem Pappkarton zwei gelbe Bonbons und sagte dazu: Für die Frau sind die.

Die Frau machte die blassen Augen weit auf, als sie die drei Dunklen über das Kind gebeugt sah. Sie fürchtete sich. Aber da stemmte das Kind seine Beine gegen ihre Brust und schrie so kräftig, daß die drei Dunklen die Füße aufhoben und zur Tür schlichen. Hier nickten sie noch mal, dann stiegen sie in die Nacht hinein.

Der Mann sah ihnen nach. Sonderbare Heilige, sagte er zu seiner Frau. Dann machte er die Tür zu. Schöne Heilige sind das, brummte er und sah nach den Haferflocken.

Aber er hatte kein Gesicht für seine Fäuste.

Aber das Kind hat geschrien, flüsterte die Frau, ganz stark hat es geschrien. Da sind sie gegangen. Guck mal, wie lebendig es ist, sagte sie stolz. Das Gesicht machte den Mund auf und schrie. Weint er? fragte der Mann.

Nein, ich glaube, er lacht, antwortete die Frau.

Beinahe wie Kuchen, sagte der Mann und roch an dem Holz, wie Kuchen. Ganz süß.

Heute ist ja auch Weihnachten, sagte die Frau.

Ja, Weihnachten, brummte er, und vom Ofen her fiel eine Handvoll Licht auf das kleine schlafende Gesicht.

DIE LEGENDE VOM VIERTEN KÖNIG

NACH EINER RUSSISCHEN LEGENDE

Wißt ihr auch, daß nicht drei, sondern vier Könige aus dem Morgenlande aufgebrochen waren, um den König der Menschen anzubeten?, so erzählt es eine alte russische Legende. Auf vier verschiedenen Wegen kamen sie gezogen, und jeder trug das Köstlichste seines Landes: leuchtendes Gold der eine, süßen Weihrauch der andere, herrliche Myrrhe der dritte, und der vierte und jüngste drei Edelsteine von unschätzbarem Wert.

Der geheimnisvolle Stern zog ihnen voran, und rastlos folgten sie ihm. Sie kannten nicht Tag noch Nacht, nicht Hunger und Durst. Blind waren sie für die Schönheit der Erde, taub für die lärmende Pracht der Städte. Die Wüste fürchteten sie nicht. Die Sonne selbst konnte ihnen nicht schaden, sie suchten ja ihn, nach dem ihr Volk seit tausend Jahren ausgeschaut hatte, den Gottkönig, den Erlöser.

In keinem brannte die Sehnsucht, Gott zu schauen, so wie in dem jungen König. Er ritt zuletzt ganz in seine Wunschträume versunken. Da – auf einmal vernahm er ein Schluchzen, so zwingend und bitterlich, daß er aus allen Träumen aufgerissen war. Im Staub sah er ein Kind liegen, nackt, aus fünf Wunden blutend. So seltsam fremd und zart war dies Kind und ohne jede Hilfe, daß er es in heißem Erbarmen behutsam aufs Pferd hob. Langsam ritt er ins Dorf, durch das sie eben erst gekommen waren, zurück. Die drei anderen

Könige indessen hatten nichts gemerkt. Sie zogen unentwegt dem Sterne nach.

Im Dorf kannte niemand das Kind. Der junge König aber hatte es so lieb gewonnen, daß er es einer guten Frau zur Pflege gab. Aus seinem Gürtel holte er den einen Edelstein und vermachte ihn dem Kind, damit so sein Leben gesichert sei. Dann aber trieb es ihn fort, die Gefährten und den Stern, den er verloren hatte, zu suchen.

Er fragte die Menschen um den Weg, den die fremden Könige genommen und – o Freude – eines Tages erblickte er den Stern wieder und eilte ihm nach. Doch seltsam, sosehr er sich sehnte, den Heiland der Welt zu finden und vor ihm niederzuknien – die Not des Kindes hatte ihn hellhörig gemacht für alle Not, und sie ließ ihn nicht mehr los.

Der Stern führte ihn durch eine Stadt. Ein Leichenzug begegnete ihm. Hinter dem Sarg schritt eine Frau mit ihren Kindern. Äußerste Trostlosigkeit sprach aus ihren Zügen, und in Verzweiflung klammerten sich die Kinder an ihre Mutter. Da stieg der König vom Pferd, denn er sah wohl, daß nicht allein die Trauer um den Toten solchen Schmerz hervorgerufen hatte. Den Mann und Vater trug man zu Grabe, und vom Grabe weg sollten die Frau und die Kinder als Sklaven verkauft und auseinandergerissen werden, weil niemand für die Schuld aufkommen wollte. Von Mitleid übermannt, entnahm er dem Gürtel den zweiten Edelstein. Er lag ihm auf der Hand, und die Sonne ließ ihn funkeln und leuchten. Dem neugeborenen König war er zugedacht. Doch mit einer raschen Bewegung legte er ihn in die Hand der trauernden Witwe: »Bezahlet, was ihr schuldig seid, und kauft euch Haus und Hof und Land, damit ihr und eure Kinder eine Heimat haben.«

Sprach's, schwang sich aufs Pferd und wollte dem Stern entgegenreiten – doch dieser war erloschen. Tage- und wochenlang suchte und forschte er. Eine große Traurigkeit befiel seine Seele. Zweifel quälten seinen Geist: War er wohl seiner Berufung untreu geworden? Und die Angst, nie mehr Gott finden zu dürfen, zehrte an seinem Leibe. Bis sein Licht ihm eines Tages wieder aufleuchtete, und er mit frischer Kraft und frohem Herzen dem neuen Ziel entgegenstrebte.

Er kam durch ein fremdes Land, Krieg wütete dort und Leid und Elend und Blut bedeckten die Erde und Herzen. In einem Dorf hatten die Soldaten die Bauern auf einem Platze zusammengetrieben. Eines grausamen Todes sollten sie sterben. In den Hütten schrien die Frauen im Wahnsinn des Entsetzens und die Kinder wimmerten. Da packte den jungen König das Grauen. Er hatte zwar nur mehr einen einzigen Stein, sollte er denn mit leeren Händen vor dem König der Menschen erscheinen? Doch dies Elend war so riesengroß, daß er auch den letzten mit zitternden Händen opferte, die Männer vom Tode loskaufte und das Dorf vor Verwüstung, die Frauen vor Schändung bewahrte.

Müde und traurig ritt er weiter. Sein Stern leuchtete nicht mehr. Seine Seele war im Leid schier untergegangen. Wo war sein eigenster Weg? Immer und immer wieder riß die Not der Menschen ihn vom Ziel zurück. Jahrelang wanderte er. Zuletzt zu Fuß, da er auch sein Roß verschenkt hatte. Nichts besaß er mehr. Selber bettelnd durchzog er die Länder, half dort einer alten Frau die zu schwere Last zu tragen, zeigte hier einem Schwachen, wie er sich gegen die Übermacht der Stärkeren durchsetzen könne, pflegte Kranke und scheuchte einem halbverhungerten Pferde die lästigen Fliegen fort.

Keine Not blieb ihm fremd. Keinem Schmerz, dem er begegnete, konnte er ausweichen. Und eines Tages begab es sich, daß er am Hafen einer großen Stadt gerade dazu kam, wie ein Vater seiner unglücklichen Frau und den klagenden Kindern mit Gewalt entrissen werden sollte. Ein Sklave war es, der sich gegen die Tyrannei seines Herrn aufgelehnt hatte. Dafür sollte er auf einem Sträflingsschiff, auf einer Galeere, büßen. Der König bat und flehte so inständig für den armen Menschen, und als alles nichts helfen wollte, bot er sich selber an. Mit seiner eigenen Freiheit, seinem eigenen Leben kaufte er den Unglücklichen los und stieg nun als Galeerensklave in das Schiff hinab.

War es nicht zu schwer, was er sich damit aufgeladen hatte? Sein Stolz bäumte sich auf, als er in eiserne Ketten gelegt wurde. Bisher war er noch nicht gequält worden. Hier war zwischen Verbrechern sein Platz. Dumpf hallten die Schläge durch den Raum, die unaufhörlich den Takt des Ruderns angaben. Angekettet an dies Sträflingsschiff war er bei Sturm oder Kampf dem sicheren Tode preisgegeben.

Hatte er nicht sinnlos gehandelt? Ein qualvolles Stöhnen drang aus seiner Brust. In dieser gefährlichen Stunde, da sein Geist sich empören und sein Herz sich verhärten wollte, leuchtete der Stern, sein Stern, den er wohl nie mehr am Himmel würde sehen dürfen, in seiner Seele auf. Dieses innere Licht erfüllte ihn mit einer ruhigen Gewißheit, dennoch auf dem richtigen Weg zu sein. Getröstet erfaßte er die Ruder. Jahre vergingen. Er vergaß, sie zu zählen. Grau war sein Haar geworden, seine Hände voller Schwielen, müde sein geschundener Leib. Doch sein Herz kannte keine Bitterkeit, denn sein Stern leuchtete ihm immer noch. Aus seinem Gesicht strahlte herzliche Güte.

Längst war man auf diesen seltsamen Sklaven aufmerksam geworden. Und was er nie zu hoffen geglaubt hatte, geschah: Man schenkte ihm die Freiheit. An der Küste eines fremden Landes verließ er das Schiff. Arme Fischer nahmen sich seiner für die Nacht an.

In dieser Nacht träumte er von seinem Stern, dem zu folgen er als junger Mann ausgezogen war und Heimat und Reichtum verlassen hatte. Eine Stimme rief ihn: »Eile dich, eile!« Da brach er noch zur selben Stunde auf. Und – o Wunder – als er in die Nacht hineinschritt, siehe, da leuchtete der Stern vor ihm, und sein Glanz war rot wie die Sonne am Abend. So eilte er und kam an die Tore einer großen Stadt. In ihren Straßen war lärmendes Treiben. Aufgeregte Gruppen von Menschen standen zusammen, immer wieder von Soldaten zum Weitergehen auseinandergescheucht. Viele zogen hinaus vor die Mauern. Der Menschenstrom riß auch ihn mit – er wußte nicht wie. Dumpfe Angst beengte ihm die Brust. Einen Hügel schritt er hinauf. Oben, zwischen Himmel und Erde, ragten drei Pfähle. Was war das?

Sein Stern, der ihn zum König der Welt führen sollte, blieb über dem Pfahl in der Mitte stehen, leuchtete noch einmal auf – es war, als schrie der Stern – und war erloschen. Da traf ihn der Blick dieses Menschen, der da am Pfahl hing. Alles Leid, alle Qual der Erde mußte dieser Mensch in sich gesogen haben, so war dieser Blick. Aber auch alle Güte und eine grenzenlose Liebe atmete aus seiner Gestalt, die noch in der Entstellung des Schmerzes schön und voll Würde war. Seine Handflächen, von Nägeln durchbohrt, waren eingekrümmt. Es leuchtete wie Strahlen aus diesen Händen.

Wie ein Blitz durchbebte den König die Erkenntnis: Dieser ist der König der Menschen. Dieser ist Gott, der Heiland der Welt, den ich gesucht, nach dem ich mich in Sehnsucht verzehrte. Er ist mir begegnet in all den Menschen, die hilflos und in Not waren. Ihm habe ich gedient, indem ich all den Gequälten und Überforderten geholfen habe.

Er sank unter dem Kreuz in die Knie. Was hatte er ihm zu bringen? Nichts! Seine leeren Hände streckte er dem Herrn entgegen. Da fielen drei dunkelrote Tropfen des kostbaren Blutes vom Kreuz in die Hände des Königs. Sie leuchteten mehr als jeder Edelstein.

Ein Schrei durchbebte die Luft – der Herr neigte das Haupt und starb. Unter dem Kreuz war der König tot zusammengebrochen. Seine Hände umschlossen die Blutstropfen. Noch im Tode schaute er auf den Herrn am Kreuz.

WÜNSCHE

BRIGID BROPHY

»Drei Wünsche?« sagte das kleine Mädchen. »Wunderbar! Genau, was ich brauche. Der Nachmittag war ungewöhnlich anstrengend.«

»So ist es«, sagte der Kobold. »Ich lasse meine Lampe neben deinem Bett stehen, und wenn du dir überlegt hast, welches dein erster Wunsch ist, rufe mich ...«

»Ich möchte meinen ersten Wunsch sofort erfüllt haben.« Der Kobold verbeugte sich aus fließender Hüfte: »Zu deinen Diensten.« »Ich wünsche mir einen ganzen Koffer voll Schokoladen-Pfefferminztaler.«

»Dein Wunsch ist erfüllt, kaum hast du ihn genannt!« Den rechten körperlosen Arm verlängernd, zog der Kobold unter dem Bett einen großen, hübschen Koffer aus weichem, glänzendem, grauem Plastik hervor.

»Mm«, sagte das kleine Mädchen, hockte sich neben dem Koffer auf den Boden, öffnete die Schlösser, stieß den Deckel auf und begann zu essen.

»Mm«, sagte es noch einmal, kauend. »Nicht zu pfefferminzig, nicht zu süß. Ein sehr gutes Rezept, das.«

»Natürlich«, sagte der Kobold.

»Übernatürlich«, sagte das kleine Mädchen. »Ich ziehe diese Pfefferminztaler sogar den sehr guten von heute nachmittag vor. Die meisten davon mußte ich auf Anweisung der Kinderfrau meinen sogenannten ›kleinen Freunden‹ anbieten. Ich nehme an (das kleine Mädchen steckte noch einen Taler in den Mund und blickte schräg zum Kobold auf), du bist nicht handfest genug, um dich für Süßigkeiten zu interessieren.«

»So ist es.«

»Ich nehme weiterhin an, daß ich den Koffer später als Koffer benutzen kann. Er ist sehr schick, finde ich.«

»Der Koffer war mitgenannt in deinem Wunsch – also gehört er dir.«

»Gut«, sagte das kleine Mädchen und kaute weiter. »Laß deine Lampe auf meinem Nachttisch. Ich reibe den Griff, wenn ich mir wieder etwas wünschen will.«

»Zu Befehl«, sagte der Kobold und entschwand.

Eine Stunde später erschien er wieder. »Gehorsamst zur Stelle. Willst du deinen zweiten Wunsch aussprechen?« Das kleine Mädchen blickte nicht auf. Es saß noch immer auf dem Fußboden, ließ den Kopf hängen und schwankte über dem leeren Koffer. »Ich wünsche, daß es mir wieder besser geht.«

»Dein Wunsch ist erfüllt, kaum hast du ihn genannt!«

»Das tut wohl«, sagte das kleine Mädchen und stand flink auf. »Mir war so schlecht, ich konnte kaum den Arm ausstrecken und den Griff deiner Lampe reiben.«

»So ist es«, sagte der Kobold. »Nun, wo es dir besser geht, wirst du gewiß sehr sorgfältig abwägen wollen, wie du deinen letzten Wunsch verwendest. Meine Lampe ist noch da ...«

»Ich will den dritten Wunsch jetzt erfüllt haben.«

»Wirklich? Solltest du nicht ...«

»Ich wünsche mir, daß von jetzt an alle meine Wünsche erfüllt werden.«

»Du bist eine neunmalkluge kleine Kröte«, sagte der Kobold.

»So ist es«, sagte das kleine Mädchen.

»Jetzt muß ich dich also ewig bedienen«, sagte der Kobold. »Ich kann nur hoffen, daß du bald stirbst und ich erlöst bin.«

»So leicht kommst du nicht davon. Ich wünsche mir, unsterblich zu sein.«

»Ewigkeit«, sagte der Kobold und stöhnte. »Eine Ewigkeit als Knecht einer Kröte!«

»Vielleicht bessere ich mich, wenn ich größer werde«, sagte das kleine Mädchen tröstend. »Meine Kinderfrau sagt manchmal, es besteht noch Hoffnung.«

»Wer mit acht Jahren schon ein perfektes Ekel ist, läßt wenig Gutes hoffen.«

»Nicht ich bin das Ekel«, sagte das kleine Mädchen kühl. »Ist dir noch nie aufgegangen, daß es seelische Grausamkeit ist, nur drei Wünsche und nicht mehr anzubieten?«

»Es ist so üblich.«

»Was für ein armseliger Grund. Ich gehe jetzt ins Bett. Wenn mir in der Nacht Wünsche einfallen, werde ich dich rufen! Bevor du entschwindest, fülle den Koffer wieder mit Schokoladen-Pfefferminztalern, nach dem gleichen hervorragenden Rezept, aber mit einer geschmacklosen Medizin gegen Magenbeschwerden.«

Der Kobold nickte niedergeschlagen zum Koffer hin. Er war wieder gefüllt.

»Gut«, sagte das kleine Mädchen und nahm einen Pfefferminztaler.

»Warum hast du mich mein Schicksal nicht gleich wissen lassen?« fragte der Kobold. »Warum hast du dir den Wunsch, daß alle deine Wünsche erfüllt werden, nicht als erstes gewünscht, du kleines Scheusal?«

»Für ein übernatürliches Wesen bist du ziemlich dumm«, antwortete das kleine Mädchen. »Wenn ich das getan hätte, hätte ich zwei wertvolle Wünsche vergeudet.«

DIE FALLE

ROBERT GERNHARDT

Da Herr Lemm, der ein reicher Mann war, seinen beiden Kindern zum Christfest eine besondere Freude machen wollte, rief er Anfang Dezember beim Studentenwerk an und erkundigte sich, ob es stimme, daß die Organisation zum Weihnachtsfest Weihnachtsmänner vermittle. Ja, das habe seine Richtigkeit. Studenten stünden dafür bereit, 25 DM koste eine Bescherung, die Kostüme brächten die Studenten mit, die Geschenke müßte der Hausherr natürlich selbst stellen. »Versteht sich, versteht sich«, sagte Herr Lemm, gab die Adresse seiner Villa in Berlin-Dahlem an und bestellte einen Weihnachtsmann für den 24. Dezember um 18 Uhr. Seine Kinder seien noch klein, und da sei es nicht gut, sie allzulange warten zu lassen. Der bestellte Weihnachtsmann kam pünktlich. Er war ein Student mit schwarzem Vollbart, unter dem Arm trug er ein Paket.

»Wollen Sie so auftreten?« fragte Herr Lemm.

»Nein«, antwortete der Student, »da kommt natürlich noch ein weißer Bart drüber. Kann ich mich hier irgendwo umziehen?«

Er wurde in die Küche geschickt. »Da stehen aber leckere Sachen«, sagte er und deutete auf die kalten Platten, die auf dem Küchentisch standen. »Nach der Bescherung, wenn die Kinder im Bett sind, wollen noch Geschäftsfreunde meines Mannes vorbeischauen«, erwiderte die Hausfrau. »Daher eilt es etwas. Könnten Sie bald anfangen?«

Der Student war schnell umgezogen. Er hatte jetzt einen roten Mantel mit roter Kapuze an und band sich einen weißen Bart um. »Und nun zu den Geschenken«, sagte Herr Lemm. »Diese Sachen sind für den Jungen, Thomas«, er zeigte auf ein kleines Fahrrad und andere Spielsachen –, »und das bekommt Petra, das Mädchen, ich meine die Puppe und die Sachen da drüben. Die Namen stehen jeweils drauf, da wird wohl nichts schiefgehen. Und hier ist noch ein Zettel, auf dem ein paar Unarten der Kinder notiert sind, reden Sie ihnen mal ins Gewissen, aber verängstigen Sie sie nicht, vielleicht genügt es, etwas mit der Rute zu drohen. Und versuchen Sie, die Sache möglichst rasch zu machen, weil wir noch Besuch erwarten.«

Der Weihnachtsmann nickte und packte die Geschenke in den Sack. »Rufen Sie die Kinder schon ins Weihnachtszimmer, ich komme gleich nach. Und noch eine Frage. Gibt es hier ein Telefon? Ich muß jemanden anrufen.«

»Auf der Diele rechts.«

»Danke.«

Nach einigen Minuten war dann alles soweit. Mit dem Sack über dem Rücken ging der Student auf die angelehnte Tür des Weihnachtszimmers zu. Einen Moment blieb er stehen. Er hörte die Stimme von Herrn Lemm, der gerade sagte: »Wißt ihr, wer jetzt gleich kommen wird? Ja, Petra, der Weihnachtsmann, von dem wir euch schon so viel erzählt haben. Benehmt euch schön brav ...«

Fröhlich öffnete er die Tür. Blinzelnd blieb er stehen. Er sah den brennenden Baum, die erwartungsvollen Kinder, die feierlichen Eltern. Es hatte geklappt, jetzt fiel die Falle zu. »Guten Tag, liebe Kinder«, sagte er mit tiefer Stimme. »Ihr seid also Thomas und Petra. Und ihr wißt sicher, wer ich bin, oder?«

»Der Weihnachtsmann«, sagte Thomas etwas ängstlich.

»Richtig. Und ich komme zu euch, weil heute Weihnachten ist. Doch bevor ich nachschaue, was ich alles in meinem Sack habe, wollen wir erst einmal ein Lied singen. Kennt ihr ›Stille Nacht, heilige Nacht‹? Ja? Also!«

Er begann mit lauter Stimme zu singen, doch mitten im Lied

brach er ab. »Aber, aber, die Eltern singen ja nicht mit! Jetzt fangen wir alle noch mal von vorne an. Oder haben wir den Text etwa nicht gelernt? Wie geht denn das Lied, Herr Lemm?«

Herr Lemm blickte den Weihnachtsmann befremdet an. »Stille Nacht, heilige Nacht, alles schläft, einer wacht ...«

Der Weihnachtsmann klopfte mit der Rute auf den Tisch:

»Einsam wacht! Weiter! Nur das traute ...«

»Nur das traute, hochheilige Paar«, sagte Frau Lemm betreten, und leise fügte sie hinzu: »Holder Knabe im lockigen Haar.«

»Vorsagen gilt nicht«, sagte der Weihnachtsmann barsch und hob die Rute. »Wie geht es weiter?«

»Holder Knabe im lockigen ...«

»Im lockigen Was?«

»Ich weiß es nicht«, sagte Herr Lemm. »Aber was soll denn diese Fragerei? Sie sind hier, um ...« Seine Frau stieß ihn in die Seite, und als er die erstaunten Blicke seiner Kinder sah, verstummte Herr Lemm.

»Holder Knabe im lockigen Haar«, sagte der Weihnachtsmann, »Schlaf in himmlischer Ruh, schlaf in himmlischer Ruh. Das nächste Mal lernen wir das besser. Und jetzt singen wir noch einmal miteinander: ›Stille Nacht, heilige Nacht‹.«

»Gut, Kinder«, sagte er dann. »Eure Eltern können sich ein Beispiel an euch nehmen. So, jetzt geht es an die Bescherung. Wir wollen doch mal sehen, was wir hier im Sack haben. Aber Moment, hier liegt ja noch ein Zettel!« Er griff nach dem Zettel und las ihn durch.

»Stimmt das, Thomas, daß du in der Schule oft ungehorsam bist und den Lehrern widersprichst?«

»Ja«, sagte Thomas kleinlaut.

»So ist es richtig«, sagte der Weihnachtsmann. »Nur dumme Kinder glauben alles, was ihnen die Lehrer erzählen. Brav, Thomas.«

Herr Lemm sah den Studenten beunruhigt an.

»Aber ...«, begann er. »Sei doch still«, sagte seine Frau.

»Wollten Sie etwas sagen?« fragte der Weihnachtsmann Herrn Lemm mit tiefer Stimme und strich sich über den Bart.

»Nein.«

»Nein, lieber Weihnachtsmann, heißt das immer noch. Aber jetzt kommen wir zu dir, Petra. Du sollst manchmal bei Tisch reden, wenn du nicht gefragt wirst, ist das wahr?« Petra nickte. »Gut so«, sagte der Weihnachtsmann. »Wer immer nur redet, wenn er gefragt wird, bringt es in diesem Leben zu nichts. Und da ihr so brave Kinder seid, sollt ihr nun auch belohnt werden. Aber bevor ich in den Sack greife, hätte ich gerne etwas zu trinken.« Er blickte die Eltern an.

»Wasser?« fragte Frau Lemm.

»Nein, Whisky. Ich habe in der Küche eine Flasche ›Chivas Regal‹ gesehen. Wenn Sie mir davon etwas einschenken würden? Ohne Wasser, bitte, aber mit etwas Eis.«

»Mein Herr!« sagte Herr Lemm, aber seine Frau war schon aus dem Zimmer. Sie kam mit einem Glas zurück, das sie dem Weihnachtsmann anbot. Er leerte es und schwieg.

»Merkt euch eins, Kinder«, sagte er dann. »Nicht alles, was teuer ist, ist auch gut. Dieser Whisky kostet etwa 50 DM pro Flasche. Davon müssen manche Leute einige Tage leben, und eure Eltern trinken das einfach runter. Ein Trost bleibt: der Whisky schmeckt nicht besonders.«

Herr Lemm wollte etwas sagen, doch als der Weihnachtsmann die Rute hob, ließ er es.

»So, jetzt geht es an die Bescherung.«

Der Weihnachtsmann packte die Sachen aus und überreichte sie den Kindern. Er machte dabei kleine Scherze, doch es gab keine Zwischenfälle, Herr Lemm atmete leichter, die Kinder schauten respektvoll zum Weihnachtsmann auf, bedankten sich für jedes Geschenk und lachten, wenn er einen Scherz machte. Sie mochten ihn offensichtlich.

»Und hier habe ich noch etwas Schönes für dich, Thomas«, sagte der Weihnachtsmann. »Ein Fahrrad. Steig mal drauf.« Thomas strampelte, der Weihnachtsmann hielt ihn fest, gemeinsam drehten sie einige Runden im Zimmer.

»So, jetzt bedankt euch mal beim Weihnachtsmann!« rief Herr Lemm den Kindern zu. »Er muß nämlich noch viele, viele Kinder besuchen, deswegen will er jetzt leider gehen.«

Thomas schaute den Weihnachtsmann enttäuscht an, da klingelte es. »Sind das schon die Gäste?« fragte die Hausfrau. »Wahrscheinlich«, sagte Herr Lemm und sah den Weihnachtsmann eindringlich an. »Öffne doch.«

Die Frau tat das, und ein Mann mit roter Kapuze und rotem Mantel, über den ein langer weißer Bart wallte, trat ein. »Ich bin Knecht Ruprecht«, sagte er mit tiefer Stimme.

Währenddessen hatte Herr Lemm im Weihnachtszimmer noch einmal behauptet, daß der Weihnachtsmann jetzt leider gehen müsse. »Nun bedankt euch mal schön, Kinder«, rief er, als Knecht Ruprecht das Zimmer betrat. Hinter ihm kam Frau Lemm und schaute ihren Mann achselzuckend an.

»Da ist ja mein Freund Knecht Ruprecht«, sagte der Weihnachtsmann fröhlich.

»So ist es«, erwiderte dieser. »Da drauß' vom Walde komm ich her, ich muß euch sagen, es weihnachtet sehr. Und jetzt hätte ich gerne etwas zu essen.«

»Wundert euch nicht«, sagte der Weihnachtsmann zu den Kindern gewandt. »Ein Weihnachtsmann allein könnte nie all die Kinder bescheren, die es auf der Welt gibt. Deswegen habe ich Freunde, die mir dabei helfen: Knecht Ruprecht, den heiligen Nikolaus und noch viele andere ...«

Es klingelte wieder. Die Hausfrau blickte Herrn Lemm an, der so verwirrt war, daß er mit dem Kopf nickte; sie ging zur Tür und öffnete. Vor der Tür stand ein dritter Weihnachtsmann, der ohne Zögern eintrat. »Puh«, sagte er. »Diese Kälte! Hier ist es beinahe so kalt wie am Nordpol, wo ich zu Hause bin!«

Mit diesen Worten betrat er das Weihnachtszimmer. »Ich bin Sankt Nikolaus«, fügte er hinzu, »und ich freue mich immer, wenn ich brave Kinder sehe. Das sind sie doch – oder?«

»Sie sind sehr brav«, sagte der Weihnachtsmann. »Nur die Eltern gehorchen nicht immer, denn sonst hätten sie schon längst eine von den kalten Platten und etwas zu trinken gebracht.«

»Verschwinden Sie!« flüsterte Herr Lemm in das Ohr des Studenten.

»Sagen Sie das doch so laut, daß Ihre Kinder es auch hören können«, antwortete der Weihnachtsmann.

»Ihr gehört jetzt ins Bett«, sagte Herr Lemm.

»Nein«, brüllten die Kinder und klammerten sich an den Mantel des Weihnachtsmannes.

»Hunger«, sagte Sankt Nikolaus.

Die Frau holte ein Tablett. Die Weihnachtsmänner begannen zu essen.

»In der Küche steht Whisky«, sagte der erste, und als Frau Lemm sich nicht rührte, machte sich Knecht Ruprecht auf den Weg. Herr Lemm lief hinter ihm her. In der Diele stellte er den Knecht Ruprecht, der mit einer Flasche und einigen Gläsern das Weihnachtszimmer betreten wollte.

»Lassen Sie die Hände von meinem Whisky!«

»Thomas!« rief Knecht Ruprecht laut, und schon kam der Junge auf seinem Fahrrad angestrampelt. Erwartungsvoll blickte er Vater und Weihnachtsmann an.

»Mein Gott, mein Gott«, sagte Herr Lemm, doch er ließ Knecht Ruprecht vorbei.

»Tu was dagegen«, sagte seine Frau. »Das ist ja furchtbar. Tu was!«

»Was soll ich tun?« fragte er, da klingelte es.

»Das werden die Gäste sein!«

»Und wenn sie es nicht sind?«

»Dann hole ich die Polizei!«

Herr Lemm öffnete. Ein junger Mann trat ein. Auch er hatte einen Wattebart im Gesicht, trug jedoch keinen roten Mantel, sondern einen weißen Umhang, an dem er zwei Flügel aus Pappe befestigt hatte.

Der Weihnachtsmann, der auf die Diele getreten war, als er das Klingeln gehört hatte, schwieg wie die anderen. Hinter ihm schauten die Kinder, Knecht Ruprecht und Sankt Nikolaus auf den Gast.

»Grüß Gott, lieber ...«, sagte Knecht Ruprecht schließlich. »Lieber Engel Gabriel«, ergänzte der Bärtige verlegen. »Ich komme, um hier nachzuschauen, ob auch alle Kinder artig sind. Ich bin nämlich einer von den Engeln auf dem Felde, die den Hirten damals die Geburt des Jesuskindes angekündigt haben. Ihr kennt doch die Geschichte, oder?«

Die Kinder nickten, und der Engel ging etwas befangen ins Weihnachtszimmer. Zwei Weihnachtsmänner folgten ihm, den dritten, es war jener, der als erster gekommen war, hielt Herr Lemm fest. »Was soll denn der Unfug?« fragte er mit einer Stimme, die etwas zitterte. Der Weihnachtsmann zuckte mit den Schultern. »Ich begreif es auch nicht, warum er so antanzt. Ich habe ihm ausdrücklich gesagt, er solle als Weihnachtsmann kommen, aber wahrscheinlich konnte er keinen roten Mantel auftreiben.«

»Sie werden jetzt alle schleunigst hier verschwinden«, sagte Herr Lemm.

»Schmeißen Sie uns doch raus«, erwiderte der Weihnachtsmann und zeigte ins Weihnachtszimmer. Dort saß der Engel, aß Schnittchen und erzählte Thomas davon, wie es im Himmel aussah.

Die Weihnachtsmänner tranken und brachten Petra ein Lied bei, das mit den Worten begann: »Nun danket alle Gott, die Schule ist bankrott.«

»Wieviel verlangen Sie?« fragte Herr Lemm.

»Wofür?«

»Für Ihr Verschwinden. Ich erwarte bald Gäste, das wissen Sie doch.«

»Ja, das könnte peinlich werden, wenn Ihre Gäste hier hereinplatzen würden. Was ist Ihnen denn die Sache wert?«

»Hundert Mark«, sagte der Hausherr. Der Weihnachtsmann lachte und ging ins Zimmer. »Holt mal eure Eltern«, sagte er zu Petra und Thomas. »Engel Gabriel will uns noch die Weihnachtsgeschichte erzählen.«

Die Kinder liefen auf die Diele. »Kommt«, schrien sie, »Engel Gabriel will uns was erzählen.« Herr Lemm sah seine Frau an.

»Halt mir die Kinder etwas vom Leibe«, flüsterte er, »ich rufe jetzt die Polizei an!« – »Tu es nicht«, bat sie, »denk doch daran, was in den Kindern vorgehen muß, wenn Polizisten ...« – »Das ist mir jetzt völlig egal«, unterbrach Herr Lemm. »Ich tu's.«

»Kommt doch«, riefen die Kinder. Herr Lemm hob den Hörer ab und wählte. Die Kinder kamen neugierig näher. »Hier Lemm«, flüsterte er. »Lemm, Berlin-Dahlem. Bitte schicken Sie ein Überfallkommando.« – »Sprechen Sie bitte lauter«, sagte der Polizeibeamte. »Ich kann nicht lauter sprechen, wegen der Kinder. Hier, bei mir zu Haus, sind drei Weihnachtsmänner und ein Engel und die gehen nicht weg ...«

Frau Lemm hatte versucht, die Kinder wegzuscheuchen, es war ihr nicht gelungen. Petra und Thomas standen neben ihrem Vater und schauten ihn an. Herr Lemm verstummte. »Was ist mit den Weihnachtsmännern?« fragte der Beamte, doch Herr Lemm schwieg weiter.

»Fröhliche Weihnachten«, sagte der Beamte und hängte auf. Da erst wurde Herrn Lemm klar, wie verzweifelt seine Lage war.

»Komm, Papi«, riefen die Kinder, »Engel Gabriel will anfangen.« Sie zogen ihn ins Weihnachtszimmer.

»Zweihundertfünfzig«, sagte er leise zum Weihnachtsmann, der auf der Couch saß.

»Pst«, antwortete der und zeigte auf den Engel, der »Es begab sich aber zu der Zeit« sagte und langsam fortfuhr.

»Dreihundert.«

Als der Engel begann, den Kindern zu erklären, was der Satz »Und die war schwanger« bedeute, sagte Herr Lemm »Vierhundert«, und der Weihnachtsmann nickte.

»Jetzt müssen wir leider gehen, liebe Kinder. Seid hübsch brav, widersprecht euren Lehrern, wo es geht, und redet, ohne gefragt zu werden. Versprecht ihr mir das?«

Die Kinder versprachen es, und nacheinander verließen der Weihnachtsmann, Knecht Ruprecht, Sankt Nikolaus und der Engel Gabriel das Haus. »Ich fand es nicht richtig, daß du Geld genommen hast«, sagte Knecht Ruprecht auf der Straße.

»Leute, die sich Weihnachtsmänner mieten, sollen auch dafür zahlen«, meinte Engel Gabriel.

»Aber nicht so viel.«

»Wieso nicht? Alles wird heutzutage teurer, auch das Bescheren.«

»Expropriation der Expropriateure«, sagte der Weihnachtsmann.

»Richtig«, sagte Sankt Nikolaus. »Wo steht geschrieben, daß der Weihnachtsmann immer nur etwas bringt? Manchmal holt er auch was.«

»In einer Gesellschaft, deren Losung ›Hastuwasbistuwas‹ heißt, kann auch der Weihnachtsmann nicht sauber bleiben«, sagte Engel Gabriel.

»Es ist kalt«, sagte der Weihnachtsmann.

»Vielleicht sollten wir das Geld einem wohltätigen Zweck zur Verfügung stellen«, schlug Knecht Ruprecht vor.

»Erst einmal sollten wir eine Kneipe finden, die noch auf hat«, sagte der Weihnachtsmann. Sie fanden eine, setzten sich und spendierten eine Lokalrunde, bevor sie weiter beratschlagten.

NOËL 1893
L'ILLUSTRATION

BILDNACHWEIS

S. 12/13, 266/267, 288, 412/413, 436/437, 450/451, 456/457, 542/543, 555 © akg-images S. 19 © bpk / Museum Europäischer Kulturen, SMB / Ute Franz S. 20 © bpk / Museum Europäischer Kulturen, SMB / Ute Franz-Scarciglia S. 31, 252/253, 495 © bpk / Dietmar Katz S. 41 © bpk / Gemäldegalerie, SMB S. 46, 115, 284, 407 © bpk S. 61 © akg-images / British Library S. 76, 121, 127, 136, 145, 147 © bpk / Kupferstichkabinett, SMB / Volker-H. Schneider S. 78/79, 109, 162, 164 © bpk / The Metropolitan Museum of Art S. 95 © bpk / Stefan Diller S. 100, 173, 181 © bpk / Gemäldegalerie, SMB / Jörg P. Anders S. 104, 123 © bpk / Scala S. 112 © bpk / Hamburger Kunsthalle / Elke Walford S. 153, 342, 346 © bpk / British Library Board S. 156/157 © bpk / Gemäldegalerie, SMB / Volker-H. Schneider S. 179 © bpk / Gemäldegalerie, SMB, Eigentum des Kaiser Friedrich Museumsvereins / Volker-H. Schneider S. 198 © bpk / Staatsbibliothek zu Berlin / Carola Seifert S. 270/271 © akg-images / Cameraphoto S. 424 © bpk / Bayerische Staatsgemäldesammlungen S. 567 © bpk / Kunstbibliothek, SMB / Knud Petersen

QUELLENNACHWEIS

Goethe, S. 192	Hamburger Ausgabe. Briefe, Bd. 1, hrsg. von K. R. Mandelkow, Hamburg 1962
Goethe, S. 193	Weimarer Ausgabe. Bd. 19, IV
E. T. A. Hoffmann, S. 195	Werke. Bd. 2, hrsg. von H. Kraft u. a., Frankfurt 1967
Droste, S. 268	Die Judenbuche. Hrsg. von H. Rölleke, Frankfurt 1972
Grimms Märchen, S. 270	Hrsg. von H. Rölleke, Frankfurt 1985
Andersen, S. 272	Sämtliche Märchen. Aus dem Dänischen übertragen von T. Dohrenburg, Bd. 1, München 1959
Andersen, S. 282	Ebd.
Stifter, S. 286	Werke. Bd. 2, Berlin/Weimar 1964
Dickens, S. 310	Weihnachtserzählungen. Insel Verlag 1978
Daudet, S. 369	Briefe aus meiner Mühle. Übers. von H. Th. Kühne, Leipzig 1894
Storm, S. 379	Sämtliche Werke. Bd. 2, hrsg. von A. Köster, Leipzig 1924

Raabe, S. 405	Aus: Die Chronik der Sperlingsgasse. Grote'sche Verlagsbuchhandlung, Berlin 1909
Wilde, S. 411	Die Erzählungen und Märchen. Übers. von F. P. Greve u.a., Insel Verlag, Frankfurt 1972
Lagerlöf, S. 420	Die schönsten Legenden. Übers. von Marie Franzos, Nymphenburger Verlagshandlung, München 1975
Hamsun, S. 428	Die Königin von Saba. Langen/Müller Verlag, München/Wien 1974
Ukraine, S. 438	Fassung Djamila Jaenike, in: Märchenforum 80, Mutabor Märchenstiftung, 2018/19
Mann, S. 458	Buddenbrooks. S. Fischer Verlag, Frankfurt am Main 1997
Supervielle, S. 475	Ochs und Esel bei der Krippe. Insel Bücherei, Frankfurt 1961
Timmermans, S. 496	Der Heilige der kleinen Dinge. Übers. von Peter Mertens, Insel, Frankfurt 1974 (Originaltitel dieser Erzählung: Das Häslein siegt)
Schaaf, S. 503	Babuschka und die drei Könige, erzählt von Paul Schaaf. Middelhauve, Köln 1962
Hartlaub, S. 506	Die gläserne Krippe. Herder, Freiburg 1984

Kästner, S. 517	Felix holt Senf. Atrium Verlag, Zürich 1962
Schenk de Regniers, S. 525	Pasteten im Schnee. Diogenes, Zürich 1974
Schnurre, S. 533	Als Vaters Bart noch rot war. Verlag der Arche, Zürich o. J.
Borchert, S. 544	Das Gesamtwerk. Rowohlt Hamburg 1949
Russische Legende, S. 547	Trägt seinen Frieden in die Zeit. Freiburg 1976
Brophy, S. 553	Dichter Europas erzählen Kindern. Middelhauve, Köln 1972
Gernhardt, S. 557	Die Falle. S. Fischer Verlag, Frankfurt am Main 2002

Das Weihnachtsbuch ist als ORIGINALAUSGABE im Dezember 2021 als vierhundertvierundvierzigster Band der ANDEREN BIBLIOTHEK erschienen.

Als EXTRADRUCK wurde *Das Weihnachtsbuch* im September 2022 wieder aufgelegt.

Die Herausgabe lag in den Händen von Christian Döring.
Wir danken Heinz Rölleke für die Auswahl der Texte und ihre Begleitung, sowie Hannelore Tute für die Zusammenstellung der Geschichten zum Weihnachtsfest.

Heinz Rölleke (geb. 1936) war bis zu seiner Emeritierung Professor für Deutsche Philologie einschließlich Volkskunde an der Bergischen Universität Wuppertal. Für seine historisch-kritischen Editionen von Märchen, Sagen und Volksliedern wurde Heinz Rölleke mit zahlreichen Ehrungen (u.a. Europäischer Märchenpreis, Hessischer Staatspreis) ausgezeichnet. Er ist der international renommierteste Grimmforscher. Der von ihm herausgegebene, von Albert Schindehütte illustrierte Folioband *Es war einmal … Die wahren Märchen der Brüder Grimm und wer sie ihnen erzählte* (2011) ist eines der erfolgreichsten Bücher in der Geschichte der ANDEREN BIBLIOTHEK.

Dieses Buch wurde von Ute Lübbeke, Designbüro Lübbeke, Naumann, Thoben, Köln, gestaltet.
Den Satz besorgte Dörlemann Satz, Lemförde, mit den Schriften Acanthus OT und Bentalista.

Die Herstellung und Ausstattung lagen bei Stefanie Kruszyk, Berlin.
Gedruckt und gebunden wurde bei Friedrich Pustet GmbH & Co. KG, Regensburg.

ISBN 978-3-8477-2047-8

DIE ANDERE BIBLIOTHEK

Extradrucke der Anderen Bibliothek
№ 444

Die Geschichte der 1985 von Hans Magnus Enzensberger und dem Schriftsetzer, Drucker und Verleger Franz Greno noch im Bleisatz aus der Taufe gehobenen Buchreihe DIE ANDERE BIBLIOTHEK ist längst zum Bestandteil unserer deutschsprachigen Lesekultur geworden.

Monat für Monat ist seitdem ein Band erschienen.
Seit Januar 2011 wählt Christian Döring monatlich sein Buch aus und gibt es in der ANDEREN BIBLIOTHEK im Verbund der Aufbau Verlage am Berliner Moritzplatz heraus.

Das Programm der ANDEREN BIBLIOTHEK folgt inhaltlich seit Anbeginn nur einem Maßstab: Genre-, epochen- und kulturraumübergreifend wird entdeckt und wiederentdeckt, die branchenübliche Einteilung in Sachbuch und Literatur hat nie interessiert, nur Originalität und Qualität sollen zählen.

Jeden Monat erscheint ein neuer Band, von den besten Buchkünstlern gestaltet.
Die ORIGINALAUSGABE erscheint in einer einmaligen Auflage von 3.333 Exemplaren, limitiert und nummeriert.

Sind die limitierten und nummerierten ORIGINALAUSGABEN vergriffen, bieten wir Ihnen unsere EXTRADRUCKE der ANDEREN BIBLIOTHEK, damit Sie alle an den Erfolgen unserer schönen Bücher teilhaben können. Gewohnte beste Inhalte, durchgesehen und aktualisiert, zum moderaten Preis in einer fein bedruckten Ausgabe.

Unser Vorschlag:
Werden Sie Mitglied im Club unserer Abonnenten, so erhalten Sie garantiert jede ORIGINALAUSGABE zum Vorzugspreis. Und als persönliches Dankeschön: eine unserer Prachtausgaben im Folioformat.